SEBASTIAN FLEMMING

Die Verschwörung von Granada

Weitere Titel des Autors:

Byzanz
Die Kuppel des Himmels

Alle Titel auch als E-Book erhältlich

Über den Autor:

Sebastian Fleming studierte Germanistik und Geschichte. Er schrieb für das Theater, den Rundfunk, das Fernsehen und zahlreiche Bücher zu historischen Themen. Bei Lübbe sind von ihm mit großem Erfolg die historischen Romane *Die Kuppel des Himmels* (ein Roman um die Erbauung des Petersdoms) und *Byzanz* (ein Roman über die Eroberung Konstantinopels durch die Osmanen) erschienen.

SEBASTIAN FLEMING

DIE VERSCHWÖRUNG VON GRANADA

Historischer Roman

lübbe

Dieser Titel ist auch als E-Book erschienen.

MIX
Papier aus verantwortungsvollen Quellen
FSC® C014496

Vollständige Taschenbuchausgabe
der bei Bastei Lübbe unter dem Titel »Nacht über der Alhambra«
erschienenen Hardcoverausgabe

Textredaktion: Dr. Ulrike Brandt-Schwarze, Bonn
Umschlaggestaltung: Johannes Wiebel | punchdesign, München
unter Verwendung von Illustrationen von © shutterstock: Rolf E. Staerk |
Alex Tanya | trabantos
Satz: Dörlemann Satz, Lemförde
Gesetzt aus der Adobe Caslon Pro
Druck und Verarbeitung: GGP Media GmbH, Pößneck
Printed in Germany
ISBN 978-3-404-17929-9

4 6 5 3

Sie finden uns im Internet unter www.luebbe.de
Bitte beachten Sie auch: www.lesejury.de

DRAMATIS PERSONAE

Neben den Protagonisten Nuria/Jorge und Joanot/Yahya treten in diesem Roman eine Fülle von Figuren an Schauplätzen im ganzen Mittelmeerraum auf. Der Übersichtlichkeit halber sind hier nur die wichtigsten Personen aufgeführt.

Bei den kursiv gesetzten Namen handelt es sich nicht um historische Persönlichkeiten.

Konstantinopel/Stambul, Osmanisches Reich

Péré Julia (gest. 1453), Kaufherr und Konsul der Katalanen
María, seine Frau
Joanot, sein jüngster Sohn/Yahya ibn Catalano
Rosalie, seine ältere Tochter
Demetrios, Grieche, Leiter des Kontors

Mehmed II. (1432–1481), Sultan des Osmanischen Reiches
Yusuf Pascha, Minister Mehmeds II.
Ruggiero da Ischia, italienischer Abenteurer und Spitzel für Mehmed II.

Edirne, Osmanisches Reich

as-Schirazi, persischer Sufi, Lehrer von Yahya

Dorf in Andalusien

Isabella de Solís/Zoraya
Nuria de Solís, ihre jüngere Schwester/Jorge de Castro

Segovia, Spanien

Enrique IV., »el impotente«, (1425–1474), König von Kastilien und Léon, Sohn von Juan II. (1405–1454) aus dessen erster Ehe
Juana de Avis (1439–1475), Königin von Kastilien, zweite Frau von Enrique IV.
Beltrán de la Cueva (1435–1492), Favorit Enriques IV. und dem Gerücht nach Vater der Tochter der Königin
Andrés de Cabrera (1430–1511), Marqués de Moya, Schatzmeister Enriques IV.
Alfonso Carrillo de Acuña (1412–1482), Erzbischof von Toledo
Juan Fernández Pacheco y Téllez Girón (1419–1474), Marqués de Villena
Fadrique Enríquez (um 1465–1538), Admiral von Kastilien
Juan de Torquemada (1388–1468), Kardinal
Luis de Zamora, Waffenmeister des Marqués de Villena

Arévalo, Spanien

Isabella von Portugal (1428–1496), zweite Frau des verstorbenen Juan II. von Kastilien und Léon
Isabel (1451–1504), ihre Tochter, Halbschwester Enriques IV., Johanna die Katholische
Alfonso (1453–1468), ihr Sohn, Halbbruder Enriques IV.
Pedro de Bobadilla, königlicher Hausverwalter
Beatriz de Bobadilla (1440–1511), seine Tochter, Erzieherin der Infanten

Sevilla, Spanien

Hernandez de Cardenas, Waffenmeister
Gustavo, sein Verwalter
Yehuda Sasportas, jüdischer Arzt
Lucia, des Ehebruchs beschuldigte junge Frau, vergewaltigt von Luis de Zamora

Granada, Spanien

Abu Nasr Said al-Musta'in bi-llah (gest. 1465), Emir von Granada
Abu e'Hasan Ali (gest. 1485), Emir von Granada, Saids Sohn
Yehuda Abrabanel, jüdischer Kaufmann
Zoraya/Isabella de Solís
Hasan ibn Khaldin, Philosoph und Dichter
Muhammad ibn Yusuf bin Hasan as-Sarraj, Anführer der Sippe der Sarraj
Murad al-Abdullah al-Banigash, Anführer der Sippe der Banigash

Barcelona, Spanien

Fernando de Aragón (Ferdinand der Katholische, 1452–1516), als Ferdinand V. mit seiner Frau Isabel von 1474–1504 König von Kastilien und Léon, ab 1479 als Ferdinand II. König von Aragón

TEIL I

BLUTMOND

»Wenn wir die Wahrheit gestehen wollen, hat die Christenheit seit vielen Jahrhunderten keine größere Schmach erlebt als jetzt; denn in früheren Zeiten sind wir nur in Asien und Afrika, also in fremden Ländern geschlagen worden, jetzt aber wurden wir in Europa, also in unserem Vaterland, in unserem eigenen Haus, an unserem eigenen Wohnsitz aufs Schwerste getroffen.«

Enea Silvio Piccolomini, 1454 auf dem Reichstag zu Frankfurt am Main

1

Stambul, Osmanisches Reich

Als die schwere Tür in seinem Rücken zuschlug, fühlte er sich ausgesetzt wie ein überzähliger Welpe. Seine Augen, die in wachsender Panik das Halbdunkel durchsuchten, fanden weder Vater noch Mutter, nicht Schwestern noch Brüder und füllten sich allmählich mit Tränen, hinter denen der Vorraum der Kirche verschwamm.

»Jungs weinen doch nicht!«, hörte er plötzlich eine helle Mädchenstimme.

Er wandte sich um. Vor ihm stand ein Mädchen, etwa in seinem Alter, mit einer ungebändigten schwarzen Haarflut über einem schmalen Körper. In ihrem Blick tummelten sich der Spott und eine vermutlich unbezwingbare Aufsässigkeit. Als sie lachend den Kopf nach hinten warf, flogen ihre Haare auf wie eine Schar schwarzer Schwäne.

»Was weißt du schon von Jungs?«, gab er empört zurück und rieb sich mit den Fäusten über die Augen. »Wer bist du?«

»Nuria. Und du?«

»Joanot Julia. Mein Vater ist Don Péré Julia, Konsul der Katalanen in Konstantinopel.«

Nuria lachte laut auf. »Konstantin-Popel?«, prustete sie und legte scheinbar erschrocken die Hand vor den Mund. In ihren Augen jedoch stand das Vergnügen, ihn zu necken.

»Konstantinopel heißt Stadt Konstantins«, erklärte Joanot und stampfte mit dem Fuß auf.

Dem Mädchen stand offenbar ganz und gar nicht der Sinn nach

einer vernünftigen Unterhaltung. »Konstantins Popel also. Und wie heißt dein Haus? Joanots Popel?«

Wütend machte er einen Schritt auf das Mädchen zu.

Nuria sprang zurück und blitzte ihn herausfordernd an. »Fang mich, wenn du kannst, Joanot-Popel!« Sie wandte sich um und lief vor ihm weg, wobei sie achtgab, nicht zu flink zu sein, denn Joanot sollte die Hoffnung nicht verlieren, ihrer habhaft zu werden. Sonst hätte das Spiel ihr keinen Spaß bereitet.

»Ich kriege dich!«, brüllte der Junge und rannte ihr nach.

»Niemals!«

Doch als sie versuchte, Joanot auszuweichen, stolperte sie über die Beine einer am Boden sitzenden Bettlerin. Das Mädchen kam ins Straucheln und schlug mit der Stirn gegen die scharfe Kante einer Steinnische, in der ein Öllicht brannte.

»Au«, schrie sie, und als er bei ihr war und sie sich ihm zuwandte, blutete es über ihrer rechten Augenbraue. »Teufel auch, Teufel auch«, fluchte sie.

Joanot stand einen Moment hilflos da, dann zog er sein Leinenhemd aus der Hose, riss ein Stück davon ab und drückte es auf die Wunde. Eine Hand, die sich wie trockenes Laub anfühlte, schob ihn mit erstaunlicher Kraft beiseite.

Die Bettlerin hatte plötzlich ein Tuch in der Hand, spuckte darauf und presste es auf die Stirn des Mädchens. »Aus dem Weg, du Tunichtgut. Da habt ihr's, ihr dummen Kinder! Der Herr will es nicht leiden, dass ihr in seinem Haus Schabernack treibt.«

»Au … au … au … au«, wimmerte das Mädchen.

»Die Wunde wird heilen, aber du wirst eine kleine Narbe über dem Auge davontragen. Und das muss so sein. Denn dieses Mädchen, Joanot, ist für dich bestimmt, wie dieser Junge, Nuria, für dich auserwählt ist. Und an der Narbe über dem Auge, Joanot, wirst du sie an dem Tag erkennen, an dem …«

Türen fielen ins Schloss, Fensterläden wurden zugeklappt. Das dumpfe Geräusch von Holz auf Holz, das Schaben von schweren Kisten auf den Fliesen des Fußbodens drängten sich in Joanots Traum, bevor die Bettlerin ihren Satz beendet hatte, und zerrissen die Bilder, als wären sie Schemen hinter dem weißen Pergament, das man für ein Schattenspiel aufgespannt hatte. Joanot setzte sich auf und rieb sich die Augen.

Vor seiner Zimmertür tobte ein Aufruhr durch die Flure und Räume. Die Neugier trieb ihn aus dem Bett. Ein kurzer Blick zu den Schlafstätten seiner Brüder belehrte ihn, dass diese die Nacht nicht zu Hause verbracht hatten. Das geschah des öfteren seit dem Tag, an dem der Türke Mehmed II. Konstantinopel belagerte und sich Joanots Vater mit seinen älteren Söhnen an der Verteidigung der Stadt beteiligte. Seit Anfang April 1453, als der Sultan seine Armee vor der Stadt versammelt hatte.

Der Neunjährige tippelte zur Tür, öffnete sie und befand sich sogleich im Mittelpunkt des Gewühls. Sein Vater schritt durch den Hauptkorridor. Mit einer Stimme, die keinen Widerspruch duldete, gab er Joanots Brüdern, den Dienern und den Angestellten des Kontors, so sie ihren Dienstherrn noch nicht verlassen und Zuflucht in den Kirchen gesucht hatten, Anweisungen, wie sie Fenster und Türen zu verbarrikadieren hatten.

Joanots Blick blieb an einer hageren Gestalt hängen, die mühsam eine Kiste hinter sich herzog. Der alte Mann zwinkerte ihm aus seinen graublauen Augen zu. Der Junge hing sehr an Demetrios, der das Kontor des Konsuls leitete. Solange er denken konnte, stand der Grieche schon im Dienst seines Vaters, und auch Demetrios hatte den Jungen ins Herz geschlossen. Plötzlich legte sich eine Hand auf Joanots Schulter.

»Komm, Joanot, frühstücken!«, sagte María Julia und sah ihren Jüngsten liebevoll an.

Er schlang die Arme um sie und drückte sich eng an sie. »Lass mich nie wieder allein, Mare! Nie wieder, hörst du?«

Erstaunt runzelte sie die Stirn. »Wann habe ich dich denn allein gelassen, Joanot?«

»In meinem Traum.«

»Was für ein garstiger Traum, mein armer Junge.« Sie strich ihm über den Kopf. »Träume sind nur Schäume. Komm, lass uns essen.«

Ein paar Stunden später rutschte Joanot auf der vordersten Bank in der kleinen Kapelle des Hauses hin und her und ahmte mit wachsendem Vergnügen den Gesichtsausdruck des leidenden Jesus am Eichenholzkreuz nach. Doch das genügte ihm bald schon nicht mehr, und er steigerte sich in ein immer wilderes Fratzenschneiden hinein. Dabei hoffte er auf ein Donnerwetter, auf irgendetwas, das ihn aus der Ödnis der Andacht befreien würde. Wenn Jesus Christus schon Gott ist, dachte er, würde ihm doch keine Dorne aus der Krone brechen, von seinem Kreuz zu steigen und mit ihm in der Stadt herumzustromern. Aber der Gekreuzigte war über die Blasphemie erhaben und litt stattdessen lieber stoisch weiter.

Joanots Mutter, die in der Bank hinter ihm saß, schwante offenbar, was die ruckartigen Bewegungen ihres Jüngsten bedeuteten, und versetzte ihm einen sanften Stoß in den Rücken. Mühsam riss er sich zusammen, zwang sich zu einem ernsthaften Gesichtsausdruck und leierte zum tausendsten Male leise das Vaterunser herunter: »… und führe uns nicht in Versuchung, sondern errette uns von dem Bösen. Amen.« Er schloss mit den üblichen Worten: »… und beschütze Rosalie und Blanca, Juan und Ferante und natürlich Mare und Pare.« Aus lauter Überdruss fügte er dem Gebet im Stillen einen weiteren Schluss an: … und schenke mir einen schönen Pisspott, und führe mich immer rechtzeitig zu ihm hin, denn mein ist die Pisse in Ewigkeit. Und ich will nicht, dass sie sich in mein Bett ergießt. Und Mare möchte das übrigens auch nicht und Pare schon gar nicht. Da hast du's! Amen.

Joanots Augen blitzten mutwillig, während er mühsam ein Kichern unterdrückte. Als er sich wieder beruhigt hatte und die Langeweile sich erneut wie ein schweres Tuch um seine Schultern legte, drehte er sich mit einer Leidensmiene, wie nur Kinder sie aufzusetzen verstehen, zu seinem Vater um, der ganz in sich versunken schien. Dann wanderte Joanots Blick zu seiner schönen, rothaarigen Mutter und den beiden Brüdern Juan und Ferante. Schließlich schaute er zu seinen beiden Schwestern Rosalie und Blanca, die links und rechts von ihm knieten. Doch alle waren mit großem Ernst in ein Zwiegespräch mit *Déu*, mit Gott versunken. Enttäuscht, nicht einen einzigen antwortenden Blick erhascht zu haben, wandte er sich wieder dem kleinen Altar zu.

Heiliger Pisspott, nahm der Knabe seine lästerlichen Gedanken wieder auf, die ihm aber kein Vergnügen mehr bereiteten, wann hören die endlich auf? Er sehnte sich danach, die Kapelle zu verlassen, auf dem Vorplatz herumzujagen. Und wenn das schon nicht ginge, weil sie sich im Krieg befanden, dann wollte er sich wenigstens im Kontor, besser noch im Warenlager verstecken und sich vom alten Demetrios aufspüren lassen.

Überhaupt der Krieg! Er hatte ihn gründlich satt, diesen widerlichen Spielverderber, der die Farben stahl und den Frohsinn erdrosselte wie die jungen Tauben für die Tafel. Ein grauer, freudloser Bursche wie der verrückte Georgios, der in Lumpen gehüllt, schimpfend, fluchend und speiend durch die Straßen lief. Für die Jungen war es eine Mutprobe, ihn zu ärgern. Doch wegen dieses dreimal verfluchten Krieges durfte Joanot nicht mehr auf die Straße, seinetwegen sah er seinen Vater und seinen älteren Bruder oft tagelang nicht, seinetwegen reagierte seine humorvolle und zu manchem Schabernack aufgelegte Mutter oft gereizt. Und wegen des Krieges saßen sie nun schon seit Stunden in der Hauskapelle, beteten und machten so ernste Gesichter, als hätte der Blitz das Haus getroffen und Mutters bestes Geschirr, das sie von ihren Eltern in die Ehe mitbekommen hatte und das nur an Sonntagen benutzt wurde, zerschlagen.

Der Überdruss roch nach verbranntem Wachs. Auf dem Marmoraltar mit dem Kruzifix und dem Bild der Gottesmutter genügten sonst drei Lichter – heute flackerten zum ersten Mal gleich sieben Kerzen, für jedes Familienmitglied eine, und wenn ein Licht zu verlöschen drohte, wurde es sofort durch ein neues ersetzt.

Der Rauch der Kerzen schlängelte sich zum Tonnengewölbe der Kapelle hoch wie das Seil eines indischen Fakirs, dem Joanot einmal auf dem Jahrmarkt zugesehen hatte. Tagelang hatte er von diesem Erlebnis in unterschiedlicher Weise geträumt, mal als Spaß, mal als Erinnerung, aber auch als Nachtmahr mit dem Seil als Drachen, der sein Haupt erhob und den kein Mann, schon gar nicht ein kleiner Junge wie er, sondern nur der Erzengel Georg zu besiegen vermochte.

In Joanots Vorstellung vermischte sich der Seiltrick des Fakirs mit dem Tafelbild, auf dem Sankt Georg den Drachen tötete. Ein Maler in Barcelona hatte es seinen Eltern zur Hochzeit geschenkt, und nun hing es links von ihm in der Kapelle. Der Heilige sah ein bisschen so aus wie sein Vater.

Barcelona – der Name der katalanischen Hafenstadt klang in seinen Ohren nach Wunder, nach Geheimnis und Zauberei. Seit elf Jahren lebte seine Familie nun schon in Konstantinopel, denn der Vater hatte seine Faktorei an den Bosporus verlegt, weil es auf der Welt keinen besseren Ort für den Fernhandel gab. In der alten Kaiserstadt trafen sich Ost und West, Nord und Süd. Der schnelle Aufstieg Don Péré Julias zum katalanischen Konsul, zum Vorsteher der kleinen spanischen Kolonie, bestätigte, dass die Entscheidung richtig gewesen war. Die Geschäfte liefen prächtig, und die Familie, allen voran der jüngste Spross, genoss das behagliche Leben im Wohlstand. Obwohl Joanot wie ein kleiner König fröhlich über Konstantinopel als seinem Kinderreich gebot, wuchs in ihm die große Neugier auf Barcelona, so als hätte die unbekannte Heimat sich einen Platz in seiner Seele reserviert. Er empfand ein unerklärliches Heimweh nach der fremden Stadt. Deshalb hatte er Gott auch gebeten, ihn eines Tages über das Meer nach Berselone zu führen, wie sein Vater die Stadt zuweilen auf Katalan nannte. Als Gegenleistung versprach Joanot, täglich zwei Vaterunser zusätzlich zu beten und legte noch das Gelöbnis oben drauf, Blanca nicht mehr an den Zöpfen zu ziehen. Dieses Versprechen bedeutete für den immer zu Streichen aufgelegten Jungen ein echtes Opfer, denn er liebte diese Neckerei über die Maßen, weil dann das runde Gesicht der Schwester so lustig ruckartig nach rechts und nach links schaukelte. Noch mehr liebte er aber ihre Empörung, dann hieß es allerdings, sich schnell aus dem Staub zu machen, wollte er sich nicht eine deftige Ohrfeige einfangen. Einmal war ihm die Flucht missglückt, und seine Wange hatte noch den ganzen Tag gebrannt.

Joanot wandte sich erneut zu seinem Vater um. So viel konnten doch nicht einmal die Erwachsenen erlebt haben, um derart lange mit Gott Zwiesprache zu halten! Allmählich wuchs in ihm der Verdacht, dass es nur so aussah, als ob sie beteten, in Wahrheit aber schliefen.

Diesmal hatte Joanot Glück. Der Konsul schaute auf. Ein Lächeln schlich sich in seine schwarzen Augen, und er öffnete die Arme. Darauf hatte der Junge nur gewartet.

Von der Straße drang Lärm herein, der sich ihnen in beängstigender Geschwindigkeit näherte wie das Knurren eines heranpreschenden Wolfsrudels. Dann brachen Männer mit dicken schwarzen Haarsträhnen, die wie Geißeln von ihren kahlen Schädeln hingen, in die kleine Kapelle ein und streckten ihre Krummschwerter vor sich aus. Joanot zitterte am ganzen Leib. Teufel, dachte er panisch, das sind Teufel. Nie zuvor hatte er Janitscharen gesehen, Angehörige der Elitetruppen des Sultans. Die Männer, deren furchterregende Gestalten sich in dem im Rauch gefangenen Licht der Frühlingssonne abzeichneten, das durch die Fenster fiel, rochen nach Blut, Gemetzel und Tod. Sie stanken so sehr nach der Hölle, dass ihr Geruch Joanot den Atem nahm.

»Ruhig, ruhig«, flüsterte der Vater auf Katalan seinem Jüngsten zu.

Die Janitscharen packten den Konsul und Joanots Brüder und fesselten ihnen mit geübten Griffen im Rücken die Arme. Joanots Mutter griff nach seiner Hand. Gleichzeitig legten sich zwei schwere Pranken auf seine schmalen Schultern und rissen ihn nach hinten. Er schloss die Faust und spürte etwas Spitzes, Kühles. Seine Mutter nickte ihm verschwörerisch zu. Er begriff, dass sie ihm etwas gegeben hatte, dass er unter allen Umständen bewahren musste. Es gelang ihm noch, das kleine Metall in die Hosentasche zu stecken, bevor auch seine Arme auf den Rücken gefesselt wurden. Der grobe Strick schnitt in die weiche Haut seiner Handgelenke. Die Janitscharen trieben ihn hinter seinen Brüdern und seinem Vater aus der Hauskapelle. Sie hatten den Vorplatz gerade erreicht, als Demetrios, der mit großer Anstrengung ein Schwert hochhielt, mit heiserem Gebrüll aus dem Kontor stürzte.

Die Janitscharen starrten ihn verwundert an, dann brachen sie in Gelächter aus. Sie hatten kein Mitleid mit seiner verzweifelten Hilflosigkeit, dieses Gefühl war ihnen fremd – wie alle menschlichen Regungen. Mit seinen dünnen Armen, die ein Leben lang nur die Feder geführt und die Seiten umgeblättert hatten, gelang es dem Kontoristen kaum, den riesigen Zweihänder zu halten, der über Jahre im Kontor an der Wand gehangen hatte. Er war ein Geschenk des Königs von Aragon, weil ihm Péré Julia einst mit einer bedeutenden Summe aus einer Verlegenheit geholfen hatte.

Einer der Janitscharen schlug mit seinem Säbel kurz und kräftig zu. Der Beidhänder fiel scheppernd zu Boden. Als sich Demetrios danach bücken wollte, versetzte der Türke ihm beiläufig, als wäre er eine lästige Fliege einen allerdings gut gezielten Hieb. Demetrios stürzte mit einem herzzerreißenden Aufschrei zu Boden.

Aus den Augenwinkeln sah Joanot, dass das linke Bein des Griechen unnatürlich abgewinkelt dalag und stark blutete.

»Demetrios, lieber Demetrios«, schrie er außer sich und wandte sich um, wollte zu ihm, um ihm zu helfen, aber der Türke hinter ihm stieß ihn vorwärts, wieder und wieder und wieder.

2

Stambul, Osmanisches Reich

Wie sehr hatte er sich gewünscht, wieder an die frische Luft zu kommen! Aber die Luft war nicht frisch. Sie schmeckte nach Rauch und stank nach Urin und Verzweiflung. Himmel und Sonne waren hinter einem schmutzigen Schleier gefangen. Selbst die Kastanien verbargen in diesem Frühling 1453 furchtsam ihre Blüten. Joanot fühlte sich allein. Der Vater und die Brüder hatten nicht einmal den Schatten einer Möglichkeit, Joanot auf dem langen Weg durch die Stadt von der katalanischen Kolonie am Bosporus entlang zum Kaiserpalast zu helfen oder ihn zu trösten, da sie hintereinandergehen mussten. Manchmal patschte er durch aufgeweichten Boden, obwohl es seit Tagen nicht geregnet hatte. Die dürstende Erde trank sich satt am Blut der Menschen.

Starr vor Angst hielt Joanot den Kopf gesenkt, um im Vorbeigehen nicht sehen zu müssen, wie links und rechts von ihm Männer erschlagen oder gefoltert und Frauen vergewaltigt wurden. Und nicht nur Frauen, auch Kinder. Zu gern hätte er sich die Ohren zugehalten. Das Schreien und Wimmern, Gelächter wie tierisches Grunzen, erbarmungswürdiges Geheul und die verzweifelten Melodien eines Flötisten, der gezwungen wurde, zur Hatz aufzuspielen, brandeten zum Himmel auf wie eine Sinfonie der verlorenen Seelen, die Gott um Erbarmen anflehten. Aber Gott schien taub oder verreist zu sein. Vielleicht gelang es ihm auch einfach nicht mehr, sich seiner Barmherzigkeit zu erinnern.

Joanots Augen und Wangen brannten von dem beißenden Qualm, der sich in schwarzen Schwaden durch die Luft drängte. Weil er stolperte, blickte er auf. Auf der Zinne der Seemauer fing ein merkwürdiger Anblick seine Aufmerksamkeit ein. Er brauchte etwas Zeit, um zu begreifen, was er sah, und kniff die Augen zusammen. Als er endlich erkannte, was er eine Weile zu verdrängen versucht hatte, erfasste ihn eine tiefe Traurigkeit. Dort oben stak auf einer Lanze der Kopf eines Mannes. Die Haare flatterten im Wind. Auf dem Schädel saß eine Krähe, die ihm eifrig die Augen aushackte, jetzt, wo er sie nicht mehr benötigte. Joanot meinte, den Toten zu kennen, für einen Moment glaubte er sogar, dass es einer der Bettler war, die gewöhnlich auf den Stufen vor der Hagia Sophia saßen.

Doch sahen nicht alle Bettler gleich aus? Besonders für einen reichen kleinen Jungen, dem der Vater vor dem Besuch des Gottesdienstes ein paar Münzen in die Hand drückte, damit er sie den Bedürftigen schenkte?

Endlich in Blachernae angekommen wurden sie in den Kaisersaal geführt, vorbei an zahllosen türkischen Soldaten und Offizieren, denen der Sieg als schiefes Grinsen ins Gesicht geschrieben stand. Ängstlich schaute Joanot, der seinen Vater oft in den Palast begleitet hatte, sich in dem vertrauten und plötzlich so veränderten Raum um. Fremde statt bekannte Gesichter umgaben den Thron. Raue, ungepflegte Männer, keine Hofbeamten, sondern Krieger. Sie hatten die Wohlgerüche aus dem Palast getrieben. Auf dem Thron saß auch nicht Kaiser Konstantin XI., der große, schöne Mann, den er häufig gesehen und immer bewundert hatte, sondern ein kleiner, hakennasiger Mensch mit Turban. Furcht lähmte das Denken des Knaben.

Plötzlich spürte er einen sanften Druck gegen seinen Arm und wandte den Kopf. Mit seinen gebundenen Händen konnte der Vater Joanot nicht erreichen und hatte ihn deshalb mit der Schulter berührt.

»Was auch immer geschieht«, raunte er ihm zu, »vergiss nie, dass dein Name Joanot Julia ist, ein anständiger katalanischer Name! Und dass wir Christen sind!«

Der Sultan zeigte auf den Konsul.

»Das ist der Agha der Katalanen«, erklärte der Janitscharenführer beflissen.

Mehmed brach in schallendes Gelächter aus. »Da haben dir die

Griechen einen schönen Streich gespielt, dich mitten im Kampf allein zu lassen. Jetzt stehst du da wie ein Narr, du Anführer der Katalanen!«

Über eintausend Jahre versanken in den Flammen, weil es kaum noch Römer in Konstantinopel gab, nur noch Griechen. Zu wenige Christen, zu viele Verräter, zu viele Geschäftstüchtige und Feiglinge, dachte der Konsul, von denen sich zu viele in den Kirchen und zu wenige auf den Mauern der Stadt eingefunden hatten. Zu viele Beter, zu wenige Kämpfer. »Viele Griechen haben tapfer an unserer Seite gekämpft«, antwortete er kühl.

»Aber eben nicht alle! Du gibst es also zu, dass du gegen mich gekämpft hast?«, fragte Mehmed wie ein nachsichtiger Vater mit halblauter Stimme, der sich vom Betrug seines Sohnes verletzt zeigt. Joanot spürte die Falschheit in der Stimme des Herrschers.

»Ja, das habe ich!«, entgegnete Don Julia fest.

Der Sultan musterte ihn wortlos und runzelte die Stirn. Joanot kam die einsetzende Stille endlos vor, doch schließlich brach Mehmed sein Schweigen.

»Ich verstehe es nicht, so sehr ich mir darüber auch den Kopf zerbreche. Sei so gütig und erkläre es mir. Du bist doch kein Grieche, kommst vom anderen Ende des Meeres. Warum hast du dann für die Griechen gekämpft? Du hättest fliehen oder dich verstecken können.«

Wieder hatte Mehmed sehr leise gesprochen. So will er wohl alle zwingen, ihm genau zuzuhören, dachte Joanot.

»Ich habe für Christus gekämpft, weil ich ein Christ bin und es meine Pflicht ist, für meinen Glauben einzustehen!«, erklärte der Konsul.

Über den Mund des Sultans huschte ein Lächeln. Er ließ seine rechte Hand ein paar Mal um sein Handgelenk kreisen. »Na, wenn das so ist, gibt es Hoffnung für dich und die deinen. Du musst wissen, dass ich meine Feinde töte. Aber wenn Christus der Grund unserer Feindschaft ist, dann tritt zum Islam über, und Christus steht nicht mehr zwischen uns. Dann sind wir nicht länger Feinde – und du darfst unbehelligt deinem Gewerbe nachgehen. Es gibt ohnehin kein

Entrinnen, bald schon werden wir Muslime die Welt beherrschen, wie es von Allah vorgesehen ist.«

Joanot bemerkte, dass der Vater und seine Brüder Blicke wechselten, als redeten sie wie so oft miteinander in einer Sprache, die nur er nicht verstand und die er für sich die Augensprache nannte.

»Nein«, entgegnete der Konsul dem Sultan. »Du kannst mir nur den zeitlichen Tod geben. Verrate ich aber Christus, sterbe ich den ewigen Tod.« Er begann zu beten, nur mit Worten und gesenktem Kopf, denn die Fessel hielt die Hände auf seinem Rücken. »Der Herr ist mein Hirte, mir wird nichts mangeln.«

Der Sultan wies auf den neunzehnjährigen Ferante. Zwei Janitscharenkrieger ergriffen den jungen Mann und stießen ihn so heftig nach vorn, dass er beinahe gestürzt wäre. Joanots Vater betete ohne Unterlass, auch wenn seine Stimme zu brechen drohte: »Er weidet mich auf einer grünen Aue und führet mich zum frischen Wasser …«

Joanot senkte den Kopf. Auf ein Zeichen des Sultans packte einer der Bewacher den Knaben rechts und links am Haupt und riss es hoch.

»Wag es nicht, die Augen zu schließen, sonst lasse ich dir die Lider ausreißen«, drohte ihm der Sultan mit einer donnernden Stimme, die Joanot ihm nicht zugetraut hatte.

Der Konsul unterbrach kurz sein Gebet, um den Sultan um Gnade, um Mitleid für seinen Ältesten, der bereits den Kopf gesenkt hatte, zu bitten. Doch er unterließ es, denn in den kleinen Augen des Herrschers entdeckte er nur die glänzende Lust an der Grausamkeit und setzte das Gebet fort.

Das durch die Brände in der Stadt getrübte Sonnenlicht erhellte den Saal nur schwach, sodass zur Unterstützung Kerzen und Fackeln entzündet worden waren. Joanot aber wünschte sich eine große Dunkelheit, die alles in sich verbergen würde. Die Schergen zwangen Ferante wenige Schritte von ihm entfernt in die Knie – dann sauste das Krummschwert nieder und trennte den Kopf vom Körper seines Bruders. Joanot versuchte verzweifelt, die Welt in Unschärfe zu versenken, blicklos zu blicken.

»Jetzt hast du noch zwei Söhne und dein Leben, Katalane«, sagte der Sultan. »Der Prophet wird dich mit offenen Armen empfangen.«

Der Konsul hielt erneut kurz im Gebet inne und wechselte einen Blick mit dem vierzehnjährigen Juan. Joanot schluchzte auf. »Ruhig, ruhig, mein Sohn. Der Höllenhund kann uns nichts anhaben!« Der Konsul wandte den Kopf zu dem Sultan. »Was kann dein armseliger Prophet mir geben? Vom Himmel herab werde ich dich und deinen Propheten in der Hölle brennen sehen!«

Mehmed schluckte, durchbohrte den Konsul mit seinem starren Blick und gab seinen beiden Gardisten wieder ein Zeichen. Als sie Juan packten, lächelte der Sultan in einem Gefühl der Rache. »Für die Jungfrau Maria!«, rief der Junge stimmbrüchig aus.

»… er erquicket meine Seele. Er führet mich auf rechter Straße um seines Namens willen …«, betete Péré Julia weiter, während das Krummschwert erneut niederfuhr. Wie durch eine makabere Volte des Schicksals rollte der Kopf des jüngeren zu dem des älteren Bruders hin, sodass sie sich im Tode fast zärtlich berührten.

»… und ob ich schon wanderte im finstern Tal, fürchte ich kein Unglück; denn du bist bei mir, dein Stecken und Stab trösten mich …«

Zorn brannte lichterloh im Gesicht des Sultans: »Du Narr, *einen* Sohn hast du noch – und dein Leben!«

Statt zu antworten, betete Péré Julia nur noch lauter: »Du bereitest vor mir einen Tisch im Angesicht meiner Feinde. Du salbest mein Haupt mit Öl und schenkest mir voll ein.«

Der Sultan spuckte aus und wies auf den Konsul, als wollte er ihm seinen Finger wie eine Lanze ins Herz bohren. Daraufhin rissen die beiden Gardisten Joanots Vater nach vorn. Während ihn die Schergen niederdrückten, warf er seinem jüngsten Sohn noch einen liebevollen Blick zu: »Gutes und Barmherzigkeit werden mir folgen mein Leben lang, und ich werde bleiben im Hause des Herrn immerdar.«

Dann fiel auch sein Haupt.

Vor den kopflosen Rümpfen bildete sich auf den Terrakottafliesen ein dunkelroter See aus Blut. Still, schwer und endgültig. Vor Joanots Augen verschwamm der Anblick wie ein Bild aus Wasserfarben, die sich im Regen auflösen. Er nahm kaum wahr, dass einer der Gardisten nach ihm greifen und ihn enthaupten wollte.

»Wartet!«, sagte Mehmed und wandte sich an den Knaben. »Welche Sprachen sprichst du?«

Joanot blieb stumm. Er fühlte sich, als weilte er nicht mehr im Reich der Lebenden und auch nicht im Reich der Toten, sondern in einer der labyrinthartigen Zwischenwelten, die einem Menschen Schutz vor seinem übermenschlichen Schmerz boten. Einer der beiden Krieger schlug ihn mit der Faust ins Gesicht, sodass er hintenüber fiel. Ein Schrei drang aus seiner Kehle, der ihn in die grausame Wirklichkeit zurückholte. Auf ein Zeichen des Sultans stellten die beiden Männer Joanot wieder auf die Füße.

»Also, welche Sprachen sprichst du?«

»Katalan, Kastilisch, Griechisch und Latein.« Blut lief Joanot aus der Nase, rann über die Lippen, das Kinn und tropfte zu Boden. Er hätte es gern abgewischt, aber seine Hände waren hinter dem Rücken gefesselt.

»Gut. Türkisch und Arabisch wirst du noch lernen. Ich werde dich zu einem perfekten Diener der Hohen Pforte ausbilden lassen! Und du wirst Muslim! Zu Ehren des Propheten.«

Joanot erschrak zutiefst – nicht darüber, dass er am Leben bleiben sollte, nicht darüber, dass Mehmed ihn zum Muslim machen wollte, sondern darüber, dass seine Nase gebrochen sein könnte und sie dann so hässlich werden würde wie die des Sultans. Er zog Luft durch die geschundene Nase ein, ließ aber sofort davon ab, denn das Blut und der Rotz, den er hochzog, schmerzten wie glühendes Eisen. Er fühlte sich allein, von seinem Vater und seinen Brüdern auf Erden zurückgelassen. Allein, wie in seinem Traum, dabei hatte die Mutter doch versprochen, dass dies niemals geschehen würde und Träume nur Schäume wären. Sie hatte ihn belogen, Träume waren keine Schäume, sondern Verliese, in die man gestoßen wurde.

Er nahm es seinem Vater und seinen Brüdern übel, dass sie ihn nicht mitgenommen hatten in den Himmel. Würde die Mutter ihnen bittere Vorwürfe machen und Ferante oder Juan zurückschicken, um ihn zu holen? Er zweifelte nicht daran, dass auch sie und die Schwestern nicht mehr auf Erden, sondern im Paradies weilten. Wo sollten sie denn sonst sein, wenn der Vater und seine Brüder dort

Quartier machten? Die Familie Julia war umgezogen und wohnte nun im Garten Eden. Aber warum?, schrie es in ihm. Warum hatten sie ihn nicht mitgenommen? Was hatte er denn verbrochen? In der Hoffnung, dass die Seele seines Vaters umkehren würde, dass Gott ein Einsehen hätte oder so barmherzig wäre, wie es immer hieß, brüllte Joanot mit seiner ganzen Kraft und, ohne Luft zu holen, nach seinem Vater.

»Pare, Pare, lass mich nicht allein, lass mich nicht hier, Pare, mein lieber Pare, komm und hole mich, nimm mich doch mit, mich, deinen lieben Joanot, Pare, Pare, Pare …«

3

Stambul, Osmanisches Reich

Zwei Tage lang hatte der Junge, den man in einem Zimmer im Palast eingesperrt hatte, durchgeschrien, bis er erschöpft verstummt und in einen tiefen Schlaf gefallen war, der an ein Koma erinnerte. Ein grober, kräftiger Leibgardist des Sultans weckte ihn mit einem derben Stoß, packte ihn am Oberarm und brachte ihn in die Kirche des heiligen Johannes. Obwohl er auf dem Weg verrußte Häuser erblickte, türkische Soldaten, die in Gruppen die Straßen und Gassen durchsuchten und in Häuser eindrangen, in der Hoffnung noch etwas zu finden, das ihre Vorgänger beim Plündern übersehen hatten, schien über allem warm und mild die Sonne, während der Himmel in seinem makellosen Blau nicht zu der rauchenden Welt passte, über die er sich spannte. Joanot verstand den Himmel nicht.

In der Kirche angekommen, stellte der Gardist den Jungen in die Mitte des Kirchenschiffs, sprach kurz mit dem Aufseher und ging. Der Aufseher ließ sich rote Farbe und einen Pinsel bringen und schrieb auf Hemd und Stirn einen arabischen Schriftzug: *as-Schirazi*. Gekennzeichnet, wie man die Schafe vor der Schur kennzeichnet, dachte Joanot.

Im Kirchenraum saßen viele Knaben in seinem Alter. Einige sprachen, doch nur wenige spielten miteinander, andere weinten oder schwiegen. An diesem Ort herrschte eine ebenso große Bedrücktheit und Trostlosigkeit wie in seinem Herzen. Den Altar hatte man umgestürzt, den Ikonen die Gesichter ausgekratzt, und das große Kruzifix lag auf dem Boden, geschändet und zerbrochen. Der Kopf Christi war in der Mitte von einem Schwert- oder Axthieb gespalten, während in seinem Holzleib, dort, wo man das Herz vermuten könnte, ein Dolch steckte. Joanot entdeckte an der Klinge, zwischen Schaft und der Spitze, die im Holz stak, eine matte, rotbraune Lasur. Das Kind, das nicht wissen konnte, dass an dem Dolch das Blut des Priesters der Kirche klebte, hielt es deshalb für Christi Blut.

Er suchte sich einen Platz an der Wand in einem Seitenschiff und schaute durch das Fenster, dessen Scheiben zerbrochen waren. Hin und wieder wehte ein leichter Luftzug herein. Auf dem Ast einer jungen Platane saß ein kleiner Zeisig. Joanot glaubte, es wäre die Seele seiner Schwester Blanca, und begann mit ihm zu sprechen. Doch dann flog der Vogel auf und kehrte nicht mehr zurück. Der Junge schlang die Arme um die Knie, die er dicht an den Oberkörper zog, und fing an, die Lieder zu singen, die ihm die Mutter oder Blanca, seltener Rosalie, abends vorgesungen hatten, damit er einschlief. Gute, alte katalanische Lieder. Sie erzählten traurig schöne Geschichten von der Liebe und von den Bergen, vom Stierkampf und von einem Mann, den man El Cid nannte. Und Joanot sang mit heller Knabenstimme die Melodie, die er von der Mutter und den Schwestern gelernt hatte:

»Seht ihr das blutige Schwert und das weiß bedeckte Pferd?
Auf solche Weise besiegt man die Mauren auf dem Schlachtfeld.«

Er wippte leicht hin und her, und seine halblaute Stimme trug ihn fort, fort aus der Kirche, fort aus der Zeit, hinauf in die Bläue des Himmels und meinte, das Lachen des Mädchens mit der Narbe über der Augenbraue zu hören, als begleitete sie mit Frohlocken seinen Gesang. Er wusste nicht, wer die Mauren waren, über die El Cid in seinem Lied triumphierte. Nur, dass sie als die argen Feinde der Christen in Spanien galten. Selbst wenn ihn jemand beobachtet oder ihm zugehört hätte, müsste er nicht fürchten, für sein Lied bestraft zu werden, denn niemand in dieser Kirche in Konstantinopel verstand Katalan. Obwohl ihn andere Knaben ansprachen, antwortete er nicht, sondern sang weiter, sodass sie ihn schließlich in Ruhe ließen. Bewegung kam in die Kirche, als Brot verteilt wurde, ein paar Jungen balgten sich darum. Doch Joanot würgte es nur schnell hinunter, ohne dass er dessen Geschmack wahrnahm.

Wie in einem Traum, in dem er nur ein zufälliger Gast war, flossen die nächsten Tage dahin, ohne dass er noch ein Gefühl für die Zeit gehabt hätte. Meist saß er einfach nur mit offenen Augen da. Alles, was geschehen war und noch geschehen würde, hatte nichts mehr mit ihm zu tun, es fand um ihn herum statt. Er aß ohne Hunger mechanisch, was man ihm gab, er schlürfte, was man ihm zu trinken reichte. Seine Welt hatte aufgehört zu existieren.

Eines Morgens zerrten die Bewacher die Kinder unter lautem Schimpfen und mit Schlägen und Tritten aus der Kirche und stellten sie auf der Straße in Dreierreihen auf. Nach ihren grimmigen Mienen zu urteilen, empfanden sie den Auftrag, diese Knaben zu bewachen, als Schande, eines Mannes unwürdig, und dementsprechend grob gingen sie mit ihnen um. Einem Jungen, der plötzlich losrannte, sandte einer der Bewacher einen Pfeil hinterher. Als das Geschoss den schmalen Oberkörper des Flüchtenden durchschlug, hob er sanft die Arme wie Schwingen, als könne er fortfliegen, bevor er zu Boden stürzte. Ob noch Leben in ihm war oder nicht, war den Bewachern gleich. Sie ließen ihn einfach liegen als willkommenes Mahl für Geier und wilde Hunde, den anderen Kindern zur blutigen Lehre. Dann wurden ihre rechten Fußknöchel mit Stricken mit denen der Knaben vor und hinter ihnen verbunden. Joanot ließ es willenlos geschehen. Nichts von alledem widerfuhr ja ihm.

Zehn Tage lang wurde die Kolonne von etwa hundert Jungen unter der brennenden Sonne über staubige Straßen nach Edirne getrieben, der Residenzstadt des Sultans. Joanot kam es aberwitzig vor, Menschen auf den Feldern zu sehen, die ohne Angst ihrer Arbeit nachgingen, unwirklich, durch unzerstörte Dörfer zu kommen, die der Krieg nicht einmal berührt hatte.

Edirne, das einstige Odrysia, war von dem großen Kaiser Hadrian wieder aufgebaut worden und hatte einen neuen Namen erhalten: Hadrianopolis, Adrianopel. Doch dann hatten die Osmanen die Stadt erobert, und ihre Sultane machten sie zur Residenzstadt, in der sie sich nur allzu gern aufhielten.

In Edirne sollten die Knaben verschiedenen Aghas zugeteilt werden, Lehrern, die sie zu fanatischen Dienern des Sultans abrichten sollten. Die Osmanen hatten dafür den zynischen Ausdruck »Knabenlese« geprägt, als wären Kinder Früchte, die man nur zu ernten brauchte. Und ernten bedeutete, sie ihren Familien wegzunehmen. Alle diese entführten Jungen waren verwirrt. Sie unterschieden sich nur dadurch voneinander, wie tief die Verstörung reichte. Mehmed hatte erkannt, dass diejenigen unter ihnen, die am stärksten unter dem Trauma der gewaltsamen Trennung von ihren Familien litten, die größten geistigen Talente besaßen. Die Stumpfen waren nur für Stumpfes, die Feingeistigen für Feingeistiges zu gebrauchen. An der Art seines Schmerzes erkennt man den Menschen, wusste der kluge Sultan. Deshalb gab er die Anweisung, sich gerade um die Sensiblen zu bemühen. Die schwersten Fälle kamen unter die Fittiche eines persischen Sufi namens as-Schirazi, der einen fast mythischen Ruf genoss. Seine große Seelenkunst schützte den geheimnisvollen Heiligen vor den Nachstellungen der muslimischen Orthodoxie – zudem natürlich auch Mehmeds Vorliebe für alles Persische.

In Gruppen von zehn oder zwanzig Kindern wurden sie nun von Jünglingen im Alter seines Bruders Juan abgeholt. Schließlich stand Joanot mit dem roten Schriftzug auf Stirn und Hemd allein auf dem großen Platz im Palastbezirk der Residenz und wartete in Finsternis, denn die helle Sonne schien nicht für ihn. In gelben Hosen und weißem Hemd, das noch kindlich-runde Gesicht von einem weißen Turban gekrönt, trat schließlich ein Junge zu ihm, der sich auf Griechisch als Mustafa vorstellte und ihn höflich bat, ihm zu folgen. Er würde ihn zu as-Schirazi führen.

Nach dem Bad im blau gefliesten Hamam bekam Joanot auf Anweisung as-Schirazis weite, gelbe Hosen, ein weites, langes Hemd und einen blauen Mantel nebst einem Turban im strahlenden Weiß des Hemdes. Im Bad, so erklärte ihm as-Schirazi, solle er den christlichen Schmutz aus jeder Pore ausschwitzen. Als ein Diener seine alten Sachen nehmen und wegwerfen wollte, leuchtete jäh eine Erinnerung in Joanot auf. Mit einer katzenhaften Bewegung entriss Joanot dem Diener seine Hose, fuhr mit der Hand in die rechte Tasche und zog das kleine Metall heraus, das seine Mutter ihm gegeben hatte. Dann warf er dem überraschten Diener die Hose achtlos wieder zu.

Er ahnte, was in seiner geschlossenen Faust lag, und warf as-Schirazi einen lauernden Blick zu. Das schmale Gesicht des drahtigen Persers veränderte sich nicht. Weder streng noch nachsichtig, sondern sanft schaute er Joanot aus seinen großen Augen an, die wegen seiner hellen Haut fast schwarz wirkten.

As-Schirazi bat Joanot, seine Hand zu öffnen. Nie zuvor hatte der Junge ein so weich fließendes Griechisch gehört. Es war, als wäre es dem Sufi gelungen, die Sprache durch Musik zu zähmen. Unschlüssig starrte Joanot zu Boden. Der Perser wiederholte freundlich seine Bitte, und schließlich gab der Junge nach. Er öffnete die Faust und schaute auf das silberne Kreuz am Lederband. Er sah das vertraute Gesicht seiner Mutter vor sich und verlor sich in ihren ernsten Augen. Am liebsten hätte er die Hände nach ihr ausgestreckt. Er spürte, wie sich ihm die Kehle zuschnürte und eine feuchte Wärme in seine Augen drang. Doch die Tränen blieben aus. Aus der Überzeugung, dafür bestraft, vielleicht sogar getötet zu werden, legte er das Kreuz um und betrachtete sich plötzlich von außen. Er sah sich frech grinsen, so frech wie noch nie. Was immer geschähe, es würde nicht ihm widerfahren, sondern nur dem Jungen mit dem Kreuz um den Hals. Eine schwache Hoffnung glomm in seinem wild schlagenden Herzen auf, dass es ihm doch noch – sozusagen auf Umwegen – gelänge, seiner Familie ins Jenseits zu folgen. Herausfordernd schaute er den Sufi an, bereit, alles anzunehmen.

As-Schirazi lächelte. »Behalte es. Muhammad hat nichts gegen Jesus, der ja auch ein Prophet Gottes war.«

So zart wie sie aufgeflammt war, erlosch Joanots Hoffnung wieder. Wie konnte sein Wunsch auch gegen Gott ankommen, der ihn offensichtlich verstoßen hatte. Mehr und mehr wurde ihm das Ausmaß seines Verhängnisses bewusst, und es war eine furchtbare Wahrheit, die sich ihm offenbarte. Er hatte Gott im Gebet verhöhnt, sich über ihn lustig gemacht. Ihn um einen Pisspott gebeten und als Strafe dafür den Tod seiner Eltern, seiner Geschwister statt des Nachtgeschirrs erhalten. Er hatte mit Gott zu scherzen gewagt, und Gott hatte ihm eine blutige Antwort gegeben. Jetzt verstand er alles. Es war seine Schuld! Mit dieser Erkenntnis ließ der Schock nach, unter dem er stand. Zaghaft regte sich Leben in ihm, denn er fühlte die noch leise, aber wachsende Empörung darüber, dass Gott einen kleinen Jungen so unbarmherzig belehrte. Hatte er, der große Herr, der Weiseste der Weisen es nötig, ein schwaches, törichtes Kind zu bestrafen? Wo war Gottes Barmherzigkeit? War Gott überhaupt barmherzig?

»Joanot, das ist auf Arabisch Yahya. Wir werden dich Yahya ibn Catalano nennen, so behältst du deinen Namen, und jeder hier wird ihn verstehen«, sagte der Sufi leise, fast beschwörend auf Griechisch. Stumm und willenlos ließ sich Joanot, der von nun an Yahya hieß, von Mustafa wegführen.

Sie begaben sich zu einer Ansammlung von Kiosken, die verstreut in einem Birkenhain standen. Hier nahmen die Schüler offenbar das Essen zu sich. In dem Pavillon, den Yahya und Mustafa betraten, herrschte zu dieser Stunde gähnende Leere, weil die Jungen sich im Unterricht befanden. Yahya und Mustafa nahmen aus den Händen eines pausbäckigen Kochs mit Bartsträhnen, die wie dunkle Halbmonde rechts und links des Mundes herabhingen, jeweils zwei Schälchen entgegen, eines mit Tee und eines mit Kichererbsenbrei. Sie ließen sich vor dem Kiosk unter einer Birke nieder, deren Gabelung verriet, das einst ein Blitz in den Stamm eingeschlagen hatte. Ein mächtiger Ast berührte im Bogen den Boden. Es sah so aus, als stütze er die rechte Hälfte des Baumes, dessen Blätter zum Sonnenlicht hin wuchsen. Eine Gruppe von Knaben in Yahyas Alter, die von einem sehr hellhäutigen Agha mit strahlend blauen Augen kommandiert wurde, zog in Dreierreihen über den Hof.

Er aß mechanisch, nicht viel, aber so, dass es genügte. Essen konnte man es eigentlich nicht nennen. Der Körper nahm sich gerade so viel, wie er benötigte. Er hatte seinen Geschmackssinn verloren, seine Zunge lag taub wie ein Fremdkörper in seinem Mund. Er hätte auch Sägespäne essen oder fauliges Wasser trinken können. Er fühlte sich schuldig. Nicht weniger als sein Verbrechen bestürzte ihn allerdings Gottes grausame Härte, mit der er ihn bestrafte. Wusste Gott denn nicht, dass er mit seiner Familie auch ihn selbst verloren hatte?

Mustafa nahm ihm die beiden Schüsseln ab und brachte sie in den Kiosk zurück. Ein warmer Wind spielte mit den Blättern der Birke. Yahya schloss die Augen und sah das Schwarze Meer vor sich, so als stünde er an der Spitze der Halbinsel von Konstantinopel. Er stellte sich vor, dass er in die Wellen springen und das Wasser sich über ihn schließen würde wie ein nasses Grab.

4

Edirne, Osmanisches Reich

»Ich zeige dir unser Zimmer«, sagte Mustafa.

Yahya öffnete die Augen, schwieg aber. Zwei beleibte Männer, deren Worte, die sie sich zuwarfen, sich wie Spatzen in der Luft neckten, kamen auf sie zu. Mustafa trat ehrerbietig zur Seite und grüßte sie freundlich. *»Aleikum salam«*, antworteten sie im Ton ihrer Unterhaltung, ohne von ihm Notiz zu nehmen.

»Kanzleischreiber«, erklärte Mustafa, nachdem die Männer sich bereits etwas entfernt hatten.

Blicklos und ungelenk wie eine Gliederpuppe stand Yahya auf und folgte Mustafa über die Wiese in einen kleinen Palast an der Südseite des Geländes, einen Gang entlang, eine Treppe hinauf. Unbeteiligt glitt sein Blick über das prachtvolle Schnitzwerk der Fenster, die freundlichen, hellen Flure, die bunten, in strahlend hellen Farben gewirkten Teppiche an den Wänden, die Zeichnungen, die Käfige mit Buntfinken und Zeisigen, die lustig sangen. Seine Sinne verweigerten die Wahrnehmung. Was ging ihn die Außenwelt noch an? Ein Hauch von Zimt und Safran, der in den Gängen hing, erreichte ihn dennoch. Der Geruch von Leder, der im Haus seiner Eltern allgegenwärtig gewesen war, fehlte hier hingegen vollständig. Das verwunderte ihn, mehr noch aber die Tatsache, dass er Gerüche wahrnahm. Den Worten brauchte man nicht zuzuhören, das Sehen konnte man in Unschärfe ertränken, doch der Geruch war der einzige Sinn des Menschen, der dem Willen nicht zu Diensten stand. Niemand vermochte das Riechen zu verweigern. Und Yahya schon gar nicht.

Nach dieser verwirrenden Erkenntnis verließ der Knabe die

Wirklichkeit und betrat eine Zwischenwelt, die er mit seinen Erinnerungen zu bevölkern begann. Einzig die Gerüche drangen aus der Wirklichkeit zu ihm und hin und wieder Worte, die sich von anderen Geräuschen und Lauten, wie ein Lachen oder der Klang eines Musikinstruments, das Brummen des Bären im Käfig im Innenhof des Palastes oder dem Gesang der Vögel in den vielen Käfigen aus Korb, unterschieden.

Durch einen Vorhang aus bunten aufgefädelten Holzstäbchen gelangten sie in ein kleines Zimmer mit einem breiten und hohen Fenster. Zwei Matratzen mit Decken und Kissen lagen vor der rechten Wand. Am Fenster hielten zwei Stehpulte die Jungen zum Schreiben und Lesen an. In der Mitte des Raumes stand ein kniehoher, runder Tisch, der von Sitzkissen umgeben war. Auf seiner mit vielen glitzernden Mosaiksteinen verzierten Platte wartete ein Schachbrett mit einer angefangenen Partie. Über die Wand lief in Augenhöhe ein kufischer Schriftzug in schöner Kalligrafie mit dem zweiten Vers der Sure al-Fatiha: »Lobpreis sei Gott, dem Herrn der Weltbewohner.« Über den Matratzen waren Fächer an der Wand angebracht, in denen Bücher, Schreibzeug sowie Kleidung lagerten.

»Hier schläfst du, und da oben liegen deine Sachen«, erklärte Mustafa und wies auf die Matratze zwischen seinem Schlafplatz und dem linken Pult vor dem Fenster. Yahyas Fach war bereits mit all dem gefüllt, was Mustafas auch enthielt.

»Spielst du Schach?«, fragte Mustafa.

Yahya nahm weder von der Frage Notiz noch von seinem Fach. Er legte sich hin, drehte sich um, rollte sich zusammen, schaute auf die Wand und schwieg. Mustafa zuckte mit den Achseln und setzte sich mit untergeschlagenen Beinen an den Tisch, um das Spiel gegen sich selbst fortzusetzen, während Yahya durch die Wand hindurchzublicken glaubte und das schwarzhaarige Mädchen mit der Narbe über der rechten Braue in einem Stuhl sitzen sah. Er hätte sich gewünscht, dass sie etwas zu ihm sagte, auch wenn es nur Spott war wie damals, doch sie schwieg. Und ihr Blick war ernst.

Yahya verharrte zusammengerollt und mit dem Blick zur Wand, bis ihn Mustafa am nächsten Morgen aufforderte, ihm ins Bad zu folgen, und ihn anschließend in den Kiosk zum Frühstück mitnahm. Es wurde Tag, und es wurde Nacht, während Yahya weder das Datum kannte noch die Stunden unterschied. Nichts floss, nichts verging, nichts traf für ihn ein, nichts, was Bewegung und also Veränderung bedeutete. Mit dem Verlust der täglichen Gebete und vor allem des Sonntagsgottesdienstes verschwand auch die Zeit aus seinem Leben. Er fühlte keinen Fluss mehr, sondern nur ein stehendes Gewässer, dessen Oberfläche nicht durch den leisesten Hauch gekräuselt wurde. Tief in seinem Innern entdeckte Yahya derweil eine neue Welt von unfassbarer Größe, in der er mit Nuria spielte, Juan und Ferante über ihre Erinnerungen an Barcelona ausquetschte, den Vater neckte, seine Worte wie ein Echo wiederholend, bis der die Arme hob und lachend um Schonung bat. Hin und wieder, aber nur wenn seine Familie nicht dabei war, besuchte ihn auch das schwarzhaarige Mädchen. Die Zwischenwelt war ein freundlicher Ort, denn sie vereinte das sonst Getrennte. Zuweilen erntete Yahya einen besorgten Blick von Mustafa, dann wusste er, dass sein lautes Lachen aus dem Limbus in die wirkliche Welt gedrungen war.

Wenn er nicht zum Essen ging oder Körperpflege betrieb, auf die hier peinlich genau geachtet wurde, kauerte Yahya auf seiner Matratze. Das Bad aber begann er zu lieben, denn wenn er das Wasser auf seiner Haut spürte, fühlte er sie. Das kleine Kreuz legte er nicht mehr ab, weil er damit keinen Glauben mehr verband. Er wusste nicht einmal, warum er es trug, weshalb es ihm so wichtig war. Auch fragte er nicht danach. Wozu auch? Wer dachte schon darüber nach, warum er ein Herz hatte oder ein Gehirn oder eine Seele? Dieses kleine Silberkreuz war etwas ähnlich Wesenhaftes für ihn. Es war, weil es war, nicht, weil es etwas bedeutete.

»Die erste Woche ist herum«, erklärte Mustafa eines Tages und lieferte Yahya nach dem Frühstück bei as-Schirazi ab. Zuerst sang der Sufi, doch das beeindruckte den schweigsamen Jungen mit den erloschenen Augen nur wenig. Diese Augen, die einmal blau, vielleicht sogar blaugrün gewesen sein mochten, waren nun trüb wie ein schlammiger Tümpel. Dann sprang der Sufi unvermittelt auf einem Bein hin und her, bewegte heftig die angewinkelten Arme und ahmte laut gackernd ein Huhn nach, was bei dem dürren Mann mit den langen Armen und Beinen einen erheiternden Anblick bot. Yahya aber verzog keine Miene. Schließlich ließ sich as-Schirazi auf einem bauschigen, grünen Kissen nieder und begann, von einer Frau namens Shahrasad zu erzählen. Sie war mit einem Mann vermählt worden, der sie nach der Brautnacht hinrichten wollte, damit er nie wieder betrogen würde. Dazu kam es jedoch nicht, weil sie ihm eine Geschichte vortrug, die ihn in den Bann schlug. Im Morgengrauen brach sie an der spannendsten Stelle ab und bestand darauf, erst in der kommenden Nacht weiterzuerzählen. So ging es viele Nächte. Der Mann schob die Hinrichtung immer wieder auf, denn er wollte unbedingt das Ende der Geschichte hören.

as-Schirazi brach Shahrasads Erzählung jeweils an eben den Stellen ab, an der auch sie pausiert hatte. Yahya schien zwar nicht zugehört zu haben, doch der erfahrene Sufi fühlte eine kleine Schwingung in dem Jungen, die ihm als erfahrenen Seelenführer als Bestätigung dafür genügte, dass er auf dem richtigen Weg war. Erstaunlicherweise war doch etwas von dieser Geschichte zu Yahya durchgedrungen. Was ihn aufhorchen ließ, war das Wort »enthaupten«. Die weißen Seidensegel seiner Zwischenwelt bluteten. Das ängstigte ihn jedoch nicht, sondern weckte sein Interesse. In seiner Zwischenwelt verlor alles seinen Schrecken, selbst vergossenes Blut, weil es dort keinen Schmerz gab und keine Zeit und keinen Anfang und kein Ende.

Von nun an holte Mustafa Yahya jeden Nachmittag bei as-Schirazi ab und brachte ihn am nächsten Morgen wieder zu dem Sufi, bevor er sich zu seinem eigenen Unterricht begab. So ging es fünf Monate. Von Tag zu Tag, von Woche zu Woche, von Monat zu Monat hörte Yahya länger zu, spiegelten sich mehr und mehr Reaktionen in seinem Gesicht wider. Auch fing er an, hin und wieder ein paar Worte mit Mustafa zu wechseln. Sie sprachen über Belanglosigkeiten, nicht über Dinge, die mit seinem oder dessen Leben zu tun hatten. Es drehte sich darum, wie der gefangene Bär im Innenhof hieß oder diese oder jene Speise zubereitet war. Allmählich begann Yahya auch wieder, zu schmecken, was er aß oder trank. Mustafas nicht ganz ohne Eigennutz vorgebrachtes Angebot, ihm das Spiel der Könige beizubringen, lehnte er sanft, aber bestimmt ab. Spiele interessierten ihn nicht.

Eines Tages unterbrach as-Schirazi die Geschichte Scheherazade, kaum, dass er begonnen hatte, sie zu erzählen.

»Warum hörst du auf? Ich will wissen, wie es weitergeht!«, empörte sich Yahya, der nicht bemerkte, dass er seine schützende Zwischenwelt verließ.

Statt einer Antwort stand as-Schirazi auf, ging zum Wandregal, zog zwei Schriftrollen heraus und breitete sie auf dem Tisch aus, hinter dem Yahya mit untergeschlagenen Beinen saß. Der Junge warf einen Blick darauf. Er hatte im Elternhaus Lesen und Schreiben gelernt, doch diese lang gezogenen Bögen, die sich wie Meereswogen wellten, glichen den kunstvollen Inschriften, welche die Wände des Palastes und auch sein Zimmer zierten, und machten ihn ratlos.

»Ich kann kein Arabisch«, stieß er trotzig hervor.

»Dann lerne es!«

»Lernen?«

»Wenn du wissen willst, wie die Geschichte weitergeht, dann lerne, Arabisch zu lesen und zu schreiben. Und damit nicht genug: Übe dich auch, Türkisch zu lesen und zu schreiben, ebenso Katalan, Kastilisch, Französisch und Italienisch. Und wenn du alles kannst, dann widme dich dem Persischen. Lerne die Sprachen der Erde, denn wer die Sprachen beherrscht, ist ein Fürst der Welt. Gebiete über die beiden Imperien einer jeden Sprache, über das Reich des Lesens und über das Reich des Schreibens. Denn bedenke, wer lesen kann, vermag noch nicht zu schreiben, und wem die Schrift geläufig ist, der versteht noch nichts von der Kunst des Lesens, weil Lesen mehr ist, als Buchstaben zusammenzuziehen, und Schreiben mehr, als Worte in Buchstaben aufzulösen. Es sind zwei Imperien. Und nur wer beide Reiche regiert, ist ein wahrer Fürst. Und du, das sehe ich dir an, bist zum Fürsten geboren.«

Der Junge machte große Augen. »Ich? Ein Fürst?« Wie sollte das gehen? Er war nur eine arme Waise.

»Sagt euer Jesus nicht: ›Meine Kraft ist in den Schwachen mächtig. Werde mächtig‹? Yahya, du kannst es!« as-Schirazi machte Yahya ein Zeichen, dass er ihn nun allein lassen solle.

Verwirrt kam der Junge der Aufforderung nach. Er wollte gerade auf den Gang hinaustreten, spürte schon den Windhauch, der den Flur durchzog, an Schläfe und Wange, als ihn as-Schirazis Stimme aufhielt.

»Du hast etwas vergessen.«

Yahya drehte sich mit fragendem Blick um. Der Sufi wies auf die beiden Schriftrollen. Gehorsam nahm der Junge sie an sich.

»Komm wieder, wenn du mir diese Geschichte vorlesen kannst. Vorher nicht.«

»Und wenn es zu schwer für mich ist?«

»Dann komm nie wieder.«

as-Schirazi griff zu seiner Qasba. Er setzte die Rohquerflöte an den Mund und fing an, ein persisches Lied zu spielen. Yahya verließ bestürzt den Raum. Er war mit einem für ihn wertlosen Text, weil er ihn nicht zu lesen vermochte, beschenkt und zugleich der schönen Ausflüge unter as-Schirazis Führung ins Reich der Fantasie beraubt worden. Er vermied es, sich einzugestehen, dass er den Sufi vermissen würde – nicht nur seine Geschichten, sondern ihn selbst. Auf dem Weg zurück zu seinem Zimmer watete er durch goldenes Sonnenlicht, das die Gänge überflutete. Allmählich wurde es Herbst.

Das Essen ließ der Junge aus. Er saß in seinem Zimmer und starrte auf die Schriftrollen, als ob eindringliches Anschauen ihm das Geheimnis der fremden Sprache enthüllen würde. Am Abend kam Mustafa und zündete ein Licht an. Man hatte ihn benachrichtigt, dass er Yahya nicht mehr von dem Sufi abzuholen und ihn auch nicht mehr morgens hinzubringen brauchte.

»Was sitzt du im Finstern? Willst du die Dschinns beschwören?«, scherzte er.

»Wie lernt man Arabisch?«

»Durch die religiöse Unterweisung.«

Von diesem Tag an wurde Yahya in die Welt des Islam eingeführt und zudem, so wie as-Schirazis es angeordnet hatte, von morgens bis abends in Sprachen unterrichtet. Immer seltener träumte er von seinen Eltern, nur das Mädchen mit der Narbe über der Augenbraue besuchte ihn regelmäßig im Schlaf. Sie lachte kaum noch, sondern blickte ernst, zuweilen traurig, manchmal schüttelte sie auch nur den Kopf. Er glaubte, dass sie befürchtete, Yahya könnte ihr die Tür zu seinem Traum versperren.

Anders als alle anderen Knaben musste er sich nicht der körperlichen Ertüchtigung widmen und Kampftechniken mit Fäusten und mit Waffen erlernen. All das wurde ihm erlassen, damit ihm keine Zeit für das Studium der Sprachen verloren ginge. Er traf nicht mit den anderen Jungen zusammen, nicht einmal beim Essen im Kiosk. Sein einziger Umgang war Mustafa. Bisweilen kam ihm der Gedanke, dass der Sultan etwas ganz Besonderes mit ihm vorhatte.

5

Andalusien, Spanien

Sechs Jahre, sechs Tage und sechs Stunden später. Am anderen Ende des Mittelmeeres, irgendwo in Andalusien, in einem Flecken, dessen Namen wohl nicht einmal seine Bewohner genau kannten, brach wie überall in Spanien die Nacht herein. Sie kam lau, sie kam behutsam, sie kam freundlich wie ein guter Bekannter. Sie umarmte den Abend, bis nichts mehr von ihm blieb. In einem kleinen Herrenhaus gegenüber der Kirche, zu dem eine Hazienda von tausend Morgen Land, fünfhundert Rinder und fünfzig Pferde gehörten, stritt ihr Besitzer, der Edelmann Sancho Jiménez de Solís, heftig mit seiner Tochter Isabella. So laut und ungestüm, dass seine jüngere Tochter, die achtzehnjährige Nuria, am liebsten in der Suppe, die vor ihr auf dem Tisch stand, verschwunden wäre. Die von Natur aus beherzte Köchin, eine Frau von altersloser Rundlichkeit, stand wie erstarrt in der Tür zum Speisezimmer und wagte nicht, den zweiten Gang zu servieren, der aus einem gefüllten Hasen bestand.

Nuria warf einen Blick aus dem geöffneten Fenster. Draußen saßen der Altknecht Alvaro und der Knappe Rodrigo, ein noch recht junger Mann, der seit seinem Knabenalter im Dienst des Edelmannes stand. Sie nutzten offenbar den Streit, um sich am Roten ihres Herrn gütlich zu tun. Aus Erfahrung wussten sie, dass Don Sancho, wenn er in seinen Jähzorn stürzte, kein Halten mehr kannte, bis er sich schließlich erschöpft in sein Schlafgemach zurückziehen würde, einem Ort vollkommener Einsamkeit. Nurias Mutter war zwei Jahre zuvor verstorben und hatte ihn allein mit seinen Töchtern und seiner großen Liebe zu ihr zurückgelassen. In Don Sanchos Herz hatte die

Trauer Einzug gehalten. Er dachte nicht daran, wieder zu heiraten, sondern richtete sich inmitten seiner Erinnerungen ein.

Alvaro war ein schmerbäuchiger, gedrungener Mensch mit kleinen, aber sehr beweglichen Augen, dem man die Vorliebe für Wein an der lilafarbenen Knollennase ansah. Gemeinsam mit Rodrigo lümmelte er nun vor dem Wirtschaftsgebäude, das sich halb rechts vom Herrenhaus befand. Offensichtlich genossen sie den Streit, der bis zu ihnen herausdrang, als Abwechslung zur Öde der langen Abende im Grenzgebiet zum Emirat Granada. Aber was heißt schon Grenzgebiet, dachte Nuria, wenn die Demarkationslinie zwischen Kastilien und Granada sich ständig verschiebt. Mal lag das Dorf haarscharf an der Grenze, dann wieder weit im Hinterland. Wie es gerade stand, wusste im Grunde niemand, denn die Lage konnte sich so schnell drehen wie die unberechenbaren Contrastes, jene gegenläufig gerichteten, oft starken Winde der Gegend.

Nuria unterdrückte ein Kichern, als sie sah, wie die beiden Knechte, angeregt von den Sätzen, die ihnen aus dem geöffneten Fenster des Esszimmers zuflogen, gestikulierten und Fratzen schnitten, um die Streitenden in liebevollem Spott zu karikieren, wobei sie sich gegenseitig zu übertreffen trachteten.

»Was ist so schlecht an Fernando de Aruya, dass du ihn nicht zum Manne willst?«, fragte Don Sancho seine Tochter Isabella. Er war sichtlich am Ende seiner Geduld. Draußen riss Alvaro die Augen auf, mit denen er sogleich rollte.

»Er ist alt«, antwortete Isabella nicht minder gereizt. Dabei blitzten ihre feurigen schwarzen Augen, während Rodrigo, Isabellas Rolle übernehmend, den Kopf abwandte, wobei sein Hals eine beträchtliche Länge erreichte. Er streckte Arme und Hände wie ein Schutzschild vor sich aus, so als stünde Don Fernando tatsächlich vor Rodrigo und spitzte die Lippen, um ihn zu küssen. Don Sancho schloss das Fenster, bevor er lospolterte.

»Ja und? Er besitzt eine gut gehende Hazienda, er ist ein frommer Mann, und er ist unser Nachbar.«

»Und er stinkt.«

»Wonach stinkt er denn?«

»Nach Tod.«

»Stink ich auch nach Tod?«, jaulte Don Sancho auf. Fernando de Aruya war in seinem Alter.

»Nach Tod nicht, nur nach Zorn. Vater, bitte, der Mann ist viel zu alt für mich.«

»Aber Jorge, der Taugenichts, der Habenichts, der ist nicht zu alt?«

»Nein. Er ist jung und stark und klug und wird für eine Familie sorgen können.«

»Ja, mit dem Maul. Sein Vater ist ein Strauchdieb.«

»Nein, ein Hidalgo, ein Edelmann, der seine Familie durch Heerzüge ernährt. Durch Tapferkeit.«

»Was ist daran tapfer, kleine Dörfer der Mauren zu überfallen und sie auszurauben?«

Isabella stampfte mit dem Fuß auf. »Seit Mutters Tod bist du völlig verbiestert und siehst nur das Schlechte in den Menschen.«

Über Don Sanchos dünne, blutleere Lippen zuckte ein flüchtiges Lächeln. »Wenn ich in allen Menschen nur das Schlechte sehe, was sehe ich dann Schlechtes in Don Fernando?«

»Vater, mach die Augen auf: Er ist alt, er ist fett, er ist verlogen, er stinkt, und er treibt's mit seiner Haushälterin!«

Zorn führte Don Sanchos Hand, doch im nächsten Moment bereute er die Ohrfeige zutiefst. Das hatte er noch nie getan. Ihm war, als habe er nicht seine Tochter, sondern sich selbst geschlagen. Stumm sahen Vater und Tochter sich an. Er hilflos, sie verletzt. Und auch jetzt ähnelten sie einander in ihrem Stolz. Er, der es nicht vermochte, sich zu entschuldigen, sie, die ihm diese Demütigung nicht verzeihen konnte.

Nuria schaute von ihrer Suppe auf. Beim Anblick der beiden liebsten Menschen, die sie auf Erden hatte, blieb ihr das Herz stehen. Wie gern hätte sie etwas gesagt, beide versöhnt, doch sie suchte vergebens nach den richtigen Worten und fürchtete, in ihrer Ungeschicklichkeit den Streit noch zu vertiefen. So starrte sie Vater und Schwester nacheinander mit geöffnetem Mund an. Obwohl die unheimliche Stille nur ein paar Wimpernschläge anhielt, kam es Nuria wie eine Ewigkeit vor.

Dann verließ Isabella türenschlagend das Haus. Nuria sprang auf und folgte ihrer Schwester, um sie zurückzuholen, denn jetzt wusste sie, was sie sagen musste, jetzt – wie immer zu spät. Sie litt darunter, dass ihr die passenden Worte nie im rechten Moment einfielen. Deshalb beneidete sie Isabella um ihre Schlagfertigkeit. Davon träumte sie, in ihren Träumen gebot sie über einen unschlagbaren Witz.

Allein zurückgeblieben, ließ sich Don Sancho erschöpft von dem Streit auf seinen Armstuhl fallen und schob den Suppenteller weit von sich und auch den Becher Wein. Der Appetit war ihm vergangen, auch nach dem Roten verlangte ihn nicht mehr. Alles hätte er dafür gegeben, seine Tochter umarmen und das Vorgefallene ungeschehen machen zu können. Seit dem Tod seiner Frau fühlte er sich verwundbar, verbarg es jedoch hinter einer zur Schau getragenen Unnahbarkeit. Nie hätte er es gewagt, auch wenn ihm danach war, seine Hand auszustrecken und seiner ältesten Tochter, die ihn so sehr an seine Frau erinnerte, übers Haar zu fahren. Er tröstete sich damit, dass sie ihre Wut in die Nacht schickte und sie am Morgen einander wieder bis auf eine leichte Verstimmung wie immer begegnen würden. Vielleicht hatte sie sogar recht, vielleicht war Fernando de Aruya wirklich zu alt für sie. Würde er selbst denn ein Mädchen heiraten, das seine Tochter hätte sein können?

Er nahm sich fest vor, Isabella am nächsten Morgen zu versprechen, einen anderen Mann für sie zu suchen. Und ja, er würde sich auch einmal mit diesem Jorge unterhalten. Aber das hieß nicht, dass damit die Sache schon entschieden wäre. Leise stöhnte der Edelmann auf. Die einzige Sünde, für die er sich dereinst vor seinem Schöpfer würde verantworten müssen, war vermutlich die Nachsicht im Umgang mit seinen Töchtern.

Sein melancholischer Blick glitt über den großen Esstisch aus dunkelbraunem Holz und über die zwölf Stühle mit geschnitzten Lehnen, die auf dem roten Steinboden standen. Wie sehr wünschte er sich, dass sich um diesen Tisch eine fröhliche Familie versammelt hätte, seine Frau, die Töchter mit den Schwiegersöhnen und ihren Kindern! Kein Stuhl blieb in seiner Vorstellung unbesetzt.

Besonders das Lärmen der Kinder vermisste er. Er hatte immer davon geträumt, ein fröhlicher Patriarch zu werden, stattdessen war nun aus ihm ein einsamer alter Mann geworden. Ein Gedanke, der ihn mit freundlichem Ungestüm überfiel, rettete ihn aus der Schwermut, in die er zu versinken drohte, und zauberte ein stilles Lächeln auf seine Lippen. Der alte de Castro, Jorges Vater, hatte einen ganzen Stall voller Kinder. Auch der eine oder andere Balg im Dorf sollte sein Leben der Anstrengung seiner Lenden verdanken. Wenn de Castros Jüngster diese Zeugungskraft geerbt hatte, konnte Don Sanchos Wunsch, wenn schon nicht als Vater, so doch als Großvater, ein Patriarch zu werden, doch noch in Erfüllung gehen.

Warum sollte er seine Tochter überhaupt einem Fremden geben? Den alten de Castro kannte er seit einer Ewigkeit und auch seinen Rotzbengel, Jorge, dem es gefallen hatte, heimlich mit Don Sanchos besten Pferden auszureiten, bis dieser ihn dabei erwischte und ihm diese Angewohnheit mit einer ordentlichen Tracht Prügel austrieb. Für Pferde interessiert sich der Tunichtgut auf jeden Fall, dachte Don Sancho de Solís nicht unzufrieden. Er ertappte sich dabei, dass er sich mit dem Gedanken, Jorge als Schwiegersohn zu bekommen, anzufreunden begann.

Als Nuria auf die knarrende Veranda trat, fühlte sie den kühlenden Abendhauch auf ihrem heißen Gesicht. Vom Dorf her drang Kindergeschrei zu ihr. Isabella hatte schon den Weg überquert und hielt auf die Kirche zu, die in der Landschaft hockte wie ein gebeugter alter Mann, der nur kurz verschnaufte. Nurias schwarze Augen verweilten beim Kirchentor, von dem sich eine Gestalt löste, in der sie Jorge vermutete. Sie schüttelte so heftig den Kopf, dass ihre langen schwarzen Haare in der Nachtluft schwebten, bevor sie wieder auf die Schulter fielen. Mit ihrer wilden Mähne wollte sie ihre Weiblichkeit betonen, der ihr schmaler, ein wenig knabenhafter Körper mit den kleinen Brüsten widersprach. Sie litt darunter, den drahtigen Wuchs ihres Vaters geerbt zu haben, während Isabella in ihrer prallen, verschwenderischen Weiblichkeit nach ihrer Mutter kam. Stirnrunzelnd rieb sich Nuria die Narbe über ihrer rechten Augenbraue.

Über den Weg zwischen der Hazienda und der Kirche hinkte eine alte Frau, die eine Kiepe aus Weiden auf dem Rücken trug. Nuria begegnete ihr stets freundlich, doch andere fürchteten sich vor ihr, weil das Gerücht ging, dass sie eine Hexe wäre. Doch rührte sie niemand an, weil ihre Heilkünste allseits geschätzt waren. Was immer man über sie dachte, keiner würde das Risiko eingehen, es sich mit ihr zu verscherzen, zumal es hieß, dass sie über den bösen Blick verfügte.

»Hat sich das Kräutersammeln gelohnt, Esmeralda?« Die alte Frau winkte ab. »Die Mariendisteln haben den Teufel gesehen.«

»Warum?«

»Frag den Priester!«, murmelte sie, bekreuzigte sich und humpelte weiter.

Nurias Aufmerksamkeit richtete sich wieder auf die Kirche und Isabella. Obwohl sie zu wissen glaubte, dass ihr Vater stärker an ihrer Schwester hing und sie häufig einfach übersah, liebte sie ihn innig. Doch diesen Kummer, den sie in ihrem Herzen verschlossen hatte, würde sie niemals äußern, niemandem gegenüber, schon gar nicht Isabella, die sie bewunderte. Tief zog sie die Luft durch die Nase ein. Ein letzter Hauch von wilder Minze hing über der Landschaft.

Nuria mochte diesen Geruch. Die Zikaden zirpten um die Wette. Wie ein Tuch aus silbriger Seide warf ein riesiger Vollmond sein Licht auf die Sierra Nevada, auf das Dorf und umhüllte auch sie. Nuria stutzte. Der Mond begann zu bluten und tropfte auf das Pergament des Himmels. Und färbte alles ein, auch Isabella, auch Jorge und sicher auch sie.

Plötzlich drang der Lärm von Pferdehufen an ihr Ohr. Lauter, noch lauter und bedrohlich. Nuria blickte nach links und entdeckte einen schwarzen Pulk, der sich rasch näherte. Schon stand drüben das Anwesen von Don Fernando in Flammen. Nuria wandte sich um und sah, dass ihr Vater aus dem Haus gestürzt kam. In der Hand hielt er sein blank gezogenes Schwert. Am hastig angelegten Gürtel zitterte das Wehrgehänge, in dem auch ein Dolch stak. Stimmen, Schreie, Rufe brandeten im Dorf auf, und das Licht von Fackeln schlug gegen den blutfarbenen Himmel.

»Ab ins Haus! Ein Raid!«, rief er ihr zu. Es klang, als warne er vor einem Orkan. Seine dunklen, unter buschigen Wimpern verborgenen Augen waren weit aufgerissen. Nuria brüllte aus Leibeskräften, um Isabella zu warnen, doch schon riss ein maurischer Krieger die Schwester auf sein Pferd und legte sie quer wie ein Mehlsack über den Widerrist. Jorge de Castro rannte dem Mauren mit seinem Schwert in der Hand entschlossen entgegen, aber seine jugendliche Kühnheit stand in keinem Verhältnis zu seiner Erfahrung.

»Jorge, pass auf, mein Junge!«, donnerte Don Sancho, als wäre Jorge sein Sohn, doch prallte seine Stimme vor dem Wall des Lärms und des Läutens der Sturmglocke ab, die Don Vinzenz, der Priester, ausgerechnet jetzt betätigte. Ein rechts an Isabellas Geliebten vorbeireitender Krieger, den Jorge, ganz darauf konzentriert, den Räuber seiner Braut aufzuhalten, übersah, spaltete seinen schwarzen Lockenkopf.

»Ins Haus!«, brüllte der Vater erneut.

Inzwischen hatten sich einige Dorfbewohner bewaffnet und versuchten, Widerstand zu leisten, während andere sich versteckten oder ihr Heil in der Flucht suchten. Auch die meisten Knechte Don Sanchos trieb es weg von der Hazienda in die Nacht hinaus.

Nur Rodrigo mit einem Schwert und Alvaro mit einem großen Knüppel bewaffnet stellten sich ihrem Herrn zur Seite. Fünf Mauren, die sich gar nicht erst der Mühe des Zweikampfes zu unterziehen gedachten, durchbohrten die drei Christen mit den Pfeilen, die von ihren Bögen schnellten. Sie glitten von ihren Pferden und hielten grölend, als wäre das alles nur ein fröhliches Jahrmarktschießen, auf das Haus zu. Während die anderen feixend zusahen, erschlug einer von ihnen die Köchin, die sich ihnen in der Tür in den Weg gestellt hatte. Nuria wusste, dass sie das Haus nach Wertgegenständen und jungen Menschen durchsuchen würden, um sie mitzunehmen und auf dem Sklavenmarkt von Granada anzubieten.

Nuria hatte sich in letzter Sekunde in die Zisterne hinter dem Haus retten können. Durch einen Strohhalm, den sie auf dem Weg gefunden hatte, holte sie Luft. Von den Raids hatte sie schon oft gehört, von den plötzlichen Überfällen, die unerwartet und schnell wie ein schweres Unwetter über die Dörfer und kleinen Städte hereinbrachen. Aber sie hatte noch keinen erlebt. Die muslimischen Krieger, die stets ein Angehöriger des Herrscherhauses der Nasriden anführte, raubten alles, was sich gut verkaufen ließ, Kleidung und Vieh, verschleppten alle Menschen, von denen sie sich, wenn sie hoher Abkunft waren, entweder ein gutes Lösegeld versprachen oder einen entsprechenden Erlös auf den Sklavenmärkten. Die anderen, die Alten, Kranken und Schwachen, töteten sie zuweilen, manchmal auch nicht, je nach Laune. Das Ganze ging blitzschnell vonstatten, immer in der Nacht, und noch vor Einbruch der Dämmerung verschwanden die Horden bereits in den Schutz der Sierra Nevada. Deshalb nannte sie der Volksmund Geister oder auch »die kleinen Brüder des Teufels«.

6

Andalusien, Spanien

Als Nuria nach zwei Stunden aus der Zisterne stieg, war sie vollkommen durchgefroren. Doch sie spürte die Kälte nicht. Sie schaute hinüber zum Dorf. Einige Häuser brannten wie ihres, ebenfalls der Stall und das Wirtschaftsgebäude. Der Qualm machte das Atmen schwer. Die Pferde ihres Vaters hatten die Mauren mitgenommen. Einige Rinder lagen tot, andere halb tot auf dem Boden und bewegten kraftlos ihre Glieder, während wieder andere in die Landschaft hinausliefen. Die Stiere und Kühe hätten die Horde aufgehalten und dadurch der Gefahr ausgesetzt, mit den Reisigen des Marqués de Cadiz, Rodrigo Ponce de Léon, zusammenzustoßen, die durch die Grenzlandschaften patrouillierten. Der Erfolg der Raids lag in ihrem hohen Tempo und ihrer Skrupellosigkeit.

Nuria ging kraftlos, ohne Tränen, ohne Gedanken, innerlich erstarrt an ihrem Haus vorbei und entdeckte vor der Veranda die Leichen Rodrigos und Alvaros und den Körper ihres Vaters. Die Finger seiner rechten Hand umgriffen das Heft seines Schwertes, das ihn fast ein Leben lang begleitet hatte. Aus einer unbegreiflichen Laune heraus hatten ihm die Mordbrenner die Waffe gelassen. Andere im Dorf, die wie sie überlebt hatten, würden jetzt Ähnliches tun und sich um ihre getöteten Angehörigen und Nachbarn kümmern. Für sie alle war es das, was die Bibel das Armageddon nannte. Sie beugte sich sorgenvoll über ihren Vater und wusste doch nur zu gut, was geschehen würde. Er blickte sie aus erlöschenden Augen an und bewegte leicht die Lippen. Sie legte ihr linkes Ohr an seinen Mund, und Nuria ahnte mehr, was er sagte, als dass sie seine gehauchten Worte verstand.

»Bitte Isabella, mir zu verzeihen … ich hätte ihr Jorge …« Er öffnete die Hand, in der sein massiver Goldring mit den verschlungenen Händen, die ein Sternenband aus Smaragdsteinen verband, lag, den er vor den Mauren in seinem Mund versteckt hatte, und flüsterte: »Den Ring … bring Isabella … Isabella, sie soll …« Die letzte Anweisung nahm er mit in den Tod.

In Nurias Trauer mischte sich Bitterkeit. Noch im letzten Augenblick hatte er an ihre Schwester gedacht und kein Wort für sie gehabt, keinen Laut der Liebe, kein Lebewohl, keinen Segen. Als sie ihrem Vater ins Gesicht schaute, blieben ihr nur noch seine starren Augen, die langsam auskühlten. So kalt wie seine Augen wurde auch ihr Herz. Verwundert nahm sie zur Kenntnis, dass der Vater nur noch eine Hülle, ein Ding war, das auch nicht bleiben, sondern ebenfalls verwesen, zu Staub werden würde. Den Tod ihrer Mutter hatte sie – so schmerzhaft er für sie auch gewesen war – als eine Zeremonie mit Priestern und Trauerweibern, mit Musik und Gebeten und einem großen Trauerfest erlebt, er besaß eine Ordnung. Ihr Vater aber war in dem Augenblick, in dem Gott sich abgewandt hatte, einfach abgeschlachtet worden wie ein Schwein.

Das war es, was sie als eine himmelschreiende Ungerechtigkeit empfand: das Fehlen jeglicher Ordnung. Noch hielt sie das Geschehen für eine üble Posse, noch erreichte der Schmerz nicht ihr Bewusstsein, noch kreiste er über ihr und wartete auf seine Chance, sich auf sie zu stürzen wie ein Bussard auf seine Beute. Alles in ihr war taub, unzugänglich, erstarrt.

Doch dann kam mit einem Mal wieder Leben in sie, als hätte sie aufgehört, die Luft anzuhalten, und einen kräftigen Atemzug genommen. Alles in ihrem Körper richtete sich auf, das Herz und das Hirn und der Schmerz. Sie beneidete die beiden Knechte, dass sie im entscheidenden Augenblick an der Seite ihres Vaters hatten stehen dürfen, während sie sich in der Zisterne versteckt hatte. Sie empfand ihr Verhalten als erbärmlich, die Rolle, die ihr als Frau zugedacht war, als beschämend.

Einer plötzlichen Eingebung folgend zog sie Rodrigo Wams und Hose aus. Dann stieg sie aus ihrem Kleid. Wie ein verlorener

Engel stand sie im schneeweißen Hemd vor ihrem brennenden Vaterhaus. Was vor ihr in der Lohe versank, war ihr Leben gewesen. Noch einmal schaute sie auf ihr Haus. Wenn das Feuer sie schon beraubte, das bisschen Schmuck, ihre Kleider, die beiden Puppen aus noch gar nicht so fernen Kindertagen, dann sollte es auch ihr letztes Kleid nehmen. Sie warf es in die Brunst. Mit einer stolzen Bewegung hob sie den Kopf, zog Rodrigos Hose und Wams über und schnitt sich mit dem Dolch ihre langen schwarzen Haare ab. In dieser Welt wollte sie keine Frau mehr sein.

Für ihren Vater, den Knappen und den Großknecht grub sie inmitten von Malven ein Grab und legte sie hinein. Beim Transport von Alvaros schwerem Körper geriet sie heftig ins Schwitzen. Als sie sich abmühte, den fetten Leib in die Grube zu schieben, glitt er aus ihren Händen und plumpste mit einem dumpfen Geräusch hinein. Es tat ihr leid. »Armer, guter Alvaro, ich hoffe, du hast dir nicht wehgetan«, sagte sie zärtlich zu ihm, so als könnte er sie hören. Sie rieb ihre Narbe auf der Stirn, öffnete behutsam die Hand ihres Vaters, nahm die Waffe und gürtete sich mit dem Dolch und dem Schwert. Dann schloss sie die Gräber, stellte drei kleine Kreuze auf, die sie aus herumliegendem Holz zusammengebunden hatte, kniete nieder und betete. Zu ihrem Gott.

Doch zum ersten Mal in ihrem Leben spürte sie einen Zweifel, denn ihr Gott hatte ihren Vater und ihre Schwester nicht beschützt, nicht Rodrigo und nicht Alvaro und nicht einmal Jorge, den stets vergnügten jungen Mann, den Tunichtgut, der ihre Schwester geliebt und dessen Gefühle Isabella erwidert hatte. Und für den Nuria, wenn sie ganz ehrlich zu sich war, auch ein ganz klein wenig geschwärmt hatte. Wie oft hatte sie sich gewünscht, mit ihrer Schwester tauschen zu können.

Langsam kehrten die wenigen Bewohner ins Dorf zurück, denen die Flucht gelungen war. Ihnen wollte Nuria keinesfalls begegnen. Doch sie machte sich auf den Weg nach Norden. Im Grunde floh sie vor dem Mitleid. Tief in ihrem Herzen fand sie eine Kammer, in die sie Nuria einsperrte. Nicht in Gottes Hand legte sie ihr Schicksal, denn er schien blind und taub für die Nöte seines Volkes zu sein, sondern in die ewig das Rad drehenden Hände der Fortuna. Sollte diese über ihr Leben entscheiden! Vielleicht war Vorsehung auch nur ein anderes Wort für Zufall? Nichts von dem Jammern und Klagen, nichts von den Gebeten, aber auch nichts vom Ordnen und Aufräumen, vom Versorgen der Wunden und dem Aufbahren der Toten drang zu ihr. Sie hatte alledem den Rücken gekehrt.

Ein Stück weit außerhalb des Dorfes lag ein junges Mädchen auf dem Weg, blutverschmiert, zertrampelt. Sie musste wohl einem der Mauren vom Pferderücken gerutscht und von den Hufen der nachfolgenden Reittiere totgetreten worden sein. In dem entstellten Gesicht erkannte Nuria Anna, eine Tochter des Bauern Miguel. Sie betete lange für ihr Seelenheil, dann begrub sie das Mädchen am Wegesrand – weder ihre Mutter noch ihr Vater sollten sie so zu Gesicht bekommen. Auch wenn die Erde nicht geweiht war, Gott würde sie dennoch zu sich nehmen, darum bat sie inbrünstig die Jungfrau Maria, die auch eine Mutter war. Und Nuria bat auch für sich, darum, dass sie niemanden mehr begraben müsste.

Während sie Fuß vor Fuß setzte, ersann sie für sich eine neue Lebensgeschichte. Doña Nuria de Solís war tot, so tot wie ihre Mutter, wie ihr Vater und vielleicht auch wie ihre Schwester, so tot jedenfalls wie Anna. Umgekommen in einem Raid maurischer Krieger. Sie beschloss, sich fortan Jorge de Castro zu nennen und dem ermordeten Jüngling ein neues Leben zu schenken.

Weil Nuria es wollte, war Jorge von den Toten auferstanden, von den Erschlagenen zurückgekehrt, um Rache zu nehmen. Unter seinem Namen würde sie einen Ritter suchen, bei dem sie als Knappe in die Lehre gehen konnte, um das Waffenhandwerk zu erlernen, denn noch konnte sie das schwere Schwert, das sie an der Seite trug, nicht führen. Der verrückte Vorsatz, den sie gefasst hatte, war es, der sie nicht irrwerden ließ. Ihre Welt war aus den Fugen geraten. Gewalt hatte sie auseinanderbrechen lassen, und nur Gewalt würde sie wieder einrichten können. Einen anderen Weg sah Nuria nicht. Sie fühlte, wie der Wechsel ihrer Identität alle Hemmungen verschwinden ließ, die mit ihrer alten Existenz verbunden waren, als hätte Gott alle Schulden gestrichen. Und ihr neues Leben war noch so jung und ungewohnt, dass Skrupel sich allenfalls erst mit der Zeit einstellen könnten. Ihre Taufpaten jedoch hießen Schmerz und Hass. Ganz tief in ihrem Innern fühlte sie mehr, als sie es wusste, dass es Gott war, der sie auf diesen Weg stieß. Christus – aber nicht Christus, der Liebende, sondern Christus, der Richter, der von sich sagte: »Ihr sollt nicht meinen, dass ich gekommen bin, Frieden zu bringen auf die Erde. Ich bin nicht gekommen, Frieden zu bringen, sondern das Schwert.« Eines Tages würde sie die Mauren jagen, eines Tages würden diese so tot vor ihr liegen wie ihr Vater.

Nuria blickte zum Himmel, der an seinen Rändern auszubleichen begann. Noch lagen Nacht und Tag im Streit, und der Dämmer schlich wie ein Dieb über die leere Landstraße, da trennten sie bereits zwei Stunden Weges und das verlorene Leben von ihrem Dorf.

7

Andalusien, Spanien

Sengend lag die Hitze über der karstigen Landschaft. Die Sonne sog Nuria den letzten Tropfen Feuchtigkeit aus dem Körper. Ihre Kehle war staubtrocken wie der Geröllweg, der sich vor ihr ins Gebirge hinaufwand. Nie zuvor hatte sie einen derart einsamen Ort gesehen, so verlassen, als reiche der Atem Gottes nicht bis hierher. Sie hoffte, der Ödnis bald zu entkommen und auf einen Bach, eine Quelle, einen Brunnen oder gar auf ein Dorf zu stoßen, in dem ihr jemand einen Krug Wasser reichen würde. Rechts und links von ihr erstreckten sich zwei hohe, von Pinien bedeckte Bergrücken. Zum Gipfel hin wurden die Bäume immer kleiner und buschiger. Im Tal sammelte sich ihr würzig-nussiger Geruch und kitzelte Nuria in der Nase. Obwohl sie seit dem Vortag nichts mehr gegessen hatte, verspürte sie keinen Hunger, doch der Durst peinigte sie.

Der Hass, der in ihrem Herzen wuchs, trieb sie vorwärts.

Immer wieder stieg Übelkeit in ihr auf, dann sah sie Geister, die auf den Bergrücken und in den Pinienwipfeln lauerten und ihren Weg nach Norden argwöhnisch beäugten. Hämische Geister. Fremde Geister. Die glühende Scheibe hoch am Himmel glich in nichts der Sonne, die über der Hazienda ihres Vaters geschienen hatte. Auf ihrem Gut hatte die Sonne Leben geschenkt, hier bedeutete sie den Tod.

Plötzlich lag auf dem Weg vor ihr ein schwarzer Schatten. Er hatte die Gestalt eines Kreuzes, bewegte sich jedoch. Sie hob den Kopf und schaute nach oben. Sie musste die Augen zusammenkneifen und sie mit der linken Hand beschirmen, um in das gleißende Licht zu schauen. Über ihr kreiste ein Geier.

»Da täuschst du dich aber!«, rief sie dem Vogel trotzig zu. »Ehe *ich* verdurste, wirst *du* verhungern.« Sie strich sich über die Narbe auf der schweißnassen Stirn. »Teufel! Hund! Maure!«

Sie schritt weiter aus und bemerkte auf einem Felsvorsprung eine Eidechse, die sich reglos der unbarmherzigen Sonne darbot. Nuria umrundete den in den Weg hineinragenden Erker mit einem fast freundlichen Blick auf das kleine Tier und hielt plötzlich inne.

Vor ihr bedrohten drei berittene Strauchdiebe in grauen Fellhosen und schmutzigen Hemden einen Edelmann zu Pferde, dessen Schwertklinge in der Sonne aufblitzte. In der anderen Hand hielt er einen Dolch. Die Augen in seinem wettergegerbten Gesicht blitzten, und Haar und Schnurrbart glänzten altsilbern. Er trug schwarze Hosen, ein weißes Hemd, darüber ein rotes Lederwams, das an den Ärmeln modisch geschlitzt war und das leuchtende Weiß des Hemdes durchscheinen ließ. Erstaunt nahm Nuria die unheimliche Ruhe wahr, die der Hildalgo ausstrahlte.

Der Edelmann hatte sich in seinem Sattel aufgerichtet. Nuria blieb nicht verborgen, dass er hoch konzentriert war. Sogleich war ihr auch der edle Araberhengst ins Auge gefallen, den er ritt. Drei dieser außergewöhnlichen Pferde hatten zum Gestüt ihres Vaters gehört, drei Tiere, mit denen er eine Zucht begründen wollte. Auch diesen Plan hatte der nächtliche Überfall der Mauren zunichtegemacht.

Nurias ganzer Zorn sammelte sich in ihrer rechten Hand, als sie das Schwert ihres Vaters aus der Scheide zog. Sie musste feststellen, dass es schwerer war, als sie gedacht hatte. Um sich Mut zu machen, begann sie, laut zu brüllen, wobei sie sich bemühte, ihrer Stimme einen tieferen Klang zu geben.

»Noch einen Schritt auf den Edelmann zu, und ihr seid des Todes. Pack!«

Überrascht schauten sich die drei Straßenräuber um. Nurias Wut verdrängte jeden Gedanken, und es kam ihr nicht einmal in den Sinn, dass sie noch nie ein Schwert im Kampf geführt hatte. Der Edelmann nutzte den Augenblick der Überraschung, drückte seinem Hengst leicht seine Waden in die Weichen, ritt rasch auf einen der Strauchdiebe zu und hieb ihm das Schwert aus der Hand. Vor Schreck fiel der

Kerl vom Pferd und landete neben seiner Waffe, während die beiden anderen es vorzogen, ihren Kleppern die Sporen zu geben und ihr Heil in der Flucht zu suchen.

Der Dritte, der so unfreiwillig abgestiegen war, wollte wieder aufsitzen. Doch der Hidalgo hatte seinen Dolch eingesteckt. Mit der linken Hand hielt er das Pferd des Strauchdiebs am Zügel und in der rechten das Schwert. Dem Räuber sank der Mut, und er rannte, so schnell ihn seine Beine trugen, in den Pinienhain. Zwar hatte er sein Pferd eingebüßt, dafür aber das Leben behalten.

Der Edelmann verzog leicht die Mundwinkel, dann musterte er Nuria. »Wie heißt du?«, fragte er rau.

»Jorge de Castro«, antwortete sie mit leichtem Zittern in der Stimme. Zum ersten Mal hatte sie sich mit dem fremden Namen vorgestellt. Würde er ihr glauben, ihr abnehmen, dass sie nicht Nuria, sondern Jorge hieß? Oder würde er sie auslachen? Sie fühlte sich nackt unter seinem prüfenden Blick, entkleidet und schutzlos.

»Noch auf den Stimmbruch warten, aber schon ein Schwert führen!« Der Hidalgo lachte heiser.

Er glaubt es also, stellte Nuria erleichtert fest und suchte nach der standesgemäßen Entgegnung. Der Fremde ließ ihr Zeit. Schließlich fiel ihr – wie immer etwas spät – doch noch die passende Antwort ein.

»Wenn Ihr Streit sucht, dann sagt es frei heraus«, brüllte sie und richtete das Schwert gegen den Mann.

Der Hidalgo räusperte sich dreimal hintereinander, was bei ihm wohl so etwas wie ein Lachen war, dann warf er einen spöttischen Blick auf Nurias Hand und Waffe.

»Na, so, wie du das Schwert hältst, Freund, wage ich es lieber nicht. Vergib mir also meine Frechheit.«

Er verbeugte sich leicht mit einem angedeuteten Lächeln, das ihm einen Fächer feiner Äderchen um die Augen zauberte. Nun war es an Nuria, dem Edelmann prüfend ins Gesicht zu schauen. Sie war unschlüssig, ob er sie verspottete oder es ernst meinte. Sie mühte sich, das Schwert wieder ins Wehrgehänge zu stecken, was ihr allerdings nur umständlich gelang.

»Hast du deinem Vater die Waffe gestohlen?«

»Nein, er braucht sie nicht mehr.«

»Ein Raid?«

Nuria nickte nur. Plötzlich stiegen die Bilder wieder in ihr auf. Sie sah ihren Vater in der Blutlache liegen und hätte am liebsten losgeheult. Aber Männer weinen nicht – und sie hatte doch beschlossen, ein Mann zu sein.

»Gut, mein Sohn. Dein Vater ist offensichtlich nicht mehr dazu gekommen, dich im Schwertkampf und der kecken Rede zu unterweisen, denn beides sind verschwisterte Künste. Man kann den Feind sowohl mit Worten als auch mit der Klinge töten. Außerdem hat schon manches kühne Wort zur rechten Zeit einen Kampf verhindert. Und wenn ich dann noch solche Pfuscher sehe, wie die drei Strauchdiebe eben, dann ärgert es mich schon, dass jeder Schuft ein Schwert in der Hand halten darf. Das Handwerk ist verkommen, die Ehre dahin. Und statt zu reden, quieken sie wie Schweine. Wir leben in der Zeit der Mittelmäßigen, der allzu Geschäftstüchtigen, der Ehrlosen, Gott sei uns gnädig.« Der Hidalgo spuckte aus.

Nuria wankte. Die Welt um sie herum versank in nebelhaftem Licht und wirbelndem Staub.

Der Hidalgo sprang vom Pferd, was ihr sehr langsam vorkam. Sie traute ihren Augen nicht, denn er schwebte auf sie zu wie Jesus über den See Genezareth. Dann hielt er ihr seine Wasserflasche an den Mund.

»Trink, Junge, trink!«

Sie schlürfte und spürte das Wasser, das ihren ganzen Körper überflutete, als fiele sie in einen See, und sog sich ordentlich voll. Dabei verschluckte sie sich und fing an zu husten.

»Langsam, langsam!«, mahnte der Hidalgo.

Mit einem Schlag fühlte sich Nuria besser. Sie meinte ein Gluckern in ihrem Bauch zu hören, was ihr vor dem Fremden peinlich war. Gerade noch rechtzeitig, bevor sie sich dafür entschuldigte, erinnerte sie sich daran, dass Männern selten etwas peinlich war. Sie dachte daran, wie die Knechte des Vaters einmal mit den Kühen um die Wette gefurzt hatten. Fast hätte sie gelächelt, doch sie zwang sich, ein ausdrucksloses Gesicht zu machen.

»Offensichtlich ist dir nicht viel geblieben, wenn du zu Fuß unterwegs bist. Nicht einmal ein Pferd. Ach, hol's der Teufel, ich habe gerade eines über, nimm dieses«, sagte der Hidalgo und wies auf den Klepper des Strauchdiebes. »Ist zwar eine Schindmähre, aber immerhin ein Pferd. Du kannst doch reiten?«

»Mein Vater besaß eine Pferdezucht.«

In den Augen des Edelmanns leuchtete Mitleid auf. »Großer Gott, dann ist dir wirklich nicht viel geblieben«, sagte er und spuckte erneut aus.

Nuria nahm die Zügel des Pferdes und stieg in den Sattel. Das Tier tänzelte nicht einmal, sondern blieb unbewegt stehen. »Ein Bauernpferd«, sagte sie und klopfte ihm auf den Hals. »Aber auch eine Kreatur Gottes.«

»Recht so, mein Sohn.« Der Hidalgo ließ seinen Blick über Nurias Gesicht gleiten und verweilte bei der kleinen Narbe über der rechten Augenbraue. Er deutete mit seinem rechten Zeigefinger auf ihre Stirn. »Bei welch hübscher Gelegenheit hast du dir das denn eingehandelt?«

Nuria zuckte die Achseln. »Weiß nicht. Ich kann mich nicht daran erinnern. Manchmal glaube ich, es ist mir im Traum widerfahren.«

»So, so, im Traum«, brummte der Hidalgo. »Was hast du denn jetzt vor, du verletzter Träumer?«

»Mein Glück versuchen.«

»Das heißt?«, hakte der Fremde nach.

»Jemanden finden, der mir das Waffenhandwerk beibringt.«

»Warum? Man kann auch anders sein Geld verdienen.«

»Weil ich nichts anderes mehr besitze als dieses Schwert. Und«, fügte sie leise hinzu, »weil ich es dem maurischen Pack heimzahlen will.«

»Dagegen lässt sich nichts einwenden. Wir müssen alle mit dem auskommen, was uns Gott gegeben hat. Und Rache ist die letzte Liebe, die man dem Recht tun kann, wenn es versagt. Sei's drum. Ich bin Hernandez de Cardenas und war Waffenmeister von Carlos de Viana, mein Junge.«

»Dem ersten Sohn des Königs Juan von Aragón?«, staunte Nuria.

»Ja, bis ich es vorgezogen habe, wieder frei zu sein. Bleibst du zu lange bei einem Herrn, wirst du sein Hund. Und Don Hernandez de Cardenas ist kein Hund. Aber … wir hatten eine schöne Zeit in Neapel, *Dios mío!*« In den Augen des Hidalgo flammte ein kurzes Wohlbehagen auf, gefolgt von einem mehr als eindeutigen Blick, und er schnalzte mit der Zunge.

»Und warum seid Ihr zurückgekehrt, wenn es so schön war in Neapel?«, fragte Nuria forsch. Sogleich pfiff sie sich innerlich zurück. Als Jorge de Castro würde sie lernen müssen, mit Zoten zu leben. Niemand sollte schließlich in ihr die Frau erkennen, in deren Gesellschaft sich anzügliche Reden verboten.

»Weil Don Carlos immer noch hofft, König von Aragón zu werden. Na, ich habe mich verabschiedet und in Barcelona auf einen Seelenverkäufer nach Alicante eingeschifft. Jetzt schlage ich mich nach Sevilla durch. Armer Carlos, ein guter Kerl, aber ein Träumer. Eher gibt man ihm Gift als die Krone. Herrschaft ist ein schmutziges Geschäft, wenn du Erfolg haben willst, musst du ein Lump sein. Ich habe so viele von denen kennengelernt, glaub mir, mein Sohn, da hockt ein Lump auf dem anderen. Solltest du jemals unter Herren geraten, traue keinem!«

Nuria spitzte die Ohren. Sie hoffte, noch mehr zu hören. Die Unterhaltung versprach, interessant zu werden.

»Du kannst das Schwert zwar nicht führen, aber du bist mutig und hast das Herz auf dem rechten Fleck. Mit anderen Worten: Wenn du willst, tritt in meine Dienste, und ich lehre dich, mit der Waffe und mit den Worten umzugehen. Aber Vorsicht, ich schenke dir nichts. Das wird harte Arbeit. Du bezahlst mit deinem Fleiß!«

Der Hauch eines Lächelns wagte sich in Nurias blaue Augen. Sie meinte gar, dass ihr Vater im Himmel diesen Edelmann geschickt hatte. »Gern, sehr gern.«

»Übereile nichts, bedenke es genau. Zu lernen, andere abzustechen, ist nichts, über das man sich freuen muss, aber es ist leider notwendig. Willst du wirklich?«

»Ja, Don Hernandez!«

»Dann lass uns keine Zeit verlieren. Nenne mir die wichtigste Eigenschaft eines Kämpfers?«

»Mutig zu sein.«

»Falsch! Feige zu sein.« Als er ihren erstaunten Blick sah, fuhr er fort: »Merke dir, an Gelegenheiten zu kämpfen, wird es nicht mangeln. Deshalb geh jedem Kampf aus dem Weg. Kämpfe nur, wenn es sich nicht mehr vermeiden lässt und wenn es einen handfesten Grund dafür gibt. Aber dann sei konsequent. Wer den Kampf aufnimmt, muss auch bereit sein, zu töten oder zu sterben. Dazwischen gibt es nichts. Bevor du das Schwert ziehst, bedenke, dass der Tod auf deiner Klinge hockt.«

»Geht denn jeder Kampf auf Tod oder Leben?«

»Bei Pack nicht, das wird nur verdroschen. Aber wenn wir ein Gefecht eingehen, dann ja. Denn jeder Kampf, in dem es nicht ums Ganze geht, ist vermeidbar. Dann verhandele lieber. Ziehen wir das Schwert, gibt es keine Gnade mehr.«

»Warum?«

»Es ist besser, dem Feind in einer starken Minute den Tod zu geben, als dass er uns in einer schwachen antrifft.«

»Was wollt Ihr in Sevilla, Don Hernandez?«

»Oh, ich besitze dort ein kleines Haus im Schatten des Alcázar und will mich dort zur Ruhe setzen.«

Er hatte sich vorgenommen, eine Weile auszuspannen, denn er hatte sich für seinen Geschmack mehr als genug in der Welt herumgetrieben. Dafür, dass er nicht aus der Übung kam, hatte Gott ihm nun diesen jungen Mann geschickt, um ihn auszubilden. Trat er allem in der Welt mit großer Skepsis gegenüber, so glaubte er doch felsenfest an die Vorsehung und folgte ihr. Zudem konnte es ihm dereinst vor Gottes Richterstuhl als gute Tat angerechnet werden, wenn er den elternlosen Jüngling, der alles verloren hatte, als Knappe annahm und einen echten Hidalgo aus ihm formte.

8

Edirne, Osmanisches Reich

In der Kanzlei des Sultans in dem lichten Saal eines Seitentraktes des Palastes herrschte eine geschäftige Ruhe. Unter drei Jünglingen und neun Männern unterschiedlichen Alters saß Yahya wie immer fleißig über den Text gebeugt, den er zu übersetzen hatte, als der Agha eintrat und sich räusperte.

»Hört einmal alle her«, rief er mit seiner feinen Stimme. Der hagere Kanzleivorsteher zog es vor, jedem Einzelnen seiner Untergebenen persönlich Anweisungen zu geben, anstatt zu allen zu sprechen. Er war der Kanzleichef, aber kein Führer und kein hoher Beamter, wie sein Vorgesetzter Yusuf Pascha, der sich im Diwan, dem Staatsrat, um die äußeren Angelegenheiten von Mehmeds Reich kümmerte. Er liebte nicht, Reden zu halten, aber diesmal kam er nicht umhin.

Die Übersetzer drehten sich zu ihm und sahen ihn gespannt an. Der Kanzleivorsteher räusperte sich erneut und auch noch ein drittes Mal, bevor er anhob.

»Die Kanzlei wird vorübergehend geschlossen. Yahya und Muhammad fertigen die Übersetzungen für Yusuf Pascha an, die keinen Aufschub dulden. Sozusagen als Notdienst. Die anderen packen die Möbel und Akten der Kanzlei ein. Wir ziehen um!«

Staunen zeichnete sich auf den Gesichtern ab.

»Dann stimmt es also doch«, sagte ein älterer Übersetzer, auf dessen Glatze sich die Sonne spiegelte, die durch die Fenster des Schreibsaales hereinfiel.

»Was stimmt?«, fragte ein anderer.

Der Agha nickte. »Wir gehen nach Stambul. Der Großherr hat beschlossen, seine Residenz dorthin zu verlegen.«

»Stambul?«, fragte Yahya, der sich sonst meist in Zurückhaltung übte.

»So nennen wir die Stadt, welche die Ungläubigen Konstantinopel nannten und die wir uns zurückgeholt haben«, raunte ihm der Glatzköpfige zu und bedachte ihn mit einem herablassenden Blick.

Yahya überlief es heiß und kalt. Er wusste, dass nach gängiger Glaubenslehre alle Menschen als Muslime geboren wurden, einige – wie die Christen – jedoch vom rechten Glauben abfielen. Deshalb gehörte alles, was die Ungläubigen in ihrem Besitz hielten, den Muslimen. Aus diesem Grund waren sie berechtigt, sich jederzeit alles zurückzuholen, weil Allah es für sie und nicht für die Ungläubigen geschaffen hatte.

Doch es war nicht die Nachricht, dass aus Konstantinopel eine muslimische Stadt werden sollte, die Yahya verstörte. Er war entsetzt, dass er schon so bald in die Stadt seiner Geburt und der vielen leidvollen Erinnerungen zurückkehren sollte. Panik überfiel ihn bei dem Gedanken, in Stambul auf Erinnerungen zu stoßen wie auf ein Rudel hungriger Straßenköter, Erinnerungen, die er mühsam verdrängt hatte. Kalter Schweiß trat ihm auf die Stirn.

»Ist dir nicht gut?«, fragte ihn Kemal, ein Übersetzer, der zwei Jahre älter war als er und dessen Pult neben seinem stand.

»Wieso?« Yahya hörte, wie heiser seine Stimme klang.

»Weil du weiß wie die Kanzleiwand geworden bist.«

»Nein, schon gut, es ist alles gut.«

Kemal zuckte mit den Achseln und schaute wieder zum Agha.

Yahya haderte mit Allah. Warum um alles in der Welt tat dieser ihm das an? Er hatte in Edirne seinen Frieden gefunden. Glücklicherweise kam es nur noch selten vor, dass ihn wie aus dem Hinterhalt eine Erinnerung an den Vater anfiel. Dann bot er allen Hass auf, den er über dessen Verstocktheit in seinem Herzen zu finden vermochte. Er wollte sich nicht eingestehen, wie sehr er ihm fehlte, der Mann, der ihn verlassen, der ihn verraten hatte, weil er nicht bereit war, zum Islam zurückzukehren. An seine Mutter dachte Yahya kaum noch, auch nicht an die Brüder und Schwestern. Ihre Bilder verblassten in seiner Erinnerung.

In der ausführlichen Beschäftigung mit den unterschiedlichen Sprachen hatte er Vergessen gesucht und gefunden. Der Wechsel vom Griechischen ins Türkische oder vom Kastilischen ins Arabische kam ihm vor wie ein Versteckspiel. Das Geheimnis seiner außergewöhnlichen Gewandtheit als Übersetzer bestand darin, dass er die Sprachen, die er studierte, in Landschaften verwandelte und die Grammatiken in ihre Erdoberfläche umformte. Jede Satzergänzung stellte einen hohen Berg, jedes Adjektiv einen reißenden Fluss, jedes Bindewort die Brücke darüber dar. In der Sprache wohnte die Wahrheit, im Wort, das so geheimnisvoll war und seine Bedeutung erst im Satz, und der Satz erst im Text offenbarte. Yahya liebte die Worte, er konnte sie fühlen, schmecken, riechen, anfassen, mit ihnen spielen, sie kosen und sich von ihnen streicheln lassen, sie waren für ihn wie Brüder und Schwestern.

So kam es, dass der gerade siebzehnjährige Yahya ibn Catalano in der Übersetzungsabteilung der Kanzlei des Yusuf Pascha als Genie galt. Er beherrschte Katalan, Kastilisch, Griechisch, Latein, Türkisch und Arabisch und sprach alle diese Sprachen fließend. Mit dem Französischen und dem Italienischen beschäftigte er sich wie zum Spiel, wobei ihm seine Kenntnisse des Lateinischen und des Spanischen zugute kamen. In letzter Zeit hatte er sich dem Persischen genähert, was ihm aber große Mühe bereitete. Zum ersten Mal forderte ihn eine Sprache heraus – und es war längst nicht entschieden, wer als Sieger vom Platz gehen würde.

Yahyas tägliche Arbeit bestand darin, Berichte von Christen, die für die Osmanen im Abendland, an den Höfen oder in der Kurie, spionierten, ins Türkische zu übersetzen. Anfangs hatte er sich noch über diese Flut von Spitzelberichten gewundert, über die Bereitwilligkeit der vielen Kirchenfürsten und hohen Adligen, für eine ansehnliche Summe jede auch noch so vertrauliche Information durchzustechen. Dank der Geldgier der Ungläubigen war es für die Hohe Pforte ein Leichtes, jedes Geheimnis der Christen in Erfahrung zu bringen. Am Hof Mehmeds II. wusste man besser, was in Paris oder Rom vorging, als in Paris oder Rom selbst.

In Edirne hatte sich Yahya dank seines Lehrers as-Schirazi in seiner neuen Existenz eingelebt. Die täglichen Sprachstudien vor und nach dem Dienst in der Kanzlei ließen ihm keine Zeit, um über schmerzhafte Erinnerungen nachzugrübeln. Wenn er spät abends auf seine Bettstatt fiel, tummelten sich Worte und Buchstaben verschiedener Sprachen in seinen Träumen. Manchmal versuchte er sogar, dem Mädchen mit der Narbe über der Augenbraue, wenn es erschien, ein sprachliches Problem zu erläutern, das ihn gerade beschäftigte. Seltsam war nur, dass sie in seinen Träumen ein Kind blieb, so wie er sie zum ersten Mal gesehen hatte. In seiner Vorstellung hatte sie die Traurigkeit seiner ersten türkischen Monate überwunden und lachte nun wieder so klangvoll und hell wie bei ihrer ersten Begegnung.

Und jetzt das! Er sollte zurückkehren an den Ort des Unglücks, an den Ort seiner Kindheit. Er wünschte, er könnte sich im hintersten Winkel des Palastes verstecken, einen Grund finden, um hierbleiben zu dürfen. Doch es gab nicht den geringsten Zweifel, dass ihm keine Wahl blieb, als mit der Kanzlei nach Stambul umzuziehen.

In seiner Not begab er sich nach der Arbeit sofort zu as-Schirazi. Bevor er anklopfte, lauschte er an der Tür und hörte die Stimme des Meisters, aber auch die eines Knaben. As-Schirazi hatte Besuch. Wahrscheinlich ein christliches Kind, dachte Yahya, dem er hilft, den Pfad zum wahren Glauben zu beschreiten. So wie er ihn damals ihm selbst gewiesen hatte. Er ließ sich an der Wand zu Boden gleiten und wartete. Es dauerte eine ganze Weile, ehe sich die Tür öffnete und ein blonder, etwa zehnjähriger Junge mit erloschenen Augen erschien. Yahya schnellte in die Höhe, klopfte an und trat in das Zimmer seines Seelenführers.

»Du weißt doch, dass du nur kommen darfst, wenn ich dich rufen lasse!« Der Perser musterte ihn stirnrunzelnd.

»Ja, Meister, aber es ist so wichtig, dass …«

Der Sufi hob abwehrend die rechte Hand. »Nichts ist so wichtig, dass es rechtfertigt, das Gebot zu brechen!«

Yahya fiel innerlich zusammen, der Meister hatte recht und auch damit, dass er die Vereinbarung missachtet hatte.

»Geht es um den Umzug nach Konstantinopel?«

Yahya nickte und wunderte sich, dass as-Schirazi den christlichen Namen der Metropole am Bosporus wählte.

»Ich halte nichts davon, Orte umzubenennen«, sagte as-Schirazi, als hätte er seine Gedanken gelesen. »Abgesehen davon verstehe ich deine Unruhe, deine Panik nicht. Wie kannst du dich nur so gehen lassen? Du wechselst den Ort, nicht deine Seele. Was uns umgibt, sind Zufälligkeiten. Und da jammerst du und lässt das Wesentliche außer Acht! Geh, sammle dich und finde wieder zurück zu dir!«

Da der Meister sich schweigend abwandte, verließ Yahya das Zimmer. Er war um keinen Deut ruhiger.

Je näher der Tag des Umzugs in seine Geburtsstadt rückte, desto stärker wuchs seine Furcht.

9

Sevilla, Spanien

Das Gebirge lag wie eine verblassende Erinnerung hinter ihnen, die Hitze nicht. Aber was wollte man, es war August, der heißeste Monat des Jahres. Keine Wolke stand am stahlblauen Himmel. Links von ihnen würde irgendwann maurisches Gebiet beginnen, rechter Hand breitete sich Kastilien mit seinen unzähligen Kastellen aus, zu deren Füßen riesige Schafherden grasten. Vor ihnen lag die fruchtbare Ebene, in deren Mitte die Stadt Sevilla wie eine Königin Hof hielt.

Seit Stunden ritt Nuria nun schon schweigend hinter Don Hernandez durch die andalusische Landschaft, durch Dörfer, die in der Mittagshitze wie ausgestorben wirkten. Auf den Straßen lungerten zottelige Dorfköter herum, deren Fell von einem so schmutzigen Gelb war, dass es sich kaum vom Staub der Wege unterschied. Die Zunge hing ihnen aus dem Maul, und sie japsten, während die Augen sich wieder schlossen, nachdem sie kurz ein Lid gehoben hatten, um herauszufinden, ob von den Fremden eine Gefahr ausging. Nur der Geruch von Minze und Lavendel sorgte für eine gewisse Erfrischung.

Nuria nahm das alles nicht wahr. Der große Schmerz hatte sie fühllos gemacht. Sie dachte weder darüber nach, was ihr widerfahren war, noch darüber, was sie verloren hatte, und auch nicht daran, was nun aus ihr werden würde. Der Himmel lastete mit der ganzen Schwere seiner Teilnahmslosigkeit auf ihren Schultern.

Der Nachmittag, an dem das Leben in den Dörfern und auf den Feldern wieder erwachte, holte auch sie in die Gegenwart zurück und sie beobachtete, was um sie herum vorging. Bauern zogen mit ihren Familien auf die Äcker und ernteten den Weizen. Kleinkinder, die noch nicht laufen konnten, lugten aus Weidenkörben auf dem Rücken der Mütter. Bald spürte Nuria, wie sich ihr beim Anblick der Väter, der Mütter und der Kinder das Herz zusammenzog. Alles, was ihr seit gestern widerfahren war, kam ihr vor wie ein Albtraum, aus dem sie erwachen würde, wenn Isabella sie weckte – ach, käme sie doch endlich!

Es herrschte noch immer eine brütende Hitze, als sie am Nachmittag einen Hain aus Weiden an einem kleinen Flusslauf erreichten, der sogar genügend Wasser für ein Bad führte. Nuria hatte den Eindruck gehabt, als schliefe Hernandez de Cardenas im Sattel, doch nun sprang er plötzlich munter vom Pferd und entledigte sich ohne Umschweife seiner Kleidung. Sie schloss die Augen und fürchtete zu erröten, weil sie noch nie einen Mann nackt gesehen hatte. Als sie die Lider wieder ein klein wenig hob, stand der Hidalgo in all seiner prächtigen Männlichkeit vor ihr.

»Und was ist mit dir?«

»Nein, nein …«, wehrte Nuria ab und sah in zwei argwöhnische Augen unter sich zusammenziehenden Brauen. Schnell hob sie die Hände. »Ich habe eine Wunde, die sich entzünden könnte.«

»Hoffentlich habe ich mir mit dir keinen Schmutzfinken eingefangen«, brummte der Waffenmeister und stieg ins Wasser. Hätte Nuria ihren Blick nicht auf das Gesicht des nackten Mannes konzentriert, wären ihr die vielen Narben aufgefallen, die den Oberkörper des Waffenmeisters überzogen. Als ihm das Wasser bis zu den Hüften stand, ging er in die Knie und tauchte erst bis zum Hals und dann auch mit dem Kopf unter, um gleich wieder prustend hochzuschnellen. Die Tropfen glitzerten in seinem Haar. Immer ausgelassener und auch ungestümer warf er sich ins Wasser, sprang hoch und ließ sich umgeben von schillernden Spritzern zurück ins kühlende Nass fallen. Sein ganzer Körper und sein Gebaren machten den Genuss deutlich, den er empfand.

Nuria musste unwillkürlich lächeln. Dass dieser unnahbare Mann so verspielt sein konnte wie ein Hundewelpe, überraschte sie. Sie beneidete ihn und hätte nichts lieber getan, als sich ebenso ausgelassen ins Wasser zu stürzen. Langsam schwante ihr, wie viel Mühe und

Umsicht es sie kosten würde, ihr wahres Geschlecht vor der Welt, aber auch vor ihrem Lehrmeister geheim zu halten. Für alle, denen sie künftig begegnen würde, war sie ja nicht Nuria de Solís, sondern Jorge de Castro. Zum ersten Mal überlegte sie, was alles bedacht werden musste. Zum Glück war sie von jungenhafter Gestalt, und ihre Brüste waren noch nicht voll entwickelt. Dennoch würde sie diese besser abbinden. Die größte Gefahr stellten allerdings die monatlichen Blutungen dar. Hinzu kamen solch unberechenbare Situationen wie diese. Ihr neues Leben würde stete Wachsamkeit und Vorsicht verlangen. Doch diesen Preis war sie bereit zu zahlen, wenn sie nur für die Welt fortan ein Mann sein durfte.

Am späten Nachmittag kamen ihnen die Bauern mit ihren Ochsenkarren entgegen, hoch beladen mit dem geernteten Getreide. Manchmal kreuzten sie auch ihren Weg, oder sie mussten sie überholen. Niemand jedoch sprach sie an. Nuria vermutete, dass die Ehrfurcht gebietende Erscheinung von Don Hernandez die Leute davon abhielt.

Gegen Abend leerte sich der Weg. Im Vorbeireiten beobachtete Nuria, wie die Bauern in ihre Höfe einfuhren, das Getreide in die Scheunen brachten und die Ochsen und die anderen Tiere versorgten. Es waren Bilder voller Mühsal, aber auch voller Frieden, einem Frieden, den sich Nuria verzweifelt zurückwünschte.

Als sich die Dunkelheit über die Landschaft senkte und eine leichte Kühle mit sich brachte, erreichten sie wieder eine Ansiedlung. Nuria wusste nicht die wievielte es war – sie hatte sie nicht gezählt. Hernandez de Cardenas hielt auf die kleine Kirche zu. Er ließ sich vom Pferd gleiten und ging auf die Pforte zu, als in der grauen Soutane der Hieronymiten der Pfarrer heraustrat. Er war ein klein gewachsener Mann, dessen sich wölbender Bauch seiner Gestalt im wahrsten Sinne des Wortes Gewicht verlieh. Sein fleischiges Gesicht strahlte eine vertrauenerweckende Gutmütigkeit aus.

»Gott zum Gruße, heiliger Mann. Mein Name ist Hernandez de Cardenas, und das ist mein Knappe Jorge de Castro.«

»Gott zum Gruße, ihr lieben Brüder, ich bin Bruder Tomás. Was kann ich für euch tun?«

»Weißt du Rat, wo wir etwas zu essen und zu trinken bekommen und unsere müden Glieder ausruhen können? Wir sind den ganzen Tag geritten.«

Mit einem Mal wurde Nuria bewusst, dass sie seit gestern nicht mehr geschlafen und nichts mehr zu sich genommen hatte. Nachdenklich strich sie über ihre Narbe über der Augenbraue. Es wunderte sie, dass sie weder Müdigkeit noch Hunger empfand. Ein leichter Wind spielte mit ihren kurzen, schwarzen Haaren wie einst die zärtliche, beruhigende Hand ihrer Mutter.

»Wenn du die Hütte eines armen Gottesdieners nicht verschmähst, dann begleite mich«, antwortete der Mann in der Soutane mit einem weichen, fast singenden Tonfall. »Aber du musst mir erzählen, woher du kommst und wohin du gehst. Und wenn du mich mit ein paar Happen deiner Erlebnisse fütterst, so soll meine Haushälterin dir dafür einen Hammelbraten servieren, von dem du noch in zehn Jahren träumen wirst«, fügte er hinzu, wobei er das rechte Auge zusammenkniff. Dann stöhnte er leise auf. »Gott prüft mich harrt mit der Eintönigkeit dieses öden Fleckens, den selten jemand besucht.«

Nuria empfand die Klage des Geistlichen als Frevel, denn sie selbst hätte jedes noch so abgelegene Plätzchen wertgeschätzt, wenn sie denn dort mit ihrer Familie leben durfte.

Der Waffenmeister nickte, nahm die Zügel seines Rosses und schritt neben dem Pfarrer her. Nuria stieg vom Pferd, denn es wäre ihr unziemlich vorgekommen, hinter den beiden Männer herzureiten. Sie nahm die Zügel und folgte ihnen. Sie achtete nicht auf das Gespräch der beiden, sondern schaute in die geöffneten Fenster der Hütten, an denen sie vorbeikamen. Fröhlicher Lärm drang heraus, auch wenn die meisten wie dunkle Augen wirkten, weil die Bewohner sich offensichtlich keine Kerzen oder Öllämpchen leisten konnten und ihr Mahl im Halbdunkel einnahmen. Nur ab und zu fiel aus den Fenstern Licht auf die Straße, und Nuria konnte zusehen, wie sich die Familien zum Abendessen um den Tisch versammelten. Es roch nach Bohnensuppe, mitunter auch nach gesottenem Hammelfleisch. Nuria wünschte sich nichts mehr, als an einem dieser Tische sitzen zu dürfen, und wenn es der armseligste von allen wäre. Nur einfach dazuzugehören. Sie fühlte sich einsam, allein, ausgestoßen aus der menschlichen Gemeinschaft. Wasser stieg ihr in die Augen, weil sie sich selbst so unsagbar leidtat. In diesem Moment drehte sich der Waffenmeister zu ihr um und musterte sie mit einem tiefen Blick. Nuria kniff die Augen zusammen, um ihre Tränen zu verbergen.

»Tu dir keine Gewalt an, mein Junge«, sagte er mit einer unvermuteten Wärme in seiner Stimme und wandte sich wieder dem Pfarrer zu. »Seine Familie ist gestern bei einem Raid umgekommen. Ich habe ihn unter meine Fittiche genommen.«

»Da tust du ein gottgefälliges Werk«, sagte der Pfarrer und wandte sich zu Nuria um. »Kann ich dir helfen, mein Sohn?«

Sie schüttelte nur den Kopf und biss sich auf die Lippen, um nicht zu schreien. Es tat ihr gut, die Tränen laufen zu lassen und nicht verstecken zu müssen. Der Priester verstand sie. Er segnete sie mit dem Kreuzeszeichen und setzte seine Unterhaltung mit Hernandez de Cardenas fort.

Am nächsten Tag erreichten sie um die Mittagsstunde Sevilla. Als ihr die Metropole mit den vielen Häusern, den Palästen und Kirchen zu Füßen lag, stockte Nuria der Atem, hatte sie bisher doch nur Dörfer gekannt. Die königliche Stadt schmiegte sich in die Beuge des Guadalquivir wie ein Kind in die Arme seiner Mutter. Doch den stärksten Eindruck machten auf Nuria die großen Schiffe, die auf dem Fluss ankerten. Von dem Hügel aus, über den sie sich dem Stadttor näherten, konnte sie die Koggen und Karavellen bereits sehen. Umso näher sie der Stadt kamen, umso voller wurde der zur Straße gewordene Weg, auf dem Ochsenkarren, Reiter auf Pferden und Eseln, aber auch Fußgänger, zuweilen ganze Familien unterwegs waren. Alle kümmerten sich um sich selbst, niemand achtete auf die anderen. Nur eine junge Zigeunerin, die mit ihrem Clan unterwegs war und ein riesiges Bündel trug, schnalzte mit der Zunge und schaute Nuria so frech an, dass es ihr die Schamesröte ins Gesicht trieb. Die Zigeunerin lachte. Nuria wandte ihren Blick wieder der Stadt zu, die vor ihr lag. Mittlerweile konnte sie die Koggen viel deutlicher erkennen.

»Die sind ja riesig!«, platzte es aus ihr heraus.

»Bis Sevilla ist der Guadalquivir für Hochseeschiffe befahrbar. Ja, mein Junge, Sevilla ist auch eine Hafenstadt.«

»Eine Hafenstadt …«, wiederholte Nuria versonnen. »Warum seid Ihr dann nicht gleich von Barcelona nach Sevilla mit dem Schiff gefahren?«

»Ich habe keine Passage bekommen. Und ich wollte nicht länger warten.«

»Ist Barcelona keine angenehme Stadt?«

»Doch, sehr sogar. Aber mir stand nicht der Sinn danach, Carlos in den Kerker zu folgen, in den ihn sein liebender Vater bringen ließ.«

Nun verstand Nuria den wahren Grund der Trennung des Waffenmeisters von seinem Herrn. Sie wollte schon nachfragen, tiefer bohren, denn sie spürte, dass Don Hernandez ihr noch nicht alles gesagt hatte, als ihr Blick auf eine kleine Prozession fiel, die an einem langen, hallenartigen Gebäude entlangzog.

»El Matadero, das Schlachthaus«, erklärte Don Hernandez und nickte mit dem Kinn hinüber.

Eine junge Frau, deren Hände auf dem Rücken zusammengebunden waren, saß auf einem Esel. Ein Schwarm von Wespen, die sie auch stachen, umschwirrte sie. Hinter ihr stolperte ein Mann, dessen Hände ebenfalls gefesselt waren. Ein schweres Geweih, das ihm Kopf und Schultern quetschte, maß gute Zweidrittel seiner Körpergröße. Im Gesicht des Gehörnten malte sich ein großer, herzzerreißender Kummer ab. Zwei Musiker zu Fuß lenkten mit Posaune und Ratsche die Aufmerksamkeit auf das bemitleidenswerte Paar, hinter dem ein stattlicher, weißbärtiger Herr in teurer Robe auf einem Esel her ritt. Der hochtrabende Blick aus seinen kleinen Augen strahlte unermesslichen Stolz aus. Seine ganze Haltung forderte Respekt und auch Unterwürfigkeit ihm gegenüber ein. Dass er den irdischen Genüssen zugeneigt war, verriet seine im Sonnenlicht in den verschiedenen Tönungen von Dunkelrot bis Violett schillernde Knollennase. Schweiß rann in Strömen von seiner Stirn über die Augen und Wangen.

Die Menschen, die dem kleinen Zug folgten, johlten und machten mit den Fingern das Hörnerzeichen. Ein paar Männer und Frauen, die ebenfalls auf dem Weg in die Stadt waren, schlossen sich der Prozession an, als verspräche das Ganze ein ausgelassenes Jahrmarktspektakel zu werden. Vielleicht waren auch ein paar Taschendiebe unter ihnen, die ein günstiges Betätigungsumfeld witterten.

Als Don Hernandez das Staunen im Gesicht seines Schülers sah, sagte er leichthin: »Eine Ehebrecherin. Gefolgt von ihrem Mann, gehörnt und für seine Feigheit bestraft. Und am Schluss der Richter.«

»Feigheit, Meister?« Nuria glaubte, sich verhört zu haben.

»Um der Bestrafung zu entgehen, hätte er den Mann, der seine Ehe und seine Ehre entwürdigt hat, zum Duell fordern müssen. Aber er erträgt offenbar lieber die Schande, als den Mut zum Zweikampf aufzubringen.«

»Und wenn das den sicheren Tod für ihn bedeutet hätte?«

Der Hidalgo zuckte mit den Achseln. »Bei mir gehören Gefahr und Tod zum Geschäft. Was steht mir da ein Urteil über einen Bäcker oder einen Krämer zu?«

»Kann man sich in der Schande einrichten?«

»Wenn man die Ehre für verzichtbar hält, dann ja. Wenn man keine Loyalität für sich und die Seinen empfindet. Leben auf den Knien soll auch ein Leben sein. Aber es wäre nicht mein Leben. Es ist nicht das Leben, dass Gott für uns ausgesucht hat.«

»Sondern?«

»Der Teufel. Gott hat uns als aufrechte Menschen erschaffen, aber die Mächtigen wollen das nicht, sie wollen Sklaven. Merke dir, wie freundlich ein Herr auch sein mag, letztlich dienen die Mächtigen alle dem Teufel. Zwischen dem freien Mann und dem willfährigen Sklaven steht die Ehre.« Der Hidalgo trieb sein Pferd wieder an. »Ich hasse es, Zeuge zu werden, wenn Menschen erniedrigt werden«, murmelte er. »Oder sich selbst erniedrigen.«

Nuria fiel auf, mit welcher Schadenfreude, aber auch, mit welchem Ernst und Eifer die Menschen im Umzug ihre Handzeichen machten, mit dem sie pfiffen und grölten, schimpften und sogar spotteten. Was hatten ihnen denn der Mann und die Frau angetan? Wahrscheinlich nichts. Was hatte ihnen also das Leben angetan, dass sie so herzlos gegen diese beiden Menschen hetzten und sich an deren Pein erfreuten? Nuria verstand es nicht.

Plötzlich traf sie der fiebrige Blick der jungen Frau, die sich offenbar damit abgefunden hatte, dass ihr Leben endete. Auch wenn man sie nicht töten würde. Und mit einem Mal sah Nuria ihre Schwester in ihr, sah Isabella vor sich. Hätte sie sich nicht weiter heimlich mit dem jungen Mann getroffen, den sie liebte und dessen Namen Nuria angenommen hatte, auch wenn der Vater sie mit dem alten Don Fernando verheiratet hätte? Wer durfte sich denn anmaßen zu richten, wer, den ersten Stein zu werfen?

Nichts hielt Nuria mehr zurück, sie drückte ihre Waden gegen das Pferd und als spüre das gemächliche Bauernross, wie ernst es ihr war, galoppierte es mit bemerkenswerter Geschwindigkeit an. »Lasst sie in Ruhe, ihr Hundsfotte«, rief Nuria außer sich vor Zorn.

Die Menge hielt erstaunt inne, und mit ihr die Büttel und der Richter, und glotzte nur auf den heranpreschenden jungen Mann. Nuria lenkte ihr Pferd dicht neben den Esel der Frau, sodass sich die beiden Tiere berührten. Jetzt erkannte sie, dass man der Ehebrecherin Gesicht und Hände mit Fleischsaft, Speck und Honig eingerieben hatte, damit die Wespen ihr folgten und sie stachen. Die jähe Erkenntnis, welchen Tod die guten Christen der Frau zugedacht hatten, traf Nuria bis ins Mark. Dass sie inzwischen dem Tod näher war als dem Leben, erkannte Nuria an der Teilnahmslosigkeit und dem unstet umherirrenden Blick.

Sie riss den Dolch ihres Vaters aus dem Gürtel und hielt ihn hoch. Ein erwartungsvolles Raunen ging durch die Menge. Die Leute wussten, dass der junge Mann mit dem Messer nicht der Liebhaber der Ehebrecherin war, aber sie vermuteten, dass er die untreue Frau erstechen würde. Sie wussten zwar nicht, warum, aber sie freuten sich darauf, ein unerwartetes Schauspiel geboten zu bekommen.

Doch welche Enttäuschung ergriff die Gaffer, als Nuria mit dem Dolch die Fesseln durchschnitt, welch viehische Wut brach sich Bahn, als sie der Geschundenen half, vor ihr auf den Rücken des Bauernpferdes zu steigen.

Auf einen Wink des Richters traten ihr die Büttel entgegen. »Packt …«, brüllte er.

Weiter kam er nicht, denn Don Hernandez hatte ihn aus dem

Sattel gestoßen. Der feiste Mann plumpste zu Boden und schrie laut auf. In dem hohen, lang gezogenen Laut mischten sich die körperlichen Schmerzen mit der Qual der Demütigung, denn er lag da wie ein Käfer auf dem Rücken und zappelte mit den Beinen. Ein Diener half ihm schließlich, sich auf den Bauch zu drehen. Es kostete ihn große Mühe, sich zu erheben, denn sein kugelrunder Leib drohte immer wieder eine Beute der Schwerkraft zu werden.

»Die Frau hat ihre Strafe erhalten und verbüßt!«, rief Don Hernandez ruhig und mit befehlsgewohnter Stimme. »Ist jemand anderer Meinung? Der kann gern zum Zweikampf gegen mich antreten. Lassen wir Gott entscheiden.« Er schaute in die Runde, aber die Männer, die der Prozession gefolgt waren, blickten zu Boden, während die Frauen sich für ihre Männer schämten. Nur ein halbwüchsiger Knabe quiekste im höchsten Diskant: »Ich!«, worauf ihm seine Mutter eine schallende Ohrfeige versetzte.

»Was? Keiner ist bereit, sich einem Gottesurteil zu stellen? Dann hat sie also ihre Strafe verbüßt?« Als wieder niemand zu antworten wagte, wandte sich der Hidalgo an den stöhnenden Richter: »Oder willst *du* mit mir die Waffen kreuzen und Gott um das Urteil ersuchen?«

»Ich habe kein Schwert bei mir«, war die hastige Antwort.

»Mein Knappe leiht dir gern das seine.«

Der Richter verzog den Mund zu einem schmierigen Grinsen. »Aber meine Büttel werden gegen dich kämpfen.«

Als die beiden Männer das Ansinnen ihres Herrn vernahmen, suchten sie rasch das Weite. Ihnen stand ganz und gar nicht der Sinn danach, im Dienst erschlagen zu werden.

»Dein Schwert, Jorge«, rief Don Hernandez gleichgültig, ja im Grunde gelangweilt.

»Nein, nein, so war es doch gar nicht gemeint, guter Mann«, brachte der Richter kleinlaut hervor.

»Also?« Don Hernandez schloss die rechte Hand um den Knauf seines Schwertes.

Das Gesicht des Richters lief puterrot an. »Sie hat ihre Strafe verbüßt«, erklärte er eilig. »Nehmt sie mit.«

Don Hernandez beugte sich zu ihm hinunter. »Lass dir nicht einfallen, mir Ungelegenheiten zu bereiten«, raunte er ihm zu. »Sonst schneide ich dich in Streifen und verfüttere dich an die Krähen, ich oder ein anderer. Falls ich selbst dazu nicht mehr käme, schafft es gewiss einer meiner Schüler, und sie sind alle nicht schlechter im Kampf als ich, meine Schüler.« Er richtete sich auf und schickte seinen kalten Blick durch die Reihen der Zuschauer, die noch immer keinen Protest wagten.

So ritten Jorge de Castro und Hernandez de Cardenas mit einer Frau, die sie nicht kannten, in Sevilla ein.

10

Sevilla, Spanien

Don Hernandez' Haus lag in einer Gasse, die sich von der Kathedrale zum Fluss wand. Es war nicht besonders groß, umfasste zwei Stockwerke und war sehr schmal. Die hohen und breiten Gebäude rechts und links neben ihm drohten, es zu erdrücken.

»Weißt du, welchen Vorteil mein Zuhause hat, mein Freund?«, fragte er Nuria. Bevor sie antworten konnte, fuhr er fort: »Es hat einen großen Hof und zwei zusätzliche Ausgänge, einen nach hinten, einen zur rechten Seite.«

Don Hernandez sprang vom Pferd und stieß die schwere Tür aus dunklem Holz auf. Nuria, die ihm neugierig nachschaute, erkundete mit den Augen einen dämmrigen Gang, in dem ein älterer Mann mit langem, weißem Bart und einem sehr lebendigen Mienenspiel erschien.

»Da seid Ihr ja, Herr! Was für ein Segen, dass Ihr endlich zurückgekehrt seid!«

»Ja, Gustavo, und ich habe Gäste mitgebracht. Richte ein Lager in der Gesindekammer, und dann hole einen Arzt.«

Der Verwalter warf einen Blick auf die junge Frau, die schwitzte und nur bei schwachem Bewusstsein war. »Yehuda Sasportas?«

»Lebt der alte Gauner noch?«

»Ja, und er erfreut sich bester Gesundheit.«

»Nun, wenn man das auch von seinen Patienten sagen kann, soll es mir recht sein.«

»Kann man, bis natürlich auf die, die gestorben sind.« Gustavos Augen lachten und entlockten Don Hernandez ein Schmunzeln. Doch sogleich wurde er wieder ernst. »Worauf wartest du noch?«

Während der Verwalter im Gang verschwand, trat der Hildalgo wieder vor die Tür. Behutsam hob er die Ehebrecherin von Nurias Pferd und trug sie wortlos ins Haus. Nuria blieb nichts anderes übrig, als ihm ohne Aufforderung zu folgen.

Drinnen führte eine Treppe auf der rechten Seite ins obere Stockwerk. Doch Don Hernandez ging weiter den Gang entlang. Am Ende, kurz vor einer Tür, die, wie Nuria vermutete, in den Hof führte, trat er links in ein Zimmer, in das durch ein kleines Fenster spärliches Licht fiel, und legte die junge Frau auf ein Bett, das dem Fenster gegenüber an der Wand stand. Eine Truhe und ein grob gezimmerter Holztisch mit zwei Stühlen vervollständigten die Einrichtung. Der Fußboden bestand wie im Flur aus groben Steinen. Gustavo drängte sich ins Zimmer und stellte einen Krug mit Wasser und drei Becher auf den Tisch. Dann verschwand er wieder und kehrte mit einer Schüssel mit Wasser und einem Tuch zurück. Anschließend machte er sich auf den Weg zu dem Arzt.

»Tupf ihr den Schweiß von der Stirn«, wies Don Hernandez Nuria mit unbewegter Stimme an, füllte Wasser in einen der Becher und trank in langen Zügen, während sie seine Anweisung befolgte.

»Einmal lasse ich dir so etwas wie eben durchgehen, Jorge. Aber greif nie wieder ein, ohne mich zu fragen. Wer sich in fremde Angelegenheiten mischt, lebt nicht lange.«

Nuria schwieg. Während die junge Frau vor sich hin wimmerte, kühlte Joana ihr mit dem Tuch, das sie immer wieder in die Schüssel tauchte, das Gesicht und wusch zugleich den klebrigen Film aus Honig und Fleischsaft ab. Nuria überließ sich ihren Gedanken. Auch wenn sie sich schuldig gegenüber Don Hernandez fühlte und ihm innerlich zustimmte, gab ihr die Rettung der Ehebrecherin Kraft. Dass sie nicht in der Lage gewesen war, ihre Schwester zu schützen, lastete wie Blei auf ihrer Seele, aber zumindest hatte sie diese junge Frau vor einem qualvollen Tod gerettet. Das tröstete sie, ein wenig zumindest.

Bald darauf kehrte Gustavo mit dem jüdischen Arzt zurück. Dieser wirkte auf auffällige Art unauffällig, war von mittlerer Statur und hatte den Zustand der Alterslosigkeit erreicht. So buschig wie seine zusammengewachsenen Augenbrauen waren, so buschig war sein grauer Bart.

»Ein Freude, Euch wiederzusehen, Don Hernandez. Habt Ihr mir wieder eine kleine Aufgabe mitgebracht?«

»Nein, es gibt nichts zu flicken an mir, alter Gauner. Aber mein Knappe, Don Jorge, hat eine kleine Entschädigung für dich aufgelesen.« Er wies auf das Bett.

Die Schnelligkeit, mit der Sasportas bei der jungen Frau war, verblüffte Nuria, die sogleich Platz machte.

»Ich brauche ein Licht. Es ist hier zu dunkel für meine alten Augen«, sagte der Arzt und beugte sich über die junge Frau.

Gustavo holte ein Öllämpchen, das er Sasportas reichte, der nun begann, die Einstiche der Wespen zu zählen.

»Einhundertfünfzig«, sagte er mit Schrecken in der Stimme.

»Ich hoffe, unsere kleine Auseinandersetzung war nicht umsonst! Kommt sie durch?«, fragte Don Hernandez.

Der Jude wiegte den Kopf hin und her, zog die Schultern hoch und drehte die Hände, die er dem Hidalgo entgegenstreckte, nach oben. »Ich weiß es nicht. Wir können nicht viel tun. Gesicht und Arme, alle freien Körperstellen, gründlich waschen, dann dreimal am Tag die Stiche mit Zwiebel einreiben. Die Zwiebel zieht das Gift aus dem Körper und wirkt reinigend auf die Wunden. Außerdem sollte sie fünfmal am Tag Wadenwickel bekommen, um das Fieber zu senken. Aber nicht öfter, sie soll ja nicht erfrieren. Den Rest muss ihr junger Körper erledigen.«

»Ist das alles?«, fragte Nuria.

»Wenn ihr das regelmäßig macht, tut ihr schon viel. Vergesst mir aber die Zwiebeln nicht. Sie sind ein wahres Wundermittel.«

Gustavo grinste. »Ihr müsst wissen, seine Bibel ist die Zwiebel.«

»Ach, Gustavo, du hättest Hofnarr werden sollen!« Don Hernandez schlug ihm auf die Schulter.

»Eine größere Narretei, als für Euch zu arbeiten, findet man auf der ganzen Welt nicht«, gab der Verwalter mit einem Gesichtsausdruck zurück, dem man nicht entnehmen konnte, ob er es ernst meinte oder weiter spottete. Don Hernandez winkte ab, wandte sich dem Arzt zu und dankte ihm. Sasportas lächelte und verließ, von Gustavo begleitet, das Zimmer. Durch die geöffnete Tür sah Nuria, dass der Verwalter den Arzt für seine Dienste entlohnte.

Während der Hausherr im oberen Stockwerk wohnte, bezog Nuria das Zimmer gegenüber der Ehebrecherin. Nach dem Nachtmahl kümmerte sie sich liebevoll um die junge Frau, wusch sie und drückte die Zwiebeln an die Stiche. Gegen Mitternacht erschien Gustavo und löste sie ab.

Sie war kaum eingeschlafen, so kam es ihr jedenfalls vor, als jemand Tür und Fenster ihres Zimmers aufriss.

»Aufstehen, du Faulpelz«, brüllte Don Hernandez.

Nuria benötigte einen Moment, um zu sich zu kommen und zu begreifen, wo sie sich befand und daran zu denken, dass sie ein Mann und keine Frau war. Zweimal strich sie heftig über die Narbe über der Augenbraue. Zeit für Traurigkeit blieb nicht, und das war ihr auch ganz recht.

»In zehn Minuten erwarte ich dich im Hof!« Damit rauschte der Hidalgo aus dem Zimmer.

Nuria schaute aus dem Fenster in die Morgendämmerung und streckte sich gähnend. Dann kleidete sie sich eilig an. Als sie in den Hof trat, war sie überrascht über seine Größe. Vor allem zog er sich in die Länge. Im ersten Drittel erhob sich eine Kastanie über einem Ziehbrunnen. Die aufgehende Sonne überzog die weißen Kieselsteine, die den Hof wie ein sich kräuselndes Gewässer bedeckten, mit einem rötlichen Schimmer.

Von nun an verliefen Nurias Tage nach dem immer gleichen Muster: Die Stunden vor dem Frühstück dienten dem Muskelaufbau und dem Training der Schnelligkeit. Nach dem Frühstück begann die Ausbildung an Schwert und Dolch. In der Hitze der Mittagszeit erklärte ihr Don Hernandez im Schatten der Veranda alles, was man über die Waffen wissen musste, woran man ihre Qualität erkennen konnte und welche Waffe sich wofür am besten eignete. Er erläuterte ihr die Stärken und Schwächen des menschlichen Körpers, wovor man sich hüten musste und was einen aus scheinbar aussichtsloser

Situation retten konnte. »Solange Leben in dir ist, ist nichts verloren«, schärfte er ihr ein. An den Abenden schließlich unterwies er sie im Kampf ohne Waffen, sich mit ihren Händen und Füßen durch Boxschläge, Tritte und Sprünge zu wehren. Zwischendurch schaute sie nach der jungen Frau und wechselte sich in der Versorgung der Kranken mit Gustavo ab.

Nuria pflegte die junge Ehebrecherin nicht nur aus Mitleid und Menschlichkeit, sondern auch, weil es sie tröstete, denn das Bewusstsein, das Leben der jungen Frau gerettet zu haben, gab ihr den Halt, den sie so bitter benötigte. Nie würde sie den Tag vergessen, an dem die Fremde sie aus klaren Augen, von denen endlich jeder Fieberglanz gewichen war, anblickte.

»Wie heißt Ihr?«, fragte sie mit noch schwacher Stimme.

»Nuria«, wollte sie schon antworten, biss sich aber im letzten Moment noch auf die Lippen: »Jorge de Castro. Und du?«

»Lucia.«

»Lucia«, wiederholte sie ein wenig enttäuscht, dass die junge Frau nicht Isabella gesagt hatte. »Na, dann eben Lucia.«

»Warum habt Ihr einer Ehebrecherin, die den Tod verdient hat, das Leben gerettet?«

»Hast du denn den Tod verdient, Lucia?«, wich Nuria aus.

Die junge Frau dachte nach. Über ihr Gesicht huschte ein Schatten. »Nein, eigentlich nicht.« Und dann leiser: »Wo er mir doch Gewalt angetan hat.«

»Wer war es, Lucia?«

»Ihr müsst wissen, mein Mann ist Koch im Stadthaus des Marqués de Villena. Sein Waffenmeister war es, Luis de Zamora, das Scheusal«, brach es aus ihr heraus.

Jetzt verstand Nuria, weshalb Lucias Ehemann nicht Genugtuung gefordert hatte. Wie hätte ein Koch im Schwertkampf gegen einen Waffenmeister bestehen können?

»Nein, Lucia, du kannst nichts dafür.«

»Verachtet Ihr mich auch nicht?«

»Wie könnte ich. Aber weshalb hat man dich angeklagt?«

Bevor Lucia antwortete, schüttelte sie in stummer Verzweiflung den Kopf. »Zamora hat gesagt, wenn ich ihm nicht zu Willen sei, würde er mich wegen des Ehebruchs verklagen. Ich habe mich geweigert.«

»Aber haben sie nur dich verurteilt? Und nicht auch den Waffenmeister?«

Bitter lachte Lucia auf. »Sie haben mir vorgeworfen, ich hätte ihn verführt, verhext. So ein großer Herr kann natürlich keine Schuld tragen. Er hat nur gelacht und gesagt, mein Mann solle ihn doch zum Duell herausfordern. Für seine Ehre streiten. Ein Koch!«, fügte sie wütend hinzu.

Nuria nahm ihre Hand, und Lucia beruhigte sich langsam wieder.

»Was soll ich jetzt bloß tun?«, fragte sie nach einiger Zeit.

»Gesund werden, Lucia, gesund werden, alles Weitere wird sich finden.«

Nach dem Nachtmahl begab sich Nuria endlich nach einem langen Tag ins Bett. Der Schlaf kam schnell, fest und traumlos. Die Ausbildung durch Don Hernandez führte Nuria an die Grenzen dessen, was sie zu leisten vermochte und was sie körperlich ertrug. Sie verwandte ihre ganze Zeit darauf, um ihren weiblichen, dafür eigentlich nicht vorgesehenen Körper zur Waffe auszubilden. Die tiefe Wunde in der Seele, die ihr die Mauren durch ihre Mordbrennerei zugefügt hatte, schloss sich nicht. Sie hatten geraubt und gemordet, vergewaltigt und Brände gelegt, weil sie die Macht dazu hatten. Das Gefühl der Hilflosigkeit, das den Menschen wie kein zweites zum Äußersten treibt, stak wie ein scharfer Splitter in der zartesten Stelle von Nurias Seele. Bei jeder Erinnerung brach die feine Narbe, die sich langsam zu bilden begonnen hatte, wieder auf. Sie hätte alle Erinnerungen aufgeben müssen, um sich von diesem Schmerz zu befreien. Aber was wäre sie dann noch gewesen, ohne Vergangenheit, ohne gelebtes Leben? Ohne Gesicht. Ohne Wert. Ein auf den Augenblick zur freien Verfügbarkeit festgelegter Sklave.

Immer, wenn sich in den körperlichen Übungen die Müdigkeit auf ihre wachsenden Muskeln legte, so genügte es, das Bild des toten Vaters wachzurufen, und alle Erschöpfung glitt wie ein lockerer

Umhang von ihren Schultern. Die Zeit verging mit Waffen-, Leibes-, Denk- und Leseübungen. Don Hernandez bestand darauf, dass ein rechter Hidalgo ebenso geschickt mit der Hand umzugehen verstehen müsse wie mit dem Gehirn. Wer ohne Kultur kämpfte, war in seinen Augen lediglich ein Raufbold.

Von Tag zu Tag lernte Nuria zudem, ihr wahres Geschlecht perfekter vor Don Hernandez, aber auch vor allen anderen, denen sie begegnete, zu verbergen, und wurde darin immer geschickter. Alkohol mied sie, um nicht fahrlässig zu werden, denn sie musste ständig auf der Hut sein. So sanken die Tage in den Guadalquivir, um in seiner sanften Strömung auf ihrer letzten Reise zum Meer den süßen Tod der Zeit zu finden.

Sie saßen beim Nachtmahl um den Tisch, als Don Hernandez mit Nuria das Gespräch auf Lucias Zukunft brachte.

»Zu ihrem Mann kann sie nicht zurück. Auch nicht zu ihren Eltern. Was soll aus ihr werden? Du hast sie gerettet, also finde eine Lösung.«

Nuria dachte kurz nach, dann huschte ein Lächeln über ihre Lippen. »Brauchen wir nicht eine Magd? Gustavo wird sich über eine Hilfe sicher nicht beklagen.«

Don Hernandez mochte einen ähnlichen Gedanken gehabt haben. »Frag sie, ob sie bei uns bleiben will«, entgegnete er überraschend schnell und biss in seine Hühnerkeule. Er verzog das Gesicht und brummte: »Vielleicht kann sie ja auch kochen.«

So blieb Lucia im Hause. Für Gustavo bedeutete die Magd in der Tat eine Hilfe, für die Wäsche eine Wohltat und für den Gaumen aller eine Erholung und eine Entdeckung.

Nuria hatte es trotz der Kampfausbildung verstanden, den Waffenmeister über ihr wahres Geschlecht zu täuschen, und tauchte bis zur Erschöpfung immer stärker in den Rausch des Trainings ein, in die Übungen, die ihrem Körper Kraft und Schnelligkeit verliehen. Sie dachte nicht darüber nach, ob sie eine Frau oder ein Mann war, das spielte für sie längst keine Rolle mehr – es ging nur noch darum, sich als Mann zu verhalten und sich nicht zu verraten. Ihr Sinn war nur auf eines gerichtet: Rache. Dafür, dass jemand ihr Leben zerstört hatte, musste auch jemand bezahlen. Und nicht nur derjenige, sondern auch diejenigen, die es ihm ermöglicht hatten. Bevor sie am Abend erschöpft in einen bleischweren, traumlosen Schlaf fiel, bat sie Gott, dass er ihr die Kraft dazu gäbe und sie auf die richtigen Wege führte. Jeden Abend und jeden Morgen hielt sie Zwiesprache mit Gott, Jesus und der Jungfrau Maria.

Nach einem weiteren Tag voller körperlicher Anstrengungen saßen sie wie jeden Abend einander gegenüber auf zwei Holzschemeln an dem viereckigen, blank gescheuerten Tisch in dem kleinen Speisezimmer und löffelten stumm ihre Rote-Beete-Suppe. Don Hernandez neigte nicht dazu, aus seinem Leben zu erzählen, und Jorge de Castro besaß nichts, was man Leben nennen konnte – keine Erinnerungen, keine Vergangenheit, keine Gegenwart, nur eine Zukunft. Über den gemeinsam verbrachten Tag mussten sie nicht miteinander sprechen. Als Nuria mit ihrem Löffel am Grund des Tellers angekommen war, spürte sie Schmerzen in ihren Eingeweiden, dann, als ob sich etwas löste, und sie ahnte sofort, was es war, weil Isabella sie darauf vorbereitet hatte. Ihre Regel setzte ein, und das Blut floss in ihre Hose. Ihr wurde heiß und kalt. Sie schalt sich, dass sie so sorglos gewesen war und die Vorboten nicht beachtet hatte. Gleich, gleich würde Don Hernandez erfahren, dass sie ihn belogen und hintergangen hatte. Ihre Fantasie reichte nicht aus, um sich vorzustellen, wie er darauf reagieren würde. Fest stand jedoch, dass nun die harte Ausbildung ihres Körpers zur Waffe, die sie so sehr liebte, enden würde. Nuria zwang sich zu einem Lächeln und nestelte unauffällig ihr Hemd aus der Hose. Endlich hatte auch Don Hernandez seine Suppe ausgelöffelt und schaute sie unverwandt an.

»Dann wünsche ich eine gesegnete Nacht, Meister«, sagte sie und bemühte sich um einen beiläufigen Ton. Er nickte nur.

Als Nuria sich erhob, fiel das Hemd über ihre Hose und verdeckte den roten Fleck, der sich in ihrem Schoß gebildet haben musste. In diesem Moment betrat Lucia das Zimmer, um abzuräumen. Als sie sich über den Tisch beugte, um nach dem Wasserkrug und dem Brotkorb zu greifen, der für beide Esser gleich gut erreichbar mitten auf dem Tisch stand, sah sie den Blutfleck auf dem Hocker, auf dem Nuria gesessen hatte. Nuria schluckte und warf der Magd einen flehentlichen Blick zu.

»Ist etwas?«, fragte Don Hernandez, der nun auch aufmerksam geworden war.

Als hätte sie die Frage ihres Herrn erschreckt, ließ Lucia den Krug fallen, der auf dem Stuhl zerbarst und seinen Inhalt über die Sitzfläche ergoss. »Oh, wie ungeschickt ich bin, verzeiht, ihr Herren, verzeiht einer so dummen, tölpelhaften Magd wie mir«, schalt sie sich lauthals selbst und rannte, ohne in ihrem Wortschwall nachzulassen, in die Küche. Sogleich kehrte sie mit Tüchern zurück und rieb den Sitz sauber und trocken.

Don Hernandez stand auf und ging kopfschüttelnd hinaus.

Lucia legte den rechten Zeigefinger auf die Lippen. »Geht auf Euer Zimmer, ich kümmere mich um alles.«

Nuria hatte kaum die Tür hinter sich geschlossen, als Lucia, ausnahmsweise ohne anzuklopfen, mit einem vollen Wasserkrug, Tüchern und einer frischen Hose erschien.

»Keine Angst, ich sag es niemandem. Aber erklärt mir, warum habt Ihr Euch als Mann verkleidet?«, flüsterte sie.

Und während Lucia ihr half, sich zu reinigen, Vorsorge zu treffen, dass kein Blut durch die Kleider drang, und sie sich umzog, erzählte Nuria der Magd ihre Geschichte. Als sie vom Tod ihres Vaters berichtete, kämpfte sie mit den Tränen. Lucia wollte sie tröstend in den Arm nehmen, doch Nuria wehrte ab.

»Ich habe mich entschieden, als Mann zu leben. Bitte respektiere das und sprich nicht darüber! Zwischen uns hat sich nichts geändert, nichts zwischen Lucia und Jorge de Castro.«

Lucia wich leicht zurück. Sie hatte verstanden, wie ernst es Nuria damit war. »Nein, ich verrate Euch nicht«, versprach sie. »Ihr habt mir das Leben gerettet, zählt also auf mich.« Und dann zwei Lidschläge später: »Don Jorge de Castro.«

TEIL II

DER SCHLAFENDE STURM

Der Mensch wirft das Los; aber es fällt,
wie der HERR will.

Sprüche 16,33

11

Stambul, Osmanisches Reich

Yahya hatte dem Umzug nach Konstantinopel mit Bangen entgegengesehen und ihn dann schlicht über sich ergehen lassen. Zuvor hatte er sich noch stärker als sonst in seine Übersetzungsarbeiten vertieft, als könnte er dadurch das Unvermeidliche noch abwenden oder zumindest abmildern. Dann aber hatte er zu seiner Überraschung festgestellt, dass es dessen gar nicht bedurft hätte, denn die Stadt seiner christlichen Kindheit hatte sich in den wenigen Jahren bereits so sehr verändert, dass er sie kaum wiedererkannte.

Die Metropole am Bosporus war nicht mehr die zerfallende Stadt mit einer großen Vergangenheit, sondern Herz und Hirn eines aufstrebenden Weltreiches. Selbst die Gerüche in den Straßen hatten sich verändert. Bohnenkraut und Rosmarin waren von Safran und Ingwer verdrängt worden, und es duftete nach gegartem Hammel statt gebratenem Schwein.

Yahyas Leben unterschied sich nicht, wie er befürchtet hatte, wesentlich von dem in Edirne. Keine schmerzhafte Erinnerung peinigte ihn, keine unangenehme Begegnung stellte sich ihm in den Weg. Die Zeit floss dahin mit den endlosen Übersetzungen, die er anfertigte, und mit den rauschhaften Sprachstudien, denen er sich in seiner Freizeit widmete, bis sich unerwartet eine Änderung einstellte.

Dabei hatte auch dieser Tag mit einer pastelligen Morgenröte Einzug in Stambul gehalten. Die Übersetzungen gingen Yahya wie immer so spielend leicht von der Hand, dass er sich zu langweilen begann. Ein Lächeln erschien auf seinen Lippen, als er sich über die Kreuzzugspredigt Pius' II. wider die Osmanen beugte. Vergeblich hatte der Papst großen rhetorischen Aufwand betrieben, nur um laue Antwortschreiben von den Bevollmächtigten der christlichen Fürsten und Städte zu erhalten. Wie Yahya den Berichten aus den Kanzleien der Fürsten und der Magistrate entnahm, kam ihnen allen ein Kreuzzug aus den verschiedensten Gründen sehr ungelegen. Es galt, daheim die Macht zu sichern und auszubauen, anstatt in der Fremde für Fremde zu kämpfen – und mochten sie auch Christen sein. So viel hatte Yahya inzwischen gelernt: Auf die eigensüchtigen Interessen der christlichen Fürsten konnte sich die Hohe Pforte stets verlassen – und wenn nicht, half gutes, osmanisches Gold.

In dem rechtschaffenen Gefühl, sein Tagespensum erfüllt zu haben, machte er sich am frühen Nachmittag auf den Weg zur Moschee. Er freute sich darauf, vor dem Gebet eine Teestube aufzusuchen, ein wenig in der Sonne zu sitzen und das heiße Getränk in kleinen Schlucken zu schlürfen. Es würde ihm guttun, an gar nichts zu denken, außer an den Tee und die Sonne, ohne einen Gott, mochte er Déu oder Allah heißen, damit in Verbindung zu bringen. Er nahm sich vor, den Tee und die Sonne als das zu nehmen, was sie waren – Tee und Sonne, Sein ohne Glauben. Als er die schmale Treppe zum Parterre des Palastes erreicht hatte, glaubte er, bereits den milden Geschmack auf der Zunge zu spüren, als ihn ein Diener einholte und ihn keuchend bat, sogleich seinen Lehrer aufzusuchen. »Schnell, schnell, der Herr wartet!«

Yahyas Herz hüpfte zunächst vor Freude. Doch dann wunderte ihn die unziemliche Eile. Beunruhigt folgte er dem Diener durch die Gänge. Die Männer und Jünglinge, die ihnen entgegenkamen, schüttelten den Kopf, denn Hast galt als unfein. Wer sich zur Eile genötigt sah, offenbarte damit nur seine Unfähigkeit, richtig mit der Zeit umzugehen – dabei hatte Allah den Tag so schön eingeteilt und durch die Gebete den Rahmen jeglicher Planung vorgegeben.

Als Yahya atemlos in das Zimmer seines Meisters trat, forderte as-Schirazi ihn auf, sich auf dem roten Kissenbausch niederzulassen, während er es sich auf dem grünen bequem machte. Danach schwieg der Sufi eine Weile. Seine Ruhe stand im Gegensatz zur Aufregung des Dieners – und doch musste das Drängen von as-Schirazi ausgegangen sein, auch wenn nichts mehr darauf hinwies. Hatte er sich in einem Moment der Panik gehen lassen und sich nun wieder gefangen? Das war bei diesem ausgeglichenen, gelassenen Mann kaum vorstellbar. Yahya stand vor einem Rätsel, irgendetwas stimmte nicht.

Nach einer kleinen Weile, die ihm wie eine Ewigkeit vorkam, begann as-Schirazi, sehr vorsichtig zu sprechen, so als würde er mit seinen Worten gefährliches, brüchiges Terrain betreten. »Habe ich dir schon von dem großen Meister al-Halladsch erzählt? Manche halten ihn für einen Ketzer, andere für einen Heiligen, wieder andere für einen Engel.«

»Nein, Meister«, antwortete Yahya verblüfft. Ein Engel? Ein Heiliger? Ein Ketzer? Und das alles in einem Atemzug?

»Gott hatte ihm das Geheimnis der Liebe anvertraut«, fuhr der Sufi fort.

»Was ist das Geheimnis der Liebe?«

»Ich kenne es nicht.«

Yahya riss vor Staunen die Augen auf. »Ihr, Meister, kennt es nicht?«

as-Schirazi lächelte mit der Naivität eines Kindes und breitete in einer fließenden Bewegung die Arme aus. »Nein, wirklich nicht. Vielleicht ist es auch besser so, denn der Mensch soll nur so viel wissen, wie er zu tragen und zu ertragen vermag. al-Halladsch hat das Geheimnis von Gott erfahren und es den Menschen verraten und wurde dafür grausam bestraft.«

as-Schirazi schloss die Augen und zitierte auf Persisch, was er anschließend Yahya ins Arabische übersetzte, weil dessen Sprachkenntnisse für das Verständnis der Verse noch nicht ausreichten: »Als sie zum Fuß des Galgens plötzlich kamen, al-Halladsch die beiden Hände abzuschlagen, bestrich er sein Gesicht und seine Arme mit allem Blut, das von den Händen floss.« Dann fuhr er auf Arabisch fort: »An jenem Tag töteten sie ihn, und am nächsten Tag verbrannten sie ihn, und am dritten Tage streuten sie die Asche in den Wind. Damit war Halladsch unwiederbringlich in Gott eingegangen.«

»Ist es nicht gut, den Menschen das Geheimnis der Liebe zu bringen?«

»Wohl nicht! Du hast gehört, was al-Halladsch widerfahren ist. Und du weißt, was mit Jesus, der wohl auch das Geheimnis der Liebe kannte, geschah.« Der Sufi hob die Hände. »Ja, ich weiß, er ist zum Himmel aufgefahren. Eins geworden mit Gott wie al-Halladsch. Verstehst du nun? Beide wurden gegeißelt, verhöhnt und verspottet, bevor sie einen grausamen Tod starben. Warum wohl, weil sie den Menschen das Mysterium der Liebe enthüllten? Nein, das Geheimnis der Liebe zu kennen, hat noch niemandem Glück gebracht.«

»Warum ist es ein so großes Mysterium?«

»Liebe ist nur ein anderer Ausdruck für das Geheimnis Gottes.« As-Schirazi erhob sich, gleichmäßig, tänzerisch, in einer einzigen geführten und fließenden Bewegung, als existiere die Schwerkraft nicht für ihn. »Du musst zum Gebet!«, sagte er streng.

Das Licht, das durch das Fenster drang, verdunkelte sich, weil sich eine Wolke vor die Sonne geschoben hatte. Bevor Yahya sich zur Tür wandte, drückte ihm der Sufi ein handgeschriebenes Buch mit einem abgeriebenen braunen Ledereinband in die Hand.

»Dies ist das Hauptwerk Ibn Arabis. Verwahre das Buch und zeige es keinem, denn sie halten es für Ketzerei, sprich mit niemandem darüber, denn es bringt seinen Besitzer in Gefahr! Verbirg es deshalb gut, selbst vor dem besten Freund.«

»Was steht denn in dem Buch?«

»Die Wahrheit.«

»Was soll an der Wahrheit so gefährlich sein?«

»Was die Mächtigen am meisten fürchten, ist nicht die Schärfe der Schwerter, nicht die Spitze der Dolche, nicht die Schnelligkeit des Giftes oder das Unerwartete des Verrats, sondern die Kraft der Wahrheit.«

»Aber was ist die Wahrheit?«

»Ach, sie wächst auf keinem Baum und liegt auf keiner Straße, an keiner Universität wird sie gelehrt, von keiner Kanzel gepredigt, in keinem Gebet berührt. Die Bibel und der Koran verhüllen sie, und alle Religionen sind ihr feind, und die Religionsgelehrten kennen sie nicht.«

Yahya erschrak, denn was er zu hören bekam, war ungeheuerlich, war Häresie. »Demnach wären die Religionen Lügen?«, rief er kopfschüttelnd aus. Er mochte es nicht glauben, hoffte, sich verhört zu haben.

»Die Religionen? Ja. Denn sie sind von Menschen gemacht. Nicht aber der Glauben an Gott. Wenn du vermagst, dieses Buch zu verstehen, dann bist du reif für die Wahrheit, dann wird sie zu dir kommen, denn nicht du wirst die Wahrheit finden, sondern sie findet dich. Jetzt geh, die Moschee wartet.«

Yahya blickte seinen Meister hilfesuchend an. Er fühlte sich alleingelassen und mitten in einen Strudel gestoßen, einen Strudel, der ihn hin und her schleuderte. Die Tiefe aber zog an ihm.

Sie standen einander gegenüber. Wie zum Abschied, dachte der Schüler unwillkürlich. Wie zum Abschied! Und plötzlich tat der Sufi etwas, was er noch nie getan hatte und was den ohnehin schon verwirrten Yahya vollends überwältigte. As-Schirazi umarmte ihn. Wie eiserne Bänder umfingen die Arme des Meisters den Oberkörper des Schülers und schlossen sich hinter dessen Rücken. Er presste Yahya so fest an seinen knochigen Leib, dass ihm der Atem wegblieb. Bevor er das Bewusstsein verlor, lockerte der Sufi den Griff und öffnete schließlich die Arme. Yahya wankte, suchte nach Halt und schnappte nach Luft.

»So hält dich die Welt umfangen! Willst du zu Atem kommen, befreie dich von der Welt. Geh mein Sohn, geh.« In den großen schwarzen Augen erhaschte Yahya zwischen zwei Wimpernschlägen einen Blick in as-Schirazis Seele – und er sah, dass sie voller Trauer war.

Die Wolke am Himmel war weitergezogen, und die Sonne schien wieder mit ganzer Kraft in das Zimmer.

»Geh!«, sagte as-Schirazi fest.

Yahya taumelte hinaus und atmete auf dem Gang tief ein. Er vergewisserte sich, ob ihn jemand beobachtet hatte, fasste sich und eilte zu seiner Unterkunft. Dort versteckte er das Buch unter einer Diele, die er gelockert und wieder befestigt hatte, und lief dann zur Moschee hinüber. Vergessen der Entschluss, versonnen vor einer Teestube auszuspannen. Wilde Gefühle, die sich einer Beschreibung entzogen, tobten in ihm wie ein schwerer Eissturm im Frühling.

12

Stambul, Osmanisches Reich

Die blühenden Kastanien, an denen er vorbeikam, weckten eine vage Erinnerung, aber er dachte nicht weiter darüber nach. Ihn trieb es nur noch in die Moschee, um Ruhe und dadurch zu sich selbst zu finden. Zu sehr hatte ihn der Abschied von as-Schirazi verwirrt. Die dunkle Vorhalle befreite ihn von der Aufdringlichkeit greller Sonnenstrahlen, bevor er in den großen Saal eintauchte, dessen stoffliches Licht ihn in eine andere Zeit führte. Yahya schaute hinauf zu der Kuppel, die sich auf vier riesige Säulen stützte und bei näherem Hinsehen ihre wahre Natur als Allahs beruhigende Hand offenbarte. Als würde der Himmel herabgesenkt, damit auch die Sterblichen ihn berühren konnten. As-Schirazi hatte einmal davon gesprochen, dass die Wölbung des Himmels in Wahrheit die Innenwölbung von Gottes linker Hand war.

Die Selbstverständlichkeit, mit der die Kuppel den Raum beherrschte, sorgte für Geborgenheit. Durch ihre Größe wirkte die Aya Sophia trotz der vielleicht hundert betenden Muslime fast leer. Yahya liebte das Gefühl der Leere, das sich von dem der Einsamkeit grundsätzlich unterschied. Einsam fühlte er sich nicht, und die Leere verehrte er wie die Weite des Herzens, da er sich in ihr keinerlei Zwänge auferlegen musste.

Wie immer hatte er das vollständige Gebet, wofür er eine halbe Stunde benötigte, zweimal ausgeführt und dabei das Licht genossen, in dem er wie im Wasser schwamm. Langsam beruhigte er sich. Er überließ sich seinen Gedanken wie einem Fluss, in der Hoffnung, dass dieser ihn ins Meer tragen würde. Wie immer versuchte er auch heute, mit Allah ins Zwiegespräch zu kommen. Zunächst forschte er nach seinen Worten, denn der Allmächtige schuf, indem er sprach. Yahyas Meditationen kreisten genau genommen nicht um Gott, sondern um die Sprache, in der Gott mit Adam gesprochen hatte.

An diesem Tag gab er sich umso williger seinen Überlegungen hin, weil er sich davor hütete, den beunruhigenden Gedanken des Sufi zu folgen. Lieber dachte er über die lichte Struktur der Sprache nach als über die dunkle Natur der Wahrheit. Er beendete seine geistlichen Übungen mit einem weiteren Gebet, dann stand er auf und verließ vollkommen zur Ruhe gekommen den großen Saal. Seine Seele dehnte sich lang und geschmeidig aus wie eine schnurrende Katze.

Als er wieder in die leere, schattige Vorhalle trat, vernahm er plötzlich ein Wort, das aus der Tiefe eines Herzens hervorgedrungen war. »Déu!« Staunend und mit freudigem Erschauern wurde ihm die Blasphemie bewusst. In einer Moschee hatte jemand das katalanische Wort für Gott, womit unzweifelhaft der Christengott gemeint war, laut ausgesprochen. Yahya hatte weder zuvor erlebt noch davon gehört, dass jemand Zeuge einer solch ungeheuerlichen Gotteslästerung geworden wäre. Seine Sinne waren vollkommen wach.

Er kannte die Legende, dass sich die Menschen am letzten Tag Konstantinopels in die Hagia Sophia geflüchtet hatten. Die Kirche hatte die Menschen nicht beschützt, sie wurden von Mehmeds Kriegern erschlagen, vergewaltigt, in die Sklaverei verkauft. Nur zwei Priester waren angeblich durch die Wände verschwunden und lebten seitdem in den Geheimen Räumen des nun zur Moschee umgewandelten Gotteshauses. Sollte er auf einen der beiden Priester gestoßen sein? Aber warum hatte der Geistliche dann nicht das griechische Wort für Gott – Theos – benutzt, sondern das katalanische – Déu?

Suchend blickte Yahya in die Richtung, aus der die Stimme gekommen war. Da stand er, ein gebückter Greis mit grauen, flusigen Haaren, der sich auf eine Krücke stützte. Yahya machte einen Schritt auf den Mann zu, der sich ihm schwankend näherte. Er trug zwar ein langes, schwarzes Gewand, das ihm bis zu den Knöcheln reichte, aber kein Kreuz um den Hals und keine Mütze auf dem Kopf, was ihn als Priester oder Mönch gekennzeichnet hätte.

Yahyas Herz verriet ihm, dass er den Alten kannte, doch erinnerte er sich nicht daran, wann und wo sie einander begegnet waren. Fest stand nur, dass ihre Bekanntschaft weit zurücklag. Der Klang des aus seinen Kindertagen vertrauten Wortes Déu hatte ihn getroffen, unmittelbar, und machte ihn weich und wehrlos.

»Du bist es! Gott, du bist es. Du lebst, Joanot Julia«, rief der Mann auf Katalan mit griechischem Akzent. »Mein lieber Joanot, mein lieber Joanot.« Tränen traten ihm in die Augen. »Oh, großer und barmherziger Gott, dass ich das noch erleben darf!«

»Psst!«, fuhr Yahya ihn an und blickte sich ängstlich um, um festzustellen, ob den Alten jemand gehört hatte. »Christen ist die Moschee verboten!«, sagte er streng, ebenfalls auf Katalan. Er rang mit sich um ein angemessenes Verhalten und stemmte sich gegen seine Erinnerungen, die er bereits tot glaubte und die nun wie aus einem tiefen Schlaf erwachten.

»Was soll das denn für eine Moschee sein, mein Junge? Das ist doch die Hagia Sophia«, sagte der Graubärtige. Es klang, als würde er kopfschüttelnd sagen: Was sie dir so alles erzählt haben.

Mit leicht zusammengekniffenen Augen musterte Yahya den Mann, dessen Hakennase wie ein Ausrufungszeichen in dem langen Gesicht stand. Der Alte packte mit der linken Hand den weiten Ärmel von Yahyas Mantel.

»Es tut weh, dich in dieser Verkleidung zu sehen. Ach egal! Was ist das für ein Geschwätz? Du lebst! Welch schöner Tag. Dass ich den noch erleben darf.« Yahya konnte sich nicht entsinnen, wann er zuletzt einen so seligen Glanz in den Augen eines Menschen gesehen, eine so reine Freude des Herzens gespürt hatte. »Du lebst, mein Junge. Wenn Déu mich jetzt abberiefe, so ginge ich im Glück. Und wie groß und schön du geworden bist. Dein Vater wäre stolz auf dich! Und deine Mutter erst!« Der Alte ließ Yahyas Ärmel los und wischte sich verstohlen eine Träne aus den Augenwinkeln. »Weißt du noch, wie wir im Warenlager Verstecken …?« Weiter kam der Alte nicht, denn Yahya packte die Erinnerung mit starker Hand und ließ ihn nicht mehr entkommen.

»Demetrios!«

»Du hast lange gebraucht, mein Junge. Ja, dein alter Demetrios.«

»Ich dachte, sie hätten dich erschlagen.«

»Viel gefehlt hat nicht. Der Türke hat mit seinem Schwertstreich die Sehnen meines rechten Beines durchtrennt. Es ist steif geblieben. Deine Mutter und deine Schwestern haben mich ins Haus geschleppt. Ohne sie wäre ich verblutet.«

Yahyas Blick trübte sich. »Weißt du, wie sie gestorben sind?«

»Wer sagt, dass sie tot sind?«

»Meine Lehrer.«

»Deine Lehrer lügen. Sie wollen deine Erinnerungen töten.«

»Was ist mit ihnen? Sprich!«

»Ich weiß nicht, was aus ihnen geworden ist.«

»Dann sag mir, was du weißt!«

»Sie haben mich ins Haus gebracht, meine Wunden versorgt und mein Bein geschient. Ihr wart ja auf Geheiß des Sultans verhaftet worden. Aber jeden Moment konnten die Mordbrenner und Plünderer ins Haus kommen. Das Mindeste, was deiner Mutter und deinen Schwestern dann drohte, war es, in die Sklaverei verkauft zu werden. Und mir hätten sie den Rest gegeben.«

»Und weiter?«

»Du weißt, wie gut ich die Verstecke im Haus kannte.«

»Oh ja. Wenn du es drauf angelegt hast, habe ich dich nie gefunden.«

»Und so war es auch diesmal. Die Türken haben das Haus deines Vaters, das Kontor und das Lager nach allen Regeln der Kunst geplündert. Aber uns«, ein spitzbübisches Lächeln huschte über das runzelige Gesicht, »haben sie nicht gefunden. Deine Mutter und deine Schwestern blieben bei mir, bis die Plünderungen aufhörten und so etwas wie Normalität einzog. Dann haben sie mich des Nachts zunächst zur Apostelkirche gebracht, die wieder den Betrieb aufnehmen durfte.« Demetrios verzog das Gesicht – auszuspucken, wagte er nicht im Haus Gottes. Der Fluch war schon Sünde genug.

»Hast du nichts mehr von ihnen gehört?«

»Sie wollten sich nach Thessaloniki durchschlagen, um von dort eine Überfahrt nach Barcelona zu bekommen. Deine Mutter sagte, dort lebe noch eine Schwester von ihr. Zu der wollte sie.« Demetrios sah Yahya mit einem langen Blick an. In seinem Gesicht arbeitete es, und plötzlich wirkte es verwüstet. »Oh verzeih mir, Joanot, verzeih mir alten Mann.«

»Was hast du?«

»Deine Mutter wollte nach euch suchen. Ich habe es ihr mühsam ausgeredet, ihr gesagt, dass sie und ihre Töchter nur in der Sklaverei landen würden. Außerdem habe ich behauptet, dass man euch sicher umgebracht hätte. Ich konnte doch nicht wissen, dass sie dich verschont haben. Sie soll sich um die Lebenden sorgen, nicht um die Toten, habe ich ihr ins Gewissen geredet und auf ihre Töchter gezeigt!«

Demetrios wollte vor Yahya auf die Knie sinken, doch dieser packte ihn rasch an den Oberarmen und schaute ihm fest in die Augen. »Bester, guter Demetrios. Du hast recht gehandelt! Ich danke dir! Was hätte denn meine Mutter schon ausrichten können? Nichts! Sie hätte nur sich und meine Schwestern gefährdet. Weißt du noch irgendetwas? Denk nach!«

»Nein. Wir haben uns in einer sternenlosen, dunklen Nacht getrennt. Ob sie es geschafft haben? Ich weiß es nicht.«

Da war sie plötzlich, die Erinnerung, vor der sich Yahya immer gefürchtet hatte. Für einen Augenblick meinte er, den warmen, süßen Geruch seiner Mutter wieder in der Nase zu haben. Dann blickte er auf Demetrios. »Was tust du hier überhaupt?«

»Ich komme jeden Dienstag hierher, weil ich Déu zum Dank für meine Errettung geschworen habe, dass ich einmal in der Woche zu seinem Gedenken in der Hagia Sophia bete, die doch seine Kirche und nicht die des Spitzbuben Mohammed ist. Man muss die Kirche mit den rechten Gebeten rein halten. Doch in dieser Woche war ich am Dienstag verhindert.«

Den letzten Satz hörte Yahya nicht mehr. Über die Freude, Demetrios zu sehen, hatte er vergessen, dass der alte Mann ein Christ war, ein Ungläubiger, und Vielgötterei trieb. War es nicht seine Pflicht, den Frevel, den Demetrios verübte, zu melden? Aber damit hätte er den alten Mann dem sicheren Tod ausgeliefert. Andererseits durfte er die Blasphemie des Griechen nicht dulden. Seine Freude war wie weggeblasen. Der Teufel hatte ihm eine Falle gestellt. In seiner Not entschloss er sich zu einem Mittelweg. Flüsternd redete er auf Demetrios ein. »Du darfst nicht mehr herkommen!«

»Warum nicht?«

»Es ist Frevel!«

»Haben sie dich zu einem Muslim gemacht? Natürlich, ja natürlich haben sie dich zu ihrer Sekte bekehrt. Was solltest du auch tun, mein Junge. Du warst damals ja erst neun Jahre alt. Sie zwingen alle zu ihrem Gott! Und nichts anderes können sie als zwingen! Zwang ist der Name ihres Gottes, Tod und Gewalt seine Wohltaten.«

»Geh, Demetrios, lieber guter Demetrios geh, und betritt die Hagia Sophia nie wieder!«

Der alte Mann schüttelte heftig den Kopf. »Denk an deinen Vater, Joanot. Er war ein guter Christ. Das kannst du doch nicht vergessen haben!«

»Er könnte noch leben, wenn er sich zum wahren Glauben bekannt hätte!«

»Das kannst du doch nicht wissen!«

»Doch, Demetrios. Ich war dabei. Anstatt den wahren Glauben anzunehmen, hat er lieber meine Brüder und sich selbst enthaupten lassen.«

»Sie sind im Himmel!«

»Ja und?«, brach es aus Yahya heraus, »*Ich* bin hier! *Mich* haben sie zurückgelassen! Ich bin hier … Verschwinde, Demetrios und lass dich hier nie mehr blicken. Ich warne dich. Diesmal schweige ich noch, das nächste Mal melde ich dich!«

»Aber Joanot …«

»Ich bin nicht Joanot! Ich bin Yahya ibn Catalano. Geh, Ungläubiger, geh, bevor es mich reut!«

Demetrios sackte wie von einem Schlag getroffen in sich zusammen. Dann murmelte er, als habe er es immer geahnt und stets von sich gewiesen, was nun nicht mehr möglich war: »Als du jünger warst, hast du dich selbst gegürtet und bist dort hingegangen, wohin du wolltest. Wenn du aber alt wirst, wirst du deine Hände ausstrecken und ein anderer wird dich gürten und führen, wo du nicht hinwillst.

Das sagte er aber, um anzuzeigen, mit welchem Tod er Gott preisen wird.« Dann schüttelte er den Kopf. »Ein Zeichen wird notwendig sein, ein Zeichen. Komm am nächsten Freitag in die Moschee, tu es deinem Vater, tu es deiner Mutter zuliebe, Joanot. Für sie! Komm, zu dem großen Wunder des Herrn!« Der Alte schleppte sich mehr aus der Moschee, als dass er ging.

Yahya blieb erstarrt zurück. Das hart einfallende Sonnenlicht ohrfeigte ihn, bevor hinter Demetrios die rechte große Tür zur Vorhalle ins Schloss fiel. In seiner Vorstellung sah er, wie der Grieche in seinem popenähnlichen Gewand im prallen Licht über den Platz hinkte, dann nach links einbog, um über die große Straße zum Pammakaristos-Kloster zu gelangen. Die Sonne schien indes nicht mehr für Demetrios. Er war nur noch ein Schatten. Fremd in der Stadt seiner Geburt, weil die Fremden die Herrschaft übernommen hatten.

Die unerwartete Begegnung hatte den Schorf von Yahyas Seele gekratzt. Er meinte, neben sich das Mädchen mit der Narbe über der Braue zu sehen. Er blickte hinüber, doch er sah nur das Halbdunkel, in das er plötzlich geraten war.

In den folgenden Nächten wurde Yahya wie in der ersten Zeit am Hof des Sultans von Albträumen heimgesucht. Der abgeschlagene Kopf seines Vaters sprach zu ihm und warf ihm vor, Christus verraten zu haben. Dann wachte er schweißgebadet auf und betete schnell und wie eine Beschwörung zur Abwehr böser Geister die al-Fatiha:

»Im Namen Gottes, des Erbarmers, des Barmherzigen.
Lobpreis sei Gott, dem Herrn der Weltbewohner,
dem Erbarmer, dem Barmherzigen,
dem Herrscher des Gerichtstags!
Dir dienen wir, dich rufen wir um Hilfe an.
Leite uns den rechten Weg.«

Kaum hatte er das Gebet beendet, drang das helle Lachen des Mädchens an sein Ohr. »Joanot-Popel, Joanot-Popel«, rief sie, dann lachte sie. Und sein Vater lachte mit. Um nicht dem Wahnsinn zu verfallen, wiederholte Yahya wie ein Gebet gegen böse Geister inbrünstig die erste Sure des Korans, bis er aus Erschöpfung in eine Art Ohnmacht fiel, die einem tiefen Schlaf glich, der aber nur kurz anhielt. Und nach dem Aufwachen suchte er erneut in schier endlosem Beten Zuflucht vor den peinigenden Gedanken und der quälenden Ungewissheit. »Leite uns den rechten Weg ... Leite uns den rechten Weg ... Leite uns den rechten Weg ... den rechten Weg, den Weg derer, denen du gnädig bist, nicht derer, über die gezürnt wird, noch derer, welche irregehen ... Leite mich den rechten Weg ... den rechten Weg! Oh, Allah.«

Schweiß, der nach Angst stank, brach ihm aus allen Poren. Er suchte den Hamam auf, weil ihn sein eigener Geruch anwiderte. Nichts war ihm gewisser, als dass ihn der Teufel zu verführen trachtete. Er quälte, er schlug, er verlockte ihn.

In den folgenden Tagen, wenn er an seinem Pult in unmittelbarer Nähe zum großen Fenster in der hellen Kanzlei stand, schweiften seine Gedanken häufig von der Arbeit ab, und er dachte an seine Mutter. Was wohl aus ihr geworden sein mochte? Ob sie lebte? Und Blanca und Rosalie? Ob Blanca noch immer so lustige Zöpfe trug? Ob sie Barcelona erreicht hatten? Träumerisch wiederholte er auf Katalan: Berselone. Er verliebte sich in den Klang des Wortes und schämte sich für dieses Gefühl, das ihm beim Sprechen ergriff, als sei es das Obszönste von der Welt. Yahya sah sich wieder als Kind, wie er mit Demetrios Verstecken spielte, erinnerte sich an den Ostergottesdienst, in der Hagia Sophia, an das Kyrie eleison, die Auferstehung des Herrn.

Die Erinnerungen kamen unwillkürlich und fühlten sich an wie heftige Fieberschübe. Nie wusste er, wann sie ihn überfallen würden. Und es war auch kein Kraut dagegen gewachsen. Er musste sie wie den Veitstanz sich austoben und vorübergehen lassen. Dank seiner Schnelligkeit bemerkte niemand, dass er in der Arbeit nachließ.

Wie gern hätte er sich mit jemanden beraten, über seine Anfechtungen gesprochen, aber er vertraute niemandem, nicht einmal Mustafa. Der Einzige, dem er sein Herz geöffnet hätte, wäre as-Schirazi gewesen. Doch zu seinem Leidwesen sollte er recht behalten, denn an dem Tag, an dem der Meister ihm Ibn Arabis Hauptwerk geschenkt hatte, schien ihn der Erdboden verschlungen zu haben. Zwei Tage später zog bereits ein anderer Gelehrter in dessen Zimmer in der Medrese, irgend ein unbedeutender Mann aus Konya. Im Vorbeigehen hatte Yahya noch einmal einen Blick in die ehemaligen Räumlichkeiten seines Seelenführers geworfen. Es schien ihm dort deutlich dunkler geworden zu sein. Ihn überraschte, dass ihn das nicht überraschte.

Seit as-Schirazi aus seinem Leben verschwunden war, fühlte er sich wirklich einsam. Manchmal drängte es ihn sogar, mit Demetrios zu reden. Und er empfand eine heftige Sehnsucht nach dem alten Mann. Dann wollte er schon mitten in der Arbeit aufspringen, alles stehen und liegen lassen, so heftig packte ihn der Wunsch, zu ihm zu eilen. Der alte Grieche war eine Brücke zu seiner Familie. Wenn er mit ihm sprechen würde, würden sie alle anwesend sein, sein Vater, seine Brüder, seine Mutter und seine Schwestern. Zudem bedrückte ihn das Gefühl, dass er dem alten Mann etwas angetan hatte, als er ihm gedroht und der Moschee verwies. Aber die Angst, ihm erneut zu begegnen und seinem Blick standhalten zu müssen, hielt ihn letztlich doch immer wieder davon ab, sich auf den Weg zu machen.

All die Jahre hatte er, wenn er sich schon an ihn erinnerte, mit seinem Vater gestritten. Demetrios hatte die Erinnerung an seine Mutter und an seine Schwestern heraufbeschworen. Yahya schämte sich, dass er sie in der langen Zeit der inneren Auseinandersetzung mit seinem Vater fast vergessen hatte. Sie wurden zum fortwährenden Quell einer Art Heimweh nach seiner verlorenen Kindheit. Was hätte er darum gegeben, seine Mutter zu umarmen, seine Schwestern necken zu können!

Täglich rang Yahya um seine Mitte. Die Vertiefung in die Sprachen half nicht mehr, die Begegnung mit dem Griechen hatte eine Krypta geöffnet. Dabei zweifelte er nicht an seinem neuen Glauben, nicht am Islam, nicht am Sultan, nicht an dem Irrtum der Christen und an ihrer Verderbtheit, nicht an seinem neuen Leben. Aber ein Gefühl, das er nicht zu benennen vermochte, das über alle Vernunft und alle Gründe des Verstandes ging, leistete hartnäckig Widerstand gegen die unhinterfragte Selbstverständlichkeit seiner Existenz und gegen die Sicherheit seines Glaubens. Wie sollte er auch nur ahnen, dass sein neuer Glauben nicht vom Herzen, sondern aus einer tiefen Verletzung heraus kam, aus dem uneingestandenen Gefühl, verstoßen worden zu sein.

So war es nach einer stürmischen Woche Freitag geworden. Noch am Morgen hatte sich Yahya entschieden, keinesfalls die Moschee zu besuchen. Es gab keinen Grund, den Verrücktheiten eines alten Mannes Folge zu leisten. Doch die Stunden verliefen sich in den Nachmittag und mit ihnen seine Vorsätze. Da er an diesem Tag keine Übersetzung abschließen musste, rang er sich durch, sich zur Moschee zu begeben. Er rechtfertigte seine Entscheidung damit, dass er sonst keine Ruhe fände und ohnehin nichts Außergewöhnliches geschehen würde. Was sollte der verwirrte Alte schon tun? Geh und überzeuge dich, dass nichts, aber auch gar nichts an seinen Worten dran ist, redete er sich ein. In Wahrheit kam er der Aufforderung des Griechen nach, weil er sich ihr nicht zu entziehen vermochte. Er ging, weil seine Mutter und seine Schwestern zumindest den Fall der Stadt überstanden hatten und vielleicht noch lebten. Und er würde sie töten, zumindest im Geist, wenn er nicht die Moschee aufsuchte.

Als er auf die Straße trat, fühlte er sich in den Händen eines fremden Willens. In den Händen eines Krüppels. Er kicherte hysterisch und versuchte sich einzureden, dass Demetrios ihm einen schönen Bären aufgebunden hätte. Doch das besänftigte seine Unruhe nicht. Es half ihm lediglich, äußerlich die Fassung zu bewahren.

13

Sevilla, Spanien

»Bereite dich vor. Wir brechen in einer Stunde nach Segovia auf«, hatte Don Hernandez Nuria kurz und ohne Erklärung während des Frühstücks mitgeteilt.

»In wessen Dienste treten wir diesmal?«

Schon oft hatte sie ihren Meister begleitet, wenn er für einen hohen Adligen oder den Magistrat einer Stadt einen Auftrag ausführte und bei der Gelegenheit so manches Gefecht erlebt.

»Diesmal geht es um keinen Auftrag. Diesmal geht es um dich!«

»Um mich?«

»Es wird Zeit, dass du den König kennenlernst und den Hof.«

»Wozu?«

»Wenn du von der Arbeit deines Schwertes leben willst, musst du die Herren kennen, die Aufträge erteilen. Und sie natürlich auch dich. Also spute dich.«

Während Nuria das Schwert ihres Vaters umschnallte, ein paar Hemden und Hosen in ein Bündel schnürte und ihre Habseligkeiten zusammensuchte, packte sie plötzlich die Vorahnung, dass sie so schnell nicht wieder nach Sevilla zurückkehren würde. Ein Gefühl des Abschieds beschlich sie, und sie wunderte sich über die Weichheit, die sich plötzlich in ihrem Inneren meldete, versuchte sie doch, ihre Seele zu trainieren, um sie ähnlich hart zu machen wie ihre Muskeln. Auch wenn sie in all den Jahren kaum etwas von Sevilla gesehen hatte außer ein paar Gassen, der Plaza Mayor und der Kathedrale, weil sie von früh bis spät mit ihrer Ausbildung beschäftigt war, spürte sie eine zaghafte Zuneigung zu der Stadt, in der sie einen Halt gefunden hatte.

Nuria wusste, dass der Abschied von Lucia ihr besonders schwerfallen würde. Sie traf die junge Frau in der Küche an, wo sie eine Wegzehrung vorbereitete. Sie konnte ihre Traurigkeit spüren.

»Ich habe das Gefühl, dass sich etwas in meinem Leben ändert, so, als würde ich nicht mehr zurückkehren«, sagte Nuria leise.

»Ich weiß.«

»Für dich ist gesorgt.«

Lucia fiel ihr um den Hals. »Ich weiß, und dafür danke ich Euch auch … Don Jorge … aber ich werde Euch vermissen.«

Nuria wusste, dass sie in Tränen ausbrechen würde, wenn sie jetzt nicht ging. Behutsam machte sie sich frei und eilte aus dem Raum.

Wenig später befanden sich Nuria und Don Hernandez auf dem Weg, der sie durch die Sierra Morena, einem oft lieblichen Mittelgebirge, zur kastilischen Hochebene führte. Es war kein guter Tag zum Reisen, denn es regnete Bindfäden. Und so begegneten sie unterwegs nur verdrossenen Menschen. Allein Don Hernandez schien das Wetter nichts auszumachen. Kunststück, dachte Nuria, er trägt auch einen breitkrempigen Hut, während ihr das Wasser vom Haar auf die Schulter tropfte. Doch bald entließ sie der Regen in der Sierra Morena in die Trockenheit des Gebirges, so als hätten sie eine Wetterscheide passiert.

Auch auf den ausgelaugten Weiden der Meseta, über die sie in Richtung Norden weiterritten, blieb es trocken. Zumeist übernachteten sie in Klöstern, in denen Hernandez de Cardenas zu Nurias Verwunderung bestens bekannt war und geschätzt wurde. Und an den Abenden erlebte sie ihn als außerordentlich gesprächig und beredt. Als ihm jedoch der Abt des Dominikanerklosters von Toledo beim Nachtmahl erzählte, dass Carlos de Viana tot in seinem Palast in Barcelona aufgefunden worden war, verdüsterte sich sein Gesicht.

»Vergiftet – vom eigenen Vater.«

»Woher weißt du das, mein Sohn?«, erkundigte sich der Abt beiläufig.

»Weißt du es nicht?«

Der Abt schwieg und füllte dem Waffenmeister Wein nach.

Don Hernandez trank, dann wandte er sich an seinen Schüler: »Der Narr!«

»Ihr habt wohl gewusst, dass es so enden wird, Herr«, antwortete Nuria, doch der Hidalgo winkte ab.

»Er frisst wie Saturn seine Kinder«, sagte der Abt plötzlich.

»Nur die Kinder, die nicht von seiner zweiten Frau stammen.«

»Wer ist seine zweite Frau?«, hakte Nuria nach.

Sie wusste, dass Don Hernandez nur ihretwegen darüber sprach, denn sie sollte so viel als möglich über die Welt der Mächtigen lernen.

»Juana Enriquez.«

»Enriquez?«

»Du vermutest richtig, sie ist die Tochter von Fadrique Enríquez, dem Admiral von Kastilien.«

»Damit ist ihrem Sohn der Weg zur Krone Aragóns geebnet.« Der Abt schüttelte den Kopf. Seine kleinen Augen unter den buschigen Augenbrauen, das Einzige an seiner schmächtigen, zartgliedrigen Gestalt, das kräftig und wild gewachsen war, erloschen. »Man darf von der Welt nichts anderes erwarten, als das, was sie eben ist – ein Jammertal. Wir Menschen vergessen allzu oft, dass Christus gesagt hat: Mein Reich ist nicht von dieser Welt.«

»Ihr habt Carlos getauft vor …« Don Hernandez blies die Luft aus.

»… vor vierzig Jahren«, sagte der Abt mit einem Seufzen.

»Und der Sohn, den er mit Juana Enriquez hat?«, wollte Nuria wissen.

»Fernando? Der dürfte acht, neun Jahre alt sein«, sagte Don Hernandez und leerte seinen Becher.

Der Abt nickte. Ein großer, grobknochiger Mönch betrat das Zimmer und zündete die Wandkerzen an, die den Leuchter auf dem Tisch nun unterstützten. Langsam breitete sich die Helligkeit im ganzen Raum aus.

»Bring uns noch einen Krug Wein, Bruder Julio. Wir wollen auf die Seele des guten Carlos anstoßen. Ein treuer Untertan der Kirche.«

Der Mönch verließ mit einem Nicken das Zimmer. Nuria hatte ihn nicht weiter beachtet.

»Und ein vortrefflicher Herr und Gefährte. Davon gibt es nur wenige«, sagte Don Hernandez leise.

Als sie in die verhangenen Augen ihres Meisters schaute, erkannte Nuria seinen wahren Schmerz. »Ihr habt ihn nicht verraten, Herr, Ihr seid zur rechten Zeit gegangen. Er hätte Euch mit in den Tod gerissen.«

»Ach, Jorge, Jorge, Jorge, woher nimmst du nur deine Weisheit? Wozu denn leben?«

»Darüber befindet Gott, mein Sohn, nicht du«, ließ sich der Abt vernehmen.

»Ja, aber erklärt einem Mann, mein lieber Vater, der so viele Menschen hat sterben sehen und nicht wenige selbst ins Jenseits geschickt hat, aus welchen Gründen Gott den einen zu früh abberuft und den anderen zu spät?«

Nuria spürte die Neugier wie einen Stich. Gespannt neigte sie sich nach vorn.

»Gott beruft jeden zur rechten Zeit ab«, stellte der Abt unmissverständlich fest.

»Nein«, brach es aus Nuria hervor. »Meine Mutter wurde zu früh abberufen, wir hätten sie noch gebraucht und auch mein Vater und auch Jorge …«

Vor Schreck hielt sie inne und errötete. Sie hatte sich verraten und schloss entsetzt die Augen. Sie verfluchte ihre mangelnde Zurückhaltung, die verflixte Neigung, Gefühle zuzulassen.

»Welcher Jorge, mein lieber Jorge, sollte etwa noch jemand den seltenen Namen tragen?«

Richtig, beruhigte sie sich, Jorge war ein Allerweltsname wie Juan.

»Mein Vetter, mein bester Freund«, log sie.

Die Tür ging auf, und der Mönch trat wieder ein, einen irdenen Krug vor dem Bauch. Er trat an den Tisch und schenkte zuerst dem Abt, dann Don Hernandez ein und wollte gerade Nurias Becher füllen, als sie ihre Hand darüberhielt.

»Nein, danke. Wasser, wenn es geht.«

»Und was ist das Leben, wenn kein Wein ist?«, murmelte der

Mönch und wandte sich ab. Kurz darauf kehrte er mit einem Krug zurück, den er vor Nuria auf dem Tisch abstellte. Mit einem verhuschten Lächeln goss sie das Wasser in ihren Becher.

»Für dich war es zu früh, mein Sohn«, nahm der Abt den Gesprächsfaden wieder auf, nachdem der Mönch das Zimmer verlassen hatte. »Das verstehe ich, aber so steht es in Gottes Plan, den zu verstehen geht über unseren Verstand. Aber an ihm zu zweifeln, bedeutet Selbstüberhebung, Selbstvergottung, Sünde, wenn nicht gar Häresie. Bleibe demütig, mein Sohn, bleibe demütig, *in nomine Patris et Filii et Spiritus Sancti Amen*.«

Er schlug ein Kreuz, wie auch Don Hernandez und Nuria sich bekreuzigten und »Amen« sagten.

Nachdem sie sich durch eine riesige Schafherde gekämpft hatten, erreichten sie in der glühenden Nachmittagssonne die Stadt Segovia. Von außen wirkte der Alcázar, in dem auch der königliche Schatz aufbewahrt wurde, zwar wie eine stolze kastilische Burg, deren Mauern und Türme zudem ein steil aufragender Fels in den Himmel hob. Aber schon die Zinnen erinnerten an die Festungen der Mauren. Der von einem Sgraffito, einer besonderen Stucktechnik verkleidete Hauptturm, der neun Türmchen trug, wurde noch von der mächtigen Kathedrale Santa Maria in unmittelbarer Nähe des Kastells überragt. Nuria kannte den Mudéjarstil sehr gut. In Sevilla hatten die Mauren über die Jahrhunderte ihrer Herrschaft die Stadt so sehr geprägt, dass selbst der christliche König Pedro der Grausame glaubte, nicht auf maurische Baumeister verzichten zu können, als er den Alcázar ausbauen ließ.

Durch die Eingangshalle gelangten sie über die Treppe in die erste Etage. Überall begegneten ihnen Menschen in traditionell spanischer, maurischer oder einer schwer einzuordnenden Fantasiekleidung. Bunte Teppiche bedeckten die grauen Mauern, und im Gang lagen dicke Berberläufer. Die Kapitelle der Säulen trugen maurischen Schmuck, und die Wände zierten Blütenmotive. Ein schwerer Blumenduft zog durch die Flure. Hernandez de Cardenas blieb stehen und wies Nuria auf ein lateinisches Motto an der Wand hin, das vom

Schriftzug her den Inschriften mit Koranversen glich, die muslimische Paläste zierten.

»*Tanto monta*«, las Don Hernandez mit ungewohnter Ehrfurcht in der Stimme. »Weißt du, was das heißt?« Nuria schüttelte den Kopf. »Auf diesem Prinzip beruht unser Leben, unser Reich: Keiner steht höher, keiner tiefer. Alle freien Männer sind einander gleich, ob Hidalgo oder König, ob Graf oder Bauer. Der König herrscht, aber immer als Gleicher unter Gleichen, denn wir alle stammen gleichermaßen von Adam und Eva ab!«

Mehr brauchte er nicht zu sagen, denn er wusste, dass dieser Gedanke weiter in ihr arbeiten würde, und setzte seinen Weg fort.

Um zum König zu gelangen, mussten sie zunächst die muslimische Leibwache Enriques IV. passieren, bevor sie in einen im maurischen Stil eingerichteten Saal traten. Die Sala de las Piñas verdankte ihren Namen den vielen geschnitzten Pinienzapfen der Kassettendecke.

Der König trug ein maurisches Gewand und saß in maurischer Manier mit untergeschlagenen Beinen auf einem Kissen. Nirgends entdeckte Nuria ein Kreuz. Christus wohnt hier nicht mehr, durchfuhr es sie. Mauren musizierten auf der Qasba, der Zimbel, der Flöte, der Laute, schlugen auf Gongs. In Nurias Nase stieg ein süßlicher Duft, der zunächst ihre Nüstern umspielte, alsbald aber schon ihre Nerven betäubte. Die Dünste brachte Enriques Wasserpfeife hervor, aus der er einen tiefen Zug nahm, bevor er aufblickte.

Der König strahlte, als er Hernandez de Cardenas erblickte, und schnellte jungenhaft flink auf. Seinen Musikern gab er ein Zeichen, das sie verstummen ließ. Trotz seiner fünfunddreißig Jahre wirkte er mit seinen schlaksigen Bewegungen und den wirren roten Haaren, die ihn um Haupt und Kinn standen wie Kupferdrähte, kaum dem Jünglingsalter entwachsen.

»Mein lieber Freund, wie schön, Euch zu sehen! Wie viele Spitzbuben habt Ihr seit unserem letzten Treffen ins Jenseits befördert?« Zu den Marotten des Königs zählte es, dass er seine Untertanen, auch wenn er sie duzen sollte, allesamt siezte.

»Herr, ich pflege die Bösewichte nicht zu zählen.«

»Wen habt Ihr da mitgebracht?«

»Meinen Schüler, Jorge de Castro, ein Edelmann aus Andalusien, dem die Mauren den Vater getötet, die Schwester entführt und die Hazienda geplündert und niedergebrannt haben.«

Enrique musterte Nuria mit bekümmerter Miene, doch dann lächelte er. »Ah, das Leid hat sich nicht in Eure engelhaften Züge geschlichen. Dankt Gott dafür.«

Sanft strich er mit den Fingern über ihr Gesicht. Nuria ließ sich den Widerwillen, der in ihr aufstieg, nicht anmerken.

»Die Narbe steht Euch. Erzählt mir, wie Ihr sie Euch zugezogen habt!«

»Ich weiß es nicht. Leider fehlt mir jede Erinnerung daran.«

»Ach, wie schade«, sagte der König enttäuscht und wandte sich dem Waffenmeister zu. »Was kann Euer Schüler?«

»Kämpfen.«

»So?« In der Stimme des Königs lag Bedauern, als hielte er es für eine große Verschwendung, dass dieser hübsche, zierliche Jüngling in schwarzer Lederhose und schwarzem Lederwams, unter dem ein weißes Hemd hervorleuchtete, das Waffenhandwerk erlernt hatte. Dann hellte sich seine Miene auf. »Lasst sehen, ob Ihr die Wahrheit sprecht.« Ein freudiges Raunen ging durch die Reihen der Höflinge.

»Ein Kampf«, jubelte eine Edelfrau, die vor Aufregung in die Hände klatschte.

»Bist du bereit, Jorge?«, fragte Don Hernandez.

»Ja, Meister!«

»Dann wollen wir dem König gefallen.«

Enrique ließ sich wieder auf seinem Sitzkissen nieder. Meister und Schüler zogen die Schwerter und verneigten sich voreinander.

»Für die Jungfrau Maria«, sagte Don Hernandez halblaut.

»Für die Jungfrau Maria«, wiederholte Nuria leise.

Im Ornat eines Dominikanerpaters betrat ein alter Mann mit fein geschnittenem Gesicht den Saal, machte aber, als er die beiden Fechter sah, einen Schritt auf den rechten Türflügel zu und beobachtete den Kampf mit wachsendem Interesse. Nuria wehrte geschickt die Attacken ihres Meisters ab und brachte ihn sogar mit dem einen oder anderen Konter in Bedrängnis. Aus den Augenwinkeln nahm sie wahr, dass der Dominikaner sie unentwegt beobachtete.

Schließlich hob Don Hernandez zum Zeichen, dass er den Kampf beendete, den rechten Arm mit dem Schwert und die linke Hand mit dem Dolch in die Höhe. Beifall brandete auf.

»Ich kann dir nichts mehr beibringen, Jorge. Und, um deiner Frage zuvorzukommen, ich kenne auch keinen, der das könnte«, sagte er leise, und in seinen Augen blitzte ein stolzes Lächeln auf.

»Gut gemacht!«, rief Enrique, doch dann entdeckte er den Dominikaner. »Illustrissimo, Illustrissimo, mein lieber Juan, grundgütiger Vater«, rief der König mit heller Stimme und ging dem Kardinal in der Kutte des heiligen Dominikus leicht schwankend mit ausgestreckter Hand entgegen. Die beiden Kämpfer traten zur Seite.

»Das ist Juan, der Heiligen Römischen Kirche Kardinal de Torquemada«, flüsterte Don Hernandez voller Ehrfurcht. Er verneigte sich leicht in Richtung des Geistlichen und stieß unauffällig Nuria an, die es ihm gleichtat.

Neugierig musterte Nuria den betagten Kirchenfürsten, der mit seiner hohen Stirn, seinen klugen rehbraunen Augen den Gelehrten, der er war, nicht verleugnen konnte, selbst wenn er es gewollt hätte. Die Begeisterung, mit welcher der König dem Kardinal entgegenging, erschien Nuria echt. Im Grunde freute sich sein argloses und heiteres Naturell offenbar über jeden Besucher. Die Schattenseite seiner Arglosigkeit bestand in der Neigung, die Welt so zu sehen, wie er sie sich erträumte. Und er wehrte sich mit all seinen freilich überschaubaren Mitteln, aus diesen Traumgespinsten herausgerissen zu werden.

»Wir haben Euch bei der Fürstenversammlung in Mantua vermisst, Enrique«, sagte der Kardinal kühl.

Der Rüffel prallte an der naiven Freundlichkeit des Königs ab. »*Ihr* wart doch da. Und wer wäre berufener als Ihr, Uns zu vertreten?«

»Hätte ich mit Eurer Zustimmung Kastiliens Unterstützung zum Kreuzzug gegen die Türken zusagen dürfen?«

»Natürlich!«

»Auch mit Truppen?«

Der König lachte vergnügt auf und breitete die Arme mit nach oben gedrehten Handflächen aus. »Truppen. Mit welchen Truppen? Truppen, nein. Aber doch mit Unseren guten Wünschen und innigen Gebeten, die von jeher die stärksten Truppen eines Christen sind.« Enrique sah sich nicht vergeblich beifallheischend in seinem Hofstaat um. Alles applaudierte.

Torquemada schenkte dem König einen Blick, mit dem man ein bizarres Insekt betrachtet. »Gebete richten gegen die Heerscharen des Ketzers Mohammed nichts aus!«, beschied er ihm kurz und bündig.

Doch nichts schien Enriques gute Stimmung trüben zu können. »Das sagt Ihr, ein Priester? Dass Gebete nichts nützen? Ein guter Rat, Illustrissimo: Hütet Euch vor der Inquisition!« Sanfter Spott in den blauen Augen des Königs, über denen ein Schleier lag, eine kleine Entrücktheit. Auf den Gesichtern der Höflinge erschien ein Schmunzeln, und hier und da erklang ein vereinzeltes Lachen.

In Juan de Torquemadas Miene explodierte der Zorn. Er fühlte sich offenbar von diesem Schwächling nicht nur zum Besten gehalten, sondern auch noch seiner kostbaren Zeit beraubt. Nuria hatte das sich anbahnende Streitgespräch in seinen Bann gezogen, sodass sie unwillkürlich über die Narbe über ihrer Augenbraue strich. Sie verstand den König im Kaftan nicht, der doch eigentlich ein Beschützer des christlichen Glaubens hätte sein müssen.

»Ja, das sage ich, ein Priester. Gott will es, dass wir unseren Glauben verteidigen.«

»Reicht es nicht, dass wir ihn haben? Wenn wir ihn wirklich haben, wer kann ihn uns dann nehmen?«

»Unser Glaube, Majestät, ist kein bloßer Besitz, den man in einer Truhe verstecken kann, er ist auch kein Gebet und kein Besuch der Kirche, sondern er ist viel mehr, ganz gleich, ob die Menschen das wahrnehmen, er ist unsere Art zu leben! Wollt Ihr den Männern, den Frauen, den Kindern verwehren, nach ihrer Art zu leben, nach ihren Bräuchen, ihrem Geschmack, ihrer Tradition, ihrer Sprache, ihrem Empfinden für Recht und Gesetz, nach ihrer Freiheit? Wollt Ihr ihnen das Leben nehmen? Habt Ihr vergessen, dass Christus auch sagt: Ihr sollt nicht meinen, dass ich gekommen bin, Frieden zu bringen auf die Erde. Ich bin nicht gekommen, Frieden zu bringen, sondern das Schwert.«

Nuria begeisterte sich für den Kardinal, während die feigen Spielchen des Königs, dessen Miene sich mit einem Mal verdüsterte, sie abstießen. Er blickte nach unten und verzog den Mund. Im gleichen Moment legte er den rechten Arm auf die Schulter des Kardinals.

»Es heißt doch aber auch, wer das Schwert erhebt, wird durch das Schwert umkommen. Wie viele wollt Ihr denn in den sicheren Tod schicken? Würdet Ihr, wenn Ihr welche hättet, mit Euren Kindern auch so umgehen? Sie in die Schlacht und in den Tod jagen? Ihr seid Priester. Ich werde die Menschen, die mir Gott, der Herr, anvertraut hat, nicht dem Gemetzel aussetzen! Ich will nicht, dass ihr Blut vergossen wird. Es ist genug getötet worden. Frieden ... Frieden ... Frieden ... Selig sind die Friedfertigen, denn ihrer ist das Himmelreich.«

Nuria spürte geradezu körperlich, dass der Kardinal den Arm des Königs auf seiner Schulter, diese plumpe Vertraulichkeit, als Zumutung empfand, aber ihn auch nicht zurückweisen durfte, wollte er nicht einen Affront riskieren.

Torquemada straffte sich, ließ seine Miene vereisen und legte seinen ganzen Unmut in seine Erwiderung. »Dann wird der Tod sie nicht gerüstet in Konstantinopel treffen, sondern er wird zu ihnen kommen übers Meer, und sie wehrlos in ihren Betten finden. Sie und ihre Frauen und ihre Kinder!«

Der König lachte hell auf und befreite Juan de Torquemada von seinem Arm, den der jetzt benötigte, um sich vor Vergnügen mit beiden Händen auf die Schenkel zu klopfen. »Wer soll denn kommen? Der Emir aus Granada? Guter Mann, ehrwürdiger Vater, Said ist froh, wenn wir nicht in sein Königreich einfallen.«

»Und wenn ihn die Türken unterstützen?«

»Ihr müsst müde sein von der langen Reise. Dass ich in Eurem Alter diese Strapazen noch so gut aushalte wie Ihr, kann ich mir nur wünschen. Aber selbst Ihr, Juan, müsst mit Euren Kräften haushalten. Versprecht es mir, bester Kardinal, dass Ihr auf Eure Gesundheit achtet. Kommt erst einmal an, ruht Euch aus. Wir reden beim Abendessen weiter. Rom wurde auch nicht an einem Tag erbaut!«

Der König drehte dem Kardinal den Rücken zu und ging zu seinem kostbaren Teppich. Er machte den Musikern ein Zeichen, die eine maurische Weise anstimmten, während Juan seinen Blick traurig aus seinen großen braunen Augen durch den Saal schickte. Wie ein Bettler näherte er sich den Gruppen der Höflinge. Die Frauen und Männer im Saal trugen maurische Kleidung, nur Beltrán de la Cueva, der Günstling des Königs, wie Don Hernandez Nuria wissen ließ, war in eine schwarze Hose aus Leder und ein weißes Hemd gekleidet, das aber, da es oben nicht verschnürt war, den Blick auf die breite, behaarte Brust bis zum Bauchnabel freigab.

Nuria hatte alle Mühe, den geflüsterten Informationen zu folgen, die Don Hernandez unentwegt auf sie einstürmen ließ.

»Es gibt Gerüchte, dass der König entweder zeugungsunfähig ist oder Männer liebt. Zumindest ist es ihm in all den Jahren nicht gelungen, einen Nachkommen in die Welt zu setzen. Dabei lebt er bereits in zweiter Ehe, weil die erste mit Blanca von Navarra aufgrund einer behaupteten Unfruchtbarkeit Blancas mit päpstlicher Dispens geschieden worden ist. Arme Blanca«, schloss Don Hernandez. »Sie hat sich mustergültig benommen und klaglos alle Schuld auf sich genommen.«

Inzwischen hatte sich der Kardinal vom König abgewandt und hielt energisch auf den Flur zu. Ein Diener holte ihn ein, wohl, um ihm sein Quartier zu zeigen. Nuria, die dem Kardinal mit den Augen gefolgt war, hörte, wie Beltrán ihren Lehrer mit leichten Worten, aber in nachdrücklichem Ton aufforderte, ihn am Abend aufzusuchen. Don Hernandez verzog ob der fast anbefohlenen Einladung keine Miene, doch Nuria wusste, dass er auch ein Meister darin war, seine Abneigung hinter einem undurchdringlichen Blick zu verbergen.

14

Stambul, Osmanisches Reich

Verblüfft schaute Yahya so schnell um sich, dass er beim Drehen um die eigene Achse ins Kreiseln geriet und dabei immer tiefer in die Woge aus Leibern eintauchte, die auf dem großen Platz vor der Aya Sophia wie ein Fluss in den Ozean mündete. Sein Geist wurde frei und leicht und leer. Er nahm alles wahr und nichts, alle und keinen. Da ein Augenpaar, dazwischen eine Habichtsnase, dort ein Schwanenhals über einem verzerrten Grinsen, da wulstige Lippen und darüber einen dicken Oberarm und neben ihm ein Schielen und darunter abstehende Ohren über einem fauligen Atem. Plötzlich wie ein Vogel dazwischen eine Zunge und ein rachitischer Ton, den er als knarrende Tür, die zuschlug, vernahm. Das alles waren Körperteile und Geräusche des einen großen Organismus, zu dem die vielen wurden. Auch er selbst mit seiner hohen Stirn, seiner schiefen Nase und seinen schmalen Augen, die zuweilen blau, dann wieder dunkel wirkten, immer aber trüb, gehörte nun dazu. Yahya drängte sich ein Ausspruch as-Schirazis in den Sinn: »Wer fragt schon angesichts des Meeres nach den Flüssen?«

Und während das Wort des Meisters noch in ihm nachklang, flutete nun die große Aufregung, die den großen Menschenkörper antrieb, auch durch seine Poren in jede Zelle. Wie in einer Gegenbewegung strömte das dumpfe Geraune an ihm vorbei, ergoss sich durch die Türen auf den Platz und von dort in die Straßen und Häuser Stambuls und lockte immer mehr Menschen herbei, die in die ohnehin schon volle Moschee drängten. »Ein lebendes Kreuz, ein lebendes Kreuz, ein lebendes Kreuz«, glaubte er, dem Geflüster zu entnehmen.

Ohne sein Zutun gelangte er in die Vorhalle, in der sich die Menschen drängten, und sofort weiter in den überfüllten Hauptsaal der Aya Sophia. Yahya quetschte sich vor einen Pfeiler. Erstaunt bemerkte er, dass keiner auf den Imam achtete. Wie alle anderen hob auch er seinen Kopf zur Kuppel. Hätte er seine Arme anwinkeln können, hätte er sich die Augen gerieben, doch dafür stand er inzwischen zu fest eingekeilt in der Menge.

Es kam ihm wie ein Wunder vor, ein Anblick nicht von dieser Welt. Er starrte und starrte und vermochte dennoch nicht, seiner Wahrnehmung zu trauen. Auch der Versuch, den Atem zu kontrollieren, so wie er es von as-Schirazi gelernt hatte, um sich zu beruhigen und seine Gedanken zu ordnen, schlug fehl.

Hoch oben, unter der großen, von Licht getragenen Kuppel schwebend, erkannte er seinen guten, alten Demetrios. Yahya schüttelte abwehrend den Kopf. Er mochte das nicht sehen. Sein Denken stand still. Schlagartig begriff er, dass er es mit einer Botschaft zu tun hatte, die noch dazu nur für ihn bestimmt war. Demetrios hing zwischen Himmel und Erde an einem sich teilenden Seil, die Arme ausgebreitet wie ein lebendiges Kreuz, eingehüllt, ja beschützt von einer Aura aus gleißendem Licht und rief seine Botschaft durch die staunende Menge in Yahyas Herz hinein in der Hoffnung, dort Joanot anzutreffen.

»Lasst ab von dem falschen Propheten und kehrt um! Denn Christus sagt: Wer sich nun zu mir bekennt vor den Menschen, zu dem will ich mich auch bekennen vor meinem himmlischen Vater. Wer mich aber verleugnet vor den Menschen, den will auch ich verleugnen vor meinem himmlischen Vater. Ihr sollt nicht meinen, dass ich gekommen bin, Frieden zu bringen auf die Erde. Ich bin nicht gekommen, Frieden zu bringen, sondern das Schwert!«

Er muss einen Stab am Rücken mit Gurten befestigt haben, an denen er das geteilte Seil gebunden hat, um in diese schwebende, aber stabile Schräglage zu kommen, dachte Yahya, der keine Erklärung dafür fand, wie es Demetrios trotz seiner Behinderung gelungen war, mit Gottes oder des Teufels Hilfe oder gar von beiden Mächten verlassen, diese artistische Position einzunehmen. Hatte er Helfer gehabt? Jemand musste ihm geholfen haben. Aber wer? Und warum? Dass Demetrios zwischen Himmelskuppel und Erde schwebte, war nicht weniger erstaunlich. Und es forderte die Menschen in der Moschee heraus, ohne Umschweife, provozierend und übernatürlich zugleich. Yahya hatte seiner Ergriffenheit nichts entgegenzusetzen.

Aufruhr schwitzte aus den Poren der Menge, Empörung und Zorn aus ihren Herzen. Schon hasteten die ersten jungen Männer das Treppchen hinauf zum Kuppelsims, schon erklommen sie von dort das Ringfenster und mühten sich, das dicke Seil zu kappen. Doch in das Tau hatte Demetrios oder seine Helfer gewitzt Draht geflochten. Und während über ihm die Männer an seinem Lebensfaden sägten und unter ihm die Menge zu rasen begann, predigte er gelassen weiter, weit weg von der Welt, die ihm nichts mehr anzuhaben vermochte. Yahya fiel in der Aufregung nicht auf, dass Demetrios Türkisch sprach.

»Und wer nicht sein Kreuz auf sich nimmt und folgt mir nach, der ist meiner nicht wert. Wer sein Leben findet, der wird's verlieren; und wer sein Leben verliert um meinetwillen, der wird's finden.« Demetrios hob den Kopf, und ein seliges Lächeln ging über sein durchgeistigtes Gesicht. Es schien, als sähe er etwas, das nur ihm wahrzunehmen gestattet wurde.

Als hätte Gott persönlich im selben Augenblick jedem Einzelnen in der Menge beruhigend über den Kopf gestreichelt, trat mit einem Mal Stille ein. Das war vielleicht das größte Wunder. Demetrios, der jetzt wie ein Kind wirkte, hob mit einer gleichmäßigen Bewegung den rechten Arm und fuhr fort: »Siehe, ich sehe den Himmel offen und den Menschensohn zur Rechten Gottes stehen.«

In diesem Moment gelang es den jungen Männern endlich, das Seil zu kappen, und Demetrios, der Engel, stürzte in die Tiefe, auf die Menge zu. In dem aufbrandenden Wutgeheul glaubte Yahya noch, Demetrios' sanfte Worte auf Griechisch zu vernehmen: »Herr Jesus, nimm meinen Geist auf.« Aber das konnte er nicht mit seinen Ohren, das konnte er nur mit seinem Herzen gehört haben, denn zu laut toste der Aufruhr um ihn herum. Die vielen Menschen gerieten in Bewegung. Die Unwucht nahm lebensbedrohliche Ausmaße an.

Yahya stemmte sich gegen Leiber, um von dem Pfeiler fortzukommen, an dem er zerquetscht werden würde. Schmerzensschreie, Weinen, Panikgeheul und Klagen lösten die stumpfe Wut ab. Nur nicht stolpern, nur nicht fallen, hämmerte es in Yahyas Kopf, denn dann würde er unweigerlich zertrampelt. Er spürte einen menschlichen Körper unter seinen Füßen, wurde aber unbarmherzig weitergeschoben. Er war so sehr damit beschäftigt, den Druck von seinem Körper fernzuhalten, kleinste Nischen zu finden, dass er ganz auf seinen Instinkt geworfen geradezu schlafwandlerisch handelte. Sein Verstand war vollkommen ausgeschaltet.

»Der Frevler ist tot, der Frevler ist tot!« Der grimmige Jubel erreichte seine Ohren und drang weiter nach draußen. Doch der Frevler hatte ein Gedränge hervorgerufen, das so manchen guten Muslim das Leben kostete. Niemand erfuhr je, wie viele Tote es gegeben hatte – die Männer Mehmeds hielten die Zahl geheim.

Inzwischen räumten Truppen des Sultans die Vorhalle, sodass die meisten Menschen der tödlichen Falle entkamen, als die sich die Moschee erwiesen hatte. Nach und nach leerte sich die Aya Sophia.

Als Yahya um sich blickte, war das Gotteshaus fast leer. Seine Kleidung hing in Fetzen an ihm herunter. Den Boden bedeckten Leichen zerquetschter Menschen. Schwerverletzte wurden hinausgetragen. Von Demetrios fand Yahya keine Spur. Die rasende Menge schien ihn zerfetzt zu haben, den Körper wie die Kleidung. Und vielleicht hatte ein heimlicher Christ auch etwas von dem Gewand oder von den Gliedern des alten Griechen als Reliquie an sich genommen, in der Überzeugung, dass Demetrios ein Heiliger, ein Märtyrer war.

Ein trockener Knall riss Yahya aus seinen Gedanken. Er wandte sich um und entdeckte Demetrios Krücke, die jemand von oben heruntergeworfen hatte und die noch ein-, zweimal hochsprang, bevor sie liegen blieb. Dem ersten Impuls, sie an sich zu nehmen, widerstand er. Sie bot einen traurigen Anblick zwischen den Toten, den Kleidungsresten, dem Blut, den Körpersäften auf dem Fußboden der Moschee. Jetzt nahm er auch den infernalischen Gestank wahr. Dort, wo Demetrios jetzt weilte, im Himmel oder in der Hölle, würde er die Krücke nicht mehr brauchen. Er hatte sie zurückgelassen, wie Joanot einst zurückgelassen worden war.

Mitleid mit sich selbst überkam Yahya, denn er fühlte sich allein und so nutzlos in der Welt wie diese Krücke. Keinen Wimpernschlag länger hielt es ihn mehr an diesem Ort. Er musste hinaus, ins Freie, ins Offene, wenn er nicht ersticken wollte. Er lief los, schließlich rannte er, bis er im Bad der Medrese angekommen war und das heiße Wasser den Schmutz und das Denken abwusch. Inbrünstig flehte er den Allerhöchsten an, ihm die Gnade des Vergessens zuteilwerden zu lassen. Allerdings verwandte er in seinem katalanischen Gebet das Wort Allah für Gott. So hörte sich sein Gebet seltsam an – wie Felsen zwischen Stromschnellen ragte das arabische Wort für Gott spitz daraus hervor. So oft er auch das Gesicht ins Wasser tauchte oder wusch, traten ihm wieder und wieder Demetrios' seliges Antlitz und sein Sturz vor Augen, aber vor allem das Bild, wie der alte Mann hoch oben zwischen der Kuppel des Himmels und der Erde geschwebt hatte. Die Erinnerung daran ließ sich nicht aus seiner Seele waschen.

Der Anblick des Griechen verfolgte ihn tagelang, das Zeichen, von dem der Alte gesprochen hatte. Es war ihm gelungen, eines zu setzen. Und so maß Yahya auch der Verlautbarung des Patriarchen Gennadios keine Bedeutung bei, der sich von der ungeheuerlichen Provokation des »unseligen« Demetrios distanzierte, die aus Sicht des Kirchenfürsten nur dazu angetan war, Hass zwischen den Muslimen und den Christen zu säen. Die Erklärung von Stambuls Oberchristen widerte Yahya an. Gennadios widerte ihn an. Die Selbstgerechten und die Verräter an denen, die sie doch beschützen sollten. Andernorts würde man Demetrios als Heiligen verehren, nur nicht in Gennadios Kirche. Auch wenn Yahya nicht an der Rechtmäßigkeit des Islam zweifelte und das Christentum für Unglauben hielt, stieß ihn diese Art des Umganges ab.

Gab es etwas Verächtlicheres als Gennadios und christliche Priester seines Schlages, die Gott im Munde und den Teufel im Herzen führten? Hatten sie ihre persönliche Erhöhung nicht mit ihrem Glauben erkauft? Sollten sie nicht besser zum Islam konvertieren, als sich ehrerbietig vor den muslimischen Herrschern zu verneigen und ihre Schäfchen und vor allem Christus zu verraten? Ein weiteres

Mal wurde Yahya in seinem Urteil über die Christen bestätigt. Sie besaßen keine Ehre und suhlten sich am liebsten in Verrat und Unterwerfung. Bedurfte es eines weiteren Beweises, welches die wahre Religion war? Liebte Gott nicht die Muslime, deren Waffen er den Sieg geschenkt hatte und schenkte, während er die Ungläubigen schlug? Verrieten die Muslime Allah oder Muhammad in gleicher Weise wie die christlichen Priester Jesus? Sagte der Verrat nicht alles?

Aber diese Gewissheit und diese Gedanken reichten nicht aus, um den Aufruhr in Yahyas Seele zu besänftigen. Nichts vermochte dieses Wissen gegen das Bild auszurichten, das der alte Demetrius in sein Herz gepflanzt hatte, freilich um den Preis des eigenen Lebens. Da er as-Schirazi nicht um Rat bitten konnte, holte er das Buch von Ibn Arabi unter den Dielen hervor und begann mit der Lektüre. Es fiel ihm anfangs nicht leicht, sich mit dem westlichen Arabisch auseinanderzusetzen, mit der Sprache, die im Maghreb und in al-Andalus gesprochen wurde. In dem Buch des Shayk al-Akbar, des größten Meisters, fand Yahya ein in vollendeter Kunstschrift niedergeschriebenes Gedicht. Er beschloss, mit diesem Text sein Studium zu beginnen. Bereits die erste Zeile, die sich nach langen Mühen fügte, bezauberte ihn. »Ihr reinen Tauben auf dem Weidenbaum, der Myrrhe«, las er, »seid sanft, verstärkt mit Gurreklagen nicht mein Leid.«

Yahya vertiefte sich in die fremde Sprache und die noch fremderen Gedanken, um zu vergessen, was in der Moschee geschehen war. »Verstärkt mit Gurreklagen nicht mein Leid …«

Ibn Arabis Worte brachten ihn allmählich dazu, von dessen Heimat zu träumen, von Spanien. Und von dem Mädchen mit der Narbe über der Braue in der Kathedrale. Der Gedanke, dass sie, der größte Meister und er selbst Landsleute waren, dünkte ihn zwar absurd, dennoch ließ er sich nicht abweisen. Yahya fühlte sich dem geheimnisvollen Mann auf verstörende Weise verbunden. Ihm war bewusst, dass er etwas Verbotenes unternahm, bei dem er sich nicht erwischen lassen durfte. Das Buch versteckte er nach der Lektüre wieder gewissenhaft unter der Diele. Wohin würde ihn Ibn Arabi führen? In seine Heimat?

Zuweilen träumte er, dass Ibn Arabi in den Worten des alten

Griechen redete oder, noch verblüffender für ihn, dass Demetrios, unterhalb der Kuppel schwebend, arabisch die Worte des Dichters sprach, die Yahya mühsam übersetzte.

»Hütet euch vor der Beschränkung durch eine bestimmte Glaubensform und die Zurückweisung alles Anderen. Dadurch entginge euch viel Gutes, ja sogar die Erkenntnis der Wirklichkeit. Seid in euch selbst die Grundsubstanz aller Bekenntnisse, denn Gott ist weiter und gewaltiger, als dass ihn eine Glaubensform besser zu fassen vermöchte als eine andere.«

Hieß das etwa, dass Gott keinen Unterschied zwischen Juden, Christen und Muslimen machte? Der Gedanke war so ungeheuerlich, dass Yahya seinen Augen, seiner Übersetzung misstraute. Wenn Gott nicht zwischen den Religionen unterschied, warum dann der Mensch? Was war dann der ganze Streit um den wahren oder rechten Glauben wert? Mit jeder weiteren übersetzten Zeile geriet er in immer größere Unsicherheit.

Zu dumm, dass er seinen Lehrer nicht befragen konnte. As-Schirazi war wie vom Erdboden verschluckt, ohne die geringste Spur zu hinterlassen. Yahya würde nichts anderes übrig bleiben, als in der Bibliothek des Sultans nach geeigneten Wörterbüchern oder hilfreichen Bezugstexten zu suchen. Zu bodenlos klangen Ibn Arabis Aussagen über die gleiche Gültigkeit und die Gleichwertigkeit aller Religionen, ob Judentum, Christentum oder Islam. Es war absolut erforderlich, jeden Übersetzungsfehler auszuschließen. Hatte Ibn Arabi das wirklich gemeint, konnte er das gemeint haben? Diese unfassliche Gotteslästerung?

Als er im Bad vor sich hin döste und es genoss, dass die schlechten Säfte aus seinen Poren drangen, fragte sich Yahya besorgt, wohin ihn die Lektüre trieb. Und ob er sie nicht besser abbrechen sollte? Sein Gebiet war die Sprache und nicht die Philosophie und schon gar nicht das Nachdenken über den Glauben, denn was er an der Grammatik liebte, vermisste er in diesem Denken, nämlich die glasklare Logik der Regeln. Das Denken verbog die Grammatik. Sollte er sich nicht besser mit einer persischen Sprachlehre als mit Ibn Arabis Schriften befassen?

Aber es genügte, nur in Erwägung zu ziehen, die Lektüre zu beenden, schon erschien vor ihm wie ein unheilvolles Zeichen im Dunst des Hamam das im Wasserdampf modellierte Bild des alten Griechen, als lebte es. In der feuchten Hitze fühlte sich Yahya von Demetrios berührt. Da er aus einen ihm unverständlichem Grund nicht mehr von diesem Denken lassen konnte, bis er zumindest verstehen würde, was gemeint war, blieb ihm nur, tiefer einzudringen, welche Gefahren auch immer damit verbunden wären.

15

Segovia, Spanien

Vor Mattigkeit und einem heftigen Unwohlsein konnte sich Nuria kaum mehr auf den Beinen halten, aber Hernandez de Cardenas bestand darauf, dass sie ihn zum Plausch mit Beltrán begleitete. Der Günstling des Königs bewohnte eine Zimmerflucht im oberen Stockwerk des Palastes. Als Don Hernandez und Nuria in den kleinen Empfangsraum traten, kam ihnen Beltrán mit einem breiten Lächeln entgegen. Nuria, blieb stehen und schaute sich um. Ein wuchtiger, von vier Stühlen umgebener Tisch stand in der Mitte des Raumes. Alle Möbel glänzten in tiefem Schwarz. Rund um den vielarmigen Leuchter auf dem Tisch, dessen Kerzen das Zimmer mit flackerndem Schein erfüllten, entdeckte Nuria Karaffen mit Wasser und mit Wein, daneben Schalen mit Obst, Brot und Platten mit Schinken.

»Seid mir willkommen! Nimm Platz, mein alter Freund.« Beltrán musterte Nuria, und in seinen Augen entdeckte sie, dass er es mit Wohlgefallen tat. »Und wer seid Ihr?«

»Mein Schüler, Don Jorge de Castro.«

Beltráns Lippen kräuselten sich. »Ah, du hast wieder einen Schüler. Hast du die Enttäuschung endlich überwunden. Aber bitte Don Jorge, nehmt auch Ihr Platz«, sagte Beltrán, während er sich auf einem der Stühle niederließ, mit feierlicher Stimme und öffnete mit einer einladenden Geste pathetisch die Arme.

»Lange her, Beltrán«, brummte Don Hernandez, während er sich dem Günstling des Königs gegenüber niederließ. Nuria glitt auf einen Stuhl zwischen den beiden.

»Ja, sehr lang, mein Freund.«

»Du musst wissen, Jorge, wir haben als Pagen dem alten König gedient«, erklärte Don Hernandez.

»Ja, aber während sich dein Meister mit seinen Waffenkünsten bei verschiedenen Herren verdingt hat, bin ich bei dem Thronfolger geblieben.« Beltrán war Nuria gegenüber zwanglos zum Du übergegangen.

»Wie weise von dir«, sagte der Hidalgo.

»Nennen wir es schlicht Klugheit«, wehrte Beltrán ab.

»Ja, an Klugheit hat es mir immer gemangelt, deshalb bin ich auch nicht wie du ein Höfling geworden.«

»Wie du siehst, ist es das Einzige, was sich wirklich auszahlt. Vor Kurzem hat mir der König die Grafschaft Ledesma übertragen.«

Don Hernandez neigte ironisch den Kopf. »Ich gratuliere, Graf von Ledesma.«

»Und dabei wird es nicht bleiben.«

»Worauf willst du hinaus?«

»Welches ist das höchste Amt in Kastilien?«

Don Hernandez lachte laut auf. »Du willst Großmeister des Santiagoordens werden? Dann wärest du fast so mächtig wie der König!« Er warf Nuria einen Blick zu. »Dieser Mann versteht es wirklich, sein Glück zu machen.«

Beltrán füllte seinen Becher mit Wein, dann den von Hernandez. Als er auch Nuria einschenken wollte, lehnte sie mit einer schnellen Bewegung ihrer Hand ab. »Für mich bitte nur Wasser.«

Beltrán sah sie durchdringend an, ohne eine Miene zu verziehen. »Kann ich ihm trauen?«, fragte er, ohne Nuria aus den Augen zu lassen.

»Wieso?«, fragte Don Hernandez zurück. »Weil er nicht trinkt? Ich vertraue ihm – und das sollte dir reichen.«

»Männer, die nicht trinken, haben für gewöhnlich etwas zu verbergen. Was ist es bei dir, Junge?« Beltrán musterte Nuria, während er nach seinem Becher griff.

Sie fühlte sich ertappt. Jetzt hieß es, auf der Hut zu sein. Sie verspürte einen Schmerz in ihren Eingeweiden, der ihr nur allzu bekannt war, weil er jeden Monat erneut zurückkehrte und sie vor Probleme stellte. Sie zwang sich, eine gleichmütige Miene zu bewahren. »Und Männer, die trinken, möchten gewöhnlich etwas vergessen«, entgegnete sie ruhig. »Was ist es bei Euch, Graf? Was wollt Ihr vergessen?«

»Den faden Geschmack des Wassers.« Beltráns Lachen klang etwas zu laut. »Aber meinetwegen, dann schlürf eben Wasser wie das Vieh. Geschickt mit dem Schwert bist du ja, das habe ich gesehen. Du machst deinem Meister alle Ehre.« Beltrán nahm einen großen Schluck Wein, dann zerkaute er genüsslich drei dunkle Trauben, die er mit seinen groben Händen von der Rebe gerissen hatten. »Was hältst du davon, wenn du mit Don Jorge bei mir bleibst, Hernandez?«, fragte er unvermittelt. »In meiner Position habe ich jetzt schon viele Feinde. Und wenn ich erst Großmeister bin, dann habe ich nur noch Widersacher. Ich zahle gut.« Beltrán hob beide Hände. »Nein, sag noch nichts, denk in Ruhe darüber nach. Dass ich kein Geizhals bin, weißt du doch hoffentlich noch?«, fügte er, an Hernandez gewandt, hinzu.

»Du hast es zurückbekommen.«

Beltrán setzte ein solch einnehmendes Lächeln auf, als wäre er ein Wohltäter der Menschheit. »Manches kann man nie ganz zurückzahlen. Aber ich bin der Letzte, der daran erinnert. Schwamm drüber, vielleicht sind wir ja auch quitt.«

Während des Geplänkels der Männer hatten die Schmerzen in Nurias Unterleib unerträglich zugenommen. Sie wollte sich gerade erheben und sich entschuldigen, als Beltrán, der sich immer wieder nachgeschenkt hatte, laut nach seinem Diener rief: »Lopez, schick die Hühner rein.«

Einen Augenblick später öffnete sich die dunkle Holztür hinter Beltrán, und Nuria erhaschte einen Blick auf ein breites, ungemachtes Bett. Nacheinander erschienen drei kichernde, nur mit langen, weißen Hemden bekleidete Mädchen. Eine von ihnen, eine schwarzhaarige andalusische Schönheit, wollte sich auf Nurias Schoß setzen, doch diese wehrte erschrocken ab. Ihre beiden Gefährtinnen schmiegten sich an die beiden Männer.

»Das ist das Schöne am Hof!«, erklärte Beltrán lachend. »Es gibt immer ein paar junge Damen, die sich langweilen und wissen, dass die Zeit der Öde, ich meine der Ehe, kommen wird, wo sie einem reichen, aber alten Schwachkopf treu sein müssen.«

Als die Schwarzhaarige abermals versuchte, Nuria zu umgarnen, und nach ihrer Hand griff, wurde Nuria übel von dem Schmerz in ihrem Innern. Mit letzter Kraft stieß sie das Mädchen weg, das unsanft auf dem harten Steinboden landete, während Nuria zur Tür rannte.

»Was ist denn mit dem los?«, hörte sie Beltrán verwundert fragen, als sie auf dem Flur stand und keuchend die Hände auf ihren Unterleib presste.

»Frauen interessieren ihn nicht.«

»Der König hat Gefallen an ihm gefunden«, sagte Beltrán. Seine Stimme klang nachdenklich. »Das könnte nützlich sein, wenn er es mit Männern hat.«

»Er hat es weder mit Frauen noch mit Männern, er hat es nur mit der Rache, die er eines Tages nehmen will.«

»Nicht so schlimm«, sagte Beltrán. »Für seine Wünsche muss man gewisse Opfer bringen.«

»Hast du gewisse Opfer gebracht?«, fragte Don Hernandez.

Beltrán antwortete nicht. Nuria hörte, wie Stühle gerückt wurden und das Gekicher der Mädchen verebbte. Bei dem Gedanken an das, was sich nun in der Schlafkammer abspielen würde, erschauerte sie. So, wie sie Beltrán einschätzte, würde er stöhnen wie ein Stier, wenn auch nur, um anzugeben.

Sie schaffte es kaum noch, einen der Erker zu erreichen, in denen sich die Abtritte befanden. Schnell verschwand sie darin, verriegelte von innen die Tür, ließ die Hose herunter. Unter Qualen ließ sie der Natur, die sie verleugnen musste, freien Lauf. Blut stürzte aus ihrem Körper, mehr, als sie glaubte, in sich zu haben. Wie lange sie dort zubrachte, gemartert von immer neuen Wellen des Schmerzes, wusste sie nicht.

Irgendwann schlich Nuria durch die Flure zur Treppe, die hinab zum Burghof führte. Mond und Sterne leuchteten wie unzählige Seelenfunken am Nachthimmel. Sie befahl den Wachen am Tor, sie hinauszulassen, kündigte aber an, wieder zurückzukehren. Um kein Misstrauen zu erwecken, gab sie sich den Anschein, ein galantes Abenteuer in der Stadt zu suchen. Sie wandte sich nach Norden, durchquerte die engen, aber außerordentlich belebten Gassen der Altstadt, passierte gegen ein kleines Geld das Stadttor und erreichte nach ein paar Minuten die alte, bucklige Brücke über den Río Eresma.

Auf einmal fühlte sie sich mutterseelenallein. Das ganze Elend ihrer zerbrochenen Existenz sprang sie an und drohte, sie zu verschlingen. Sie gab ein erbarmungswürdiges Wimmern von sich und schluchzte wie ein Kind. Gebückt ging sie hinunter zum Fluss und dann ein paar Schritte am Wasser entlang, bis sie auf eine Gruppe von Sträuchern stieß, die die Sicht vom Weg aus verdeckte. Dort zog sie sich aus und watete ins kühle Wasser. Tief war der Fluss nicht, aber ihr genügte es, um sich gründlich zu reinigen. Endlich verschwand der Geruch nach Blut. Sie war noch immer allein, aber umgeben von den Sternen, dem Mond, dem Zirpen der Zikaden und dem Quaken der Kröten. In dem schwarz glänzenden Wasser beruhigte sie sich allmählich, auch wenn seine Kälte ihr eine Gänsehaut bescherte.

Wieder spürte sie die ganze Last der Verstellung. Wie schwer war es doch, vorzugeben, ein Mann zu sein! Und doch war es unendlich viel leichter für sie, als wenn sie weiterhin als Frau gelebt hätte. Nach dem Mord an ihrem Vater hätte man einen Vormund für sie bestellt, der sie gewiss meistbietend an irgendeinen Gimpel verheiratet hätte, dem sie zu dienen und Kinder zu gebären hatte. Lieber würde sie sterben.

Am wichtigsten war ihr jedoch, dass sie als Frau niemals in der Lage wäre, Rache zu nehmen, jemandem für all das Grauen die Rechnung zu präsentieren. Tief in ihrem Inneren wusste sie, dass sie nicht gesunden würde, bevor sie nicht diesen grausamen Rechtsbruch mit Blut vergolten hätte.

Während sie frierend, aber gekräftigt aus dem Fluss stieg, fragte sich Nuria, was sie tun würde, wenn ihr Meister in die Dienste Beltráns de la Cueva treten würde, denn Beltráns Angebot galt ohne Frage für sie beide. Die Gefahr, dass an einem ausschweifenden Abend wie diesem ihr Geschlecht entdeckt würde, war zu hoch, und deshalb bliebe ihr nichts anderes übrig, als ihren Abschied zu nehmen. Und dann?

Mit den Jahren hatte sie sich an den eigenbrötlerischen Waffenmeister gewöhnt. Zu gern hätte sie gewusst, welche halb offene Rechnung es zwischen ihm und dem Grafen gab, doch war sie sicher, darauf von Don Hernandez keine Antwort zu erhalten. Es lohnte erst gar nicht, danach zu fragen.

Auf dem Rückweg zum Palast nahm sie sich vor, Gott mit der Bitte zu behelligen, dass ihr Meister Beltráns Angebot ablehnen möge. Die Nacht verbrachte Nuria trotz ihrer Müdigkeit im Gebet in der ansonsten ungenutzten Kirche des Alcázar in der Nähe des Kreuzes.

16

Segovia, Spanien

Nuria hatte nur zwei Stunden im Bett verbracht, doch kam sie mit wenig Schlaf aus. Beim Frühstück befragte sie mit klopfendem Herzen ihren Meister nach seinen Plänen.

»Ich kann Beltráns gutes Angebot nicht einfach so ausschlagen«, entgegnete Don Hernandez. »Zumal ich dadurch auch seinen Zorn auf mich ziehen würde.«

Nuria schloss kurz die Augen. Also hieß es, Abschied zu nehmen.

Am späten Mittag, weil der König nicht früher aus dem Himmelbett und aus einer der beiden maurischen Türen seines Schlafzimmers fand, wurden sie wie der gesamte Hof erneut Zeuge eines Streites zwischen dem König und dem Kardinal. Juan de Torquemada gelang es trotz aller Beredsamkeit nicht, Enrique davon zu überzeugen, sich wenigstens mit Geld am Kreuzzug gegen die Türken zu beteiligen. Schließlich drohte der Dominikaner als letztes Mittel dem König mit allen Höllenstrafen. Doch Enrique winkte nur ab. »Glaubt mir, mein lieber Juan, wenn ich meine ewig zum Aufstand neigenden Granden nicht mehr mit Geld und Geschenken besänftigen kann, dann bricht hier ein Bürgerkrieg aus, gegen den die Hölle ein Nonnenkloster ist. Ich habe kein bisschen Geld und keinen einzigen Mann!«

»Aber wenn Ihr den Adel eint und mit Euch in den Kreuzzug führt, in dem doch so viel an geistlichen und weltlichen Schätzen, Ablass und Besitz zu gewinnen ist, dann wären Eure Granden endlich mit etwas Nützlichem beschäftigt anstatt mit gehobener Raubritterei!«

Zum ersten Mal in den Stunden ihrer Gespräche wich aus Enriques Gesicht die Sanftheit und machte der schieren Panik Platz. »Ich? In den Krieg? Da wäre ich ja Spitze und Nachhut zugleich. Niemand würde folgen. Die Zeiten des Cid sind längst vorbei, mein lieber Kardinal. Zweimal bin ich gegen Granada gezogen, einmal um Said als Emir einzusetzen und dann, weil der Vasall untreu wurde, um ihn wieder abzusetzen. Doch weiter als in die Vega sind wir nicht gekommen, weil meine Granden mehr Vergnügen an Raub und Plünderung, an der Verwüstung als an einem langen und riskanten Feldzug fanden. Kommt mir nicht mit Krieg, schon gar nicht mit einem Kreuzzug. Ich habe nicht die Mittel dazu, nicht die Leute dazu, und vor allem habe ich keine Lust mehr auf derart aussichtslose Unternehmungen. Es ekelt mich an, Blut zu vergießen. Und für das Blut, das ich bereits vergossen habe, bittet bei unserem Herrn für meine Seele. Mehr Sünden will ich mir nicht mehr aufladen … mehr nicht … lasst mich einfach … ich will nicht, dass um meinetwillen jemand zu Schaden kommt … ich will nicht.«

»Und um Christi Willen?«

»Christus war ein sanftmütiger Mann, kein Krieger … ich nehme mir ein Beispiel an ihm.«

»Ihr habt das Schwert von Gott erhalten! *Das* ist Eure Aufgabe!«, entgegnete der Kardinal aufgebracht. »Ihr seid der König. Ihr habt Eure Untertanen zu schützen. So wie der Bäcker Brot zu backen und der Schuster Schuhe zu machen hat.«

»Was ist mit dem Kaiser? Was mit dem Franzosen? Ludwig? Was mit dem Engländer? Was mit Borso d'Este? Was mit dem Mailänder? Was mit Florenz, was sagt Cosimo de Medici? Ich sag es Euch: Nein, *no*, sagen sie, und zwar alle! Sie lassen alle den Heiligen Vater im Stich. Habt Ihr schon einmal darüber nachgedacht, dass alle jene Herrscher, nicht die Dümmsten der Christenheit, gute Gründe haben, den Kreuzzug abzulehnen?«

Nurias Blick und der des Kardinals kreuzten sich kurz, doch lange genug, dass sie das jugendliche Feuer in den Augen Juan de Torquemadas wahrnahm. Die Höflinge standen wie erstarrt da und wagten kaum zu atmen. Eine gespenstische, fast knisternde Stille hatte sich ausgebreitet.

»Oh ja, genau zwei Gründe sind es, Enrique, einer schlechter als der andere: erstens, die eigene Macht zu erweitern, und zweitens, den anderen zu schwächen.«

Der König hob die Arme, als wollte er Torquemada zurufen: Wacht auf, so ist nun mal die Welt. Dann ließ er sie wieder sinken und sagte: »Wir können nichts tun, als unter allen Umständen Frieden zu halten. Das ist ein Gebot der Nächstenliebe. Vergnügt Euch, Illustrissimo, das vertreibt die düsteren Gedanken, Gott wird es schon richten, *er* hat die Mittel, nicht wir.« Nach einer kurzen Pause fügte er hinzu: »Wollt Ihr mit uns zu Abend speisen?«

»Ich werde für die Nacht ins Dominikanerkloster umziehen, um für Kastilien und für Euer Seelenheil zu beten«, entgegnete der Kardinal schroff.

Nuria schloss die Augen, damit niemand den Hass auf diesen verräterischen König sehen konnte, der in ihrem Herzen wuchs. Was war er anderes als die fleischgewordene Verhöhnung ihres ermordeten Vaters? Tanzte er nicht in seinem muslimischen Mantel mit seiner maurischen Garde fröhlich auf dessen Grab? Es fiel ihr schwer, sich zu beherrschen. Sie fing einen weiteren Blick des Kardinals auf, bevor er den König ohne Verneigung und ohne ein Wort des Abschieds verließ. Als auch Nuria auf den Ausgang des Saales zuschritt, hob in ihrem Rücken ein schrilles Gelächter an. Es gellte in ihren Ohren wie eine Teufelsaustreibung, mit der Enrique die Hofgesellschaft aus der Erstarrung zu lösen trachtete, und die die Gedanken Torquemadas vom Hof verscheuchen wollte.

Wer dem Gespött dient, macht sich selbst zum Gespött, resümierte Juan de Torquemada bitter in Gedanken. Energisch stieg der Kardinal die große Treppe des Palastes hinunter und trat in den Haupthof. Frieden, dachte er, ein großes und schönes Wort, das lediglich als Symbol für den Tod taugt, wenn es als wohlklingender Vorwand für Feigheit und für Gleichgültigkeit herhalten muss. Die Welt ist nicht friedlich und der Mensch nicht gut. Auch würde die Welt ohne sie weitergehen, ohne die Christen, ohne die Kastilier, ohne die Aragonesen und Katalanen. Und doch hoffte Torquemada. In den Stundengebeten flehte er Christus auf Knien an, den Mann zu schicken, der sie alle vereinen und zu neuer Größe führen konnte. Er hoffte auf einen neuen Cid.

Ihm ging der grazile Jüngling nicht aus dem Sinn, der mit schlecht verhohlenem Zorn aus dem Thronsaal gestürmt war. Mit diesem Bild vor Augen traf er im Haupthof auf seinen Sekretär, dem er schmallippig Anweisungen erteilte, mit allem Gepäck und der Eskorte ins Dominikanerkloster umzuziehen. Außerdem sollte er Hernandez de Cardenas mitteilen, dass er ihn und seinen Schüler am Nachmittag im Kloster zu sprechen wünsche. Die Erfahrung sagte ihm, dass der junge Hidalgo noch sehr nützlich sein konnte.

Vorbei an zweistöckigen Häusern, deren obere Etagen über das Erdgeschoss kragten, schritt der Kardinal durch die Gassen bis zu einem Silberpappelhain. Vor seinen Augen erhob sich das Dominikanerkloster Santa Cruz mit seinen dunklen, trutzigen Mauern, dem großem Holztor und dem aufragenden Turm der Kirche, der einen soliden Fluchtweg der Seelen in den Himmel abgab. Auf dem Kies vor ihm balgten sich Spatzen, die aufstoben, als er sich näherte. Flocken weißer Pappelsamen tanzten in der Luft, segelten sanft zu Boden, wo sie im Staub ergrauten. Die schwebenden Flusen kamen ihm unwirklich vor, wie die Seelen der toten Goten, die einst das Land beherrscht hatten, bevor sie von muslimischen Eroberern besiegt worden waren. Mühsam hatten die kastilischen Herrscher, die sich immer als Nachfolger der alten gotischen Könige empfanden, Stück für Stück das Land zurückerobert. Bis auf Granada. Und natürlich hatte Enrique recht, dass der Emir derzeit nicht über die Kraft verfügte, Kastilien oder Katalonien zu erobern, aber er würde es wollen. Jederzeit konnten sich in Westafrika neue Kämpfer versammeln wie in der Vergangenheit die Krieger der Berberdynastien der Almoraviden und der Almohaden und Granada als Brückenkopf für weitere Eroberungen nutzen. Noch gefährlicher als die Berber war Mehmed der Eroberer, der seine Hände nach dem westlichen Mittelmeer ausstreckte. Wer wollte ihn aufhalten, wenn er in Almería oder in Málaga oder in Algeciras in Saids Machtbereich landete?

Den Kopf voller Sorge klopfte der Kardinal mit dem schwarzen eisernen Schlegel an die schwere Holztür des Klosters. Ein hagerer Mönch mit einem noch schmaleren Gesicht öffnete ihm.

»Ich möchte zum Abt«, erklärte der Kardinal.

»Gott mit Euch, Illustrissimo.«

Torquemada hielt dem Mönch die rechte Hand mit dem goldenen Ring, von dessen Oval sich ein Kreuz aus Rubinen abhob, hin. Er liebte den Ring vor allem wegen der roten Farbe der Edelsteine, die ihn an das kostbare Blut des Herrn erinnerte, das dieser für die Menschen geopfert hatte.

Der Dominikaner schloss die Pforte und führte Juan de Torquemada durch den Kreuzgang zum Refektorium, wo dieser seinen Neffen im Gespräch mit zwei Mönchen antraf. Als Tomás de Torquemada den hohen Onkel gewahrte, beendete er rasch das Gespräch mit den zwei Ordensbrüdern und kam ihm mit ernstem Gesicht entgegen.

Der Kardinal empfand seinem Neffen gegenüber einen heftigen Widerwillen. Abt Tomás kam mit seinem groben, einfältig wirkenden Gesicht nach der Familie seiner Mutter und nicht nach Juans Bruder. Zwar hatte er die Intelligenz vom Vater geerbt, aber die Neigung zum Fanatismus von der Mutter. Die Grobheiten des Abtes ekelten den feingeistigen Kardinal an, bereiteten ihm geradezu ein körperliches Unbehagen. Anderseits wusste er nur zu gut, dass die tiefsten Feinheiten des Glaubens nicht für das Volk taugten und dass die Bauern und Handwerker Prediger vom Schlage seines Neffen benötigten. Auf einen groben Klotz gehörte bekanntlich auch ein grober Keil. Man durfte ihre einfältigen Gemüter nicht überfordern und auf falsche, besser noch auf gar keine Gedanken bringen.

Auch die Vorstellung, die der demütige Blick des Abtes in ihm wachrief, dass er sich zuweilen im Gebet geißele, wie ihm zugetragen worden war, widerte den Kardinal an. Aber es lohnte nicht zu hadern, denn niemand konnte sich seine Verwandtschaft oder seine Ordensbrüder aussuchen. Und eines musste er seinem Neffen lassen: Die hohe Position im Orden hatte dieser allein und ohne seine Unterstützung errungen. Wie auch? Er hätte ihn lieber scheitern sehen.

»Du hast gewiss Platz für mich und meine Begleitung, Tomás?«

»Für Euch, Illustrissimo, jederzeit.«

»Lass uns in den Kreuzgang gehen«, bestimmte der Kirchenfürst eher, als dass er es vorschlug.

Der Rasen in der Mitte des Kreuzgangs wurde regelmäßig gewässert und wirkte kräftig und dunkelgrün. Ein erfrischender Anblick in der sonnenverdorrten Stadt. In der Mitte erhob sich ein gemauerter Brunnen, den ein Pinienapfel krönte. Auf den Brunnen hielten die beiden Männer zu.

»Was denkst du über den König, Neffe?«

»Ein offenes Wort?«

»Was sonst?« Juan de Torquemada nahm die leichte Anspannung in der eigenen Stimme wahr.

»Kurz und bündig: Er ist ein Ketzer. Nicht, was seine Ideen betrifft. Ideen hat er, glaub ich, keine. Ob er einen Glauben hat, vermag ich nicht zu sagen. Werte?« Der Abt zuckte mit den Schultern. »Nein, er ist ein praktischer Ketzer.«

Abrupt verharrte der Kardinal im Schritt und starrte seinen Neffen an. Diese Kategorie war ihm neu.

»Er lebt wie ein Häretiker«, fuhr Tomás de Torquemada fort, »er pflegt keinen christlichen Lebensstil, er fördert die Muslime, wo er nur kann, verbrüdert sich mit den Juden, wobei niemand mehr weiß, ob es Juden oder Conversos sind und ob die Conversos nicht heimlich weiter ihrer jüdischen Religion anhängen.«

Der Kardinal winkte ab. »Die Juden sind nicht unser Problem, die haben weder Konstantinopel gestürmt noch wollen sie uns missionieren.«

»Schon, aber …«

»Du hast selbst eine jüdische Urgroßmutter, Tomás, also rede nicht so über die Juden.«

Der Abt zuckte unter den Worten des Kardinals zusammen, als wären es Peitschenhiebe.

Juan de Torquemada nahm keine Notiz davon. »Enrique ist also kein guter Sohn der katholischen Kirche?«

»Nein, er ist ein großer Sünder. Ein Blatt im Wind der Interessen des Hochadels. Der Marquis de Villena, der Erzbischof von Toledo und der Admiral von Kastilien wollen ihre Macht auf Kosten des Königs stärken. Einzig die Familien der Santillana mit ihrem allerdings beträchtlichen Anhang treten für eine Stärkung des Königtums ein. Aber der König verrät immer wieder seine Freunde, um eines Kompromisses mit seinen eigentlichen Feinden willen.«

»Der Kühne bekämpft den Feind und hilft dem Freund, der Feige bekämpft hinterrücks den Freund und hilft dem Feind in der Hoffnung, ihn zum Freund zu machen. Na ja.« Der Kardinal machte eine wegwerfende Handbewegung. »Was würde geschehen, wenn der Emir von Granada eine große Streitmacht aus Nordafrika oder von Mehmed zur Verfügung gestellt bekäme?«

»Dann gnade uns Gott. Dann wäre die Zeit für das Martyrium gekommen.«

»Wenn Enrique stirbt, dann erben Alfonso oder Isabel die Krone?«

»Isabel ist ein neunjähriges Mädchen und Alfonso ein sechsjähriger Knabe.« Der Abt bekreuzigte sich. Noch schlimmer für Kastilien wäre es seiner Meinung nach, wenn die Krone von einem schwachen König auf das Haupt eines unmündigen Kindes überginge.

17

Segovia, Spanien

Am Nachmittag empfing der Kardinal Don Hernandez und Nuria in der schlichten Zelle im Dominikanerkloster, die er für die Nacht bezogen hatte. Er wies ihnen die beiden groben Schemel zu, die vor seinem standen. Hier gab es keine Annehmlichkeiten, nur den Luxus des Denkens, des Betens, der Einkehr, der Ruhe und Abgeschiedenheit vom Wahn der Welt. Doch diesen Luxus wussten nur Wenige zu schätzen.

Juan de Torquemada musterte Nuria. »Wie heißt du?«

»Don Jorge de Castro.«

Kämpft wie ein Mann, hat aber eine Stimme wie ein Jüngling oder eine Frau, wunderte sich Juan de Torquemada. »Was ist deine Profession?«

»Was mein Beruf ist, wollt Ihr wissen, Illustrissimo?«

Der Kardinal nickte.

»Ich bin ein freier Mann. Ein Hidalgo. Mein Glaube ist meine Ehre, mein Handwerk das Kämpfen und mein Werkzeug das Schwert. Wenn Ihr für einen wie mich Verwendung habt, dann will ich Euch gern folgen«, entgegnete Nuria mit der Kühnheit im Worte, die sie bei ihrem Meister gelernt hatte, weil sie plötzlich die Gelegenheit entdeckte, gefahrlos Beltráns Angebot abzulehnen. Gott schien ihr Gebet erhört zu haben, doch blieb sie zurückhaltend, denn ihr war noch nicht klar, ob er sich am Ende nur einen Scherz erlaubte. Sie warf Don Hernandez einen schuldbewussten Blick zu. Er nickte fast unmerklich. Offenbar hatte er verstanden, dass sie sich eher von ihm trennen, als in die Dienste des Grafen von Ledesma treten würde.

»Soweit sind wir noch nicht … ganz«, wehrte der Kardinal ab. »Bevor wir über alles Weitere reden, will ich Euch etwas erzählen, hört gut zu.«

Während seiner langen Rede hellte sich Juan de Torquemadas Miene mehr und mehr auf. Es war, als wolle er den beiden theologischen Laien alles mitteilen, was er auf dem Herzen hatte, was ihn bewegte, was ihn bedrückte, was er hoffte, und das verschaffte ihm offenbar eine seltsame Erleichterung. Er sprach von Papst Pius II., der an der Gicht litt und sich schindete, um einen Kreuzzug gegen die Osmanen zu organisieren, von dessen Zähigkeit und Willenskraft. Er sprach von seiner eigenen Wut und von seiner grundlosen Hoffnung, dass die Kinder es eines Tages richten müssten, weil ihre Eltern heute versagten. Der Kardinal äußerte sich tief verzweifelt über die Blindheit der Mächtigen, die Unglück über ihre Untertanen brachten. Schließlich trug das Volk die Lasten, und zwar immer.

»Europa steht in Flammen – und es brennen zuerst die Dörfer, nicht die Burgen.« Der Kardinal war aufgestanden und schritt hin und her, soweit es die Enge der Kammer zuließ. »Muslimische Heerscharen überrennen den Balkan, und osmanische Kriegsschiffe kontrollieren die Ägäis. Nicht mehr lange, und sie werden das gesamte östliche Mittelmeer beherrschen. Und dann?«, rief Torquemada zornig. »Was kommt als Nächstes dran? Rom? Neapel? Barcelona? Segovia? Sevilla? Lautet nicht jetzt schon ihr Schlachtruf: ›Rom! Rom! Rom!‹?«

So stand es in dem Brief des Königs von Bosnien, Stjepan Tomašević, der den Papst am Tage vor der Abreise des Kardinals nach Spanien erreichte. Als hätte es dieses Grundes noch für ihn bedurft, um sich an den König von Kastilien zu wenden. Wenn nicht umgehend die Gegenwehr organisiert würde, war es aus der Sicht des Kardinals eine Frage der Zeit, dass eines Tages die Kirchen in Moscheen umgewandelt, die Kreuze fallen und der Halbmond über Europa herrschen würde.

»Erste Stimmen, die den Schlächter Mehmed bewunderten, verschaffen sich bereits im Abendland Gehör, und das auch noch unverhältnismäßig laut!«, wettere Torquemada. »Alles Schmeichler, die dem Osmanen den Gefallen tun, ihn in einem Atemzug mit Alexander den Großen zu nennen, und davor warnen, ihn zu schmähen. Hat der Niedergang Konstantinopels nicht auch damit begonnen, dass immer mehr Christen meinten, es wäre besser, unter dem Turban des Sultans zu leben als unter der Tiara des Papstes?« Der Kardinal ließ sich wieder auf seinem Schemel nieder und atmete schwer. Aus einem Krug, der neben dem Bett stand, goss er Wasser in einen Becher und nahm einen tiefen Schluck. Dann füllte er zwei weitere Becher und reichte sie seinen Besuchern.

»Es liegt noch gar nicht so lange zurück, da habe ich im malariaverseuchten Mantua der Kreuzzugspredigt unseres schwerkranken Papstes gelauscht, die mich aufgewühlt hat und die mir noch wörtlich im Gedächtnis ist. Bei der Versammlung in Mantua haben sich jedoch die großen weltlichen und sogar geistlichen Fürsten durch untergeordnete Abgesandte, die über keine Entscheidungsvollmachten verfügten, vertreten lassen. Der Egoismus der weltlichen Herrscher, denen es einzig um die eigene Macht geht, erregt meinen Zorn«, fuhr Torquemada fort. »Was zählen schon Werte, was zählt schon Christus, was die Sicherheit ihrer Untertanen? Sie würden, ohne zu zaudern, zum Islam übertreten, wenn es ihrer Macht diente. Das Christentum, das sie noch auf der Zunge führen, tragen sie längst nicht mehr im Herzen. Wie beschämend machtlos ist der Heilige Vater letztlich, wenn sich die weltliche Obrigkeit aus ihrer Pflicht stiehlt! Das stößt mir bitter auf. Die Front gegen den Kreuzzug führen die mächtigen französischen Kardinäle an, die noch immer schwer daran tragen, dass der Papst nun wieder in Rom, und nicht mehr in Avignon residiert. Unfassbar! Die Galle kommt mir hoch, wenn ich daran denke: Kaiser Friedrich III., der Schutzherr der Kirche, zieht es vor, Krieg gegen Ungarn zu führen, um das Land seinem Besitz einzuverleiben, anstatt Seite an Seite mit dem ungarischen König gegen die muslimischen Eindringlinge zu kämpfen. Und die Venezianer streiten sich mit dem Kaiser um Triest, das von den Osmanen bedroht wird. Allerdings …« Der Kardinal hob den Zeigefinger und lehnte sich so weit nach vorn, dass Nuria schon befürchtete, der Schemel würde kippen. »Liegt Triest nicht auf dem Weg nach Rom?

Man könnte den Eindruck gewinnen, dass der Deutsche den Ungarn als ärgeren Feind sieht als den türkischen Sultan und die Venezianer eher den Muslimen das urchristliche Triest überlassen wollen als dem Schutzherrn der Kirche, Kaiser Friedrich III. Auch der französische König sieht keinen Anlass, sich zu engagieren. Er ist vor allem an der Schwächung des Kaisers interessiert, durch wen und zu welchen Kosten auch immer. Selbst die Kirchenfürsten lassen es erkennbar an Enthusiasmus fehlen, denn ihnen geht es nicht minder um Bequemlichkeit, Macht und Reichtum. Bleibt als letzte Hoffnung Spanien.« Torquemada hielt inne und stieß einen tiefen Seufzer aus. »Aber Spanien, was ist das schon? Eine Spelunke der Zwietracht. In der eifrig Streitwein ausgeschenkt wird. Fürsten, die sich auf Kosten der Krone bereichern, schwache oder allzu eigensüchtige Könige. Adlige, die sich im Notfall auch mit dem Emir von Granada, Saïd, verbünden, wenn es gilt, dem Konkurrenten eins auszuwischen. Was ist Spanien überhaupt? Das arme Aragón und Katalonien? Das in Fehden zerrissene Kastilien? Das unterworfene Navarra? Gar das muslimische Granada? Oh, wenn ihr wüsstet, wie heiß ich davon geträumt habe, vor den spanischen Rittern und Edelleuten eine Kreuzzugspredigt zu halten! Aber alle Hoffnung war vergebens. So ruht sie nun auf den Halbgeschwistern des Königs und Infanten von Kastilien, Alfonso und Isabel.« Der Kardinal erhob sich wieder und schritt eine Weile schweigend hin und her.

Ich bitte Euch beide, in meine Dienste zu treten«, sagte er schließlich und sah Hernandez an. »Allerdings … Wenn ihr einwilligt, werdet ihr euch trennen müssen, und zwar schon morgen. Ich möchte, dass du dich nach Rom begibst und als Leibwächter –«, der Kardinal lächelte, »eine gute Bezahlung ist dir sicher –, das mehr denn je bedrohte Leben von Pius II. beschützt. Jorge wird mich nach Arévalo zu den Infanten begleiten, auf denen meine letzte Hoffnung ruht. Auch sie brauchen Schutz.«

Don Hernandez schmunzelte. »Rom? Warum nicht?«

Nuria wusste, dass er des Ruhestands in Sevilla bereits überdrüssig geworden war. Gustavo würde sich um das Haus kümmern. Lucia würde der Hidalgo mit nach Rom nehmen und sie vielleicht eines

Tages dort verheiraten. In der großen spanischen Gemeinde in der Ewigen Stadt würde sich schon ein guter Mann finden, der von ihrer »Schande« nichts wusste.

»Was wünschst du dir am innigsten, Jorge?«

Nuria fuhr zusammen, als Torquemada plötzlich das Wort an sie richtete. »Rache zu nehmen, Illustrissimo.«

Der Kardinal lächelte geheimnisvoll wie eine Sphinx. »Du weißt schon, mein Sohn, dass der Herr sagt: ›Die Rache ist mein‹?«

»Ich weiß, aber anders wird meine Seele keine Ruhe finden.«

»Der Herr hat nicht erwähnt, durch wen er seine Rache ausüben lässt. Und ich sage dir, die beste Rache, die du an den Mauren nehmen kannst, ist es, die Infanten von Kastilien zu schützen!« Torquemada schwieg und schaute Don Hernandez durchdringend an.

Der Waffenmeister erhob sich langsam und kniete bedächtig nieder. »Ich kann mich dem Wunsch der Heiligen Mutter Kirche nicht entziehen. Gebietet über mich, Vater.« Er warf Nuria einen Blick zu, die ebenfalls vom Stuhl aufstand und gebeugten Hauptes in die Knie ging. Der Kardinal segnete die beiden und sprach ein Tedeum.

Als Hernandez und Nuria durch die schwere Pforte des Dominikanerklosters auf die Straße hinaustraten, brannten schon die Fackeln vor den Eingängen mancher Häuser. Die Nacht hatte sich über Kastilien gesenkt und mit ihrem schwarzen Tuch die Risse des Landes und die Wunden der Seelen zugedeckt.

Der nächste Morgen kam schnell und grau und nieselig daher. Viel Zeit, Lebewohl zu sagen, blieb ihnen nicht, aber beide waren auch keine Freunde gefühlvoller Abschiede. Doch als Don Hernandez auf sein Pferd zuging, wurde es Nuria eng ums Herz. Schnell trat sie zu ihm.

»Meister!« Er sah sie erstaunt an. »Nehmt das als Dank. Ihr habt mir das Leben gerettet!« Mit diesen Worten drückte sie ihm den massiven Goldring ihres Vaters in die Hand.

Um seine Verlegenheit zu überspielen, schob Hernandez das Schmuckstück sogleich auf den rechten Ringfinger. »Ich werde ihn mit meinem Schwert verteidigen!«, versprach er lachend.

»Verteidigt Euer Leben, dann verteidigt Ihr auch den Ring«, gab Nuria leise zurück. Als sie sah, wie die Augen ihres Meisters feucht zu glänzen begannen, musste sie ein Schluchzen unterdrücken.

Don Hernandez hob die Hand zum Gruß, saß auf und ritt davon.

18

Stambul, Osmanisches Reich

Immer wieder hatte Yahya den Besuch der Bibliothek hinausgeschoben, manchmal sogar unter Vorwänden, die so tief unter seinem Verstand lagen, dass er sich dafür schämte. Er hatte Angst vor den Texten Ibn Arabis, weil er fürchtete, die Klarheit, die er sich wünschte, nicht zu ertragen. Wohin würde ihn die Auseinandersetzung mit dem gefährlichen Denker führen?

Doch spätestens seit dem Märtyrertod des alten Demetrios war seine Welt aus den Fugen geraten. So aberwitzig es auch scheinen mochte, eine Stimme in seinem Inneren – vielleicht die seines abwesenden Lehrmeisters as-Schirazi –, sagte ihm, dass er die Wahrheit bei Ibn Arabi, dem Häretiker, fände.

An diesem Mittwoch nun, der berauscht in der Frühsommersonne badete, hatte die Neugier endlich den Sieg über die Furcht davongetragen. Yahya hatte sich in der Kanzlei entschuldigt und den Vormittag im Gebet in seinem Zimmer verbracht, bevor er sich auf den Weg in die Bibliothek machte. Um dorthin zu gelangen, benötigte er gemessenen Schrittes nicht länger als zehn Minuten, lagen doch die Medrese und der Palast einander gegenüber. In der Luft hing ein Hauch von Frische und Salz, weil die leichte Brise vom Norden, vom Schwarzen Meer kam. Bis auf ein paar Wachen vor dem Palast, denen er sich vorstellte und erklärte, die Bibliothek aufsuchen zu wollen, traf er kaum Menschen. Der Nebeneingang wurde nur von Wenigen benutzt, und die Bettler wussten, dass hier nichts zu holen war.

Die Bibliothek des Sultans war im rechten Seitenflügel des Palastes untergebracht und erstreckte sich über zwei Stockwerke. In Regalen, die sich quer durch die Säle schlängelten und von beiden Seiten zugänglich waren, stapelten sich gebundene Bücher und Kodizes aus gefalteten Pergamentblättern. Es waren fast alles Handschriften, darunter sehr alte, aber auch einige Blockdrucke gehörten zu den geistigen Schätzen Mehmeds II. Zu ihrem Hüter hatte der Sultan den Mullah Lutfallah berufen, einen klugen Mann, der im gefährlichen Ruf eines Freigeistes stand und der deshalb nur Deli Lutfi, der närrische Lutfi, genannt wurde, sich aber getrost der Protektion seines Herrn, Mehmed II., rühmen durfte.

Durch die offene Tür der Bibliothek gelangte Yahya in einen kleinen Vorraum, in dem sich niemand aufhielt. Sein Blick fiel auf einen niedrigen Nussbaumtisch, um den herum einige abgesessene Kissen lagen. Alles wirkte gebraucht und alt und wenig geschont. Benutzte Teeschalen auf dem Tisch vermittelten den Eindruck einer Nachlässigkeit, die Yahya unangenehm berührte. In einer mit blauen und gelben Motiven verzierten Schale aus hauchdünnem Porzellan ertrank in einem Teerest eine fette Fliege. Kraftlos zuckten noch die Beinchen. Der Anblick rief Ekel in Yahya hervor, weil ihm unwillkürlich die Vorstellung überfiel, den Teerest mitsamt dem Brummer aufschlürfen zu müssen. Er konnte auf der Zunge bereits ihren staubigen Geschmack nach haarigem Pelz spüren. Rasch ging er weiter.

Vor ihm öffnete sich ein Saal. Seine Aufmerksamkeit erregten die Tische, Stühle und Pulte im vorderen Viertel, an denen sich ein paar ältere Männer sitzend oder stehend in ihre Lektüre vertieft hatten. Sie sahen aus, als gehörten sie zum Inventar und schienen ihr gesamtes Leben hier zu verbringen. Einzig ihr Geist verlässt den Raum auf den Seiten der Bücher wie auf einem fliegenden Teppich, gewebt aus Imagination, dachte Yahya, und ein Schmunzeln huschte über seine Lippen.

»Was treibt einen jungen Mann hierher, zwischen dem und den ernsthaften Studien noch der Flaum steht?«, ächzte hinter ihm ein spöttischer Diskant, der nur ihn zum Ziel haben konnte.

Yahya wandte sich um und verfing sich in den kleinen, aber sehr beweglichen Äuglein des Herrn der Bibliothek. Die üppigen Pausbacken überzog ein Delta von Äderchen. Auf der gewölbten Stirn perlte verschwenderisch der Schweiß, der von den buschigen, über der Nasenwurzel zusammengewachsenen Augenbrauen zuverlässig aufgefangen wurde, was dazu führte, dass ihr Glanz an ein schwarzes, mit Perlen besticktes Samttuch erinnerte. Ein aufdringlicher Duft von Lavendel entströmte den Rundungen und Fettfalten des Körpers von Deli Lutfi. Vermutlich hätte Yahya dem Mann nie, auch wenn er es gewollt hätte, auf die Füße treten können, denn der mächtige Bauch wölbte sich so weit vor, dass er sie zuverlässig beschirmte. Yahya erheiterte die Beobachtung, dass Deli Lutfi nicht ging, sondern sich vorwärts kugelte.

»Ich bin der Herr der Bücher! Und wer bist du?«, fragte der Bibliothekar. Seine Stimme plätscherte dahin wie das Wasser in einem der kleinen Springbrunnen, die zur Abkühlung der heißen Luft in den Gärten des Sultans angelegt worden waren.

»Ich, Effendi, bin nur der Knecht der Worte, der Diener der Sätze und der Maulesel, der einen Text von einer Sprache in die andere schleppt.«

»Auch noch ein ganz Geistreicher! Gott steh uns bei!«, stöhnte Deli Lutfi.

»Ich arbeite in der Übersetzungsabteilung von …«

»Das habe ich schon verstanden«, winkte der Bibliothekar ab. »Nur nicht, was du hier willst! Erkläre dich, Lümmelchen.«

»Für eine Übersetzung suche ich nach einem Wörterbuch des Arabischen, wie es im Maghreb und al-Andalus gesprochen wird. Zumindest nach Belegtexten.«

Der Mullah verdrehte heftig die Augen. Yahya befürchtete schon, dass sie nie wieder in ihre alte Lage zurückfänden und er von nun an immer so schauen müsste. Zur Strafe für seinen Kleinmut sah Deli Lutfi ihn wieder normal an, nur um gleich darauf erneut die Augen zu verdrehen. Offensichtlich hatte er eine geraume Zeit seines Lebens damit zugebracht, diesen Trick zu perfektionieren.

»Wenn es Persisch wäre – aber maghrebinisches Arabisch! Was willst du denn damit? Aber gut, in Indien setzen sich auch Leutchen auf ein Nagelbrettchen und finden es entzückend, wenn die spitzigen Nägelchen fein, fein in ihre ledernen Ärschchen bis auf den Knochen durchpieksen. Fakire nennen sich diese Verrückten. Oder auch Sufi. Ich sag dir, Junge, die Sufi sind alle religiöse Spinnerlein. Am Tag als Gott die Läuschen schuf, machte er auch die Sufi! Oder war es umgekehrt, hat er zuerst die Sufi erschaffen und nach ihrem Bild die Läuschen?«

»Ich kenne nur einen, und der ist gewiss kein Spinner!«, brauste Yahya auf.

Deli Lutfi schlug klatschend die Hände zusammen. »Du bist ja richtig putzig, mein Kleiner. Wie heißt denn dein Wundermännchen?«

»Shayk as-Schirazi.«

Der rosengesichtige Bibliothekar erblasste. »Derjenige der Götter, der gerade Zeit hat, beschütze mich. Willst du mich zum Narren halten, Junge? as-Schirazi, das ist doch der größte Spinner von allen! Wenn Gott den Menschen zeigen wollte, was ein Narr ist, ist ihm das mit diesem Mann vortrefflich gelungen.«

»Ihr kennt ihn, Effendi?«, fragte Yahya in der Hoffnung, etwas zu erfahren und schluckte dafür auch seinen Ärger über Deli Lutfis respektlose Worte herunter. Außerdem war er zu dem Schluss gekommen, dass der Geist des Bibliothekars die Möglichkeit zum Schmähen benötigte wie die Blumen das Wasser.

»Wie man jemanden kennt, der einem gewaltig auf die Nerven geht. Ja, ich kenne ihn, sehr gut sogar.« Plötzlich zogen sich seine kleinen Augen ganz tief in ihre Höhlen zurück und wurden starr. Ihr Anblick erinnerte Yahya an eine Muräne. »Du interessierst dich doch nicht etwa für das Arabisch von al-Andalus wegen dieses Ketzers Ibn Arabi?«

»Nein«, log Yahya, der sich ertappt fühlte.

»Naaaaaeiiiiieeenchen?«, hakte Deli Lutfi singend nach. Es klang, als würde jemand eine Qasba quälen.

Inzwischen hatte sich Yahya wieder gefasst und wurde innerlich und dadurch auch äußerlich kühl. Er bereute, dass er sich in Bezug auf seinen Meister verraten hatte und nahm sich vor, derartige Bekenntnisse künftig zu unterlassen. »Nein. Ich habe den Auftrag, einige Berichte, die von muslimischen Spähern in Spanien verfasst worden sind, zu übersetzen. Und meine Sprachkenntnisse, Effendi, seht es meiner Jugend nach, reichen dafür noch nicht ganz aus.« Er bemühte sich, harmlos zu klingen und ein einfältiges Gesicht zu machen. Dann, auf den Geschmack gekommen, beschloss er, die Lüge noch etwas auszuspinnen. »Wer ist denn dieser Ibn Arabi?«

Der Mullah, der sich offenbar für einen großen Menschenkenner hielt, winkte gelangweilt ab. Yahya sah, dass die Täuschung über seine Absichten gelungen war. Das Interesse des Bibliothekars an dem kleinen Übersetzer erlosch so jäh, wie es aufgeflammt war. Deli Lutfis Augen überzog ein melancholischer Schleier. Seine Mundwinkel sanken nach unten und zogen das Gesicht mit sich, sodass sich sein stattliches Doppelkinn zum imposanten Dreifachkinn mauserte.

»Zwei Sälchen weiter, die Treppchen links nach oben, dann bis ans Ende dieses Sälchens, da findest du das Zeugzeug«, sagte Deli Lutfi gelangweilt. Damit ließ er Yahya stehen, offensichtlich enttäuscht darüber, dass der Junge doch nur ein Gimpel war, der seine Langweile nicht verringern, sondern nur noch vergrößern würde, und kugelte davon.

Yahya war diese Wendung der Dinge sehr recht. Er schritt zügig den Saal entlang, nahm die Treppe in die darüberliegende Etage und durchquerte den Raum bis zum Ende. Er spürte die wachsende Erregung und befürchtete schon, dass seinen Wangen das Glühen, das er jetzt empfand, anzusehen war. Die große Fensterfront an der Längsseite gegenüber ließ viel Licht in die Bibliothek.

Mit einem einzigen Blick überflog er die in Frage kommende Literatur. Enttäuschung breitete sich in ihm aus. Groß war die Auswahl nicht, zumal all diese Autoren ihm nichts sagten: Ibn Ruschd, Ibn Sabin, Abu Madyan, Ibn Chaldun, Abu al-Hasan Ali al-Schadili, Ibn Zamrak, Ibn Sahl, al-Schustari … und da Ibn Arabi, den kannte er zumindest. Gleich neben dessen Werk »Risalat al-Anwar« fand sich auch ein Wörterbuch von Ibn Chaldun, das arabische Worte und ihre im Maghreb und in al-Andalus gebräuchlichen Formen erklärte. Genau das also, was Yahya suchte. Er hatte die Stellen abgeschrieben, mit denen er sich näher beschäftigen wollte. Er nahm das Wörterbuch aus dem Regal, setzte sich an einen Tisch und begann sogleich mit der Arbeit. Doch seine Ratlosigkeit nahm zu anstatt ab.

Worin unterschieden sich die Begriffe *al-haqq*, *haquiqa* und *khalq*, das schöpferische Wort, die Wirklichkeit und das Wahre Wesen oder die Wahre Wirklichkeit?

Zum ersten Mal berührte er einen Bereich der Sprache, in dem die Zusammenhänge sich verwirrten, der letzte Ausweg des Übersetzers in die Wortherkunftsgeschichte aber zum Sturz in die Philosophie führte. Anfangs versuchte er noch, sich am Satzbau festzuklammern, doch rissen ihn die Bedeutungen, die wie eine Geröllawine über ihn kam, mit sich in die Tiefe des Gedankens. Er wunderte sich nicht wenig, dass er dieses Fallen auch genoss. Es begann, eine Sucht zu werden, ein Laster, mit dem es ihm zumindest tagsüber gelang, die Dämonen, die ihn quälten, zu verscheuchen.

Von nun an kam er täglich nach dem Dienst in der Kanzlei des Sultans in die Bibliothek. Er arbeitete zum ersten Mal in seinem allerdings noch recht kurzen Leben völlig oberflächlich, schied nicht das Wesentliche vom Unwesentlichen wie gewöhnlich und ging jeder Verstiegenheit nach, denn er bemühte sich, die Sehnsucht nach seiner Mutter und seinen Schwestern, die Demetrios entfacht hatte, in seinem Herzen zu ersticken. Er wünschte sich einen schweren, bilderlosen Schlaf, denn inzwischen wurde er wieder in jeder Nacht von Albträumen gequält. Die Studien des Tages büßten im Schlaf ihre schützende Wirkung ein.

In den Traumgespinsten begegnete er nicht nur seiner Familie, nicht nur Demetrios, sondern auch Frauen, die er nicht kannte und die ihn umarmten und streichelten, die ein unbekanntes wohliges Gefühl in ihm hervorriefen. Zuweilen hatten sie kein Gesicht, oder er sah sie nur von hinten. Auch wenn ihm die Begleiterscheinungen dieser fantastischen Begegnungen unangenehm waren, genoss er sie dennoch, obwohl er ihre Natur nicht verstand. Er kannte auch niemanden, den er danach fragen wollte. Auf dem Weg vom Palast zur Bibliothek oder zur Moschee ertappte er sich hin und wieder dabei, wie er unwillkürlich einer Frau oder einem Mädchen hinterherschaute. Aus seiner Welt war alles Weibliche rigoros ausgeschlossen, es umgaben ihn nur Jünglinge und Männer. Er nahm sich vor, wenn er mit der Lektüre von Ibn Arabi etwas weiter fortgeschritten wäre, in medizinischen Büchern nach Antworten zu suchen. Ein wenig fürchtete er auch, dass diese Träume ausbleiben würden, wenn er ihre Ursache kannte.

Eines Nachmittags, als er gerade in sein Refugium in der Bibliothek eintauchen wollte, stieß er auf Deli Lutfi, der ihm mit seinen dicken Fingern mit vorwurfsvollem Blick zwei Bücher von Ibn Arabi entgegenhielt.

»Ist das der, den du nicht kennst? Sind das die Späherberichte, die du übersetzen sollst?« Yahya schwieg verlegen. »Für jemanden, der nur ein paar Berichte zu übersetzen hat, die wahrlich in keinem komplizierten Arabisch gehalten sein können, arbeitest du zu lange und zu eifrig in der Bibliothek. Das hat mich stutzig gemacht, und ich habe ein paar Erkundigungen über dich eingezogen.«

Yahya räusperte sich unbehaglich. In diesem Moment wäre er an jedem anderen Ort lieber gewesen als hier. Er schalt sich innerlich für seine Sorglosigkeit, die er allmählich an den Tag gelegt hatte und die ihm nun zum Verhängnis wurde.

»Sie halten dich für ein Geniechen, und du bist wirklich das Lieblingsschülerlein von dem verrückten Sufi.« Deli Lutfi schwieg und dachte mit einer leisen Traurigkeit in seinen kleinen Augen einen Wimpernschlag lang nach. Lang genug, dass es Yahya auffiel, bevor er fortsetzte: »Ich will dich nicht mehr in der Bibliothek sehen. Ich will nicht schuld sein, wenn du auf Abwege gerätst. Oh, das geht so schnell! Wie viel begabte Jugend wurde Fraß des Scharfrichterschwerts? Nein, mein Junge. Danach will ich nicht vor Allah gefragt werden. Ich kann deine Sünden nicht verhindern, aber mich davor bewahren, einen Anteil daran zu haben. Geh mir aus den Augen.«

»Aber, Effendi …«

»Es hat sich auseffendit! Verschwinde.«

In seiner Not wagte Yahya einen kühnen Vorstoß, um sich doch noch mit dem Bibliothekar zu einigen. »Aber man sagt doch, Ihr wärt ein Freigeist.«

»Wer sagt das?«, stieß der Mullah dumpf hervor. Der Schrecken ließ sein zuvor entspanntes Gesicht in Bewegung geraten.

»Niemand Bestimmtes. Gerüchte.«

Mit der rechten Hand machte der Bibliothekar eine kreisende Bewegung um seinen Hals, als legte er sich eine imaginäre Schlinge um. »Aus Gerüchten wird der Strang gedreht.« Überraschend schnell für seine Korpulenz stellte er die Bücher zurück ins Regal. Dann wandte er sich zu Yahya um. »Du bist ja immer noch da!«

»Effendi …«

Deli Lutfi winkte ab und wies mit dem ausgestreckten Arm zur Tür. Sein Gesicht hatte alle Weichheit verloren, und unter seinem unerbittlichen Blick blitzte die nackte Angst hervor. »Ich überlege mir, ob ich deine Vorgesetzten in Kenntnis setze über dein Interesse an der Häresie.«

Yahya senkte den Kopf und ging. Noch beschäftigte ihn der Verlust der Lektüre stärker als die Gefahr, dass der Bibliothekar seine Drohung wahr machen könnte.

»Lümmelchen«, hörte er in seinem Rücken. Es klang so kraftlos, dass Yahya schon hoffte, Deli Lutfi würde seinen Entschluss widerrufen, und wandte sich um. »Lass ab von den gefährlichen Gedanken. Es ist besser, ein Freigeist zu sein als ein Ketzer. Ein Freigeist ist nur ein Trottelchen, der erlaubte Witzchen reißt, ein Ketzer aber ist ein Besserwisser, der allen auf die Nerven geht, ein Streber, der den Glauben der anderen infrage stellt, den Kompromiss zwischen gottgefälligem und genussvollem Leben stört. Lass ab von diesen Gedanken, nicht nur weil sie Häresie sind. Sie sind gefährlich, sehr gefährlich.«

Yahya starrte den Bibliothekar verständnislos an.

»Dein Meister ist tot«, sagte Deli Lutfi leise. »Aber weißt du, wie er gestorben ist? Durch seine eigene Verrücktheit. Singend und den Höchsten lobpreisend, ist er barfuß an einem Seeufer entlanggetanzt. Kurz zuvor war dort das Schilf geschnitten worden. Die messerscharfen Schilfstrünke haben in seine Füße geschnitten, sodass er verblutet ist – selig lächelnd allerdings, wie berichtet wurde.« Der Bibliothekar biss sich in die rechte Faust.

Yahya drehte sich um und ging vor Schmerz wie benommen davon. Die nächsten Tage las er nicht, sondern versuchte as-Schirazis Tod zu verstehen, der ihm unerklärlich blieb. Handelte die Geschichte von al-Halladsch auch von ihm?

19

Kastilien, Spanien

Zur gleichen Zeit am anderen Ende des Mittelmeeres jagte Nuria mit drei Reitern – dem Kardinal Juan de Torquemada und zwei Leibwächtern – unter dem ausgelaugten Himmel durch die ungeheure Leere der Meseta, jener Hochebene im Inneren Kastiliens, die nur aus halb vergessenen Flecken und riesigen Schafherden auf den ausgedörrten Wiesen bestand. Nur selten trafen sie außerhalb der Dörfer und abseits der Herden auf einen Menschen. Zwei der Männer, denen sie sich angeschlossen hatte, kannte sie erst seit wenigen Stunden. Ihr Leben hatte wieder einmal eine unvorhersehbare Wendung genommen, der sie willig folgte. Der Abschied von Hernandez de Cardenas erfüllte sie mit immer neuer Traurigkeit. Sie wunderte sich, wie sehr er ihr mit den Jahren ans Herz gewachsen war.

Auf dem Ritt durch die Ödnis traten Erinnerungsbilder vor ihr geistiges Auge, wie sie damals in der Sierra Morena auf den Waffenmeister getroffen war, wie sie Lucia gerettet hatten, Bilder der Qual und der Lust, wie sie ihren Mädchenkörper geschunden hatte, um ihn zu einer männlichen Waffe auszubilden. Und an Hernandez' Trauer um Don Carlos de Viana, den der eigene Vater, König Juan II. von Aragón, hatte vergiften lassen.

Plötzlich stieg Nuria ein Duft verdorrter Kräuter in die Nase. Sie rochen anders als die in Andalusien, weniger lieblich, trockener, herber, und alle schienen sie auf die eine oder andere Weise mit dem violett-blauen Knoblauch verwandt zu sein, der den sandigen Boden liebte wie ein ausdauernder Liebhaber eine geduldige Frau.

Die Pferde der kleinen Gruppe wirbelten Staub auf, in den sie sich und ihre Reiter hüllten wie in ein dünnes, gelbgraues Tuch. Um das Aufsehen, das allein schon ihre Eile erweckte, nicht zu vergrößern, hatte der Kardinal seine Dominikanerkutte mit einem Lederwams und derben Hosen vertauscht, sich mit einem Schwert gegürtet und auf seine zahlreiche Eskorte verzichtet. Das alles fiel dem Zweiundsiebzigjährigen nicht leicht, und Nuria staunte über die Kraft, die den zierlichen Mann antrieb. Vor allem bezweckte er, wie sie wusste, mit seiner List, den König über das Ziel seiner Weiterreise zu täuschen. Niemand hätte in dem verstaubten Kerl den einflussreichen Kardinal der Heiligen Römischen Kirche Juan de Torquemada erkannt. Seine Hände mit den langgliedrigen Fingern, die sich nicht für das Führen eines Schwertes eigneten und den Intellektuellen verrieten, steckten in groben Lederhandschuhen.

Torquemadas kleine List wirkte: Enrique IV. wähnte den Vertrauten des Papstes bereits auf dem Weg nach Barcelona. Allerdings hätte es der List nicht bedurft, denn es lag auch nicht in der Natur des Königs, allzu lange über einen anderen Menschen nachzudenken, auch nicht, wenn der Betreffende ein Kardinal der Römischen Kirche war. In der aragonischen Hafenstadt wartete ein Schiff für die Rückkehr in die Ewige Stadt. Dorthin trabte auch die Eskorte Torquemadas, die Hernandez de Cardenas in dessen Dominikanerkutte anführte, während sich der Kirchenfürst im scharfen Ritt nach Arévalo begab.

Die Sonne tauchte die Landschaft in ein flimmerndes Licht. Seit ihrem Gespräch im Kloster in Segovia hatte Nuria kein Wort mehr mit Juan de Torquemada gewechselt, auch nicht mit den beiden Leibwächtern. Die Schweigsamkeit der Männer kam ihr entgegen. So konnte sie ungestört ihren Gedanken nachhängen.

Irgendwann sah sie endlich das kleine, aber wuchtige Kastell von Arévalo in der Ferne vor sich liegen. Sie überholten einen Zigeunerclan, der wohl hoffte, in der Umgebung der Stadt eine Unterkunft zu finden. Vielleicht waren die Leute aber auch unterwegs zu einem Lager, das es dort schon gab. Nurias Vermutung bestätigte sich, als sie vor dem kleinen Alcázar auf ein paar bettelnde Frauen mit Kindern trafen.

Der quadratische Ziegelbau mit einem gewaltigen rechteckigen Huldigungsturm, schaute vom Norden auf die Stadt, die sich in Nord-Süd-Richtung ausbreitete. Auf einer Zinne des Turms, der die Stadtmauer verstärkte, hatte sich ein Falke niedergelassen. Nuria schaute hinauf, bis die tief stehende Abendsonne sie zwang, die Augen zuzukneifen. Sie fühlte sich dem Vogel verwandt. Sie war nicht einsam, wie der Falke nicht einsam war, sie war nur allein. Vor dem großen Tor links neben dem Huldigungsturm standen zwei Wächter.

»Wer seid ihr? Was ist euer Begehr, und zu wem wollt ihr?«, fragte der Ältere von beiden.

Der Kardinal zog seine Lederhandschuhe aus und hielt den Wächtern seinen Ring hin: »Ich bin Juan der Heiligen Römischen Kirche Kardinal Torquemada, und ich will zu den Infanten!«

Die beiden Wächter traten näher und küssten den Ring. Der Mann, der gefragt hatte, brüllte mit tragendem Bass: »Das Tor auf für Illustrissimo Juan der Heiligen Römischen Kirche Kardinal Torquemada!«

»Brav, mein Sohn«, sagte der Kardinal und segnete die beiden Wächter.

Gleichzeitig öffnete sich ein Flügel der schweren Pforte, der den halben Torbogen ausfüllte. Nuria und die drei Männer ritten hindurch und gelangten in den Innenhof der Burg. Es war, als ob die Zikaden nur auf diesen Augenblick gewartet hatten, um den Ankömmlingen ein wahres Begrüßungskonzert mit Zirpen und Schreien zu bieten. Dass ein so kleines Tier einen so großen Lärm veranstalten konnte, verwunderte Nuria immer wieder aufs Neue, obwohl sie doch mit Zikaden aufgewachsen war. Die Luft rasselte und knisterte, als bestünde sie aus tausend Insekten. Nuria ließ ihren Blick über den Innenhof schweifen. Don Hernandez hatte sie gelehrt, sich als Erstes immer gründlich nach möglichen Hinterhalten oder Fluchtwegen umzuschauen, damit sie bei Gefahr blitzschnell handeln konnte. Wer erst, wenn es ernst wurde, anfing, sich zu orientieren, verlor wertvolle Zeit, verpasste vielleicht sogar den Augenblick, der über Leben und Tod entschied.

Der Schmied, der mit seinen beiden Lehrburschen im Hof Pferde beschlug, ein paar im Hof lümmelnde Wachmänner und Pferdeknechte bestaunten die Ankömmlinge wie Wunderwesen. In den Fenstern rundum erschienen die neugierigen Gesichter von Bediensteten, Mägden, Köchen und Zofen. Besucher waren hier offenbar eine Seltenheit.

Nuria beobachtete, wie die Leibwächter des Kardinals dem alten Mann halfen, vom Pferd zu steigen, und ihn stützten, bis in die steifen Glieder des Kirchenfürsten das Leben zurückgekehrt war. Nicht zum ersten Mal an diesem Tag bewunderte Nuria den Kardinal für seine Willenskraft, in seinem Alter noch solch lange und strapaziöse Reisen auf sich zu nehmen.

Torquemada quittierte Nurias anerkennenden Blick mit einem kleinen Lächeln und trug sogleich einem der beiden Leibwächter auf, dem königlichen Hausverwalter seine Ankunft zu melden. Der hoch gewachsene Mann war noch nicht lange im Palas verschwunden, als schon ein spindeldürrer Alter mit schmalem Gesicht und dünnem, strähnigem Haar herausgestürzt kam. Mit seinen langen Fingern knöpfte er hastig sein Wams zu und rief ständig *»madre mia, madre mia!«*. Er warf sich so heftig vor dem Kardinal auf die Knie, dass Nuria schon fürchtete, er könnte sich dabei die Beine brechen. Demutsvoll küsste der Verwalter den Ring, den ihm Juan de Torquemada hinhielt. Dann erhob er sich umständlich und blieb schwankend stehen.

Trotz ihres vernehmlich knurrenden Magens erheiterte es Nuria, als der Verwalter zu einer langatmigen Begrüßung ansetzte. Der Kardinal kürzte das umständliche Zeremoniell mit ein paar Dankesworten ab. Nuria lächelte dem sichtlich enttäuschten Mann zu. Sie verstand, dass er bei dem offensichtlichen Mangel an Besuchern gern die seltene Gelegenheit ausgenutzt hätte, auch einmal diese Seite seines Amtes zu genießen. Zum Trost segnete der Kardinal ausgiebig den nur geringfügig jüngeren Hausverwalter und seine Familie, die sich inzwischen zu ihm gesellt hatte. Er hob die rechte Hand, legte Zeige- und Mittelfinger aneinander und sprach die heiligen Worte: *»Benedicat tibi Dominus et custodiat te. Ostendat Dominus faciem suam tibi, et misereatur tui.«*

Am Segen hatte er noch nie gespart, denn er liebte es zu sehr, ihn zu spenden, er empfand es geradezu als Gnade, die Gott in seiner großen Güte dem Priester zuteilwerden ließ. Jeden Segen empfand er als Stück vom Himmelreich, als Augenblick des Einsseins mit dem Allerhöchsten. Wenn er die rechte Hand erhob, Zeige- und Mittelfinger aneinandergelegt, die übrigen geballt, und die Worte: »*Benedicat tibi Dominus, et custodiat te. Ostendat Dominus faciem suam tibi, et misereatur tui*« sprach, fühlte er Gottes Stimme in sich und wusste sich aufgehoben im Herrn. Dann war er ganz SEIN Instrument, als das sich der Dominikaner am liebsten sah. Doch in diesen Zeiten durfte der Herr nicht nur freundlich sein, sondern musste mit Feuer und Schwert daherkommen, gerade weil er der gute Hirte war. Nuria fühlte die zarte Bewegung, die sich in dem Kardinal regte.

Er hatte kaum geendet, als sich das Gesicht des Verwalters bedauernd verzog. »Verzeiht Eurem armen Diener, Illustrissimo«, brachte er nuschelnd hervor. »Leider ist Ihre Majestät nicht in der Verfassung, Euch zu empfangen.« Dann machte er einen Schritt auf den Kardinal zu, um ihm eine vertrauliche Mitteilung zu machen: »Ihr müsst wissen, die Königin …«

»Halt, halt, du musst lauter sprechen. Das Alter beginnt bei mir bei den Ohren«, unterbrach ihn der Kardinal und legte die rechte Hand wie eine Muschel hinter das Ohr.

Der Verwalter stöhnte auf, dann setzte er unter Augenrollen erneut an. »Von Zeit zu Zeit verdunkelt sich das Gemüt Ihrer Majestät, stets überraschend und ohne Vorzeichen.«

Weshalb er so geheimnisvoll tat, leuchtete Nuria nicht recht ein. Schließlich hatte auch sie schon von der Krankheit der Königin gehört. Es war ein offenes Geheimnis. Und beim Anblick des düsteren Kastells, das nur aus Schwermut gemauert zu sein schien, war sie alles andere als überrascht. Wahrscheinlich würde sie hier auch trübsinnig.

Der Kardinal machte eine bedauernde Geste, während sein feines Gesicht Mitleid ausdrückte. Isabella, die zweite Frau des verstorbenen Königs Juan II., stammte aus dem portugiesischen Geschlecht der Avis. Jeder wusste, dass die ebenso schönen, wie gefährlichen Prinzessinnen aus diesem Hause eine bestimmte erbliche Vorbelastung in sich trugen und die Schwermut über die Dynastien Europas verteilten. Dass die Krankheit bei Isabella de Avis ausgebrochen war, führte man allgemein auf den frühen Tod ihres Mannes und die darauffolgende Verbannung vom Hof zurück.

Enrique IV., der aus der ersten Ehe Juans II. stammte, hatte unglücklicherweise die Krone Kastiliens geerbt, weil Isabellas Kinder noch zu klein waren. Kaum auf dem Thron, konnte ihr Stiefsohn sie und ihre beiden Kinder nicht schnell genug vom Hof in das provinzielle Arévalo abschieben. Diesen Ort würde er bestimmt nicht aufsuchen, obwohl er es wie schon seine Vorgänger mit Rücksicht auf die Vorräte vermied, mit seinem Hof zu lange an einem Ort zu verweilen. In Europa hatte man das Wanderkönigtum längst aufgegeben, nur in Kastilien noch nicht. Stattdessen zog er von Burg zu Burg, von Palast zu Palast.

Doch wenn er von Segovia kam und nach Madrigal de las Altas Torres reiste, schlug Enrique stets einen großen Bogen um Arévalo, jenes Nest, in dem seine ungeliebte Stiefmutter mit seinen beiden Halbgeschwistern Isabel und Alfonso lebte. Eines der beiden Kinder würde dereinst von Enrique Kastiliens Krone erben, wenn er nicht für eigenen Nachwuchs sorgte. Doch Pflicht und Neigung standen bei ihm im Widerstreit. So sehr er auf einen Erben angewiesen war, der seine Herrschaft absichern würde, so wenig wollte er ihn offenbar mit einer Frau zeugen. Wahrscheinlich durch den Heiligen Geist, spottete halb Kastilien.

Torquemadas Bedauern, der Königin nicht aufwarten zu können, hielt sich in Grenzen, denn nicht ihr, sondern ihren Kindern galt sein Besuch. Er drang darauf, die Infanten noch vor dem Abendessen zu treffen, obwohl der lange Ritt ihn sehr hungrig gemacht haben musste. Die Leibwächter verzogen keine Miene, obwohl auch ihnen vermutlich der Magen gehörig knurrte. Nuria trank langsam ein paar Schlucke aus ihrer Wasserflasche, um ihren Hunger zu besänftigen.

»Ihr nehmt Quartier!«, wies der Kardinal seine Leibwächter an, die daraufhin dem Diener des Verwalters folgten. »Don Jorge bleibt bei mir!«

Nuria verneigte sich leicht.

Der Kardinal trat dicht vor sie. »Schwöre mein Sohn, dass du nichts von dem, was du in dem Gespräch hören wirst, jemals verrätst!«

»Ich schwöre, so wahr mir Gott helfe.«

»Auch die Folter nicht, auch nicht das Geld oder eine Leidenschaft soll dir die Zunge lösen. Schwöre es bei Christus.«

»Ich schwöre es bei Christus.«

»Was?«

»Dass weder die Tortur noch Besitz noch Leidenschaft meine Zunge lösen werden!«

»Andernfalls sollst du verflucht sein bis ins siebente Glied und der Teufel soll seine ganze Büberei an dir verüben!«

»Sollte ich diesen meinen heiligen Eid jemals brechen, soll der Teufel mich quälen bis in alle Ewigkeit!«

»Amen«, sagte der Kardinal und wandte sich dem Verwalter zu. »Wohlan, guter Mann, dann bringe uns zu den Infanten, zu Kastiliens Edelsteinen.«

20

Arévalo, Spanien

Auf dem Weg zu den Infanten Isabel und Alfonso befragte Torquemada den Hausverwalter nach dem Charakter der Kinder. Nuria unterdrückte ein Lächeln, weil der Kardinal seine ganze diplomatische Kunst aufbieten musste, um dem diskreten Mann brauchbare Antworten zu entlocken. Schließlich erfuhren sie, dass Alfonso der von allen vergötterte Springinsfeld war. Seine Schwester galt als klug und verschlossen. Nie handelte sie aus einem plötzlichen Impuls heraus, sondern dachte zunächst nach, bevor sie etwas sagte oder tat.

Der Verwalter führte den Kardinal und Nuria in einen mittelgroßen, schmucklosen Raum mit Stühlen, einem Tisch und einem Kamin. Er erklärte, es sei eines der Arbeitszimmer, das zum Unterricht der Kinder benutzt wurde. Juan de Torquemada setzte sich an den Tisch, Nuria ihm gegenüber. Nachdem der Verwalter den Ring des Kirchenfürsten geküsst hatte, wollte er den Raum verlassen. Doch vor lauter Verbeugen und Rückwärtsgehen stieß er in der Tür beinahe mit einem Hieronymitenmönch zusammen. Fray Luis, der die Infanten im Lesen, Schreiben, Rechnen, in der Landeskunde, etwas in Geschichte und sehr intensiv im Glauben unterwies, brachte Alfonso und Isabel herein.

Torquemada schickte den Mönch sogleich wieder fort. Er wollte keine Zeit verlieren. Isabel, die nach ihrer Mutter hieß, schaute verwundert auf die Männer in Wams und Hose, denn sie war an die Kutte des Mönchs oder das Ornat des Priesters gewöhnt. Ihr Staunen verbarg sie hinter Schüchternheit, während ihr Bruder Alfonso gleich auf Torquemada zustürzte und herausplatzte: »Bist du der Kardinal?«

»Ich bin Kardinal Juan de Torquemada.«

Als beide Kinder vor ihm niederknien wollten, wies er auf die Stühle rechts und links von sich. »Ihr braucht vor niemanden niederzuknien. Ihr seid die Thronfolger Kastiliens, und du, Alfonso, wirst, wie ich hoffe, eines Tages der König dieses guten Landes sein. Und deine Schwester wird dann deine wertvollste Stütze in diesem schwierigen Amt, in dem man niemandem trauen kann. Merk es dir, niemandem!«

Während er sprach, musterte er die Kinder. Die Stühle knarrten, sie knarrten, als sich die Kinder setzten, sie knarrten, wenn er, die Kinder oder Nuria sich bewegten. Er machte sich nicht die Mühe, sie vorzustellen, und die Kinder beachteten sie nicht, denn sie hielten sie für den Diener oder den Leibwächter des Kirchenfürsten.

Der Kardinal saß mit dem Rücken zu dem Fenster, das zum Hof hinausging. Die letzten Strahlen der Abendsonne tauchten den Raum in ein goldenes Licht und umgaben den Kopf des Kardinals wie ein Heiligenschein. Auch die Köpfe von Alfonso und Isabel schimmerten im satten Gelb des edelsten Metalls. Das heilige Kastilien, dachte Nuria. Dieser Anblick, den sie als Ausdruck tiefsten Friedens empfand, berührte sie, und sie verschloss ihn fest in ihrem Herzen. Denn in diesem Frieden lebte eine Kraft, die Kraft des Guten, die Kraft einer Heimat, die Kraft einer Kultur, die Kraft einer Landschaft, die von den Menschen erschaffen wurde und die sie schließlich auch prägte.

Eine kleine Brise wehte durch das halb geöffnete Fenster einen Duft nach wildem Wacholder und Lavendel herein. Nuria liebte den herben, frischen Geruch des Lavendels. Er erinnerte sie an ihre Kindheit, in der es nur den Vater, die Mutter, die Schwester, die Pferde und die Esel und die beiden lustigen Knechte, den spindeldürren Rodrigo und den kugeligen Alvaro gegeben hatte. So wie anderen der süße Duft des von der Großmutter gebackenen Apfelkuchens oder der einer frisch gemähten Wiese in Erinnerung blieben, so roch ihre Kindheit nach Lavendel. Nuria schloss kurz die Augen und kehrte wieder in die Gegenwart zurück.

Zunächst ließ sich Juan de Torquemada von den beiden Kindern die Zehn Gebote aufsagen und erläutern, was beiden fehlerfrei gelang. Ihre Erklärungen zeigten, dass sie auch den Inhalt der Gebote verstanden hatten.

»Wisst ihr, dass ihr von den Goten abstammt?«, fragte er alsdann. Während Isabel nickte, wollte Alfonso unbedingt wissen, wer die Goten wären. »Sie kamen vor sehr langer Zeit in dieses Land, und sie brachten die Lehre unseres Herrn Jesus Christus mit. Die Menschen, die hier lebten, Iberer und Römer, ließen sich taufen und lebten glücklich und zufrieden, und glücklich lebten mit ihnen auch die Juden.«

»Puh, die haben doch unseren Heiland ermordet«, trompetete der Kleine.

Der Kardinal lächelte. »Nein, die Sepharden, die Juden Spaniens, haben keinen Anteil an Jesu Kreuzigung.«

Alfonso riss die Augen auf, während Isabel erstaunt fragte: »Wie das?«

»Als Jesus in Jerusalem gekreuzigt wurde, da lebten die Sepharden schon in Spanien. Alfonso, wenn du einmal König wirst, musst du eines wissen: Die Juden waren, sind und werden immer die besten und treuesten Stützen des Königs sein. Opfere sie niemals den Wünschen einer Menge, die von Hetzern aufgepeitscht wurde!«

Nuria entging nicht das kleine, stolze Lächeln in den Augenwinkeln des Kardinals, der, wie sie wusste, sephardischer Herkunft war.

»Was ich euch jetzt erzähle, müsst ihr für immer in eurem Herzen bewahren«, fuhr Torquemada fort. »Es ist wichtig, sehr wichtig. Meinst du, du kannst es, Alfonso?«

»Ja, natürlich!«

»Ausgezeichnet, denn darin, die Werte nicht zu verlieren, sein eigenes Volk zu lieben und zu achten und die Weisheit nicht nur im Kopf, sondern vor allem im Herzen zu bewahren, besteht die Eignung zum König, das macht eine gute Regierung aus. Der gute König ist allein Christus und seinem eigenen Volk verpflichtet, keinem anderen. Niemandem sonst auf der Welt, schon gar keinem Muslim. Und wie ist es mit dir?«, wandte sich der Kardinal mit einem verschmitzten, geradezu herausfordernden Lächeln an Isabel.

»Ich schwöre, Illustrissimo, dass ich das niemals vergessen werde.«

»Gebt mir eure Hände.« Torquemada nahm die rechte Hand Isabels in seine linke und die linke Alfonsos in seine rechte. »Vor mehr als siebenhundert Jahren hat ein Statthalter des Kaisers von Konstantinopel, ein Grieche, einem muslimischen Fürsten von dem Reichtum Spaniens erzählt. Dieser fand keine Ruhe mehr, so sehr hatte er sich in dieses schöne Land verliebt, und er träumte nur noch davon, es zu besitzen. Er fand über siebentausend Muslime, die bereit waren, ihm zu folgen und das Land zu erobern. Bei Tarifa, in der Nähe von Medina-Sidonia, stießen die Heere der Muslime und der Christen aufeinander. Der letzte gotische König, Rodrigo, wurde getötet und sein Heer vernichtend geschlagen. Aber der Grund für diese Niederlage bestand wie so häufig im Verrat aus den eigenen Reihen. Die Muslime verdankten ihren Sieg dem Verrat innerhalb der Christen. Merkt euch das, ihr kastilischen Infanten: Die Christen sind unbesiegbar, solange sie einig bleiben. Sie werden verlieren, wenn Verrat unter ihnen auflebt und falsche Gesinnung. Treue zu Christus heißt ihr Leben.«

»Wie war das mit Konstantinopel?«, fragte Isabel.

»Auch dort herrschte Verrat. Es waren zu viele der Griechen, die sich nicht am Kampf beteiligten, einer von ihnen öffnete sogar dem Feind eine Pforte, weil sie lieber unter dem Turban des Sultans als unter der Tiara des Papstes leben wollten. Sonst wäre Konstantinopel niemals gefallen. Und es war ein böhmischer Geschützmeister, ein Christ, der für einen reichlichen Judaslohn den Türken das größte Belagerungsgeschütz baute, das bis heute existiert. Hütet euch vor Verrat. In allem und mit jedem dürft ihr nachsichtig sein, nicht aber mit dem Verrat und nicht mit dem Verräter. Den tötet! Und die Priester sollen ihm die Sakramente verweigern und die Ruhestätte in geweihter Erde.«

»Und dann? Was geschah dann bei uns?«, wollte Alfonso wissen.

»Immer mehr Truppen der Muslime kamen aus Afrika, und sie eroberten Spanien. Wie eine große Flut, die nie zu versiegen schien. Sie haben die Kirchen geschlossen und den Gottesdienst verboten. Sie haben die Christen dazu gedrängt, zum Islam überzutreten. Einige tapfere Männer hielten die Gebirgspässe in Asturien und in Navarra, nur in diesen kleinen Gebieten konnten sich die Christen noch halten. Es dauerte Jahrhunderte, Spanien zurückzuerobern. Und es ist immer noch nicht ganz gelungen.«

»Wenn ich König werde, dann unterwerfe ich Granada!«, verkündete Alfonso.

»Brav. In dir schlägt wirklich das Herz eines Königs«, entgegnete Torquemada und sah zu Isabel hinüber. »Hilf deinem Bruder. Tue alles für die Einheit Spaniens. Die Zeiten ändern sich, und was heute Erfolg bringt, kann morgen schon zum Scheitern verurteilt sein. Deine Richtschnur sei, merke es dir, Isabel: Ein Land! Ein Volk! Ein Glauben! Darauf kommt es an. Wiederhole es!«

»Ein Land! Ein Volk! Ein Glauben!« Die Stimme des Mädchens bebte, und vor Aufregung wich das Blut aus ihrem Gesicht.

»Was soll dann mit den Muslimen werden? Auch mit denen hier in Arévalo?«

»Sie müssen zum Christentum übertreten oder das Land verlassen.«

»Warum?«

»Weil sie eine Quelle ständiger Gefahr sind. Wenn wieder muslimische Heere in Spanien landen, dann werden sie euch in den Rücken fallen. Ganz gleich, was sie erzählen – sie wollen die Macht, weil ihnen der Koran vorschreibt, über die Christen und Juden zu herrschen. Weil er ihnen den Dschihad, den heiligen Krieg befiehlt. Sie werden euch immer hassen, auch wenn sie euch sagen, dass sie eure Freunde sind. Im Ernstfall werden sie es mit ihren Glaubensgenossen halten und diese unterstützen, selbst wenn sie lange schon eure Nachbarn sind und die Muslime, die sie auffordern, ihnen zu helfen, ihnen bis zu diesem Tag fremd waren.«

»Und die Juden?«, fragte Isabel mit zitternder Stimme.

»Die Juden bilden eine Ausnahme. Behelligt sie nicht, aber fördert ihren Übertritt zum Christentum. Aber nicht mit Gewalt, sondern durch Predigt, durch Argumentation und durch Erleuchtung soll das geschehen, nie unter Zwang! Die Juden sind, konvertiert oder nicht, eure Stütze. Wer ihnen etwas zuleide tut, schädigt Spanien.

Erkläre deinem Bruder, wenn er etwas älter ist, was dieses Motto bedeutet.«

»Das will ich tun, heiliger Herr.«

Der Kardinal ließ die Hände der Kinder los, dann malte er mit seinem Daumen ein Kreuz zuerst auf Alfonsos, dann auf Isabels Stirn. »Der Herr sei mit dir! Er schütze dich auf all deinen Wegen!«

In dem kleinen Arbeitszimmer, im kleinen Kastell der kleinen Stadt Arévalo in der weiten Meseta Spaniens trat Stille ein. Sogar der Knabe spürte, dass etwas Außergewöhnliches vor sich ging. Der Kardinal schaute zu seinem jungen Begleiter. Nurias Augen glühten. Sie dachte an ihren Vater, an ihre Schwester und erwiderte ergriffen den Blick des Kardinals. Vielleicht würde er nicht das Abendland retten, aber Spanien, Spanien schon.

»Komm her, Jorge!« Nuria stand auf und ging hinüber zu Juan de Torquemada. »Knie nieder!« Sie befolgte den Befehl des Kardinals. »Bist du bereit eine heilige Aufgabe zu erfüllen, auch wenn es dein Leben kosten würde?«

»Ja.«

»So lautet dein Motto nicht: Ein Land. Ein Volk. Ein Glaube. Denn du wirst niemals herrschen. Aber es könnte so kommen, dass es sehr auf dich ankommt. Deshalb lautet dein Motto: *semper fidelis*! Auf gut kastilisch: immer treu! Schwörst du, Jorge de Castro, die Infanten von Spanien …«

»Von Kastilien«, warf Isabel ein.

Juan de Torquemada schüttelte leicht den Kopf und verbesserte sie sanft: »Nein, von Spanien, denn das sei das Ziel, dass ihr das ganze heilige Spanien beherrscht. Jorge de Castro, schwörst du bei Gott, bei unserem Herrn, bei der Jungfrau Maria, bei deinem Seelenheil einen dreifach bewährten Eid, dass du den Infanten von Spanien immer treu dienen wirst und koste es dein Leben, dass du ihre Geheimnisse immer streng wahren wirst und sie auch auf der Folter nicht preisgeben wirst, schwörst du das?«

»Das schwöre ich!«, sagte Nuria, die alle Kraft in ihre Stimme legte, damit sie fest klang.

»Nur eines würde dich von deinem heiligen Eid entbinden: Wenn die Infanten gegen ihre Bestimmung nicht mehr Spanien unter dem Kreuz Jesu vereinen wollen, wenn sie Verrat üben an der Kirche und an Spanien, dann bist du von deinem Eid entbunden. Mehr noch, dann musst du sie, die du bisher beschützt hast, als deine ärgsten Feinde betrachten, denn sie wären dann Spaniens Feinde und nicht mehr Spaniens Thronfolger. Willst du all das tun, Jorge?«

»Ja, Illustrissimo, das will ich.«

»So habt ihr Infanten verstanden, worauf es ankommt, und auch du Jorge. Dann lasst uns jetzt alle niederknien und ein Tedeum beten.«

Der Kardinal sank auf die Knie und mit ihm Alfonso, Isabel und Nuria. Auf ein Zeichen Torquemadas ergriff Nuria die linke Hand Isabels und die rechte Hand Alfonsos, sodass der Kreis geschlossen war.

»*Te Deum laudamus. Te Dominum confitemur. Te aeternum patrem omnis terra veneratur. Tibi omnes Angeli, tibi caeli et universae potestates: Tibi cherubim et seraphim incessabili voce proclamant: Sanctus: Sanctus: Sanctus Dominus Sabaoth Pleni sunt caeli et terra maiestatis gloriae tuae …*«

Rot war das Licht der untergehenden Sonne, das auf die betenden Menschen fiel.

21

Arévalo, Spanien

Die Glocken der Kirchen der Stadt, die tiefe von Santa Maria la Mayor und die laute von San Martin, die vorwitzige von San Miguel und sogar die ferne von der Ermita de la Lugareja läuteten die Mitternachtsstunde ein, als der Kardinal sich zur Kapelle begab, um dort die Vigil zu feiern. Er hielt es immer so, schon seit Jahr und Tag. In der Ruhe und der stillen Kraft des nächtlichen Stundengebets, wenn die Welt innehielt, fand auch sein Denken eine Einkehr. Dann unternahm er es, seine Entscheidungen und Wünsche, seine Pläne und Zweifel ganz für sich und in Zwiesprache mit Gott zu prüfen. Alles, was ihn bewegte, pflegte er zu dieser ruhigen Stunde mit ins Gebet zu nehmen, wie er es nannte. Die Vigil war für ihn der Ort der Sammlung im Treiben dieser Welt, in der er eine nicht unbedeutende Rolle spielte. Zuweilen drückte ihn die Last der Verantwortung, dann wünschte er, er wäre ein kleiner Theologieprofessor seines Ordens in der tiefen Provinz oder gar nur ein Novizenmeister. Wie schön erschien es ihm, über die Heilswirkungen der Jungfrau Maria zu meditieren, anstatt Politik treiben zu müssen. Aber wie sprach doch Jesus im Garten Gethsemane: »Mein Vater, ist's möglich, so gehe dieser Kelch an mir vorüber; doch nicht, wie ich will, sondern, wie du willst!«

Die wenigen Fackeln, die noch brannten, rußten und warfen nur einen schwachen, flüchtigen Schein auf die dunklen Gassen, doch genügte ihm das. Es kam auf den Menschen selbst an, ob ihm um Mitternacht Gott oder der Teufel begegnete. Torquemada war so, als hätte er ein Mäuslein vorbeihuschen sehen, und musste unwillkürlich lächeln. Nur ein Kardinal und eine Maus waren also noch unterwegs.

Doch da irrte er sich, denn die Tür zur Kapelle stand offen, und heraus drang weiches Kerzenlicht. Sollte jemand den gleichen Wunsch verspürt haben wie er? Er verharrte im Schritt und schlich näher, denn er wollte unter keinen Umständen einen Menschen treffen und in ein Gespräch verwickelt werden. Die Vigil hatte er ausdrücklich für sich, für seine eigene Seelenprüfung und Abgeschiedenheit von der Welt reserviert.

Vorsichtig lugte er in die Kapelle. Vor dem kleinen Altar mit einem schön geschnitzten Kruzifix, einem Jesus, dessen überlängte Glieder ihm etwas Feminines und Schönes gaben, kauerte der junge Jorge, tief ins Gebet versunken.

Juan de Torquemada vermied es, auf sich aufmerksam zu machen, und lauschte dem Gebet des für ihn jungen Mannes, der halblaut Gott anflehte, ihm Kraft für die große Aufgabe zu schenken, für die er doch gar nicht vorgesehen sei, und die er nur bekommen habe, weil er in die Rolle eines anderen geschlüpft sei. Er käme sich vor wie ein Betrüger.

Die geflüsterten Worte klangen so hell wie die eines Mädchens. Es war das Timbre der Wahrheit. Der Kardinal wunderte sich und ging nun doch auf den Betenden zu. Als Torquemada sie an der Schulter berührte, blickte Nuria mit Tränen in den Augen auf und erschrak. Als Torquemada tief in die nassen Pupillen schaute, kam ihm ein Verdacht, worin Jorges Geheimnis bestehen könnte. »Ich glaube, es ist Zeit für dich zu beichten.«

»Nein, bitte nicht, Illustrissimo, bitte, später, nicht …«

»Komm, es wird dich frei machen. Wie heißt es doch bei Johannes: › … und die Wahrheit wird euch frei machen.‹«

»Es geht nicht um Freiheit. Frei wird mich nicht die Wahrheit, sondern die Rache machen.«

»Die Rache ist eine Erfindung des Teufels!«

Nuria lachte auf, bitter, laut, mit einem großen Satz, als sei sein Sarkasmus ein sprungbereiter Luchs gewesen. »Entschuldigt, Illustrissimo, aber die Rache ist ein Gebet, ein Exerzitium der Gerechtigkeit.«

»Für wen hältst du dich? Die Rache ist mein, spricht der Herr.«

»Aber geschehen nicht die Werke des Menschen auf Erden durch die Handlung der Menschen?«

»Das ist anmaßend, mein Sohn«, erwiderte der Kardinal sanft, der wusste, dass seine Entgegnung kein Argument war.

»Und wenn Gott genau das von mir erwartet, was ich tue?«

»Und wenn es der Teufel ist, der das verlangt?«

»Beruht die Welt auf der Gerechtigkeit oder auf der Wahrheit?«

»Auf dem Glauben!«

»Dann brauchen wir keine Gerechtigkeit?«

»Doch natürlich.«

»Wenn die Gerechtigkeit verletzt wurde, dann muss sie wiederhergestellt werden. Rache nenne ich die Wiederherstellung der Gerechtigkeit. Gott will, dass die Gerechtigkeit wiederhergestellt wird.«

Juan de Torquemada lächelte. »Das enthebt dich nicht der Pflicht, die Beichte abzulegen.« Er fühlte, dass der junge Mann versuchte, eine schreckliche Wahrheit zu verdrängen, nämlich jeden zu töten, der sich zwischen ihn und seine Rache stellen würde. Der Kardinal schritt auf den Beichtstuhl zu und trat in die linke Seite.

»Gott sieht bis in den letzten Winkel deiner Seele und bis in die verborgensten Orte deines Herzens«, sagte Torquemada, als Nuria auf der anderen Seite des Beichtstuhls erschien. »Er kennt dich besser als du selbst. Du kannst ihm nichts vormachen, aber du kannst dich von deinen Sünden befreien. Hab Vertrauen! Alles, was du sagst, bleibt zwischen uns, zwischen Gott, mir als seinem Werkzeug, und dir.«

»Illustrissimo, heiliger Vater, ich will Euch die Wahrheit entdecken. Aber es wird nichts ändern. Niemand wird mich auf meinem Weg hindern.« Torquemadas Feinsinn entging die Drohung nicht, die in diesen Worten steckte. »Ich bin nicht der, für den mich die Welt hält. Aber ich habe Euch nur in einem belogen: Ich bin nicht Jorge de Castro, sondern Nuria de Solís, die jüngere Tochter des Edelmanns Sancho Jiménez de Solís. Alles andere stimmt.«

»Warum hast du das getan? Warum missachtest du Gottes Gebot und gibst dich als Mann aus?«

»Weil ich in dieser Welt keine Frau mehr sein will.«

Der Kardinal schwieg. Er dachte nach. Wollte nicht vorschnell urteilen, sondern die Weisheit der Vigil nutzen. Dass Gott ihm zu dieser besonderen Stunde das Geheimnis enthüllte, konnte kein Zufall sein. Eine der drei Kerzen flackerte und ließ ein leises Zischen hören. Es führte kein Weg daran vorbei, Nuria hatte sich versündigt und musste für ihren Frevel bestraft werden. Man würde ihr unter Berücksichtigung der besonderen Umstände mit Milde begegnen und sie nur für den Rest des Lebens in ein Kloster sperren. Aber was hieß schon Klosterarrest? Ihr würde die Gnade widerfahren, ihr Leben im Dienst des Herrn und unter seinem Schutz zuzubringen.

Oder stellte der Heilige Geist auch ihm eine Aufgabe? Gaben die besondere Zeit und der besondere Ort der Entdeckung nicht den Hinweis, nicht das Vergehen zu bestrafen, sondern die Möglichkeiten zu nutzen, die sich daraus ergaben? Diese junge Frau konnte besser mit Waffen umgehen als so manch erfahrener Haudegen. Vielleicht hatte sie ja recht und ihre Rache bestand wirklich darin, die Gerechtigkeit wieder aufzurichten … aufzurichten, indem sie richtete? Wenn es ein Zeichen Gottes war, durfte er es nicht verkennen.

»Vor nunmehr neunundzwanzig Jahren«, fuhr Torquemada fort und sah Nuria an, »da wurde auf dem Marktplatz von Rouen in Frankreich ein junges Mädchen etwa in deinem Alter bei lebendigem Leib verbrannt. Ein Inquisitionsgericht hatte sie verurteilt. Schande über das Gericht. Jeanne hieß dieses Mädchen, das von Gott berufen worden war, Männerkleider anlegte und die Franzosen in ihrem Kampf gegen die Engländer anführte. Ihrem Mut ist es zu verdanken, dass der große Krieg zwischen England und Frankreich zugunsten der Franzosen endete. Sie hat ihrer Heimat gedient. Sie war, nein, sie ist eine Heilige. Wir haben vor ein paar Jahren das schändliche Urteil aufgehoben und sie rehabilitiert.«

»Aber warum wurde sie zunächst verurteilt?«

»Sie ist durch Verrat in die Hände der Engländer gefallen, deren ärgste Feindin sie war. Und da sie in Männerkleidern auftrat und Truppen führte, hielt man sie für eine Hexe. Denn wie könnten sonst Krieger im Gefechte einem Mädchen unterliegen, wenn nicht schwarze Magie im Spiel war? Es war ein politischer Prozess, geführt unter dem Deckmantel, nein, unter dem Missbrauch der Religion. Die Richter von damals schmoren längst in der Hölle. Aber, meine Tochter, eines ist offenbar: Gottes Wege sind unerforschlich. Das Handeln Gottes steht über alle Vernunft. *Credo, quia absurdum* – ich glaube, weil es unvernünftig ist. Gott hatte sich dieses Mädchen als Werkzeug ausgesucht.«

»Ihr meint, dass auch ich ein Werkzeug Gottes sein könnte?«

»Du hast als Einzige den Überfall der Muslime überlebt. Das hat etwas zu bedeuten. Vielleicht will Gott, dass du Jorge de Castro bist, zumindest solange es nottut.« Der schwache König Enrique kam ihm in den Sinn. »Wo Männer zu Weibern werden, müssen Mädchen zu Männern werden. Und so werde auch ich dich weiterhin Jorge de Castro nennen und dich segnen, deinen Glauben, deine Kraft und deine Waffen. Denn Kraft meines Amtes, spreche ich dich von allen Sünden frei. *Et ego te absolvo a peccatis tuis in nomine Patris, et Filii, et Spiritus Sancti.* Amen.« Er machte vor Nuria das Kreuzeszeichen.

Beide verließen den Beichtstuhl und standen voreinander.

»Du hast als Leibwächter der beiden Infanten große Aufgaben. Außerdem …« Juan de Torquemada lächelte. »Außerdem wächst Isabel heran, und du bist ein Leibwächter, bei dem ich mir keine Sorgen um ihre Keuschheit zu machen brauche.«

»Was soll ich tun, wenn die beiden Geschwister sich trennen oder getrennt werden?«

»Dann bleibst du bei dem, bei dem es dir notwendiger erscheint. Vergiss nicht, Alfonso kann und soll König werden, er ist wichtiger. Ansonsten handle auf eigene Faust, nach eigenem Gutdünken. Wenn die Christen aufstehen, wird die Welt frei werden, denn so, wie Islam Knechtschaft bedeutet, steht das Christentum für die Freiheit. Der Heilige Geist wird dir das Richtige eingeben. Vertrau auf ihn, er ist unser stärkster Verbündeter!«

»Halten wir Kontakt?«

»Nein, nur im äußersten Notfall, denn alle Nachrichten werden gelesen. Mehmeds Spione sind überall. Bekommst du eine Nachricht oder ein Schreiben von mir, dann ist es nur echt, wenn irgendwo *semper fi* steht.«

»Von *semper fidelis*?«

Der Kardinal nickte. »Ich halte es genauso, sollte eine Nachricht von dir eintreffen. Alle Nachrichten an mich über Bruder Alvaro im Kloster zum Heiligen Kreuz in Segovia.«

»Gut.«

»Die Nachricht schreibe aber nicht in den Text, sondern verbirg sie in Zahlenreihen. Nummeriere die Buchstaben des Glaubensbekenntnisses durch. Du kennst es doch auswendig?« Nuria nickte. »Jede Zahl steht für einen Buchstaben.« Der Kardinal sah ihr noch einmal tief in die Augen. »Vielleicht bist du ein Wunder, Nuria de Solís, das Wunder, das wir alle brauchen. Ich zähle auf dich, Jorge.« Das Mädchen verneigte sich vor dem Kardinal. »Und jetzt lass mich allein.«

Bevor Nuria die Kapelle verließ, drehte sie sich um. »Illustrissimo!«

»Ja?«

»Werde ich meine Schwester wiedersehen?«

»So Gott will.«

Nuria hatte sich schon zum Gehen gewandt, als Torquemada hinzufügte: »Ja, du wirst deine Schwester wiedersehen.«

22

Stambul, Osmanisches Reich

Voller Trauer um as-Schirazi vertiefte sich Yahya in das Buch von Ibn Arabi, das er von seinem Lehrer als Geschenk erhalten hatte. Er begann, über die Gedanken des Shayck al-Akbar, des größten Meisters, zu meditieren, selbst an seinem Arbeitsplatz. Für seine Kollegen musste es aussehen, als dächte er über eine knifflige Stelle in einer Übersetzung nach.

An einem gemessen dahintreibenden Vormittag in der Kanzlei störte ihn plötzlich ein Diener in seinen Grübeleien, der zu seinem Pult trat. »Yusuf Pascha will dich sehen.«

Die Blicke der Kanzlisten waren dem Diener gefolgt, nun verrieten ihre Augen Neugier oder Verwunderung. Yahya galt als der Beste von ihnen, aber die kühle Distanz, die er zu allen hielt, ließ bei den anderen keinen Neid aufkommen. Alle hatten sie erkannt, dass er keiner von ihnen war, nicht nur ein begabter Übersetzer, sondern eine Ausnahme, eine willkürliche Laune Allahs.

Yahya unterdrückte ein Stöhnen. Der Bibliothekar hatte ihn also doch noch angeschwärzt. Er zwang sich zu einem gleichgültigen Gesichtsausdruck und folgte schicksalsergeben dem Diener. Dieser lief zwar voraus, drehte sich aber ständig um, um ihn zur Eile anzutreiben, sodass es zuweilen aussah, als bewege er sich in Pirouetten vorwärts.

Obwohl Yahya nun schon so lange im Palast arbeitete, war er noch nie hier entlanggegangen, wie viele andere übrigens auch nicht. Seiner Stellung entsprechend begab er sich immer auf direktem Weg in die Kanzlei und hinüber zur Bibliothek. Die übrigen Flure, Treppen und Räume des Palastes waren ihm als kleinem Übersetzer naturgemäß verschlossen geblieben.

Der Diener führte ihn an einer langen Fensterfront vorbei, bis sie zu der großen Pforte aus Eichenholz gelangten. Die beiden Wachen ließen sie passieren. Sie gelangten in ein Treppenhaus, dessen Wände mit prachtvollen Teppichen bedeckt waren. Es herrschte ein großes Getriebe. Männer, die kamen, Männer, die gingen, Yahya entdeckte keine Frau unter ihnen. Es waren Muslime, aber auch Christen oder Mongolen – die ganze Welt schien sich hier zu treffen. Jedenfalls grenzte es an ein Wunder, dass bei den vielen Menschen kein Gedränge entstand.

Riesige, prachtvolle Teppiche bedeckten die Wände. Vor Staunen war Yahya stehengeblieben und teilte wie eine Insel den Strom der Menschen, die hinter ihm kamen. Seine Augen leuchteten, als er sich überwältigt umschaute. Doch schon drängelte der Diener: »Weiter, weiter, der Herr wartet nicht!« Yahya warf dem eilfertigen Männchen einen abfälligen Blick zu und setzte sich seufzend wieder in Bewegung. Sie nahmen die Freitreppe nach oben, sonderten sich aber von dem Besucherstrom ab, indem sie in den linken Flur abbogen. Schließlich erreichten sie eine Prachttür, deren beide Flügel offenstanden und die von vier Janitscharen bewacht wurde. Für diese Aufgabe waren offenbar besonders furchterregende Männer ausgewählt worden. Yahya musterte die muskelbepackten, bärtigen Gestalten mit ihren kahlen Schädeln, aus deren Mittelpunkt ein langer Haarzopf entsprang. In den Händen hielten sie gewaltige Krummsäbel. In ihren Augen hatte der Tod Quartier bezogen, den sie schon so oft gesehen hatten.

Yahya zweifelte nicht daran, dass sie über ihre Taten nicht nachdachten, sondern bedingungslos ihre Befehle ausführten. Dazu waren die kleinen, ursprünglich den Christen geraubten Knaben abgerichtet worden, so wollte es Allah. Obwohl er sie als treue Soldaten des Sultans achtete, dem auch er sich voll und ganz verpflichtet fühlte, empfand er eine tiefe Abneigung gegen die Janitscharen. Schließlich waren sie es gewesen, die seinen Vater und seine Brüder getötet hatten.

Während er dem Diener durch die Tür folgte, fragte sich Yahya erneut, weshalb ihn der Minister Yusuf Pascha, dem er noch nie begegnet war, zu sich rief. Selbst wenn Deli Lutfi seine Drohung wahr gemacht und über die verbotene Lektüre berichtet hatte, hielt sich Yahya doch für ein viel zu kleines Licht, als dass sich der Minister persönlich mit ihm beschäftigen würde. Bestrafen, sogar streng bestrafen hätte ihn auch der Agha können.

Plötzlich durchfuhr es ihn heiß. War man auf seine Verbindung zu Demetrios gestoßen und hielt ihn womöglich für dessen Komplizen, der dem ungelenken Alten geholfen hatte, sich vom Kuppeldach herabzulassen? Und obwohl Yahya nichts an seinem Leben lag, so war doch alles, was er besaß, dass er als guter Muslim und treuer Untertan des Sultans zur Gemeinschaft der Gläubigen gehörte.

Mit diesen Gedanken trat er in ein Zimmer, das die Form eines Oktogons hatte. In der Mitte drang durch eine Kuppel das Sonnenlicht herein. Dort entdeckte Yahya auf einem Podest eine Art Thron, zu dem ein Treppchen mit drei kleinen Stufen hinaufführte.

»Warte hier!«, wies ihn der Diener an. »Wenn der ehrenwerte Yusuf Pascha den Raum betritt, wirf dich zu Boden und erhebe dich erst, wenn er dich dazu auffordert. Verstanden?« Yahya nickte. »Übrigens«, fuhr der Diener fort, »verneige dich nur einmal, dreimal steht nur dem Großherrn Mehmed zu.« Mit diesen Worten ging er auf die vergoldete Tür zu und schloss sie hinter sich.

Yahya wartete und wartete. Plötzlich stand das Mädchen mit der Narbe im Raum, umrundete ihn und kicherte dabei frech und spöttisch. Sie stolzierte durch den Raum wie der Agha der Eunuchen. Die Zeit stand still. Dann war sie so jäh verschwunden, wie sie gekommen war. Yahya rieb sich die Augen und fragte sich ein wenig unwillig, weshalb der Diener zur Eile gemahnt hatte, wenn er nun doch warten musste. Sein Blick schweifte über die dicken Wandteppiche, die Bäume und Zweige und Vögel zeigten, so viele Arten, wie er sie noch nie gesehen hatte, geschweige denn kannte. Um sich zu beschäftigen, memorierte er die Zeitformen des Persischen. Er kam nur bis zum Plusquamperfekt, dann schweiften seine Gedanken ab zu as-Schirazi. Und wenn sie im Himmel beieinander saßen, sein Vater und der Sufi? Er konnte sich beim besten Willen nicht vorstellen, wie der Katalane und der Perser eine Unterhaltung führten, nicht einmal, dass sie stumm nebeneinander saßen. Zwischen ihnen lagen Welten – das Einzige, was sie verband, war er, Yahya.

»Du bist also Yahya ibn Catalano«, hörte er eine leise, heiser klingende Stimme sagen.

Yahya drehte sich um und sah sich einem kleinen, drahtigen Mann in einem kostbaren, reich mit Gold- und Silberfäden bestickten Gewand gegenüber. Der Turban auf dessen Kopf erreichte fast die Größe seines Oberkörpers. Yahya straffte sich. »Ja, Herr, das bin ich!«

»Solltest du dich nicht verneigen?«

Yahya errötete. »Ja, Herr«, erwiderte er und wollte sich zu Boden werfen, doch Yusuf Pascha verhinderte es mit einer Handbewegung. »Jetzt ist es auch nicht mehr nötig. Unsere Bekanntschaft hat ja nun schlecht begonnen, hoffen wir, dass es besser wird, sonst endet unsere Begegnung für dich mit Stockschlägen. Weißt du, wer ich bin?«

»Yusuf Pascha? Herr.«

Der Wesir nickte, tippelte die drei Stufen zu dem Podest hoch und ließ sich auf seinem Thron nieder. Nun musste Yahya zu ihm aufblicken. Ihm fiel auf, dass die Finger Yusuf Paschas manikürt waren, und auch der graumelierte Bart war in makelloser Form. Die überaus gepflegte Erscheinung Yusuf Paschas ließ auf eine beträchtliche Eitelkeit schließen.

»Du weißt, weshalb ich dich zu mir gerufen habe?«, fragte er.

»Nein, Herr.«

»Denk nach. Welche deiner Verfehlungen könnte dich hierher geführt haben?«

Yahya schluckte. »Ich weiß es wirklich nicht.«

Auf der Stirn des Ministers bildeten sich Furchen, die er sofort mit seiner rechten Hand glatt zu wischen und auszulöschen trachtete. »Du machst, dass ich Falten bekomme! Es wird noch ein schlimmes Ende mit dir nehmen, Joanot.«

Yahya schrak zusammen und schloss kurz die Augen. Dieser Mann wusste offenbar alles über ihn. Er nahm all seinen Mut zusammen. »Ich bin Yahya ibn Catalano!«, entgegnete er fest.

»Ach, wirklich?«

»Ja, und dafür bin ich Allah dankbar. Er hat mich vor der Hölle bewahrt.«

»Das hat er tatsächlich, mein Junge. Vor allem hat es Sultan Mehmed getan. Dankst du das auch ihm?«

»Man möge mir die Haut lebendig vom Leibe reißen, wenn ich es nicht täte.«

»Was nicht täte?«

»Sultan Mehmed treu ergeben dienen!«

Yusuf Pascha stieß leicht die Luft aus. »Was fange ich nur mit dir an?«

»Was Ihr wollt!«, sagte Yahya und kniete zum Zeichen seiner Ergebenheit nieder.

»Nicht, was *ich* will, sondern was *Allah* will. Aber was will Allah? Wir werfen zwar die Würfel, aber was wir gewürfelt haben, bestimmt der Allmächtige. Weißt du vielleicht, was Allah mit dir vorhat?«

»Das zu wissen, wäre Frevel.«

»Was würdest du tun, wenn ein Christ zu dir käme und sagte, er wäre der Bruder deines Vaters? Was, wenn er dich um Auskünfte bäte?«

»Wie könnte er der Bruder meines Vaters sein, der Lügner? Der Großherr ist mein Vater und niemand sonst. Ich würde den Ungläubigen melden!«

»Und wenn es deine Mutter wäre?«

Dass seine Brüder tot waren, wusste er, weil er bei ihrer Ermordung dabeigewesen war. Da wäre ihm die Antwort leichtgefallen. Aber was wäre, wenn seine Mutter käme? Was würde er ihr sagen? Wäre er imstande, sie wegzuschicken?

»Ja, vergiss nie, dass der Sultan dein Vater ist. Aber sag mir, was würdest du tun, wenn deine Mutter dich auszuhorchen versuchte?«

»Meine Mutter ist tot«, erwiderte er.

»Weich nicht aus! Was, wenn sie nicht tot wäre?«

»Herr, wenn meine Mutter vor mir stünde, würde ich sie fest in den Arm nehmen, aber ich würde ihr kein Geheimnis verraten. Sagt selbst, wie vertrauenswürdig ist ein Mensch, der seine Mutter verleugnet?«

»Wohl gesprochen. Dein Agha hält große Stücke auf dich.«

»Ich bemühe mich mit meinen bescheidenen Kräften, meine Aufgaben zu erfüllen.«

Der Minister winkte ab. »Genug des Geplänkels. Ich habe dich für eine heikle Mission ausgewählt, die deinem Leib der Folter aussetzen und dir den Tod bringen könnte, wenn du ungeschickt bist oder Pech hast. Würdest du das für deinen Vater Sultan Mehmed wagen?«

Yahya nickte.

»Du kennst wie kein zweiter das Abendland aus den Berichten der Verräter, sprichst ihre Sprachen. Deshalb ist meine Wahl auf dich gefallen. Werde ich mich immer auf dich verlassen können?«

»Ja, Herr!«

»An dem Tag, an dem du das vergisst, und sei es nur für einen Wimpernschlag, wird dich meine Rache finden, und sie wird furchtbar sein. An keinem Ort der Welt wärst du vor ihr sicher, nicht im Vatikan, nicht auf der Île de France, nicht in Segovia und auch nicht im Tower in London, nirgends. Das weißt du doch?«

»Wer sollte es wissen, wenn nicht ich?«

»Du bist zwar noch ein bisschen jung, und es wäre besser, wenn du zwei, drei Jahre älter wärst, aber leider können wir nicht länger warten. Die Kunst der Politik besteht darin, dass eins ins andere greift. Komm, der Großherr wünscht, dich zu sehen.«

Yahya gefror das Blut in den Adern. »Der Sultan?«, stieß er hervor. Er war Mehmed nur ein einziges Mal begegnet, an jenem verhängnisvollen Tag im Kaisersaal von Blachernae.

»Was ist? Du kennst ihn doch!«

Yusuf Paschas Lächeln war undurchdringlich. Er erhob sich und führte Yahya aus dem Raum durch endlose Flure. Würdevoll schritt der Minister Treppen hinab und hinauf, während Yahya ihm im gebührenden Abstand folgte. Schließlich öffnete Yusuf Pascha eine Tür, die sich hinter einem der großen Wandteppiche verbarg.

23

Stambul, Osmanisches Reich

Yahya sah sich um. An der Wand zu seiner Linken prangte ein eindrucksvolles Bild, das Europa, Mehmeds Reich, aber auch Indien und China zeigte sowie Russland und ein Afrika, das sich irgendwann im Blau des Meeres verlor. Es war eine sehr große Karte der bekannten Welt. Vor der Fensterfront auf der rechten Seite thronte Mehmed II. Yahya, der sofort die kalten Augen und die krumme Nase wiedererkannt hatte, warf sich zu Boden.

»Steh auf«, sagte der Sultan. »Das hier ist kein Zeremoniell. Wir wollen arbeiten.«

Yahya erhob sich.

»Wie groß du geworden bist. Und was für ein guter Muslim!« Ein sparsames Lächeln umspielte Mehmeds Lippen.

Yahya nahm wahr, dass sich auch der Großherr seit ihrer ersten Begegnung verändert hatte. Aus dem von Kriegern umstandenen jungen Eroberer war ein erfolgreicher Herrscher geworden, in dessen Diensten Politiker in Samt und Seide standen. Sechs Würdenträger, Wesire, Mitglieder des Diwans, wie Yahya vermutete, flankierten den Thron Mehmeds II. Dieser Mann, durchfuhr es ihn, ist zum Herrschen geboren. Er fühlte keinen Hass in sich, sondern ehrliche Bewunderung. Während er sich noch fragte, was der große Herr mit ihm, dem kleinen Mitarbeiter in einer seiner zahllosen Kanzleien, im Sinn hatte, winkte ihn der Sultan zu sich.

»Du kennst dich doch mit den Ungläubigen aus. Liest und übersetzt ihre Sprache. Du kennst ihren Atem. Sag mir, welche Pläne hat der Papst?«

Yahya wusste, dass sich Mehmed die Antwort selbst geben konnte. Also wollte er ihn aus unerfindlichen Gründen prüfen. Vorsicht war geboten. Sorgfältig wog er seine Worte ab, bevor er antwortete: »Er will einen Kreuzzug aller Christen gegen Euch ins Leben rufen.«

»Wird ihm das gelingen?«

»Das steht bei Allah!«

»Tölpel!«, rief Mehmed ungeduldig. »Wenn ich die Meinung eines Mullahs oder Imams hören wollte, hätte ich diese gefragt und nicht dich!«

Zu große Zurückhaltung bewirkt also das Gegenteil, stellte Yahya im Stillen fest und sagte: »Aber die Chancen des Papstes stehen im Augenblick schlecht.«

Mit einer raschen Handbewegung forderte Mehmed ihn auf, weiterzusprechen.

»Kaiser Friedrich will Ungarn seinem Besitz einverleiben und Triest sichern, darüber hinaus hat dieser gleichgültige, träge Mensch keine weiteren Absichten. Die Italiener bekriegen sich gegenseitig, um ihre Herrschaften und ihren Einfluss auf der Apenninen-Halbinsel zu vergrößern. Enrique in Kastilien ist ein schwacher Herrscher, der froh ist, wenn er fröhlich ist. Die Franzosen wollen ihre Kräfte nicht in einem Kreuzzug vergeuden. Ihr König Charles legt es darauf an, den Kaiser zu schwächen, um ihre Herrschaft vor allem in Italien und in Mitteleuropa zu vergrößern. Im Grunde streben sie danach, die Großmacht in Europa zu werden.«

»Und was ist mit England?«, fragte Mehmed.

»England ist mit sich selbst beschaftigt, verstrickt in einem Bruderkrieg der roten gegen die weiße Rose, das Haus Lancaster gegen das Haus York und ihrer Anhänger. Und Henry VI. ist ein König ohne Macht. Kurz, mit seinem Wunsch nach einem Kreuzzug steht der Papst Pius allein, alle anderen kümmern sich nur um ihre Hausmachtpolitik. Wenn es ihnen nützt, würde sich jeder von denen mit Euch, oh Großherr, verbinden, um dem Konkurrenten zu schaden, ganz gleich, was es kostet.«

»Du meinst, mein Kleiner, es gäbe also keinen besseren Zeitpunkt als jetzt, um den Dschihad auszurufen, die Ungläubigen zu schlagen und unter das Schwert des Islams zu zwingen?«

»Keinen besseren!«

Mehmed erhob sich, tätschelte Yahya die Wange und schritt hinüber zu der Wand, an der die große Karte hing. »Wie Alexander der Große werde ich die Welt beherrschen! Nur wende ich mich nicht nach Osten, sondern nach Westen. Über den Westen werde ich kommen und ihn unterwerfen. Ihr habt es gehört, Wesire, selbst der Junge dort weiß es: Nie war die Gelegenheit so günstig! Von den Schwächlingen in Kairo droht mir keine Gefahr. Ihr Reich wird uns von ganz allein in den Schoß fallen wie eine Frucht vom Baum, wenn sie reif ist. Die Ungarn werden wir besiegen, dann ziehen wir nach Wien. Wir werden in Italien landen, dort, wo sie es nicht erwarten, hier«, er tippte mit dem Zeigefinger auf die Karte, »bei Otranto, denn von hier aus sind wir schnell in Rom. Habe ich nicht geschworen, dass der Petersdom mein Pferdestall wird?«

Die Männer im Raum lachten beifällig, während Yahya spürte, wie ihn die klare, kalte und skrupellose Logik des Sultans mehr und mehr in den Bann zog. So treten nur Herrscher auf, die fähig sind, der Welt ihren Willen aufzuzwingen, dachte er. Die anderen, die vielen mittelmäßigen Gestalten in Europa, von denen er in den Berichten las, unterschieden sich von Mehmed nicht darin, dass sie größere Skrupel hegten. Auch sie waren vollkommen skrupellos und grausam. Aber sie hatten keine Visionen und Strategien, sie stritten, anstatt zu kämpfen, behielten nur ihren persönlichen Vorteil im Auge, nicht ihren Glauben, nicht ihre Kultur, nicht das Leben der Menschen, die sie beherrschten. Mit einem Wort, sie hatten kein Format.

Yahya blickte bewundernd auf den Sultan, der ruhig und ohne Anstrengung sprach, nicht einmal die Stimme erheben musste, um ungeteilte Aufmerksamkeit zu erreichen. »Damit die Franzosen und die Spanier dem Papst oder dem Kaiser nicht zu Hilfe eilen, wenn wir auf Rom und Wien marschieren, werden wir die Nasriden von Granada mit Truppen unterstützen. Sie sollen al-Andalus zurückerobern, das einmal ganz dem Islam gehörte, und von dort weiter ins Roussillon ziehen, um die Schmach auszulöschen, die uns Karl Martell vor fünfhundert Jahren bei Poitiers bereitet hat. *Ich* bin der Herr, der alle Schmach auslöschen wird. Mit den Schwertern meiner Getreuen, mit dem Tod und dem Koran werde ich über die verfluchten Beigeseller kommen, über die Frevler und Ketzer. Ich will, dass der französische König unser Vasall wird. Den Papst aber und den Kaiser werde ich vernichten, weil es nur einen Kaiser geben kann – und dieser residiert in der alten Kaiserstadt Konstantinopel, die nun Stambul heißt. Es gibt nur einen Gott, und Muhammad ist sein Prophet. Diese Lektion werden sie lernen müssen. Und ich und meine Nachkommen werden für die Menschen des Ostens und des Westens Sultan und Kalif, Kaiser und Papst, Geißel und Wohltat in einem sein.«

»Was wird mit dem König von Kastilien?«

Alle blickten erschrocken auf Yahya, der es gewagt hatte, sich unaufgefordert zu Wort zu melden.

»Einmal, mein Junge, verzeihe ich dir die Dreistigkeit«, brummte der Sultan, während Yahya rot anlief vor Scham. »Du kannst dir deine Frage selbst beantworten: Hat Kastilien denn einen König?«

Yahya lächelte verlegen und empfand das große Glück, Mehmed dienen zu dürfen. Der Großherr trat zu ihm und legte ihm vertraulich den Arm um die Schulter.

»Sag, mein Sohn: Wer kann meinen Plänen gefährlich werden? Und komm mir jetzt nicht mit Allah. Auch will ich keine Schmeicheleien hören. Damit wir uns recht verstehen, ich liebe Schmeicheleien, aber dort, wo sie hingehören, bei Hofe, vor der Masse, nicht aber im Diwan, wo wir wichtige Entscheidungen zu fällen haben.«

»Nach allem, was ich gelesen und übersetzt habe: Papst Pius II., der mit aller Kraft und Erfahrung dafür kämpft, unsere Hauptstadt zurückzuerobern.«

Offensichtlich gefiel dem Sultan die Antwort. Auf seinen Lippen erschien ein Lächeln. »Du hast recht. Der Papst ist zwar alt und gichtbrüchig, aber sein Wille ist stählern. Außerdem ist er ein alter Fuchs, erfahren in der Politik wie kein Zweiter und ein weiser Mann, gebildet sagt man. Wer könnte mir noch gefährlich werden?«

»Von den Kardinälen Nikolaus von Kues, ein Deutscher, der aber über großen Einfluss verfügt und selbst vor vielen Jahren in Konstantinopel war. Kardinal Bessarion, ein Grieche, Intimfeind des Patriarchen Gennadios. Er unterstützt den Papst nach Kräften. Nicht weniger gefährlich ist ein Spanier, Kardinal Juan de Torquemada.«

»Von wem haben wir die Informationen?«

»Von einem Mann, der gerne Papst werden möchte, einem Venezianer namens Pietro Barbo.«

»Dem guten Manne kann geholfen werden«, versetzte der Sultan mit einem spitzbübischen Lächeln. Nicht nur Yahya, auch die Wesire schauten ihren Herrn erstaunt an.

»Wollt ihr im Konklave reden, Erhabener?«, fragte Yusuf Pascha.

»Natürlich! Verkleidet allerdings als Heiliger Geist, der bei den Ungläubigen den Papst wählt.«

Die Wesire brachen in Gelächter aus, und auch Yahya bereitete die Vorstellung Vergnügen, wie Mehmed vom Himmel in die von der Außenwelt abgeschnittene und gut bewachte Wahlversammlung der Kardinäle schwebte, mit dem Finger auf Barbo zeigte und streng befahl: »Nehmt den!« und alle Kardinäle »Barbo, Barbo« riefen und ihn in das Gewand des Papstes steckten.

Doch Mehmed hatte es nicht nötig, die Reaktion auf seinen Scherz zu genießen, zumal er es ernst meinte. »Was ist mit den französischen Kardinälen?«, fragte er und sah Yahya unverwandt an.

»Sie sind, ohne dass sie es wissen, unsere Verbündeten. Da der französische König nichts gegen uns hat, haben es auch seine Kardinäle nicht. Charles VII. kann sich vorstellen, dass wir Wien erobern und er sich dann mit uns an der Elbe trifft. Diesseits der Elbe regieren wir, jenseits der Elbe er.«

»Dieser Gimpel denkt, dass ihm Italien und Spanien in den Schoß fallen, wenn der Kaiser besiegt ist. Lassen wir ihn in diesem Glauben? Das würde uns nützen!« Mehmed ließ den Blick über seine Wesire gleiten, die sich in zustimmendem Gelächter zu überbieten suchten. Nur Yusuf Pascha verzog kaum eine Miene. Mit einer kurzen Geste befahl der Großherr Schweigen und wandte sich wieder an Yahya. »Wer noch?«

»Der Herzog von Burgund, Philipp der Gute. Er würde sich zu gern an der Seite des Papstes auf den Kreuzzug begeben, aber er hat den Franzosen im Nacken. Und der würde über Philipps Herzogtum herfallen, wenn der Hausherr in der Levante kämpft.«

»Sehen wir nicht zu viel in diesem Papst, der ein alter, kranker Mann ist, und dem die Christen auf der Fürstenversammlung in Mantua eine Abfuhr erteilt haben? Du sagst doch selbst, mein Junge, dass niemand einen Kreuzzug führen will. Man überlässt uns das Feld.«

Yahya fühlte sich überfordert und blickte zu Boden.

»Wissen kann es keiner«, fuhr der Sultan fort. »Mir geht es nur um deine Meinung, um deinen Instinkt.«

»Die Politik der Christen ist wie Quecksilber. Niemand kann voraussehen, was morgen geschieht. Heute sagen sie das, morgen das Gegenteil und tun so, als ob sie noch nie etwas anderes vertreten haben. Findet der Papst einen mächtigen Verbündeten, dann ist er eine Gefahr. Es genügt, wenn er den ungarischen König und den deutschen Kaiser versöhnt. Papst Pius und die Kardinäle Nikolaus und Torquemada wollen den Kreuzzug um jeden Preis – und sie sind immer noch mächtig.«

»Gut«, sagte Mehmed entschieden. »Du wirst mit einem Mann, den ich dir gleich vorstellen werde, nach Europa reisen und dort die Aufträge erledigen, die ich dir über Boten zukommen lasse.«

»Woran erkenne ich die Boten?«

»Sie werden dich mit Joanot anreden. Schlag ein Losungswort vor.«

»*Amal al-haqq*«, sagte Yahya auf Arabisch und bereute es sogleich, weil er befürchtete, sich verraten zu haben, aber er stand nicht vor Theologen und Rechtsgelehrten, sondern vor Politikern. Diese wussten nicht, dass *amal al-haqq* – »Ich bin die Wahrheit« – das Motto des Mystikers al-Halladsch gewesen war. In den Augen der Orthodoxie lästerte er damit Gott, denn die absolute Wahrheit bezeichnete niemand anderen als Gott selbst.

»*Amal al-haqq*«, wiederholte Mehmed nachdenklich. Dann befahl er dem Diener an der Tür, Signor Ruggiero da Ischia hereinzulassen, »Dieser Mann hat schon einige Aufträge zu unserer vollsten Zufriedenheit erfüllt«, erklärte er den Wesiren. »Er ist ein Muster an Verschwiegenheit und Zuverlässigkeit. Übersetze ins Italienische, Yahya.«

Yahya verneigte sich vor dem Sultan, während der Diener einen mittelgroßen, asketisch wirkenden Mann mit Lederhose, weißem Hemd, schwarzem Wams mit geschlitzten Ärmeln und leerem Wehrgehänge hereinführte. Sein scharf geschnittenes Gesicht erinnerte an einen Habicht. Die braunen Augen glänzten kalt. Der gestutzte Spitzbart wies darauf hin, welch großen Wert sein Träger auf sein Äußeres legte. Nachdem der Italiener sich tief verbeugt hatte und versicherte, dem Sultan zu Diensten zu sein, stellte Mehmed ihm Yahya vor.

»Ich weiß, du arbeitest immer allein. Aber du wirst diesmal sehr große Aufgaben zu lösen haben – und Yahya ist nicht nur mit euren Sprachen, sondern auch mit eurer Politik, euren Machtspielchen vertraut und mit denjenigen, die bei euch Christen die Macht ausüben.«

Yahya fühlte Ruggieros prüfenden Blick auf sich ruhen und erwiderte ihn. Sofort verspürte er eine heftige Abneigung.

Ihr werdet euch in den nächsten Jahren gut genug kennenlernen. Zuerst begebt ihr euch nach Granada. Der Emir von Granada, Said, will sich nicht auf ein Bündnis mit mir einlassen, sondern hält an seinem Pakt mit Enrique, diesem unvermögenden Ungläubigen fest. Geht nach Granada, sucht einen Mann aus seiner Sippe, seinen Schwager, seinen Bruder, seinen Sohn, seinen Cousin, gleichviel, wen, dem wir zur Macht verhelfen werden und der das Bündnis mit uns eingehen wird. Es gibt immer einen Mann in der Umgebung des Herrschers, der sich berufener fühlt als der Regent, oder dessen Hass über eine zugefügte Kränkung alles andere übertrifft. Ihr werdet euch eure Wege suchen müssen, denn wir haben dort noch niemanden. Ihr betretet also gefährliches Neuland und seid am Anfang nur auf euch allein gestellt.«

Nachdem Yahya die Übersetzung beendet hatte, verneigte sich der Habichtsgesichtige vor dem Sultan. »Euer treuer Diener!«, sagte er auf Italienisch.

Mehmed sah ihn scharf an. »Vergiss nie, was du gerade gesagt hast!«

Ruggiero zuckte mit keinem Muskel und erwiderte kalt und starr den Blick des Sultans.

»Und jetzt senke die Augenlider, Ungläubiger!«, forderte Mehmed rau.

Der Italiener tat es, noch ehe Yahya den Befehl des Sultans ganz übersetzt hatte.

Mehmed wandte sich wieder an den Jüngling. »Yahya, du wirst uns Bericht erstatten und unsere Befehle an Signor Ruggiero weitergeben, dem wir viel Glück wünschen!«

Nachdem er die Übersetzung vernommen hatte, verneigte sich Ruggiero und verließ den Raum.

Mehmed schaute Yahya tief in die Augen. »Ein treffsicherer Degen, ein guter Spion. Raffiniert, aber diplomatisch und politisch beschränkt, ein gutes Werkzeug. Du wirst ihn führen. Du bist noch sehr jung, Yahya. Beweise mir, dass ich nicht zu Unrecht trotz deines Alters mein Vertrauen in dich gesetzt habe. Schaff uns in Granada einen Bundesgenossen.« Mehmed beugte sich vor. Er streckte die Hand aus, packte Yahya am Haarschopf und zog sein Gesicht so nah an das seine, dass sich ihre schiefen Nasen fast berührten. »Für Männer wie dich erschaffe ich mein Weltreich. Leiste deinen Beitrag!« Abrupt ließ er Yahya los und wandte sich ab. Yahya stand da wie erstarrt.

»Räume deinen Arbeitsplatz in der Kanzlei«, wies Yusuf Pascha ihn an, »und warte, bis ich dich rufen lasse. Ich werde dich mit allen Einzelheiten vertraut machen, die du wissen musst.« Dann gab er ihm ein Zeichen, dass er sich zurückziehen durfte.

24

Stambul, Osmanisches Reich

Als Yahya die Kanzlei betrat, wandten sich ihm alle Köpfe zu. Auch sein Agha schaute ihn neugierig an.

»Ich bekomme eine neue Aufgabe«, sagte er halblaut und sammelte unter den Blicken der anderen seine Schreibutensilien zusammen. Die Übersetzung, an der er zuletzt gearbeitet hatte, legte er dem Agha auf den Tisch.

»*Salam aleikum*«, sagte er und ging. In seinem Rücken spürte er die teils empörten, teils verwunderten Blicke. Nicht mehr als einen Satz und einen Gruß hatte er für die Männer übriggehabt, mit denen er jahrelang zusammengearbeitet hatte. Doch was war das schon für eine Gemeinsamkeit, die sich darin erschöpfte, dass sie im gleichen Raum saßen? Er hatte sich mit keinem unterhalten, geschweige denn Umgang gepflegt. Dennoch war er mit seiner Arbeit zufrieden gewesen. Ein Stuhl, ein Tisch, ein Öllämpchen für den Herbst und Winter, wenn es später hell und eher dunkel wurde, ein Tintenfass mit Gänsekiel und ein Stapel Papier – das war in den letzten Jahren seine Welt gewesen.

Doch die Begegnung mit Demetrios und der Tod von as-Schirazi hatten sein inneres Gleichwicht zerstört. Die Nachricht, dass seine Mutter und seine Schwestern den Fall Konstantinopels überlebt hätten, und die Beschäftigung mit Ibn Arabis Philosophie erfüllten ihn mit wachsender Unruhe. In seinem tauben Herzen regte sich ein Sehnen, er wusste nur noch nicht, wonach. Er konnte nicht mehr weiterleben wie bisher und war dem Sultan überaus dankbar, dass er ihn mit dieser großen Aufgabe betraute.

Erleichtert, als sei eine Bürde von ihm genommen, trat er auf die Straße und wanderte mit gesenktem Kopf durch die Stadt. Er musste sich sammeln, die Begegnung mit dem Großherrn verarbeiten und das, was auf ihn zukam, gedanklich ordnen. Für die Menschen, die ihm begegneten, hatte er keinen Blick, auch nicht für die schmutzig grauen Wolken, die sich am Himmel zeigten. Als er sich plötzlich vor seinem Geburtshaus wiederfand, trafen ihn dicke Regentropfen und die schlichte Erkenntnis, dass dies sein Abschied von der Stadt am Bosporus war. Wind kam auf, und der Regen wurde heftiger. Binnen Kurzem verwandelte sich der Platz vor dem Haus in eine Masse gelblich-braunen Schlamms.

Tief in seinem Herzen ahnte Yahya, dass er niemals hierher zurückkehren, dass es ein Abschied für immer sein würde. Beim Anblick des Hauses, in dem er seine frühe Kindheit verbracht hatte, empfand er nichts, keine Trauer, keine Wehmut. Fremde Leute wohnten jetzt darin, die ihn nichts angingen und denen er gleichgültig war. So war eben die Welt, nur das, was man verteidigen konnte, gehörte einem.

Als er sich zum Gehen wandte, war er durchnässt bis auf die Knochen. Das hielt ihn aber nicht davon ab, weiter durch die Stadt zu streifen. Dank des unwirtlichen Wetters waren die Straßen und Gassen wenigstens leer, weil die Menschen sich in ihre Häuser oder in die Teestuben zurückgezogen hatten. Selbst die Bettler waren entweder verschwunden oder drückten sich tief in die Portale der Kirchen und Moscheen.

Mit dem Einbruch der Dämmerung, nachdem sich Yahya müde gelaufen hatte, die Füße ein wenig schmerzten und er sich rechtschaffen nach seinem Bett sehnte, erwartete ihn in seinem Zimmer eine Überraschung. Auf seinem Kissen saß Ruggiero.

»Wie siehst du denn aus? Bist du in den Bosporus gefallen? Trockne dich ab und zieh dich um. Mach! Wir haben keine Zeit zu verlieren!«

Keine Stunde später hatten sich die Regenwolken verzogen, und die Sterne leuchteten vom Himmel wie Diamanten, die Gott spielerisch auf einem schwarzen Samttuch ausgebreitet hatte. Sie spiegelten sich in den dunklen Pfützen. Ruggiero hatte sich mit langen, schnellen Schritten nach Nordwesten gewandt. Yahya konnte kaum mit ihm mithalten und verfiel immer wieder ins Laufen. Die Luft schmeckte frisch und rein. Als hätte der Regen Menschen wachsen lassen, waren die Gassen nun wieder über und über bevölkert. Manchmal entstand sogar ein dichtes Gedränge, ein vielversprechender Tummelplatz für Taschendiebe.

Yahya wusste, dass sie in Richtung des ehemaligen katalanischen Viertels unterwegs waren. Bei all seinen Spaziergängen durch Stambul hatte er stets einen großen Bogen um die Gegend gemacht, in der er aufgewachsen war. Doch ausgerechnet heute schien er den Ort seiner christlichen Kindheit gleich zweimal zu besuchen. Er rätselte, was der Italiener im Schilde führte, verzichtete aber darauf, nachzufragen, weil er nicht ängstlich wirken wollte.

»Wenn du ein Spion werden willst, dann lerne die Menschen kennen … und natürlich die Frauen«, sagte Ruggiero wie nebenbei und sah ihn von der Seite an.

»Aha«, entfuhr es Yahya trocken. Ein Spion wollte er eigentlich nicht werden. Was seine zukünftige Tätigkeit betraf, so sah er sich eher als eine Art geheimer Gesandter.

Ruggiero entgegnete nichts. Er schien der Meinung zu sein, genug gesagt zu haben. An sich war Yahya ein schweigsamer Gefährte weitaus lieber als ein geschwätziger, doch in diesem Fall hätte er gern noch mehr erfahren.

An einem kleinen Platz vor einer Moschee, die früher einmal als christliche Kirche den heiligen Märtyrern Cosmas und Dimas geweiht gewesen war, bogen sie rechts ab. Es ging also doch nicht zu Yahyas Geburtshaus, sondern ins Hafenviertel.

Unter Sultan Mehmed entwickelte sich der geschützte Nordhafen von Stambul in atemberaubender Geschwindigkeit, während die Südhäfen verödeten. Seitdem erlebte auch das neue Hafenviertel am Bosporus einen rasanten Aufstieg. Davon wusste Yahya nichts, weil er das übel beleumdete Quartier bei seinen Streifzügen durch die Stadt geschnitten hatte. Lieber war er zur Spitze der Halbinsel spaziert, wo Mehmed einen neuen Palast errichten ließ.

Im Hafenviertel reihten sich Geschäfte und Gasthäuser aneinander, die scheinbar auch nachts geöffnet waren. Überall brannten Fackeln und Kerzen, die ihr Licht im hohen Bogen auf den Boden sandten. Das Sprachgewirr, das an Yahyas Ohren drang, hatte wahrhaft babylonische Ausmaße. Er bereute seinen Hochmut, diese Gegend gemieden zu haben, denn in sprachlicher Hinsicht bot sie einen ungeheuren Reichtum. Welch interessante Studien hätte er hier anstellen können! Nicht jeden Ausdruck, der durch die Luft sprang, vermochte er, einer Sprache zuzuordnen, manche Wörter verwunderten ihn, andere kitzelten sein Trommelfell, aber einige streichelten ihn auch, weil sie ihm wohl vertraut waren. Er lauschte und lauschte, hörte sich förmlich in einen Rausch hinein. Und lief gegen Ruggiero, der stehen geblieben war. Der sanfte Aufprall weckte Yahya aus seiner Versunkenheit. Er räusperte sich entschuldigend und betrachtete das Haus, vor dem sie standen.

Über dem mannshohen Eingang prangte ein Schild, auf dem in dürftiger Schönschrift stand: *»binbir dilek evi«* – Haus der eintausendundeins Wünsche. Yahya sah Ruggiero fragend an. Der Italiener setzte ein schiefes Lächeln auf, drückte dem Türsteher ein paar Münzen in die Hand und ging hinein. Yahya blieb nur übrig, dem Italiener zu folgen.

Es sollte besser »Haus der eintausendundeins Töne« oder »Haus der eintausendundeins Gerüche« heißen, dachte er, als er in eine Blase aus Musik und Aromen eintauchte. Zimt-, Yasmin-, Moschus-, Anis-, Hyazinthen-, Flieder- und Zitronendüfte betörten seine Geruchsnerven, während die Lautenklänge der Cura sein Herz zum Tanz verführen wollten.

Sie durchquerten einen langen Gang, in dem sieben mit Dolchen bewaffnete Männer sie mit durchdringenden Blicken musterten. Ruggiero nickte ihnen zu und drückte jedem eine Münze in die Hand. Schließlich gelangten sie ungehindert in einen großen Raum mit Säulen, der fast das ganze Erdgeschoss einnahm. Männer rekelten sich mit Frauen auf Kissen, andere Frauen tanzten. Sie trugen bunte Gewänder, oft aus Seide. Die Stimmung barst schier vor sorgloser Ausgelassenheit. Verblüfft beobachtete Yahya, wie geschickt und mit geradezu zauberischer Schnelligkeit herumhuschende Knaben Getränke und kleine Speisen servierten.

»Mund zu«, fuhr ihn der Italiener an.

Yahya hatte nicht bemerkt, dass ihm vor Staunen der Unterkiefer heruntergeklappt war. Eine üppige, schwarzhaarige Frau kam auf sie zu. Bewundernd glitt Yahyas Blick über ihr Seidenkleid, das kunstvoll mit goldenen Vögeln bestickt war. Ihre sinnlichen Lippen lächelten sparsam. »Ah, *il signor italiano*«, sagte sie mit schwerem türkischen Akzent und richtete ihre großen Mandelaugen auf Yahya. Sie waren so schwarz, dass er fürchtete, darin zu versinken. *»E chi è il tuo compagno?«*

»Yahya ibn Catalano. Yahya, das ist Aischa«, sagte Ruggiero und zog einen Lederbeutel mit Geld aus seinem Hemd. »Seine Exzellenz Sultan Mehmed wünscht, dass er in die Wissenschaft der Frauen eingeführt wird.«

Noch ehe Yahya etwas sagen oder fragen konnte, nahm Aischa seine Hand. Sie nickte und zog ihn sanft mit sich durch die Menschen in dem Raum wie durch ein Wasser, das sich hinter ihm schloss. Am Ende des Saales stiegen sie eine schmale Treppe hinauf, die von mehreren bewaffneten Männern bewacht wurde. Wie betäubt folgte Yahya Aischa Stufe für Stufe. Ihr Hyazinthenduft raubte ihm die Sinne. Oben angekommen, öffnete sich vor ihnen ein enger Gang, von dem rechts und links Zimmer abgingen. Gesang, Musik und Laute der Lust mischten sich auf dem Korridor. Sie gingen ein paar Schritte, dann öffnete Aischa eine schmale Tür zu einem fensterlosen Raum, der im Vergleich zu dem engen Eingang überraschend großzügig wirkte. Um einen Tisch herum lagen Sitzkissen neben einem Himmelbett. Die gegenüberliegende Wand war durch einen bunten Vorhang verdeckt.

»Du sprichst türkisch?«, fragte Aischa mit warmer, einschmeichelnder Stimme.

»Ja, auch Latein, Italienisch, Katalan, Arabisch …«, zählte Yahya auf, doch da verschloss sie ihm mit ihrer weichen Hand den Mund.

»Das ist nicht nötig, den Koran werdet ihr bestimmt nicht lesen. Warte und mach es dir bequem.«

Yahya blickte verlegen nach unten, weil er spürte, wie er rot wurde, und kauerte sich wie ein Schüler beflissen auf ein Kissen hinter dem kleinen Tisch.

»Was möchtest du trinken, mein Täubchen?«

»Tee«, stieß Yahya mit belegter Stimme hervor.

»Tee? Nun gut. Und essen?«

Statt zu antworten, schüttelte er nur mit dem Kopf.

Aischa verschwand. Kurz darauf verspürte er einen Luftzug und vernahm ein Schlurfen. Offenbar befand sich in der Wand hinter dem Vorhang eine Tür, durch die jemand das Zimmer betrat. Dann hörte er Musik. Die hinter dem Vorhang verborgene Person spielte die Cura. Leise, sanft, frivol. Kaum hatte der oder die Unbekannte begonnen, erschienen zwei Knaben. Sie brachten zwei Schalen, eine Wasserpfeife, eine Karaffe mit Wasser und eine mit Saft und zwei Becher, dazu ein paar Schälchen mit kleinen Leckereien. Auf eine tönerne Schale, in der ein Kohlefeuer glomm, stellten sie eine Kanne mit Tee. So schnell wie sie gekommen waren, verschwanden die Knaben wieder.

Yahya trank von dem Tee, der nach Jasmin schmeckte, jedoch ungewöhnlich süß war. Eine bestimmte Geschmacksnuance vermochte er sich nicht zu erklären, doch beruhigte ihn das Getränk und tat ihm gut. Während er sich wohlig zurücklehnte, betrat eine junge Frau von knabenhafter Gestalt in einem durchsichtigen Gewand das Zimmer. Ihr langes, rotes Haar fiel in Wellen über ihre Schultern. Sie lächelte, als sie sich zu ihm setzte und sich einen Becher Tee eingoss. »Ich heiße Thekla. Und du?«, fragte sie, nachdem sie einen Schluck getrunken hatte.

»Yahya.«

Sie strich sanft wie eine Mutter über seine Stirn. »Ich soll dich die Liebe lehren. Weißt du, was das ist, die Liebe?«

Yahyas Gedanken verwirrten sich. Über die Liebe hatte er zuletzt mit as-Schirazi gesprochen. Aber damit war gewiss etwas anderes gemeint. Als hätte sie seine Gedanken gelesen, forderte Thekla ihn auf: »Sag, was du denkst. Nichts ist lächerlich.«

»Sie ist Gottes Geheimnis.«

»Du darfst mich ruhig anschauen, Yahya. Hätte Gott mich so erschaffen, wenn er nicht wollte, dass du mich anschaust?«

Er ließ seinen Blick über ihren Körper wandern und spürte, wie eine Erregung in ihm aufstieg.

»Du könntest jetzt deinen Instinkten folgen und über mich herfallen. Aber so machen es die Tiere. Du bist kein Tier, Yahya. Lass deine Hand deinen Blicken folgen.«

Sie öffnete den Gürtel, der ihr Gewand zusammengehalten hatte, und Yahya strich behutsam über ihre weiche Haut.

»Es stimmt, die Liebe ist ein Geheimnis Gottes. Lass uns in das Geheimnis der Lust eintauchen. Weißt du, was der Unterschied zwischen der Liebe und der körperlichen Lust ist?«

Yahya schüttelte den Kopf, während seine Hand auf ihrem leicht gewölbtem Bauch lag.

»In der wahren Liebe geht es nicht mehr um Macht und nicht mehr darum, einen Trieb zu befriedigen. In der wahren Liebe geht es nicht ums Vergnügen, um die wilde Lust, sondern um das Wohlgefühl, um das Sein im andern. Alles andere bis auf das, kann ich dir zeigen, und das werde ich tun. Alles, was zwischen Mann und Frau geschehen kann … bis auf die wahre Liebe.«

Das klang in seinen Ohren verlockend und traurig zugleich. »Warst du schon einmal verliebt, Thekla?«

»Vielleicht. In zwölf Abenden sollst du alles lernen, was du wissen musst.«

»Und wenn mir nun die Liebe begegnet?«

»Dann wirst du dich auf deine Gefühle verlassen müssen, mein Freund. So, und jetzt nimm mich!« Den letzten Satz hatte sie im Befehlston gesagt.

Yahya riss die Augen auf und spürte, wie Panik in ihm aufstieg.

»Keine Angst, du Lieber, ich sage und ich zeige dir, was zu tun ist. Fangen wir mit dem einfachsten an …«

25

Arévalo, Spanien

Auch auf Arévalo senkte sich die Nacht, wenngleich etwas später als auf Stambul. Nuria, die inzwischen ein Zimmer zwischen den beiden Infanten bewohnte, hatte ihr Gebet verrichtet, Hose, Wams und Hemd ausgezogen und die Bandage, die fest die Brüste an den Körper presste, abgewickelt. Sie hatte das weite Hemd übergestreift, das sie des Nachts trug, und war unter ihre Decke geglitten. Sofort fiel sie in einen leichten Schlaf.

In ihrem Traum saß sie am Ufer des Río Adaja zwischen ihrem Vater und ihrer Schwester. Doch sie wunderte sich nicht darüber, dass die beiden in Arévalo waren. Es kam ihr so natürlich vor, als hätten sie schon immer hier gelebt. Die Freude, mit ihnen zusammen zu sein, durchströmte wohlig ihren Körper.

Mit einem Mal entdeckte Nuria auf der Brücke über den Fluss einen Reiter, in dem sie ihren Lehrer Hernandez de Cardenas, erkannte. Sie hob den Arm, um ihm zuzuwinken. Da blickten sie Schwester und Vater missbilligend an. Nuria verstand die Reaktion zunächst nicht, bis sie erkannte, dass sie ein Kleid trug, dass nicht Jorge den Hidalgo gegrüßt hatte, sondern Nuria de Solís – und das gehörte sich wirklich nicht. Sie öffnete die Augen, blickte in die Dunkelheit, und genoss es, ein Mädchen zu sein, sich als Nuria zu fühlen. Tränen traten ihr in die Augen, sanft und weich, Tränen, die ihr guttaten. Und plötzlich verstand sie durch den Traum, dass sie im Zusammensein mit ihrem Vater und ihrer Schwester ein Mädchen sein durfte, ohne sie aber ein Mann zu sein hatte.

Die laute Stimme der Königin drang an Nurias Ohr und weckte

sie. Sie wischte sich verstohlen die Tränen aus den Augen, räusperte sich, bandagierte eilig ihre Brüste, zog Hose und Wams über und war nun wieder ganz Jorge. Als sie auf den Flur trat, sah sie vor sich eine kleine Gestalt davonhuschen. Vor der Tür zu Alfonsos Zimmer hielt Isabel kurz inne, ging dann aber doch weiter. Nuria sah, dass sie nur mit ihrem Nachthemd bekleidet war. Wenigstens hatte sie ihre Fellschuhe an den Füßen! Während sie der Infantin durch den von blakenden Fackeln erleuchteten Gang folgte, fröstelte es Nuria. In dem Schwanken des Feuers und dem leisen Pfeifen machte sich der stete Windzug bemerkbar, der durch den Flur strich. Aus dem Kaminzimmer erklang immer wieder das helle Lachen der Königinwitwe.

Obwohl der Frühling mit blauen und gelben und roten Blumen in der Meseta von Arévalo Einzug gehalten hatte und ihre Öde unter dem Blütenmeer verschwinden ließ, scheiterte er trotz seiner warmen Strahlen einstweilen noch daran, die Kälte auch aus dem alten Mauerwerk zu vertreiben. Am Ende des Ganges führten drei Stufen hinunter in den Kaminsaal. Nuria sah, dass Isabel auf der untersten Stufe innehielt, und drückte sich ein kleines Stück hinter dem Mädchen an die Wand.

In der Pracht ihres offenen schwarzen Haares, nur mit einem weißen Seidennachthemd bekleidet stand die Königin vor dem prasselnden Feuer und sprach mit gurrender, melodiöser Stimme vor sich hin.

»Ach du, mein Liebster, es war nicht recht von dir, mich so lange allein zu lassen … ja, ach ja, der Krieg. Was ihr Männer doch nur immer mit dem Krieg habt? Warum im Zelt auf kalter Erde schlafen, wo ihr doch in einem warmen Bett bei einer Frau, die euch liebt, um so vieles besser dran wärt? Ach, wer könnte mich nur lehren, die Männer zu verstehen? Nun aber versprich mir, mein Gemahl, dass du hierbleibst und nicht mehr fortreitest. Versprich es, sonst lasse ich dich auf der Stelle in Eisen legen.«

Nuria sah, wie Isabel sich mit ihren kleinen Fäusten die Augen rieb und angestrengt nach ihrem Vater Ausschau hielt. Aber natürlich konnte sie in dem mit Teppichen und Fellen ausgelegten Raum, in dem ein langer, schwerer Tisch aus Steineiche und mit reichem Schnitzwerk verzierte Lehnstühle standen, außer ihrer Mutter keinen Menschen entdecken.

»Mutter, mit wem sprichst du?«, fragte sie verwirrt.

»Ah, Isabel. Siehst du ihn nicht? Begrüß deinen Vater! Komm schnell! Was für eine Freude, der Vater ist gekommen, begrüß ihn. Endlich, endlich finden die traurigen Tage von Arévalo ihr Ende! Er wird uns nach Segovia zurückführen und nach Sevilla, nach Ávila, nach Toledo und nach Córdoba, nach Sigüenza und nach Léon. An den Hof wird er uns zurückbringen. Und er hat geschworen, uns niemals mehr zu verlassen. Komm, Tochter, begrüße deinen Vater, endlich, endlich, er ist zurück! Gelobt sei der Herr, Jesus Christus.«

Isabel schlug kurz die Augen nieder. »In Ewigkeit, Amen«, antwortete sie und bekreuzigte sich. Dann schaute sie wieder zu ihrer Mutter und zu dem leeren Raum, auf den diese wies, mit dem sie sprach, als wäre dort jemand. In ihrem Gesicht stand der Zweifel, wie sie sich verhalten sollte. Sie bewegte sich keinen Schritt auf ihre Mutter zu.

Die Königin, der die Zurückhaltung ihrer Tochter nicht entging, lachte spitz auf, um die Peinlichkeit zu überspielen. »Sie ist etwas scheu. Sieh es ihr nach, Juan. Sie hat dich doch so lange nicht gesehen. Ist sie nicht groß geworden? Eine richtige Prinzessin! Und wenn du erst Alfonso siehst, unseren kleinen König … Nun komm schon, Kind, begrüße endlich deinen Vater!« Ihre Stimme hatte einen gereizten Unterton angenommen.

Nuria sah, dass Isabel zu zittern angefangen hatte. Das Mädchen wandte sich abrupt um, und stieß mit Nuria zusammen.

»Ich will ins Bett«, flüsterte die Infantin.

Jede Fröhlichkeit wich aus dem Gesicht der königlichen Witwe. Sie sah wieder alt und abgehärmt aus. Ihre Augen erstarben zusehends und drückten eine fast gleichgültige Verwunderung aus.

»Was machst du hier, Kind? Es ist spät, zu spät für dich. Bring sie ins Bett, Jorge. Solltest du nicht auf meine Kinder aufpassen? Schläfst, während die Infantin nachts durchs Kastell wandelt!«

»Sehr wohl«, antwortete Nuria und wandte sich dann an Isabel:

»Kommt, Hoheit, ich bringe Euch zu Bett und erzähle Euch eine Geschichte.«

In stolzer Haltung schritt Isabel davon. Schließlich war sie die Thronfolgerin Kastiliens, auch wenn sie sich gezwungen sah, weitab vom Hof in tiefster Provinz in einem alten Kasten von Burg zu leben, blieb sie immerhin noch die Tochter eines Königs. Aber Nuria spürte, dass das Mädchen am liebsten ihrem wunden Herzen nachgegeben, sich auf den Boden geworfen und geweint hätte. Doch hielten ihre Instinkte sie im eisernen Griff und befahlen ihr, niemanden in ihr Inneres blicken zu lassen und unter allen Umständen die hohe Würde einer Infantin von Kastilien zu wahren. Vor ihrem Zimmer angekommen, riss Isabel die Tür auf, huschte ins Bett und zog sich die Decke über die Schultern.

Nuria setzte sich auf einen Stuhl neben dem Bett. »Eure Mutter leidet an der Sehnsucht zu Eurem Vater, Hoheit.«

»Habe ich dich gefragt?«, gab Isabel kühl zurück und drehte sich zur Wand. Nuria beschloss, auszuharren, bis die Infantin fest schlummerte.

»Ich hab geträumt«, sagte das Mädchen plötzlich.

Nuria zuckte zusammen. Sie musste wohl eingenickt sein. Sie schwieg und sah Isabel an. Es verging eine Weile, bis die Infantin stockend zu sprechen begann.

»Ein Ritter kam mir auf seinem Pferd über die mächtige Römerbrücke über den Río Adaja entgegen. Ich bin ihm nie begegnet, habe kein Bildnis von ihm gesehen, und trotzdem habe ich ihn erkannt. Es war Ruy Diaz, El Cid, der die Mauren besiegt hat. Immer wieder habe ich Gott darum gebeten, dass er in seiner unermesslichen Güte Kastilien einen neuen Cid schickt. Wäre ich nicht als Mädchen, sondern als Junge zur Welt gekommen, müsste ich nicht auf einen Helden wie ihn hoffen. Nichts hätte ich selbst versäumt, nichts unterlassen, um meinen männlichen Körper zur todbringenden Waffe auszubilden.

Auf einmal habe ich Geräusche gehört, die mich aus meinem schönen Traum gerissen haben. Es war ein Lachen! Ich konnte es kaum glauben. So froh und befreit hatte ich meine Mutter noch nie erlebt. Alle Trauer schien von ihr abgewaschen zu sein wie Schmutz nach dem Bade. Von wem nur hatte sie mitten in der Nacht Besuch bekommen? Jemanden, dem es gelang, sie so zu erheitern, wollte ich unbedingt kennenlernen. Das musste ein richtiger Zauberer oder ein wahrer Wunderdoktor sein. Also bin ich aufgestanden, um nachzusehen. Was dann passiert ist, weißt du ja«, schloss Isabel heiser.

Nuria zerriss es schier das Herz. Leise stimmte sie ein Lied an.

»Aus seinen Augen heftig weinend
wandte er den Kopf und schaute sie an.
Er sah offene Tore und Türen ohne Schlösser,
nackte Ständer, ohne Fellröcke und ohne Umhänge,
und ohne Falken und ohne gemauserte Habichte.
Mio Cid seufzte, denn er hatte viele große Sorgen.
Mio Cid sprach, gut und gar wohlbemessen:
›Dank sei dir, Herr, Vater, der du in der Höhe bist!
Dies haben meine üblen Feinde eingefädelt!‹«

Nuria sah zu Isabel hinüber. »Soll ich aufhören, Hoheit?«

Die Infantin antwortete nicht. Aber Nuria benötigte keine Antwort. Die ausgebliebene Ablehnung nahm sie als Zustimmung. »Keine Angst, Hoheit. Der ›Cantar de Mio Cid‹ beginnt zwar traurig, doch so wird er nicht enden. Da hat unser aller Herr Christus noch ein gehöriges Wort mitzusprechen.«

»Da beginnen sie, die Sporen zu geben, da lockern sie
Die Zügel.
Beim Auszug aus Bivar hatten sie die Krähen zur Rechten,
und als sie in Burgos einritten, hatten sie die Krähen zur Linken.
Mio Cid zuckte die Schultern und schüttelte den Kopf:
»Gute Nachricht, Álbar Fánez, denn man hat uns
des Landes verwiesen.«

Als sie sicher war, dass Isabel fest schlief, schlich Nuria zurück in ihr Zimmer. Rasch legte sie Hose, Wams, Hemd und Bandage ab und zog ihr Nachthemd über. Sie schlüpfte unter ihre Decke und hoffte, dass sie im Schlaf Vater und Schwester wiederbegegnen würde, doch vergebens. Stattdessen musste sie im Traum mit ansehen, wie gesichtslose Adelige Hernandez de Cardenas niedermachten.

26

Stambul, Osmanisches Reich

Als Yahya am Morgen in sein Bett fand, fühlte er sich müde und verwirrt, voller Sehnsucht und voller Abneigung. Bevor er einschlief, verflochten sich Lust und Abscheu zu einem Verlangen, das um so stärker wuchs, weil es auch den Ekel kannte.

Es war bereits Nachmittag, als er die Augen aufschlug. Seine Gedanken kreisten kurz um die Nacht, bevor er sich erhob und ins Dampfbad schlurfte. Dort erwachte das Verlangen erneut, aber mit ungekannter Wucht. Kaum konnte er es erwarten, das »Haus der eintausendundeins Wünsche« wieder zu betreten. Am Abend trugen ihn seine Füße mit einer Geschwindigkeit ins Hafenviertel, die diesmal Ruggiero Schwierigkeiten bereitet hätte. Yahya hatte den Italiener seit der vergangenen Nacht nicht mehr gesehen, aber er brauchte ihn auch nicht mehr. Der Türsteher und die Bewaffneten im Gang schienen Yahya wiederzuerkennen, denn sie ließen ihn passieren, ohne etwas zu sagen oder Geld zu verlangen.

Gegen Morgengrauen verließ er Thekla, erschöpft und glücklich zugleich, und diesmal ohne Abscheu. Wieder schlief er bis zum Nachmittag, genoss das Dampfbad und machte sich mit Verlangen und klopfenden Herzen erneut auf den Weg. Er wusste selbst nicht mehr, in welcher Welt er sich befand. Es war wie ein Rausch. Düfte und Schweiß, das Gefühl von Haut auf Haut, die Lust des sich Verströmens, die kleinen Tode, die das Leben brachten.

So ging es zwölf Nächte und zwölf Tage. In der dreizehnten Nacht waren sie zu dritt, weil Yahya lernen sollte, mit zwei Frauen die Lust zu genießen.

Am frühen Morgen schickte Thekla die andere Frau hinaus, dann küsste sie Yahya auf die Stirn. »Du weißt jetzt, was du wissen musst. Geh und komme nie wieder. Du bist hier jetzt nicht mehr gern gesehen.«

»Aber Thekla …«

»Geh, Yahya, es ist Zeit.«

»Ich brauche dich doch!«

Sie lächelte anzüglich. »Natürlich brauchst du mich. Männer brauchen Frauen.«

»Nein, so meine ich es nicht …«

»Verschwinde!«, fiel sie ihm hart ins Wort.

»Ich … liebe dich!«

Sie lachte laut auf, und ihr Lachen klang vulgär. »Du liebst *dich*! Du liebst deine Lust und dein Verlangen. Du liebst nur deinen Schwanz!«

Sie stand auf und verließ das Zimmer. Er wollte ihr folgen, lief aber nur einem muskelbepackten Mann in die Arme, der einen Kopf größer war als er und ihm in die Augen starrte.

»Wie haben wir es denn? Willst du Krawall machen, Bürschchen?« Der Aufpasser packte Yahya im Genick, schob ihn zur Treppe, die Treppe hinunter, durch den langen unteren Korridor und stieß ihn hinaus. Yahya geriet ins Taumeln und stürzte vor zwei Frauen in grellfarbenen Kleidern auf die Straße.

»Hat das Jüngelchen wohl zu viel getrunken!«, rief die eine und lachte schrill.

»In seinem Alter. Ts, ts, was wird da die Mama sagen?«, nuschelte die andere und beugte sich vor, sodass Yahya ihre schlaffen Brüste sehen konnte.

»Wenn du noch Geld übrig hast, dann darfst du noch mal bei mir deinen Mann stehen!«, schlug die Erste vor.

Das versetzte die andere in eine solche Heiterkeit, dass sie ihre fauligen Zähen entblößte. »Meinst du, dass sein kleiner Mann noch stehen kann?«

Yahya sprang auf und rannte davon. In seinem Zimmer kroch er sogleich ins Bett und überließ sich seiner tiefen Traurigkeit, die ihn in den Schlaf begleitete. Das Dampfbad ließ er am nächsten Tag aus. Gern hätte er mit Ruggiero gesprochen, doch er wusste nicht, wo er ihn suchen sollte. Schließlich hielt er es in seinem Zimmer nicht mehr aus und begab sich zum »Haus der tausendundeins Wünsche«. Doch bereits der erste Türsteher des Freudenhauses hielt ihn auf.

»Bitte, Effendi, lasst mich ein. Thekla erwartet mich.«

Der Mann verzog keine Miene. »Hast du Geld?«

Yahya schüttelte den Kopf. »Sagt Aischa, dass ich hier bin, sagt ihr, Yahya ibn Catalano stehe vor der Tür und begehre Einlass.«

»Pack dich!«

»Sagt Aischa Bescheid, oder Ihr bekommt furchtbaren Ärger!«

Doch der Türsteher hatte sich bereits einem neuen Besucher zugewandt, der ihm Geld in die Hand drückte. Er trat zur Seite und ließ den Mann, den Yahya aufgrund seiner Kleidung für einen Venezianer hielt, passieren. Yahya wollte hinterherschlüpfen, doch da traf ihn eine Faust im Gesicht, und er stürzte nach hinten. Wütend sprang er auf und rannte gegen den Türsteher an, der zur Seite trat, sodass Yahya gegen die Wand prallte. Er hatte sich noch nicht ganz erholt, als ihn ein Schlag in die Magengrube traf. Bevor er sich ganz gekrümmt hatte, riss ihn ein Schwinger gegen das Kinn von den Beinen. Mit Tränen in den Augen wischte er sich mit dem Ärmel über das Gesicht und stellte fest, dass er heftig blutete. Sein Schmerz ballte sich zur Wut, und er rappelte sich wankend hoch.

Der Türsteher hob den Arm. »Bis jetzt war's Spaß. Noch einmal, und ich schlag dich tot!«

Yahya hielt inne. Sein Instinkt sagte ihm, dass der Mann, gegen den er nicht die geringste Chance hatte, es ernst meinte. Jetzt rächte es sich, dass er nicht an der Kampfausbildung der Knaben teilgenommen und stattdessen Sprachen gelernt hatte. Mit Sprachen konnte er den kräftigen Kerl nicht besiegen. Sein ganzes Elend stürzte auf ihn nieder und zwang ihn in die Knie. Rotz und Wasser heulend hockte er auf der Straße. Es dauerte nicht lange, dann hatten Passanten einen Kreis um ihn gebildet. Sie wetteiferten in Hohn und Spott.

»Na, Kleiner, suchst du deine Mama?«

»Seine Mama doch nicht.«

»Was dann?«

»Das, ohne das es nicht geht.«

»Spendier ihm doch einen Ritt auf einer Straßenhure.«

»Auf einer Hure? Wer wird denn so verschwenderisch sein? Er ist doch ein Esel … soll er eine Eselin besteigen!«

Yahya hörte das alles wie von ferne. Die höhnischen Fratzen um ihn nahm er wie unter Schleiern wahr. Mühsam stand er auf, straffte sich und brüllte, so laut er konnte: »T H E K L A!«

Das reizte die Schaulustigen nur zu neuem spöttischen Gelächter.

»Thekla, süße Thekla«, flötete einer grinsend.

Ein anderer klatschte fröhlich in die Hände. »Der Tropf hat sich in eine Hure verliebt! Das muss ja wohl der Dümmste der Dümmsten sein.«

Yahya wurde plötzlich ganz ruhig. Er trat auf den stattlichen Mann zu. »Was hast du gerade gesagt?«

»Dass du Gimpel dich in eine Hure verliebt hast!«

Yahya schlug mit ganzer Kraft zu und traf die Wange des Fremden, der vor Schmerz und Wut aufheulte. Er machte einen Schritt zurück und zog seinen Dolch. »Ich stech dich ab, du tollwütiges Schwein!«

Doch dazu kam er nicht, weil vier Bewaffnete aus dem Haus getreten waren und den kleinen Auflauf auflösten.

»Steck deinen Dolch ein und verzieh dich«, knurrte der Torwächter den Fremden an, der vor dem Haus stehen geblieben war. Der Mann schob den Dolch wieder in die Scheide, drehte sich um und ging fluchend weiter.

Aus dem »Haus der tausendundeins Wünsche« trat Aischa. »Weißt du, warum dieses Bordell ›Haus der eintausendundeins Wünsche‹ heißt?«, fragte sie mit ihrem hinreißenden Lächeln. Yahya schüttelte den Kopf. »Weil du es dir eintausendundeinmal wünschen kannst, es wird doch nicht wirklich. Und jetzt geh. Es ist zwecklos.«

»Bitte, Aischa, ich gebe dir, was du willst, wenn ich Thekla noch einmal sehen kann.«

»Und wenn du mir die Aya Sophia mit Gold aufwiegen würdest – es geht nicht.«

»Aber warum? Ihr lebt doch davon.«

»Nein, das tun wir nicht.«

»Wovon lebt ihr dann?«

»Von den Wünschen. Und davon, dass sie nicht erfüllt werden. Schlag dir Thekla aus dem Kopf, Yahya. Ich habe sie bereits weiterverkauft.«

»Du hast …«

»Viel Glück, mein Junge, und einen Rat von einer Frau, die sehr jung in diesem Gewerbe angefangen und sich hochgearbeitet hat: Denk mit deinem Kopf und nicht mit deinem Schwanz!« Damit ließ sie Yahya stehen und verschwand wieder im Haus.

Verkauft!, hallte es in seinem dröhnenden Kopf nach. Verkauft, sie hat sie einfach so verkauft! Mit hängendem Kopf schleppte er sich zurück zu seiner Unterkunft und ließ sich auf sein Bett fallen. Jetzt wusste er, was Einsamkeit war.

Fünf Tage später wurde Yahya endlich zu Yusuf Pascha gerufen, um seine Anweisungen entgegenzunehmen. Bevor er sich auf den Weg zum Diwan machte, hatte er zum ersten Mal wieder das Bad aufgesucht. Der Wesir bestätigte noch einmal den Auftrag Sultan Mehmeds, dass sich Yahya mit Ruggiero nach Granada begeben solle, um dort einen Verbündeten zu suchen, dem man zur Macht verhelfen wollte. Mit allen Mitteln sollte eine Invasion vorbereitet werden, die Europas Christen in die Zange nehmen würde. Als Anlaufstelle in Granada nannte ihm Yusuf Pascha den jüdischen Kaufmann Yehuda Abrabanel. Dienstbeflissen händigte ihm der glatzköpfige Sekretär einige Begleitschreiben und einen Beutel mit Geld aus. Es folgte eine kurze Unterweisung in den Regeln der Diplomatie und Konspiration. In allen praktischen Fragen, so erklärte Yusuf Pascha, solle sich Yahya an den bewährten Italiener halten, der auch für seinen Schutz und für die Nachrichtenübermittlung zuständig war.

Am Ende der Unterredung übergab ein Diener Yahya einige Kleidungsstücke, wie sie die Christen bevorzugten und wie er sie seit seinen Kindertagen nicht mehr getragen hatte: Hose, Hemd, Wams, Kappe, Stiefel, dazu einen Dolch und ein Schwert mit Wehrgehänge, obwohl er mit den Waffen nicht umzugehen verstand. Als er in die

Sachen schlüpfte, hatte er das Gefühl, sich zu verkleiden. Die türkische Kleidung kam ihm weitaus bequemer, lockerer, fließender vor. Aber natürlich war es etwas anderes, ob man Pantoffeln oder Stiefel trug.

»Wie willst du dich nennen?«, fragte Yusuf Pascha, während er den christlich gewandeten jungen Mann wohlwollend musterte. Yahya sah ihn fragend an. »Nun, wie Yahya siehst du jetzt nicht mehr aus. Und dein leiblicher Vater war zu bekannt, als dass es ratsam wäre, mit diesem Namen unerwünschte Aufmerksamkeit auf sich zu ziehen. Schließlich wirst du im Zwielicht des Geheimen arbeiten.«

Yahya verstand, dachte einen Moment nach und sagte mit einem halb zärtlichen, halb spöttischen Lächeln: »Joanot Ningú!«

So ganz unauffällig war der Name allerdings nicht, doch das wusste der Pascha nicht, denn *ningú* bedeutete auf Katalan »niemand«.

Am nächsten Morgen hielt Yahya auf seinem Weg zum Schiff kurz vor einer alten, knorrigen Ulme inne, die im Hafenbereich stand und von den einheimischen Seeleuten nur der Heimkehrbaum genannt wurde. Einer alten Legende zufolge wurde demjenigen, dem es gelang, in dem Stamm das Gesicht einer alten Frau zu erkennen, eine glückliche Rückkehr zuteil. Yahya blieb eine Weile vor der Ulme stehen, bevor er weiterging. Langsam schritt er über das Fallreep an Bord der venezianischen Galeere. Er hatte nicht das Antlitz einer alten Frau gesehen, sondern das Gesicht des Mädchens mit der Narbe über der Augenbraue, das ihn groß anschaute.

Ruggiero erwartete ihn bereits. Er nickte ihm zwar zu, verzog aber keine Miene, so als ob nichts vorgefallen wäre. Yahya presste seinen kleinen Ledersack an sich, der auch drei Bücher enthielt: das verbotene Werk Ibn Arabis, den Koran und sein Notizbuch. Er hatte sich vorgenommen, seine Erlebnisse aufzuschreiben.

TEIL III

DIE STERNE DER ALPUJARRAS

Unsere Leben sind die Flüsse,
die in das Meer münden,
das der Tod ist;
dorthin gehen die großen Herren
geradewegs um zu enden,
um zu vergehen.

Jorge Manrique

27

Auf dem Meer vor Stambul

Und über die See zog die Sehnsucht nach Süden. Würde er sie einholen und sie dann in einen Käfig sperren wie einen Zeisig? Und sie jeden Tag bewundern? Auch wenn ihr Lied traurig klänge? Vom Verlust der Freiheit handelte?

Noch immer verharrte Yahya auf der von einem Sonnensegel geschützten Brücke der Galeere, ganz hinten am Heck. Es roch inzwischen nur noch nach Salz und nach Wind, der Gestank des Hafens war zurückgeblieben. Kleine weiße Wolken, mit denen die Sonne Verstecken spielte, zogen am Himmel dahin.

Tief in Gedanken versunken sah Yahya zurück auf seine Geburtsstadt. Fremd war sie ihm geworden, eine Krypta schrecklicher Erinnerungen, die jede Liebe begrub, ein Ort ohne Glück. Aber auch das muslimische Stambul hatte in ihm keine heimatlichen Gefühle geweckt. Es peinigte ihn zwar nicht mit schlimmen Erinnerungen, dafür aber mit einer Liebe, die endete, noch bevor sie begonnen hatte.

So blickte Yahya unverwandt auf die Metropole zurück, die zunächst zur Silhouette, dann immer schmaler wurde und schließlich zum Punkt gerann, bevor sie ganz hinter dem Horizont versank. Erledigt, dachte er. Ihm kam kurz in den Sinn, dass er Mustafa nicht Lebewohl gesagt hatte, aber es tat ihm auch nicht leid. Von Norden, von Stambul her kam eine kräftige Brise auf, schlug ihm ins Gesicht und trieb das Schiff vor sich her. Yahya wandte sich ab und ging an der Pinne vorbei zu der Treppe, die auf das Ruderdeck führte. Als sein Blick über die Männer schweifte, die sich rhythmisch in die Riemen legten, gingen ihm italienische Worte durch den Sinn: *Ora a Vela, ora a remi, sino ad ora di vespero* – mal mit Segeln, mal mit Rudern, bis zur Abendstunde. Er wusste nicht mehr, wo er das gelesen hatte. Manchmal jagten die Worte durch seinen Kopf wie junge Straßenhunde.

Als er zum Ruderdeck hinabstieg, tauchte er tief ein in den höllischen Gestank nach Fäkalien, der ohnehin über dem Schiff hing. Er zweifelte daran, dass er sich unterwegs daran gewöhnen könnte, zumal die üblen Dünste mit der Zeit noch zunehmen würden. Zumindest jene Galeerensklaven, die angekettet waren, mussten ihre Notdurft dort verrichten, wo sie saßen.

Eintönig hallte der Paukenschlag, der den Ruderern den Takt vorgab, in regelmäßigen Abständen über das Schiff. Yahya schaute zu den Männern, die zu dritt links und rechts von ihm auf ihren Bänken nebeneinander saßen und ruderten, manche freiwillig für Geld, andere an Ketten als Strafe für Missetaten oder Kühnheiten. Die Arbeit war für alle gleich hart, für die Freien wie die Unfreien. Die Unfreien hoben sich nur dadurch hervor, dass ihre Köpfe kahl geschoren und sie an ihre Ruder gekettet waren. Das regelmäßige Geräusch der Ruderblätter, die in das türkisfarbene Wasser tauchten, und die Paukenschläge brachten die Einförmigkeit der Zeit zum Klingen wie einen ewigen Wechselgesang der Pflicht. Bis Ancona war es noch weit. Zudem trieb die Furcht vor Piraten den Kapitän zur Eile an.

Wie aus dem Nichts stand plötzlich Ruggiero neben Yahya. Weitaus erfahrener im Reisen als dieser, hatte er zwei dicke Wollponchos und zwei Wollmäntel mitgebracht. Einen Poncho und einen Mantel warf er Yahya grinsend zu. »Bücher wärmen nicht.«

Dankbar nahm Yahya die Kleidungsstücke entgegen und stieg wieder die Treppe zur Brücke hoch. Ganz hinten am Heck des Schiffes, wo hoffentlich eine stetige Brise über ihn hinwegblasen und die unerträglichen Gerüche fernhalten würde, suchte er sich einen Schlafplatz und dachte über die Route nach, die für Ruggiero und ihn geplant war: Sie würden in Ancona von Bord gehen und sich über den Apennin nach Neapel begeben. Von dort aus würden sie mit einem aragonesischen Schiff nach Barcelona erneut in See stechen.

Barcelona! Wie oft hatte Yahya als Kind von der Stadt geträumt, aus der seine Familie stammte, von der Märchenstadt zwischen Meer und Montjuïc? Bald schon würde er sie mit eigenen Augen sehen. Bald schon, doch viel Zeit für Erkundungen blieb ihm nicht, denn sie würden, so schnell es ginge, auf dem Landweg nach Granada weiterreisen.

Ein paar Stunden später hatte die Nacht ihr Zelt über dem Meer und dem Schiff aufgeschlagen, und es wurde kühl. Yahya fasste mit der Hand an den Kragen des Wollmantels und zog ihn enger. Eingewickelt in den Poncho schaute er an dem Ausläufer des Sonnensegels, das über der Brücke gespannt war, vorbei hinauf zu dem sternenübersäten Himmel und dachte voller Wehmut an Thekla. Doch ihr Bild begann schon zu verblassen. Inzwischen war er nicht mehr sicher, ob er sich nach der jungen Frau oder nach seinen Gefühlen sehnte. Doch durch Thekla hatte er erfahren, was Lust bedeutete – und was Einsamkeit.

Die Tage der Seereise zehrten an Yahyas Wohlbefinden. Die Schlafenszeit erquickte ihn nicht, weil ihm der Wellengang hart zusetzte. Mit oft grünem Gesicht knabberte er lustlos am Zwieback und trank Wasser in kleinen Zügen. Wenn er sich übergeben musste, spuckte er lediglich Galle. Seine Notdurft verrichtete er unter Verrenkungen ins Meer. Da er nicht viel und zumeist trockenen Zwieback aß, drang sein Gedärm nicht allzu oft auf Entleerung.

Die vielen Inseln, an denen die Galeere vorbeischaukelte, lockten mit grünen Hügeln, mit Städten und Dörfern, vor allem aber mit festem Land und weckten die Sehnsucht, dort einen Zwischenhalt einzulegen. Aber der venezianische Kapitän dachte nicht daran, Zeit zu verlieren. Ancona und Venedig hießen die Häfen, in denen er anlegen würde, und er ließ sich auf keine Ausnahme ein.

Ruggiero und Yahya wechselten kaum ein paar Worte. Der Italiener zog es vor, seine Zeit beim Würfelspiel mit den Matrosen zu verbringen. Yahya hingegen las eifrig in Ibn Arabis Buch, jedenfalls in den besseren Momenten, in denen er nur blass und nicht grün im Gesicht war. An Bord bestand keine Notwendigkeit, diese Lektüre geheim zu halten. Weder die Christen noch die muslimischen Händler verbanden irgendetwas mit dem Namen des andalusischen Mystikers. Die meisten waren ohnehin Analphabeten.

Überhaupt blieb Yahya in seiner Ecke im Heck meist von den anderen verschont, während ihn Ibn Arabis Gedanken mehr denn je in ihren Bann schlugen. Yahya begriff vorerst so viel, dass für den größten Meister die Worte des Korans und alles in der Welt nur Zeichen von Gott waren. Das gefiel Yahya, denn demnach erklärte und fand sich alles im Akt des Sprechens. Es kam einzig und allein auf den Menschen an, ob ihm ewige Glückseligkeit oder nimmer endende Verdammung zuteilwurden. Gottes Beweggründe lagen immer in der Liebe, die er seinen Geschöpfen entgegenbrachte. Diese Liebe empfand Yahya in ihrer ganzen Tiefe, wenn er die Delphine beobachtete, die der Galeere eine kleine Weile folgten, als wollten sie die Menschen foppen.

Die menschliche Seele war für Ibn Arabi ein Spiegel des Göttlichen. Deshalb durfte die Seele kein blinder Spiegel sein. Derjenige, in dem Gott sich nicht erblickte, war des Teufels. Wenn Gott sich aber in dem Menschen erkannte, erkannte dieser auch ihn. Diese Lehre traf Yahya mitten ins Herz.

Nach der Lektüre überkam Yahya immer wieder große Scham. Beim Einschlafen sah er in den aufleuchtenden Traumbildern häufig die verfaulten Zähne der Straßenhure vor dem »Haus der eintausendundeins Wünsche« vor sich. Manchmal warf sie ihm auch wie einen kleinen Ball einen Zahn zu, den sie zuvor mit schmutzigen Fingern aus ihrem Unterkiefer gepuhlt hatte. Wenn er sich beim Aufwachen an diese entsetzlichen Traumbilder erinnerte, bereute er aufrichtig, dass er der falschen, der körperlichen, und nicht der göttlichen Liebe gefolgt war. Und dann las er eines Tages bei Ibn Arabi:

»Als ich erfuhr, wie unschätzbar
die Liebe ist,
(ohne dass ich sie je gesehen hätte),
niemals bis zum Ende meines Lebens,
da war ich für immer vernarrt in die Liebe zur Liebe.«

Yahya zermarterte sich das Hirn, ob Ibn Arabi vernarrt in die Liebe zur Liebe gewesen war, weil er sie niemals erlebt hatte, ob die Liebe zur Liebe einer Sehnsucht glich. Schließlich begriff er, dass auch as-Schirazi in die Liebe zur Liebe vernarrt gewesen war und dass diese »Narretei« seinen Lehrer in den Tod getrieben hatte.

Und während Yahya noch dem größten Meister auf seinen geistigen Wegen folgte, kristallisierten sich aus dem Dunst des Meeres und der Morgenluft immer stärker ein Felsen und dahinter eine Küstenlinie heraus. Bei näherem Hinsehen erkannte er, dass die Spitze des Felsens von einer mächtigen Kirche gekrönt war, die allein durch seine Lage jedem Ankömmling mitteilte, dass die Umgebung unter der Herrschaft dieses Domes stand. So wie das Schiff auf das Land zuhielt, konnte nur Ancona vor ihnen liegen. Hinter dem Felsen öffnete sich die Bucht, in die sich sanft der Hafen schmiegte. Eine Landzunge, den die Anconiten als Mole nutzten, schützte ihn wie der starke Arm eines Kriegers. Yahya zählte vier Galeeren, sieben Karavellen und eine schmerbäuchige Kogge, die unter einem azurblauen Himmel vor Anker lagen. Sehnige Männer mit wettergegerbten Gesichtern steuerten ihre kleinen Fischerboote zurück in den Hafen. Manche Fischer trällerten, manche fluchten, wieder andere riefen den Matrosen der Galeere etwas zu oder erkundigten sich mit der Neugier der Küstenbewohner am Mittelmeer, woher sie kämen.

»Aus Stambul.«

»Stambul? He?«

»Das frühere Konstantinopel.«

»Ach so, sag das doch gleich!«

»Stimmt es, dass die Türken Kinder fressen?«

»Ja, aber nur mit Pesto.«

Sie hatten kaum die schmale Mole betreten, als Yahya unvermittelt bewusst wurde, wie sehr er es genoss, endlich wieder festen Boden unter den Füßen zu spüren. Die Liebe zur Seefahrt hatte er wahrlich nicht entdeckt. Mit Grausen dachte er bereits daran, dass er in nicht allzu ferner Zukunft wieder aufs Meer hinaus musste. Aber bis dahin, so nahm er sich vor, würde er das wunderbare Leben an Land genießen. Er sprang einmal hoch, um den leichten Aufprall der Füße auf der Erde zu spüren.

Im Hafen reihten sich Stände und Läden der Juden und der Griechen. Yahya erkannte sie an ihrer Kleidung. Im ersten Moment fühlte er sich an das Konstantinopel seiner Kindheit erinnert.

»So viele Griechen habe ich schon lange nicht mehr auf einem Haufen gesehen«, rief er staunend.

Ruggiero zuckte nur mit den Schultern. »Wohin hätten sie auch sonst fliehen sollen? Sie haben sich an der ganzen italienischen Küste angesiedelt, in Otranto sowieso, in Ancona, wie du siehst, in Pesaro, in Rimini. Die meisten von ihnen aber leben in Venedig. Es war höchste Zeit, dass du mal aus Stambul herauskommst und die Welt siehst, mein Freund.«

Doch er ließ Yahya keine Zeit, sich ausgiebig umzuschauen, sondern schritt kräftig aus, eilte durch die Gassen und über die Plätze, die von Menschen aus aller Herren Länder bevölkert waren. Die unterschiedlichsten Sprachen schwirrten durch die Luft und verwirrten sich. Die Stadt schien ganz und gar aus dem *palare* zu bestehen. Doch stets behielt das Italienisch der Leute aus Ancona, ein gefälliger Singsang, die Oberhand, gefolgt von dem Romagnol-Dialekt. Yahya kam es vor, als sprächen selbst die Steine und Hölzer der Häuser und das Pflaster der Gassen. Das allmächtige Geschwätz in Ancona hatte die Stille schon vor langer Zeit erschlagen.

Als sich eine Gasse zum Platz öffnete, fiel Yahyas Blick auf das prächtige Facettenportal der Chiesa di Santa Maria della Piazza, auf die Figur der Maria, die sein Herz berührte und ihm ein Lächeln entlockte, das er sich nicht zu erklären vermochte. Die Halbfiguren in dem Bogenfeld des Portals erregten seine Neugier, vor allem aber die Inschrift, die ihm verriet, dass die Kirche der Mutter Gottes gewidmet war und dass ein Fürst namens Otto sie tausend Jahre nach der Geburt des Erlösers hatte errichten lassen. Die Kirche erinnerte Yahya an die Gotteshäuser der Stadt seiner Kindheit, bevor man sie zu Moscheen gemacht hatte. Dunkel entsann er sich einer Geschichte, die ihm wohl Demetrios erzählt hatte, nämlich dass ein großer Kaiser des Westens mit einer griechischen Prinzessin verheiratet war und dieser Kaiser namens Otto, einen Sohn mit der Griechin zeugte, in dem sich das Kaisertum des Ostens und das des Westens vereinigen sollten, den er ebenfalls Otto nannte. Da er nichts weiter davon hörte, dürfte die Sache im Sande der Geschichte verlaufen sein. Vielleicht aber war es dieser west-östliche Spross, der den Bau veranlasst hatte.

Yahya musste sich vom Anblick der Kirche losreißen, wollte er nicht den Anschluss verlieren, weil Ruggiero bereits den Platz überquert hatte und in eine enge Gasse einbog. Das Haus aus hellrotem Lehm, in das er dem Italiener folgte, wirkte durch seine drei Stockwerke noch schmaler, als es ohnehin schon war. Es bog sich wie ein Greis, dem die Vielzahl der Jahre den Buckel krümmte. Im Flur umfing ihn ein Halbdunkel, an das sich seine Augen erst allmählich gewöhnten, und eine feuchte, muffige Kühle drang in seine Nase. Der Geruch von Leder, den er aus seinem Elternhaus kannte, überraschte ihn. Die Treppe vor ihm führte in die oberen Stockwerke, rechts ging es in die Schankstube, aus der es säuerlich roch. Durch die geöffnete Tür sah Yahya einen Tresen sowie ein paar Bänke und Tische.

Ein hagerer Mann mit strähnigem, langem Haar von nicht zu bestimmender Farbe kam ihnen entgegen. Er musterte sie mit einem stechenden Blick aus kleinen, tief liegenden Augen in einem erstaunlich langen Kopf. Als der Wirt Ruggiero erkannte, wich der grantige Gesichtsausdruck einem nicht weniger grantigen Lächeln.

»Ah, Hochehrwürdiger, welche Freude, Euch zu sehen. Welche Freude … welche Freude. Wie lange wollt Ihr bleiben?«

Yahya hatte Schwierigkeiten, den Mann zu verstehen, weil die Wörter in seinem heiseren Singsang ineinander übergingen. Einen Text aus einer fremden Sprache zu übersetzen, war eines, gesprochene Sprache, noch dazu in der Mundart, zu verstehen, etwas völlig anderes, dachte Yahya nicht zum ersten Mal.

»Eine Nacht, Gasparo. Wir benötigen zwei Zimmer. Und morgen zwei Pferde. Und für die Nacht – ist die kleine Köchin noch bei dir?«

»Die nicht mehr. Ich muss jetzt selber kochen. Ich hab aber eine Magd, die ist ganz nach Eurem … Gusto.«

»Und gesund?«

»Sie strotzt vor Gesundheit, *principo mio*!«

»Gut, du Gauner. Aber warum musst du selbst kochen?«

»Die Geschäfte laufen schleppend, seitdem wir uns mit denen von Urbino angelegt haben. Schlechte Menschen … schlechte Menschen, die.«

»Wie schön, dass zumindest *du* ein guter Mensch bist, Gasparo. Wir werden es dennoch wagen und am Abend bei dir essen. Aber ich warne dich, platzt mir danach der Pansen oder ich bekomme den heiligen Ausfluss, dann dreh ich dir bei lebendigem Leib deine stinkenden Gedärme aus dem Bauch. Jetzt zeig uns die Zimmer.«

»*E io te caverò la corata a te!* – Und ich reiß dir die Leber raus«, fügte Yahya hinzu, was ihm einen anerkennenden Blick von Ruggiero eintrug.

Den Wirt beeindruckten diese Drohungen jedoch nicht, er schien daran gewöhnt zu sein. Er nickte lediglich und hinkte voraus.

»Brauchst du jemanden für die Nacht, Joanot?«, fragte Ruggiero, als sie vor ihren Zimmern standen.

Yahya zuckte zusammen, als der Italiener ihn mit seinem Geburtsnamen ansprach. Er würde sich daran gewöhnen müssen, denn er reiste ja im Auftrag des Sultans als Christ. Er kämpfte kurz mit sich, weil allein die Frage ein Verlangen in ihm geweckt hatte, das sein Geist verabscheute. Aber er wollte nicht noch mehr Sünden auf sein Gewissen laden und schüttelte rasch den Kopf, bevor womöglich sein Körper über den Geist den Sieg davontrug.

Ruggiero musterte ihn. »Du bist ein junger Kerl! Was du dir jetzt nicht gönnst, bekommst du nie wieder eingevögelt.« Er zuckte die Schultern. »Was soll's. Dann sehen wir uns zum Nachtessen, wenn die Glocken sechsmal läuten.«

Richtig, dachte Yahya, hier ruft nicht der Muezzin, sondern es läuten die Kirchenglocken. – Auch daran würde er sich erst wieder gewöhnen müssen.

28

Ancona, Italien

Zimmer war zu viel gesagt für den schmalen Verschlag, auf den der Wirt mit einladender Geste wies. Bett, Stuhl und Tisch wirkten abgewetzt und von erbarmungswürdiger Schäbigkeit. Das kleine Fenster war eher ein Loch, bei dem sich selbst das Licht Kratzer und Beulen holte, wenn es sich in die Kammer zwängte. Die Unterkunft sah nicht nur dreckstarrend aus, sie roch auch so.

»Lass die Betten kehren, Gasparo, wirf das alte Stroh raus und bring neues«, sagte Ruggiero, als er Yahyas Gesichtsausdruck bemerkte. »Ich zahle es. Unser junger Freund schätzt die Gemeinschaft mit Wanzen nicht, auch wenn sie von altem Adel sind.«

Der Wirt warf ihm einen kühlen Blick zu. »Wanzen? Wer, Euer Gnaden, hat mich verleumdet? Nennt mir den Wicht, der behauptet, dass ich Wanzen beherberge! Ich ersäufe ihn eigenhändig in der Adria. Das Stroh ist frisch, bei meiner Seel, Ihr findet in der ganzen Stadt kein frischeres, ich habe es erst vor einem Jahr ausgewechselt.«

Ruggiero verdrehte nur leicht die Augen.

»Euer Wunsch ist mir Befehl ... die reinste Verschwendung!«, murmelte der Wirt kopfschüttelnd und ging, gefolgt von Ruggiero, zu dessen Zimmer am Ende des Ganges.

Yahya sehnte sich nach einem Bad, doch nicht nur der Geruch des Wirtes zeugte davon, dass Reinlichkeit hier nicht zu den Landessitten gehörte. Endlich allein und unbeobachtet, durfte er es zum ersten Mal seit Wochen wieder wagen, zu Allah zu beten. Gott hatte gewiss Verständnis dafür, dass sich Yahya, unterwegs in geheimer Mission, nicht als Muslim zu erkennen geben durfte. In gefährlichen

Situationen, so hatte es ihn as-Schirazi gelehrt, galt die *taqiyya* – das fromme Verschweigen, das Gebot der Geheimhaltung und der Gott wohlgefälligen Verstellung. Im Dienste Allahs galten keine Verbote, vorausgesetzt, es nutzte ihm. Vor diesem Gebot verloren alle anderen Gebote und Verbote an Gewicht.

Nachdem Yahya zwei große Gebete, die jeweils eine halbe Stunde in Anspruch nahmen, beendet hatte, trieb es ihn zum Hafen. Gut möglich, dachte er und verspürte einen kleinen Stich der Hoffnung, dass auch seine Mutter mit seinen Schwestern in Ancona gelandet waren. Da er wusste, dass Ruggiero und er sich nicht lange in der Stadt aufhalten würden, beschloss er, seine Zeit so gut wie möglich zu nutzen, um nach ihnen zu forschen. Es verlockte ihn zwar, den Nebengassen zu folgen und die beeindruckenden Kirchen zu betrachten, deren mit Skulpturen und Reliefs geschmückten Portale auf einen Reichtum an Bildwerken im Inneren hindeuteten, aber Yahya hielt geradewegs auf den Hafen zu.

Ein dünner Wolkenschleier legte sich über das Blau des Himmels. Die Stadt erwachte wieder zum Leben. Immer mehr Menschen drängten auf die Straßen. Die Frauen trugen zwar Hauben, aber die meisten von ihnen waren unverschleiert, was Yahya nur von den Huren im Hafenviertel von Konstantinopel kannte. Auch verwirrte ihn, dass er in den Gassen und auf den Plätzen so viele weibliche Gesichter sah. Und nicht nur das: Als er einen Markt überquerte, entdeckte er auch Frauen hinter den Ständen, die Handel trieben. Was für eine erstaunliche Welt!

Bei all dem, was es zu sehen gab und worüber zu staunen war, dauerte es dann doch einige Zeit, ehe er den Hafen erreichte. Er ließ seinen Blick über die Reihe der Geschäfte gleiten und entschied sich, im Laden eines Schneiders mit seinen Nachforschungen zu beginnen. In dem offenen Raum saß ein alter Mann nach maurischem Brauch mit untergeschlagenen Beinen auf einem Teppich.

»Gott zum Gruße«, sagte Yahya auf Griechisch. Zwei fast erloschene, graue Augen schauten ihn an.

»Gott zum Gruße. Womit kann ich dienen, gnädiger Herr?«

Yahya winkte ab. »Zu viel der Ehre. Ich bin Joanot Ningú.«

»Franzose?«

»Nein, Katalane. Kommst du aus Konstantinopel, guter Mann?«

Der Alte stöhnte, als faltete er seine beiden brüchigen Lungenflügel auseinander. »In meinem Alter kümmert man sich nicht mehr darum, wo man herkommt, sondern nur noch darum, wo man bald schon hingehen wird.«

»Ich habe einem Freund versprochen, Erkundigungen einzuziehen, wenn ich nach Ancona komme.«

»Was können das schon für Erkundigungen sein? Ob die Griechen aus Griechenland kommen?«

»Sagt dir der Name Péré Julia etwas?« Der Schneider schaute nur stumpf vor sich hin. »Kennst du jemanden, der seit dem Fall von Konstantinopel hier in Ancona lebt?«, fragte Yahya weiter. »Jemanden, der zu den ersten Flüchtlingen gehört?«

»Ich nicht«, wehrte der Alte ab. »Ich komme vom Peloponnes. Wir sind erst später vertrieben worden, weil sich unsere Despoten lieber gegenseitig bekämpft haben als den Sultan. Aber was klag ich, ich lebe, und Ancona ist ein hübsches Städtchen.« Dann schwieg er, als wäre er wieder allein.

Yahya ließ ein paar Münzen auf den Tisch klimpern, um an seine Anwesenheit zu erinnern.

Der Schneider unterbrach kurz seine Näharbeit und steckte das Geld ein. »Mmh, frag mal die alte Theodora sieben Läden weiter, die Trödlerin. Die weiß alles, das Teufelsweib. Aber sag nicht, dass du von mir kommst.«

»Wovor hast du Angst?«

»Vor nichts. Aber Leute, die Fragen nach der Vergangenheit stellen, bringen immer Ärger. Sei vorsichtig, die alte Hexe hat den bösen Blick.«

Yahya dankte knapp und ging hinaus.

Den Laden der Trödlerin hätte er auch gefunden, ohne die Geschäfte zu zählen. Wie tausend Hände mit bunten Fächern verbarg ein Vorhang aus Stoffen und Lampen den Blick ins Innere. Als Yahya näherkam, empfing ihn ein Geruch nach altem Papier und ungelüfteten Tüchern und Kleidern, stockig und staubig zugleich. Er schob den Stoff beiseite und trat in ein Halbdunkel, an das sich seine Augen erst gewöhnen mussten. Schließlich fiel sein Blick auf Bücher, ausgestopfte Tiere, Truhen, Steine, kleine Bilder, Plastiken und eine riesige Glaskugel. Die Reichtümer der Krämerin lagen oder standen ohne erkennbare Ordnung am Boden und auf Tischen, die aus der Tiefe zu wachsen schienen.

»Sieh an! Was treibt den Katalanenknaben zur Griechengreisin?«, hörte er die Trödlerin auf Italienisch fragen. Ihre Stimme klang nach Rauch und nach Erde.

Yahya überlegte, woran sie ihn wohl erkannt hatte. Noch sah er sie nicht, aber er vermutete, dass sie sich weit hinten im Laden aufhielt. Er hatte kein Gefühl für die Größe des Raumes, den er sich schlauchförmig vorstellte. Er beschloss, sie auf die Probe zu stellen. »Ich bin kein Katalane, sondern Galizier.«

»Es ist noch kein Lügner vom Himmel gefallen, Bürschchen Naseweis. Lüge, wenn du musst, aber nur mit der Wahrheit! Bei mir ist das allerdings verschwendet, denn die Welt bedeutet mir nichts mehr. So viel habe ich gesehen, dass ich es inzwischen doppelt sehe. Das schöne Ancona hilft nicht gegen das Heimweh nach der Heimat. Wenn die Heimat der Baum ist, ist ein Mensch ohne Heimat nur ein Blatt im Wind. Er kann seinen Flug für Freiheit halten, doch frei ist nur der Hauch, der mit ihm spielt.« Die Alte hustete. Es klang, als ob ein Regal voller Zinnbecher zusammenbräche. »Bürschchen, sag, wie sieht es jetzt aus in Konstantinopel?« Sie war vom Italienischen ins Griechische gewechselt.

»Woher weißt du, dass ich aus Konstantinopel komme?«

»Wirf einen Florin in die Kiste rechts vor dir, sie hat einen Schlitz.«

»Das ist viel Geld.«

»Mir auch recht, dann lass es.«

Eilig kam Yahya der Aufforderung nach.

»Auch die Schweigsameren reden auf einer langen Überfahrt beim Würfelspiel so viel, dass es ein Buch füllen würde, und die Matrosen verkaufen ihr Wissen, wenn sie an Land kommen. Jeder redet, auch die Schweiger quatschen einem unentwegt die Ohren voll. Wusstest du, dass es leichter ist, die Wahrheit aus dem Schweigen herauszuhören, als sie im Wortschwall der Lüge, der halben Lüge und der Verdrehungen zu entdecken? Ts, ts, klar, dass du keine Ahnung hast.« Die Stimme kam näher. »Also, Bürschchen, du bist Katalane, und dein Begleiter ist einer von Ischia. Alfonso der Großmütige war so großmütig, deinen Freund aus seinen Besitztümern zu vertreiben, und dem Papst, an den er sich gewandt hat, gefiel Alfonsos Geld besser als der lohnlose Rechtsanspruch deines Begleiters. Seitdem hasst dieser die hohen Kirchenherren. Jeder hat seine Sache, und seine Sache geht mich nichts an. Jetzt bist du dran, erzähl mir was von Konstantinopel.«

»Konstantinopel gibt es nicht mehr«, begann Yahya. »Die Osmanen beherrschen die Stadt, es wird viel gebaut, sogar ein großer neuer Palast für den Sultan an der Spitze der Halbinsel. Und die meisten Kirchen sind zu Moscheen geworden, auch die Hagia Sophia. Aber die Stadt ist fröhlich, und die Bewohner fühlen sich wohl«, schloss er.

Theodora lachte bitter auf. Es klang wie das Grollen einer Wölfin, die ihre Kinder so erbarmungslos verteidigte wie die Griechin ihre Erinnerungen. »Oh, die neuen Bewohner hausen auf den Knochen der alten. Sind gekommen und haben sich unsere Stadt, in der wir über anderthalb Jahrtausende gelebt hatten, unter den Nagel gerissen. Einfach so, im Handumdrehen gehörte sie ihnen. Bis *hierher* habe ich den Jubel der Griechen gehört, als sie endlich unter den Turban des Sultans kriechen und dem Papst eine lange Nase drehen konnten. Warum hassen sie das Christentum nur so, das ihnen doch eine gute Mutter war?«

Yahya räusperte sich. »Ich glaube, sie hassen nur das katholische Christentum mit dem Papst. Sie denken, unter dem Sultan wäre es für sie leichter, ihrem orthodoxen Glauben treu zu bleiben.«

Wieder lachte die Alte heiser. »Ungefügter Fug! Blöder Trug! Die Lateiner sind Christen wie die Orthodoxen, denn sie glauben an den dreieinigen Gott. Ob sie nun in der Messe gesäuertes oder ungesäuertes Brot verschlingen, ist einerlei. Christus schaut sie deshalb doch nicht scheel an.«

»Ja, aber …«

»Kann Allahs Volk bis drei zählen, weiß es, was eins ist? Das sind

Knechte, die vor einer Luftnummer in den Staub fallen. Was soll das sein, ein Gott, der nicht Gespräch ist? Ein trauriger, einsamer Greis, der ständig quatscht und quatscht und quatscht ... und hat noch nicht einmal einen Sohn, der ihm zuhört.«

Aus Angst, sich zu verraten, zügelte Yahya sein Verlangen, sich auf einen Streit um den wahren Glauben einzulassen. Die Alte gab ihm Rätsel auf. »Wer bist du?«, fragte er.

»Eine knusprige Prinzessin aus Delphi. Gerade geschlüpft! Aus dem Welten-Ei. Wie heißt du, Bengel?«

»Joanot Ningú.«

»In Italien solltest du dich Giovanni Nessuno nennen, wenn du nicht unbedingt auffallen willst. Sag jetzt, was du willst, ich hab nicht den ganzen Tag Zeit. Jede verplemperte Stunde geht von der letzten ab. Was darf es sein? Ein Platon-Manuskript oder eine Locke von Kaiser Konstantin oder ein Furz der Kaiserinmutter, der alten Serbin?«

»Ich will nur eine Information. Weißt du, ob im Jahr 1453 eine Katalanin mit ihren beiden Töchtern in Ancona gelandet ist?«

»Hättest du nach Griechen gefragt, hätte ich passen müssen, da sind viele gekommen, und auch bei Italienern wäre es schwierig geworden. Aber von den Katalanen konnten nur sehr wenige fliehen. Wenn ich recht darüber nachdenke, kaum einer. Die tapferen Leute sind doch fast alle im Kampf umgekommen, Prachtburschen waren das! Wären nur alle Christen in Konstantinopel Katalanen gewesen, die Stadt wäre niemals gefallen! Na ja, der Teufel ist fruchtbarer als Gott. Wen suchst du, Bengel?«

»María Julia und ihre Töchter Blanca und Rosalie.«

Joanot hatte sehr schnell und sehr laut gesprochen, weil er befürchtete, dass sein wild klopfendes Herz den wahren Beweggrund seines Fragens verraten könnte. Näher war er seiner Mutter und seinen Geschwistern seit seiner Begegnung mit Demetrios nicht gekommen.

»Leg einen Florin nach«, sagte die Griechin ungerührt. Yahya tat es diesmal ohne Widerspruch. »Du lernst schnell. Anno 53, im September ... oder war es schon November ... neblicht war es wie in des Teufels Küche, sind wir mit einem Seelenverkäufer aus Korinth ausgeschwappt. War 'ne Höllenfahrt, mein hübscher Joanot, und das Boot viel zu voll. Und alle haben sich vor Angst bepisst. Ein paar sind über Bord gegangen, der Herr verzeih's. Ich sag es dir, so eifrige Beter hast du noch in keiner Kirche gesehen, jeder, als ob er es erfunden hätte. Irgendeiner von uns muss wohl zum Herrn des Himmels durchgedrungen sein. Jedenfalls sind wir geprügelt und gezaust, aber noch am Leben an Land gegangen. In Ancona haben sich unsere Wege getrennt. Die Katalanin wollte weiter nach Neapel, und von dort ein Schiff nach Barcelona nehmen.« Die Alte schniefte. »Wirklich 'ne tapfere Frau. Allahs Hunde hatten ihren Mann und ihre Söhne erschlagen. Das Einzige, was sie noch im Leben und auf den Beinen hielt, waren ihre Töchter. Ob sie bis nach Spanien gekommen sind, weiß ich nicht.«

In Yahyas Brust erhob sich ein Sturm. Bis hierher hatten sie es also geschafft, bis hierher hatten sie fliehen können. Gepriesen sei Allah, der Barmherzige! Das war eine gute Nachricht, eine sehr gute Nachricht. Yahya wischte sich eine Träne aus dem rechten Auge und nahm seine ganze Beherrschung zusammen. Dann ließ er unaufgefordert einen weiteren Florin in den Kasten fallen. Es kam ihm vor wie ein Dankopfer, und plötzlich verspürte er den Wunsch, die Griechin zu sehen. Er ging ein Stück weiter ins Innere des Ladens. Ein gefährliches Knurren ließ ihn innehalten.

»Keinen Schritt weiter, wenn dich nicht mein kleiner Freund zerfetzen soll.«

Nach der Tiefe des Grollens zu urteilen, stellte die Bezeichnung klein für den Hund eine gehörige Untertreibung dar.

»Entschuldige, ich wollte …«

»… das knusprige Orakel sehen. Ja, aber wozu? Wenn du richtig zugehört hast, siehst du alles! Ich hab dir gesagt, was du wissen wolltest. Nun versuch, es zu verstehen. Wenn du dir unbedingt ein Bild von mir machen willst, Joanot-Popel, denk, ich seh aus wie ein neunjähriges Mädchen mit einer Narbe über der rechten Augenbraue!«

Schaute die Alte in seine Träume? Wie vor den Kopf geschlagen wandte Yahya sich um, stolperte aus dem Laden und stürzte auf die

Straße. Vollkommen weiß im Gesicht rappelte er sich wieder hoch. Er brauchte eine Weile, ehe er wieder zu sich kam. Obwohl er in der hellen Sonne stand, fröstelte ihn, und er zitterte. Dann erreichten die guten, warmen Strahlen sein Herz und erinnerten ihn an das, was er gerade gehört hatte. Doch die Freude darüber, dass seine Mutter mit den Schwestern bis nach Italien gekommen war, wurde sogleich von Zweifeln getrübt. Wer war die Alte? Konnte er ihren Worten trauen?

29

Ancona, Italien

Verwirrt ließ sich Yahya durch die Gassen und über die Plätze der Stadt treiben und erklomm schließlich den sich windenden Pfad hoch zum Dom, der vor dem bischöflichen Palast über Stadt, Meer und Hafen residierte. Yahya setzte sich auf eine Mauer und genoss die Aussicht. Ruhe senkte sich in sein Herz. Ruhe, die er dringend benötigte. Mit ihr kam die Gewissheit. Warum sollte die seltsame Alte ihn belogen haben? Bis hierher hatten es die Mutter und die Schwestern also geschafft. Wie mochten sie jetzt wohl aussehen? Er versuchte, ihre Gesichter aus seiner Erinnerung zu bergen, was ihm mehr schlecht als recht gelang. Yahya versprach Allah, sie zum Islam zu bekehren, wenn der Barmherzige ihm helfen würde, sie zu finden.

Als die Sonne in seinem Rücken stand, machte er sich auf den Rückweg. Auch wenn er ein sonderbares Bild abgab, hatte keiner der Passanten in einer Hafenstadt, in der kein Mangel an sonderbaren Gestalten herrschte, einen Blick für ihn übrig. Er war ein Fremder unter anderen Fremden. Während er ausschritt, stellte er sich vor, wie die Stadt aussehen würde, wenn sie muslimisch wäre. Mit Bedauern dachte er an die vielen Bildwerke, die er gesehen hatte – sie würden dann zerstört werden. In Gedanken versunken bemerkte er nicht, dass sich ihm auf dem Platz vor dem Gasthaus zwei junge Burschen mit falschem Lächeln und lügenden Augen näherten.

»Freund, du kommst sicher von weit her?«, flötete der eine und strich sich selbstgefällig über die glänzenden schwarzen Haare.

»Komm, wir zeigen dir unser Städtchen. Worauf hast du Lust?«, übernahm der andere, dem noch kaum der Bart spross.

»Einen guten Wein?«

»Ein Würfelspiel unter Freunden?«

»Schöne Frauen?«

Schon hatten sie ihn in ihre Mitte genommen.

»Preise dein Schicksal, oh Freund, dass du uns getroffen hast. Wir stehen dir gern zu Diensten. Es gibt leider viel Pack in der Stadt, schnell gerät man an die Falschen, aber du hast Glück, stimmt's Giorgio?«

»Ja, Carlo, ein regelrechter Glückspilz ist er.«

»Ein Sonntagskind bist du, auch wenn du am Samstag geboren sein solltest.«

»Oh, wie gut!« Yahya atmete laut auf, dann schaute er die beiden abwechselnd mit dem treuherzigsten Gesichtsausdruck an, der ihm zu Gebote stand. »Ich will Euch, Ihr guten Herren, mein Innerstes offenbaren, weil Ihr so großzügig seid, wie man es nur selten antrifft. Wie nichts auf dieser Welt sehne ich mich ... könnt Ihr schweigen?« Er warf einen prüfenden Blick von einem zum anderen.

»Wie ein Grab!«

»Wie zwei Gräber!«

»Ich verzehre mich nach einem Gespräch, psst ...« Yahya legte den rechten Zeigefinger auf die Lippen und flüsterte: »... über die Heilige Dreifaltigkeit.«

Eben noch gespannt, zerfielen ihre Gesichter in Blödigkeit. Doch dann wusste Giorgio plötzlich Rat und grinste über beide Backen. »Du bist ja ein großer Witzbold, mein Freund ... hihihi ... die Dreieinigkeit. Sag doch gleich, dass du zwei Frauen willst!«

Carlo schlug sich mit der offenen Hand gegen den Schädel, dass es klatschte: »Ja, klar! Dir steht der Schwanz nach einer hübschen Vögelei zu dritt!«

Yahya schüttelte mit verkniffener Miene den Kopf. »Nein, nein, Signori, nichts dergleichen meine ich, sondern die Heilige Dreieinigkeit, *capito?*«

Das Lächeln der beiden, die bereits wähnten, den Fremden verstanden zu haben, verschwand jäh. Ratlos und mit stumpfem Blick starrten sie Yahya an.

»Wieso über die Heilige Dreifaltigkeit?«, fragte Giorgio in einer Mischung aus Zorn und Verzweiflung.

Yahya schaute verschwörerisch nach links und nach rechts, ob sie auch keiner belauschte.

»Passt auf, ich erklär's euch. Sind wir nicht zu dritt?« Yahya strahlte übers ganze Gesicht.

Carlo stieß seinen Kumpan an und begann aus vollem Halse zu lachen. »Du hast recht: *Wir* sind die Heilige Dreifaltigkeit. Hihi, das ist gut. Das ist wirklich gut! Giorgio, du als Gottvater und ich als Heiliger Geist. Und du, mein fremder Freund, bist unser guter *Gesù Cristo*, unser wackeres Söhnchen.«

»Woher hast du denn plötzlich Geist bekommen, Carlo?«

»Das ist ja gerade das große Wunder, Giorgio. Ein Wunder, ein Wunder! Ich bin der Heilige Geist und du Gottvater, hihihoho.«

»Nur schade, dass man in dem ganzen Höllenloch keine Jungfrau findet.«

»Und genau dieses schöne Gespräch«, ging Yahya dazwischen, »würde ich gern bei meinem Onkel, dem Bischof, mit euch weiterführen. Kommt, kommt, er hält die allerfeinsten Ketten und ein gemütliches Verlies für euch bereit.« Er hakte die beiden unter und zog sie mit sich zurück in Richtung Dom. Den Spitzbuben wich die Farbe aus dem Gesicht.

»Beim Bischof, sagt Ihr?«

»Bei Eurem Onkel, sagt Ihr?«

»Bloß kein Aufwand, hoher Herr.«

»Nichts für ungut, wir müssen weiter.«

»Ja, komm schon, Giorgio.«

»Was ist, mein lieber Carlo? Ist Euch der Geist, kaum dass Ihr ihn bekamt, schon wieder abhandengekommen? Ich bin es doch, Euer guter *Gesù Cristo!*«

Giorgio und Carlo machten sich los und eilten durch eine der Querstraßen davon. Ein paar Passanten, auch Frauen und Kinder, blieben stehen und sahen Yahya neugierig an.

»Merkwürdige Leute habt ihr hier, halten sich für Gottvater oder den Heiligen Geist«, sagte er grinsend und setzte seinen Weg fort.

30

Ancona, Italien

Das vergnügte Lächeln rekelte sich noch immer behaglich auf Yahyas Lippen, als er etwas später die Herberge betrat. Er hörte, wie die Glocken zur sechsten Stunde läuteten. Da er Ruggiero nicht in seinem Zimmer antraf, lief er beschwingt die Treppe wieder hinab. Als er in die Gaststube trat, prallte er förmlich gegen eine Wand aus dicker, übel riechender Luft. Im Halbdunkel segelten fette Fliegen brummend durch den Raum. Es stank nach ranzigem Öl. Ein paar Männer saßen an den Tischen, einzeln oder auch zu dritt, und würfelten. In der Ecke neben dem Fenster entdeckte Yahya den Italiener. Auf dem Tisch vor ihm standen ein Becher und ein Krug.

»Was willst du trinken? Tee gibt's hier nicht. Wein? Wasser?«

»Wasser.«

»Nimm den Weizenbrei und das Hähnchen.«

»Was ist mit Fisch?«

Der Italiener machte eine wegwerfende Handbewegung. »Der ist älter als du.«

»Wir sind doch am Meer!«

»Gerade da gibt's den fauligsten Fisch, weil jeder denkt, hier müsse er frisch sein.«

Nachdem Ruggiero bestellt, der Wirt serviert und sie schweigend gegessen und getrunken hatten, trat aus dem Dunkel der hinteren Gemächer eine nicht eben hochgewachsene, dralle Frau.

»Klein und dick geht auch«, flüsterte Ruggiero und zwinkerte Yahya zu. »Und wie das geht«, fügte er laut hinzu und musterte die Frau mit solch lüsternem Blick, dass sie wollüstig kicherte. Er erhob sich, ging auf sie zu und legte seinen Arm, den er kaum anzuheben brauchte, um ihre Schultern. Yahya schaute den beiden nach, als sie die Treppe zum Obergeschoss hinaufgingen. Verdrossen stellte er fest, dass sich in ihm eine kleine Sehnsucht regte, und so suchte er ebenfalls seine Kammer auf. Misstrauisch beäugte er das Bett, dann breitete er seine Decke auf dem Fußboden aus. Ins Reich der Bettwanzen einzudringen, schien ihm wenig ratsam. Sofort fiel er in einen tiefen, traumlosen Schlaf. Es war das erste Mal seit Wochen, dass es nicht unter ihm schwankte, nicht gluckste und schmatzte.

Eine derbe Berührung an der Schulter ließ ihn die Augen aufschlagen. Es kam ihm vor, als sei er gerade erst eingeschlafen, doch es war bereits hell. Ruggiero beugte sich über ihn.

»Hoch mit dir, wir schließen uns ein paar Kaufleuten an, die nach Rom wollen. Ist sicherer. In Umbrien und in der Campagna treibt sich genügend zwielichtiges Volk herum. Und auf deine Kampfkünste möchte ich nicht angewiesen sein.«

Yahya kleidete sich eilig an, verstaute seine wenigen Habseligkeiten in dem Beutel und hastete hinunter. Er nahm einen großen Schluck Wasser und ein paar Bissen Brot zu sich, bevor er in den Stall lief, um das für ihn vorgesehene Reittier zu satteln.

Nun stand er im Hof der Herberge vor einem Problem, und das Problem hatte vier Beine. Wie Ruggiero stellte Yahya seinen linken Fuß in den Steigbügel seines Pferdes und versuchte, sich am Sattel hochzuziehen. Mit viel Getöse landete er im Staub, weil der Sattel nachgab. Ruggiero sah ihn an, verzog aber keine Miene. Er stieg ab und befestigte die Sattelriemen, woran Yahya nicht gedacht hatte.

»Sag nicht, dass du nicht reiten kannst«, raunte er ihm zu.

»Nein.«

»Was nein?«

»Ich kann nicht reiten.«

»Ich schieb dich jetzt hoch und werde neben dir traben, um dir Ratschläge zu erteilen. Tu einfach, was ich dir sage.«

Yahya stellte erneut seinen Fuß in den Steigbügel, während Ruggiero von unten nachschob, allerdings etwas zu kraftvoll, sodass Yahya auf der gegenüberliegenden Seite herunterpurzelte. Er spürte einen

Schmerz in der Schulter und im Becken, biss aber die Zähne zusammen. Sein Pferd, ein Fuchs, wandte seinen langen Schädel zu ihm um. In den großen schwarzen Augen meinte Yahya Mitleid zu entdecken.

»Mein kleiner Federfuchser! Mit der Feder zu fuchsen, verstehst du prächtig, nicht aber, den Fuchs zu federn.« Ruggiero lachte laut über sein Wortspiel, das Yahya nur ein schmerzhaftes Lächeln entlockte, da ihm Gesäß, Schultern und Rücken noch von den Stürzen gehörig schmerzten. Doch der Italiener war unerbittlich und übte mit Yahya das Auf- und Absitzen, bis es diesem leidlich allein glückte.

Dann ritten sie endlich los. Yahya fühlte sich auf dem Pferderücken eher als schlaffer Mehlsack denn als stolzer Reiter. Kurz vor der Porta del Calamo, die sich kräftig gegen den Druck der wuchtigen Stadtmauer stemmte, trafen sie auf eine Gruppe Männer mit Pferden und Wagen. Es waren Kaufleute, Kutscher und Reisige als Bewacher. Yahya zählte ungefähr vierzig Mann.

Ruggiero hob die Hand. »Gott zum Gruße, wohledle Herren. Es kann losgehen.« Er bekreuzigte sich, und Yahya tat es ihm gleich.

Nach knapp vier Stunden hatten sie die alte Via Flaminia, die von alters her nach Rom führte, erreicht und trafen nun auf wesentlich mehr Reisende als zuvor. Sie reihten sich ein in die Schlange, die sich vom Norden in den Süden, in die Ewige Stadt wälzte. Vor und hinter ihnen waren Wagentrosse unterwegs. Hin und wieder wurden sie von Reitern überholt. Yahya hätte über den regen Verkehr gestaunt, hätten ihn die Unerquicklichkeiten des Reitens nicht zunehmend beschäftigt. Inzwischen schmerzte sein ganzer Körper, und der Hintern brannte wie Feuer.

»Oh je ... ach, ach ... ach ... oho ... mh ... oh.« Er stöhnte, jammerte und wimmerte, sodass einer der Kaufleute auf ihn aufmerksam wurde.

»Was ist denn mit dem Kleinen?«

»Reitet das erste Mal«, presste Ruggiero abweisend zwischen den Zähnen hervor.

»Vielleicht sollte er eine Zeit im Wagen mitfahren?«, schlug der Kaufmann vor.

Yahya wollte schon dankbar vom Pferderücken gleiten. Doch das verschlimmerte nur den Schmerz. Er schrie auf. Ruggiero hob widerwillig den Arm, und die kleine Reisegesellschaft hielt an.

»Na gut, zwei Stunden Reiten, eine Stunde Ausruhen im Wagen. Es wird höchste Zeit, dass dir zum Schutz ein Arschleder wächst.«

Yahya ließ sich das nicht zweimal sagen, schlang die Zügel seines Pferdes um eine Leiter an dem Wagen des Kaufmanns und ließ sich zwischen den Säcken nieder. Der Tross hinter ihnen hatte dicht aufgeschlossen.

»Los! Weiter!«, brüllte Ruggiero, der sich nicht überholen lassen wollte.

Der Zug setzte sich in Bewegung mit einem Yahya, der es sich auf dem Wagen, so gut es eben ging, bequem machte. Zwar verursachten ihm auch die Stöße der Straße Pein, aber wenigstens musste er sich nicht krampfhaft auf dem Rücken dieses Höllentieres halten. In diesem Moment vermochte er nicht zu entscheiden, ob es sich besser auf dem Schiff oder auf dem Rücken eines Pferdes reiste. Er hasste beides, er verabscheute das Reisen inzwischen vollkommen, denn wenn man nicht auf einem stinkenden Seelenverkäufer hin und her geschüttelt wurde, dass einem die Magenwände nach außen gekrempelt wurden, rieb man sich auf einem Tierrücken, der bald schon einem Nagelbrett glich, die Hinterbacken blutig. Als er nach einer Stunde auf den Rücken des Fuchses zurückkehren musste, bereute er, dass er eine Weile im Wagen mitgefahren war, denn jetzt kam ihm das Reiten doppelt so schlimm vor.

Im glühenden Abendrot, das sich wie ein rosiger Seidenschleier um den Monte Subasio legte, erreichten sie das Städtchen Nocera Umbra, in dem die Kaufleute und sie in einer Herberge unterkamen, während die Kutscher und die Wächter bei den Pferden und Wagen blieben. Vor einem Barbier, den Ruggiero geholt hatte, musste Yahya die Hosen herunterlassen. Betroffen starrte der Wundheiler auf Yahyas Hintern. »Oh je, damit setzt du jeden Holzstoß in Brand.«

Während Yahya ein wohltuendes, mit Salbei, Kamille und Lavendel versetztes Bad nahm, bereitete der Barbier eine Salbe aus Salbei, Öl, Schafskäse, Zaubernuss und Zink zu. Über ein paar weitere Ingredienzien bewahrte er Stillschweigen. Nachdem er den widerstrebenden Yahya damit eingerieben hatte, fertigte er aus zwei Leinstreifen eine Art Windel für ihn an. Schließlich übergab er ihm für die Weiterreise ein irdenes Gefäß mit seiner scheußlichen Salbe.

»Und versuch, jeden Abend zu baden!«, riet der Barbier ihm noch.

Obwohl Yahya den eigenen Gestank kaum aushielt, verschaffte ihm die Salbe doch Erleichterung und beruhigte das brennende Fleisch. Steifbeinig ging er hinunter in die Schenke, in der Ruggiero mit den Kaufleuten an einem großen Tisch saß. Die Würfel kreisten. Am Fettglanz auf den Lippen der Männer erkannte Yahya, dass sie bereits gegessen hatten. Er setzte sich dazu, bestellte eine Minestrone und Wasser und lauschte den Angebereien der Kaufleute, die damit prahlten, was sie alles erlebt hatten.

So begann die Reise für Yahya als Martyrium, doch kam er von Tag zu Tag besser mit seinem Pferd zurecht – und die abscheulich stinkende Salbe des Barbiers entfaltete ihre Wunderwirkung auf seinem Gesäß und an den Lenden.

Acht Tage später passierten sie Narni und ließen bei Nazzano das Gebirge hinter sich, um in die Campagna mit ihren anmutigen Hügeln einzutauchen, auf denen nicht selten ein Dorf, ein Städtchen oder eine Burg thronte. Die Tiberebene ertrank im Grün der frischen Gräser und im Gelb oder Rot oder Blau der Blüten, die sich dem noch milden Sonnenlicht entgegenstreckten. Rechts und links der Straße wechselten Weinberge mit Weizenfeldern, deren Ähren noch grün auf dem Halm standen. Yahya fand mehr und mehr Gefallen an der Gegend.

Ihr freundlich-friedliches Antlitz täuschte darüber hinweg, dass die Campagna ein umkämpfter Flecken Erde war. In der Landschaft um Rom stritten die mächtigen stadtadligen Geschlechter, allen voran die Orsini und die Colonna, unbarmherzig um Landbesitz und Macht. Überdies waren sie damit beschäftigt, die Ansprüche der Verwandten des jeweiligen Papstes abzuwehren, die im Umland der Ewigen Stadt nach Lehen gierten. Das Elend gebar Räuber, und diese schlossen sich zu Banden zusammen. Die Campagna war ein unsicheres Gebiet.

Mit klopfendem Herzen nahm Yahya wahr, wie vor seinen Augen die Silhouette von Rom langsam hinter dem Dunst und dem Staub in der Luft Gestalt annahm. Die Aufregung, die er empfand, überraschte ihn. Gewiss, er war in dem zweiten Rom, wie man Konstantinopel nannte, geboren worden, und näherte sich nun, an diesem Pfingstsonntag, dem ersten. Gewiss, vor seinen Augen breitete sich der Mittelpunkt der Christenheit aus, der Sitz des Papstes, des Stellvertreters Petri, der seine Vollmacht zu binden und zu lösen von Christus empfangen und seinen Nachfolgern übergeben hatte.

Aber was ging ihn das alles an? Längst war er kein Christ mehr, sondern ein Muslim. Was interessierte ihn der Oberste der Ungläubigen? Dennoch spürte er, dass es, tief in ihm verborgen, eine versiegelte Kammer seines alten Glaubens gab, etwas, das ihn Respekt empfinden ließ und einen seltsamen Schauer hervorrief.

31

Rom, Italien

Yahya staunte noch immer über seine unerklärliche Aufregung, als seine Reisegruppe den Knotenpunkt erreichte, an dem sich die Via Francigena mit der Via Flaminia vereinigte. Und dann staunten sie beide – er ebenso wie Ruggiero –, denn die Milvische Brücke glich einem Heerlager. Diesseits und jenseits der Brücke hatten sich viele Menschen versammelt. Die riesige weiße Fahne mit der goldenen Aufschrift SPQR – der Senat und das Volk von Rom –, das uralte Banner städtischen Selbstbewusstseins, flatterte im Wind. Yahya entdeckte auch Kleriker und Adlige in der Menge. Seine Reisegesellschaft hielt hinter der vorigen, wie die folgende hinter ihnen. Alles kam zum Stillstand. Fluchend saß Ruggiero ab, band sein Pferd an den vorderen Wagen und kämpfte sich zur Brücke vor. Yahya folgte ihm voller Neugier.

Ruggiero musste schon eine gewisse Rücksichtslosigkeit an den Tag legen, um sich durchzukämpfen. Zum einen waren die Menschen nicht gewillt, jemanden durchzulassen, zum anderen standen sie so dicht, dass es auch kaum möglich war. Mit der großen Kraft seiner Stimme und der noch größeren Kraft seiner Ellenbogen bahnte sich der Italiener eine Schneise, die auch Yahya zu nutzen verstand. Einem triefäugigen, dicken Mann, der sein Messer zog, sah Ruggiero so kalt in die Augen, dass er es doch lieber sinken ließ.

Schließlich hatten sie die Brücke erreicht. Mitten auf dem Ponte Milvio war ein Zeltdach aufgespannt worden, unter dem etwas erhöht auf einem Podest ein alter Mann stand, der schwach und gebrechlich wirkte. An der Tiara, der Papstkrone, die schwer auf seinem Kopf lastete, erkannte Yahya, dass es Papst Pius II. sein musste, der hier sprach. Doch die Stimme des kränklichen Greises war zu schwach, als dass Yahya und Ruggiero seine Worte hätten verstehen können.

Ruggiero wandte sich an einen jungen Mann. »Was geht hier vor?«

»Papa Pio Secondo hat den Kopf des Heiligen Andreas in Empfang genommen, das er nun mit uns allen begrüßt und segnet und zum Petersdom bringt. Zu den Gebeinen von Andreas' Bruder, dem heiligen Petrus.«

»Andreas ist doch auch der Schutzheilige der griechischen Kirche«, sagte Yahya, den plötzlich eine Erinnerung aus Kindertagen durchfuhr. »Wurde der Kopf des Apostels nicht in Konstantinopel in der Aya Sophia aufbewahrt?«

Der Römer nickte. »So war es wohl, aber nachdem die türkischen Höllenhunde Konstantinopel eingenommen haben, haben die Griechen den Kopf des Heiligen Andreas nach Amalfi gebracht. Und nun kommt er nach Rom.«

»Warum?«

»Der Papst fürchtet, dass Sultan Mehmed an Italiens Küste landen wird. Er weiß nur nicht, wo. Wer seid ihr eigentlich, und woher kommt ihr? Denn, bei meiner Seel, Römer seid ihr nicht!«

»Ruggiero da Ischia, und das ist mein Gefährte Joanot Ningú, ein Katalane.«

Das Gesicht des Römers verzog sich zu einer Grimasse, und er wollte schon ausspucken, hielt sich aber zurück, weil er dann jemanden angespuckt hätte, der um ihn herum stand. »Als hätten wir nicht schon genügend Spanier in Rom! Wir haben den Borgia, den Carvajal und den Torquemada, allesamt Kardinäle und ihren ganzen räudigen Anhang.«

»Keine Sorge, wir sind nur auf der Durchreise. Und wer seid Ihr, guter Mann?«, entgegnete Yahya mit breitem, liebenswürdigen Grinsen.

Der junge Römer schaute ihn prüfend an, konnte aber nur die vollkommene Arglosigkeit in seinem Gegenüber erkennen. »Stefano Infessura, Student der Rechte«, antwortete er mit einer angedeuteten Verbeugung.

In diesem Moment sanken alle Menschen um sie herum auf die Knie. Der Student tat es ihnen gleich.

»Wir müssen sofort zurück zu unseren Pferden!«

Ruggiero wandte sich hastig um, und Yahya folgte ihm verwundert. Umständlich schlängelten sie sich durch die Menge der Betenden. Doch dann standen die Menschen auf und strömten ihnen entgegen. Nun verstand Yahya die Eile, denn es kostete Kraft und verlangte brutale Entschlossenheit, gegen die vorwärtsdrängenden Massen anzukämpfen. Um nicht mitgerissen zu werden, blieb ihm nur, seinen Körper als Rammbock zu benutzen und sich mit den Schultern durch die Flut aus Leibern zu drängen. Hinter sich hörte er, wie sich die Gläubigen, die sie zur Seite gestoßen, denen sie auf den Fuß getreten und Püffe versetzt hatten, fluchend und schimpfend beschwerten. Schweißgebadet kamen sie bei ihrem Tross an, der sich bereits in Bewegung gesetzt hatte.

»*Merda*«, stieß Ruggiero wütend hervor. »Dass sie die Scheißüberführung der Reliquie ausgerechnet heute feiern müssen!«

Im langsamen Prozessionstempo trotteten sie dem Zug hinterher. Schließlich erreichten sie die wuchtige Aurelianische Stadtmauer, die von der Porta Flaminia mit ihren Säulen und den halbrunden Türmen anmutig unterbrochen wurde. Die Enge des Tores verlangsamte noch die ohnehin gemächliche Geschwindigkeit der Prozession.

Vor dem mittleren Torbogen standen Stadtsoldaten mit Helmen und Hellebarden. Yahya ritt im Schritt auf seinem Fuchs hinter Ruggiero unter dem Torbogen hindurch, schloss aber sogleich zu dem Italiener auf. Links von ihm erhob sich die dreischiffige Kirche Santa Maria del Popolo, die wie das zugehörige Kloster dem Orden der Augustiner gehörte. Ruggiero drehte sich im Sattel um und blickte auf den Tross der Kaufleute, mit denen sie gereist waren.

»Viel Glück, wackere Herren! Und Gott befohlen!«, rief er und wandte sich zu Yahya: »Komm!«

Er trieb sein Pferd an, und Yayha hatte Mühe, ihm zu folgen. Von dem Platz vor ihnen gingen drei Wege ab. Sie nahmen die kleine und schmale Straße rechts, die sich am Tiberufer entlangwand, während die Prozession über die breite Via Lata zur Piazza Aggionale zog, von der aus die Brücke über den Tiber zum Petersdom führte.

Plötzlich waren sie von Ruhe und Stille umgeben. Sie ritten durch eine verwilderte Gegend, vorbei an Äckern, Obstbäumen und kleinen Bauernhütten. Seltsam, dachte Yahya, ein solches Gebiet innerhalb der Stadtmauern, und dann noch in der Hauptstadt der Christenheit. Das gegenüberliegende Ufer wirkte noch verwahrloster. Nach und nach tauchten immer mehr zweigeschossige Häuser mit verwegenen Dachaufbauten auf. Die wenigen Fenster waren höchst unregelmäßig in den Wänden verteilt, die Türen befanden sich zuweilen in der Mitte, aber auch rechts oder auf der linken Seite. Allmählich wuchsen die alleinstehenden Bauten sich zu einer Straßenzeile aus.

Während die beiden Reiter einem Ochsenkarren auswichen, entdeckte Yahya einen etwas gewaltigen Rundbau am anderen Tiberufer und wies mit der Hand darauf.

»Die Engelsburg«, erklärte Ruggiero, »Gefängnis und Fluchtburg der Päpste. Ihre letzte Bastion, sollte Mehmed Rom einnehmen. Zwischen der Festung und dem Petersdom breitet sich der Borgo mit seinem Gewirr von Gässchen und Häusern aus, vom Volk nur die Fischgräte genannt, in dem wir für die Nacht Unterkunft finden.«

Ruggerios Plan ging auf. Sie erreichten die Brücke vor der Prozession und passierten den Tiber, ließen die Engelsburg rechts liegen und tauchten in das Gewirr der schiefen, zwei- bis dreigeschossigen Häuser ein.

Auf dem Weg zu ihrem Quartier fesselten in einer der Gassen zwei Männer Yahyas Aufmerksamkeit. Der eine beugte sich über den anderen, der vor ihm auf einem Tisch saß, und drückte ihm mit der linken Hand das Kinn herunter, während er mit der Rechten mit einer Art Zange im Mund des Bedauernswerten herumfuhrwerkte. Ein mächtiger Schnauzbart schaute unter einem breitkrempigem Hut hervor, der seine besten Tage hinter sich hatte. Auf den Ärmeln des angeschmuddelten weißen Hemdes, das aus dem Wams lugte, entdeckte Yahya kleine Blutspritzer.

»Ein Zähnebrecher«, sagte Ruggiero, der sah, dass Yahya vor Staunen die Kinnlade heruntergeklappt war. »Mach lieber schnell den Mund wieder zu, sonst steckt er seine flinken Finger auch in deinen hinein.«

Unwillkürlich presste Yahya die Lippen aufeinander. Das Wimmern des Mannes ging ihm durch Mark und Bein. Dessen rundes Gesicht mit den derben Zügen war so rot wie sein Kittel. Dazu trug er sackartige, blaue Kniehosen und grobe, schmutzstarrende Strümpfe. Die Füße steckten in klobigen Schnürschuhen.

»Was macht er da?«, fragte Yahya, obwohl er sich die Frage selbst beantworten konnte.

»Was schon? Er zieht dem armen Teufel von Bauern einen fauligen Zahn. Und dass der sich nichts Besseres leisten kann als einen fahrenden Barbier, Zahnzieher und Feldscher, liegt ja wohl auf der Hand.«

In der heißen Zeit am späten Nachmittag begab sich Yahya zum Petersdom, den er sich unbedingt anschauen wollte und der sich unweit seiner Herberge befand. Rom war zwar immer voller Pilger und Unterkünfte deshalb rar und teuer, aber auch hier hatten Ruggieros Verbindungen geholfen, deren Vielzahl Yahya immer wieder erstaunte. Während der Italiener zum Stadthafen ritt, um zu sehen, ob er ein Schiff fand, das nach Barcelona ging und sie sich deshalb die Reise nach Neapel ersparen konnten, betrat Yahya den Platz vor der prächtigen Kirche.

Das Schauspiel, das sich seinen Augen bot, war unbeschreiblich. Ein Meer aus Menschen, die sich auf ihren Füßen, aber auch auf Knien dem Portal des Domes näherten, dazwischen Reiter und Pferdekutschen mit Aufbau, in denen sicher hohe Pilger saßen, die sich wohl aus Mangel an Gehtüchtigkeit so nahe wie möglich an die große Pilgerkirche der Christenheit heranfahren ließen.

Yahya seufzte, dann tauchte er ein in den Strom der Heilsuchenden und wechselte in eine andere Zeit, in ein Reich, das nicht von dieser Welt war. All diese Gläubigen beherrschte die Sehnsucht nach der Seligkeit, die sie sich hier zu sichern versuchten und die aus dem vielfachen Wunsch heraus wie eine Ahnung aufschien. Zum ersten

Mal fühlte Yahya, was die Christen meinten, wenn sie das Wort Frömmigkeit für die edelste, gottgefälligste Eigenschaft des Menschen hielten. Was er hier erlebte, *war* Frömmigkeit, und sie berührte ihn deshalb, weil er sie in den Tiefen seiner Erinnerung kannte und sie ihm fremd geworden war. Was er hier erlebte, erinnerte ihn an Ostern und an das Weihnachtsfest seiner Kindertage. Es berührte und es befremdete ihn gleichermaßen.

Nachdem er das Portal passiert hatte, durchquerte er einen Innenhof mit einem großen Pinienapfel, um durch den Säulenportikus in die eigentliche fünfschiffige Basilika zu gelangen. Im Gebäude umfing ihn Dämmerlicht. Vor den Kapellen bildeten sich Schlangen, denn alle wünschten eine Seelenmesse, die von den Priestern in großer Eile und mit Routine durchgeführt wurde. Überall an den Wänden befanden sich Beichtstühle. Als Yahya aus einiger Entfernung den Altar betrachtete, erinnerte er sich daran, dass darunter die Gebeine des Heiligen Petrus liegen sollten, und irgendwo dort ruhte wohl auch seit heute Mittag der Kopf des Andreas.

Yahya stand im Allerheiligsten des Christentums, der Weltmacht, die für Sultan Mehmed, aber auch für alle Muslime als Hauptfeind galt. Diese Kirche wollte der Großtürke zu seinem Pferdestall machen. Bei diesem Gedanken schaute Yahya um sich. Würden all diese Menschen das zulassen? Würden sie sich auch unter Zwang aus ihrer Dunkelheit erretten und zum wahren Glauben, zum Islam bekehren lassen?

Beim Anblick des Altars kam ihm plötzlich eine verwegene Idee. Er schloss die Augen und sandte ein Stoßgebet zum Himmel: »Christus, wenn du wirklich Gottes Sohn und Gott bist, dann lass mich auf der Stelle tot umfallen.« Er verharrte in Erwartung des Kommenden und zitterte leicht. Hatte er sich nicht vor vielen Jahren in einer kindlichen Blasphemie einen Pisspott vom Herrn am Kreuz gewünscht und war dafür hart bestraft worden? Unwillkürlich fasste er sich mit der Hand an den Hals, um einen unsichtbaren Würgegriff abzuwehren. War er dafür bestraft worden? Vielleicht wäre das Unheil auch ohne seine gotteslästerlichen Gedanken über seine Familie hereingebrochen, weil die christliche Religion an sich schon Gotteslästerung darstellte. Und vielleicht war ihnen durch Mehmed, durch Allahs Schwert, die gerechte Strafe zuteilgeworden.

Nichts, nichts geschah. Yahya nahm seine Hand vom Hals. Die Anspannung wich von ihm und zauberte ein Lächeln auf seine Lippen. Es gab keinen Christengott, keinen Christus. Auf dem Weg nach draußen dachte er etwas boshaft daran, dass er nun die Blasphemie, die Demetrios in der Aya Sophia angezettelt, vergolten und wirkungslos gemacht hatte. Wie gern verließ er diesen dunklen, stinkenden Tempel der Abgötterei. Wenn er die vielen bildlichen Darstellungen Gottes und der Heiligen auch nur ansah!

Als er wieder in die Sonne trat, fasste er sich noch einmal unwillkürlich an den Hals, und noch einmal und fuhr unter das Hemd und strich suchend über seine Brust. Es war nicht da. Er wurde blass. Das kleine Kreuz, das er von seiner Mutter bekommen hatte, fehlte. Panisch, als ginge es um sein Leben, drängte er sich zurück in die Kirche, zu dem Platz in der Nähe des Altars, an dem er gestanden und Christus herausgefordert hatte. Dort angekommen, hockte er sich nieder und suchte mit den Händen den Fußboden ab. Vor Schmerz schrie er auf, weil jemand ihm auf die rechte Hand trat. Er blickte auf und kniff die Augen zusammen, weil ihn ein Lichtstrahl blendete, der von einem Fenster schräg einfiel, und schaute instinktiv dahin, wo das Licht den Boden der Kirche erreichte.

Da lag es! Als wollte ihn Christus selbst darauf hinweisen, leuchtete das Kreuz kurz in der Sonne auf, bis eine Kinderhand danach griff. Yahya schaute auf und sah in zwei braune Kinderaugen, die ihn frech anlächelten. Und schon sprang der Junge auf und verschwand im Meer der Gläubigen. Yahya rannte ihm nach und stürzte über einen betenden Mann. Er richtete sich auf und ließ die Entrüstung des Pilgers hinter sich, denn er sah den Jungen, der nun zum Ausgang lief. Dessen Vorteil bestand darin, dass er kleiner und wendiger war. Als Yahya den Säulenportikus verließ, hatte er den Knaben aus den Augen verloren.

Er fühlte sich geschlagen und gezüchtigt, ausgestoßen und von seiner Familie vertrieben. Das Silberkreuz war das Einzige gewesen, das ihn noch mit seiner Mutter, seinem Vater, den Schwestern und

Brüdern verband. Während er mit wankenden Schritten von der Kathedrale zur Herberge zurückkehrte, nahm er seine Umgebung nicht mehr wahr. Als wäre alle Kraft aus ihm gewichen, lehnte er sich erschöpft an den gelbschwarzen Lehm der Hausmauer und rutsche an ihr runter. Halb wach, halb ohnmächtig sah er nur das kleine Kreuz vor sich.

Plötzlich spürte er, dass sich neben ihm jemand niedergelassen hatte, und schaute nach rechts. Da saß es, das kleine Mädchen mit der Narbe über dem Auge, und lächelte ihn an, als wollte es sagen: »Hast du es jetzt verstanden?« Ihr Lächeln verunsicherte ihn, weil es ihm Mut gab – und er wusste nicht, warum. Das Mädchen hob den Arm und zeigte mit ausgestrecktem Finger nach oben. Er sah auf und erkannte den Jungen aus dem Petersdom. Neben ihm stand ein breitschultriger, sehr großer Mann, der einen Dolch im Gürtel trug und von abenteuerlichem Äußeren war, elend, abgerissen, furchterregend. Yahya begriff, dass der etwa Elfjährige eines der Klaukinder des Diebes war. Er schaute noch einmal zu dem Mädchen, aber es war verschwunden.

Der Gauner zeigte ihm das Kreuz. »Kannst es zurückhaben. Kostet aber was. Finderlohn?«

Ohne ein Wort zu sagen, zog Yahya einen Florin aus einem kleinen Ledersack, den er in der Tasche seines Wamses bei sich trug.

Das Gesicht des Riesen blieb unbewegt, er zog seinen Dolch und schickte sich an, die Kette mit dem Kreuz wieder unter sein Hemd gleiten zu lassen. Rasch hielt Yahya ihm erneut einen Florin hin und legte dann eine weitere Münze hinzu. Der Mann zog den Rotz hoch und hängte die Kette an die Spitze seines Dolches.

»Hol das Geld, Paolo, und bring's mir«, wies er den Knaben an.

»*Subito*, Maestro Salvatore«, entgegnete der Junge und trat auf Yahya zu, der ihm das Geld in die Hand drückte.

Als der Junge wieder neben ihm stand, griff Salvatore nach dem Kreuz und ließ es unter seinem schmutzstarrenden Wams verschwinden. Grinsend wandte er sich um und hielt im Gehen weiterhin den Dolch auf Yahya gerichtet.

»Streit, Ihr Herren?«

Ruggiero war aus der gegenüberliegenden Gasse getreten und hatte sein Schwert gezogen. Ehe sich Salvatore versah, zielte die scharfe Spitze auf seinen Hals. Der Junge stob davon.

»So, mein Freund, jetzt gibst du meinem Gefährten zurück, was du ihm abgenommen hast.«

Widerwillig reichte der Spitzbube Yahya das Kreuz, der es erleichtert nahm und sich die Kette um den Hals legte. Er dankte der Jungfrau Maria und wurde sich nur vage bewusst, dass er in seiner Aufregung im Stillen ein kurzes christliches Gebet gesprochen hatte.

»So, und jetzt legst du auf den Boden, was du in den Taschen und am Mann hast. Zuerst den Dolch«, fuhr Ruggiero seelenruhig fort.

Funkelnd vor Wut legte Salvatore seine Waffe und einen gefüllten Lederbeutel auf die Straße. Als er sich wieder aufrichtete, zog Ruggiero in einer schnellen, spielerischen Geste die Spitze seines Schwerts über die rechte Wange des Gauners. Salvatore jaulte auf und presste seine schmutzigen Hände auf die Wunde, aus der Blut spritzte.

»Das gibt eine schöne Narbe«, stellte Ruggiero befriedigt fest. »Die wird mich immer an dich erinnern, wenn du mir je wieder über den Weg laufen solltest. Sei also auf der Hut. Das nächste Mal geht es nicht so glimpflich für dich ab. Und jetzt mach dich aus dem Staub.«

Mit zornsprühenden Augen ging Salvatore davon. Hinter der Ecke eines Hauses sah Yahya den Kopf des Jungen verschwinden.

»Leicht verdientes Geld. Danke!«, sagte Ruggiero und bückte sich nach Dolch und Geldsack. Den Dolch gab er Yahya. »Ich habe eine Karavelle gefunden, die morgen früh vom Stadhafen an der Ripetta nach Barcelona ausläuft.«

Das zweimastige, nicht allzu große Schiff bot Yahya das zweifelhafte Vergnügen, unter Deck schlafen zu können, doch er zog das frische Seeklima dem Gestank im Leib des Schiffes vor. Alles in allem vertrug er seine zweite Seefahrt etwas besser als die erste. Das Studium von Ibn Arabis Buch musste er sich versagen, weil er kein Aufsehen erregen wollte – die Katalanen an Bord würden das Arabisch zwar nicht lesen können, aber die Schrift dennoch erkennen. Und Yahya wollte weder Neugier wecken noch auf Fragen antworten müssen. So saß er abends oft allein an Deck und schaute in die schwarzen Wolken oder in den Sternenhimmel. Vor allem mochte er nicht über die Umstände des Verlustes und der Rückgewinnung des Kreuzes nachdenken. Nicht überbewerten, nicht daran rühren. Still übte er sich stattdessen in Sprachen.

Seltsam, dachte er, dass dieselben Sterne über Muslimen, Juden und Christen leuchten, obwohl sich diese im Glauben und in den Sprachen unterscheiden. Dabei waren die Sterne für alle gleich weit entfernt – es sah zumindest so aus. Zuweilen versuchte er auch, Figuren in den Wolken zu erkennen. Zur Untätigkeit verdammt, langweilte er sich dennoch nicht. Nicht selten verlor sich sein Blick im Meer, das alles Denken in seinen nassen Palast entführte. Dann ließ er seine Augen über der Wasseroberfläche mit den Sonnenstrahlen tanzen und genoss es, nicht mehr zu denken. Ruggiero, sein wackerer Gefährte, vertrieb sich die Zeit wieder mit Würfeln.

Mit jedem Tag kamen sie Barcelona näher, der Stadt, in der vielleicht seine Mutter und seine Schwestern lebten, wenn ihnen die Überfahrt geglückt war. Yahya würde sich nach ihnen erkundigen, so viel stand fest, aber dürfte er sich ihnen auch zu erkennen geben, ohne seine Mission zu gefährden? Umso näher sie der Heimat seiner Familie kamen, umso fühlbarer stellte sich ihm diese Frage, die er weiterhin zu verdrängen suchte.

Dann gerieten sie mitten am Tage auf Höhe der Balearen in einen heftigen Sturm. Blitze schlugen aus schwarzen Wolken, die sich teuflisch schnell gebildet hatten, sodass die Mannschaft kaum mit dem Reffen der Segel hinterherkam. Der Wind heulte, und die Wellen türmten sich zu Kathedralen aus Wasser auf.

Der Kapitän fluchte auf Katalan über den *»pudent diable«*, den *»diable pets«* und den *»pets i orinant diable«*, über den stinkenden Teufel, den furzenden Teufel und den furzenden und pissenden Teufel, und was dergleichen Koseworte mehr für den Herrn der Fliegen waren.

»Runter ins Schiff mit dir!«, brüllte der alte Seebär Yahya an, doch der wollte nicht in den stickigen Bauch der Karavelle, ihm war so schon schlecht genug. »Ach, dann fahr doch zu des Teufels Großmutter, aber binde dich an den Mastbaum, dass die Wellen dich nicht von Bord spülen!«

Yahya kroch auf allen vieren zum Mast und knotete sich dort mit einem Tau fest. Jetzt konnte nur noch Gott helfen. Doch welcher würde in diesem Fall die besseren Dienste leisten, der Gott der Christen oder Allah? Er erschrak heftig über seine Lästerung und bettete leise, aber immer wieder die al-Fatiha, die erste Sure des Korans.

Mitten im Sturm tanzte vor seinen Augen in den Räumen zwischen den schwarzen Wolken das geheimnisvolle Mädchen mit der Narbe über der Augenbraue. Er schaute ihr fasziniert zu, bis sie verdrängt wurde von zwei monströsen Wolken, die sich vereinigten. Es folgten Donnerschläge, dass ihm fast das Trommelfell barst, und er bat Gott darum, ihn am Leben zu lassen, und wenn es nur für kurze Zeit wäre, denn er wollte noch Barcelona sehen und wissen, ob seine Mutter und seine Schwestern überlebt hatten. Nur darum bat er Gott, als sich schließlich eine hohe Welle über ihn ergoss, als ob das ganze Meer auf ihn fiele und ihn ersäufte …

32

Arévalo, Spanien

Nuria fuhr sich mit dem linken Zeigefinger nachdenklich und staunend zugleich über die Narbe über ihrer rechten Augenbraue. Auf ihrem Gesicht lag der sanfte Glanz der Ergriffenheit. Zum ersten Mal seit Langem begegnete sie wieder dem milden Licht des Glaubens. Diesmal umhüllte es die Prinzessin, die in einer Reihe vor ihr neben ihrem Bruder kniete und betete. Mitten im Gebet war es plötzlich da gewesen. Nicht als Heiligenschein, sondern als Luftspiegelung, wie eine Flügelspanne, nur sehr viel zarter, sehr viel transparenter, ein Hauch der Helligkeit im Schatten. Auch Nurias Schwester Isabella hatte als kleines Mädchen in der Andacht eine ähnliche Entrücktheit gezeigt. Und plötzlich schmerzte Nuria der Anblick der Infantin Kastiliens. Sie musste alle Kraft zusammennehmen, um nicht das Gebet zu beenden, sich zu bekreuzigen, aus der Kirche zu eilen und auf ihrem Pferd gen Andalusien zu reiten und jeden Muslim, der sich zwischen sie und ihre Schwester stellte, aufzuschlitzen. Ach, Tod ihnen allen!

Inbrünstig flehte Nuria zu Gott, dass endlich der Sturm losbrechen würde, sie ihre Rache ausleben und vielleicht sogar Isabella aus maurischer Gefangenschaft befreien könnte. Das Warten quälte sie, jeder Tag war ein Vorwurf der Untätigkeit. Die Vernunft gebot ihr, sich in Geduld zu fassen, ihr heiliger Eid band sie, denn der Kardinal hatte ja recht: Der Weg zur Schwester führte über die beiden königlichen Kinder vor ihr. Verleih ihnen Stärke, bat Nuria Gott. Darin bestünde die größte Rache, wenn nicht nur sie selbst, sondern ganz Kastilien wie ein einziger Engel des Zorns über die Mauren herfiele.

Nuria bewunderte die Prinzessin. Isabel war ein ungewöhnlich ernstes zehnjähriges Kind, aber wenn sie lachte, dann blickte selbst der Himmel voller Neid auf sie herab. Ihr traute Nuria diese Stärke zu. Isabel war nur ein Mädchen, aber Nuria würde wohl die allerletzte sein, die an ihr zweifeln durfte – sie wusste nur zu gut, wozu Mädchen in der Lage sind.

Isabel erhob sich. Wie jeden Tag verließ sie nach der Beichte und dem Gebet mit Alfonso am frühen Abend in Begleitung ihrer Vertrauten Beatriz die Kirche San Martin im Zentrum des Städtchens. Die Marquesa war die Tochter von Pedro de Bobadilla, dem neuen königlichen Hausverwalter in Arévalo. Nuria folgte ihnen, bereit, die Infanten jederzeit auch mit ihrem Leben zu schützen. Ihre Hoffnung stützte sich jedoch stärker auf Isabel als auf ihren Bruder, weil der Prinz ein gutmütiger Knabe war. Gutmütig war seine Schwester nicht. Das wusste Nuria inzwischen.

Noch rekelte sich der Ort in der behaglichen Stille der Siesta. Die Bewohner bereiteten sich auf den Abend vor, wenn die Plaza Mayor wieder zum Leben erwachen und der dösende Nachmittag der turbulenten Nacht weichen würde. Der Himmel kleidete sich in ein überraschend kräftiges Blau. Obwohl es jeden Tag geschah, war es dennoch nicht zu verstehen, woraus der Abend nach einem ausgemergelten Nachmittag seine frische Kraft schöpfte.

In Gedanken versunken trat Nuria hinter den Infanten und Beatriz aus der Kirche. An einer Mauer entdeckte sie zwei Eidechsen, die sich sonnten. Sie lächelte, gern hätte sie mit ihnen getauscht, auch wenn ihnen jederzeit ein Eichelhäher oder ein Sperber zum Verhängnis werden konnte. Jeder hatte so seine Sorgen. Doch dann erlöste sie die milde Abendsonne von all ihren Grübeleien. Ihr Schatten fiel gegen die Kirchenwand, dann längte er sich auf dem Weg, der mit kleinen rötlichen Steinen gepflastert war. Die Zikaden begannen ihr allabendliches Konzert.

»Sagt einmal, Jorge, woher stammt Ihr eigentlich?«, fragte Beatriz, die sich umgewandt hatte, mit ihrer warmen Stimme.

Die Infantin hatte sich mit der acht Jahre älteren Adligen sehr schnell angefreundet, und Beatriz machte sich immer wieder einen

Spaß daraus, Nuria in Verlegenheit zu bringen. Der Spott stand ihren dunkelblauen Augen wie ein hübsches Accessoire.

»Aus einem kleinen Flecken in Andalusien.«

»Besonders schön können die Mädchen bei Euch zu Hause nicht sein.«

»Warum?«, empörte sich Nuria. »Sie sind sogar sehr schön. So schön wie … wie …«

»Ihre Schönheit hat jedenfalls nicht ausgereicht, um Euch am Ort zu halten.« Beatriz lachte und mit ihr das Blau ihrer Augen.

Auch Isabel warf Nuria einen frechen Blick über die Schulter zu, nur Alfonso verdrehte die Augen. Wieso sollten Mädchen einen Hidalgo am Ort halten? Ausgerechnet Mädchen?

»Der Tod, Hoheit, hat mich vertrieben – und der ist bekanntlich nie schön.«

Beatriz erbleichte. »Verzeiht mir törichtem Wesen.«

»Verzeiht *mir*«, Nuria verbeugte sich leicht im Gehen, »dass ich mit meinen düsteren Erinnerungen den heiteren Abend trübe.«

»Ja, Spanien leidet«, sagte Isabel gedankenverloren.

»Aber ich, Alfonso de Castilia, werde euch rächen! Vertraut mir nur.«

»Es ist gut, dass wir Euch haben, *mi hermano*«, sagte die Infantin. »Ach, könnte doch ganz Spanien so sein wie Arévalo.«

Inzwischen hatte die kleine Gruppe den Hauptplatz des Städtchens erreicht. Die oberen Geschosse der zweistöckigen Häuser ragten weit über den Unterbau hinaus und ruhten auf Säulen. So gewährten sie den Bewohnern schattige Arkaden, in denen einige Händler ihre Läden aufgebaut hatten. Mittwochs herrschte rund um den Hauptmarkt ein besonders reges Treiben. Die Besitzer der Arkaden nutzten sie selbst oder vermieteten sie an Händler. Überall gab es Stände und kleine Gatter für das Vieh. An diesem Donnerstagabend jedoch döste der Platz noch vor sich hin. Später, wesentlich später, würden sich viele Menschen hier einstellen, erzählen, trinken und tanzen.

In der abklingenden Wärme bildeten sich auf der Plaza erste Trauben von Menschen, die sich ins Gespräch vertieften. Es gab niemanden, der die Infanten nicht ehrfürchtig und wohlwollend grüßte. Gute kastilische Gesichter, dachte Nuria. Sie wusste, dass die Juden und auch ein paar Muslime seit Jahrhunderten in eigenen Vierteln am Rande der Stadt wohnten. Sie gingen dem Handel, der Viehzucht und der Weberei nach und lebten streng geschieden von den Christen unter sich. Abends aber fanden sie sich gern zu einem Plausch mit ihren christlichen Mitbürgern auf der Plaza ein, um sich gegenseitig auf dem Laufenden zu halten und Geschäfte zu vereinbaren.

Durch eine Flucht aus ebenfalls breiten, zweistöckigen Häusern, deren Wände zwischen Ziegeln oder Holzbalken mit Lehm aufgefüllt und verkleidet waren, schlenderten sie in Richtung der Burg. Mit Pollen beladene Bienen summten auf den Wiesen zu beiden Seiten der Straße und ließen sich in die unendliche Blütenpracht sinken, in die gelben Kelche der Narzissen, die blauen Büsche des Lavendels, die Stauden des violetten Günsels, die purpurrot leuchtenden Anemonen, die aufreizenden roten-schwarzen Blüten des Klatschmohns.

Es war ein so schöner, so freundlicher Abend. Vielleicht würden sie im Burghof ein kleines Feuer anzünden, dachte Nuria, und den »Cantar de mio Cid« und andere Romanzen singen. Am Feuer zu sitzen, abwechselnd in den Abendhimmel und in die Flammen zu schauen, dem Lautenspiel der Marquesa Beatriz zu lauschen, das Balsam für ein krankes Herz wie das ihre war, darauf freute sich Nuria. Besonders liebte sie es, mit den Augen dem gelegentlichen Funkenflug in den Himmel zu folgen. Vielleicht würde es ihr gelingen, die anderen von einem Abend am Lagerfeuer zu überreden.

Ihre gehobene Stimmung zerschellte an der finsteren Miene von Beatriz' Vater Pedro de Bobadilla. Als sie den Hof betraten, stürzte er auf sie zu, als hätte er händeringend auf sie gewartet. Nuria spürte, dass es sich um etwas sehr Ernstes handeln musste, denn im Blick des treuen Verwalters stand Mitleid.

»Kommt bitte mit mir, rasch«, sagte er zu Isabel und Alfonso, »Eure Mutter erwartet Euch.«

Die Kinder folgten ihm, während sich Beatriz und Nuria verwundert anschauten. Dann entdeckte Nuria sechs bewaffnete Fremde, die vor den Ställen auf dem Boden saßen. Eine Eskorte. »Ich geselle mich mal zu diesen Männern«, raunte sie der Marquesa zu.

Beatriz nickte und begab sich in das Haupthaus.

»Gott zum Gruße«, sagte Nuria und musterte die sechs Reisigen. Gewöhnliche Haudegen, nichts Besonderes, stellte sie fest.

»Ich bin Jorge de Castro, Diener der Infanten. Und Ihr? Mit wem habe ich die Ehre?«

Ein schwarzhaariger Hüne mit einem breiten, groben Gesicht erhob sich. Er warf Nuria einen verächtlichen Blick zu. »Lass uns in Ruhe, Bürschchen. Geh und spiel mit den Kindern.«

Die anderen Männer lachten pflichtschuldigst. Nuria lachte mit, nur lauter und länger, sodass die Kerle sie anglotzten, als wäre sie von Sinnen. Sie verstummte abrupt.

»Mein Fehler«, sagte sie scharf. »Wie kann ich von einem Mehlsack auch eine Antwort verlangen.«

Der Schwarzhaarige funkelte sie an. »Vorsicht, Kindergesicht, dass ich dir nicht den Arsch versohle.«

Nuria trat einen Schritt zurück und zog blank. »Dann probier es doch, Großfresse!«

Der Mann schnaubte und griff nach seinem Schwert. Er war zwar kein Maure, aber gerade noch hatte Nuria in der Kirche mit aller Kraft ihre Trauer bekämpfen müssen. Sie trug noch genügend Wut in sich, dass es wahrlich nicht ratsam war, sie schief anzusehen.

Mit einem mächtigen Hieb versuchte der Fremde, Nuria zu entwaffnen. Sie duckte sich blitzschnell unter dem Schwertstreich weg, sodass ihr Gegner leicht ins Straucheln geriet. Sogleich schnellte sie wieder hoch und verletzte ihn an der Stirn. Er schrie auf. Blut floss über sein Gesicht und tropfte auf sein Wams. Nuria schlug ihm das Schwert aus der Hand und setzte die Spitze ihrer Waffe mit so viel Druck in die Halsbeuge, dass sie sich in die Haut bohrte. Ihr Gegner biss die Zähne zusammen.

»Eine Bewegung, und ich ersteche dich, Großfresse!«

Die Kumpane sprangen nach einer Schrecksekunde auf und griffen nach ihren Schwertern.

»Versucht es nur, aber dann ist euer Freund tot, und ihr werdet ihm einer nach dem anderen in die Hölle folgen.«

Der Hüne schluckte. »Steckt die Schwerter weg.«

»So, nun bereit für ein freundliches Gespräch unter Ehrenmännern?«, fragte Nuria ruhig. »Wer seid Ihr?«

»Ich bin Luis de Zamora, Waffenmeister von Juan de Pacheco, Marqués de Villena, und das sind meine Leute.«

»Luis de Zamora?«, brüllte ihn Nuria an. Und sie konnte sich nur mühsam verkneifen, »das Schwein« hinzuzufügen.

Der Mann riss erstaunt die Augen auf. »Ja, verdammt. Was ist so Besonderes daran?«

»Ich komme aus Sevilla, müsst Ihr wissen. Da wurde vor ein paar Jahren eine junge Frau namens Lucia, das Eheweib eines Kochs im Stadtpalast des Marqués, wegen Ehebruchs verurteilt.«

Zamora dachte einen Moment nach, dann lachte er heiser auf. »Hoho, die kleine Schlampe meint Ihr? Solltet Ihr auch mal versuchen, ziert sich ein bisschen, ist aber wohl gewachsen.«

Nuria wurde es kalt ums Herz, sehr kalt. Sie zwang sich zur Ruhe, denn sie wusste, dass sie ihrem Verlangen, diesen Schuft zu bestrafen, noch nicht nachgeben durfte. »Was verschafft uns die Ehre des Besuchs?«, fragte sie stattdessen.

»Das geht …«

Nuria verstärkte den Druck mit Freuden.

»Der König hat befohlen, dass die Infanten an den Hof geholt werden. Er will sich persönlich um ihre Erziehung kümmern.«

»Warum nicht gleich so!« Nuria nahm ihr Schwert herunter und wandte sich zum Gehen.

In ihrem Rücken hörte sie ein Zischen und fuhr herum. Zamora hatte sein Schwert aufgehoben und setzte zum Schlag an, um ihr den Schädel zu spalten. Doch bevor die scharfe Klinge ihren Scheitel traf, führte Nuria mit ihrem Schwert mit beiden Händen einen waagerechten Schlag aus, der dem Waffenmeister den linken Arm und den Kopf abtrennte. Der Kopf fiel zu Boden, gefolgt von Arm und Leib.

Nuria konnte sich nicht erinnern, wann sie jemals eine tiefere

Befriedigung empfunden hatte. Es tat ihr nur leid, dass Lucia nicht bei ihr gestanden und gesehen hatte, wie ihr Peiniger bestraft wurde. »Hat einer von euch Tölpeln Lust, dem stinkenden Kadaver zu folgen? Nur zu!«

»Teufel auch!«, fluchte einer der Männer und spuckte aus.

Nuria bückte sich, packte Zamoras Kopf beim schwarzen Haarschopf und ging über den Platz auf das Haupthaus zu und hinterließ eine blutige Spur. Sie stellte sich vor, dass im Himmel eine große Freude herrschen musste, weil die Ordnung wiederhergestellt und der Gerechtigkeit genüge getan worden war. Aber sie wusste auch, dass sie die Sache jetzt gründlich klären musste.

An der großen Eichentür steckte sie ihr Schwert ein. In ihrem Nacken fühlte sie die hasserfüllten Blicke der Eskorte des Marqués. Wieder ein paar Feinde mehr auf der Welt, dachte sie kühl. Dass sie zum ersten Mal in ihrem Leben einen Menschen getötet hatte, kam ihr nicht in den Sinn. Sie hatte ihre Arbeit erledigt – und zur Arbeit der Männer gehörte es auch, anderen den Tod zu bringen. Was hatte ihr Meister Hernandez de Cardenas sie gelehrt? Überlege genau, ob du den Kampf wagen willst, aber wenn, dann bis zum bitteren Ende. Sie hatte genau nachgedacht, sie hatte sich entschlossen und war bis zum bitteren Ende gegangen. Langsam schritt sie die große Treppe hinauf, die in den ersten Stock führte, wandte sich nach rechts und betrat den Saal.

Um den Tisch saßen die Königin, die beiden Thronfolger, Pedro de Bobadilla und ein vornehm gekleideter Mann Anfang vierzig. Er hatte lange, brünette Locken, die in einen fransigen Vollbart übergingen. Unter der geraden Nase bog sich ein Oberlippenbart an den Mundwinkeln vorbei zum Backenbewuchs. Die Augen des Marqués de Villena waren für das flächige Gesicht überraschend klein. Da sie sehr tief in den Höhlen lagen, wirkten sie unbeweglich. Die hinterhältigen Augen eines Bären, dachte Nuria. Das Haar, das fast an die Augenbrauen stieß, verbarg die Stirn. Er trug Reisekleidung, ein weißes Hemd unter einem roten, darüber ein geschlitztes Wams.

Das Gespräch verstummte, alle Augen richteten sich auf Nuria. Die verweinten Augen der Königin weiteten sich vor Entsetzen. Sie stieß einen spitzen Schrei aus, während Alfonso neugierig schaute und Isabel keine Miene verzog. Sie alle, auch die Kinder, hatten schon mehr als einer Hinrichtung beigewohnt. Die Menschen lebten mit dem Tod wie mit der Gewalt.

»Eure Männer benehmen sich wie die Schweine. Und der hier«, Nuria legte den abgeschlagenen Kopf auf den Tisch, »wollte mich töten.«

»Was fällt dir …«

»Euch, Marqués, Euch, ich bin ein freier Edelmann! Jorge de Castro mein Name. Mein Besitz reicht bis an den Himmel, mein Reichtum ist meine Ehre. *Tanto monta!*«

»Es ist ganz und gar nicht egal! Du hast meinen Waffenmeister ermordet!«, brüllte der Marqués voller Wut.

»Es war Selbstverteidigung! Und da er sich töten ließ, kann er ja als Waffenmeister nicht allzu viel getaugt haben. Ich empfehle Euch dringend, einen Besseren zu finden. Das dürfte im Übrigen nicht allzu schwer sein.«

»Damit finde ich mich nicht ab, Mordbube! Du hast meine Ehre angegriffen, du hast *mich* angegriffen«, kreischte Villena.

»Da wir gerade so vertraut sind, da du mich duzt, als ob wir schon gemeinsam Schafe gehütet hätten, frage ich dich: Willst du für deinen Waffenmeister in die Schranken treten? Ein Zweikampf gefällig, Senhor?«

Doch offenbar stand dem Marqués nicht der Sinn danach, auf Leben und Tod zu fechten, obwohl er sich tief gedemütigt fühlen musste. »Ich verlange eine Untersuchung«, brüllte er puterrot im Gesicht. »Diese Schandtat wird zu untersuchen sein!«

»Sie ist bereits untersucht. Reg dich ab oder kämpfe! Mir wäre es lieber, dass wir zur höflichen Anrede zurückkehren. Euch auch?«

Villena nickte mit verkniffenem Gesicht.

Nuria lächelte hart. »Ich höre, die Infanten sollen an den Hof des Königs reisen?«

»Das geht dich …«

»*Euch*, Marqués, Euch, sonst müsste ich Euch den Fehdehandschuh hinwerfen, weil Ihr mich wie einen Bauern behandelt habt.

Oder ich müsste Euch erneut duzen, was mir, offen gestanden, keine Freude bereitet.«

Sie maßen sich mit Blicken, den keiner von beiden senkte.

»Meint Ihr, das geht Illustrissimo Kardinal Juan de Torquemada nichts an? Meint Ihr das?«, fragte Nuria schneidend.

»Was redest … was redet Ihr? Der Kardinal ist nicht hier.«

»Doch, in meiner Person ist er da!«

Villena brach in ein gekünsteltes Lachen aus. »Verzeiht, Illustrissimo, wenn ich Euch nicht gleich erkannt habe. In welchen Jungbrunnen seid Ihr gestiegen? Verratet es mir, für die Zeit, da ich ins Alter komme.«

»Redet keinen Unfug. Kardinal Juan de Torquemada hat mich zum Schutz der Infanten bestellt. Also stehe ich an seiner statt hier. Im Namen der Kirche. Nur er kann diese Anweisung rückgängig machen, nur er oder der Papst.«

»Oder der Tod!«

Der Marqués hatte die Drohung mit einem hinterhältigen Lächeln vorgebracht, als wäre sie nur ein Witz.

»Einerlei, Ihr habt die Anweisung zu respektieren!«

»Wir reisen morgen in der Frühe, wenn Ihr nicht anders könnt, dann schließt Euch uns an. Für Eure Sicherheit garantiere ich nicht. König Enrique will seine lieben Halbgeschwister um sich haben und für ihre Erziehung sorgen. Darüber habe ich nicht zu verhandeln. Ich führe nur seine Befehle aus.« Nuria verneigte sich zum Zeichen, dass sie gehen wollte. »Nehmt mit, was Ihr zu unserem Ergötzen mitgebracht habt«, fuhr Villena fort und wies auf den Kopf seines Waffenmeisters. »Es hat seinen Zweck erfüllt, auch wenn der Einsatz entschieden zu hoch war. Sagt meinen Leuten, sie sollen für ein anständiges Begräbnis sorgen. War Luis auch nicht besonders fromm, so doch ein treuer Diener.«

Nuria nahm den Kopf vom Tisch, der dort einen roten Fleck hinterließ.

Als Nuria sich zu Bett legen wollte, klopfte es. Beatriz steckte den Kopf durch die Tür. »Die Infantin wünscht Euch zu sehen.«

Nuria folgte ihr in den Nebenraum.

Isabel saß in ihrem Bett, ihr Haar fiel in Wellen auf ihre Schultern und den Kragen ihres weißen Nachthemds. »Was soll ich tun, Jorge? Sind Alfonso und ich nicht Mutters einzige Verbindung zu unserer Welt? Wird sie, wenn wir nicht mehr da sind, nicht ganz den Bezug zur Gegenwart verlieren?«

»Das wird wohl geschehen, Hoheit, aber ...«

»Aber?«

»Es ist weit weniger schlimm, als Ihr glaubt. Denn nur wir leiden darunter, nicht sie«, sagte Nuria. Das Mädchen sah sie verwundert an. »Seit Euer Vater im Himmel ist, reißt er mit ganzer Kraft nach ihr. Er will seine geliebte Frau bei sich haben. Und da der Körper sich noch wehrt, ihm zu folgen, so begibt sich vorerst der Geist allein zu ihm. Das Leben Eurer Mutter hat in dieser Welt mit dem Eures Vaters aufgehört. Lasst sie! Es klingt grausam, aber sie wird Euch nicht vermissen.«

Isabel seufzte und eine Träne drang durch die bewundernswürdige Selbstbeherrschung des Mädchens. »Dann sollen also die schönen Tage von Arévalo enden?«

»Ja, Hoheit. Mir bereitet nur Sorgen, dass Ihr und Euer Bruder am Hof des Königs einer ständigen Gefahr ausgesetzt seid. Ihr müsst klug sein, und wir müssen alle auf Alfonso aufpassen.«

»Das tun wir, wir passen auf uns auf!«, bekräftigte Beatriz.

»So, jetzt schlaft aber, Hoheit, wir haben drei anstrengende Tage vor uns.«

»Jorge?«

»Ja?«

»Sei vorsichtig. Du hast dir heute einen gefährlichen Feind geschaffen.«

»Er aber auch, Hoheit!«

Als Nuria durch das Fenster in den Himmel schaute, sah sie einen blutroten Mond – wie an dem Tag, an dem sie ihre Heimat verlassen hatte.

33

Auf dem Meer vor Barcelona, Spanien

Schwarz und nass und kalt klatschte es gegen sein Gesicht, den Hals, den Körper. Würde das Schiff aus dem Bauch des Meeres wieder auftauchen? Unter Wasser? Über Wasser? Die Höllenfahrt hatte Yahyas Orientierung inzwischen ausgelöscht. Inbrünstig betete er die al-Fatiha. An dem Tag, an dem er erfahren hatte, dass seine Mutter und seine Schwestern noch am Leben waren, hatte er die Gleichgültigkeit gegenüber der simplen Tatsache verloren, dass er selbst lebte. Wenigstens einmal wollte er sie sehen, sich mit eigenen Augen überzeugen, dass es ihnen gut ging. Das Leben erschien ihm plötzlich wieder wertvoll. Mit einem Mal war er nicht mehr allein auf der Welt. Auch wenn er niemals mit ihnen zusammenwohnen sollte, so genügte es ihm, zu wissen, dass seine Mutter, Blanca und Rosalie den Fall von Konstantinopel überlebt hatten, dass zumindest ein Teil seiner Familie noch existierte. Damit stand das Versprechen im Raum, jederzeit zu ihnen fliehen zu können.

Als ihm nicht nur Nässe, sondern auch Luft entgegenschlug, nahm er einen heftigen Atemzug und hustete qualvoll das Wasser, das er geschluckt hatte, wieder aus. Das Salz brannte in seinen Schleimhäuten. Kaum, dass sich sein Atem beruhigt hatte, stürzte das Schiff vom Wellenkamm wieder in die Tiefe. In seinen Ohren toste das Meer und brüllte der Sturm. Die heftige Übelkeit, die in ihm aufstieg, vertrieb scheinbar widersinnig die Übelkeit. Ein Delfin flog so dicht vor seinen Augen vorbei, dass das Tier fast seine Nase geschrammt hätte. In dem sanften Schwarz der Augen des großen Fischs vermeinte er zwischen zwei Wimpernschlägen, ein Verständnis für sich und seine Ängste zu entdecken. Und so absurd es scheinen mochte, aber Yahya überkam mitten in dem satanisch heulenden Sturm eine tiefe Ruhe. Er spürte die Gewissheit, dass der Delfin ihn retten würde, auch wenn das Schiff untergehen sollte.

Gegen Morgen, als der Sturm nachließ, und der Himmel noch drückend und schwer wie Blei auf dem Meere saß, fiel er vor Erschöpfung in einen tiefen Schlaf. Wie lange er geschlafen hatte, wusste er nicht, aber er fand sich auf den Planken wieder. Jemand hatte ihn vom Mast losgebunden, gebettet und zugedeckt. Er richtete sich auf.

Ein Matrose, der das wahrnahm, rief zur Brücke: »Unser kleiner Jonas hat ausgeschlafen.«

Die Nachricht rief Ruggiero herbei. »Na, wieder unter den Lebenden? Stärke dich erst mal!« Er reichte Yahya eine Flasche Wasser und einen Kanten Brot.

Dankbar trank Yahya einen großen Schluck. »Was für ein Sturm!«

»Mir hat er Glück gebracht«, erwiderte der Italiener und wies auf den prall gefüllten Geldbeutel, der an seinem Gürtel hing.

»Mir auch«, ergänzte Yahya, der an die Begegnung mit dem Delfin dachte, auch wenn er nicht mehr zu entscheiden vermochte, ob er die Begegnung nur geträumt oder tatsächlich erlebt hatte.

»Hast du die ganze Zeit gewürfelt?«

»Was sonst? Wie der liebe Gott mit unseren Seelen, so habe ich mit den Würfeln gespielt. Leben gewonnen und Geld gewonnen, was will man mehr?«

Yahya beeindruckte die Kaltblütigkeit des Italieners.

»Sortes mittuntur in sinum, sed a Domino temperantur«, fügte Ruggiero mit einem spärlichen Lächeln hinzu.

»Der Mensch wirft das Los, aber es fällt, wie der Herr will«, wiederholte Yahya für sich auf Katalan. Ein guter Wahlspruch, dachte er, auch wenn man das Glücksspiel nicht so leidenschaftlich liebte wie Ruggiero da Ischia.

Zwei Tage später legten sie im Nieselregen auf levantinische Art mit dem Bug zur Mole in dem breiten Hafen von Barcelona an. Das Gewirr der Kräne und Kranbrücken, mit deren Hilfe die Schiffe schnell be- und entladen werden konnten, beeindruckte ihn. Linker Hand fiel sein Blick auf eine überdachte Werft.

»Die *drassanes*, die alten Werften. Da lässt die Krone von Aragón ihre Kriegsschiffe bauen. Unter dem Dach haben sie sogar ein Trockendock. Tüchtige Leute, diese Katalanen«, sagte Ruggiero.

Yahya ibn Catalano freute die Anerkennung, die er seinen Landsleuten zollte. Wie ein geistliches Portal erhob sich vor ihnen eine Kirche auf dem großen, vor allem breiten Platz, der sich zwischen Hafen und Stadt lagerte.

»Das ist Santa María del Mar, die Basilika der barmherzigen Gottesmutter und des Erzengels Michael«, sagte der Italiener.

»Basílica de la Mare de Déu de la Mercè i Sant Miquel Arcàngel«, übersetzte Yahya im Stillen ins Katalanische.

»Gehört zum Ordo Beatæ Mariæ Virginis de Redemptione Captivorum«, erklärte Ruggiero.

»*Redemptione captivorum?* Die Erlösung von Gefangenen?«

»Eigentlich der Loskauf von Christen aus muslimischer Gefangenschaft. Die guten Brüder haben sich als zusätzliches, als viertes Gelübde die Pflicht auferlegt, alles zu tun, um Christen aus muslimischer Haft oder Sklaverei zu befreien. Die meisten sammeln Geld, um mittellose Gefangene zurückzukaufen, andere geben sich selbst zum Austausch, wieder andere versuchen es mit Gewalt. Der Orden schickt seine Mitglieder nach Granada und nach Nordafrika, um Christen freizukaufen, eine gefährliche und schwierige Aufgabe, die viel Umsicht und Mut erfordert.«

Yahya sah seinen Gefährten erstaunt von der Seite an, denn so viel hatte Ruggiero noch nie gesprochen. Der Italiener lenkte seine Schritte durch die Gassen des Barri Gòtic, dem Herzen von Barcelona und ältestem Viertel der Stadt, wie er erklärte. Schließlich blieb er vor einem vierstöckigen, weißen Haus stehen, das sich an die alte Römermauer lehnte, die das Viertel umgab, und an das Alter der Hafenstadt erinnerte.

»Unsere Herberge«, sagte Ruggiero. »Richte dich aber nicht allzu gemütlich ein. Morgen früh ziehen wir weiter nach al-Andalus.«

»Morgen schon?«, entfuhr es Yahya. Wie sollte er an einem Nachmittag und in einer Nacht seine Mutter und seine Schwestern finden?

»Hattest doch genügend Möglichkeiten, dich auf dem Schiff auszuruhen.« Der Italiener grinste.

»Aber ...«

»Kein Aber.«

»Und meine Erkältung?«

»Die kurierst du auf dem Rücken deines Pferdes aus!«, entgegnete Ruggiero knapp und betrat den Gasthof.

Viel Zeit blieb Yahya also nicht, um herauszufinden, ob seine Mutter und seine Schwestern Barcelona erreicht hatten. Kaum hatte er sein Zimmer bezogen, machte er sich wieder auf den Weg, allerdings mit triefenden Augen und laufender Nase. Er fühlte sich am ganzen Körper wie durchgeprügelt. Die lähmende Müdigkeit hing bleiern in seinen Knochen.

Er beschloss, die Kirchen aufzusuchen und deren Priester zu befragen, denn zu einem der Sprengel mussten seine Verwandten ja gehören. Beginnen wollte er mit der Größten, der Kathedrale La Seu, die der heiligen Eulalia gewidmet war. Der Weg durch die schmalen Gassen, die der Nieselregen mit einem Grauschleier überzog, führte bergan. Yahyas Kopf glühte, und der Hals schmerzte. Eigentlich gehörte er ins Bett.

Tanzende Steine, dachte Yahya, als er aus der Gasse auf den Platz trat und sich vor ihm die Kathedrale erhob, tanzende Steine. Und plötzlich erhob sich unvermittelt ein wildes Glücksgefühl in ihm. Er fühlte mit jeder Faser seines Körpers, dass er wirklich angekommen war in der Stadt, nach der er sich immer gesehnt hatte. Er würde sich auch nicht wundern, wenn er im Innern der Kirche auf das Mädchen stieße. Das Mädchen mit der Narbe, den frechen Augen und der Flut schwarzer Haare.

Mit ihren sich verjüngenden Bögen, die ihm wie das aufgeschlagene Buch des Lebens vorkamen, sog die Puerta de San Ivo ihn ins Innere. Als er sich in dem monumentalen Kirchenschiff wiederfand, das sich in einer einzigartigen Gestalt aus Stein und Licht vor Gott verbeugte, fühlte er sich auf seine ganze Nichtigkeit zurückgeworfen. Aber zugleich, und das richtete ihn auf, sagte ihm eine Stimme tief in seinem Innern, dass dieses himmelan strebende Bauwerk nur aus zwei Gründen von Menschenhand geschaffen worden war: erstens, weil es Gott gab, und zweitens ihn selbst als Gottes Geschöpf.

Das Licht der Sonne hatte noch genügend Kraft, um den Wolkenriegel zu durchdringen und in der Kathedrale eine Helligkeit zu entfachen, die Yahyas Herz erfüllte. Merkwürdig – La Seu kam ihm trotz des verhangenen Himmels viel heller vor als der Petersdom. Die große Rosette glühte sanft in Rot und in Blau.

Während er sich in ihrem Anblick verlor, lief ihm der Rotz aus der Nase, den er am Ärmel abstreifte. Seiner christlichen Ausstattung mangelte es an einem praktischen Tuch, das man in Stambul bei derlei Ungelegenheiten zu benutzen pflegte. Er schniefte und fühlte sich völlig erschöpft.

Aber weiter, er musste weiter, jetzt nur nicht aufgeben, nicht der Mattigkeit nachgeben! Yahyas Blick fiel auf einen Dominikaner, dessen langes Gesicht eine einzige Falte zu sein schien und dem die Kutte um den dürren Körper schlackerte. Gemessenen Schrittes ging er auf den Mönch zu und sprach ihn auf Latein an.

»Gott zum Gruße, verehrter Vater. Ich bin Italiener. In Ancona haben mich ein paar Griechen gebeten, mich nach einer guten katalanischen Familie zu erkundigen.«

»Führst du Böses im Schilde, mein Sohn? Aber danach siehst du nicht aus. Was willst du von der Familie, die du suchst?«

»Sie hat nach dem Fall von Konstantinopel einer griechischen Familie das Leben gerettet. Es ist der Letzte Wille des Familienvaters, dass er etwas von seiner Dankesschuld abträgt, bevor er vor unserem Vater im Himmel steht.« Yahya freute sich, dass er kein Christ war, denn sonst wäre die Flunkerei im Hause des Herrn ein Frevel gewesen. Halb so schlimm, dachte er. Aus den Spitzelberichten kannte er die derben Lügen der Christen, die sie in Gottes Namen und selbst an seinem Ort von sich gaben.

»Komm mit«, sagte der Dominikaner. »Ich bringe dich zu Bruder

Ramón. Er hat ein wunderbares Gedächtnis und kennt wohl alle Familien Barcelonas. Aber ich muss dich warnen, er ist alt, sehr alt. Wie alt genau, weiß nicht einmal er selbst. Einmal hat er mir erzählt, dass er als Kind miterlebt hat, wie die Brüder Cresques den berühmten Weltatlas für Pere el Cerimoniós gezeichnet haben.«

»Pere el Cerimoniós?«

»König Pedro IV., der Zeremoniöse, wegen des strengen Hofprotokolls, das er eingeführt hatte, um den stets aufmüpfigen Adel im Auge zu behalten.«

»Wann war das?«

»Vor gut achtzig Jahren.«

»Demnach dürfte Euer Mitbruder zwischen neunzig und hundert Jahre alt sein«, staunte Yahya.

Der Mönch lächelte verschmitzt und wiegte den Kopf. »Sein Latein geht gelegentlich ins Katalanische und ins Mallorquinische über, ohne dass er es bemerkt. Zuweilen auch in eine Sprache, die ich nicht kenne.«

»Oh, Sprachen sind meine Leidenschaft«, sagte Yahya auf Katalan und fing sich dafür einen misstrauischen Blick des Dominikaners ein. Er nahm sich vor, in Zukunft vorsichtiger zu sein. »Wenn man so viel herumkommt, wie ich …«, schob er nach, hob die Arme und schaute den Mönch freundlich an. Die Lüge fressen die Menschen umstandslos, aber die Wahrheit macht sie misstrauisch, dachte er, wieder einmal verwundert.

Der Predigerbruder berührte Yahya am Arm und stieg mit ihm die Treppen hinab zur Krypta. In dem unter einem massiven Tonnengewölbe von Kerzen erleuchteten Raum prangte in der Mitte der Sarkophag der heiligen Eulalia aus reinem Alabaster, der reich mit Figuren und Reliefs verziert war, die vom Schicksal der Heiligen erzählten und von der wunderlichen Wiederauffindung ihrer Gebeine. Die unirdische Spannung, die den Ort beherrschte, ergriff Besitz von Yahya. Durfte er in den Fieberwellen noch seinen Sinnen vertrauen? Die Anbetung eines Sarkophags hätte Spott, nicht Erregung in ihm hervorrufen sollen.

Vor dem Schrein kauerte ein Zwerg in einer Kutte. Der Mönch

bedeutete ihm durch ein Zeichen zu warten, dann schlich er zu dem Alten, beugte sich zu ihm und flüsterte ihm etwas zu.

Bruder Ramón schlug mehrmals heftig nach seinem Mitbruder, um ihn zu vertreiben, wie man Fliegen verscheucht. »Weg, weg, Erznarr! Schelmschelm!«

»Geliebter Bruder, der Mann ist weit gereist, um dir eine Frage zu stellen, sei so barmherzig wie unsere Jungfrau.« Er betete ein Ave Maria. Das schien den Alten zu besänftigen.

»Soll zur Vigil kommen. Aber wenn er zu dieser Zeit lieber mit den Knechten des Teufels säuft oder würfelt oder sich mit den Huren einlässt, seine Sache. Ich warte nicht auf ihn.« Damit versenkte sich Bruder Ramón wieder ins Gebet.

Yahya bedankte sich bei dem hilfsbereiten Mönch und verließ die Kathedrale. Weil er nicht auf Gedeih und Verderb auf den wunderlichen Alten angewiesen sein wollte, nutzte er die Zeit, obwohl sich sein Körper nach Ruhe sehnte, um in anderen Kirchen, begonnen in Santa Maria del Mar, nach der Familie Julia zu fragen, doch vergebens. So blieb ihm nichts weiter übrig, als seine ganze Hoffnung auf Bruder Ramón zu richten.

34

Barcelona, Spanien

Der schmerzende Hals und das Fieber nahmen ihm den Appetit. Dennoch, er musste etwas essen. In der gut besuchten Schankstube seiner Herberge speiste Yahya allein zu Abend. Die ausgelassenen, lauten Männer an den Tischen um ihn herum waren, wie er aus ihrer Kleidung und ihren Äußerungen schloss, zumeist Kaufleute.

»Euch scheint es gar nicht gut zu gehen, Herr!«, sagte der Wirt, ein fröhlicher Katalane, mit einigem Mitgefühl.

»Folge einer stürmischen Überfahrt.«

»Italiener?«

Yahya nickte.

»Ich bring euch eine kräftige Hühnersuppe und einen heißen Branntwein mit Zimt und Salbei. Das weckt die Lebensgeister.«

»Hühnersuppe ist gut. Aber keinen Branntwein bitte. Hast du Zitronen?«, fragte Yahya. Der Wirt nickte und musterte ihn mit skeptischem Blick. »Press den Saft aus einer Zitrone und gib ihn in heißes Wasser, in das du bitte auch Honig rührst.«

»Wie Ihr wollt, Herr«, brummte der Wirt. »Gott verstehe die Italiener!« Er verschwand in der Küche und kehrte bald darauf mit einem Tonbecher zurück.

Yahya legte die klammen Hände um das Gefäß. »Kannst du mir noch einen Gefallen tun?« Der Wirt nickte. »Ich geh rauf auf mein Zimmer und schlafe ein bisschen. Weck mich bitte eine Weile vor der Vigil.« Erneutes Nicken, begleitet von einem Kopfschütteln.

Aus Angst, vom Wirt trotz der Abmachung nicht pünktlich geweckt zu werden, blieb Yahya dann doch hocken. Er leerte drei Becher mit heißer Zitrone, was ihm Linderung verschaffte. Schließlich brach er – freilich viel zu früh – zur Kathedrale auf. Es regnete noch immer. Barcelona, die Verschleierte, dachte er spöttisch und befürchtete, dass seine nassen Kleider nie wieder trocken würden.

In der von Kerzen erleuchteten Kathedrale hielten sich für diese Uhrzeit erstaunlich viele Menschen auf. Bei näherem Hinsehen entpuppten sich etliche als Bettler, die mehr als das innige Gebet das stabile Dach der Kirche schätzten, das trockene Plätzchen, das die Kathedrale bot. Yahya musste sich kurz an einem Pfeiler abstützen, weil sich die Welt um ihn drehte. Nachdem er sein Gleichgewicht wiedergewonnen hatte, stieg er langsam in die Krypta hinab, denn die grauschwarzen Stufen verschwammen immer wieder vor seinen Augen.

Zwei einsame Kerzen rechts und links des Sarkophags brannten in der finsteren Gruft. Obwohl es Yahya allmählich gelang, die Dunkelheit zu durchdringen, entdeckte er den Alten nicht. Er ließ sich auf der Steinbank in einer Ecke nieder und wartete. Die Kälte des Marmors ging ihm durch und durch. Er rieb die zitternden Hände aneinander und wollte schon aufstehen, als sich das Mädchen mit der Narbe neben ihn setzte und ihm mitfühlend über die heiße Stirn strich.

Nach einiger Zeit vernahm er von der Treppe her ein leises Ächzen, das die Anstrengung der Knochen und der Muskeln vor sich herzuschieben schien. Yahya befreite sich aus dem Dämmer, in dem er sich verirrt hatte. Er rieb sich die Augen und schaute hinüber. Langsam, vorsichtig die dunklen Füße, die in Ledersandalen staken, abwechselnd auf die unteren Stufen herablassend, als wären es die Glieder einer Marionette, bewegte sich Bruder Ramón hinunter in die Krypta. Das Mädchen war verschwunden. Yahya drückte seinen Körper mit den Händen von der Bank hoch und ging dem Predigerbruder entgegen.

Yahya war nicht besonders hochgewachsen, doch dieser ausgetrocknete, alte Mönch reichte ihm gerade einmal bis zum Bauchnabel. Das flächige Gesicht Bruder Ramóns bestand nur aus Haut und Knochen. Die übergroßen, grauen Augen unter der hohen Stirn hatten etwas Gespenstisches an sich.

»*Ah*, Senyor. *Quin és el seu nom?*«, fragte der Alte auf Katalan.

»Giovanni Nessuno.«

Der Alte lächelte leicht. Es wirkte wie zartes Spinnengewebe im Altweibersommer. »Sieh mal an, unser Italiener versteht unsere Sprache«, sagte er leise in einem harten, unangenehm scharfen Italienisch.

»Ich liebe Sprachen.«

»Und ich liebe nur Gott.« Als wäre es nie da gewesen, verschwand das Lächeln von seinen strengen Gesichtszügen. »Lass uns mit einem Gebet beginnen, schließlich halten wir die Vigil.«

Der Mönch kniete vor dem Reliquienschrein nieder. Yahya tat es ihm gleich. Er dachte an Ibn Arabi, der einmal gedichtet hatte, dass er der Religion der Liebe folgen würde, wo immer auch die Reitpferde hinzögen. Wenn Bruder Ramón den Christengott und Jesus Christus anbeten würde und die Jungfrau Maria und vielleicht auch die heilige Eulalia, so richtete Yahya sein stilles Gebet nur an Gott – und da Gott alle Namen besaß, durfte er ihn hier ruhig Déu nennen, ohne zu freveln. Außerdem galt für ihn die *taqiyya*, das fromme Verschweigen, Allahs kluge Vorsorge, dass in seinem Dienste dem Muslim alles erlaubt war.

Der Dominikaner verrichtete sein Stundengebet und das, wie es Yahya vorkam, zwei- oder dreimal. Da er sich aber wenig an die christlichen Gebete erinnerte, vermochte er nicht recht, es einzuschätzen. Anschließend erhob sich der Alte mühselig, und Yahya, der spürte, dass Ramón jede Hilfe ablehnen würde, fasste sich in Geduld. Er folgte ihm zu der kleinen Steinbank. Mit seinen kurzen, bedächtigen Schritten schien der Alte die Welt auszuschreiten, die sich in der Krypta zu dieser Stunde abgebildet hatte, mit ihrer Hoffnung in der Finsternis, mit dem Licht trotz der Pein, mit dem Tod, dem es zwar gelang, Lebendes an sich zu reißen, das Leben aber selbst nicht erlegen konnte. Dieses seltsame Leben hatte sich in dem Alten eingekörpert.

»Meide unnütze Worte und frage, was du fragen willst.«

»Wisst Ihr, ob Senyora María Julia mit ihren Töchtern Blanca und Rosalie nach dem Fall von Konstantinopel nach Barcelona zurückgekehrt ist?«

»Wer will das wissen?«

Wieder tischte Yahya seine Mär von dem Griechen auf, der sich kurz vor seinem Lebensende noch dankbar erweisen wollte. Bruder Ramón schwieg. Er sah Yahya eine Weile unverwandt an und ließ sich Zeit. Yahya fürchtete, dass der Mönch ihn durchschaute. Auf dessen Antlitz flackerte unruhig das Licht der beiden Kerzen. Das Gesicht wirkte so alt und vernarbt wie die Welt und so jung wie der Augenblick.

Dann plötzlich drangen Sätze aus dem Inneren des Dominikaners, ohne dass Yahya die Bewegung der Lippen des Alten sah. Wie ein Bauchredner, dachte er. Und es brauchte ein paar Sekunden, ehe er begriff, dass der Mönch in einem kruden Gemisch aus Katalan, Mallorquinisch, Latein und Griechisch redete.

»Der jüngste Sohn des Jaume Julia, Péré, ging nach Konstantinopel. Dort haben ihn die Türken erschlagen, Gott sei seiner armen Seele gnädig. Aber wie ein Wunder kehrte im späten Herbst 1453 Jahre nach der Geburt des Erlösers seine Witwe mit den beiden Töchtern zurück. Die Familie Julia führt heute noch ein Handelshaus am Ort. Es leitet inzwischen der ältere Sohn von Jaume, Guillem Julia. Blanca, die jüngere Tochter von Péré heiratete Mateu Pujades, der als Faktor der Familie Julia die Geschäfte in Florenz betreibt. Die ältere Tochter, Rosalie, hat nie geheiratet und steht der Mutter in ihrem herben Alter bei. Jeden Morgen kommen sie zum Gebet. Sie sind sehr gläubige und sehr tugendhafte Frauen. Frag mich, ich stelle euch vor.«

Sie leben, jubelte es in Yahya. Seine Mutter und die Schwestern hatten überlebt. Er empfand eine tiefe Dankbarkeit Allah gegenüber, er hatte sie beschützt. Tränen traten ihm in die Augen.«

»Woher kommt dein großes Mitgefühl?«, fragte der Mönch.

»Die Erkältung, Vater. Es ist nur die Erkältung. Aber natürlich ist es schön, dass sie ihr Ziel erreicht haben.«

»Hast du bei den Heiden dein Christentum erlernt?«, donnerte der Mönch. »Ihr Ziel haben sie erreicht, wenn sie Gott ins Paradies genommen hat, bis dahin fristen sie wie wir alle ihr sündiges Leben auf Erden.«

Nein, meine Mutter ist keine Sünderin, du alter Narr, schrie es in Yahya. »Sagtet Ihr nicht selbst, dass sie eine tugendhafte, fromme Frau ist?«

Der Mönch schüttelte leicht den Kopf. »Ei, da höre man sich den jungen Naseweis an! Will nichts von der Erbsünde wissen, an der alle Menschen tragen.« Plötzlich näherte er sich Yahya und beroch ihn, indem er mit der Nase wie mit dem Schnabel eines Huhns auf der Jagd nach Regenwürmern in dessen Leib hakte. »Stinkt nach Ketzerei, nach Satan ... war mir doch gleich so ... du bist kein Italiener ...«

»Was soll ich denn sonst sein?«, versuchte er, den Alten abzuwehren.

»Teufelsknilch! Oh, mein Sohn, knie nieder, bete und geißle dich, auf dass deine Seele gerettet werde! Bete zur heiligen Eulalia! Sie hilft!«

Bruder Ramón erregte sich immer heftiger, und seine Stimme wurde so laut, dass Yahya befürchtete, dass jemand auf sie aufmerksam würde und er unangenehme Fragen zu beantworten hätte. Er stieß den Mönch von sich, der strauchelte und stürzte. Yahya lief die Treppen hoch und verließ gemessenen, aber schnellen Schrittes die Kirche. Draußen umfingen ihn die Dunkelheit und der Wind, der tausend Nieselpfeile abschoss.

Als er in seinem Bett in der Herberge lag, kämpfte die Sehnsucht, seiner Mutter und Rosalie zu begegnen, mit der Notwendigkeit, nicht erkannt werden zu dürfen. Und ein Wiedersehen nach so langer Zeit würde ein riesiges Aufsehen erregen. Er würde seine Mission und, das verstand er zum ersten Mal, vielleicht auch das Leben seiner Familie gefährden, je nachdem, wie weit die Rachsucht des Ministers reichen würde. Wer wusste besser als Yahya, dass Yusuf Pascha ein ganzes Heer von Spionen und wohl auch Meuchelmördern im ganzen Abendland unterhielt?

Trotz seiner Erschöpfung gelang es Yahya nicht, in den Schlaf zu finden. In ihm stritten die Gefühle mit allen Tricks und allen Mitteln mit der Vernunft – auf Leben und Tod.

Gegen Morgen erhob er sich wie gemartert und klopfte an Ruggieros Zimmertür. Der öffnete zwar, aber nur einen Spalt breit. Dennoch erblickte Yahya eine Frau auf dem Bett, die sich aufsetzte und ihn unverwandt anschaute, nackt und ohne Verlegenheit. Aus dem Zimmer schlug ihm der abgestandene Geruch der Lust entgegen.

»Wie siehst du denn aus?«

»Ich bin erkältet.«

»Immer noch?«, stöhnte Ruggiero verächtlich.

»Warte auf mich, ich habe noch etwas zu erledigen, dann können wir aufbrechen.«

»Das wird meiner Freundin dort gefallen, aber nimm dir nicht zuviel Zeit, auch ich bin irgendwann erschöpft.« Ruggieros Grinsen war für Yahyas Empfinden allzu eindeutig.

Schnellen Schrittes, fast rennend eilte er zur Kathedrale. Er fröstelte, weil die Temperatur merklich gefallen war, und die kalte Nässe ihm durch die Kleidung bis auf die Haut drang. Eng schlang er die Arme um sich und versuchte, sich ein bisschen warm zu reiben. Noch mischte sich die Schwärze der Nacht in die Helligkeit der aufgehenden Sonne. Die Stunde zwischen Katz und Hund. Durch die Gassen waberten schmutziggraue Schleier.

Im Vergleich zur Nacht hielten sich wesentlich weniger Menschen in der Kirche auf. Yahya blickte sich aufmerksam um und schlich von Pfeiler zu Pfeiler, denn er wollte unter allen Umständen vermeiden, Bruder Ramón zu begegnen, oder gar seiner Mutter, die ihn vielleicht erkennen würde, auch wenn das nach der langen Zeit unwahrscheinlich war. Doch insgeheim hoffte er, ihr aus einer Unvorsichtigkeit in die Arme zu laufen, dass eintreten würde, was eigentlich nicht passieren durfte und dennoch geschah, eben das, was man gemeinhin Schicksal nannte.

In der Kapelle von Saint Oleguer, die er über den Kreuzgang erreicht hatte, fiel sein Blick auf eine ältere Frau in schwarzem Kleid und schwarzem Schleier. Sie fühlte sich wohl beobachtet und drehte sich um. Aus einem fleischigen Gesicht sahen ihn fragend schwarze Augen an. Die Haare, dachte er, wenn er nur die Haare sehen könnte.

»Kann ich Euch helfen?«, fragte die Frau leise.

Yahya schüttelte den Kopf, alles in ihm war zum Bersten gespannt. Er spürte das Blut in der Schlagader pulsieren. Grau, ihre Haare waren grau. Wie hätte er hoffen können, dass sie noch immer in diesem

Kupferrot strahlen würden wie vor der Katastrophe. Aber war sie es denn? Wenn ja, musste er dringend fort – noch hatte sie ihn nicht erkannt.

»Gott zum Gruße«, sagte er in der Eile unwillkürlich auf Griechisch, wandte sich ab und ging so eilig davon, dass seine Schritte im Kirchenschiff widerhallten und er verärgerte Blicke auf sich zog. Sein Herz blieb stehen. Und setzte wieder ein. Nur ruhig! War sie es? Oder war sie es nicht? Mit dieser hämmernden Frage erreichte er den Ausgang in der Nähe der Treppe zur Krypta.

Ganz ein Getriebener seiner Gedanken bemerkte er die beiden Frauen nicht, die ihm entgegenkamen. Die eine war älter und ging leicht gebeugt, die andere noch recht jung und blond. Die Ältere blieb stehen und nötigte so auch ihre Begleiterin, innezuhalten. Sie ließ den Blick nicht mehr von Yahya.

Er war schon an den beiden Frauen vorbei, als plötzlich in seinem Rücken eine vertraute Stimme seinen katalanischen Namen aussprach: »Joanot?«

Wie vom Donner gerührt blieb er stehen und wandte sich um. Da waren sie, die großen schönen Augen seiner Mutter, blau wie die seinen, bevor sie sich eingetrübt hatten und das Blau verblasst war.

»Joanot«, wiederhole sie.

Ja, er erkannte sie, so als ob er sie gestern erst verlassen hätte. Und seine Schwester, die zu einer schönen jungen Frau herangewachsen war. Wie gern hätte er einen Schritt auf sie zu gemacht, sie in den Arm genommen! Aber das durfte nicht sein, zu seiner Sicherheit und zu ihrer Sicherheit nicht. Sanft streckte seine Mutter die rechte Hand nach ihm aus, als wolle sie ihm über das Haar fahren. Yahya floh wie ein ertappter Dieb zum Ausgang. Aus den Augenwinkeln nahm er Bruder Ramón wahr, der ihn anstarrte.

Knarrend schloss sich die Kirchentür hinter ihm. Wenigstens regnete es nicht mehr. Dass es bergab ging, erleichterte ihm das Laufen. Passanten sahen ihm nach und mutmaßten wohl, dass sie es mit einem flüchtenden Übeltäter zu tun hätten. Die Herberge betreten, die Treppen nehmen, die Tür zum Zimmer des Italieners aufreißen, waren eins.

»Wir müssen weg, gleich, gleich!«, rief er ihm auf Italienisch zu.

»So, wie du aussiehst, ruhst du dich besser noch etwas aus«, gab Ruggiero zurück, der noch immer im Bett lag und die Frau im Arm hielt.

»Nein, jetzt sofort! Sonst ist alles zu spät! Hoch mit dir!«

An der Panik in Yahyas Stimme hatte der Italiener wohl erkannt, dass es ernst war. Als Yahya mit seinem Gepäck aus dem Zimmer trat, erschien auch schon Ruggiero vollständig angekleidet. Im Erdgeschoss zahlten sie den Wirt aus, dann holten sie die Pferde ab, die der Italiener am Vortag gekauft hatte. Yahya gelang es schon beim ersten Versuch, in den Sattel zu kommen und sich dort zu halten. Dann ging es los. Die engen Gassen von Barcelona behinderten sie in ihrer Eile, doch nachdem sie durch das Tor in der alten Römermauer in den Stadtteil El Reval gelangt waren, wurden die Straßen zunehmend breiter. Wenig später hatten sie bereits das Stadttor erreicht und befanden sich auf dem Weg nach Valencia.

Jetzt ließen sie sich Zeit und die Pferde locker traben.

»Ich hoffe, du hast einen guten Grund dafür, dass du mir das Vergnügen verkürzt und das Frühstück vorenthalten hast.«

»Hab ich, aber ich will nicht drüber reden!«

»So, willst du nicht?«

»Nein, will ich nicht!«

»Du wirst es mir jetzt …«

»Nein!«, brüllte Yahya mit einer so großen Verzweiflung, dass Ruggiero verstummte und das Fragen einstellte.

Während Yahya seinen Blick über die Landschaft gleiten ließ, formte sich vor seinen inneren Augen das Bild seiner Mutter, wie sie in der Kirche vor ihm gestanden und die Hand nach ihm ausgestreckt hatte. Er fühlte sich so schuldig, als hätte er seine Mutter geschlagen und gequält oder in einen Abgrund gestürzt. Aber im Grunde ekelte er sich nur vor sich selbst, denn so fühlte sich der schändlichste Verrat an – der an sich selbst. Wie eine Anklage sah er das bittende Gesicht seiner Mutter vor sich, die sich danach sehnte, ihr Kind nach so vielen Jahren wieder in die Arme zu schließen. Nun wusste er, dass er zurückkehren musste. Sein Leben hatte von nun an ein Ziel.

Doch vorerst galt es, den Auftrag des Sultans zu erfüllen. Oder genügte es, sich der Aufgabe zu entledigen? Yahya verirrte sich hemmungslos in ein schrilles Kichern. Kalter Schweiß trat in großen Tropfen auf seine Stirn, rann an den Jochbeinen und den Wangen hinunter, in die Augen, brannte und ertränkte den Blick. Sein rechter Arm wuchs und wuchs und wuchs, griff im Ritt, ohne sich zu bücken, nach einem Feldstein und schlug ihn Ruggiero auf den Hinterkopf, der sich jedoch nur kratzte und mit schiefem Lächeln umwandte: »Yahyachen, was schäkerst du?« Aus dem Lächeln wurde ein Grinsen, schließlich flutete das Grinsen die Welt. Yahyas Körper schwebte wie auf einer Wasseroberfläche. Über ihm erschien das Gesicht seiner Mutter. Sie musterte ihn mit eisigem Blick, während sich in seinem Körper Feuer ausbreitete und er zufrieden murmelte: … *soave foco* … sanftes Feuer.

35

Arévalo, Spanien

Tage, die mit einem Abschied beginnen, sind wie Frost in frühen Knospen, dachte Nuria. Nebel verhüllte die Sonne, die ihr Licht streute. Die Kühle der Nacht wirkte noch nach, und auf dem Holz der Kutsche glitzerten Tautropfen. Mit Ausnahme natürlich des Marqués de Villena und seiner Leute wirkten alle, die an diesem befremdlichen Morgen im Hof der kleinen Burg standen, verunsichert. Als habe sie etwas aus ihrer Mitte geworfen, wie Marionetten, die einem fremden Willen Folge leisteten.

Verzweifelt hielt Alfonso den Körper seiner Mutter wie einen toten Stamm umfangen. Was immer er auch tat, er erreichte sie nicht, nicht mit seinen Worten, nicht mit seinem Schluchzen, nicht mit der Kraft seiner Arme, nicht einmal mit seinen großen Tränen. Ein Schritt hinter ihm stand Isabel, blass zwar, aber wie immer äußerlich gefasst. Wie es in ihrem Herzen aussah, verbarg sie vollkommen. Beatriz umarmte die Königin zum Abschied und ließ sich von ihrem Vater Pedro de Bobadilla, dem Verwalter von Arévalo, segnen. Dann trat sie zu Alfonso und zog den Knaben sanft zur Kutsche.

»Komm, Alfonso, komm, es ist Zeit, mein Prinz, mein kleiner König. Zeige, dass du der Infant von Kastilien und eines Tages der wahre Herrscher sein wirst.«

Ihre Worte entfalteten die beabsichtigte Wirkung, denn Alfonso richtete sich plötzlich auf und schritt majestätisch, wie er es gelernt hatte, auf das Gefährt zu. Auch er wirkte plötzlich so steif wie eine Gliederpuppe. Wie schwer es doch gelegentlich den kleinen Prinzen ankommt, sich königlich zu benehmen, dachte Nuria.

Isabel warf einen seltsam endgültigen Blick auf ihre Mutter, als ob sie eine Vorahnung erfüllte, bevor sie sich abwandte und mit kurzen, schnellen Schritten zur Kutsche ging.

»Warte«, hauchte die Königin.

Die Infantin wandte sich um, und in ihren Augen glomm eine Hoffnung auf.

»Grüß deinen Vater von mir und bestelle ihm, dass ich bald schon nachkomme. Willst du das für mich tun, mein gutes Mädchen?«

Isabels Blick erlosch. »Ja, Mutter, ja das will ich«, entgegnete sie. Ihr Gesicht war nun wieder eine graue Maske der Teilnahmslosigkeit.

Der Mund der Isabella von Portugal verzog sich zu einem schmalen Lächeln. »So ist's recht, meine Tochter. Bald schon werde ich in Segovia sein, bald schon.«

Nuria stieg auf ihr Pferd. Der Schmerz dieses absurden Abschieds schnitt in ihr Herz. Eine Lerche sang tirilierend ihr Morgenlied, unsicher, ob es an der Zeit und nicht zu früh dafür war, als die Kutsche sich in Bewegung setzte.

Nuria ritt neben dem Gefährt, Villena mit seinen Männern drei Pferdelängen dahinter. Beatriz und Isabel bemühten sich unterwegs, Alfonso auf andere Gedanken zu bringen. Dies gelang ihnen schließlich mit Nurias Hilfe, die den Knaben zeitweilig auf ihrem Pferd mitreiten ließ. Für Alfonso wurde die Reise mehr und mehr zu einem großen Abenteuer. Es ging durch kastilisches Stammland, über eine endlose Weite von verdorrtem Weideland, kleinen Feldern und Dörfern, die miteinander in ihrer Winzigkeit und Ödnis konkurrierten. Nuria konnte sich des Eindrucks nicht erwehren, dass Gott diese Gegend vergessen hatte. Das mochte nicht das Schlechteste sein, auch wenn die Hitze den Körper und die Leere das Auge ermüdete.

Nachts suchte Nuria, sich wach zu halten, um nicht im Schlaf getötet zu werden. Grund zur Vorsicht bestand allemal. Sie misstraute dem Marqués und sollte sich darin auch nicht täuschen. Schon in der ersten Nacht schlich sich einer von Villenas Leuten an, doch musste er sich mit einer heftig blutenden linken Wange und unter Geheul zurückziehen. Nuria beruhigte Alfonso und Beatriz, die das kleine Gefecht aus dem Schlaf aufgeschreckt hatte. Auch Isabel war wach geworden, trug aber wieder ihre undurchdringliche Miene zur Schau. Es ist, als würde das Mädchen ahnen, dass man mit Gefühlen geizen musste, dachte Nuria.

Am anderen Morgen legte Isabel bei König Enriques Abgesandten Protest ein. »Jeden Angriff, Marqués, auf das Leben meines Leibwächters werde ich von nun an als einen Anschlag auf mein Leben betrachten. Ich bin sicher, dass mein königlicher Bruder Enrique sich als Mann erweisen und diesen Frevel ahnden wird.«

»Sicher doch!«, antwortete Villena mit nur schlecht verhohlenem Spott.

Einmal versuchte er, sich mit süßlichem Charme den Infanten zu nähern. Isabel jedoch wehrte jeden Gesprächsversuch ab.

»Ihr wärt schlecht beraten, Marqués«, sagte sie kühl, »Eure Klugheit an ein so einfältiges Mädchen, wie ich es nun einmal bin, zu verschwenden.«

Auch sein Angebot, dass Alfonso auch einmal auf seinem Pferd mitreiten dürfe, lehnten die Infantin und Nuria ab. Gedemütigt verstummte der mächtige Mann.

Nicht lange darauf kündigte die ferne Silhouette der Sierra de Guadarrama das Ende der flachen Ebene an. Vor der Gebirgskette, die sich immer deutlicher hervorhob, zeichnete sich der Alcázar von Segovia mit seinen stolzen Türmen ab. Er bewahrte den Schatz des Königs von Kastilien in seinen Mauern und nahm dadurch den ersten Platz unter allen Burgen des Herrschers ein. Je näher sie kamen, desto mehr fesselte Nuria der Anblick der Palastfestung.

Nuria folgte den Infanten, dem Marqués und Beatriz in das imposante Stadthaus des Königs, das die Plaza Mayor von Segovia beherrschte. Sie bemühte sich, das Staunen angesichts der luxuriösen Eingangshalle und der majestätisch nach oben schwingenden Freitreppe zu verbergen. Das Licht zwängte sich durch die kleinen Fenster und mischte sich in den Gängen mit dem Dunkel zu einem sanften, hellen Grau, das aus einer Unzahl angeleuchteter Mehlflöckchen zu bestehen schien. An der Balustrade im ersten Stock drängten sich Höflinge, um die berühmten Ankömmlinge zu begutachten. »Vivat den Infanten Kastiliens«, kiekste eine helle, flache Frauenstimme, während andere echoten: »Vivat!« »Vivat!« »Vivat!« Einige Zuschauer klatschten.

Unter ihren aufdringlichen Blicken fühlte sich Nuria wie eine Tanzbärin. Die Ausdünstungen der vielen Menschen waberten durch die Gänge und erhielten immer neuen Nachschub. In einem Schweinestall roch es vermutlich kaum schlechter, dachte Nuria und versuchte, durch den Mund zu atmen. Sie hatte das Gefühl, dass die Schaulustigen abschätzten, ob sie für irgendetwas von Nutzen sein könnte. Sie wusste, dass bei Hofe die Hauptbeschäftigung darin bestand, den anderen zugunsten der eigenen Interessen auszunutzen. Die Sprache des Hofes sei die Lüge, hatte Hernandez de Cardenas sie gelehrt. Wer dieses grundlegende Faktum nicht beherzige, solle sich von der Politik fernhalten. Wehmut und Sehnsucht überkamen sie, als sie an den Waffenmeister dachte, der inzwischen mit Lucia in Rom lebte. Wie sehr vermisste sie doch die beiden! Unwillkürlich strich sie sich mit dem kleinen Finger nachdenklich über die Narbe.

Schließlich trat sie im gemessenen Abstand zu den Infanten, dem Marqués und Beatriz in den Empfangssaal der Königin. Juana von Avis, die Schwester des portugiesischen Königs, hielt auf einem Thron in der Mitte des Saales Hof. Sie war eine schöne Frau mit glutvollen Augen, aber verlebtem Gesicht, dem man die Ausschweifungen ansah, die sie so sehr liebte. Seit sieben Jahren war sie nun durch die Heirat mit Enrique Königin von Kastilien. Im Vorjahr war eine Tochter zur Welt gekommen. Die Kinderlosigkeit des kastilischen Königs in seiner ersten Ehe mit Blanka von Aragón, seine kaum zu leugnende Vorliebe für das eigene Geschlecht, ließen die Gerüchte über den Vater der kleinen Juana nicht verstummen. Das Kind erhielt den Beinamen »la Beltraneja«, was, so empfand es Nuria, ausgesprochen pikant war. Schließlich handelte es sich bei Beltrán de la Cueva nicht um irgendeinen Höfling, sondern um den Günstling des Königs. Jedenfalls war dieses kleine Mädchen der Grund, weshalb Isabel und Alfons im Hinblick auf die Thronfolge unter königliche Aufsicht gestellt wurden, mutmaßte Nuria.

Als die Königin Villena und die beiden Kinder erblickte, hob sie leicht die Hand und gebot dem jungen Mann, der inmitten der Gesellschaft ihr vorlas, zu schweigen. »Wie sehr habe ich mich nach euch gesehnt, meine liebe Schwägerin, mein lieber Schwager. Dank Euch, Marqués, dass Ihr sie so sicher zu mir geleitet habt.«

Villena verbeugte sich gerade so tief, dass sein mangelnder Respekt zwar deutlich wurde, sich aber nicht zum Affront steigerte. Mit der Anwesenheit der möglichen Thronfolger bei Hofe beabsichtigte er, die Königin unter Druck zu setzen. Auch wenn er noch nicht genau wusste, wofür er die Infanten eines Tages benutzen wollte, sorgten sie doch für Unruhe, und das genügte ihm einstweilen.

»Es war mir eine Ehre«, sagte er. »Gestattet Ihr, Majestät, dass ich mich – nun wo der Dienst geleistet ist – wieder meinen Geschäften zuwende?«

»Wer dürfte Euch, Marqués, von Euren für Kastilien so überaus wichtigen Unternehmungen abhalten?«, spottete die Königin mit süßsaurem Lächeln.

Für einen Augenblick kreuzten sich kalt und spitz ihre Blicke. Villena verbeugte sich erneut nachlässig und verließ den Audienzsaal. Nuria, die ihn aus den Augenwinkeln beobachtete, spürte, dass er sich wie ein Riese unter Zwergen fühlte, erfüllt von der eigenen monumentalen Bedeutung. Vielleicht ist es lediglich das Gefühl der eigenen Überlegenheit, das ihn böse macht, dachte sie.

Mit einem Lächeln widmete sich die Königin wieder den Infanten. »Ich weiß, wie schwer es für euch sein muss, fern von eurer Mutter zu leben. Doch der König konnte und wollte nicht länger eure Gesellschaft entbehren. Euer Bruder sieht es sogar als seine Pflicht an, die Infanten von Kastilien am Hof unterrichten zu lassen und für eure Erziehung selbst zu sorgen.«

»Habt Dank, Majestät. Wo ist er eigentlich, unser Bruder?«, fragte Isabel.

»Auf der Jagd. Aber heute Abend wird er zurück sein. Und wer ist der junge Mann?« Die Königin wies auf Nuria und musterte sie mit einem sinnlichen Blick.

»Unser Leibwächter, Don Jorge de Castro«, trompetete Alfonso, froh darüber, seinem Rang gemäß auch einmal etwas sagen zu dürfen.

»Bei uns benötigt ihr keinen Leibwächter. Für Sicherheit wird euer Bruder höchst selbst sorgen.«

»Das mag sein, aber es ist der Wille von Kardinal de Torquemada. Und wir sollten die Verfügungen unseres Vaters, des Kardinals, als gute Kinder der Kirche achten.«

Die Königin hob zum Zeichen, dass ihr das gleichgültig wäre, die Hände. »Don Jorge ist am Hof willkommen. Sagt«, wandte sie sich an Nuria, »versteht Ihr es trotz Eurer Jugend und Zartheit tatsächlich, ein Schwert zu führen?«

Nuria ließ sich auf die Knie nieder. »Ein junges Schwert ist nicht brüchig«, entgegnete sie, »und ein grober Kerl taumelt schneller, als er es selbst begreift, in die Klinge eines eleganten Fechters.«

»Touché, mein Freund«, sagte die Königin mit allzu einladendem Lächeln. »Wenn Ihr so gut mit Eurem … Schwert umzugehen vermögt wie mit Eurer Zunge, oder soll ich hoffen, dass Ihr so gut mit Eurer Zunge umzugehen versteht wie mit Eurem … Schwert, dann seid Ihr geradezu zur Freude erschaffen worden.«

Beatriz drehte sich zu Nuria um und funkelte sie an, wobei in ihrem Zorn die Flamme der Eifersucht glomm. Vollends verunsichert geriet Nuria ins Stottern: »Verzeiht, Majestät, aber ich, ich bin nur ein Krieger, kein Hofmann.«

»Dabei fehlt Euch doch alles Raubeinige!«

Nuria errötete, weil die Königin sie ungeniert mit den Augen verschlang.

»Der Hidalgo hat einen Keuschheitsschwur auf die Schwarze Madonna von Montserrat abgelegt«, erklärte Beatriz.

Überrascht sah Nuria sie an.

»Was Ihr nicht sagt, mein liebes Kind!«, entgegnete die Königin süffisant, ohne ihre Augen von Nuria zu lassen, so als steigerte der Eid noch ihr Begehren. »Keuschheit ist eine große Tugend, und Eurer Königin stets zu Diensten zu sein, eine noch größere, denn sie vereint Pflicht, Ehre und Auszeichnung.«

»Gibt es im Haus eine Kapelle?«, unterbrach Isabel das Geplänkel schroff.

»Eine Kapelle? Nein, wozu? Wenn wir mal beten wollen, gehen

wir in die Kathedrale, oder verrichten es in unseren privaten Räumen. Aber ich lasse Euch natürlich ein Kruzifix aufs Zimmer stellen.«

Königin Juana befahl ihrem Hofmeister, den Neuankömmlingen den Stadtpalast und ihre Zimmer zu zeigen. Allerdings entstanden noch einige Verwirrungen, weil eine weitere Zimmerflucht gefunden werden musste, da niemand mit einer Zofe und einem Leibwächter gerechnet hatte. Nicht nur Nuria, sondern auch Isabel, Alfonso und selbst Beatriz waren überrascht von den vielen Menschen, die in den Fluren des prächtigen königlichen Stadthauses unterwegs waren. Manche trugen maurische Kleidung, einer führte sogar ein Äffchen wie einen Hund an der Leine.

»Eine Plaza Mayor der Eitelkeit«, stellte die Infantin mit einem für ihr Alter erstaunlichen Realitätssinn fest.

»So ein Äffchen will ich auch haben«, quengelte Alfonso.

»Halt den Mund, Alfonso«, wies Isabel ihren Bruder zurecht.

»Du sollst mir Respekt bezeugen. Ich bin der künftige König!« Der Kleine stampfte mit dem Fuß auf.

»Ich weiß, mein königlicher Bruder. Das mache ich, wenn du im Gegenzug auch deine ältere Schwester achtest«, sagte das elfjährige Mädchen.

Der Infant verschränkte unter so heftigem Stirnrunzeln die Arme vor dem Körper, dass seine Augenbrauen zusammenstießen. Nachdem er alle Luft durch die Nase ausgestoßen und durch den Mund wieder eingesogen hatte, verkündete er launisch: »Mal sehen!«

»Komm weiter«, antwortete sie trocken.

»Nimm dich vor der Königin in Acht«, raunte Beatriz Nuria zu, als sie die obere Etage erreichten und nach rechts abgebogen waren.

»Wieso?«

»Sie ist noch gefährlicher als Villena.«

Das kam Nuria nun doch reichlich übertrieben vor. Dennoch nahm sie sich die Warnung zu Herzen, denn sollten die Königin oder Beatriz den wahren Grund für ihr mangelhaftes Interesse am weiblichen Geschlecht herausfinden, würde sie in die allergrößte Gefahr geraten. Dann könnte sie nicht einmal mehr der Kardinal schützen.

Rechts von dem breiten Flur gingen vier Zimmer ab, die unterschiedlich groß, aber miteinander verbunden waren. Isabel belegte das erste Zimmer, gefolgt von Alfonso, Beatriz und schließlich Nuria. Begrenzt wurde ihr kleines Reich durch einen Empfangsraum, in dem die Infanten sich aufhalten oder Gäste begrüßen konnten. Daran schloss sich ein kleines Speisezimmer an, in dem sie die Mahlzeiten zu sich nehmen durften, wenn der König nicht große Festessen oder kleinere »Familienessen« veranstaltete.

Während sich die vier auf den Stühlen des Empfangsraumes niederließen, bat Isabel den Diener, das Gepäck aus der Kutsche auf die Zimmer zu verteilen.

»Wie heißt du?«, wollte Alfonso wissen, der den kleinen Streit mit der Schwester bereits vergessen hatte und sich neugierig im Zimmer umblickte.

»Jaume.«

»Jaume, sehr schön, sehr schön«, erklärte Alfonso huldvoll.

Der Diener schloss hinter sich die Tür.

»Es wird nicht einfach werden«, begann Beatriz. »Oder was meint Ihr, mein kühner Ritter?«

»Bis wir das Haus und die Leute um uns herum kennen, sollten wir doch eher zusammenbleiben«, entgegnete Nuria.

»Das denke ich auch«, sagte Isabel. »Und was denkst du, mein königlicher Alfonso?« Ihr Spott war zu fein, als dass ihn der kleine Infant wahrnahm.

»Och, wenn ich auch so ein Äffchen bekomme, bleib ich gern mit euch zusammen. Ich will so ein Äffchen! Ein Äffchen will ich!«

Wie angekündigt kehrte König Enrique am Abend mit Beltrán de la Cueva und dem Erzbischof von Toledo von der Jagd zurück, um zum Empfang für die Infanten ein Festmahl zu geben.

An der Spitze der Tafel hatten der König und die Königin Platz genommen, und neben ihnen Isabel und Alfonso. Beatriz saß neben einem jungen Mann, dessen langes, brünettes Haar die Ohren bedeckte. Das fein geschnittene Gesicht strahlte Klugheit und ein Faible für Kultur und Lebensart aus, was die sorgfältig ausgesuchte und elegante Kleidung noch unterstrich.

Von ihrem Platz am Ende der Tafel hatte Nuria sie alle gut im Blick. König und Königin passen nicht recht zueinander, dachte sie. Sie wirken wie Menschen, deren Fremdheit auch die vielen Jahre der Ehe nicht hatte mildern können. Im Gegenteil. Die überreife Sinnlichkeit der Königin stand im Widerspruch zu dem jungenhaften Charme des Königs. Es sah aus, als säße er neben seiner allzu freizügigen Tante.

Enrique nahm eine Wildschweinkeule von einem großen silbernen Teller und biss hinein, während die Königin an einem Taubenbeinchen knabberte. Alfonso ließ sich Fleischbällchen munden, und Isabel zog Hühnchenkeulen vor. Der König wischte sich mit dem Ärmel seiner roten maurischen Tunika aus Samt die fettglänzenden Lippen ab und trank Wein aus einem goldenen Pokal. Dann wandte er sich Isabel zu.

»Der Marqués de Villena berichtete mir, dass du, liebe Schwester, einen sehr gefährlichen Leibwächter hast.«

»Er ist auch meiner … er ist auch mein Leibwächter!«, brüllte Alfonso mit vollem Mund, dass ihm die Stücke des Fleischbällchens heraussprudelten und sich über seinen Teller und den Tisch verteilten.

»Ja, natürlich, lieber Bruder«, wandte sich der König mit offenem Lächeln dem Infanten zu.

»Don Jorge de Castro wird nur denen gefährlich, die uns gefährlich werden!«, sagte Isabel, sah ihren vierundzwanzig Jahre älteren Halbbruder an und wies mit einer eleganten Geste ihrer Hand, die sie nach außen drehte, auf Nuria. Alle Köpfe der Hofgesellschaft wandten sich zum Ende der Tafel. Villena durchbohrte Nuria mit seinem stechenden Blick.

Auch Erzbischof Carrillo schaute finster. »Ah, ich kenne dich doch! Du bist der Schüler von Hernandez de Cardenas!«

Der König schien sich aufrichtig zu freuen. »Marqués, diesem jungen Mann müsst Ihr einfach vergeben! Er ist ein brillanter Fechter.«

»Wenn Ihr es wünscht, Majestät«, presste Villena zwischen den Zähnen hervor.

»Oh ja, das wünsche ich«, entgegnete Enrique lächelnd. Beltrán nickte Jorge freundlich zu, während der König fortfuhr: »Ich habe gehört, dass ihr im Stadtpalast Quartier gefunden habt. Ich für meinen Teil ziehe die Burg vor, werde aber in den nächsten Tagen hier bleiben, damit wir Zeit füreinander haben.«

»Das ist zu gütig, lieber Bruder«, antwortete Isabel artig.

Nuria sah der eisern lächelnden Königin an, dass ihr das überhaupt nicht gefiel. Sie schloss daraus, dass die Eheleute getrennt lebten. Wenn sie in Segovia residierten, dann bezog er den Alcatraz, während sie im Stadtpalast wohnte. Nuria fühlte Beatriz feixenden Blick auf sich ruhen, und bemerkte bald darauf, dass der Edelmann, der ihr gegenübersaß, sie eingehend musterte. Nuria lächelte zurück und neigte höflich den Kopf gegenüber dem Fremden. Als nach dem Essen zum Tanz aufgespielt wurde, verabschiedeten sich Nuria und Beatriz mit den Kindern, denn sie empfanden nach der anstrengenden Reise die ganze Schwere einer bleiernen Müdigkeit und freuten sich auf ihre neuen Betten.

Der König hielt Wort. Die nächsten Tage verbrachte er mit Isabel und Alfonso, zeigte ihnen die Königsburg, die Kirchen und Klöster, das Umland und brachte ihnen Ballspiele bei, von denen sie noch nie etwas gehört hatten. Es war eine ausgelassene und freundliche Zeit, und Enrique genoss sie gemeinsam mit Isabel und Alfonso in einer geradezu kindlichen Ausgelassenheit. Nie vergaß er jedoch, Nuria mit einzubeziehen, an der er Gefallen gefunden hatte. Es kam ihr vor, als wären die Halbgeschwister aus der Gegenwart in ein Paradies gefallen und hätten nicht nur denselben Vater, sondern auch dieselbe Mutter.

Dann kam der Tag, an dem der König ihnen mitteilte, dass er mit seinem Hof nach Sevilla weiterreisen würde. »Aber die Königin wird hierbleiben. Wann immer es euch an etwas fehlt, wendet euch an sie. So, und jetzt stelle ich euch eure Lehrer vor«, verkündete er und zog Isabel und Alfonso mit sich.

Im Palast wartete bereits Tomás de Torquemada mit drei Predigerbrüdern seines Ordens.

»Mein lieber Prior, wie freue ich mich, Euch zu sehen«, rief Enrique und ging mit offenen Armen auf ihn zu. »Alfonso, Isabel, das ist von nun an euer Beichtvater, Bruder Tomás.«

Torquemada schaute die Kinder prüfend an. »Es ist mir eine Ehre.«

»Wie steht es mit den Lehrern?«, erkundigte sich der König.

»Stehen neben mir: Bruder Gonzalo für Schreiben, Lesen, Literatur, Latein und Bruder Ricardo für das Rechnen und die Landeskunde sowie für die Einführung in die Aufgaben der Verwaltung.«

»Danke, ehrwürdiger Vater. Den Unterricht im Reiten, und für Alfonso im Fechten, wird Jorge de Castro erteilen«, erklärte Enrique. »Was schließlich den höfischen Umgang betrifft, so werden Beatriz de Bobadilla und Andrés de Cabrera die Infanten unterweisen.«

36

Castelldefels, Spanien

»*Soave foco … soave foco …*«, stöhnte er im Glück des Loslassens, Zergehens, Zerfließens. Obwohl er im Feuer verglühte, genoss er die Flammen in seinen Adern, die sengende Hitze in jeder einzelnen Zelle. »Es ist noch nicht Zeit für dich«, schalt ihn seine Mutter plötzlich. Wie der Knabe, der er einst war, verlegte er sich nun aufs erbarmungswürdige Betteln. »Ach, lass mich gehen, Mare, lass mich, es hält mich ja doch nichts mehr. Ich grüße auch Pare von dir. Wir bauen dir ein Haus, wir bereiten dir einen Platz im Paradies.« Panik brach in ihm aus. »Aber was, wenn er nicht dort ist? Mare, Mare, was wenn Pare nicht im Paradies ist, sondern in der Hölle … wo sollte er sonst sein, der Ungläubige? Allah wird ihn doch ganz und gar nicht wollen … ihn, den größten Sünder!« Unendliche Angst packte ihn und trieb seinen Körper in Fieberdelirien. »Warum hast du dich nicht bekehrt, du störrischer Narr?« Mitten im Brüllen der Seele wurde er gepackt und fixiert, aber er wehrte sich, schlug und trat um sich. Er bäumte sich auf … empfing aber sogleich einen heftigen Schlag und stürzte ins Dunkel.

Als Yahya wieder zu sich kam, stand im Licht das Mädchen mit der Narbe über der Augenbraue vor ihm und fragte schmollend: »Willst du mich denn gar nicht kennenlernen?« Sie verschwand so unerwartet, wie sie gekommen war. Er öffnete die Augen und blinzelte, weil die Morgensonne schüchtern ihre Strahlen ins Zimmer schickte. Er glaubte, die Hölle durchschritten zu haben und am Fuße des Läuterungsberges zu knien.

»Wo bin ich?«, fragte er schwach und ohne Hoffnung.

»Zumindest zurück unter den Lebenden«, hörte er Ruggiero brummen.

Bei den Lebenden ist keine Hoffnung, dachte Yahya und schickte seine Augen auf Wanderschaft.

Über ihm breitete ein Dach aus Schilf seine Bündel aus. Zum ersten Mal spürte er die Härte des Untergrundes. Er lag auf Holz, wohl auf einem einfachen Bauerntisch. Die Wände der kleinen Hütte waren lehmverschmiert. Noch war er nicht sicher, ob er ins Diesseits zurückkehren wollte, doch wurde ihm die Entscheidung abgenommen, denn ein hundsköpfiger Scheitan schloss die Tür zum Jenseits hinter ihm. Der Teufel grinste, als wollte er sagen: »Chance vertan, jetzt sieh zu, wie du in der Welt zurechtkommst.«

»Kein Palast, aber für eine Hirtenhütte ganz passabel«, sagte Ruggiero.

»Wie komme ich hierher?«

»Du bist vom Pferd gefallen. Und hast wilde Geschichten erzählt. Also hab ich dich in diese Hütte gebracht und aus Castelldefels den Arzt geholt. Meir de Valencia hier hat alles getan, um deine vorzeitige Abreise in den Himmel zu verhindern.«

Ruggiero wies auf einen älteren Mann mit eierförmigen Kopf und einem zerfurchten Gesicht, in dem große, schwarze Augen mit Mühe an der großen Nase vorbeischauten. Das Gesicht des Alten war gezeichnet von einem langen, wechselvollen Kampf für das Gute.

»Wann können wir weiterreisen?«, fragte Yahya auf Katalan.

»Ein paar Tage müsst Ihr Eurem geschwächten Körper schon noch gönnen«, erwiderte Meir de Valencia mit weicher Stimme.

Aus ein paar Tagen wurden schließlich vierzehn. In dieser Zeit führte Yahya mit dem jüdischen Arzt lange Gespräche, die sich um die hebräische Sprache drehten. Wenn Yahya auf die jüdische Religion zu sprechen kommen wollte, wich Meir freundlich aus. Ruggiero, den diese Erörterungen langweilten, denen er mit seinem bruchstückhaften Katalan ohnehin nicht zu folgen vermochte, verabschiedete sich lieber nach Castelldefels, um die Zeit mit dem Würfelspiel und ein paar lausigen Liebesabenteuern totzuschlagen.

Die kleinen Spaziergänge, die Arzt und Patient unternahmen, dehnten sich Tag für Tag immer weiter aus, bis Ruggiero eines Tages entschied, dass der Rest der Genesung auf dem Rücken des Pferdes stattfinden würde. Sie sattelten ihre Reittiere und verstauten ihr bisschen Gepäck in den Satteltaschen.

Yahya trat in die Hütte, in der Meir de Valencia gerade damit beschäftigt war, seine Tiegel und Arzneien in eine Ledertasche zu packen.

»Ich habe Euch zu danken«, sagte Yahya.

Der Jude hob die Arme. »Das ist mein Beruf.«

»Ihr habt einen schönen Beruf!«

»Er steht jedem frei.«

»Vielleicht, vielleicht auch nicht, aber Ihr, Ihr seid ein Menschenmeister.«

»Ihr überschätzt mich. Es ist die Weisheit meines Volkes, von der ich doch nur allzu wenig verstehe, obwohl ich mich schon ein Leben lang darum bemühe.«

Ruggiero erschien im Eingang der Hütte. »Genug geredet. Wir wollen den Tag nicht verplappern! Geh schon vor, derweil ich unsere Schuld begleiche.«

Yahya winkte dem Juden noch einmal zu, trat in die Sonne und ging auf die Pferde zu. Plötzlich hörte er hinter sich ein Röcheln. Als zerbräche ein Leben. Erschrocken eilte er zurück in die Hütte und sah in die aufgerissenen Augen des Juden, der beide Hände an die Kehle hielt, aus der das Blut sprudelte. Fassungslos schaute Yahya zu Ruggiero. In der Hand des Italieners lag sein Dolch, von dem Blut tropfte, rotes, dickes, schweres Blut.

»Was hast du getan?«, brüllte Yahya seinen Gefährten an und wollte dem zusammenbrechenden Mann helfen, doch Ruggiero stieß ihn so hart zurück, dass er gegen den Türpfosten prallte und Lehm von der Wand abplatzte.

»Er weiß zu viel, als dass wir ihn am Leben lassen können. Deine Schuld, du hast im Fieber zu viel geplaudert.«

Zornig griff Yahya den Italiener an, der ihn mit einem Faustschlag niederstreckte. »Entweder du steigst auf dein Pferd, hältst dein Maul und kommst mit mir oder du ziehst mit dem da in die Hölle. Du hast die Wahl, Bursche.« Ruggieros Blick ließ keinen Zweifel daran, dass er seine Drohung wahr machen würde. »Komm mir nicht auf dumme Gedanken, ich kenne jetzt den Grund unserer überstürzten Abreise! *Merda!* In Stambul haben sie sich sehr in dir getäuscht! Aber Gott sei Dank ist ja Ruggiero da Ischia da, damit die Dinge sich nicht verwirren. Das ist nämlich ihre Natur, kompliziert zu werden, weil alle naselang so kleinen Scheißerchen wie dir das Seelchen sticht.«

Yahya wischte sich das Blut von der Nase und warf einen resignierten Blick auf den toten Juden. Meir de Valencia lag im Schmutz des unbefestigten Bodens. Vermutlich würden ihn wilde Hunde fressen, wenn ihn nicht jemand vorher fand. Yahya fühlte sich schuldig. »Lass uns ihn wenigstens begraben.«

»Keine Zeit. Wir müssen machen, dass wir wegkommen. Hier ist es jetzt zu gefährlich für uns!«

»Erst begraben wir ihn, wie es einem Menschen zukommt.«

»Beim Leben deiner Mutter! Du solltest sehen, dass du deinen kleinen Arsch auf dein Pferd schwingst! Sonst kannst du *sie* begraben!«

Der letzte Satz traf Yahya wie ein Fausthieb in die Eingeweide. Nun hatte er sie, denen die Rettung gelungen war, doch noch in Gefahr gebracht. Aus Eigennutz, weil er sie unbedingt sehen wollte. Er fühlte sich schuldig, schuldig am Tode des alten Juden und daran, das Leben seiner Mutter und seiner Schwester aufs Spiel gesetzt zu haben.

In dieser Hütte im Bergland südlich von Barcelona hatte er Ruggiero da Ischia erst wirklich kennengelernt. Er wusste nun, dass er ihn unterschätzt hatte, dass er mit keinem Menschen, sondern mit dem Teufel reiste. Innerlich bat er Meir de Valencia um Verzeihung, als er in den Sattel stieg und Ruggiero folgte.

Er verachtete diesen Italiener. Aber was sollte man schon von einem Menschen erwarten, der sein eigenes Volk verriet? Und ich?, fragte sich Yahya. Halte ich denn zu meinem Volk? Wem gilt meine Loyalität? Zu wem gehöre ich? Zu Mehmed? Zu den Katalanen? Nicht einmal der Verrat steht mir offen. Mit einem Mal wurde Yahya bewusst, wie entsetzlich arm ein Mensch war, der nicht einmal etwas besaß, das er verraten konnte, und ein tiefes Mitleid mit sich selbst senkte sich in sein Herz.

So hatte er keine Augen für das Meer, für dessen Küste mit ihren weiblichen Rundungen, für Valencia, die Stadt des Helden Ruis Diaz, des Cid. Vor dem Einschlafen las er sich im Buch des Ibn Arabi müde, um Ruhe zu finden, um nicht dem Teufel Ruggiero an die Kehle zu gehen. Er würde ihn doch nicht töten können, weder physisch noch psychisch. Und so las er:

»Halte bei den Lagern
des Frühjahrs trauere
beim Anblick der Spuren
und frag beim versehrten
Zeltplatz die Frage
wo sind die Liebsten wohin
die Jesuskamele weißt du
noch wie sie das Flimmern
der Wüste durchquerten
im Spiegel der Luft
erscheinen sie groß
dem Auge im Flimmern
fast so wie Gärten ...«

Wie damals im Blachernae-Palast vor Sultan Mehmed fühlte sich Yahya wieder hilflos den bösen Mächten ausgeliefert. Und da er das dachte, begriff er, dass sein Glaube an Allah seinen Verstand einnahm, nicht aber sein Herz erreicht hatte. Aber vielleicht züchtigte ihn der Allmächtige auch?

Ab Valencia verließen sie die Küste und begaben sich auf der alten Heerstraße nach Südwesten, nach L'Alcúdia. Der Weg führte in karstiges und teils raues Bergland. Im Gebirge überschritten sie, ohne es zu bemerken, die Grenze von Kastilien zum Maurengebiet. Dass sie sich im Machtbereich Saids, des Sultans von Granada, befanden, wussten sie spätestens, als sie Huescar erreichten. Die Stadt lag am Fuße eines mächtigen Gebirgsmassivs, das mehrmals den Besitzer gewechselt hatte und nun wieder fest in muslimischer Hand war.

Am späten Nachmittag passierten sie das Stadttor, stiegen von den Pferden und führten sie durch die engen Gassen am Zügel. In den Straßen wimmelte es von Menschen. Wer von ihnen Maure, wer von ihnen Kastilier war, ließ sich nicht unterscheiden, weil die Männer die weiten Obergewänder der Mauren trugen und die wenigen Frauen, die sie sahen, verschleiert waren.

Schließlich standen sie vor einer Herberge, die im Stil einer Karawanserei erbaut war. Ein Mittelgang teilte das Gebäude, in der rechten Hälfte lagen die Zimmer, die Bäder und ein Speisesaal, links befand sich der Pferdestall. Yahya und Ruggiero vertrauten ihre Reittiere gegen ein teures Entgeld dem Pferdemeister an. Dann schlenderten sie durch die Stadt, um schließlich in einen Basar einzutauchen, in dem sie einen großen Tuch- und Kleiderhändler fanden. Sie erwarben für jeden Hemd, Hose, Burnus und Turban, um auf ihrer weiteren Reise nicht aufzufallen. So wurde aus Giovanni Nessuno oder Joanot Ningú wieder Yahya ibn Catalano.

Das Doppelzimmer in der Herberge war von ungewohnter Sauberkeit, die Bäder im Untergeschoss eine verlockende Verheißung.

»Ich kann kein Arabisch. Damit wir nicht auffallen, bin ich von nun an dein stummer Diener«, bestimmte Ruggiero knapp, als sie sich umkleideten.

Yahya grinste boshaft.

»Bild dir keine Schwachheiten ein!«, schimpfte Ruggiero verdrossen.

»Ich werde dich Ibn Kalab nennen«, entgegnete Yahya und verschwieg dem eitlen Italiener, dass dieser Name auf Arabisch »Sohn des Hundes« bedeutete.

»Soll mir recht sein«, brummte Ruggiero.

Sie gingen hinunter in den Speisesaal, tranken Tee und aßen gebratenes Gemüse und Hähnchenspieße.

Eine gute Weile nach dem Essen, am mittleren Abend, gab sich Yahya dem Schwitzbad hin. Er genoss es, dass der heiße Dampf und der Schweiß den ganzen Schmutz der Christenheit, der sich seit Ancona angelagert hatte, aus seinen Poren wusch. Und dass Ruggiero sich, zum Schweigen verdammt, ohne Alkohol, Würfel oder Frauen im Zimmer langweilte, erhöhte sein Wohlgefühl beträchtlich. Sollte der Barbar an seinem Barbarentum leiden! In seiner Ohnmacht Ruggiero gegenüber gab sich Yahya im Dampfbad der Vorstellung hin, wie er ihn eines Tages bestrafen, wie er ihn eines Tages töten würde – der Schwache den Starken. Er hatte Konstantinopel verlassen, Ancona gesehen und Italien durchquert. In Ostia war er in See gestochen, in Barcelona seiner Mutter begegnet. All das nährte in ihm eine noch recht dunkle, verworrene Ahnung eines anderen Lebens, einer Freiheit, die er sich nehmen würde, wenn sein Auftrag erfüllt war.

Der nächste Morgen fand zwei – dem äußeren Anschein nach – Mauren auf der Weiterreise von Huescar nach Granada vor. Das Gebirge, das sie durchquerten, wurde immer wilder, auch wenn sie durch die Täler und nicht über die Pässe ritten. Und es wurde einsam, sie trafen keinen Menschen in dieser gottverlassenen Gegend. Nur Geier sahen sie, die in großer Höhe über ihnen kreisten. Sie nahmen den Geruch des Todes wahr, der von Ruggiero ausging, dachte Yahya.

In ihrem Rücken erhob sich ein Bergmassiv mit dem satten Grün des Nadelstrauchbewuchses, dessen Kegel sich in den Himmel drückte, als sich der Weg zu einem Hain weitete. In dessen Mitte befand sich ein Band von gemauerten und lehmverschmierten, hüfthohen Tonnen, die mit grünlichem Wasser gefüllt waren, eine Tränke für Tiere und zur Not auch für Menschen. Das Wasser blühte.

Ein dürrer, weißhaariger Mann in einem grünen Kaftan saß auf einem Baumstumpf neben der Tränke.

»Gott zum Gruße«, sagte Yahya auf Arabisch.

»Gott zum Gruße«, erwiderte Mann mit feiner Greisenstimme. Sein Gesicht wirkte verwittert, die Augen schwarz wie von Hunden. »Mit wem habe ich die Ehre?«

»Ich bin Yahya ibn Catalano, und das ist mein Diener, Ibn Kalab.«

»Kalab? Hat er diesen Namen verdient?«

»Mehr als das.«

»Und hätten Wir es gewollt, hätten Wir ihn dadurch erhöhen können; doch er neigte der Erde zu und folgte seiner eigenen Neigung. Er gleicht daher einem Hunde, heißt es im Koran«, sagte der Alte und musterte Ruggiero. »Der Herr, gepriesen sei er, möge sich seiner erbarmen.«

Ruggiero starrte ihn nur böse an.

»Wohin wollt ihr?«, fragte der Alte.

»Nach Granada. Und du, Ehrwürdiger, wie ist dein Name?«

»Al-Khidr.«

Yahya erschrak. »Du lästerst. Du bist doch nicht der grüne Ritter, der erst am Ende der Zeiten sterben soll.«

»Woher willst du das wissen? Wenn Allah will, dass es so ist, dann ist es so. Heute bin ich der Grüne und gehe trockenen Fußes auf den Wassern, morgen der Greif des Westens, der über die Landschaften fliegt und übermorgen ein armer alter Mann mit Namen Mustafa der Aussätzige. Ich bin nicht. Nur eine Hülle für das, was Allah will. Ich habe mich für den Erhabenen leer gemacht. Kein einziger Gedanke lenkt mich ab von ihm, nichts hindert mich, an ihn nur zu denken. Und da er überreich ist, bin ich übervoll und bin doch nicht in der Lage, auch nur mehr als ein Fünkchen, ein Goldkörnchen von seiner Fülle zu erfassen.«

»Wohin willst du?«

»In seine Liebe.«

»An welchem Ort hoffst du, sie zu finden?«

Statt zu antworten, wies der Alte auf die Spitze des kegelförmigen Berges.

»Warum?«, entfuhr es Yahya erstaunt.

»Seligkeit beschließt das Leben. Zum Gipfel führt ein schmaler Pfad, viele Hügel ragen dazwischen und von Tugend zu Tugend will ich den Gipfel erklimmen, denn der Gipfel ist das Ende aller Dinge und des Weges Ziel, auf das hin unsere Pilgerreise ausgerichtet ist.«

»Du willst da oben sterben?«

»Nein, das ewige Leben finden.«

»Und dein Körper?«

»Wird den Tieren als Nahrung dienen, der Greif wird mich fressen und mich so in seinem Magen durch die Lüfte tragen. Nichts daran ist schlimm, mein Freund, Gott zum Gruße, gepriesen sei er.« Die Augen des Alten leuchteten.

Yahya fragte sich, ob der Alte wahnsinnig war oder ein großer Mystiker, ein Mann vom Schlage Ibn Arabis. Wer konnte das wissen, lagen doch Wahrheit und Wahnsinn dicht beieinander.

»*Salam aleikum*, al-Khidr«, sagte Yahya lächelnd.

»*Aleikum salam*, Joanot, du wirst deinen Weg finden, wenn du dich nicht verwirren lässt von den äußeren Formen der Religionen … *Ego sum via, et veritas, et vita. Nemo venit ad Patrem, nisi per me.*« Damit erhob sich der Alte und ging mit erstaunlich jugendlichen Schritten auf das Gebirgsmassiv zu. Er hat mich Joanot genannt, dachte Yahya verwundert.

Ruggiero riss ihn aus seinen Gedanken. »Was hast du erzählt?«, fauchte er.

»Nichts von Belang.«

»Ach, nichts von Belang? Und warum sagt er dann auf Lateinisch das Jesuswort aus dem Johannes-Evangelium zu dir: Ich bin der Weg und die Wahrheit und das Leben; niemand kommt zum Vater denn durch mich? Hör auf zu lügen!«

»Ich lüge nicht. Der Alte ist verwirrt und hält sich für al-Khidr.«

In Ruggieros Gesicht tobte die Ungeduld. »Und wer soll das sein?«

»Ein Heiliger, der Moses in die geheimen Mysterien eingewiesen hat.«

»Aha, und den hast du gerade gesehen! Einen Kumpel von Moses?«

»Nein, einen alten Mann, der glaubt, al-Khidr zu sein. Auch wenn das dein Fassungsvermögen übersteigt. Nur wer betrügt, weiß, wie die Würfel fallen.«

Der Italiener spuckte aus und trieb sein Pferd an. Yahya folgte nicht ohne Mühe, auch wenn er inzwischen immer besser mit dem Reiten zurechtkam.

Fünf Stunden später öffneten sich die Berge und gaben ihren Blick frei auf die Mauern und Türme der Alhambra und auf die zu ihren Füßen sich ausbreitende Stadt: Granada.

TEIL IV

DAS KÖNIGREICH DER VERSTEINERTEN LÖWEN

»Denn sie gieren alle, Klein und Groß, nach unrechtem Gewinn, und Propheten und Priester gehen alle mit Lüge um und heilen den Schaden meines Volks nur obenhin, indem sie sagen: »Friede! Friede!«, und ist doch nicht Friede.«

Jeremia 6,13–15

37

Granada, Spanien

Die weiße Stadt, die auf drei Hügeln lagerte, genoss als Hauptstadt von al-Andalus, des letzten muslimischen Sultanats im Spanien der katholischen Königreiche, einen so legendären wie zwiespältigen Ruf. Den Muslimen galt sie als Hoffnung, die Christen hingegen empfanden sie als Pfahl im Fleisch. Unbeeindruckt von den Sehnsüchten und Ängsten der Menschen strömte der Darro entlang der Mauer, die Granada umgab und durch die Stadt, vorbei an Häusern, an Mühlen, an Bädern und durch Gärten, bevor der Fluss im Untergrund verschwand und sich schließlich mit den Genil vereinte. Über allem erstrahlte die Kuppel der großen Moschee auf ihrem erhabenen Platz auf dem Albaicín-Hügel.

Das Tor zum Schutz der Stadt kauerte vor der jenseits des Darro auf einer Bergkuppe thronenden Alhambra wie ein bissiger Hund. Immer wieder in der Geschichte des Reiches war vom Albaicín eine Verschwörung ausgegangen. Im Laufe der Zeit gab es nicht wenige Mitglieder der muslimisch-maurischen Nasriden-Dynastie, die glaubten, besser als der jeweilige Herrscher auf der Alhambra regieren zu können. Unter ihrer Führung formierte sich in den Gassen und den verschwiegenen Innenhöfen des Albaicín-Viertels immer wieder Opposition, um den Amtsinhaber zu entthronen. Überhaupt die Innenhöfe des Albaicín! Sie boten jedweden Verschwörern Unterschlupf, mehr noch, sie waren als Architektur gestaltete Konspiration. Kaum weniger häufig wurden diese Bewegungen von der Alhambra aus blutig niedergeschlagen. Albaicín und Alhambra standen für die stete Rivalität im Clan der Nasriden und der großen Familien des Reiches.

Als sie von oben auf die Buckelbrücke über den Darro schauten, kam der Anblick Yahya vor wie ein Wespennest, in das der liebe Gott aus Unachtsamkeit gestochen hatte. Vor der Brücke stauten sich Menschen. Manche mit Pferden, Eseln oder zum Teil bedenklich überladenen Ochsenkarren, weil die Verwirrung auf der Brücke alles zum Erliegen brachte. Unter den Aufgeregten, die in der Schlange vor der Brücke warten mussten, fielen Yahya die Führer der Ochsenkarren durch ihre Ruhe und Geduld auf. Sie wissen eben, dass Erregung nichts beschleunigt, dachte er, sondern dass es wieder vorwärtsgeht, wenn Allah es will. Anders die edel gekleideten Männer auf ihren tänzelnden Pferden, die Frauen, Mädchen und kleinen Jungen in den Sänften und Kutschen. Sie alle schimpften, was das Zeug hielt.

Yahya ritt hinter Ruggiero her, der sich bald fluchend, drohend mit erhobener Faust und gezücktem Schwert durch die Menge kämpfte. Dazu schnitt er wilde Grimassen. Vor der Brücke stieg er ab, auch Yahya sprang vom Pferd.

»Was streiten die denn da?«, fragte Ruggiero und deutete auf zwei Kutschen, die aus gegensätzlichen Richtungen kamen und einander blockierten. Zwei Gruppen von Männern brüllten und gestikulierten, als wären sie jederzeit bereit, mit den Schwertern auf die anderen loszugehen.

»Sidi, was ist da los?«, wandte sich Yahya an einen Schwarzbärtigen mit funkelnden Augen im sonnengebräunten Gesicht. In dem scharf geschnittenen Gesicht des Mannes stand ein Ausdruck reizbaren Unwillens. »Die Hunde wollen uns nicht durchlassen!«

»Verzeiht meine Unwissenheit, Herr. Aber ich bin ein Fremder und komme zum ersten Mal nach Granada«, erklärte Yahya. »Wer sind denn die Hunde? Und wer seid ihr?«

Der Schwarzbärtige stöhnte. »Die Sippe der Banigash zieht auf die Alhambra.«

»Und ihr?«

Der Schwarzbärtige zog sein Krummschwert. Im gleichen Moment erschien Ruggiero mit blanker Waffe neben ihm, wie Yahya dankbar vermerkte. Ein Lächeln flog über das grimmige Gesicht des Schwarzbärtigen und verlieh ihm eine unvermutete Freundlichkeit.

»Was ist denn das?«, fragte er mit Blick auf Ruggieros gerade Klinge. »Ein Ungläubiger!«

»Es liegt uns fern, dich zu verhöhnen. Es ist nur unser Unwissen«, sagte Yahya rasch.

»Na gut, ich gehöre dem Stamm der Sarraj an. Jetzt müssen wir auf Betreiben der neuen Günstlinge des Emirs, der Banigash, unseren Palast auf der Alhambra räumen, damit sie ihn in Besitz nehmen können.« Der Schwarzbärtige spuckte aus und wies auf einige Reiter, die sich durch die Menge der Wartenden kämpften. »Der schielende Hund an der Spitze ist der neue Heeresrichter, ein Banigash, wie ihr euch denken könnt!«

Yahya bedankte sich für die Erklärung und versuchte weiterzukommen, erntete aber nur finstere Blicke und beschloss, das gefährliche Vorhaben aufzugeben. Nach einer Weile setzte sich der Zug schließlich in Bewegung und mit ihm Yahya und Ruggiero, die ihre Pferde am Zügel führten.

Kaum hatten die beiden Reisenden den dunklen Torbogen durchschritten, da stürzten sie auch schon in das Gewühl der Leiber, über dem sich ein bunter Teppich aus Lauten und Gesprächsfetzen spann. Das Gedränge in den kleinen Gassen beunruhigte die Pferde, die sie nur mit großer Mühe ruhig halten konnten. Die weiß getünchten Wände der Häuser warfen das Sonnenlicht zurück und gewährten den Bewohnern schattige Räume im Inneren, wie Yahya im Vorbeigehen sah, um den Preis allerdings, dass sich die Gassen zu wahren Backröhren entwickelten. Die Hitze der Leiber tat ihr Übriges. Yahya war nur wenige Schritte vorwärtsgekommen, als er bereits in seinem eigenen Schweiß stand wie in einem körperwarmen Teich. Dabei ging die heftige Transpiration der vielen Menschen nicht mit Gestank, sondern erstaunlicherweise mit einem Wohlgeruch einher. Yahya roch Ambra und Nelken und Zimt. Dicke Männer mit mächtigen Turbanen schoben ihre Körper wie kleine Festungen rücksichtslos über den Straßenstaub. Hier war offenbar ein jeder der Ansicht, dass der andere ihm den Vortritt zu lassen habe. Vielleicht haben sich die Bewohner diese Höflichkeit auch abgewöhnt, weil sie aus Platzmangel ohnehin nicht ausweichen können, dachte Yahya.

Ein merkwürdiges Kreischen riss ihn aus seinen Beobachtungen. Er blickte zu Ruggiero, der einen etwa fünfzehnjährigen Jungen am Arm gepackt und diesen schmerzhaft verdreht hatte.

»Sag ihm, dass er seine Kumpane warnen soll. Den nächsten, der versucht, mich zu beklauen, bringe ich zum Vogt. Und dann ist die diebische Hand ab!«, knirschte Ruggiero.

Yahya wusste, dass er bluffte, denn er würde den Dieb schon aus dem einfachen Grund nicht dem Gesetz ausliefern, weil er selbst keine Aufmerksamkeit auf sich ziehen wollte. Aber das konnte der kleine Dieb natürlich nicht wissen, also übersetzte Yahya die leere Drohung des Italieners ins Arabische. Der spillerige Jüngling bedankte sich tausendmal bei »seinem Wohltäter«. Ruggiero zwang den kleinen Gauner, ihm seine ganze Beute abzuliefern, dann erst ließ er ihn laufen.

»Die Lehre wird er sich merken!«

»Ja, und seinen Verlust durch neue Diebeszüge ausgleichen.«

»Wenn er sich von mir fernhält, geht mich das nichts an.«

An einer Kreuzung entdeckten sie ein Teehaus, vor dem der Besitzer ein paar Diwane und Tischchen aufgestellt hatte, die unter einer Markise unbesetzt vor sich hindösten. Die wenigen Gäste hatten es sich auf den niedrigen Sofas und den Sitzkissen im kühlen Innern bequem gemacht. Schwaden, die von den Wasserpfeifen aufstiegen, waberten in der ohnehin schon dicken Luft. Im Eingang stand der rundgesichtige Wirt und hielt nach weiterer Kundschaft Ausschau. Er wirkte unzufrieden. Mit seinem blauen Turban und dem gewagt gelben Kaftan erinnerte er an einen reichlich überfütterten Singvogel.

»*As-salāmu 'alaikum*, Ehrwürdiger«, sprach Yahya ihn an.

»*Wa-'alaikumu s-salām wa-raḥmatu 'llāhi wa-barakātuhu.* Darf ich euch zu einem Tee bitten?«

»Später vielleicht. Wir suchen den ehrwürdigen Yehuda Abrabanel, einen Kaufmann. Kennst du ihn vielleicht? Kannst du uns sagen, wie wir zu ihm kommen?«

Das feiste Gesicht, in dem das glänzende Fett jede mögliche Falte ausgepolstert hatte, zerfloss in Freundlichkeit. »Ach, wer kennt ihn nicht, den Wohltäter?« Eifrig wies er mit ausgestrecktem Zeigefinger die Gassen entlang. »Bevor ihr auf einen Platz kommt, links abbiegen, der Gasse folgen bis ihr auf eine Plaza stoßt, dort das große Anwesen. Ihr könnt es gar nicht verfehlen. Und wenn doch, fragt. Jeder Gimpel weiß, wo sich das Handelshaus Abrabanel befindet.«

»*As-salāmu 'alaikum!*«, bedankte sich Yahya.

Der Wirt antwortete noch mit einem Segensgruß, hielt aber bereits Ausschau nach neuen Kunden. Yahya und Ruggiero schritten durch die schmale Gasse, die sich in die Länge zog. Wegen der vielen Menschen und der Mühen, die sie mit ihren Reittieren hatten, ahnten sie die Geschäfte, die an ihrem Weg lagen, mehr, als dass sie sie wahrnahmen. Endlich bogen sie links ab, und sofort wurde es leerer. Fast verwaist lag die Gasse in ihrer beschaulichen Nachmittagsruhe da. Yahya atmete tief ein, als der erfrischend-saftige Duft von Zitronen- und Orangenblüten seine Geruchsnerven umspielte.

Sie gelangten an einen Platz, in dessen Mitte ein weißer Brunnen sprudelte. An drei Seiten reihten sich je drei bis vier Häuser aneinander. Auf der vierten Seite stand nur ein einziges Haus, ein dreistöckiges, schmuckloses Gebäude mit kleinen Fenstern. Die beiden schweren Steineichenflügel des Hufeisentores schützten zuverlässig seine Bewohner. In den rechten Flügel war eine Tür eingelassen, an der ein schwerer gusseiserner Ring hing, mit dem Yahya gegen die dafür vorgesehene Platte schlug. Eine Luke in der Tür direkt über dem Ring öffnete sich, und ein junger Mann mit erstaunlich weißem Teint, aber einer niedrigen Stirn glotzte durch die Öffnung.

»*As-salāmu 'alaikum*, mein Name ist Yahya ibn Catalano, und ich wünsche, den ehrenwerten Yehuda Abrabanel zu sprechen.«

Der junge Mann grüßte überraschenderweise nicht zurück, sondern nuschelte nur: »Wartet.«

Die Luke schloss sich wieder, und dann geschah erst einmal nichts. Ein fröhliches *prürr, prürr* und *krük, krük*, das von oben kam, verirrte sich in Yahyas Ohr. Er schaute zum Himmel und musste wegen der Sonne die Augen zusammenkneifen. Ein vielfarbiger Vogel, dessen Gefieder in so klarem Blau und Grün und Gelb und Rot strahlte, dass seine Farben jeden Maler mit Neid erfüllt hätten, fing kunstvoll im Flug eine Biene. Rechts vom Brunnen ließ er sie auf den Boden fallen und erschlug sie mit seinem Schnabel, bevor er sie genüsslich verschlang. Dann schwang er sich wieder hoch in die sicheren Lüfte, um nicht zur Mahlzeit einer Katze zu werden. Fressen und gefressen werden, dachte Yahya und wandte sich wieder zum Tor.

38

Granada, Spanien

Ruggiero war des Wartens müde und wollte schon ärgerlich zu dem Klopfring greifen, als sich die Tür des Hauses von Yehuda Abrabanel endlich öffnete und ein anderer junger Mann sie begrüßte. Schlank, mit schwarzen Augen, leicht bräunlichem Teint von ausgesuchter Schönheit und nach Mandel und Liebstöckel duftend bat er sie herein.

»*Schalom*, meine Herren. Ich bin Ychzak Abrabanel und heiße euch willkommen. Tretet ein, wenn ihr in friedlicher Absicht kommt. Führt ihr aber Böses im Schilde, so geht lieber auf der Stelle, denn wir haben erprobte Wachen.«

»*Schalom lecha*«, entgegnete Yahya auf Hebräisch und wechselte dann ins Arabische. »Nichts Böses führen wir im Schilde, nur den Frieden des Herrn, der über alle Vernunft geht. Ich bin Yahya ibn Catalano, und das ist Ruggiero da Ischia. Wir möchten den ehrenwerten Yehuda Abrabanel in einer wichtigen Angelegenheit sprechen.«

»Folgt mir, mein Vater erwartet euch. Carlos wird sich um eure Pferde kümmern.«

Der linke Torflügel wurde geöffnet, und der junge Weiße, offensichtlich ein christlicher Sklave, trat heraus und ließ sich die Zügel geben. Yahya und Ruggiero folgten Ychzak in einen dunklen Mittelgang, der bald auf einen Innenhof führte, dessen Pracht sie sprachlos machte. In nichts glich die verschwenderisch verzierte Fassade der abweisenden Außenwand des Hauses. Blumen-, Sträucher- und Vogelmotive wetteiferten auf einem in Ockerton gehaltenen Untergrund um die Gunst des Betrachters. In der Mitte des kurzen, aber saftiggrünen Rasens erhob sich ein Pavillon.

Sie gingen daran vorbei, tauchten kurz in einen Durchgang und gelangten in einen zweiten Innenhof, der weitläufiger war als der Erste. Ein Pavillon aus geschnitztem Holz, der zwischen kurz gehaltenem Rasen, Blumen und mannshohen Zierobstbäumchen zu schweben schien, warf seinen Schatten auf einen Teich, in dem sich, wie Yahya im Vorübergehen wahrnahm, Goldfische tummelten. Ein Triton, ein griechischer Meeresgott, in der Mitte des Teiches spuckte unentwegt Wasser.

Das Wasser befeuchtete die Luft und kühlte die auf Granada lastende Hitze im Garten des Juden wohltuend ab. An zwei Pfosten des Pavillons hingen Käfige mit Singvögeln. Von rechts trat ihnen ein älterer, aber kräftiger Mann mit kleinen, wachen Augen entgegen. Hemd und Kaftan waren von strahlendem Weiß. Er neigte, bei den Besuchern angekommen, leicht den Kopf.

»Seid gegrüßt, meine Herren. Ich bin Yehuda Abrabanel, was kann ich für euch tun?«, fragte er in einem fast unakzentuiertem, sehr fließendem Arabisch, sodass es für Yahya schwer zu verstehen war.

»Wir sollen Euch von Yusuf Pascha grüßen«, erwiderte Yahya.

Ein Lächeln flog über das Antlitz des alten Juden.

»Dann seid Ihr Signor Ruggiero da Ischia?«, wandte er sich an den Italiener in dessen Landessprache, was fast ein wenig unhöflich war, da Yahya die Unterhaltung eröffnet hatte.

Abrabanel führte seine Gäste in den Pavillon. Er ließ sich auf einem der Sitzkissen an einem schwarzen, mit wertvollen Intarsien aus Elfenbein gearbeiteten, achteckigen Tisch nieder. Ruggiero, Yahya und auch Ychzak taten es ihm gleich. Als Carlos erschien, um zu melden, dass die Pferde versorgt seien, winkte der Hausherr ihn zu sich und flüsterte dem Diener, der sich elegant zu ihm beugte, etwas ins Ohr. Carlos nickte und verschwand.

Yahya sah ihm kurz nach. »Ein christlicher Sklave?«

»Anfangs ja, aber inzwischen bleibt er freiwillig bei mir. Während eines Raid wurde seine ganze Familie erschlagen. Ich habe ihn als Kind auf dem Sklavenmarkt gekauft. Er ist mir treu ergeben. Vor einem Jahr wollte ich ihm als Lohn die Freiheit schenken. Er hat das nur unter der Bedingung angenommen, dass er in meinen Diensten bleiben darf. Warum sollte ich ihm das verwehren? Er hat eine Frau, die in meiner Küche arbeitet, und ein Kind, das mit meinen Enkeln zusammen Unterricht erhält. Wie das Leben so geht«, erzählte der Patriarch lächelnd.

»Habt Ihr außer Eurem Sohn noch weitere Kinder?«, erkundigte sich Yahya.

Abrabanel lachte. »Ein Dutzend, aber Ychzaks ältere Brüder führen unsere Faktoreien in Italien, in Katalonien und in Stambul. Ychzak geht mir hier zur Hand, na, und die Töchter werde ich irgendwann verheiraten müssen.«

Als Herberge empfahl ihnen Abrabanel eine Karawanserei unten am Darro, gegenüber der Alhambra. Carlos würde sie später hinbringen, sagte er. Es war deutlich, dass er noch nicht zum ernsthaften Teil des Gesprächs überzugehen gedachte.

Junge Frauen brachten Teeschalen und Kannen mit Tee aus dünnem Porzellan, Teller, Platten mit Spezereien, Obst und Kuchen.

»Bitte, bitte langt zu, ihr müsst hungrig sein.« Yehuda Abrabanel breitete einladend die Hände aus. »Nur ein kleiner Imbiss, aber fürs Erste dürfte es genügen.«

Yahya und Ruggiero ließen sich das nicht zweimal sagen, denn sie waren in der Tat ausgehungert. Während sie es sich munden ließen, erkundigte sich der Kaufmann nach dem Verlauf ihrer Reise. Dann endlich kamen sie auf den Zweck ihres Besuches zu sprechen.

»Yusuf Pascha entbietet Euch seinen Gruß«, begann Yahya höflich auf Italienisch.

»Und er bittet Euch, uns zu unterstützen. Der Großherr will ein Bündnis mit dem Sultan gegen die Christen schmieden«, übernahm Ruggiero ungeduldig und herrisch die Verhandlungen.

Der Kaufmann wiegte den Kopf hin und her und setzte eine bekümmerte Miene auf. »Ich wüsste nicht, wie man Said davon überzeugen könnte. Der Emir ist ein Vasall des Königs von Kastilien – und solange alles so bleibt, wie es jetzt ist, wird er daran nichts ändern wollen. Schließlich verdankt er Enrique den Thron.«

»Das weiß Yusuf Pascha. Aber er und Sultan Mehmed wissen auch, dass der Thron von Granada den häufigen Wechsel der Herrscher liebt.«

Abrabanel hob abwehrend die Hände. »Ihr sprecht von gefährlichen Dingen! Zu gefährlich für einen einfachen Kaufmann wie mich. Und zu kompliziert. Ich verstehe nur etwas von Soll und Haben, nicht aber von den Feinheiten der Macht. Ihr überschätzt mich.«

Ruggiero brauste auf. »Redet Euch nicht heraus! Der Großherr zählt auf Euch!«

Als Yehuda sich abrupt erhob, machte Yahya eine beschwichtigende Geste. »Ich denke, unser christlicher Freund schweigt jetzt besser, denn er drückt nicht aus, was sich der Großherr wünscht.«

Ruggiero sah aus, als hätte er in eine Zitrone gebissen. Doch er fügte sich.

»Ich bitte Euch um Verzeihung, dass wir es als Eure Gäste am schuldigen Respekt haben fehlen lassen«, fügte Yahya zum Zeichen, dass er nun die Verhandlungen führen würde, auf Arabisch hinzu.

Yehuda setzte sich wieder, wirkte aber deutlich zurückhaltender. Die betörende Leichtigkeit war verschwunden.

Yahya trank den Tee in langen Zügen und ließ ihn auf seiner Zunge hin und her rollen, bevor er ihn hinunterschluckte. »Ein ausgezeichneter Tee«, sagte er schließlich wieder auf Arabisch, wie er es nun das gesamte Gespräch über halten sollte.

»Ich beziehe ihn aus China.« Der Jude zeigte lächelnd auf die Schalen mit dem Kranichmotiv, die auch von dort stammten. »Ich bin natürlich dem Sultan gern zu Diensten, zumal ich mir nicht vorstellen kann, dass ein so großer und nobler Herr etwas Unziemliches von mir verlangen würde.«

Yahya lächelte offenherzig. »Ihr schätzt Mehmed so treffend ein, als ob Ihr Euch des täglichen Umganges mit ihm erfreuen könntet.«

»Leider ist mir das nicht vergönnt.«

»Dafür aber Eurem Sohn.«

Der Jude schaute ihn für einen kurzen Moment kühl und prüfend an, bevor seine Gesichtszüge sich in einem milden Lächeln entspannten. In seinen Augen jedoch sah Yahya, dass er weiterhin wachsam war. »Der Glückliche, ja. Sagt, was der Großherr wünscht.«

»Nur Euer Wohl und das Wohl seiner Glaubensbrüder liegen ihm am Herzen. Granada ist in Gefahr.«

Yehuda nickte so unmerklich, dass man es auch für eine Sinnestäuschung hätte halten können.

»Ein Schutzbündnis mit Sultan Mehmed läge im Interesse der Granadiner und der Juden«, fügte Yahya lächelnd zu.

»Das müssen die Fürsten entscheiden, ich bin – wie gesagt – nur ein einfacher Kaufmann.«

»Meint Ihr, es fände sich ein Nasride, der sich mit uns unterhalten würde?«

»Bedaure, dafür bin ich leider der falsche Gesprächspartner.«

»Aber Ihr kennt die richtigen Gesprächspartner für uns.«

»Vielleicht. Die Nasriden beherrschen zwar Granada, aber sie stützen sich auf wichtige Familien, die einander bis aufs Blut befehden, am wichtigsten unter den großen Clans sind die Banu Sarraj und die Banu Banigash.«

»Wer unterstützt Said?«

»Die Banigash.«

»Die Männer der Banu Sarraj müssen vortreffliche Muslime sein.«

Der Jude lächelte. »Ehrenwert, erfahren und fromm.«

»Ein junger Mann wie ich könnte sicher von ihnen lernen. Ihr müsst wissen, der Zweck meiner Reise ist Weisheit.«

»Ah, Weisheit! Dafür schickt Euch der Großherr durch die Welt?«

»Wie gut Ihr ihn kennt!«

Eine friedvolle Ruhe setzte ein. Es war alles gesagt. Der alte Jude und der junge Katalane genossen das gemeinsame Schweigen, das beredeter war als Worte, und lauschten den Singvögeln. Schließlich trank Yahya seine Teeschale aus, und Yehuda ließ nicht Nachschenken.

»Wir hatten eine lange Reise«, sagte Yahya und stand auf.

Auch Yehuda und Ychzak erhoben sich von ihren Kissen. Nur Ruggiero sprang überrascht auf, als alle schon standen und sich freundlich, aber kurz verabschiedeten.

Wie angekündigt führte sie Carlos zu der Karawanserei und mietete im Auftrag Yehudas zwei sehr behagliche Zimmer für sie an. »Mein Herr kommt für alle Kosten auf«, erklärte er.

Mit Blick auf das helle, saubere Zimmer, das reinliche Bett ohne Stroh, dafür aber mit Matten und leichten Decken, dachte Yahya nur mit Schaudern an die christlichen Unterkünfte zurück. Bevor er allerdings ins Bad schlendern konnte, erschien Ruggiero mit finsterer Miene und verlangte Aufklärung über das auf Arabisch geführte Gespräch. Als Yahya ihm alles berichtet hatte, machte er ihm heftige Vorhaltungen. Mit nichts in der Hand hätten sie das Haus des Juden verlassen.

»Mit nichts? Wie dumm du bist, Ruggiero. Mit allem! Wart's ab, wir werden bald schon eine Einladung zu einem Fest erhalten!«

»Woher willst du das wissen?«

»Überlass mir die Verhandlungsführung, davon verstehst du nichts.«

Bevor der Haudegen noch etwas erwidern konnte, wies ihn Yahya brüsk zurecht. »Du hättest unsere Mission durch deine groben, unnützen Worte um ein Haar zum Scheitern gebracht. Willst du, dass ich Yusuf Pascha von deiner Tölpelei erzähle?« Ruggieros feurige Augen durchbohrten ihn, aber er schwieg. »Wenn ein Degen gebraucht wird, bitte ich dich um Hilfe, aber solange schweig, Ruggiero, schweig!«

»Zwei Wochen, Bürschchen, zwei Wochen«, knurrte der Italiener und verließ wütend das Zimmer.

Und Yahya wandte sich zum Bad und genoss seinen Triumph über den Teufel.

39

Segovia, Spanien

Mitten in der Nacht wurde Nuria durch ein Tremolo der Aufdringlichkeit geweckt, das sich als heftiges Klopfen an der Tür erwies. Sie sprang auf, bandagierte in Eile den Oberkörper, zog Hemd und Hose an und war flugs wieder Don Jorge de Castro. Jetzt konnte kommen, was wollte, Nuria hatte sich mit Jorge gerüstet und öffnete, ganz in ihre Rolle zurückgekehrt, die schwere Kassettentür zum Flur. Als hätte er es darauf angelegt, auch die letzte Schläfrigkeit zu vertreiben, schlug ihr kühl der Luftzug ins Gesicht.

Vor ihr stand ein junges Mädchen, in dem sie eine der Zofen der Königin erkannte. Bevor sie noch ein Wort gesagt hatte, legte die Zofe den Zeigefinger auf ihre Lippen, um Nuria gleich darauf mit gepresster Stimme aufzufordern, ihr zu folgen. Königin Juana wünsche den Leibwächter der Infanten dringend zu sprechen.

»Jetzt, um diese Zeit?« Nuria ahnte nichts Gutes.

»Ja, jetzt sofort, gleich, Senhor Hidalgo, kommt, kommt und still, nur still. Es ist wichtig, Don Jorge. Oh, großer Gott! Wir dürfen weder Aufsehen erregen noch Zeit verlieren. Eilt Euch, Eure Königin bedarf Eurer, hurtig, nur hurtig!«

Weil es ihr zu langsam ging, ergriff die Zofe Nurias Hand, was diese als allzu vertraulich empfand. Das kümmerte das Mädchen indes wenig. Sie zog Nuria einfach mit sich durch die mit vereinzelten Öllämpchen spärlich beleuchteten Gänge des königlichen Stadtpalastes. In diesem Moment empfand Nuria das prachtvolle Gebäude mitten in der Verborgenheit der Nacht als Hort der Winkelspiele und Spielstätte der Verderbnis, und es überlief sie kalt.

Die privaten Gemächer der Königin befanden sich ein Stockwerk tiefer im gegenüberliegenden Flügel. Aus dem Halbdunkel drang ein dumpfes, unangenehmes Keuchen. Nuria war, als schwitzte es aus dunkler Tiefe. Dann tauchten hinter einer Biegung zwei nackte Körper auf, die sich, an die Wand gelehnt, miteinander vergnügten. Im Vorbeigehen traf sie der begehrliche Blick der Frau. Nuria empfand es als peinlich, zumal sich in ihr der Verdacht regte, dass diese Szene eigens für sie, für Don Jorge, arrangiert worden war, um dessen Lust anzustacheln. Aber wozu? Nuria schüttelte den Kopf über sich und ihre widersinnigen Vorstellungen.

Kurz darauf standen sie vor der Zimmerflucht der Königin. Mit schlafwandlerischer Sicherheit führte die Zofe sie durch die Finsternis des Ankleidezimmers in das Schlafgemach. Sogleich verschwand das Mädchen und schloss die Tür hinter sich. Instinktiv wandte Nuria sich um und fühlte sich eingesperrt. Widerwillig schaute sie hinüber zu dem großen Bett. Die ganze Situation erschien ihr unpassend und ungut. Es gehörte sich einfach nicht, dass sich der Leibwächter der Infanten, ein Hidalgo, allein mit der Gemahlin des Königs an diesem intimen Ort aufhielt und dazu noch zu dieser späten Stunde.

Durch die Schleier, die das Bett einhüllten, nahm Nuria die Gestalt der Königin wahr, die sich aufreizend geschmeidig erhob und den vermeintlichen Jüngling ansah. Sie stand am Fußende ihres Bettes, beleuchtet nur von dem warmen, weichen Licht der Kerzen, die einen Kandelaber aus Eisen krönten. Ihr offenes Haar fiel ihr bis auf die Schultern. Ihr Nachtgewand war aus zarter Seide, einem Hauch, der mehr von ihrem sinnlichen Körper zeigte, als verbarg.

Nuria schaute zu Boden. »Majestät, ich komme zur Unzeit. Entschuldigt!«

»Gefalle ich Euch denn gar nicht, Don Jorge?«

»Das ist kein Thema zwischen einer Königin und einem einfachen Hidalgo.«

»Wäre es so schlimm, wenn Ihr den Blick heben und mich einmal anschauen würdet?« In Juanas Stimme lagen Verständnis und Nachsicht. Sie sprach mit Nuria wie mit einem bockigen Kind.

»Es würde nichts an der Tatsache ändern, Majestät.«

»Wollt Ihr so gar nicht Eure Pflicht gegenüber Eurer Königin und gegenüber Kastilien erfüllen?«

»Was für eine Pflicht?«, fragte Nuria tonlos. Sie fühlte sich verhöhnt und überrumpelt. Selbst wenn sie gewollt hätte, konnte sie ja dem Wunsch der Königin nicht entsprechen, zumal sie für deren Reize unempfänglich war.

»Der König kann seine Pflicht nicht erfüllen. Ich habe zwar eine Tochter, aber er wird keinen Sohn und Erben zeugen. Aber nur ein Sohn Enriques kann Kastilien zusammenhalten – und du, Jorge, du sollst diesen Erben für deinen König, für Kastilien zeugen!« Die letzten Sätze hatte sie in herrischem Ton gesprochen, der ihren leichten portugiesischen Akzent mit kastilischer Härte vertrieb.

Selbst wenn Nuria wirklich Jorge de Castro gewesen wäre, hätte sie dieses Anliegen ausgeschlagen, denn ihr Auftrag lautete, alles dafür zu tun, dass der kleine Alfonso König von Kastilien wurde. Wie sollte Don Jorge de Castro da zur Ursache werden, dass ein kleiner Nebenbuhler um die Krone Kastiliens gezeugt wurde?

Nuria schüttelte kurz den Kopf, um ihre absurden Gedanken zu vertreiben. »Bedaure, Majestät, aber ausgerechnet diesen Wunsch kann ich Euch nicht erfüllen!«, sagte sie mit fester Stimme.

»Scheusal! Ich gebe dir noch eine Minute Zeit, dann schreie ich um Hilfe. Was meinst du, was der König denken wird, wenn man ihm berichtet, dass Jorge de Castro in eindeutiger Absicht in mein Schlafgemach eingedrungen ist? Und für Villena wird es ein Festtag. Wähle!«

»Bei meiner Ehre, es geht nicht, Majestät!«

Wut verzerrte das Gesicht der Juana de Avis und machte es verkniffen und hässlich. Ihren ganzen Zorn über die Zurückweisung bündelte sie in einem erbarmungswürdigen Hilferuf. Geistesgegenwärtig stürmte Nuria zum Fenster, kletterte auf den Sims und hangelte sich, an die Mauer gepresst, daran entlang. Sie hörte noch, wie die Wachen ins Zimmer stürmten und die Königin kreischend rief: »Da, da, er ist auf dem Mauersims. Beeilt euch, ihr Gimpel, lasst den frechen Schänder der Ehre eures Königs nicht entkommen!« Das darauf folgende Aufheulen Juanas war einer Tragödin würdig.

Nuria zitterte. Es war dunkel, der Sims schmal, und sie hing dort vor der Belletage des Palastes. Sollte sie den Sprung wagen? Besser, als abzustürzen, war es allemal. Der Flug dauerte nur kurz, der Aufprall kam schnell und hart, ging durch ihren ganzen Körper und warf sie nach vorn. Sie fing die Wucht in einer Rolle nach vorn etwas ab, aber die Fußknöchel schmerzten dennoch heftig. Nuria biss sich auf die Lippen, denn ein Aufschrei hätte sie verraten. Zu ihrem Glück verhüllte eine dichte Wolkendecke Mond und Sterne.

Aus dem Dunkeln kam eine Gestalt auf sie zu, während im Palast die Fackeln entzündet wurden und in den Mauern eine große Unruhe entstand. Instinktiv griff Nuria an ihre rechte Seite, aber sie hatte natürlich kein Schwert und auch keinen Dolch eingesteckt, ja nicht einmal das Wehrgehänge umgelegt. Ich bin ja nur zur Königin gegangen, dachte Nuria zynisch. Sie versuchte aufzustehen, aber es tat zu weh. Ihr fehlte eine Krücke, ein Stock, ein Schwert, irgendetwas auf das sie sich stützen konnte. Die Gestalt war fast bei ihr. Dem Gang nach zu urteilen, war es eine Frau.

»Hab ich dich nicht gewarnt!«, schimpfte Beatriz de Bobadilla und schüttelte unwillig den Kopf. »Komm, du musst hier weg.«

Mit ihrer Hilfe gelang es Nuria aufzustehen. Auf Beatriz gestützt humpelte sie mehr schlecht als recht mit ihr mit. »Wo gehen wir hin?«

»Zu Andrés de Cabrera. Ob das am Ende nicht ein Fehler ist, weiß ich nicht, aber jemand anderes fällt mir auf die Schnelle nicht ein. In den Stadtpalast kannst du ja wohl nicht mehr zurück.«

Cabrera war nicht nur der Verwalter der Königsburg von Segovia, sondern als Hüter des königlichen Schatzes, der im Alcatráz aufbewahrt wurde, einer der wichtigsten Diener des Königs. Ein schöner Mann um die dreißig mit aschblondem Haar.

Sie schlichen gerade an den mächtigen Mauern der Kathedrale vorbei in eine enge Straße, die zur Burg führte, als hinter ihnen Geräusche laut wurden: Männer, die liefen, keuchten, Waffen klirrten und schlugen ans Wehrgehänge. Geistesgegenwärtig zog Beatriz Nuria in den Schatten eines Hauseingangs. Sie standen so dicht aneinandergepresst da, dass Nuria Beatriz' spitze Brüste spürte. Beatriz stand mit dem Rücken zur Tür und hatte ihre Arme um Nuria geschlungen, um sie zu stützen. Beatriz' unterdrückten Atem nahm Nuria als leichten Luftzug wahr, der im Vorbeiwehen ihr Ohrläppchen berührte. Wahrscheinlich erging es Beatriz ähnlich.

Die Männer der Königin stürmten auf der Straße vorbei. Sie hatten sie nicht entdeckt, doch zur Sicherheit blieben sie noch einen Moment so stehen. Nuria schwindelte. Ihre Sinne verwirrten sich, und ihren Verstand überwältigte das verführerische Gefühl, dass ein Kuss sie tatsächlich zum Manne machte. Und wenn es so war, warum sollte sie es dann nicht tun? Wirklich ein Mann zu sein und nicht nur in der Verkleidung eines Mannes umherzugehen, würde so viele Probleme lösen. Das Rot von Beatriz' geschwungenen Lippen, ihr heißer Atem, das Nichts zwischen den Lippen zogen Nuria mit unwiderstehlicher Gewalt an. Frau, Mann, Frau, Frau – was zählten all die Zufälligkeiten, das Einzige, worauf es ankam, war, sich in den Kuss fallen zu lassen, der die reine Lehre war und zugleich das Zauberbad. Nuria wollte die Augen schließen und sich hingeben, doch war es dafür schon zu spät, denn sie konnte den Blick nicht von Beatriz lassen. Sie versank in der Tiefe ihrer Pupillen, berührte mit ihren Lippen die der anderen, und sie kamen ihr süß und salzig zugleich vor. Dann plötzlich hielt Nuria inne und schüttelte leicht den Kopf. Eine einzelne Träne aus ihrem rechten Augenwinkel rann über das Jochbein und die Wange, langsam, aber unaufhaltbar wie der Verzicht. Zum ersten Mal in ihrem Leben empfand sie Trauer und Erleichterung zugleich.

Wie benommen stand sie mit Beatriz in dem dunklen Hauseingang und verstand nichts. Sie war überwältigt von einer Situation, die beide überforderte, von einem Geheimnis, das einer für den anderen war und blieb, ja bleiben musste. Mit ihren Wimpern berührte Beatriz in einer Geste der Melancholie Nurias Wimpern in einem Schmetterlingskuss, dessen flüchtige Zartheit den Verzicht besiegelte. Dann lockerte sie langsam die Arme, ließ sie sinken und gab Nuria frei. »Darüber wollen wir niemals reden!«

»Natürlich nicht«, beeilte Nuria sich zu entgegnen.

»Natürlich … nicht.«

Auf Beatriz gestützt, humpelte Nuria dicht an den Häuserwänden die Straße entlang, bis sie auf den Vorplatz zur Burg mündete.

»Warte hier«, raunte Beatriz ihr zu, bevor sie die Dunkelheit des Hauseingangs verschluckte.

Nuria sah ihr nach, wie sie leichtfüßig zum Burgtor lief, hinter dem sich wie ein riesenhafter Hüter groß und trutzig der Donjon erhob. Dort klopfte sie an und verschwand sogleich im Innern des Alcatráz. Kurz darauf spie das Tor die Männer der Königin wieder aus, die weiter nach Don Jorge de Castro suchten. Dann wurde es ruhig.

Verwirrt, mit pochenden Schmerzen im Knöchel und todmüde ließ sich Nuria an einer Hauswand zu Boden gleiten. Bilder von einer Hochzeit erschienen vor ihrem inneren Auge, der Hochzeit des echten Don Jorge de Castro, jenes hübschen Strubbelkopfes, mit ihrer Schwester Isabella. Die beiden tanzten und tanzten und tanzten in den Himmel …

Nuria musste eingenickt sein, denn sie wurde von hallenden Schritten geweckt. Drei Schatten näherten sich. Hatte man sie doch entdeckt? Nicht nur, dass sie ohne Hilfe nicht aufstehen konnte. Sie vermisste schmerzlich ihr Schwert. Sie war wehrlos den drei Männern ausgeliefert, die auf sie zukamen. War sie in eine Falle getappt? Das alles verhieß nichts Gutes. Nuria stöhnte leise auf und begann still, ein Vaterunser zu beten, um sich Gottes Beistand zu versichern. Dann erkannte sie Andrés de Cabrera.

»Sorgt euch nicht, guter Freund, die zauberhafte Beatriz schickt mich«, flüsterte er ihr zu.

»Zauberhafte Beatriz«, wiederholte Nuria mit unangebrachter Eifersucht still für sich. Ja, sie war zauberhaft, aber nicht für Jorge, der eigentlich Nuria war und doch nur im anderen Geschlecht Asyl gefunden hatte. Warum durfte sie es dann für Andrés de Cabrera sein? Nun waren die drei bei ihr.

»Helft ihm, aber vorsichtig«, befahl Cabrera den Dienern, die ihn begleitet hatten.

»Huckepack?«, schlug der Kräftigere der beiden vor.

»Geht wohl am schnellsten, Héctor«, entschied Cabrera.

Und schon liefen sie – Héctor mit Nuria auf dem Rücken, rechts und links flankiert von Cabrera und dem anderen Diener – auf das Tor zu. Sie betraten den Donjon und stiegen die Treppen hinauf in ein kleines Turmzimmer, in dem Beatriz sie erwartete. Erstaunt sah sich Nuria um. Ein Bett war gerichtet, Kerzen waren aufgestellt. Es gab einen Tisch, einen Lehnstuhl und eine Schüssel mit Wasser. Ausgesprochen gemütlich für ein raues Turmzimmer.

So sanft, wie es dem Hünen möglich war, setzte Héctor Nuria auf dem Bett ab. Sie hätte sich glücklich schätzen können. Sie war der Königin und später ihren Schergen entkommen. Beatriz und Cabrera hatten ihr geholfen. Dennoch war sie unruhig.

»Ich muss zurück in den Stadtpalast. Ich bin Kardinal Torquemada gegenüber verantwortlich für Alfonso und Isabel«, sagte sie und versuchte aufzustehen. Sie argwöhnte, dass die Avancen der Königin nur eine Finte gewesen sein könnten, um sie von den Kindern zu trennen. Doch der jähe Schmerz zwang sie, sich wieder hinzusetzen. Sie hatte versagt. Nuria barg den Kopf in den Händen.

»Ihnen wird nichts geschehen«, sagte Andrés mit einer wunderbar warmen Stimme.

»Was macht Euch so sicher?«

Statt einer Antwort lächelte Cabrera undurchdringlich und schickte die Diener hinaus. »Also«, sagte er dann, »was ist passiert?«

Erschöpft und fassungslos, wie sie war, erzählte Nuria die ganze merkwürdige Geschichte: Die Zofe der Königin habe sie in der Nacht zu ihrer Herrin gerufen. Juana habe von ihm, Jorge de Castro, verlangt, einen Erben der kastilischen Krone zu zeugen. Als er sich weigerte, habe sie nach den Wachen geschrien, und er sei geflohen.

»Da bist du aber schön in die große Bärenfalle getappt«, sagte Beatriz, kaum, dass sie geendet hatte.

»Na, so, wie man unseren jungen Freund da hineingetrieben hat, konnte er wohl kaum ausweichen.« Cabrera hatte den Kopf in die Hand gestützt und dachte nach.

»Werft Ihr ihm etwa vor, dass er der Königin nicht zu Willen war?«, ereiferte sich Beatriz und ihre Wangen nahmen eine hübsche rote Färbung an.

»Es wäre zumindest einfacher gewesen. Aber ich weiß die Tugend des jungen Hidalgo zu schätzen«, parierte Cabrera und erntete dafür ein Funkeln in Beatriz' Augen. Bevor sie zurückschießen konnte, untersuchte er mit seinen schlanken Fingern Nurias Knöchel. »Bewegt mal Eure Füße.«

Unter höllischen Schmerzen zwar, aber es gelang.

»Gebrochen ist nichts, aber verstaucht.«

»Woher wisst Ihr das?«, fragte Nuria erstaunt.

»Mein jüdisches Erbteil«, scherzte Cabrera. »Ich stamme von Männern ab, die sich entweder mit Geldgeschäften oder mit dem Heilen von Menschen beschäftigt haben.«

Während er sprach, warf er Beatriz einen galanten Blick zu. Nuria spürte, wie sich in ihrem tiefsten Inneren die Eifersucht regte, doch galt sie zu ihrem eigenen Erstaunen nicht Beatriz, sondern Andrés de Cabrera. Unter Jorges Maske und seinen Muskeln regte sich in seinem Herzen Nuria, das Mädchen, das sich zu dem Haushofmeister des Königs hingezogen fühlte. Beatriz genoss den Blick Cabreras, um ihrerseits Nuria einen fast zärtlichen Blick zuzuwerfen, der wiederum diese verunsicherte.

Sie beschlossen, dass zwei zuverlässige Männer Cabreras Beatriz in den Stadtpalast zurückbringen sollten. Einer der beiden würde im Zimmer des Leibwächters übernachten. Früh am nächsten Morgen würde Andrés de Cabrera mit der Königin sprechen und darauf dringen, dass die Infanten in die Burg umzögen.

Nuria stutzte. »Weshalb wart Ihr eigentlich draußen, als Ihr mich gefunden habt?«, fragte sie Beatriz.

»Ich?«, fragte diese zurück und errötete.

»Seid lieber froh, dass der liebe Gott Euch diesen Engel geschickt hat, anstatt ihn mit unnötigen Fragen zu quälen«, sprang Cabrera für die Marquesa in die Bresche. Er erntete einen dankbaren Blick von ihr. Nuria begriff, dass man eine Dame nicht in Verlegenheit brachte und erst recht nicht in der Öffentlichkeit. »Ja … gewiss … natürlich«, stotterte sie verlegen.

»Früher gingen die Hidalgos und Caballeros mit den Reimen so geschickt um wie mit dem Schwert. Dahin die Zeiten, wo man

Männer wie den Dichter Jorge Manrique nicht zu zählen vermochte. Heute bildet er eine rühmliche Ausnahme. Schult Euch in der Poesie und Galanterie, mein lieber Jorge!«, schlug Cabrera vor.

»Jetzt tut Ihr aber unserem Freund unrecht, er hat der Infantin den ›Cantar de mio Cid‹ vorgesungen«, nahm Beatriz Nuria liebenswürdig in Schutz.

»Ja, dann nehme ich alles zurück und behaupte das Gegenteil.«

Wieder blitzten Beatriz' Augen auf. »Mein lieber Jorge, unser neuer Freund jagt dem Sinn so sehr hinterher, dass er nur noch den Hintersinn zu fassen bekommt.«

Andrés hob die Arme und gab sich geschlagen. »Ehrenvoll ist es, vor weiblicher Klugheit zu kapitulieren.«

40

Segovia, Spanien

Während Beatriz der Infantin am nächsten Morgen von den Ereignissen der Nacht berichtete und Nuria ihre schmerzenden Knöchel befühlte, stand Andrés de Cabrera im Empfangszimmer der Königin, um unter vier Augen mit ihr zu sprechen.

»Was wurde beschädigt außer ein bisschen Eitelkeit?«

Die Königin wollte auf Cabreras Einschätzung, die sie als dreist empfand, etwas erwidern, doch er ließ sie gar nicht erst zu Wort kommen.

»Welcher Schaden könnte dem König, Euch und auch Eurer Tochter daraus entstehen? Ein beträchtlicher. Selbst wenn Ihr es so darstellt, dass Don Jorge in Euer Schlafzimmer eingebrochen ist, werden Euch die wenigsten in ihren Herzen glauben. Wieder wird Euer Lebenswandel zum Gegenstand des Klatsches und Mittel in den politischen Intrigen. Ihr werdet den Verdacht stärken, dass der Vater Eurer Tochter nicht der König ist, sondern Beltrán, wie immer wieder behauptet wird. Ist es das wert, die kleine Juana zu ›la Beltraneja‹ zu machen?«

Die Königin sah Andrés mit einem Blick an, der ihm verriet, dass sie ihm überhaupt nicht wohlgesonnen war, zumal sie sich seinen Argumenten nicht verschließen durfte. Auch wenn Enrique schwach war, besaß der Haushofmeister das Vertrauen des Königs. »Wie wollt Ihr den ganzen Aufruhr erklären?«

»Ein Dieb. Ein Dieb hat Euch belästigt.«

»Ich habe seinen Namen genannt.«

»In Angst und Panik geschieht schnell eine Verwechslung, und da der junge Mann gestern bei mir war, um schon einmal Quartier für die Infanten auf der Burg zu machen, kann er nicht zur gleichen Zeit bei Euch gewesen sein. Wir schieben die Sache einem Strauchdieb unter, der sowieso am Galgen aufgeknöpft wird. Um der Folter zu entgehen, wird er das Verbrechen mit auf seine Kappe nehmen. Bei ihm spielt es ohnehin keine Rolle mehr.«

Die Königin dachte nach. Sollte sie sich tatsächlich von Alfonso und Isabel trennen? Das hatte Cabrera geschickt eingefädelt. Andererseits mochte sie dieses allzu ernste und besserwisserische Mädchen und den lauten kleinen Jungen nicht. Von der Gegenwart der Kinder, für die sie auch noch Verantwortung trug, befreit zu werden, kam ihr im Grunde entgegen.

»Wisst Ihr, was ein ausgesprochen schöner Tag in meinem Leben sein wird?«, sagte sie kühl. Cabrera schaute sie fragend an. »Der Tag Eurer Hinrichtung. Hochmut kommt vor dem Fall. Im Übrigen geschehe es so, wie Ihr gesagt habt. Ich will nicht, dass dieser Jorge mir noch einmal unter die Augen kommt. Entfernt Euch jetzt. Ihr strapaziert meine Geduld.«

Cabrera verneigte sich zum Abschied vor der Königin mit einem Lächeln auf den Lippen. Juana deutete es als Ausdruck seines Triumphes, dabei drückte es lediglich seine Zufriedenheit aus. Es war ihm geglückt, Alfonso und Isabel aus dem lasterhaften Umkreis der Königin und des Stadtpalastes zu entfernen und dazu noch Beatriz de Bobadilla in seiner Nähe zu haben – besser konnte es sich nicht fügen.

Wenig später führte Cabrera die Infanten und Beatriz zum Alcatráz, während die Diener das Gepäck verpackten und in die Burg brachten.

»Schlau eingefädelt«, lobte ihn Beatritz auf dem Weg mit einem spöttischen Lächeln, »aber bildet Euch nichts darauf ein.«

Es dauerte zwei Tage, dann hatte Cabrera für seine Gäste im Wohnturm eine Zimmerflucht räumen und für die Infanten und ihr Gefolge herrichten lassen. Nachdem Cabreras Barbier mehrmals Kräuterwickel um Nurias schmerzende Gelenke gelegt hatte, konnte sie, auf einen Stock gestützt und mit langsamen Schritten vom Turmzimmer schon ohne fremde Hilfe in ihre neue Unterkunft hinabsteigen, was einen Fortschritt der Heilung anzeigte. Der Unterricht im Fechten allerdings, den sie Alfonso zu erteilen hatte, fiel zwar erst einmal aus, aber dafür erschienen die Mönche regelmäßig, und Andrés de Cabrera nahm die Unterweisung in höfischer Etikette, die er gemeinsam mit Beatriz erteilte, ungewöhnlich ernst.

Eine heitere Leichtigkeit erfüllte das Haus. Der kleine Prinz war von entzückender Ausgelassenheit, und auch die Prinzessin legte ihren Schutzpanzer ab, zumindest zu großen Teilen, und genoss die allgemeine Fröhlichkeit. Nur Nuria fühlte sich ausgeschlossen vom Glück, denn sie spürte, wie sich ihre Gefühle unrettbar verwirrten. Konnte man zugleich in eine Frau und in einen Mann verliebt sein, die sich zudem einander in Liebe näherten, sodass sich zur doppelten Liebe die doppelte Eifersucht gesellte? Die beiden in ihrem aufkeimenden Glück zu beobachten, tat weh. Nicht, dass Nuria es Andrés und Beatriz missgönnte. Aber was blieb für sie, für die arme Nuria, den arme Jorge, die nicht einmal ein eindeutiges Geschlecht besaßen?

Zu lange hielt die Verstellung schon an, zu lange die Verleugnung, die Bandagen, das Kunststück und zugleich Wagnis, jeden Monat das Eintreten der Menstruation zu verheimlichen. Und ihre Tage kamen gewaltig und gingen mit großen Schmerzen einher, die sie manchmal bis an den Rand der Ohnmacht führten. Um sich selbst dann nichts anmerken zu lassen, musste sie ihre Selbstbeherrschung in Extreme treiben. Zu diesen körperlichen Misshelligkeiten gesellten sich nun auch noch die seelischen.

Ohne Absicht gelang es Beatriz, Nuria die verdrießliche Situation noch unerträglicher zu machen. Von Zeit zu Zeit sandte sie, während sie mit Andrés tändelte, dem vermeintlichen Leibwächter einen warmen, zuweilen auch aufreizenden Blick zu, der natürlich Andrés eifersüchtig machen sollte, aber, so schien es Nuria, damit sein Ziel längst noch nicht erreicht hatte. In manchen dieser Blicke spürte Nuria mehr als nur Spiel.

»Noch so ein Blick, hohe Dame«, rief Andrés einmal im Spaß aus, als Nuria beim Unterricht der Infanten in höfischer Etikette zusah, »noch so ein Blick, und ich werde den Hidalgo dort auf Säbel fordern müssen.«

»Dann tut es!«, rutschte es Nuria in ihrer Anspannung schroff heraus.

Irritiert sahen die beiden zu ihr, denn Nuria hatte mitten im Spiel im Ernst geantwortet und sich daduch verraten. Vier Augenpaare blickten sie verwundert an – Beatriz, Andrés, Isabel und Alfonso.

»Wäre sie es nicht wert?«, sagte Nuria und sah zu Boden. Am liebsten hätte sie sich so weit in sich zurückgezogen, dass sie unsichtbar wäre.

Andrés räusperte sich und wandte sich an die beiden Kinder.

»In einer solchen Situation«, sagte er ernst, »vor allem, wenn es um eine Dame geht, darf der Ritter, der Mann von Adel nicht ausweichen, sondern muss sich dem Kampf stellen, sonst wäre seine, vor allem aber die Ehre der Señora verletzt. Danke für die Demonstration, Jorge. Allerdings«, setzte er leicht tadelnd mit Blick auf Beatriz hinzu, »sollte eine kluge Frau einen Mann erst gar nicht in diese Lage bringen.«

»Und ein kluger Mann sollte nicht mit einem Duell drohen, denn es könnte angenommen werden.« Beatriz lächelte Nuria mit dem allerlieblichsten Beatrizlächeln an. »Meint Ihr, Don Jorge, Ihr könntet uns schon heute auf unserem Spaziergang Gesellschaft leisten?«, flötete sie. »Oder schmerzen Eure Füße noch zu sehr?«

»Ja … nein … natürlich«, stotterte Nuria.

Sie freute sich darauf, die Infanten und Beatriz wieder als Leibwächter begleiten zu dürfen. Gleichzeitig sehnte sie sich danach, Cabrera im Kleid als junge Frau entgegentreten zu dürfen.

»Natürlich ja, Ihr kommt mit uns, oder natürlich nein, die Füße schmerzen noch zu sehr, sodass Ihr hier bleiben müsst?«, fragte Beatriz lachend.

»Ja, natürlich … natürlich ja …«

»Ja, natürlich ja oder ja, natürlich nein?«

Nuria geriet ins Schwitzen. »Ja, natürlich ja, nicht ja, natürlich nein.«

»Ihr braucht dringend frische Luft, teurer Hidalgo«, sagte Beatriz.

»Ja, natürlich«, stammelte Nuria.

»Da haben wir es wieder!«, rief Beatriz schmollend.

»Was?«, fragte Nuria völlig verunsichert.

»Dieses ›ja, natürlich‹. Wie bringt Ihr es nur fertig, mit zwei kleinen Wörtern so viel Verwirrung zu stiften?«

»Ich?«

»Ja, natürlich Ihr. Also begleitet Ihr uns?«

»Ja, nat … nein, ich meine, selbstverständlich.« Beatriz' Mund kräuselte sich, und bevor sie ganz aus der Fassung geriet, rief Nuria verzweifelt: »Ich begleite euch!«

Beatriz strahlte triumphierend: »*Muy bien, excelente*, warum nicht gleich so!«

Isabel brach in schallendes Gelächter aus und klatschte vor Vergnügen in die Hände, während der kleine Infant so verständnislos dreinblickte, als redeten die Erwachsenen in einer Sprache, die er nicht verstand, was letztlich der Wahrheit entsprach.

Nuria wand sich unter den spöttischen Blicken von Beatriz und Andrés. Der Deckel, mit dem sie so sorgfältig das Gefäß ihrer Erinnerungen und Gefühle verschlossen hatte, barst, und sie stürzte hilflos in die Vergangenheit. Allzu sehr glich ihre hoffnungslose Zuneigung zu Andrés jener zu dem wirklichen Jorge, in den sie heimlich verliebt gewesen war und der doch nur Augen für ihre Schwester Isabella gehabt hatte. Genauso, wie Andrés sich nur für Beatriz interessierte. Damals wie heute hatte Nuria keine Chance. Cabrera konnte unmöglich in dem Hidalgo Jorge de Castro die junge Frau Nuria de Solís erkennen, die sie in Wahrheit war.

In dem Maße, in dem sie sich zu Andrés hingezogen fühlte, meldete sich ihr wahres Geschlecht zurück, das Mädchen in ihr, das sie unterdrückt hatte. Plötzlich sehnte sie sich danach, weich und weiblich zu sein. Nuria straffte sich. Auch wenn sie sich als Jorge de Castro todunglücklich fühlte, so war sie doch frei. Frei für die Rache, für die sie weiter ihren Körper trainieren würde, sobald die Verstauchung an ihrem Fuß abgeheilt war.

Während sie langsam zur Kathedrale spazierten, spürte Nuria, dass es ihr zunehmend besser ging, körperlich wie seelisch. Als sie in die Kirche traten, hatte die Messe gerade begonnen. Die heiligen Handlungen der Priester, der Weihrauch stärkten Nuria, besonders aber die Oblate, die sie auf der Zunge spürte und langsam zerkaute. Leib Jesu, dachte sie, Kraft Jesu, spürte sie. Auf den Knien bat sie die Gottesmutter inbrünstig, der Verwirrung der Gefühle ein Ende zu bereiten und sie von dem Nichtstun zu erlösen. Dem kleinen Alfonso Unterricht im Reiten und im Fechten zu erteilen, durfte als ehrenvoll gelten, doch füllte sie das nicht aus. Und die Zeit verging langsam, zu langsam, und ihre Ungeduld wuchs.

Eines Abends war der Widerstreit ihrer Gefühle nicht mehr zu besänftigen. Am liebsten hätte sie heimlich ihr Pferd bestiegen und wäre davongeritten, geradewegs ins Maurenland, um den Tod zu finden. Etwas anderes als das Martyrium stünde ihr nach dem Bruch des heiligen Eides nicht mehr zu. Sie sah nur noch einen einzigen Ausweg. Der Kardinal, der sie mit dem Eid band, konnte ihn auch wieder lösen. So setzte sie sich an ihren kleinen Holztisch, dessen feinrissige Platte von einem Öllicht beleuchtet wurde, und schrieb – natürlich chiffriert:

Eure Eminenz,

ohne Murren und Klagen verrichte ich meinen Dienst, aber die Zeit vergeht und für das Unrecht, das meiner Familie und mir von Muslimen angetan wurde, für die ausgeübte Gewalt rückt die Vergeltung in eine unendliche Ferne. Befreit mich von meiner Aufgabe, lasst mich endlich dem Tag und der Stunde meiner Genugtuung entgegenreiten. Hier werde ich nur kraftlos und faul und vergeude meine Zeit damit, mich der Intrigen des Hofes zu erwehren.

Ich bitte Euch, Illustrissimo, gewährt einem Christen die einzige Gnade, nach der ihn verlangt. Seid barmherzig! Lasst mich nicht den Tod im Eid, sondern in der Vergeltung finden.

Grüßt bitte auch meinen Lehrmeister Don Hernandez und sagt ihm, dass ich alle meine Übungen weiterhin gewissenhaft ausführe. Wie geht es ihm? Ich hoffe, er ist bei guter Gesundheit. Und sagt Lucia auch, dass ich ihrem Schänder Luis de Zamora sein Dreckshaupt vor die Füße gelegt habe. Er wird niemandem mehr etwas zuleide tun, aber ihm wird jetzt dafür und für alle seine Sünden und Schandtaten in der Hölle kräftig eingeheizt werden.

In Christo, semper fi
Jorge de Castro

Nuria legte die Feder beiseite, sah auf die Zahlenreihen und lächelte schief.

Sie hatte den Brief gerade zum Dominikanerkloster gebracht, damit ihr Gesuch nach Rom weitergeleitet werden würde, als Don Guzman, der Herold des Königs, eintraf. Enrique, so verkündete er, kehre mit seinem Gefolge nach Segovia zurück. Das Wissen, dass ihre Bitte auf dem Weg zu Juan de Torquemada war, beruhigte Nuria und verlieh ihr einstweilen Geduld.

Zwei Tage später ritt am frühen Nachmittag der König mit seinen Günstlingen und der maurischen Garde in den Hof der Burg ein. Zuvor hatten die Einwohner der Stadt ihn schon auf den Straßen und Plätzen stürmisch begrüßt, obwohl es wie aus Eimern goss. Von ihrem Fenster im Wohnturm, das einer Schießscharte glich, aus beobachtete Nuria die Ankunft des Herrschers.

Noch bevor Enrique sein Pferd angehalten hatte, trat Andrés de Cabrera mit einigen Beamten, den Infanten und Beatriz in den Hof, um dem König die Ehre zu erweisen und ihn willkommen zu heißen. Alle standen begossen und klitschnass da. Cabreras Haar hing wie die Äste der Trauerweide in Strähnen herunter. Belustigt sah Nuria zu, wie sich das Wasser an seiner Nasenspitze sammelte und in großen, runden Tropfen herunterfiel. Ein schöner Mann, selbst im Regen, dachte sie und stellte sich unwillkürlich vor, wie er mit seinem nassen Handrücken über ihre Schläfe fuhr und sie nur mädchenhaft »Puh« sagte und dabei mit ihrer Schläfe selbst die Berührung erwiderte. In diesem kleinen Wachtraum trug sie ein weißes Kleid.

Das Abendessen wurde im großen Festsaal aufgetragen. Am

späten Nachmittag waren auch Erzbischof Carrillo und sein Neffe, der Marqués de Villena von der Isla de los Faisanes zurückgekehrt. Auf der im Grenzland zu Frankreich gelegenen Insel im Fluss Bidasoa war der Streit, ob Katalonien zu Kastilien oder zu Aragón, also entweder Enrique IV. oder Juan II. von Aragón gehören sollte, dem französischen König Louis XI. als unparteiischem Schiedsrichter zur Entscheidung vorgelegt worden. Enrique hatte die drei Mitglieder des Kronrates an den Bidasoa geschickt, um die Belange Kastiliens zu vertreten. Nun waren sie zurück und sollten während des Festmahls Bericht erstatten.

Bemüht, ihre Aufregung zu verbergen, schritt Nuria hinter Beatriz und den Infanten zum großen Begrüßungsessen des Königs. Ihr war unwohl, weil sie heute Abend das erste Mal seit dem Vorfall die Königin wiedersehen würde. Es half nichts, sie musste sich höllisch vorsehen, um nicht in irgendeine Falle gelockt zu werden.

41

Granada, Spanien

Zehn Tage waren seit ihrer Ankunft vergangen. Tage, die Yahya nutzte, um in der Bibliothek der Medrese, die Emir Yusuf I. vor über hundert Jahren neben der großen Moschee hatte errichten lassen, nach Texten von Ibn Arabi zu suchen. Und er wurde fündig. Ihm wurde immer deutlicher bewusst, dass das Leben eines gottgläubigen Menschen nach Ansicht des größten Meisters keines Staates, keiner Regierung, keines Theologen oder Imams, keines Rechtsgelehrten bedurfte. Der Mensch sollte einzig danach trachten, im Gespräch mit Gott seelisch zu wachsen, um eine Vollkommenheit zu erreichen, durch die er ein gutes Leben führen und zu Gottes Ebenbild werden konnte.

Beim Abendessen saß Yahya in einer Ecke der Karawanserei nach maurischer Sitte an einem kniehohen Tisch auf einem großen, weichen Kissen Ruggiero da Ischia gegenüber – wie immer schweigend, denn sie hatten einander nicht viel zu sagen. Während er aß, erinnerte er sich an sein letztes Gespräch mit seinem Lehrer as-Schirazi. Ja, darin lag der Schlüssel: Wenn sich die Menschen auf dem Wege Ibn Arabis vervollkommneten, müsste es keinen Kaiser, keinen König und keinen Sultan, keinen Priester und keinen Imam, auch keinen Richter mehr geben. Doch all jene, die nach Ibn Arabis Ideen überflüssig würden, hingen vermutlich nicht seiner Lehre an. Mehr noch, ihnen musste er als gefährlich, als häretisch erscheinen. Nur eine Macht erkannte er an, die Liebe. All seine Kritiker hatten recht: Nicht den Islam predigte er, sondern die Religion der Liebe.

Als Yahya mit seinen Überlegungen an dieser Stelle angekommen war, fiel ihm ein junger, kräftiger Mann auf, der den Saal betrat und sich suchend unter den Gästen umschaute. Es waren zumeist Kaufleute aus Nordafrika und Arabien, auch ein paar Christen aus Genua und Neapel, wie unschwer an ihrer Kleidung zu erkennen war. Als der Ankömmling Yahya und Ruggiero entdeckte, hielt er, ohne eine Miene zu verziehen, auf sie zu. Yahya erkannte in dem Boten mit dem hellen Gesicht sofort Carlos wieder.

»Mein Herr bittet euch, morgen Abend zu seinem Fest zu kommen«, teilte er Yahya leise mit. »Meint ihr, ihr könnt das einrichten?«

»Bestell deinem Herrn, dass wir die Ehre der Einladung zu schätzten wissen und sie voller Freude annehmen«, entgegnete Yahya. »Na bitte.« Er rieb sich die Hände und grinste Ruggiero an.

Am nächsten Tag widmete sich Yahya nicht mehr seinen Studien, sondern begab sich mit Ruggiero zur wie immer überfüllten Alcaicería, dem Seidenbasar. Rechts und links der Straße reihten sich nur durch Marmorsäulen abgeteilte Läden unterschiedlicher Größe. In ihrer Mitte waren in Abständen Blumenbeete angelegt. Yahya genoss den Anblick, der seine Stimmung beflügelte, während Ruggiero keinerlei Interesse für das Blütenmeer aufbrachte. Durch einen Hufeisenbogen, den ein Bogenfenster krönte, betraten sie den Seidenladen, der ihnen am meisten zusagte. Sofort war ein etwas feminin wirkender Händler an ihrer Seite, der sie mit viel Geschick beriet. Es belustigte Yahya, der für Ruggiero übersetzte, welchen Wert der eitle Italiener auf die Auswahl seiner maurischen Tracht legte. Er selbst entschied sich für schlichte Eleganz, weil er in keiner Richtung aufzufallen gedachte.

Dann war es endlich soweit, und sie standen wieder vor dem Tor des Hauses von Yehuda Abrabanel. Nun allerdings stand der eine Flügel der wehrhaften Pforte sperrangelweit offen und nahm einen steten Fluss von in Samt und Seide gekleideten Männern in sich auf. Mithilfe einiger Diener wachte Carlos streng und unerbittlich darüber, dass sich keine ungebetenen Gäste einschlichen. Zugleich achtete er umsichtig darauf, dass die vornehmen Gäste nicht anstehen mussten, sondern, ohne ihren Schritt zu verlangsamen, in den ersten Hof treten konnten. Die hohen und reichen Herren hätten jede Verzögerung als Herabsetzung ihrer Würde gewertet. Der Einlass zu Abrabanels Festen war eine Kunst, die Carlos souverän beherrschte.

»Ah, mein junger, weit gereister Freund«, rief der alte Abrabanel, der im ersten Innenhof gemeinsam mit seinem Sohn die Gäste begrüßte, Yahya auf Arabisch zu. Auch für Ruggiero fand er ein paar freundliche Worte auf Italienisch. Er forderte sie auf, sich in den zweiten Innenhof zu begeben, und wünschte ihnen ein »Fest voller Genüsse«.

Als sie sich zum Gehen wandten, legte Yehuda durch eine plötzliche Beobachtung veranlasst, seine rechte Hand auf Yahyas Schulter. Er winkte einem langen, schlanken Mann mit einem zerknitterten Pferdegesicht, der kurz nach Yahya und Ruggiero den Hof betreten hatte. Unter seinem in der Mitte offenen türkisfarbenen Kaftan leuchtete eine rote Schärpe über Hosenbund und gelbem Hemd hervor.

»Verehrter Hasan ibn Khaldin, darf ich dir einen gelehrten, jungen Mann aus Stambul vorstellen?«, fragte der Hausherr.

»So, so aus Stambul«, krächzte der Angesprochene. »Was führt ihn denn in unsere bescheidene Stadt?«

»Er ist ein Reisender des Wissens«, sagte Yehuda bedeutungsvoll, aber mit einem leise ironischen Unterton, den Yahya zumindest herauszuhören meinte. Vielleicht war das auch eine Marotte, dachte Yahya, als der jüdische Kaufmann fortfuhr: »Der edle Hasan ist ein Philosoph und vielleicht sogar ein noch größerer Dichter.«

»Ein Philosoph und Dichter?«, fragte Yahya nach.

»Nur Allah, gepriesen sei der Allerbarmer, kommen diese Namen zu, aber wahr ist, ich übe mich im Dichten und im Denken. Aber erzähl, erzähl mir von Stambul.« Ibn Khaldin zog Yahya mit sich in den zweiten Hof.

Ruggiero spazierte ratlos hinterdrein. Yahya fand, dass er lächerlich wirkte in seiner bedeutungslosen Wichtigkeit. Die braunen Pluderhosen, das goldfarbene, mit kleinen Ultramarinen besetzte Hemd, der purpurne Kaftan und die weiße Bauchschärpe gaben offenbar allen, die ihn anschauten, Rätsel hinsichtlich seines Ranges auf. Die ausschließlich Ruggieros Geschmack verpflichtete Kombination entzog sich jeder Einordnung. Yahyas weiße Kleidung ohne Bauchbinde kennzeichneten eindeutig den Gelehrten ohne Rang und Amt.

Ein würziger Duft nach gegartem Hammelfleisch, Rosmarin und frischer Minze durchzog die Luft. Als noch verführerischer empfand Yahya die geistige Atmosphäre. Hasan stellte ihm andere Denker, Theologen, Mediziner und Dichter vor. Auf Yehuda Abrabanels Feier hatte sich alles eingefunden, was in Granadas geistigen Kosmos Rang und Namen hatte. Einzig Ruggieros Miene ließ darauf schließen, dass ihn inmitten der hochgestimmten Muslime und Juden die Langeweile folterte, weil er weder Hebräisch noch Arabisch verstand. Yahya fühlte sich hingegen wie ein Fisch im Wasser.

Zwischen den Gesprächen fielen ihm einige sehr energisch wirkende ältere Männer auf, die bewaffnet waren. In ihrer unmittelbaren Nähe standen sehr wachsame Heißsporne, jederzeit bereit, sich schützend vor ihre Herren zu stellen. Wie durch eine unsichtbare Wand war Yahya von den Autoritäten getrennt, die zu den einflussreichen Stämmen in der Stadt gehören mussten. Sie blieben unter sich und duldeten allenfalls den einen oder anderen Dichter und natürlich Yehuda oder Ychzak in ihrer Nähe.

»Warum diese Muslime nur immer ihre Frauen zu Hause lassen«, zischte Ruggiero missvergnügt.

»Um dich nicht auf lebensgefährliche Gedanken zu bringen«, sagte Yahya knapp und wandte sich wieder seiner Gesprächsrunde zu.

Ein rundgesichtiger Gelehrter mit weichem Gesicht, der, wie sich herausstellte, als Rektor der Medrese vorstand, verriet ihm, an welchen Orten in der Bibliothek die zweifelhaften, vielleicht sogar häretischen Werke Ibn Arabis zu finden waren. Trotz der Tage, in denen er in den lichtdurchfluteten Räumen der Bibliothek gearbeitet hatte, war Yahya die Ordnung der Texte nach wie vor ein Rätsel.

Die Gegenstände der Unterhaltungen entzückten Yahya. Es war wie überall, im intimen Kreis der Gebildeten wurde freimütig darüber gesprochen, wovon man sich in der Öffentlichkeit distanzierte. Die Männer stimmten dann überein, dass die Feinheiten des Geistes das Volk nur in eine gefährliche Verwirrung treiben würden und allein der geistigen Elite vorbehalten bleiben sollten. Gefährlicher noch als die Christen war ihrer Einschätzung nach das Volk, wenn es zu viel erfuhr vom Lauf der Welt und den Machenschaften der Mächtigen. Kurz, davon, wer und was in Wahrheit seine Geschicke bestimmte.

Im Pavillon wurden Erfrischungen, Obst, Wasser, Tee, Säfte und auch Wein gereicht. Hasan ibn Khaldin entschied sich für einen silbernen Becher, in dem das Rot des Weines schwarz wie der Abgrund wirkte.

»Wie hältst du bloß die Sünde aus?«, fragte Yahya ein wenig spöttisch.

»Ich halte sie nicht nur aus, ich genieße sie sogar, denn ohne Sünde würde es unsere schöne Welt nicht geben, und wir wären bereits im Paradies. Und so sehr ich mich auch auf das Paradies freue, möchte ich doch die wenigen Jahre nicht missen, die ich auf Gottes Welt sein darf. Die Sünde erinnert mich beständig daran, dass ich diese gute Welt verlieren werde, wohl, um in eine bessere zu gelangen.«

Ein älterer Mann trat auf Ibn Khaldin zu und verwickelte ihn in ein Gespräch. Yahya kam das ganz gelegen, denn die geistreiche Antwort des Philosophen und Dichters hatte ihn traurig gemacht. Sie erinnerte ihn an seinen Vater und an seine Brüder, die er auf ihre Reise ins Jenseits nicht hatte begleiten dürfen. Für Yahya stellte das irdische Dasein keine Verheißung dar wie für den Gelehrten. Er trat ein paar Schritte beiseite und holte tief Luft. Trotz der interessanten Gespräche durfte er nicht den Grund seines Hierseins aus den Augen verlieren. Er musste einen Weg finden, mit dem Richtigen der Männer der Banu Sarraj ins Gespräch zu kommen. Klug und unverfänglich, aber zielführend. Als er seinen Blick über die Gäste schweifen ließ und schon erwog, Yehudas Hilfe in Anspruch zu nehmen, sah er, dass sich der Pavillon leerte und sich die Gäste auf davor ausgelegten Sitzkissen niederließen.

Voller Neugier auf das, was nun geschehen würde, folgte er ihnen. Zwischen zwei recht jungen Männern in der letzten Reihe fand er noch einen Platz. Mit dem Rücken zu Teich und Pavillon blickte er in Richtung des Durchgangs zum ersten Innenhof. Klänge von Zimbeln und Flöten, des Oud und der Kamancha, die aus einer anderen

Welt zu kommen schienen, drangen schmeichelnd an sein Ohr. Sein Herz tat einen freudigen Sprung und begann zu tanzen. Und dann geschah das Unfassbare: Wie eine Erscheinung aus der Ewigkeit, den Palästen der Nacht schwebte sie losgelöst vom Boden, sich über die Erde erhebend wie der Prophet Mohammed auf seinem sagenhaften Reittier Burak.

Das rote Haar der Frau setzte die Schwärze des Himmels in Brand, und ihre braunen Augen schlugen jeden in ihren Bann, der es wagte, sie anzuschauen. Hätte sie die Männer aufgefordert, nach Mekka zu pilgern, noch im selben Moment wären sie ohne Murren aufgebrochen – nicht Allah, sondern einzig sie im Herzen. Ihre zarten Fesseln hätten des Geschmeides nicht bedurft. Grüne Seide verhüllten ihre, wie Yahya vermutete, wohlgeformten Beine. Über dem locker auf den ausladenden Hüften liegenden Hosenbund tanzte anmutig ihr Bauch. Das Oberteil, gleichfalls aus grüner Seide, spannte sich über ihren üppigen Busen. Aber all das war nichts gegen ihren olivenförmigen Bauchnabel, in den sich Yahya sogleich verliebte. Wie fliegende Schlangen bewegten sich ihre Arme, während die goldenen Armringe aneinanderstießen und als Instrumente mit den anderen musizierten.

Kein Wort, kein Laut, keine Regung entfuhr dem Publikum. Die Tänzerin hatte die Männer in ihren Bann geschlagen. Atemlos verfolgten sie jede ihrer Bewegungen. In diesem Augenblick war sie die wahre Herrscherin über alle, die sich dem Genuss ihres Tanzes, ihrer Erotik hingaben. Yahya atmete mit ihr und folgte willig ihrem Rhythmus. Die ganze Gravitation der Erde verwandelte sich in die Schwerkraft der Sinnlichkeit, und umso schwereloser die Frau tanzte, gewann die Leidenschaft an Gewicht. Zum ersten Mal konnte Yahya seinen Mittelpunkt spüren – und dieser lag nicht in seinem Gehirn. Die eigentliche Reise führte an den Ort, an dem das Denken aufhörte.

Plötzlich berührte ihn jemand, nicht heftig, aber nachdrücklich genug an der linken Schulter. Wie aus einem verbotenen Traum schreckte er auf und benötigte einen Lidschlag lang, um zu sich zu kommen. Er räusperte sich, weil er sich ertappt fühlte, und sah in die ernsten Augen des Gastgebers. Schuldbewusst fragte er sich, ob er das Missfallen Yehuda Abrabanels erregt hatte. Doch der beendete seine Befürchtungen mit einem einfachen »Komm!«

Yahya erhob sich und folgte dem Juden durch eine hölzerne Tür ins Haus. Er versuchte, wieder Herr seiner Sinne zu werden. Als er Yehuda durch einen schmalen Flur folgte, von dem rechts und links Türen abgingen, fiel ihm auf, dass er bisher nur den Garten kannte. Im Inneren des Gebäudes war er noch nicht gewesen. Sie traten durch die fünfte Tür in ein größeres Zimmer, in dem sich Pulte und Schriftrollen befanden, offenbar eine Art Kontor. Dort erwartete sie ein in safrangelbe Hosen gekleideter Mann, der einen grünen, mit Goldbrokat versehenen Burnus trug. Kein Finger ohne Ring und jeder mit einem größeren Edelstein als der andere. Die schwarzen Locken waren von den silbernen Boten des Alters durchzogen. Yahya konnte sich nicht erinnern, diesen Mann unter den Würdenträgern oder überhaupt zuvor gesehen zu haben, obwohl er trotz der Gespräche die Gäste beobachtet hatte. In ihm stieg der Verdacht auf, dass sein Gegenüber gerade erst, vielleicht sogar eigens wegen ihm eingetroffen war.

»Das ist unser junger Freund aus Stambul, Yahya ibn Catalano«, sagte Yehuda.

Sie hatten also schon über ihn gesprochen. Die braunen Augen des Fremden schauten ihn durchdringend an, während seine Adlernase, die auf eine Abstammung von den Berbern hindeutete, geradezu auf Yahya einzuhacken schien.

»Und das, mein lieber, junger Freund, ist der ehrenhafte Muhammad ibn Yusuf bin Hasan as-Sarraj.«

Mehr musste Yehuda zur Erläuterung nicht sagen, denn Yahya wusste nun, dass er dem Oberhaupt des mächtigen Stammes gegenüberstand. Er neigte leicht zur Ehrerbietung den Kopf, was der Clanchef mit einer Handbewegung quittierte.

»Ich lasse euch jetzt allein.« Mit diesen Worten zog sich Yehuda zurück.

42

Granada, Spanien

Als sich die Tür hinter Yehuda Abrabanel schloss, herrschte eine kurze Weile Schweigen, bevor der Sarraj-Führer, wie es dem Älteren und dem Höhergestellten zukam, zuerst das Wort ergriff.

»Du hast dich auf eine lange Reise begeben«, sagte er auf Arabisch.

»Das Leben, Sidi, ist eine weite Reise«, entgegnete Yahya in derselben Sprache.

Unwillig zog der Oberste der Sarraj-Sippe die Augenbrauen zusammen. »Verschwenden wir nicht unsere Zeit mit Höflichkeiten. Niemand hört uns zu, also rede frei und offen und ohne Diplomatie. Was treibt dich von einem Ende des Meeres zum anderen? Und komm mir jetzt nicht damit, dass du Wissen suchst!«

»Der Großherr, Sidi, sorgt sich um seine Glaubensbrüder in al-Andalus.«

»In al-Andalus? In Granada meinst du?«

»Nein, ich meine auch die armen Seelen, die unter der Knute der Christen leben.«

»Ihr Schicksal ist traurig, aber nicht zu ändern. Wir können sie auch nicht aufnehmen. Das Reich platzt vor Menschen aus allen Nähten, die aus den Gebieten der Christen, die früher einmal uns gehörten, zu uns geflüchtet sind.«

»Wo ein Muslim ist, da ist der Islam, und wo der Islam ist, muss er auch herrschen. So will es Allah, gepriesen sei Gott.«

»Ich gebe dir ein Schwert, Bürschchen, dann zieh in den Dschihad.«

Yahyas Lippen fielen in ein Lächeln wie in Daunen. »Ach, Herr, denkst du nicht manchmal an Córdoba, an Sevilla, an Valencia? Über all diesen Gebieten wehte einmal die grüne Fahne des Propheten. Wie konnte es nur so weit kommen, dass wir das alles verloren haben?«

»Ich beschäftige mich nicht mit dem, was war. Es geht wie Rauch in Lüfte auf, niemand kann es halten. Sag, mein junger Freund, welche Bedeutung hat es noch, da es war?«

»Wenn ich dir deinen Reichtum nehmen würde, hätte das für dich keine Bedeutung, dass du ihn besessen hast? Würde nicht der einfache Umstand, dass er dir genommen wurde, dein Handeln bestimmen?«

»Wenn du mir meinen Besitz stehlen würdest, würde der Tod dich finden.«

»Warum gehst du dann lässiger mit Allahs Besitz, gepriesen sei der Allbeherrscher, um? Aber was ihn trifft, zerschmettert dich. Sultan Mehmed fürchtet, dass es Granada einmal so ergehen könnte wie Sevilla, Córdoba und Valencia.«

»Das wird nie geschehen!«, brauste der Patriarch auf, der sich ohnehin von dem Jüngling belehrt fühlte.

»Bisher habt ihr überlebt, weil ihr die Königreiche von Kastilien und von Aragón gegeneinander ausgespielt habt. Hast du dich einmal gefragt, was geschehen würde, wenn sich die beiden Königreiche vereinigten?«

»Eher gehen Esel und Geier eine Ehe ein.«

»Und wenn doch? Wer wird euch dann helfen?«

»Meine Stammesbrüder in Afrika.«

»Wenn sie nicht gerade so zerstritten sind wie jetzt und um die Vorherrschaft jenseits der Meerenge kämpfen. Und die Seldschuken in Kairo sind schwach, so schwach, dass es dem Sultan lästig wäre, sie hinwegzufegen. Er überlässt das einfach dem Wind. Nein, Sidi, der Einzige, der stark und mächtig genug ist, um Euch zu helfen, ist der Eroberer von Konstantinopel.«

Yahya bemerkte, dass der Sarraj-Führer nachdenklich wurde. Yahyas Belehrung hatte seinen Stolz durchdrungen. Seine scharf geschnittenen Gesichtszüge wirkten plötzlich milder, die Augen freundlicher.

»Wie könnte uns Mehmed helfen, und was will er dafür?«

»Nur eure Freundschaft. Und was könnte ein so mächtiger Herr und gläubiger Mann tun? Nun, er könnte den Druck auf die Christen erhöhen, indem seine Krieger über sie herfallen, über den Balkan bis nach Wien, ja bis zur Elbe vorstoßen. Dann könnten sie sich nach Westen wenden, um Rom einzunehmen, und euch Hilfstruppen übers Meer schicken, damit unser altes al-Andalus, wie es einst von der Meerenge bis ins Roussillon reichte, zurückerobert wird.«

Der Sarraj-Führer lachte, aber es war ein knarrendes, gezwungenes Lachen. »Bist du dir sicher, dass du für den Großherrn sprichst? Mehmed ist kein Phantast. Was du erzählst, ist unmöglich!«

»Auch die Eroberung von Konstantinopel haben alle für unmöglich gehalten, die Eroberung Griechenlands ebenfalls. Irgendwann wird die Mutter aller Schlachten geschlagen, irgendwann wird die Entscheidung fallen, denn Christen und Muslime können nicht in Frieden miteinander leben. Wir kommen, und sie gehen. Sie müssen gehen in ewige Finsternis, weil sie Ungläubige sind.«

Muhammad ibn Yusuf ibn Hasan al-Sarraj kratzte mit den gekrümmten Fingern der rechten Hand seinen kurzen, drahtigen Bart, in dessen Grau nur noch vereinzelte Tupfer schwarzer Haare dem Alter Widerstand leisteten. »Said ist nicht nur ein Vasall Enriques, er ist auch sein Gefolgsmann. Er würde sich nie gegen Kastilien mit den Osmanen verbünden.«

Hinter der gespielten Resignation spürte Yahya Neugier, aber auch Vorsicht. Sie näherten sich dem gefährlichsten Punkt des Gesprächs. Bis jetzt war alles Spaß, Gedankenspiel, Flachserei gewesen, vielleicht auch Wichtigtuerei. Doch nun ging es um Verrat und um Aufruhr.

»Said ist nicht der einzige Nasride, der zum Herrscher geboren ist.«

»Wie kommst du auf diesen Gedanken?«

Yahya lächelte und zeigte in schönster Unschuld seine Handflächen. »Sonst würde diese Sippe nicht seit zwei Jahrhunderten die Emire von Granada stellen. Es ist doch immer ein Nasride, der oben auf der Alhambra sitzt, und immer war es auch ein Nasride im Albaicín, der von dort den Aufruhr schürte, um selbst als Herrscher auf der Alhambra einzuziehen. So berichtet es eure Geschichte. Habe ich sie falsch wiedergegeben?«

»Warum erzählst du mir das alles? Ich bin nur ein einfacher Geschäftsmann, kein Verschwörer.«

»Weil du ein gläubiger Muslim bist, wie ich hoffe.«

»Emir Said steht in Saft und Kraft und im Zenit seiner Macht. Der Sultan wird sehr lange warten müssen, bis er vielleicht einen Bundesgenossen erhält.«

»Mehmed kann warten. Er ist nicht in Gefahr. Aber er würde sich als guter Muslim freuen, wenn ein so gottgefälliges Bündnis zwischen ihm und Granada rechtzeitig geschlossen werden würde, rechtzeitig für Granada.«

»Du bist ein kluger junger Mann mit vielleicht etwas zu viel Phantasie. Aber das ist das Vorrecht der Jugend. Ich denke, ich habe alles verstanden, was der Großherr gesagt hat und was du gesagt hast, auch wenn es nicht für mich bestimmt war. Du bist an den Falschen geraten. Aber wenn ich dir dennoch einen Rat geben darf, dann genieße Granada, und lass dir mindestens zwei bis drei Monate Zeit. Es ist unerlässlich, Geduld zu zeigen, wenn man in dieser Stadt etwas erreichen will.«

»Die Bibliothek der Medrese ist das eigentliche Ziel meiner Reise. Sie birgt große Kostbarkeiten, die ich mir nicht entgehen lassen werde.«

Der Führer der Sarraj nickte leicht, zeigte aber auch jetzt keinen Hang zur Plauderei. »Warte noch etwas, man sollte uns nicht zusammen sehen«, sagte er im Vorbeigehen und verließ den Raum.

In einem glich er Mehmed, dachte Yahya, er verbreitete den Schatten wahrer Macht um sich. Ob er etwas erreicht hatte, wusste er nicht. Er konnte nur hoffen, dass sein Auftrag gelingen und der Oberste der Sarraj ihn nicht an den Emir verraten würde. Auch wenn sich Said auf den Stamm der Banigash stützte, den Todfeinden der Sarraj, konnte der Inhalt der Unterredung für den Sarraj-Führer zu einer wichtigen politischen Währung werden. Von diesem Tag an musste Yahya sehr vorsichtig sein, denn er war abhängig von den politischen Erwägungen eines Menschen, den er nicht kannte und von dem er lediglich wusste, dass er keine Skrupel kannte. Sein einziger Maßstab fand sich im Wohlergehen seiner Sippe.

Nachdenklich blickte Yahya auf die Öllämpchen, die den Raum in ein warmes Licht tauchten, dann entschied er, dass genügend Zeit vergangen war, und trat hinaus auf den Flur. Sogleich überfiel ihn die Befürchtung, dass vor dem Ausgang bereits die Häscher auf ihn warteten. Er fragte sich, warum der Oberste der Sarraj darauf bestanden hatte, vor ihm den Ort der Zusammenkunft zu verlassen. Wirklich nur, weil er nicht mit Yahya zusammen gesehen werden wollte? Wer war er schon? Ein junger Mann, den niemand in Granada kannte. Er verfluchte seine naive Offenheit und seine intellektuelle Eitelkeit, die ihn verführt hatte. War er nicht eine Spur zu vertrauensselig gewesen? Zumindest hatte er sich in die Hand seines Gesprächspartners gegeben.

Er beschloss, zur Vorsicht das Haus durch eine andere Tür zu verlassen, als jene, durch die er eingetreten war und wandte sich in die entgegengesetzte Richtung. Der Flur führte auf einen großen Korridor, auf dem er nach links abbog. Zwei Diener kamen ihm entgegen, die Karaffen mit Wein in den Händen trugen. Sie waren mit ihren Scherzen beschäftigt und beachteten ihn nicht weiter. Yahya vermutete, dass er sich auf dem Hauptgang des Hauses befand. Als er in einen Seitenflur abbog, stieß er mit einer Frau zusammen. Ihr schwerer Duft nach Ambra betäubte seine Sinne.

»Nicht so ungestüm«, schalt sie ihn belustigt.

»Verzeih«, brachte Yahya hervor.

Dass sich die Tänzerin wie jedes menschliche Wesen auf der Erde bewegte, nahm ihr nichts von ihrer Schönheit. Im Gegenteil. Sie blieb nicht nur eine Vorstellung, sie stand vor ihm und schaute ihn an, nur ihn, und ihr Blick ging tief, sehr tief. Er spürte, dass ihm die Röte in die Wangen schoss und das Blut in seinen Adern brodelte. Der Tänzerin, der das nicht verborgen blieb, zauberte Yahyas Scham ein Lächeln auf die Lippen. Und die Macht des Spottes machte alles nur noch schlimmer. »Habe ich dich in Verlegenheit gebracht?«

»Nein, nicht in Verlegenheit.« Er räusperte sich und suchte nach Worten. »Du hast mich nur an meine Ungeschicklichkeit erinnert.«

»Du warst sicher in bedeutenden Gedanken?« Die Ironie war unüberhörbar.

»Nein, in Erinnerungen.«

»Ah, Erinnerungen? Woran?«

»An deinen Tanz.« Yahya staunte über seine Kühnheit.

»War ich so schlecht?«

»Schlecht? Du? Nein, wieso?«

»Weil du meine Darbietung vor dem Ende verlassen hast.«

»Aber nicht freiwillig, wirklich nicht, gezwungenermaßen …«

»Welcher Lump hat dich zu diesem Frevel gezwungen? Nenne mir seinen Namen, und ich lasse ihn zerfleischen.«

»Gebietest du über eine Horde scharfer Hunde?«

»Schlimmer noch!«

»Schlimmer? Hungriger Wölfe?«

»Verliebter Männer.«

Ein Lächeln, weiblich und doch auch mädchenhaft, löste die letzten Taue von Yahyas Vernunft. Er trieb auf offener See in einer Nussschale ohne Ruder und Segel, ein Spielball des Augenblicks.

»Woher kommst du?«, fragte sie.

»Aus Stambul.«

Sie riss die Augen auf. »Aus Stambul?«

»Und du?«

»Aus dem Süden von Kastilien. Aus einem Dorf in Andalusien, das die Männer des Emirs überfallen haben. Sie töteten alle, meinen Vater, meine Schwester. Mich haben sie mitgenommen und auf dem Sklavenmarkt verkauft. Aber ich hatte Glück. Yehuda Abrabanel hat mich gekauft und zur Tänzerin ausbilden lassen. Ein nobler Mann, dieser Yehuda.«

»Träumst du davon, in dein Dorf zurückzukehren?«, fragte Yahya auf Kastilisch.

Überraschung wischte das Lächeln von ihrem Gesicht. Ernst und durchdringend sah sie ihn an, da er in der Sprache ihrer Kindheit zu ihr gesprochen hatte.

Plötzlich hörten sie Schritte und Stimmen.

»Wir müssen uns trennen«, flüsterte sie auf Kastilisch.

»Sehen wir uns wieder?«

»Inschallah.« Sie ging an ihm vorbei, kam dann noch einmal zurück und hauchte ihm einen Kuss auf die Wange. Dann war sie verschwunden, leichtfüßig, als wäre sie nie da gewesen. Und keine Minute zu früh. Aus ihrer Richtung kam Ychzak, begleitet von Carlos, auf ihn zu. Sie mussten der Tänzerin begegnet sein.

»Wir haben dich vermisst«, sagte Ychzak.

Yahya befreite sich aus seiner Verwirrung. »Ich habe mich wohl verlaufen.«

»So schön es ist, den Kopf im Himmel zu haben, gelegentlich sollte er auch auf Erden sein, um sich zu orientieren.« Der Sohn des Hausherrn lachte.

»Kaum haben wir uns kennengelernt, und schon hast du meine größte Schwäche entdeckt«, entgegnete Yahya.

»Und ich dachte, es wäre die Neugier. So kann man sich täuschen«, antwortete der junge Jude doppeldeutig.

Auch wenn sich Yahyas Sorge zumindest vorerst nicht bestätigt hatte, berichtete er Ruggiero von seinem Gespräch und von der Gefahr, in der sie möglicherweise schwebten. Die Begegnung mit der Tänzerin verschwieg er.

»Dann werden wir eben die Augen und Ohren offenhalten müssen. Auf alle Fälle sind die Dinge in Bewegung gekommen«, stellte Ruggiero zufrieden fest.

Yahya lag lange wach und sah die braunen Augen der Tänzerin vor sich, fragend und dann wieder lachend, groß und schön. Er nahm das Bild mit in den Schlaf. Würde er sie wiedersehen?

43

Segovia, Spanien

Fackeln in Halterungen an den Wänden, Kerzen in Kandelabern auf der langen, aus mehreren hintereinandergestellten Tischen gebildeten Festtafel erleuchteten die Sala de las Piñas mit ihrer prächtigen Decke aus geschnitzten Pinienzapfen. Nuria, die wahrlich nicht mit Festkleidung gesegnet war, hatte von der Infantin für das Festessen ein neues Damasthemd, ein dunkelrotes, geradezu »flammendes« Wams und neue Hosen aus schwarzem Samt erhalten. Die Kleidung, die sie als Don Jorge de Castro trug, erfüllte sie mit Stolz. Besonders hatten es ihr die schwarzen Lederstiefel angetan, mit denen ein einfacher Hidalgo zum großen Herrn wurde.

Doch was war das alles gegen Isabels goldverziertes Brokatleid aus schneeweißer Seide! Es war an den Ärmeln geschlitzt, sodass der rote Samt ihres Hemdes durchschien. Im Gold des Diadems auf ihrem Haupt spiegelte sich das Licht der Kerzen, während seine Strahlen in den Diamanten, die fein in das Gold eingearbeitet waren, eine funkelnde Antwort gaben. Beim Anblick des Kleides der Infantin wurde Nuria wie aus dem Nichts von einer tiefen Sehnsucht ergriffen. Wie sehr wünschte sie sich, die Männerkleider abzulegen und so kunstvoll frisiert wie Isabel in ihrem Prachtkleid einherzuschreiten! Die Frau in ihr regte sich in einer Intensität, die Nuria überraschte.

Beatriz prustete. »Wie ich mich schon auf all die Heuchler und Kriecher freue«, flüsterte sie, als sie mit den Infanten den Saal betraten. Sie fing sich ein Kichern von Alfonso und einen tadelnden Blick von Isabel ein. Nuria pflichtete ihr im Stillen aus tiefstem Herzen bei. Sie verabscheute diese Gesellschaft noch weit mehr als Beatriz de Bobadilla.

Welten lagen zwischen dem königlichen Bankett und den kleinen Dörfern im Süden, im Grenzland zum Emirat Granada, wo Menschen, ebenso Kastilier wie die hohen Herren hier, beraubt, verschleppt und getötet wurden. Und all diese Höflinge interessierten sich nicht im Geringsten für ihre leidenden Landsleute, die sie doch aufgrund ihrer Stellung und ihres Einkommens zu beschützen hatten.

Nicht weit entfernt entdeckte Nuria Beltrán de la Cueva. Er war herausgeputzt wie ein Pfau und stand in einer Gruppe von jüngeren Adligen. Mit ihren großen Gesten und ihrer zur Schau gestellten Wichtigkeit machten sie laut und ein wenig vulgär auf sich aufmerksam. Beatriz entlockten die Emporkömmlinge ein spöttisches Lächeln. Sie neigte sich zu Nuria und flüsterte: »Enriques neuer Adel. Ein Haufen von Günstlingen, von Aufsteigern und Glücksrittern. Fällt dir etwas auf?«

»Es sind alles jüngere Männer.«

»Und alle sehen ähnlich aus, eben so, wie es Enrique schätzt. Aber sprich nicht darüber. Es ist nur wichtig, zu wissen, mit wem du es zu tun hast.«

Nuria kam das Abendessen bei Beltrán in den Sinn, zu dem sie seinerzeit mit ihrem Lehrer Hernandez de Cardenas geladen gewesen war.

Beatriz setzte eine staatsmännische Miene auf. »Der König hält sich ein Rudel junger Rüden«, sagte sie leise.

Ihrer Gewohnheit entsprechend sah sich Nuria unauffällig, aber sorgfältig in dem Saal um. Sie wollte für alle Fälle gerüstet sein. In einiger Entfernung von Beltrán und seinen Anhängern erblickte sie den Bruder des Marqués de Villena, Don Pedro Girón, einen ungewöhnlich beleibten Menschen. Der Großmeister des Ritterordens von Calatrava unterhielt sich mit Fadrique Enríquez, dessen Statur in krassem Gegensatz zu der seines Gesprächspartners stand. Der Admiral von Kastilien war ein hagerer Mann, dessen scharfgeschnittenes Gesicht stets einen missmutigen Ausdruck trug, als litte sein

Besitzer an der Galle. Die beiden waren umgeben von sehr gesetzt wirkenden Adeligen.

Beatriz, die Nurias Blick gefolgt war, schnaubte leise. »Und da siehst du Beltráns Todfeinde. Älterer Adel, Leute, denen nur ihre Macht und ihr Reichtum am Herzen liegen, nicht aber Kastilien«, sagte sie trocken und mit kaum verhohlenem Abscheu. »Ihre Anführer sind der Erzbischof von Toledo und sein Neffe, der Marqués de Villena natürlich.«

»Und die dort?« Nuria wies mit den Augen in eine andere Ecke des Saales.

»Die Familie des Kanzlers Pedro de Mendoza, dann dort der Ponce de Léon, ehrenhafte Leute, die für Kastiliens Gedeihen eintreten«, entgegnete Beatriz.

Plötzlich entstand Unruhe. Gekleidet in Damast und Seide und Leder, was Wams, Hemd und Hose betraf, erschien der Marqués von Villena in Begleitung von Carrillo. Trotz seines Amtes als Erzbischof von Toledo trug dieser über seine Hose aus blauem Damast ein seidenes Hemd und ein Wams aus Goldbrokat.

»Ah, die Abgesandten kehren heim. Mit vollen Händen hoffe ich doch?«, rief mit feinem Hohn Don Pedro González de Mendoza, ein schlanker Mann mit dunklen, glutvollen Augen im blassen Gesicht, das im Kontrast zu seinen tiefschwarzen Haaren noch heller wirkte. Der umdüsterte Blick verriet dem aufmerksamen Beobachter, dass dem Bischof von Calahorra Stunden lähmender Melancholie nicht fremd waren.

»Ihr werdet Eure Neugier noch etwas bezähmen müssen, oder meint Ihr, Ihr hättet das Recht, vor dem König informiert zu werden?«, fuhr ihn Carrillo verdrossen an.

»Nicht Neugier, sondern Sorge treibt mich. Übrigens, Carrillo, was für ein passendes Gewand. Ich hoffe, Ihr feiert darin nicht auch die heilige Messe.«

Mendozas Spott hatte ins Schwarze getroffen, und Carrillos Miene wurde säuerlich.

Nuria versuchte noch, sich die Namen, Gesichter und die Parteiungen, zu denen sie gehörten, einzuprägen als der Zeremonienmeister vortrat. »Seine Majestäten, die Könige von Kastilien, der König und die Königin«, rief er mit angenehm tiefer Stimme. Eine große Tür an der Stirnseite der Tafel wurde geöffnet, zwei maurische Gardisten traten heraus und stellten sich rechts und links der Tür auf.

Nuria ertrug es nur schwer, im Umkreis des Königs stets auf Mauren zu treffen. Es war, als würde Enrique sich ein neues Volk schaffen und auf die alteingesessenen Kastilier pfeifen. Kastilier wie ihr Vater, der von den Glaubensbrüdern der königlichen Gardisten ermordet, ihre Schwester, die von Muslimen entführt und den wirklichen Jorge de Castro, der erschlagen worden war, nur weil er der Frau, die er liebte, zu Hilfe eilen wollte. Wie gern wäre sie wie der Engel des Zorns über diese Kerle gekommen! Aber die Zeit der Rache war noch nicht gekommen. Bis dahin war sie zwar bereit, musste sich aber noch zurückhalten. Bis zur Antwort des Kardinals, bis zu dem erhofften Dispens von dem Eid, den sie geleistet hatte.

Hand in Hand schritten Enrique von Kastilien und seine Frau Juana in den Saal. Hosen und Wams des Königs waren aus Goldbrokat. Um seine Schultern lag ein langer purpurner Umhang, und auf seinem Kopf schimmerte die goldene, mit Rubinen besetzte Krone. Die Königin trug ein Kleid aus purpurnem Samt mit goldenem Saum und geschlitzten Ärmeln, durch die das Seidenhemd hervorschimmerte. In Gold und Rot bestickte Bänder hielten die bauschigen Ärmel an den Oberarmen zusammen. Um den Kopf trug Juana eine breite Kette aus Gold und Edelsteinen. Verglichen mit dem anmutigen Diadem der Infantin kam Nuria die Krone der Königin plump vor. Die meisten Menschen, die Kronen trugen, stellt die Macht bloß, dachte sie. Nur den wenigsten standen diese Machtinsignien gut zu Gesicht.

Enrique IV. blickte zufrieden in die Runde. »Ihr könnt euch kaum vorstellen, wie froh ich bin, wieder bei euch zu sein. Die Tage mit meinem königlichen Bruder, Alfonso von Portugal, in Gibraltar, das wir den Mauren wegnehmen konnten, haben mir zwar sehr gefallen, und sie haben die Krone Kastiliens und die Portugals einander wieder nähergebracht. Zum Zeichen unseres guten Einvernehmens möchten wir die verwandtschaftlichen Bande erneuern, durch die Hochzeit meiner Tochter Juana mit König Alfonso!«

Die letzten Worte hatte der König im Ton einer Proklamation gesprochen und dann plötzlich geschwiegen. Die Hofgesellschaft konnte gar nicht anders, als zu applaudieren. Enrique strahlte, als er sich neben seiner Gemahlin an der Spitze der Tafel niederließ. Die Höflinge nahmen den Platz ein, den die Etikette vorschrieb. Der Zeremonienmeister überwachte das Ganze mit Argusaugen. Nuria verfügte sich, so wie es ihr bedeutet worden war, ans Ende der Tafel.

»Also lasst hören, mein lieber Juan, und mein lieber Erzbischof, wie ist eure Mission verlaufen?«, erkundigte sich der König aufgeräumt. »Wem hat der König von Frankreich als bestellter Richter in dieser Angelegenheit die Oberherrschaft über Katalonien zugesprochen? Juan von Aragón, oder, wie es Recht wäre, mir?«

Der Marqués de Villena erhob sich und neigte den Kopf vor dem König. »Herr, mit Euren Erfolg können wir uns leider nicht messen. Juan von Aragón, der alte Fuchs, hat den hochedlen König Louis XI. bestochen, bestochen mit dem Roussillon, das er dem Franzosen überließ. Dafür hat Louis ihm Katalonien zugesprochen.«

»*L'araignée*«, schimpfte Beltrán.

Nuria fragte sich, was der französische König wohl mit einer Spinne gemein hatte.

»Bravo!«, rief Fadrique Enríquez.

Nuria war verwirrt. Wieso konnte der Admiral von Kastilien im Gegensatz zu den Mendozas und Beltráns Freunden, die sich empört zeigten, seine Freude über diese Nachricht kaum verbergen?

Zornig schlug Enrique mit der Faust auf den Tisch, dass die Teller und Becher schepperten. »Ihr habt versagt!«

»Das weise ich entschieden von mir. Mit einem Roussillon in der Tasche hätte ich Euch Katalonien gebracht«, erwiderte Villena aufgebracht.

»Warum erwähnt Ihr nicht, dass Juan von Aragón von Louis eine sehr große Summe als Darlehen erhalten hat und das Roussillon nur das Pfand für das Darlehen darstellt? Wie ist es Juan, Eurer geschätzten Meinung nach, ehrenwerter Marqués, gelungen, das Roussillon doppelt zu nutzen, als Bestechung und als Pfand?«, fragte Bischof Mendoza spitz.

»Von dem Darlehen wussten wir nichts!«, beteuerte Carrillo.

»Wirklich nicht? Würdet Ihr das mit einem Eid auf die Heilige Maria Virgen de Regla in Chipiona oder auf die Schwarze Madonna von Guadeloupe bewehren, Erzbischof?«

Wütend stand Carrillo auf, seine Stirnader schwoll an. »Wagt es der Bischof von Calahorra, meinen Neffen oder mich der Lüge zu bezichtigen? Oder gar des Verrats?« In alter Gewohnheit griff er nach seinem Schwert, das er zum Festmahl allerdings nicht an seiner Seite trug. »Für diese Beleidigung sollt Ihr mir mit dem Schwert Antwort stehen.«

»Großer Gott«, rief der König entrüstet. »Jetzt fordert schon der eine Priester den anderen zum Schwertkampf heraus. Ihr seid ein Mann Gottes, Carrillo, und nicht nur irgendeiner, sondern der Erzbischof von Toledo!«

»In mir wird auch Euer Kronrat beleidigt!« Carillos Augen funkelten böse.

Der König lächelte arglos. »Das geht nicht, denn ich habe unseren getreuen Beltrán und den Bischof von Calahorra zu Mitgliedern des Kronrats ernannt.«

»Unerhört«, entfuhr es Villena.

»Katalonien ist also verloren. Damit müssen wir uns abfinden. Aber ich verhehle nicht, Marqués, dass ich mehr von Euch erwartet hatte!« Der König griff nach seinem Pokal. »Gut, nun zu etwas Erfreulichem, bevor wir unsere Becher erheben und uns laben wollen. Ich habe mich entschieden, dass ich nicht länger den Ritterorden von Santiago verwalten werde, sondern endlich, wie es Brauch ist, den Orden einem neuen Großmeister übergebe. Mein lieber Juan Pacheco …«

Auf dem Gesicht des Marqués de Villena breitete sich ein erfreutes Lächeln aus, denn der Großmeister des Santiagoordens war nach dem König der zweitmächtigste Mann in Kastilien.

»… in Anbetracht der Tatsache«, fuhr der König fort, »dass Eure Familie in Gestalt Eures Bruders bereits das Amt des Großmeisters des Ritterordens von Calatrava innehat, habe ich mich entschieden, unseren getreuen Beltrán zum Großmeister des Ritterordens von Santiago zu ernennen!« Der König lächelte glücklich wie ein Kind.

»Gedemütigt und verhöhnt zu werden, das haben wir nicht verdient«, brüllte Carrillo wütend. Sein Gesicht lief feuerrot an, während sich das Rot der Ohrläppchen und der Wangen ins Violette spielte.

Villena brauchte einen Moment, um den Affront zu verkraften und einen weiteren, um eine Idee zu entwickeln, wie er darauf reagieren sollte. Im Gegensatz zu seinem geistlichen Onkel, der von Temperament und Charakter her mehr ein Kriegsmann war als ein Priester, tat Villena nichts, was er nicht zuvor durchdacht hatte.

»Nicht nur, dass meine Verdienste nicht gewürdigt, nicht nur, dass dem Orden meine Talente vorenthalten werden, treibt mich in Zorn und Sorge, obwohl das alles schon schlimm genug ist. Aber hier wird eines der wichtigsten Ämter Kastiliens einem Günstling anvertraut. Ist der König noch im Besitz der Macht oder ist er nur noch ein Stück Wachs in der Hand von Beltrán, dem Grafen von Ledesma?«

Nuria hielt erstaunt den Atem an und beobachtete die Männer des Hochadels. Wie würden die Höflinge auf diese Provokation reagieren? Unruhe entstand, vor allem bei den weniger wichtigen Adligen. Bischof Mendoza schaute undurchdringlich auf den Marqués de Villena wie auf eine Wanze, und Admiral Enríquez lächelte böse, während in Beltráns Lager Empörung herrschte. Nur die Königin schien sich zu langweilen. Alle, mit Ausnahme Juanas, warteten auf die Antwort des Königs.

Dieser indes wirkte lustlos und griff sich einen Hähnchenschenkel. »Esst Freunde, esst! Lassen wir Gottes gute Gaben nicht kalt werden. Vor allem aber trinken wir!« Er erhob seinen Pokal und nahm einen großen Schluck, dann wandte er sich an seinen Haushofmeister. »Mein lieber Andrés, meint Ihr, es würde sich morgen lohnen, auf Wildschweinjagd zu gehen?«

»Wann, wenn nicht jetzt, Majestät?«, entgegnete Andrés de Cabrera.

Nuria sah, dass der Marqués de Villena fassungslos vor sich hinstarrte. Der König hatte ihn einfach abblitzen lassen wie einen dummen Jungen, als hätte er nichts gesagt. Er drehte sich um und warf, wie es Nuria schien, den Infanten noch einen Blick zu. Dann verließ er erhobenen Hauptes den Saal, gefolgt von seinem Bruder, von Carrillo und einer größeren Zahl von Adligen. Zuletzt ging auch Fadrique Enríquez.

Verwundert erhob sich König. »Aber, gute Freunde, was ist mit euch?«, rief er den entschwundenen Gästen des Festmahles nach.

So wird aus einer starken Reaktion eine schwache, dachte Nuria besorgt.

Der Admiral von Kastilien wandte sich im Gehen zum König um. Er musterte ihn abschätzig von oben bis unten und gab damit deutlich zu verstehen, dass er für Enrique IV. keinerlei Respekt mehr empfand. »Wir sind an diesem Hof nicht mehr erwünscht, es ist der Hof Beltráns, nicht mehr der der Könige von Kastilien!«

Nuria sah, dass Bischof Mendoza zum König schaute, doch der biss nur bekümmert in den Hühnerschenkel, offenbar überdrüssig allen Streits und allen Haders. Er mag sich fragen, dachte Nuria, warum ausgerechnet ihm diese Unruhe und dieses Gezänk zugemutet werden. Er sieht aus wie jemand, der mit all dem eigentlich nichts zu tun hat und unbilligerweise in fremde Angelegenheiten hineingezogen wird, als wäre nicht er der König.

Als Nuria nach dem Festmahl auf dem Rückweg in den Donjon Beatriz fragte, weshalb sich der Admiral von Kastilien scheinbar über den Verlust von Katalonien gefreut habe, gab sie ihr eine recht einleuchtende Antwort.

»Die Tochter von Fadrique Enríquez ist die Frau von Juan II. von Aragón«, sagte Beatriz. »Der Admiral ist also der Schwiegervater des Königs von Aragón, und er denkt beständig darüber nach, wie er auf Kosten unseres Königs und des Reiches seinen Besitz vergrößern könnte.«

»Was wird jetzt geschehen?«

»Krieg. Es gibt Krieg.«

44

Granada, Spanien

Sein Herz taumelte nur noch wie eine Nussschale auf unruhiger See. Mal lag er mit offenen Augen da, mal döste er ein, zwischendurch fiel er sogar in einen Zustand, den man mit viel gutem Willen Schlaf nennen konnte. Die Hitze lastete wie eine verfilzte Wolldecke auf ihm, zumal die Nacht nicht die geringste Kühlung gebracht hatte, während die Vögel unbeirrt den Tag herbeisangen.

Als Yahya am späten Morgen zerschlagen und verschwitzt die Augen aufschlug, suchte er vergebens nach einem Grund, sich vom zerwühlten Lager zu erheben. Mit einem Wort: Er wusste nicht, wohin mit sich. Da blieb er doch lieber im Bett. Ihm gingen die Verse Ibn Arabis durch den Kopf: »… führt meine Seele sie … aus dem was vorher wüst und trocken war … in einen reichen, reifen Garten.« Ein reicher, reifer Garten – er errötete bei dem Gedanken, weil er diesen Vers zum ersten Mal nicht in einem mystischen, sondern in einem sehr irdischen Sinne verstand. Denn mit seinem Bild konnte der Dichter nichts anderes gemeint haben als einen sehr weiblichen Körper, den reichen, reifen Garten der Lust.

Ja, aber wann und wo würde er die Tänzerin wiedersehen? Durfte er überhaupt darauf hoffen? War sie nicht eine Sklavin, das Eigentum eines anderen? Die seltsamsten Gedanken wetteiferten in seinem Kopf um den Preis der größten Absurdität. Aber alle liefen darauf hinaus, dass er sich ihr nähern würde. Auch wenn er sie dem Juden abkaufen müsste. Hatte er genügend Geld dafür? Würde das nicht seine geheime Mission gefährden? Wenn Ruggiero davon erführe, würde er es zu verhindern wissen. Immerhin hielt der Italiener als

Faustpfand das Leben seiner Mutter in der Hand. Zudem war es höchst zweifelhaft, ob Yehuda Abrabanel die Attraktion seiner erlesenen Feste veräußern würde.

Doch Yahyas Gedanken kreisten nicht mehr um das Ob, sondern nur noch um das Wie. Aber erst einmal musste er sie wiedersehen! Am besten gleich. Und sie? Machte er sich nur etwas vor? Sollte es ihm ergehen wie damals in Stambul mit Thekla? Sollte er erneut genarrt werden und sich selbst im Labyrinth seines Liebeswahns verlieren? Vielleicht hatte sie ja auch nur ihren Schabernack mit ihm getrieben und lachte jetzt über den dummen Jungen, der er in ihren Augen sein musste. Und der Kuss? Ja, der Kuss. Nur eine Augenblickslaune, weil er sie mit ihrer Muttersprache überrumpelt hatte? Seine Gedanken rasten wirr durcheinander, Wünsche, die auf Gedeih und Verderb auf ihre Verwirklichung drängten.

Gegen Mittag stand er schließlich auf. Hunger verspürte er nicht, nur Sehnsucht. Eilig warf er sich ein paar Hände Wasser ins Gesicht, zog eine weiße Leinenhose an und darüber einen blauen Kaftan, dann machte er sich wider alle Vernunft auf den Weg zu Yehuda Abrabanels Haus. Von der Karawanserei aus tauchte er ein in die Gasse, die bergauf, bergab durch das ganze Albaicín-Viertel führte. Das Gewühl der Menschen bremste empfindlich sein Vorwärtskommen. Als unmittelbar vor ihm zwei dicke Männer, die ohnehin langsam und bedächtig flanierten, nun auch noch stehen blieben, um ihr Gespräch mit großen Gesten fortzuführen, geriet Yahya außer sich.

»Geht an den Rand, wenn ihr reden wollt!«, fuhr er sie an und schob den Dünneren der beiden beleibten Spaziergänger zur Seite, wobei er das Gefühl hatte, in einen Sack voller Baumwolle zu drücken. Der Mann ballte wütend die Faust.

»Stockschläge hast du verdient, du Teufelsfurz!«, schrie er Yahya hinterher.

Um schneller vorwärtszukommen, schlug er Bögen, um die Gruppen und Grüppchen von Passanten zu überholen, die sich quälend langsam vorwärtsbewegten. Offenbar nahmen sie allesamt an, jeder hätte so viel Zeit wie sie. Nach einer halben Ewigkeit, wie es ihm schien, bog er endlich in die Seitengasse ein. Menschenleer, wie sie war, schien sie einer anderen Welt anzugehören. Gleich darauf erreichte er den Platz und verbarg sich halb hinter einer Pinie, die über ihm ihren schattigen Fächer ausbreitete. Stunde über Stunde starrte er auf den Eingang, in der Hoffnung, dass sie im Tor erscheinen würde. Den alten Abrabanel erblickte er, sah ihn kommen und gehen, Carlos, Männer aller Schichten, Diener. Wie in einem Taubenschlag ging es zu am großen Tor, doch die Tänzerin tauchte nicht auf.

Wahrscheinlich hielt sie sich im hinteren Garten auf, der ihm nie gezeigt worden war, überlegte Yahya. Er kannte ohnehin nur den geringsten Teil des Anwesens, die vorderen beiden Gärten und ein wenig von einem Flügel des Hauses. Er stellte sich vor, dass sich im hinteren Garten ein Bad mit blauen Kacheln wie in der Karawanserei befand, in dem sie nun in der größten Hitze Erquickung suchte. Seine Phantasie entwarf mit pastelligen Farben ein Bild, wie sie dem Wasser entstieg und die Seide sich mit ihren üppigen Formen vermählte. Sein Tagtraum erzeugte eine heftige Erektion, die er genoss, wie man das Recken und Strecken der Glieder wohltuend als eine Art Befreiung empfindet, zumal er sich unbeobachtet wusste.

Erst als die Dunkelheit hereinbrach, riss er sich von dem Anblick des Tores los, das inzwischen von Fackeln beleuchtet wurde. Zwar ließ die Geschäftigkeit am Eingang des Hauses auch am Abend nicht nach, doch es war nicht ratsam, die ganze Nacht dort zu stehen. Seine Füße fühlten sich taub an, als er sich auf den Rückweg zu der Karawanserei machte.

Das Gedränge in den Gassen hatte entweder nicht nachgelassen oder war in den Abendstunden zu neuem Leben erwacht. Aber diesmal störte ihn dieser träge dahinfließende Menschenstrom nicht. Er hatte kein Ziel und folglich keine Eile. Aus den Häusern, den Fenstern und offenen Türen fiel Licht und beleuchtete die Gassen, unterstützt von der Mondsichel und den Sternen. Die Aussicht auf eine einsame, weitgehend schlaflose Nacht hielt Yahya davon ab, sogleich in die Karawanserei zurückzukehren. Vielleicht sollte er sich dem Italiener anschließen, denn der wusste, wie man die Zeit des Wartens verkürzte. Aber die Vorstellung, durch die Bordelle und

Spielhöllen Granadas zu ziehen, ekelte ihn an. Das trockene Knurren seines Magens erinnerte ihn daran, dass er an diesem Tag noch nichts gegessen hatte. Wahllos betrat er das nächste Wirtshaus. Obwohl sich in der Wirtschaft kein Gast befand, stank es seltsamerweise so stark nach Schweiß, als wäre auch der letzte Platz besetzt. Yahya ließ sich an einem Tisch in der Ecke nieder. Von dem geschwärzten Gebälk hingen strahlend weiße Knoblauchzöpfe. Öllampen warfen Lichtlachen auf die Tische und die bunten Fliesen der Wände. Lange warten musste er nicht, da stand schon ein etwa zwölfjähriger Junge neben ihm.

»Bring mir etwas zu essen!«

»Hähnchenfleisch und dazu etwas Wein und Wasser?«

»Nur Wasser!«

Der Junge nickte und verschwand. Es dauerte nicht lange, da war er auch schon mit der Bestellung zurück. Zu schnell, als dass das Essen wirklich gut sein konnte, aber das kümmerte Yahya nicht. Er stopfte das Hähnchenfleisch in einer Honig-Minze-Soße achtlos in sich hinein, denn Appetit hatte er nicht, nur schmerzenden Hunger. Einerseits ersparte ihm die leere Gastwirtschaft, mit Menschen sprechen zu müssen, andererseits brachte sie ihm seine Einsamkeit nur noch stärker zu Bewusstsein. So allein wie hier war er auch in der Welt. Nachdem er gegessen hatte, starrte er Löcher in die Luft, unschlüssig, was er nun mit sich anfangen sollte.

»Sidi, warum gehst du nicht in den Garten und vergnügst dich wie die anderen auch?«, fragte der Junge, als er den leeren Teller abräumte.

Yahya schaute den Kellnerknaben an, als ob er ein Wesen aus einer anderen Welt wäre und in einer unbekannten Sprache zu ihm redete. Dann erhob er sich und trottete zur Tür, die, wie er richtig vermutet hatte, in den Garten führte. Vor Verwunderung riss er die Augen auf. Der Hof barst fast vor Spannung. Vor ihm saßen oder hockten wohl an die fünfzig Männer im Karree. Sie waren es also, die den Schweißgeruch in dem Gastraum zurückgelassen hatten. Ihre Körper bewegten sich hin und her, rettungslos dem spannenden Vorgang ausgeliefert, dem sie folgten und kommentierten.

Dann entdeckte Yahya den Grund der Aufregung. In der freigelassenen Mitte, die als Arena diente, stürzten sich zwei Hähne aufeinander. Sie bekämpften sich unbarmherzig mit angespitzten Schnäbeln und Füßen, deren Krallen noch mit Eisenzinken verstärkt waren, hackten oder schlugen aufeinander ein, obwohl sie schon bluteten. Sie waren von einem existenziellen Ingrimm getrieben, der nur mit dem Tod eines der beiden prächtigen Hähne enden konnte. Aber sie waren gezüchtet und ausgebildet worden, um zu kämpfen und zu töten und eines Tages selbst im Kampf den Tod zu finden. Ihr ganzes Dasein hatte nur diesen einen Sinn: durch Kampf und Tod zu unterhalten. Der Stolz, den man den Tieren unterstellte, war einzig und allein eine Projektion, um dem Sterben eine ästhetische Größe zu verleihen.

Yahya wurde bewusst, dass er wohl vom Fleisch eines der unterlegenen Tiere eines früheren Kampfes gegessen hatte, und diese unabweisbare Vermutung bereitete ihm ein unbehagliches Gefühl. Er zog es vor, der Frage, ob der starke Geschmack nach Honig und Minze nur die bitteren Hormone der Angst, die das Fleisch verdarben, überdecken sollte, nicht nachzugehen.

In den Gesichtern der Männer spiegelte sich eine Erregung wider, in der zu seinem Erstaunen eine schwitzende Erotik mitschwang, eine voyeuristische Lust an dem Todeskampf, der sich vor ihren Augen abspielte und der sich nach ihrem Geschmack nicht lang genug hinziehen konnte. Yahya beobachtete, dass einer der beiden Hähne strauchelte und der andere, seine Chance witternd, sich so hoch, wie er konnte, in die Lüfte erhob, um dann mit seinen scharfen Eisenkrallen auf Brust und Hals des Widersachers niederzufallen und ihn nach und nach zu zerfetzen. Gebrüll und Lachen und Juchzen und Schnalzen der Männer, wahnsinnige Laute der Freude, der Wut, der Häme und des Genusses. Federn. Blut. Tod. Fröhliche Männer, die nun eifrig Dinare kassierten, oder solche, die mürrisch zahlten. Für Letztere hatte der Hahn den Tod schon deshalb verdient, weil er ihre Erwartungen nicht erfüllt hatte. Was trieb sie nur, das grausame Schauspiel anzuschauen?

»Oh, Freund, du hier?«, drang eine bekannte Stimme durch den allgegenwärtigen Lärm an Yahyas Ohr. Er wandte sich um und erkannte zwischen den teils schweißnassen, teils teigigen Gesichtern den Kopf des Dichters und Philosophen.

»Ibn Khaldin!«, rief er ebenso erfreut wie überrascht. »Was treibt dich hierher?«

»Die Gier des Lebens, Kraft, aus dem Tod zu ziehen. Solange wir andere sterben sehen, leben wir. Aber komm, komm erst mal raus aus dem Gedränge«, rief der andere ihm entgegen. Seiner Stimme fehlte das Volumen, sobald sie lauter wurde, verlor sie jeglichen Wohlklang und hörte sich nur noch an, wie wenn ein Hund auf ein Blech pinkelt.

Sie brauchten eine Weile, ehe sie sich durch die massigen Körper zum Ausgang durchgekämpft hatten und in der noch immer leeren Gastwirtschaft einander gegenüberstanden.

»Ich wusste gar nicht, dass du diese kleine Sünde mit mir teilst.« Ibn Khaldin lächelte.

»Ich bin nur zufällig hier eingekehrt«, erwiderte Yahya.

»Dann ist dir das Erlebnis also zugefallen, du Glücklicher. Allah liebt dich! Es gibt nichts Besseres, um die Lebensgeister zu wecken. Früher, zur Zeit der Römer, kämpften Menschen gegen Menschen und gegen wilde, gefährliche Tiere.« Ibn Khaldins Augen begannen zu leuchten, und sein Gesicht gewann an Farbe. »Längst vergangene Zeiten«, sagte er bedauernd, und schlagartig erlosch das Leuchten. »Wer lebt schon gern in seiner Zeit«, fügte er hinzu und lachte gezwungen. »Was hast du jetzt vor?«

»Nichts.« Yahya zuckte ratlos mit den Achseln.

»Nichts? Das ist entschieden zu viel für einen so jungen Mann.«

In einer Mischung aus Belustigung und Verblüffung schaute Yahya den Philosophen an.

»Nichts, mein junger Freund, ist die einzige Gegenthese zu Gott, die Bestand hat«, dozierte Ibn Khaldin mit der unverwechselbaren Geste des Genießers. Seine Lippen kräuselten sich vor Vergnügen.

»Glaubst du etwa nicht an Allah?«, fragte Yahya in der Hoffnung, ihn misszuverstehen.

Der lange Kerl riss die Arme in die Luft, dass er aussah wie eine junge Erle, und verkündete nachdrücklich: »Natürlich glaube ich an

Allah, den Allbarmherzigen, den König, den Heiligen, den Beschützer, den Allmächtigen, den Unterwerfer, den Erhabenen …«

»Ist ja gut, ist ja schon gut, du musst mir nicht die neunundneunzig schönsten Gottesnamen vorbeten, ich glaube dir auch so«, fiel Yahya ihm ins Wort.

»Ja, ich glaube an den Standhaften.« Hasan ibn Khaldin ließ die Arme sinken, holte tief Luft und hob die Hände halb nach vorn geöffnet auf Brusthöhe. »Aber sieh, Gott ist keine philosophische These.«

»Was ist dann eine philosophische These?«

»Das Sein und eben das Nichts.«

»Und Gott?«

»Ist eine theologische Realität, weil man an Gott nur glauben, ihn aber nicht wissen kann. Ich weiß Gott nicht, deshalb glaube ich an ihn.«

»Ha, du widersprichst dir!«, rief Yahya, und Ibn Khaldin runzelte belustigt die Stirn. »Hast du nicht gesagt, dass Gottes Gegenthese das Nichts ist?«

»Ja, und es gilt: Wenn ich an das Nichts glaube, kann ich nicht an Gott glauben, weil er das Alles ist.«

Yahya lachte laut auf. »Du bist ein Ketzer, mein Freund, denn du behauptest, dass es einen Ort ohne Gott gibt, nämlich das Nichts.«

»Ach, mein junger Freund, ich weiß nichts über das Nichts, weil es nicht ist. Ich bin nur ein Liebender, *al-waduud*«, sagte Hasan ibn Khaldin mit großem Ernst.

Yahya spürte, wie ihm der Boden unter den Füßen schwand. Der Philosoph hatte sich damit soeben selbst Gott genannt – *al-waduud* war einer der schönsten Namen Allahs.

»Das ist der Sinn des *tauhid*, des Glaubens an die Einheit, an den einen Gott, ich bin er, und er ist ich: *amal al-haqq*«, fuhr Ibn Khaldin fort.

Yahya erblasste. Plötzlich wurden die Türflügel aufgestoßen. Der Strom der Männer ergoss sich mit lautstarkem Diskutieren aus dem Garten in die Gastwirtschaft und drohte die beiden mit sich zu reißen.

Der Philosoph packte den verdutzten Yahya am Arm und zog ihn mit sich auf die Gasse. »Komm, ich weiß einen besseren Ort.« Er genoss es sichtlich, den jungen Mann vollkommen verunsichert zu haben. »Übrigens«, flocht er in seinen kleinen Vortrag ein, »muss sich der Züchter eines Kampfhahnes entscheiden, ob er auf die Kraft oder auf die Ausdauer setzt, denn er züchtet entweder einen starken Hahn, dessen Kraft aber rasch im Kampf abnimmt, oder einen ausdauernden Hahn, der zwar nicht ganz so kräftig ist, dafür aber lange kämpfen kann. Niemand weiß, was besser ist: Mal siegt die Kraft in einem kurzen Kampf, mal die Ausdauer in einem langen.« Er hob grinsend seine beiden Hände mit den Handflächen nach oben auf die Höhe der Schulter und gab dadurch, ohne es zu wollen, einem Passanten eine Ohrfeige. »Oh, Sidi«, rief er, »entschuldige, dass meine Hände ein Eigenleben führen. Ich habe sie schon oft dafür gescholten.«

»Nächstes Mal führen meine Fäuste auch ein Eigenleben«, lautete die wütend gebrummte Antwort. »Und weißt du was? Ich feuere sie dann auch noch an!«

So wühlten sie sich durch das abendliche Granada, hin zu einem Ziel, das nur Hasan ibn Khaldin kannte.

45

Granada, Spanien

Allmählich begann sich Yahya über den langen Weg zu wundern, den sie durch endlos enge Gassen zurücklegten, die in teils steilen Serpentinen abfielen. Rechts und links fiel sein Blick auf abweisende Mauern. Aus den mit Holzläden verschlossenen Fenstern drang kein Lichtschein auf die dunklen Gassen. Das geschäftige Zentrum der Stadt lag inzwischen weit hinter ihnen. Diese Gegend war Yahya völlig unbekannt. Je weiter Hasan ibn Khaldin und er sich vom Albaicín-Viertel entfernten, desto unheimlicher kam ihm die Umgebung vor, schmutzig, finster, armselig. Unrat lag auf den Gassen, eine halb angefressene Taube verweste geradezu trotzig vor sich hin. Schließlich erhob sich vor ihnen ein Berg, während hinter ihnen der Albaicín-Hügel aufragte. Die zahllosen Löcher im Fels erschienen Yahya wie blinde Augenhöhlen. Er erschauderte.

»Der Geist ist ein tiefes Wasser, alles andere ist nicht. Sein ist Geist, und dort, wo der Geist fehlt, regiert das Nichts. Aber es gibt auch ein höheres Nichts, das nach dem Sein kommt«, flüsterte der Philosoph. In seinen Augen blitzte kurz ein beunruhigendes Strahlen auf.

»Was ist das?«, fragte Yahya und zeigte auf die Höhlen.

»Die Wohnungen des fahrenden Volkes«, antwortete Ibn Khaldin knapp.

Am Fuße des Berges kauerten einige Häuser, die sich vor der unheimlichen Nachbarschaft in den Höhlen über sich ganz klein zu machen schienen, um ja keine Aufmerksamkeit zu erregen.

»Hier hinein.« Ibn Khaldin zog ihn in eine Nische zwischen zwei Hütten.

»Wo sind wir?«, fragte Yahya.

»Man nennt den Ort den Blutigen Knochen.« Ibn Khaldin stieß mit dem Fuß eine verwitterte Brettertür auf.

»Was für ein Name!« Yahya spähte beunruhigt in die Dunkelheit.

»Es heißt, dass hier vor langer Zeit eine Familie von Menschenfressern gehaust haben soll. Aber Emir Yusuf I. hat ihnen den Garaus gemacht.«

»Heißt das, wir gehen auf ...«

»Das heißt es.«

Yahya fragte sich, ob der Philosoph sich über ihn lustig machte. Obwohl er das nicht für möglich gehalten hätte, verengte sich der Durchgang erneut. Deli Lutfi, der füllige Bibliothekar der Bibliothek des Großherrn hätte hier nicht mehr durchgepasst, weder längs noch quer, dachte er, um sich Mut zu machen. Galgenhumor war ihm gewöhnlich fremd. Der Ruf eines Kauzes, der die Nacht durchschnitt, ging ihm unter die Haut, als verkünde er den Tod.

»Fürchte dich nicht«, raunte ihm der Philosoph zu. »Du weißt doch: Der Weg in die Hölle ist breit und erleuchtet, der ins Paradies aber eng, gefahrvoll und dunkel.«

Yahya schlang die Arme um den Körper. Hier ging es um eine Frage, die ihn seit Jahren quälte. »Sag, was denkst du? Warum enden die Ungläubigen in der Hölle, selbst wenn sie die besten Menschen sind, und jeder Muslim, auch der grausamste und böseste, kommt in den Himmel?« Zwar war er überzeugt, dass sein Vater dem falschen Glauben angehangen hatte, aber er hielt ihn dennoch für einen guten Menschen. Obwohl er das Gesicht des Philosophen im Dunklen nicht sah, konnte er sein Lächeln förmlich spüren.

»Warst du schon im Himmel oder in der Hölle?«, fragte Ibn Khaldin.

»Nein.«

»Na, also. Woher willst du wissen, dass es so ist?«

»Alle sagen es! Die Imame, die Rechtsgelehrten.«

»Wie kann einer ein Gelehrter sein, wenn er über etwas redet, was er noch nie gesehen hat? Oder kennst du einen Gelehrten, der von dort zurückgekehrt ist, um Bericht zu erstatten?«

»Al-Ma'arri.«

Der Philosoph brach in ein hysterisches Kichern aus. »Da bist du diesem alten Freigeist, möge er in der Hölle schmoren, aber ganz schön auf den Leim gegangen! Du bist ja blinder als er, seine Jenseitsreise ist doch eine einzige Schelmendichtung! Er hat sich nie auf diese Reise begeben und kannte auch niemanden, der das je getan hätte. Er wollte sich nur lustig machen, aber alle glaubten ihm, und sie glauben ihm bis auf den heutigen Tag. Nein, ist das komisch!« Ibn Khaldin lachte, bis er husten musste.

Yahya war verwirrt. Es klang zu schön, um wahr zu sein: War das Gewisse doch nicht gewiss? »Was ist mit dem Propheten?«, spielte er seinen letzten Trumpf aus. Es durfte keinen Zweifel geben. »Ist Mohammed auch nicht auf seinem Reittier Burak in den Himmel geritten?«

Der Philosoph zuckte nervös mit den Schultern. »Ruhig jetzt«, raunte er ihm zu.

Sie waren an einer nicht allzu hohen, aber abweisenden Mauer angelangt, über der der viereckige Kopf eines Mannes mit groben Gesichtszügen emporragte.

»Lässt du uns ins Paradies?«

»Gewiss doch, Sidi!«

Ibn Khaldin war hier also kein Unbekannter, dachte Yahya. Erstaunt beobachtete er, wie der schlaksige Mann behände über die Mauer kletterte, und folgte ihm. Auf der anderen Seite lehnten eine Holzkeule und ein Schwert an den grob behauenen Steinen, wie Yahya beim Aufkommen auf dem Boden aus den Augenwinkeln wahrnahm. Nur zwei Schritte, dann passierten sie schon einen Höhleneingang. Der war so niedrig, dass der hochgewachsene Philosoph den Kopf einziehen musste. Yahya drang ein intensiver, süßlicher Geruch in die Nase, und er verspürte einen leichten Widerwillen. Nach nur fünf Schritten versperrte ihnen eine massive Holztür den Weg. Mit dem mächtigen Klöppel in Form einer Kugel klopfte Ibn Khaldin an. Ein kleines Holzfensterchen öffnete sich, und sie sahen sich von zwei dunkelbraunen, ausdruckslosen Augen gemustert. Yahya vernahm den schabenden Klang eines

Eisenriegels. Dann öffnete sich die Tür mit einem Knarren. Ein Mann mittleren Alters, dürr und hakennasig, nickte dem Philosophen zu.

»Der junge Mann ist mein Gast«, erklärte Ibn Khaldin und wies auf Yahya. »Er ist weit gereist, und ich will ihm die wahren Paradiese Allahs, gepriesen sei der Vater der Träume, zeigen.«

Der Dürre machte eine sparsame Handbewegung, die man als Einladung oder auch als Weiterwinken verstehen konnte.

Yahya fühlte eine Anspannung, von der er nicht hätte sagen können, ob sie von der Neugier oder der Aufregung vor dem Unbekannten herrührte. Drei schwach flackernde Öllämpchen beließen den Raum, in den sie traten, eher im Halbdunkel, als dass sie ihn erhellten. Ibn Khaldin öffnete eine weitere Tür, die in eine Art niedrigen Saal führte, den Fackeln, Öllämpchen und Feuerstellen in ein flackerndes Licht tauchten. Nüchtern wie eine Mönchszelle, dachte Yahya. Von dem Höhlensaal gingen Türen in Räume ab, die man vermutlich in den Kalkstein gegraben hatte.

Ein weiß gewandeter Jüngling kam auf sie zu. »Oh, Sidi, welche Ehre, dich begrüßen zu dürfen. Sollen eure Barken ins Paradies gemeinsam ablegen?«, fügte er mit einem Blick auf Yahya hinzu.

Der Philosoph nickte. Lächelnd ging der Jüngling voran und führte sie zu einer Tür, die in einen mittelgroßen Felsraum führte, in deren Mitte sich zwei Diwane befanden, neben denen zwei kleine Tischchen mit Wasserpfeifen standen. Fasziniert betrachtete Yahya die Fresken, die in leuchtenden Farben die Wände bedeckten. Er vermutete, dass die Gemälde noch nicht allzu alt waren, denn die Farben wirkten frisch. Auf einem Bild schwebten in Seidenhosen gekleidete, halb nackte Frauen.

»Huris, die Jungfrauen des Paradieses«, erklärte der Philosoph, der Yahyas Blick gefolgt war. »Vielleicht kommen sie nachher auch zu dir«, fügte er verheißungsvoll hinzu. »Und bete dafür, dass sie keine Jungfrauen sind, wie man uns weismachen will. In der Liebe, mein lieber junger Freund, ist Erfahrung vonnöten, aber das weißt du sicher.«

Ein wenig melancholisch erinnerte sich Yahya an die Einweisung in die Liebeskunst, die ihm Thekla hatte zuteilwerden lassen. Wie lange war das her?

Der Jüngling nickte und verschwand.

Ibn Khaldin sah Yahya lächelnd an. »Ich darf dich zu einer bemerkenswerten Reise einladen. Vor nichts brauchst du dich zu ängstigen, nichts muss dir Scham bereiten. Lass einfach los und gleite in die Ewigkeit. Es gibt nichts Besseres.«

Er streckte sich behaglich auf dem rechten Diwan aus, während Yahya sich auf dem linken niederließ.

»So wünsche ich mir den Tod: ganz einfach von einer dieser Reisen nicht mehr zurückzukehren, wandernd zwischen den Welten«, seufzte Ibn Khaldin.

Der Jüngling kam zurück. Mit geschmeidigen Bewegungen füllte er die Pfeifen mit Wasser und mit einer braunen, glitzernden, feuchten Masse.

»Im Bauch der Pfeife befindet sich Paradieskraut«, erklärte der Philosoph.

Kaum hatte sich Yahya das Mundstück der Pfeife in den rechten Mundwinkel geschoben, da füllte sich sein Rachen mit einem süßlichen, beißenden Rauch. Heftiger Husten schüttelte seinen Körper.

»Ganz ruhig«, hörte er den Jüngling flüstern, »ruhig ein- und wieder ausatmen, und nicht zu viel auf einmal nehmen. Eher weniger, dein Körper muss sich erst daran gewöhnen. Das Tier, auf dem du ins Paradies reitest, muss erst gezähmt werden.«

Yahya beherzigte den Rat und lernte immer besser, den Rauch zu dosieren, bis er plötzlich den Diwan unter sich nicht mehr spürte und schwebte. Die Wolken, die sich verdichteten, strahlten wie Diamanten, doch lösten sich wieder auf, noch bevor er gegen sie stieß. Gern hätte er sie berührt, gefühlt, woraus sie gemacht waren. Schon als Kind hatte er davon geträumt, die Wolken anzufassen.

Plötzlich stand er auf einer Wiese, umgeben von vier Himmeln, dem nördlichen, östlichen, südlichen und westlichen, alle in verschiedenen bläulichen Schattierungen, die ineinanderflossen. Ihm stockte der Atem, als ihm die Tänzerin leichtfüßig entgegenkam, in ein langes Seidengewand gehüllt, das nur die Füße freiließ. Schweigend strich sie ihm in einer mütterlichen Geste über die Stirn, dann umschlang sie ihn mit ihren Armen. Er sah einen Strand und sich und die Tänzerin. Sie bauten ein Haus, rodeten Wald und machten Land urbar. Es strengte ihn nicht an, die Arbeiten gingen ihm leicht von der Hand. Es war ein Glück, so zu leben. Was noch fehlte, waren Kinder …

Aber bevor sie ihre Familie gründen konnten, erschienen die Jungfrauen des Paradieses und zogen ihn wie in einem Reigen mit sich. Es kam ihm nicht vor wie eine Trennung, und die Tänzerin winkte ihm nach wie eine Frau, die erwartete, dass ihr Mann am Abend von seinen Geschäften zurückkehrte. In einer Sänfte, die von den Huris getragen wurde, flog er über die Wasser, die aus den vier Himmelsgegenden zusammenflossen, bis sie vor einem Palast nur aus wehenden Schleiern anhielten.

Durch den ersten Schleier erkannte er den Erzengel Raphael. »Nenne Allah deinen sehnlichsten Wunsch! Aber lüge nicht, denn Gott kann in dein Herz schauen.«

Yahya riss die Augen weit auf. »Oh Gott, bring meinen Vater und meine Brüder hierher, dass sie mit uns leben können.«

Da löste sich Umhang des Erzengels in Fetzen auf, und ein roter Teufel kam zum Vorschein, durch den die Schleier des Palastes Feuer fingen.

»Was hab ich mit denen zu schaffen, Frevler?«, donnerte eine Stimme.

Und Yahya fiel und fiel und fiel, bis er sich auf einer verdorrten Wiese wiederfand. Vor ihm stand ein Richtklotz, über den sich die Tänzerin beugte, daneben vier Huris, die sich vor seinen Augen in ihre wahre Gestalt verwandelten. Waren sie nicht schon immer so hässlich gewesen wie Totenvögel? Sie enthaupteten die Tänzerin vor seinen Augen. Der Schrecken raubte ihm die Stimme und verschloss seinen Mund. Der schöne Kopf der Tänzerin fiel auf eine Grasnabe, rollte auf ihn zu und wurde plötzlich zu dem seines Vaters. Neben dem Richtblock lag dessen Körper. Die Huris hieben ihre spitzen Schnäbel in den Leib des Vaters, und Schlangen krochen in den Kopf. Yahyas Herz stand still und mit ihm alles, was er sah.

Er wusste nicht, wie lange es gedauert hatte, bis sein Herz dröhnend wieder zu schlagen begann. Die Welt fiel wie eine Theaterkulisse zusammen, und er blickte in die sanften Augen des Jünglings. Ein Knebel hinderte ihn am Sprechen, und sein Körper war auf dem Diwan festgebunden worden. Er schaute nach rechts und sah das angespannte Gesicht des Philosophen.

»Er ist wieder bei uns«, sagte der Jüngling erleichtert und nahm Yahya den Knebel aus dem Mund.

»Was ist mit mir?«

»Wir mussten dich festbinden. Du scheinst nicht ins Paradies, sondern in die Hölle geraten zu sein. Wir haben uns schon Sorgen gemacht, ob du wieder zurückfinden wirst.«

Der Jüngling löste die Fesseln und reichte Yahya eine Schale Lavendeltee. Er trank mit gierigen Zügen, weil er sich wie ausgedörrt fühlte.

»Es kommt vor«, sagte Ibn Khaldin. »Selten zwar, aber es ist nicht auszuschließen.«

»Sidi, ich kenne einen guten Seelenarzt«, sagte der Jüngling an Ibn Khaldin gewandt. »Ibn Mardanish, er kann unserem Freund bestimmt helfen.«

Der Philosoph schüttelte den Kopf. »Es ist keine Krankheit des Geistes, die unseren Freund quält, sondern die Krankheit der Welt. Dafür benötigt man keinen Seelenarzt, sondern einen Weltarzt.«

Er half Yahya auf, und sie gingen auf den Ausgang zu. Yahya fühlte sich noch recht wackelig auf den Beinen.

»Ich bringe dich nach Hause«, sagte Ibn Khaldin, als sie die Mauer überwunden hatten und wieder auf der Gasse standen. »Diese Reisen sind noch nichts für dich. Deine Seele kann sich nicht aus dem Verließ, das die Welt um sie errichtet hat, befreien. Du entkommst deinem Kerker nicht. Die Hölle, wo auch immer du sie erlebt hast, ist stärker in dir als das Paradies.«

Yahya spürte, dass er recht hatte und ihm viel näher war, als es ihm lieb sein durfte.

»Ich vermute, du willst nicht darüber reden«, sagte der Philosoph.

Yahya lächelte wie eine Sphinx. »Du bist ein kluger Mann, Hasan ibn Khaldin.«

Den Rest des Weges schwiegen sie. Als sie vor der Karawanserei ankamen, schickten ein paar Hähne ihr erstes Krähen in die Morgendämmerung.

»Sie heißt übrigens Zoraya«, sagte Ibn Khaldin. »Aber sei vorsichtig! Sie hat bisher jedem Mann den Kopf verdreht, aber noch keinen erhört. Dass sie dem einflussreichen Juden gehört, ist schon gefährlich. Aber sie selbst ist die weitaus größere Gefahr.« Mit diesen Worten ließ er Yahya stehen.

Zunächst verblüfft, dann erschrocken fragte sich Yahya, was der Philosoph alles über ihn wusste. Was hatte er während seiner Höllenreise preisgegeben? Trotz der warmen Strahlen der aufgehenden Sonne fing er an zu frösteln, immer heftiger. Geschüttelt von der Kälte in seinem Innern stieg er hinauf in sein Zimmer und begrub sich unter Decken. Es dauerte eine Weile, bis sich sein Körper wieder beruhigt hatte. Dann fiel er erschöpft in einen traumlosen Schlaf.

46

Segovia, Spanien

Von den politischen Unwettern, die heraufzogen, war am sternenklaren Himmel nichts zu entdecken. Noch umgab den Alcatráz und seine Bewohner Frieden, ein trügerischer freilich, denn das Böse hatte in der Verborgenheit der Nacht bereits Einzug auf der Burg gehalten.

Alfonso schlief schon, als Nuria neben Beatriz noch am Bett der Infantin saß und den »Cantar de mio Cid« vortrug. Nuria bemerkte, dass Beatriz, den Stickrahmen in der linken, eine Nadel in der rechten Hand, ihre Arbeit hatte sinken lassen und sie unverwandt anschaute. Nuria sah hinaus in die andalusische Nacht und spürte, wie sie mit ihrer melodischen Stimme der Geschichte Leben einhauchte.

»Von allen Seiten kommen die Vasallen des Cid heran,
Minaya Álvar Fánez ist in diesem Moment angekommen,
den Schild trägt er am Hals, mit Schwerthieben bedeckt,
die Lanzenstiche waren unzählbar,
diejenigen, die sie ihm gaben, hatten keinen Nutzen davon gehabt.
Den Ellbogen hinab das Blut tropfend,
zwanzig und aufwärts hat er von den Mauren getötet:
›Dank sei Gott und dem Vater, der in der Höhe ist,
und Euch, Cid, der ihr zur guten Stunde geboren wurdet!‹«

Nurias Gesicht glühte, als sie verstummte. Das königliche Mädchen setzte sich auf, und ihr Gesicht leuchtete nicht weniger.

»Wird denn der Cid eines Tages kommen?«, fragte Isabel.

Wie gern hätte auch Nuria ihre Wünsche auf ihn gerichtet, doch wusste sie es leider besser. Selten nur erschien ein Retter. »Nein, der Cid war einmal und kommt nicht wieder.«

»Nicht?« Isabel ließ den Kopf hängen. Beatriz erhob sich, setzte sich auf das Bett der Infantin und nahm ihre Hand.

»Er kommt nicht wieder, aber er hat uns etwas hinterlassen«, setzte Nuria fort. »Die Kraft, die aus unserem Glauben kommt, wenn wir das Geschenk annehmen. Wenn wir das Geschenk nur annehmen, dann wird es uns gelingen, die Mauren zurück nach Nordafrika zu treiben, dorthin, wo sie hergekommen sind. Alfonso wird König und Cid in eins sein müssen!«

Auf Isabels Gesicht erschienen Furcht und Zweifel. »Und wenn mein Bruder nicht stark genug ist?«

Die Infantin konnte nicht ahnen, wie oft sich Nuria diese Frage selbst schon gestellt hatte. Und jedes Mal fand sie darauf nur eine Antwort. »Dann müsst Ihr es richten, Hoheit, dann müsst Ihr Königin und Cid in einem sein. Wie die Luft zum Atmen brauchen die Menschen in Kastilien einen König, der zugleich ein Cid ist, der sie nämlich beschützt. Und nur Euer Bruder oder Ihr könnt den Adel einigen und gegen Granada führen! Nicht der Weichling im Palast dort!«

»Und Juana, seine Tochter, was ist mit der?«

»Sie ist ja noch ein Kleinkind. Niemand weiß, was aus ihr wird, keiner, wer sie erziehen und leiten wird! Nein, es ist, wie Kardinal Torquemada gesagt hat: Auf Euch und auf Eurem Bruder ruht die Hoffnung der Kastilier, des heiligen, Euch anvertrauten Volkes. Gott würfelt nicht, er weiß, was er tut!«

»Traust du dieses schwere Amt denn einer Frau zu, Jorge?«, fragte Isabel weiter.

»Ja, aber ja!«, rief Nuria. »Manchmal müssen Frauen die Aufgaben der Männer übernehmen«, fügte sie im Stillen hinzu. Denn der echte Jorge de Castro, dessen Gebeine inzwischen vermodert waren, konnte seine Geliebte nicht mehr befreien, konnte die ungeheure Bluttat nicht mehr rächen. Diese Aufgabe fiel nun ihr selbst zu, einer Frau. Aber was sprach dagegen? Warum sollten es Frauen nicht richten, wenn Männer versagten? »Ob Mann oder Frau«, sagte sie mit blitzenden Augen, »wem Gott das Schwert in die Hände legt, um unsere Art zu leben und das Glück unserer Kinder gegen die maurischen Horden zu verteidigen, die von jenseits der Meerenge kamen, der darf nicht zögern, der muss das Schwert in Christo führen!«

»Wirst du mir beistehen, Jorge?«, fragte Isabel leise.

»Im Jahr des Herrn 1428 erschien Jeanne, einem einfachen Hirtenmädchen aus Frankreich, die heilige Katharina. Diese und der Erzengel Michael befahlen ihr, Frankreich von den Engländern zu befreien. Jeanne hat das Schwert ergriffen und ihr Land gerettet. Meine Kraft ist in den Schwachen mächtig, sagt der Herr. Und die Engländer sind Christen!« Nuria schaute der Infantin direkt in die Augen. »Um wie viel notwendiger ist es, Hoheit, gegen die Gottlosen und Häretiker, die uns vernichten wollen, zu Felde zu ziehen? Und Ihr seid die Tochter eines mächtigen Königsgeschlechts. Um wie viel größer ist Eure Verantwortung und Eure Pflicht, für Euer Volk zu streiten?«

»Noch einmal: Stehst du mir bei, Jorge?«

»Solange Ihr für Kastilien streitet, ja. So lautet mein heiliger Eid. *Semper fi*!«

Auf einmal lachte Isabel laut und hell auf und krümmte sich vor Vergnügen. »Da wird sich der Emir von Granada aber ängstigen, wenn eine so gewaltige Streitmacht gegen ihn marschiert: eine Infantin, eine Erzieherin und ein junger Hidalgo, ihr Leibwächter.«

Nuria wusste, dass Isabel sie nicht auslachte. Der Ausbruch ihrer Heiterkeit sollte sie von der Angst befreien, die sie angesichts der übergroßen Verantwortung empfinden musste. Beatriz nahm die Infantin in die Arme, fuhr ihr übers Haar. Dabei schaute sie Nuria tief in die Augen, nicht zärtlich, wie noch vorhin, sondern flehend. Beatriz' Blick bat sie um das Versprechen, Isabel immer zu schützen und ihr stets zu helfen. Nuria nickte leicht als Zeichen des Einverständnisses.

Isabel löste sich aus Beatriz' Armen. Aus dem Mädchen wurde wieder die Infantin. »Wir müssen mit Andrés reden, ich, du und Jorge«, beschied sie mit fester Stimme. »Die Frage lautet: Bekommt mein Bruder die Ausbildung, die ihn eines Tages befähigen wird, die Aufgabe, die ihm gestellt ist, zu erfüllen?«

Als sie am nächsten Tag aus der Kapelle vom Morgengebet zurückkehrten, fanden sie wie stets den etwas rissigen Eichentisch zum Frühstück gedeckt vor. Brot, Schinken, Käse, Honig, Oliven, frisches Wasser, Säfte, einfach, überschaubar, rustikal. Einem Diener, der sich erkundigte, ob alles genehm wäre oder etwas fehlen würde, beschieden sie, dass er sich zurückziehen dürfe. Durch das Fenster drang der Gesang der Amseln und Meisen, neben den üblichen Streitereien und Angebereien der Mägde und Knechte im Hof. Die Infantin forderte Nuria auf, das Tischgebet zu sprechen. Sie brauchte nicht lange nachzudenken, die Worte nach dem Vaterunser kamen ihr wie von selbst, so als ob Gott sie ihr soufflieren würde.

»Mit großer Demut, bitten wir dich, oh Herr«, schloss sie an, »erleuchte den König, befreie ihn vom weibischen Geist des Zauderns und gib ihm einen männlichen der Tat. Führe ihm das Schwert zur Befreiung der Christen und beschütze die Infanten von Spanien, auf dass sie einst mächtige und gute und christliche Könige werden! Amen.«

»Amen«, sagten ernst und von tiefen Glauben erfüllt Isabel, Alfonso ein wenig gelangweilt und mit charmantem Lächeln Beatriz.

»Das hat sich vor Kurzem noch ganz anders aus deinem Munde angehört. Meinst du nicht, Jorge, dass auch Frauen einen starken und entschlossenen Verstand haben können?«, fragte Isabel mit gerunzelter Stirn.

Nuria hob die Hände. »Natürlich, Hoheit. Und mit weibisch meine ich nicht weiblich. An Eurer Entschlossenheit zweifle ich nicht, wie Ihr ja nun wirklich wisst«, beeilte sie sich zu versichern.

»Und an meiner?«, nuschelte Alfonso, der sich ein Stück Schinken geangelt hatte und darauf herumkaute.

»Wie sollte ich an meinem künftigen König zweifeln?«

Diese Antwort behagte dem Neunjährigen außerordentlich, und er setzte eine vergnügte Miene auf. »Wahr gesprochen, Jorge. Weise, klug und gerecht werde ich herrschen und mit harter Hand die Übeltäter bestrafen. Aber zuerst werde ich die Muslime aus unseren Erblanden kehren. Wie Alfonso der Weise werde ich herrschen. Jawohl!«

Er schob sich ein Stück Schafskäse in den Mund, auf das er ein wenig Honig geträufelt hatte, und leckte sich genüsslich die Lippen.

»Wir müssen ein Auge auf die Tochter des Königs haben«, riet Beatriz.

»Solange er keinen Sohn hat, krieg ich die Krone!«, ereiferte sich Alfonso.

Ein Käsestückchen fiel aus seinem Mund auf den Tisch. Ärgerlich wollte er es mit dem Ärmel wegstreichen, aber es blieb an dem Stoff hängen und hinterließ einen weißen Flecken auf dem Holz. Er sprang auf und stieg auf seinen Schemel.

»Ich werde ein guter und gerechter König sein«, rief er hoheitsvoll aus.

Nuria stellte den Becher ab, aus dem sie gerade getrunken hatte. Sie genoss die Frische des Wassers, die Feuchtigkeit, die belebend alle Zellen des Körpers durchdrang. Sie liebte seinen mineralischen Geschmack, in dem Kastilien, Kastiliens Himmel und Kastiliens Steine auflebten.

Isabel schaute belustigt zu ihrem Bruder. »Komm wieder runter, Alfonso. Willst du nicht lieber frühstücken, statt weiter König zu spielen?«

Der Knabe verharrte unschlüssig. Nuria, die begriff, worauf er wartete, klatschte in die Hände und Beatriz und schließlich auch Isabel taten es ihr gleich.

Ein seliges Lächeln glitt über Alfonsos kleines, rundes Gesicht, ein Ausdruck größter Selbstzufriedenheit, als er von dem Schemel stieg und sich wieder hinsetzte. »Regieren macht hungrig«, stellte er vergnügt fest und griff nach einem Stück Brot und Schafskäse.

»Beatriz hat recht, wir sollten dennoch ein wenig auf der Hut sein«, sagte Nuria nachdenklich. »Und wir sollten für Kastilien beten. Düstere Wolken ziehen auf. Und das wird auch unseren Feinden in Granada nicht verborgen bleiben.«

»Aber Said ist mit uns verbündet«, warf Beatriz ein.

Nur, solange er schwächer ist als wir. Mögen sie auch noch so freundlich tun, in Wirklichkeit hassen uns die Muslime. Sie sind nur freundlich, solange sie keine Macht haben«, entgegnete Nuria kühl. Wieder sah sie ihren Vater vor sich, wie er mit Pfeilen in der Brust am Boden lag. Saids Schergen hatten sich nicht einmal der Mühe eines fairen Zweikampfes unterzogen. Sie lächelte bitter.

Isabel nahm sich ein Stück Brot und träufelte Honig darauf.

»Der Adel muss zu seinen Pflichten gezwungen werden!«, sagte Nuria und sah die Infantin an. Ihr wurde immer klarer, dass sie nicht allein auf Alfonso setzen durfte, wenn es doch – wenigstens theoretisch und kühn gedacht – zwei Möglichkeiten gab.

»Wenn ich Königin wäre, würde ich das tun«, sagte Isabel leise und mehr zu sich.

Das Knarren der großen Holztür hinderte Nuria daran, etwas zu entgegnen.

»Wollt Ihr mit uns frühstücken, Andrés?«, fragte Beatriz, als Cabrera ins Ess-, Empfangs- und Unterrichtszimmer der Infanten trat.

Ein Luftzug ging durch den Raum, fuhr Nuria ins Gesicht und über den kurz geschorenen Schopf. Das Leuchten in dem Blick, den der Schatzmeister Beatriz leicht und spielerisch zuwarf, versetzte ihr wie üblich einen Stich ins Herz, an den sie sich nicht zu gewöhnen vermochte. Wann endlich würde die Eifersucht sie nicht mehr quälen? An dem Tag, an dem Gott die Liebe zu Andrés in ihrem Herzen erstickte. Warum machte er es ihr nur so schwer?

»Verzeiht die Störung. Ich wollte Euch nur mitteilen, dass Carrillo und Villena mit ihrem Anhang sowie der Admiral von Kastilien heute Morgen abgereist sind. Es wird Krieg geben.«

Das hatte Beatriz bereits gestern Abend prophezeit, dachte Nuria. »Und der König?«

»Schläft.«

»Wie bitte?«

»Er liegt in seinem Bett und träumt vom Frieden«, sagte Andrés de Cabrera.

Isabel sprang so heftig auf, dass ihr Schemel mit Getöse nach hinten kippte. Alle Farbe war aus ihrem Gesicht gewichen. Weiß wie die kleinen andalusischen Bauernhütten ging die Infantin wortlos zur Tür.

»Wo wollt ihr hin, Hoheit?«, fragte Cabrera.

»Ihn wecken! Er muss ein Heer aufstellen, er muss Erzbischof Carrillo und den Marqués de Villena mit einer Streitmacht angreifen, bevor sie ihrerseits zu rüsten beginnen!«

Nuria sprang ebenfalls auf und ging zur Tür. »Prinzessin Isabel hat recht.«

Cabrera hob resigniert die Arme. »Diesen König weckt keiner mehr!«

»Aus dem Weg«, befahl Isabel.

Der Schatzmeister verneigte sich in einer eleganten Drehung und hielt der Infantin die Tür auf. Selten hatte Nuria eine stilvollere Bewegung gesehen.

»Viel Glück und Gott mit Euch, Hoheit«, sagte Cabrera.

Das junge Mädchen schritt energisch durch die Tür, gefolgt von Beatriz.

»Und Ihr kommt auch mit!«, beschied sie Cabrera im Vorbeigehen. »Oder wollt Ihr zurückbleiben, wenn Eure Königin für Kastilien streitet?«

Alfonso drängte sich flink noch vor der Tür an Beatriz vorbei, um auf dem Flur auf eine Höhe mit seiner Schwester zu gelangen. Der Schatzmeister starrte Beatriz verblüfft nach. Juana, Kastiliens Königin war längst in ihren Stadtpalast zurückgekehrt, am Vorabend noch, gleich nach dem Festmahl.

»Wen meint sie?«, fragte er Nuria, doch sie antwortete nicht, sondern zog ihn mit sich, denn schon hatte der kleine Zug die Treppe erreicht und bewegte sich in Richtung Ausgang.

Als sie vom Donjon über den sonnenbeschienenen Hof auf den Palas zugingen, in dessen erstem Stockwerk der König schlief, fiel Nurias Blick auf den Hufschmied. Er hatte das Bein des Pferdes, das er gerade beschlug, in der Hand und sah interessiert zu ihnen herüber. Irrte sie sich, oder starrte er vor allem Alfonso an? Nuria beschloss, den Mann im Auge zu behalten.

Eine Magd, die sich offensichtlich mit einem Koch stritt, unterbrach ihr Gezeter. Alles Gesinde, das sich im Hof aufhielt, gaffte neugierig zu der kleinen Gruppe hinüber, die, angeführt von der Infantin, energisch auf den Palas zuhielt, und allein dadurch an einem trägen Vormittag für Aufmerksamkeit sorgte.

Vor dem Schlafsaal des Königs saßen zwei maurische Gardisten mit untergeschlagenen Beinen und würfelten. Als sie Isabel und ihre Begleitung gewahrten, standen sie gemächlich auf. Der eine ließ die Würfel in seinen Kaftan gleiten, bevor die beiden nach ihren Lanzen griffen, die sie an die Wand gelehnt hatten. Der Ärger darüber, im Spiel gestört worden zu sein, war ihnen nur allzu deutlich anzusehen. Mürrisch kreuzten sie die Lanzen vor der dicken Kassettentür zu Enriques Schlafgemach.

»Ich will zum König!«, sagte Isabel mit fester Stimme.

»König schlafen«, antwortete einer der beiden Gardisten mit dumpf klingendem Akzent.

»Ich bin Isabel de Trastámara, die Infantin von Kastilien, und will meinen Bruder, den König, sprechen! Sofort! Gebt den Weg frei!«

»Komm, wenn König, nicht schlafen!«

Isabel machte einen Schritt auf die Tür zu, kam aber nicht weiter, da der eine der beiden Wächter sie grob zurückstieß. Sie verlor das Gleichgewicht und fiel hin. Nuria reichte ihr die Hand und zog sie wieder auf die Füße. Dann ging sie auf den Gardisten zu und schlug ihn mit einer so großen Kraft ins Gesicht, dass sie die Nase knirschen hörte und der Maure vor Schmerzen aufschrie. Selten hatte ihr ein Fausthieb so gutgetan wie dieser. Der zweite Gardist richtete seine Lanze gegen Nuria und wollte schon zustechen. Doch Cabrera war zur Stelle. Mit seinem Schwert schlug er dem Wächter die Waffe aus der Hand, die klirrend zu Boden fiel, und versetzte dem Mann einen Fausthieb, der ihn taumeln ließ.

Isabel öffnete die Tür und trat, gefolgt von Alfonso, Andrés und Beatriz, ins Schlafzimmer des Königs. Auf Nurias Forderung hin händigten ihr die beiden Mauren ihre Krummschwerter aus, die in den Wehrgehängen über ihren Kaftanen steckten. Die beiden Lanzen nahm sie ebenfalls mit und trat ins Zimmer, wo sie die Waffen gegen die Wand lehnte. Als sie sich umwandte, verschlug ihr das Bild, das sich ihr bot, den Atem. Der schale, süßliche Geruch von schwerem Wein und ranzigem Schweiß nicht minder.

47

Segovia, Spanien

Der König lag mit nackter Brust auf dem großen, runden Bett. Die leichte Leinendecke bedeckte seinen Körper nur halb. Hinter Enrique rekelte sich im Halbschlaf ein braunhäutiger junger Mann mit schwarzem Kraushaar. Auf dem Boden vor dem Bett lagen verstreut maurische Kleidungsstücke, Pumphosen, Kaftane, Leinenhemden. Bei der Vorliebe des Königs für die maurische Mode ließ sich schwer sagen, was von wem stammte.

Enrique schlug die Augen auf, richtete sich auf und schaute verwundert auf die kleine Gruppe, die sich in seinem Schlafgemach versammelt hatte. Er brauchte einen Moment, um zu sich zu kommen. Dann kniff er die Augen zusammen und verzog unwillig das Gesicht. »Was wollt ihr hier?«

»Mit Euch sprechen«, antwortete Isabel beherzt.

»Hätte das nicht Zeit gehabt?«

»Nein, der frühe Vogel fängt den Wurm.«

»Und der Vogel, der zu früh singt, den holt die Katze«, brummte der König drohend. Dann rüttelte er an der Schulter seines Gespielen. »Wach auf, Ahmat, und sieh zu, dass du wegkommst. Meine Verwandtschaft zieht es vor, meine wohlverdiente Ruhe zu stören.«

Der kraushaarige Jüngling erhob sich mit aufreizender Langsamkeit und bot den Anwesenden den Anblick seines nackten, wohlgeformten Körpers dar. Dann raffte er seine Sachen zusammen und streifte sie rasch über, bevor er hinauseilte.

Der König treibt es also mit den Männern seiner maurischen Garde, und wahrscheinlich nicht nur mit denen, dachte Nuria und erinnerte sich an das Gespräch, das sie an ihrem ersten Abend in Segovia mit Don Hernandez und Beltrán de la Cueva geführt hatte.

Obwohl er gleichfalls nackt war, schob Enrique die Leinendecke beiseite und stand auf. Ohne große Eile streifte er seinen bunten maurischen Mantel aus Seide über. »Und was soll ich jetzt machen?«

»Die Infantin anhören!«, erwiderte Andrés de Cabrera kühl. Die beiden Männer maßen sich kurz mit Blicken, dann lenkte Enrique ein. »Also gut.«

Doch bevor Isabel beginnen konnte, näherte sich vom Flur aus Lärm. Kurz darauf stürmten Gardisten in das Schlafzimmer des Königs und richteten ihre Lanzen gegen die Eindringlinge. Nuria zog ihr Schwert, doch der König hob den Arm.

»Alles in Ordnung. Mein Bruder und meine Schwester statten mir, wenn auch zur Unzeit, nur einen Besuch ab.«

Der Agha der Garde, ein wohlbeleibter, hakennasiger Mann, trat vor und verneigte sich kurz. »Herr, diese beiden Männer«, er wies auf Nuria und Cabrera, »haben Eure Gardisten in Ausübung ihres Wachdienstes angegriffen. So kann ich nicht für Eure Sicherheit garantieren. Die Garde verlangt Gerechtigkeit und Genugtuung.«

»Was verstehst du unter Genugtuung?«, fragte Enrique und kratzte sich mit dem rechten Zeigefinger an der Oberlippe.

»Liefert uns diese beiden Männer aus, dass wir zur Sühne nach unserer Art mit ihnen verfahren.«

»Nein!«, sagte Isabel mit erhobener Stimme.

»Du, Weib, hast zu schweigen!«, herrschte der Agha der Garde Isabel mit aller Verachtung an, zu der er fähig war.

»Sie ist die Infantin!«, erboste sich Nuria.

»Mein König und Bruder, lasst Ihr es zu, dass ich, eine Trastámara und Christin, von diesem Muslim beleidigt werde?« Isabels Wangen glühten, und aus ihren Augen schossen Blitze.

Unwillkürlich trat Nuria mit gezogenem Schwert näher zu ihr hin.

»Herr, die Garde verlangt Genugtuung!«, erklärte der Agha mit Nachdruck und runzelte drohend die Stirn.

Auch Andrés zog jetzt sein Schwert. Enrique begann, an seinen Nägeln zu kauen. Nuria wusste, dass er die Situation als sehr unangenehm empfinden musste, da er es kaum beiden Parteien recht machen konnte.

»Treu wie Gold, die Garde«, höhnte Cabrera.

Ein kindliches Lächeln flog über das Gesicht des Königs, und er spreizte die Hände. »Ich kann dir meinen Schatzmeister und den Leibwächter der Infantin unmöglich ausliefern und sie auch nicht vor ein Gericht stellen. Aber die Garde hat ein Recht auf Genugtuung für den Angriff, zumal sie nur um meine Sicherheit bemüht war. Das ist wohl wahr. So hört, was ich, der König soeben in dieser misslichen Angelegenheit beschlossen habe: Die Garde bekommt als Ausgleich eine Extralöhnung!«

Nuria barst fast vor Wut und setzte an, ihre Empörung in Worte zu fassen.

»Ja, eine Extralöhnung in Höhe eines doppelten Monatssolds wäre eine Genugtuung, die wir annehmen könnten.« Der feiste Agha grinste zufrieden. »Kommt, Männer«, sagte er und verließ mit seinen Leuten das Schlafzimmer des Königs.

»So! Und was hat euch nun zu dieser kostspieligen Unterredung getrieben?«, fragte Enrique mit mäßigem Interesse.

»Ihr müsst rüsten, mein Bruder«, forderte die Infantin. Das Kinn vorgereckt, die Arme eng an den Körper gepresst und die Hände zu Fäusten geballt stand die kleine Person vor dem König. Isabels Kraft und die Bestimmtheit schienen Enrique zu beeindrucken. Er starrte sie eine Weile unschlüssig an.

»Ach, muss ich das? Gegen wen denn, verehrtes Fräulein?«

»Gegen Erzbischof Carrillo, gegen den Marqués de Villena, gegen den Admiral von Kastilien.«

Mit einem nachsichtigen Blick beugte er sich zu der Infantin hinunter, nahm ihr Kinn in seine Hand und schaute ihr tief in die Augen. »Ach, Isabel, mein Kind, was verstehst du schon von Staatsgeschäften? Dich narrt deine eigene Klugheit. Aber Klugheit ohne Erfahrung ist wie ein temperamentvolles Pferd ohne Zügel. Du bist vorschnell und verdächtigst untadelige Männer, Stützen des Reiches.«

»Wollt Ihr warten, bis sie Euch angreifen?«, entgegnete sie fassungslos. »Enrique, sie tanzen Euch auf der Nase herum. Sie machen

Kastilien schwach. Sie plündern das Land, das sie als ihren Privatbesitz betrachten!«

Mit einem tiefen Seufzer ließ er ihr Kinn los und richtete sich auf. »Was ist so schön am Blutvergießen? Warum wollt ihr alle nur Krieg und immer wieder Krieg? Krieg! Krieg! Krieg!«

»Weil die Welt nun einmal so ist!«, ließ sich Nuria kühl vernehmen.

»Ach, der junge Raufbold. Jetzt hört mir einmal gut zu, mein Herr Hidalgo. Wenn Ihr mit Euren Kriegsträumen und mit Eurer Rauflust das Herz der Infantin vergiftet, werde ich Euch aus ihrer Nähe entfernen lassen, Kardinal Torquemada hin, Kardinal Torquemada her. Ich habe die Verantwortung für die Erziehung meiner jungen Verwandten, ich allein! Und ich dulde keinen Hass und keine Hetze!«

Mit einem schnellen Zeichen gebot Cabrera Nuria zu schweigen.

»Und Ihr, mein Herr Schatzmeister, habt die Güte, Beltrán zu übermitteln, dass ich nach dem Frühstück mit ihm auf die Jagd reiten will.«

»Bedaure, Herr, aber Beltrán ist fort.«

»Beltrán fort? Wohin? Warum?«

»Um seine Getreuen zu versammeln und Heerschau zu halten.«

»Ihr seid alle vom Teufel besessen!«, fluchte der König. »Nur Mord und Krieg spukt in euren Köpfen herum. Ja, die Herren sind aufgebracht, aber man kann sich auch im Gespräch einigen, in Verhandlungen und mit Vernunft und gutem Willen, ohne dass man sich gegenseitig die Köpfe einschlägt. Ja, das kann man! Ein Kompromiss findet sich immer. Und der schlechteste Kompromiss ist besser als jeder Tropfen Blut, der vergossen wird! Lasst mich allein, ich will baden, um mich von dem Leichengeruch, den ihr verströmt, zu reinigen und anschließend versuchen, ein heiteres Frühstück zu mir zu nehmen. Vielleicht gelingt es mir … nach all dem Widerwärtigen, das ihr in meinen Morgen getragen habt. Schämt Euch!«

Voller Zorn wandte sich Isabel ab und stürzte aus dem Zimmer. Alfonso warf Beatriz einen verwirrten Blick zu. Sie nahm den Jungen an die Hand und folgte Isabel. Cabrera und Nuria verbeugten sich kurz vor dem König, bevor sie an den beiden Wachen vorbei, die ihre Stellung wieder eingenommen hatten, auf den Flur hinaustraten.

Für Nuria war eine Welt zusammengebrochen. Dass der König weder kämpferisch noch kühn war, hatte sie gewusst. Aber wie feige und verweichlicht dieser Herrscher in ihren Augen, wie fortgeschritten seine Dekadenz war, das war ihr erst jetzt in seiner ganzen deprimierenden Konsequenz offenbar geworden. Übelkeit stieg in ihr auf. Kastiliens König lebte nicht mehr in der Realität seiner Untertanen, er hatte seine eigene, an der er festhielt, seine Traumgebilde, in die er sich einspann – was immer es für das Volk bedeuten mochte. Er log mit der Moral und verkaufte die Lüge als ethische Großtat.

Isabel bat darum, alleingelassen zu werden. So zerstreute sich die kleine Schar, der nach dem peinlichen und ernüchternden Erlebnis nicht der Sinn nach Gemeinschaft stand. Jeder wollte nur für sich sein und sich über das, was sie erlebt hatten, nicht mit den anderen austauschen. Sie empfanden Scham voreinander, weil sie gemeinsam Zeugen dieser Szene geworden waren. Nur Alfonso hielt sich an Nuria, weil er Lust auf den Fechtunterricht verspürte.

Nach einer Stunde Schwerterkreuzen holte Beatriz, noch immer ein wenig blass um die Nase, den Infanten zum Unterricht im Lesen und Schreiben, und Nuria meldete sich bis zum späten Abend ab. Sie brauchte Zeit, um mit sich ins Reine zu kommen. Die Auseinandersetzung zwischen Enrique und Isabel hatte ihr das ganze Ausmaß der Trostlosigkeit, in der das Land versank, zu Bewusstsein gebracht. Da ohnehin nichts anlag und den Nachmittag die verschiedenen Unterrichte ausfüllen würden, gewährte ihr Beatriz den kleinen Urlaub gern.

Als Nuria ihr Pferd aus dem Stall führte, trat ihr der Hufschmied, ein großer, muskelbepackter Mann mit Glatze und Silberblick, entgegen.

»Wo geht's hin, Senhor?«, fragte er mit breitem Lächeln.

»Frag den Wind, ich weiß es noch nicht«, gab Nuria scherzend zurück. Sie bestieg ihr Pferd und ritt tief in die Meseta hinein. Kurz wunderte sie sich über das Interesse des Schmieds, mit dem sie zum ersten Mal ein paar Worte gewechselt hatte, dann kreisten ihre Gedanken um die Aussichtslosigkeit ihrer Situation. Sie war todunglücklich.

Die Sonne brannte vom Himmel, und dafür dankte sie ihr sogar noch. Mitten auf dem ausgeblichenen Gras des Weidelandes erhob sich eine verkrüppelte Korkeiche, an die Nuria ihr Pferd band. Sie machte – mit Wehrgehänge – ein paar Übungen wie Liegestütze, bevor sie in größer werdenden Kreisen in abwechselndem Tempo um den Baum herumlief und anschließend Schwertkampfübungen mit vorgestellten Attacken vollzog. Denken wollte sie an nichts, nicht an die Vergeblichkeit ihres Daseins und erst recht nicht an die verfließende Zeit, die sie nur gleich weit von ihrem Ziel entfernt hielt. Stattdessen legte sie es darauf an, ihren Körper an die Grenze des Möglichen zu jagen, bis zu dem Punkt, an dem er nur noch reine Physis war.

Schweißüberströmt nahm sie ein paar Schlucke aus ihrer Wasserflasche, bevor sie den Zyklus an Übungen erneut begann. Sie genoss es, dass ihr Denken aussetzte, dass die Fragen verstummten und die Unzufriedenheit verblasste. Während Nuria ihren Körper und Geist ertüchtigte, sank die Sonne allmählich immer tiefer. Und je weiter sie sich dem Horizont näherte, desto stärker wurde der Duft der wilden Minze.

Es dämmerte schon, als Nuria Richtung Alcatráz zurückritt. Sie fühlte zwar einen brennenden Durst, doch ihre Wasserflasche war inzwischen leer. Und schon stellten sich wieder die Grübeleien ein, die sie wie mit tausend Pfeilen mit Fragen beschossen. Was hatte sie in Segovia eigentlich noch verloren? Dieser König war Kastiliens Untergang, schwach, ohne Glauben, degeneriert. Wenn sie nach Andalusien reiten würde, könnte sie, nüchtern betrachtet, wenigstens ein paar Mauren mit in den Tod reißen. Mehr allerdings, musste sie sich wieder einmal eingestehen, würde aber auch dabei nicht herauskommen. So blieb ihr nur der unbefriedigende Weg, über den sie sich schon all die Jahre quälte. In der Spur gehalten durch Vernunft und Geduld, beides nach ihrem Gefühl Erfindungen des Teufels, musste sie alles dafür tun, was in ihrer Macht stand, dass nach Enrique IV. ein wehrhafter und entschlossener König, der das Land, das Volk und das Recht liebte, auf den Thron Kastiliens gelangte – oder eine Königin.

Künftig, schwor sie sich, würde sie nie wieder öffentlich ihre wahre Meinung kundtun, sondern schweigen. Niemand erwartete von einem Leibwächter einen Kommentar zu den Ereignissen. Nichts mehr und nichts weniger als eine verlässliche Klinge forderte man von ihr. Daran würde sie sich eisern halten, denn sie durfte nicht riskieren, von den Infanten getrennt zu werden. Die Warnung des Königs war in dieser Hinsicht sehr eindeutig gewesen. Ihre Aufgabe bestand darin, den Weg zum Thron abzusichern und nicht darin, Volksreden zu halten. Sie war kein Höfling, was sie in ihrer Ungeduld beinahe vergessen hatte. Wer sich stets in unmittelbarer Nähe zu den Mächtigen aufhält, hatte sie einst Don Hernandez de Cardenas beim Abschied gewarnt, wird leicht dazu verführt, ihre Spielchen mitzumachen.

Umso näher sie Segovia kam, umso häufiger stieß sie auf Hirten mit Hütehunden, die mit ihren Schafherden unterwegs waren, um einen Platz für die Nacht zu suchen, auf reisende Händler mit ihren Wagen und natürlich auf allerlei zwielichtiges Gesindel. Einem Galgenvogel, der sich ihr auf seinem Klepper näherte und sie in ein Gespräch mit vorstellbarem Ausgang verwickeln wollte, setzte sie einfach das Schwert auf die Brust. Die kleine Drohung genügte, um ihn loszuwerden. Unter wüsten Beschimpfungen zog er sich zurück. Nuria schüttelte nur den Kopf darüber, welche Schwachköpfe es inzwischen wagten, sich auf Raub, Betrug und Mord zu verlegen.

Als sie in den Burghof einritt, fiel sie wie ein tollwütiger Hund die Unruhe an. Keine Krähen saßen auf den Zinnen und Dachkanten. Ein Reiter überholte sie, sprang vom Pferd und rannte in den Palast, während ein anderer ihr im gestreckten Galopp entgegenkam. Am Fuß der Treppe zum Wohnturm kniete betend eine Magd. Unheil hatte von der Burg Besitz ergriffen. Aus dem Palas trat Andrés de Cabrera. Seine Wangen brannten im tiefsten Rot, und auf dem linken Auge blühte ein Veilchen, kurz, er sah aus wie nach einer heftigen Prügelei, in der er nicht geschont worden war. Als er Nuria sah, hielt er mit energischem Schritt auf sie zu. Sie sprang vom Pferd und lief ihm entgegen.

»Wo warst du?«, fragte er mit düsterem Blick.

»Ich habe einen Ausritt gemacht. Was ist geschehen?«

»Passende Zeit für einen Ausritt, Senhor Hidalgo! Komm mit mir, zur Infantin.«

Nuria übergab die Zügel dem Pferdeknecht, dann folgte sie mit unguten Gefühlen Cabrera in den Donjon. Er berichtete mit grimmiger Wut, dass es Isabel am frühen Nachmittag in die Kathedrale gezogen habe, wo sie für die Zukunft Kastiliens beten wollte. »Da du nicht da warst, bin ich mitgegangen. Aber ich fürchte, auch wenn wir zu zweit gewesen wären, hätten wir Don Alfonso nicht beschützen können.«

Nuria wurde heiß und kalt: »Was ist geschehen? Ist er tot?«

»Tot? Nein, aber entführt!«, keuchte er, noch immer außer sich vor Entsetzen. »Du musst wissen, wir hatten kaum die Kirche verlassen, da hielten wie auf ein Zeichen fünf Reiter auf uns zu. Zwei sprangen noch mitten im Ritt vom Pferd auf mich und schlugen mich zusammen, während die beiden anderen Doña Isabel und Doña Beatriz vom Infanten trennten. Der fünfte Mann hat Don Alfonso auf seinen Schimmel gerissen und ist mit seiner lebenden Beute davongejagt. Die anderen hinterher«, schloss er, als sie in das Empfangszimmer traten, in dem sie am Morgen gefrühstückt hatten.

Nuria nahm die furchtbaren Nachrichten als Anklage. Sie hatte das Gefühl, versagt zu haben, weil sie nicht zur rechten Zeit dort gewesen war, wo sie dringend gebraucht wurde. Viele nutzlose Tage waren dahingeflossen, doch als es darauf ankam, war sie nicht zur Stelle gewesen, hatte sich stattdessen in Selbstmitleid gesuhlt. Hart erteilte ihr das Schicksal seine Lektionen.

Beatriz schaute ihr mit verweinten Augen entgegen. »Ach, ich hätte dich nicht gehen lassen dürfen!«, klagte sie mit tränenerstickter Stimme.

Isabel saß stumm und in sich gekehrt da und schwieg. Eine peinigende Stille trat ein. Jeder schaute wortlos vor sich hin, unfähig, etwas zu sagen, in seine eigenen Gedanken verstrickt. Sorge und Schuld lasteten wie Blei auf ihnen allen.

Schließlich brach die Infantin das Schweigen. »Es hätte uns überall und zu jeder Stunde treffen können.«

Nuria gab ihr recht. Sie durften sich nicht in Selbstvorwürfen ergehen. Schuldgefühle brachten den kleinen Infanten nicht zurück. »Was sagt der König?«, fragte sie tonlos, obwohl sie die Antwort bereits erahnte.

Andrés atmete laut aus. »Was schon? Er schimpft wortreich über die Dreistigkeit, beklagt noch wortreicher Isabels und sein Leid und schickt Späher aus.«

»Also nicht viel«, fasste Nuria kühl zusammen. »Hoheit, habt Ihr eine Ahnung, wer dahinter stecken könnte?«, wandte sie sich an Isabel.

Die Infantin zuckte mit den Achseln. »Offensichtlich wollte jemand den Thronfolger in seine Gewalt bringen, sonst hätte man mich ja auch entführt.«

»Villena und Carrillo könnten dahinterstecken«, mutmaßte Nuria.

»Aber auch der König.« Nuria schaute verblüfft zu Beatriz, die diesen Gedanken schluchzend geäußert hatte. »Wenn Don Alfonso verschwindet, wäre der Weg auf den Thron frei für Enriques Tochter Juana.«

»Und damit gerät auch die Königin in den Kreis der Verdächtigen«, fasste Andrés zusammen.

»Außerdem würde ohnehin jeder Verdacht auf Carrillo und Villena fallen«, ergänzte Nuria. »Eine günstige Gelegenheit für die Königin oder den König.«

»Ob er noch lebt?«, fragte Isabel. In ihrer Stimme schwang eine seltsame Unentschiedenheit zwischen Kühle und Sorge.

»Wenn Villena und Carrillo dahinterstecken, ja, denn die brauchen ihn lebend. Aber wenn die Entführung ein Werk des Königs oder der Königin ist, stehen die Chancen schlecht.« Nuria senkte den Blick.

Wie um diesen Gedanken zu vertreiben, wedelte Andrés mit seiner rechten Hand. »Also, ich glaube nicht, dass Enrique der Drahtzieher war. Es war zu klug, zu intrigenreich.«

»Die Königin?«

»Vielleicht. Andererseits interessiert sie sich nicht allzu sehr für ihre Tochter. Juana ist ja nicht ihr einziges Kind … das Einzige allerdings, das kein Bastard sein soll«, stieß Andrés grimmig hervor.

»Die Mauren?«, fragte Nuria.

Cabrera schüttelte den Kopf. »Das waren keine Mauren. Das waren Hidalgos!« Er ging zum Fenster und schaute auf die Weite der Meseta, in der Alfonso irgendwo gefangengehalten wurde. »Wenn«, fuhr er nachdenklich fort, »wenn der König oder die Königin dahinterstecken und sie den Thronfolger aus dem Weg räumen wollten, warum machen sie sich die Mühe, ihn zu entführen? Ein einziger Schuss aus dem Hinterhalt hätte es doch auch getan! Viel weniger Aufwand, geringere Kosten, weniger Mitwisser, weniger Gefahr.«

»Aber dann würde der Verdacht nicht auf Villena und Carrillo fallen. Nehmen wir an, die beiden haben tatsächlich die Entführung eingefädelt. Was hätten sie davon?« Nuria wiegte den Kopf.

»Sie hätten den künftigen König von Kastilien in ihrer Hand, der zudem noch ein Kind ist. Wenn Enrique sterben würde, wenn er vergiftet werden würde, dann fiele ihnen die Herrschaft zu. Was sie in ihren Händen hielten, mein lieber Jorge? Die Zukunft. Die Macht! Der arme Alfonso hätte gar keine andere Chance, als eine Puppe in ihren Händen zu sein«, erklärte Andrés so bestimmt, als würde er ein Dogma erläutern.

»Die Zukunft gewiss, aber vielleicht auch die Gegenwart.« Ein Gedanke hatte sich unscharf in Nurias Kopf geregt. Sie hatte ihn noch nicht zu Ende gedacht.

Cabrera sah sie an. Sein Gesicht hatte die schöne Ernsthaftigkeit feiner Konzentration angenommen. »Ausgezeichnet, Senhor Hidalgo. Wenn die Verräter den Aufstand wagen, könnten sie Enrique für abgesetzt erklären und Alfonso, der sich in ihrer Hand befindet, zum Marionettenkönig machen. Ab jetzt, zu jeder Stunde, die ihnen geeignet scheint.«

»Der dumme König Enrique ist in größerer Gefahr, als er glaubt«, schimpfte Beatriz.

Isabel, die sich zurückgehalten, die Diskussion aber aufmerksam verfolgt hatte, blinzelte müde. »Eigentlich«, sagte sie leise, »will ich nur meinen Bruder zurückhaben.«

48

Granada, Spanien

Die Übelkeit lauerte nur darauf, dass Yahya endlich die Augen aufschlug, um ihn anzufallen. Taumelnd erhob er sich und stöhnte leise. Den Kopf in den Händen vergraben, verfluchte er die Höllenreise. Für einen kurzen Moment glaubte er, sich übergeben zu müssen, aber mit einiger Mühe gelang es ihm, den Würgereiz zu unterdrücken. Er schlurfte zu dem Doppelbogenfenster und hielt sich am Mittelsäulchen fest. Tief sog er die frische Luft in seine gereizten Bronchien. Es war, als ob der leichte Wind, der von den Bergen kam, ein klebriges Gallert von seinen Lungenbläschen blies. Sein Blick fiel auf einen Mann, der im Innenhof auf dem Arkadensims saß und seine Gebetskette durch die Hand gleiten ließ. Es war nichts Besonderes daran, dass sich Männer die Zeit mit Gebeten vertrieben, aber dieser Mann gehörte nicht so recht in den ansonsten leeren Innenhof. Überdies wirkte er auch nicht wie einer, zu dessen Gewohnheiten das Gebet gehörte. Ihm haftete etwas unangenehm Flinkes an. Ein Wiesel, dachte Yahya.

Sacht stieß er sich von der Fenstersäule ab und wandte sich dem Zimmerinneren zu. Unwillkürlich rieb er mit seiner Hand über den Nacken. Während der Würgereiz abnahm, wuchs sein Heißhunger auf Obst. Frischer, süßer Saft, der sich in seinen rauchig-rauen Hals ergießen und den Dreck wegspülen würde. Er ging hinunter in den Speisesaal der Karawanserei, ließ sich Tee, Melonen, Apfelsinen und Apfelmost auftragen und genoss die wohltuenden Getränke und Früchte. Erst dann nahm er seine Umgebung wahr. Ein paar Kaufleute, zumeist Christen, saßen an verschiedenen Tischen.

Mit gelangweilten Mienen führten sie Unterhaltungen, die zäh vor sich hin dümpelten. Sie schienen auf irgendetwas zu warten, vielleicht darauf, dass ihr Schiff ent- oder beladen werden würde oder auf das Eintreffen von Seide oder Oliven aus der Vega, die sie nach Genua, nach Barcelona, nach Neapel oder Marseille oder nach Venedig verschiffen würden. Sie nahmen keine Notiz von ihm. Weshalb hätten sie auch mit einem Muslim ein Gespräch anfangen sollen, wenn es nicht geschäftlich erforderlich war? An ihrer Kleidung konnte Yahya die Genuesen von den Venezianern und den Neapolitanern unterscheiden. Wäre da nicht das Gezwitscher der Zeisige und das Geschrei der Blauelstern oder der neckende, ein wenig freche Ruf der Samtkopfgrasmücke, wäre der Speisesaal der Karawanserei völlig in Langeweile versunken. Wegen der sieben kleinen oder auch erstaunlich großen Käfige, die von den Balken herabhingen, hieß der Raum auch der Vogelsaal.

Als Yahya aufstand, überfiel ihn die gewöhnliche Ödnis dieser Unterkünfte für Handelsreisende am Vormittag. Irgendwie musste es ihm gelingen, die bedrückende Melancholie abzuschütteln. Er fühlte sich zwar körperlich wiederhergestellt, hatte aber das Gefühl, sein Gehirn wäre nur noch eine träge, weiche Masse. Es fiel ihm schwer, einen klaren Gedanken zu fassen. Er beschloss, ein Bad zu nehmen, das hatte noch immer seine Stimmung aufgehellt.

Und auch diesmal taten Wasser, Wasserdampf, Hitze und Öle verlässlich ihre Wirkung. Endlich fühlte er sich innerlich und äußerlich gereinigt. Während er die Wassertropfen auf seiner Schulter zerdrückte, kam in ihm der Verdacht auf, dass Hasan ibn Khaldin ihn nur mitgenommen hatte, um ihn auszuhorchen. Warum war dieser denn so schnell von seiner »Reise« zurückgekehrt? Stand er vielleicht im Dienst des Emirs? War er am Ende ein Spitzel? Mit einem Mal kam ihm der Philosoph immer zwielichtiger vor. Das Bewusstsein der eigenen Unvorsichtigkeit erfüllte ihn mit Misstrauen gegen alle und jeden. Gleichzeitig spürte er, dass er nicht länger abwarten durfte, sondern etwas unternehmen musste.

Aus dem Bad zurückgekehrt, zog er ein gelbes Hemd und eine weiße Leinenhose an, wand eine blaue Bauchschärpe um seine Hüften, schlüpfte in einen hellen Burnus und setzte einen blauen Turban auf. Beim Anblick der Kleidung, die er in Granada erworben hatte, wurde ihm bewusst, dass *ein* Reitsack künftig nicht mehr ausreichen würde und sie einen *guffa*, einen Weidenkorb, anschaffen müssten, oder eben einen zweiten und dritten Reitsack.

Frisch gewandet in den neuen Kleidern verließ er sein Zimmer, überquerte mit vier Schritten den Flur und klopfte an das weiche Olivenholz, aus dem Ruggieros Tür gemacht war. Dahinter regte sich nichts. Yahya schlug erneut, diesmal heftiger, mit der Faust gegen die Tür, doch es blieb weiterhin still im Zimmer. Der Italiener schien unterwegs zu sein. So beschloss er, Yehuda Abrabanel allein einen Besuch abzustatten, um die Gefahr, die von Hasan ibn Khaldin ausging, besser einschätzen zu können. Natürlich hoffte er, dass der Zufall ihm gnädig wäre und er Zoraya sehen würde, zumindest befände er sich in ihrer Nähe, atmete die gleiche Luft wie sie und schaute auf dieselben Mauern.

Er war kaum aus dem Haus getreten, als ihn schon das Gefühl beschlich, verfolgt zu werden, doch er konnte niemanden entdecken. Misstrauisch musterte er jeden, der ihm begegnete. Als er einen stechenden Blick in seinem Nacken spürte, wandte er sich rasch um und glaubte für den Bruchteil einer Sekunde, das Wiesel zu sehen, bevor er gegen einen Mann rannte.

»Träumst du, du Tölpel?«

Yahya blickte in zwei engstehende Augen unter buschigen Brauen. »Verzeihung«, murmelte er und ging weiter.

Langsam begann er, an seinem Verstand zu zweifeln. Vielleicht hatte jene mysteriöse Substanz, die er geraucht hatte, seine Nerven allzu empfindlich gemacht. Auch die rationale Erklärung räumte seine Empfindlichkeit nicht aus. Warum schenkt Allah den Menschen einen klaren Verstand, wenn sie nichts unversucht lassen, um ihn zu trüben?, fragte er sich und seufzte.

Am späten Mittag klopfte er beherzt an das Tor, das er tags zuvor stundenlang angestarrt hatte, worüber er inzwischen innerlich den Kopf schüttelte. Die Sonne stand genau über ihm, sodass er keinen

Schatten warf. Carlos erkannte ihn sofort, ließ ihn in den ersten Hof ein und bat ihn zu warten. Die persönliche Freundlichkeit, ja die Vertrautheit des Dieners taten ihm gut. Nicht nur wegen Zoraya fühlte er sich zu Yehuda Abrabanel hingezogen, es war die väterliche Aura, die den alten Juden umgab. Ein sanfter Geruch von Gebackenem und von Gesottenem durchzog die Luft. Im Gras lag eine Katze, faul alle Viere von sich gestreckt, arglos, weil ihr hier nichts zustoßen konnte, sicher, erhaben, in sich selbst ruhend.

»Komm«, sagte Carlos, der auf leisen Sohlen zurückgekehrt war. Er führte ihn zum Pavillon, in dem Yehuda sich im Gespräch mit zwei Männern befand. Als der Patriarch ihn bemerkte, erhob er sich langsam und würdevoll. Seine beiden Besucher standen dienstbeflissen auf und entfernten sich auf ein Zeichen Yehudas, der Yahya mit einem herzlichen Lächeln entgegenkam.

»Mein lieber, junger Freund, ich habe damit gerechnet, dass du mich alsbald wieder besuchst. So freue ich mich, dass ich mich hierin nicht getäuscht habe. Aber komm, setz dich. Einen Saft?«

Yahya gelang es nur mit Mühe, den Schrecken zu verbergen, den Yehudas Begrüßung in ihm auslöste. Wusste er etwas von dem Gespräch mit Zoraya? Hatte sie es ihm womöglich selbst erzählt? Oder der Philosoph? Er war klug genug, um zu wissen, dass der Alte, mochte er auch noch so freundlich sein, ihn dennoch scharf beobachtete und er es unter allen Umständen vermeiden musste, sich etwas anmerken zu lassen. In diesem Moment wurde ihm bewusst, dass er sich auf ein Katz-und-Maus-Spiel einließ. Im Grunde war nichts und niemand sicher, nicht einmal der alte Abrabanel. Immer klarer begriff er, wie kompliziert sein Auftrag war, weil er nichts für das nehmen durfte, als das es erschien, und niemand Vertrauen verdiente. Er hatte sich in eine Welt aus lauter Schein begeben, in der die Lüge die einzig wahre Umgangsform war.

Yahya nahm auf dem großen, blauen Sitzkissen Platz, schlug die Beine untereinander und lächelte den Alten mit großer Herzlichkeit an. »Wie kann man als Fremder in dieser Stadt sich nicht zu einem so gastlichen Ort, wie dein Haus es ist, und zu so einem klugen Mann wie dir hingezogen fühlen?«

»In Stambul würde ich also nicht der Ehre deines Besuches teilhaftig werden, denn dort wärest du ja kein Fremder?«, fragte der Alte streng. Yahya errötete und beeilte sich zu versichern, dass es so nicht gemeint wäre, aber Yehuda hob amüsiert die Hände. »Verzeih einem alten Mann, der die Schwachheit seines Körpers mit der Erfahrung seines Geistes auszugleichen sucht. Es gehört zu meinen wirklich schlechten Angewohnheiten, andere in Verlegenheit zu bringen.« Prüfend sah ihn der Jude an.

Instinktiv begriff Yahya, dass Souveränität hieße, ungeniert mit dem Lob fortzufahren. »Du lässt mir keine andere Wahl, als dir zu schmeicheln«, sagte er lächelnd, »da man in Stambul einen Mann deiner Klugheit und deiner Würde vergeblich suchen würde.«

»Und Mehmed?«

»Wir reden über die Erde, nicht über die Sonne.«

Der Alte lachte vergnügt, dann strich er sich bedächtig mit der rechten Hand über den Bart. So würde ich mir Abraham vorstellen, dachte Yahya, den Mann, der aus dem Zweistromland losgezogen ist, um in Palästina eine Familie zu gründen, von der wir nun alle abstammen. Und wie alle diese komplizierten Familiengeschichten hatte sie mit legitimen und illegitimen Kindern zu tun, die sich um Erbe und Herrschaft stritten.

Carlos kam und brachte einen Krug mit Orangensaft. Er füllte zwei braun lasierte Becher mit der duftenden, herrlich gelben Erfrischung, die wie flüssiges Gold aussah, und stellte den Krug ab.

»Sag Zoraya, dass ich mich freuen würde, wenn sie uns mit ihrer Schönheit und ihrer Klugheit beehren würde«, bat ihn Yehuda Abrabanel.

»Ja, Herr«, entgegnete Carlos und ging davon.

Yahya wurde unruhig. Wollte ihn der Alte auf die Probe stellen? Alles spannte sich in ihm an. Zwar hatte er sich nichts sehnlicher gewünscht, als sie wieder zu sehen, aber doch nicht unter den wachsamen Augen ihres Herrn.

»Hat sie dir gefallen?«, fragte der Jude freundlich.

»Du meinst die Tänzerin?«

»Ja, die Tänzerin.«

»Die Art, wie sie getanzt hat, habe ich nie zuvor gesehen.«

Das alte Gesicht seines Gastgebers verjüngte ein unerwartet verschmitzter Zug. »Es ist, als ob sie fliegt, nicht wahr?«, sagte er versonnen, doch dann legte sich ein kleiner Schatten auf sein Gesicht. »Und eines Tages wird sie mir davonfliegen, bald schon, allzu bald.« Seine großen, traurigen Augen ruhten schwer auf Yahya. »Aber es kann dir von Nutzen sein.«

»Mir?«, rief Yahya erschrocken aus, der kurz die Beherrschung verloren hatte.

»Oder zumindest deinem Herrn. Im Grunde sind wir doch alle Sklaven. Sklaven unserer Natur und Sklaven unseres Gottes. Ich habe nie verstanden, wie sich Menschen über andere erheben können.« Yahya hatte sich wieder gefasst. Langsam verstand er, dass Yehuda Zoraya sehr liebte, nicht aber wie ein Mann eine Frau, sondern wie ein Vater seine Tochter.

»Du musst wissen, Yahya, Yusuf bin Hasan as-Sarraj befürchtet, dass sein Stamm weiter an Einfluss verlieren wird. Die Sarraj werden zugunsten der Banigash aus immer mehr Richterstellen und von immer mehr Verwalterposten verdrängt.« Yahya hörte sehr aufmerksam zu, zumal er nicht wusste, worauf der Alte hinauswollte. »Setzt sich der Machtverlust fort, werden sie sich kaum noch wehren können, weil es ihnen dann nicht mehr möglich ist, ihre Anhänger zu finanzieren beziehungsweise zu beschützen. Ist dieser Moment erreicht, und sie stehen ohne eine ansehnliche Gefolgschaft da, dann werden die Banigash gnadenlos über sie herfallen und sie vernichten. Mitleid mit den Sarraj brauchst du aber nicht zu haben. Sie würden es mit den Banigash nicht anders halten, wenn sie in dieser Situation wären. Der Herr ist mein Zeuge, dass sie es auch schon versucht haben, als der vormalige Emir sich auf sie stützte.«

»War es denn schon immer so?«

»Soweit ich mich erinnern und zurückblicken kann, ja.«

»Es kommt mir so widersinnig und unvernünftig vor. Warum schließen sie keinen Vergleich?«

»Auch das wurde versucht, aber es hat nie lange gehalten. Nein, mein Sohn, es ist widersinnig und unvernünftig, aber so ist die Geschichte nun mal, es dreht sich alles ausschließlich um Herrschaft und Reichtum. Der Kampf darum hält das Rad unserer Existenz in Schwung, auch wenn wir gelegentlich dabei unters Rad kommen. Herrsche oder diene! Sobald die Satten den Hungrigen, vielleicht auch nur aus Mitleid oder aus Überheblichkeit, etwas abgeben und von ihrer Herrschaft lassen, nehmen die Hungrigen nicht nur die Almosen, dann wollen sie alles haben und vernichten die Satten. Einen Ausgleich wird es nicht geben.«

»Ich will das nicht denken.«

»Wer will das schon denken. Es ist kein schöner Gedanke, dass es nur ums Herrschen oder Dienen geht.«

»Du magst recht haben. Ich bin zu jung, um das beurteilen zu können, aber was wird Yusuf tun?«

»Er muss handeln, will er überleben. Und er hat nur die Wahl zwischen zwei Wegen. Entweder er wagt den Aufstand, um einen anderen Nasriden an die Macht zu bringen, oder er versucht Saids Vertrauen zu gewinnen, indem er deine Pläne enthüllt.«

Es erfreute Yahya überhaupt nicht, dass seine Sorge nach dem Gespräch mit dem Anführer der Banu Sarraj sich bestätigte.

»Aber du weißt ja, worauf du dich eingelassen hast«, fügte Yehuda hinzu.

Wusste er das wirklich? Im Grunde schon, aber das war, bevor er seiner Mutter begegnete, bevor sein Leben ihm wichtiger wurde. Das alles hatte vor der Begegnung mit Zoraya stattgefunden, als er noch im Exil der Sprachen lebte, in einer fernen, geradezu unwirklichen Welt. Die Wirklichkeit hat doch immer etwas mit Menschen zu tun, die man liebt, dachte Yahya. »Aber welche Rolle spielt Zoraya in dem Spiel?«, fragte er.

»Yusuf will sie mir abkaufen«

»Dir abkaufen?«

»Ja, um sie Abu l'Hasan Ali, dem Sohn Saids, zu schenken, der in sie verliebt ist, seit er sie beim Tanzen gesehen hat.«

»Dann bin ich verloren, und unser Plan ist gescheitert.«

Väterlich legte der Alte seine Hand auf Yahyas Schulter. »Zum ersten Mal reagierst du unüberlegt, sprichst über Dinge, über die du nichts weißt, lässt dich von jähen Vermutungen hinreißen und treiben. Das ist in deinem Gewerbe tödlich, mein lieber junger Freund.«

Yahya schluckte und zwang sich zur Ruhe. Man ist erst tot, wenn sich kein Arzt mehr findet, der einem den Kopf wieder aufsetzen kann, dachte Yahya. Und jetzt verstand er, dass er den entscheidenden Hinweis leichtfertig überhört hatte. »Wie ist das Verhältnis von Vater und Sohn?«

Yehuda zeigte sein verschmitztes Lächeln. »Bravo, junger Freund, das ist die Frage, die ich von dir erwartet habe. Said ist ruhig, überlegt, schlau, gerissen, hinterhältig und kalt. Abu l'Hasan Ali hingegen ein Krieger, feurig, nicht dumm, aber vor allem tollkühn. Einer, der keinen Waffengang auslässt. Mit einem Wort: Vater und Sohn können einander nicht ausstehen. Und Abu l'Hasan Ali hasst die Kastilier, die Saids wichtige Verbündete sind.«

»Jetzt verstehe ich. Yusuf kann entweder mit dem Sohn den Aufstand gegen den Vater wagen oder sich Saids Verschlagenheit zunutze machen, indem er ihm verdeutlicht, dass die Banu Banigash zu mächtig geworden ist und sogar begonnen hat, ihn zu beherrschen. Und zum Zeichen seiner Loyalität verrät er die Aufstandspläne, die er den Banigash in die Schuhe schiebt. Aber wann wird er sich entscheiden?«

»Er wird seine Entscheidung so lange offenhalten, bis er weiß, welcher von beiden Wegen den größeren Erfolg verspricht.«

»Gott würfelt«, sagte Yahya, dachte aber im Grunde darüber nach, was er tun könnte. Da kam ihm Zoraya wieder in den Sinn. »Wirst du sie ihm verkaufen?«

»Zoraya verkaufen? Nein. Gott bewahre! Ich werde sie ihm schenken … müssen«, sagte der Alte, und man merkte ihm an, wie schwer ihm dieser Entschluss fiel. »Warum kann ich nicht ein kleiner Rabbi in Jerusalem sein? Der Reichtum und die Stellung meines Hauses sind eine Bürde. Weder die Christen noch die Muslime lieben uns, sie schätzen uns nur in bestimmten Angelegenheiten, daran hängt unser Leben. Ich muss für mein Haus und für meine Gemeinde denken.« Sehr langsam trank der Alte den Saft, und Yahya tat es ihm gleich, die Süße der Sonne mit jedem Tropfen schlürfend. Dann stellte Yehuda den Becher ab. »Um es kurz zu machen. Er wird seinerseits Zoraya Abu l'Hasan Ali schenken.«

»Weiß sie es schon?«

»Natürlich. Sie könnte dein Weg sein – dein einziger, um aus der Defensive zu kommen. Aber vergiss niemals, ich liebe dieses Mädchen! Geschieht ihr durch deine Schuld ein Leid, werde ich dir das nie vergeben!« Yehuda erhob sich, machte aber eine beschwichtigende Geste mit seiner Hand, dass Yahya sitzen bleiben sollte. »Es ist besser, ihr redet allein miteinander. Schließlich müsst ihr euch ja erst einmal kennenlernen.«

Unhörbar atmete Yahya auf – der Alte wusste also nichts über ihre erste Begegnung. Ohne sich zu verabschieden, schritt Abrabanel über den Weg und trat ins Haus. Yahya lauschte versonnen dem trockenen Knirschen des Sandes und sah dem Juden mit einer kleinen Traurigkeit nach. Der Alte kam ihm eine Spur gebückter vor als zuvor. Er hatte Zoraya der Politik geopfert. Sie sollte Teil der großen Intrige werden, die Yahya deshalb zu hassen begann. Doch bevor er sich in düsteren Gedanken verlor, stieg ihm ein betörender Geruch von Ambra in die Nase. In einer raschen Drehung um die eigene Achse erhob er sich fast zu schnell und sah ihr direkt in die Augen. Sie war aus dem hinteren Garten gekommen, den er nicht kannte.

»Zoraya!«

»Ja, so heiße ich. Hast du das schon herausgefunden?«, spottete sie auf Kastilisch.

»Ein Philosoph hat mir deinen Namen genannt.«

Sie lachte hell auf. »Jetzt bin ich also schon ein Gegenstand der Philosophie.«

Wie schnell ihr Schalk in Ernst umschlagen kann, dachte er.

»Komm, man muss uns nicht zusammen sehen.« Sie nahm seine Hand, die weich war und fest. Erstaunt spürte er ihre kurzen Finger, die er durch die schlängelnden Bewegungen ihrer Arme im Tanz für länger und graziler gehalten hatte. Schnellfüßig zog ihn Zoraya durch den nächsten Durchgang mit sich, und schon fand er sich im Garten Eden wieder.

Durch einen Torbogen aus einer Myrtenhecke in dreifacher

Mannshöhe traten sie in einen geheimen Garten. Wie spielende Kinder standen auf dem Rasen verteilt Orangenbäume mit reifen, gelbgoldenen Früchten. In der Mitte sprudelte aus einem silbernen Fisch Wasser in einen flachen Brunnen. Unter zwei Quittenbäumen breitete sich ein Teppich aus zarten, roten Blütenblätter auf dem Rasen aus.

Sie setzten sich auf den Brunnenrand, und Zoraya platschte mit der Hand ins Wasser, als wollte sie die Goldfische necken, die in der Brechung des Wassers leuchteten.

»Erzähl mir von dir!«, bat Yahya.

»Dafür haben wir wohl keine Zeit. Ich bin die Tänzerin, die dir helfen kann.«

»Aber Yehuda will dich verschenken.«

»Man hat den Mann erschlagen, den ich liebte, man hat mich geraubt, da war ich gerade achtzehn Jahre alt. Ich hatte Glück, Yehuda hat mich gekauft und ausbilden lassen. Jetzt habe ich das Glück, eine der Frauen des Sohnes des Herrschers zu werden. Und Abu l'Hasan Ali ist kein übler Mann. Ich hätte es weit schlimmer treffen können. Gratuliere mir, anstatt mich zu bemitleiden!«

»Die Stimme der Vernunft«, höhnte Yahya. Aus der Sklavin wurde eine der Ehefrauen des vielleicht künftigen Emirs von Granada, und ihre Söhne würden über das Reich der Nasriden herrschen – keine schlechten Aussichten für eine christliche Sklavin.

»Und wenn sich Abu l'Hasan Ali gegen Kastilien wendet?«, fragte Yahya.

Sie ließ ihr gurrendes Lachen hören. »Solange er siegreich bleibt, ist es mir gleich, gegen wen er sich wendet. Hat der König von Kastilien mich beschützt, mein Leben und meine Liebe? Hat mein Vater mich verteidigt? Der wollte mich nur mit einem Mann verheiraten, der so alt war wie er. Einem alten, fetten, stinkenden Hurenbock von Kastilier! Glaub mir, da treffe ich es mit Abu l'Hasan Ali weit besser. Geohrfeigt hat mich mein Vater, weil ich mich geweigert habe.« Sie zeigte auf eine Stelle an ihrer Wange. »Da, ich kann es noch heute fühlen, noch heute brennt hier die Schmach wie Feuer. Obwohl das jetzt alles zehn Jahre her ist.«

»Hast du nicht Sehnsucht nach ihm?«

»Nein, nicht nach ihm. Nach meiner kleinen Schwester Nuria schon. Sie ist so ein gutes, sanftes Mädchen, ein Sonnenschein. Gebe Gott, dass es ihr gut geht.«

»An welchen Gott glaubst du? An den der Christen, an den der Muslime, an den der Juden?«

Wieder lachte sie auf, doch diesmal nicht gurrend, sondern hell und laut und voller Inbrunst. »Wenn es einen Gott gibt, dann wird er die Menschen schon verstehen, ganz gleich, auf welchem Weg sie sich ihm nähern. Er spricht alle Sprachen und kennt alle Bekenntnisse und Riten. Vielleicht bevorzugt er die Abwechslung in religiösen Dingen, auch wenn seine Launen für uns kleine Menschen leider blutige Folgen haben.«

»Still!« herrschte sie Yahya an. »Du versündigst dich.«

»Willst du mir den Mund verbieten?«

»Nein, dich vor der Sünde bewahren.«

»Und wer hat mich bewahrt davor, geraubt zu werden? Wer hat meinen Jorge davor bewahrt, dass ihm so mir nichts dir nichts ein Reiter den Kopf spaltet, als wäre es nur eine Melone, so einfach zum Spaß? Wer? Gott? War Gott da an jenem Tag?« Wütend stand sie auf. Im Winkel ihrer Augen funkelte eine Träne.

Yahya begriff, dass sie nur diesen Jorge liebte. Und er beneidete ihn darum, um die Liebe dieser Frau, um ihre Treue, auch wenn er längst tot und verwest war. Jetzt verstand er, warum es ihr nichts ausmachte, der Vernunft zu folgen. Er sah sie traurig an. Dann hörte er sich leise sagen, und konnte es selbst am allerwenigsten fassen, was er da aussprach:

»Ich liebe dich, Zoraya.«

Lange sah sie ihn an und glaubte ihm und glaubte auch, dass ihm das Geständnis herausgerutscht war, weil das Herz dem Verstand zuvorkam. Wie jung er noch ist, dachte sie mit Rührung und auch mit Mitleid. So jung wie Jorge, damals. »Du gehst jetzt besser!«

Yahya wusste, dass er zu weit gegangen war. Schweigend stand er auf und lenkte seine Schritte zum Ausgang. Noch bevor er das Heckentor erreicht hatte, rief ihn Zoraya leise zurück. In ihrer Seidenhose, dem Leinenhemd und der Seidenweste, mit dem Diadem im Haar und den großen, eleganten Ohrringen stand sie reif und aufgeblüht vor ihm und schien sie ihm die schönste Frucht des Gartens zu sein. Und wieder gingen ihm die Worte Ibn Arabis durch den Kopf: … führt meine Seele sie … aus dem was vorher … wüst und trocken war … in einen reichen, reifen Garten. Er errötete.

Nachsichtig sah sie darüber hinweg und streckte ihm die Hand entgegen. Als er einschlug, kam es ihm wie ein Gelöbnis vor, dessen Inhalt er noch nicht kannte.

»Komm hier entlang.«

Hand in Hand gingen sie hinüber zu der Heckenwand. Zoraya zog ihn hinter sich her, durch einen kaum sichtbaren Spalt in der Myrtenwand, bis sie vor einer kleinen Tür in der rückwärtigen Mauer standen. Sie schob die drei Riegel, unten, in der Mitte und oben zurück, öffnete die Pforte und ließ ihn hinaus.

»Komm um Mitternacht. Die Tür wird offen sein. Sei vorsichtig, niemand darf dich sehen. Es wäre unser Ende. Unser Leben liegt nun in deiner Hand.«

Zoraya schob ihn aus der Tür, und Yahya fand sich auf einer kleinen Gasse wieder, während hinter ihm die Tür geschlossen wurde. Sie liebt die Gefahr, und sie liebt das Spiel, was für eine höllische Mischung, dachte er. In dieser Hinsicht hatte Ibn Khaldin recht, doch nutzte Yahya die Warnung nichts mehr. Er war ein Gefangener dieser Frau und spürte nur noch die unerträgliche Spannung in der Erwartung der Nacht, der wilden, riskanten granadinischen Nacht, ihrer Magie, die ihn zugleich zum Bettler und zum Sultan machen würde, zum Lumpenkönig dieser Welt.

49

Segovia, Spanien

Wie ein riesiger Felsblock lastete die Angst um das Leben des kleinen Alfonso auf allen, die sich im Zimmer der Infantin versammelt hatten. Die Abendsonne fiel durch das Fenster und legte einen rötlichen Schleier über die angespannten Gesichter. Beatriz und Cabrera hatten sich auf Hockern niedergelassen, während Isabel in ihrem Lehnstuhl saß. Nuria schritt unablässig auf und ab. Sie zermarterte sich das Gehirn darüber, wo sie mit ihrer Suche nach dem Infanten beginnen sollte.

»Uns fehlt die Zeit, in alle Richtungen Nachforschungen anzustellen«, sagte sie. »Wir sollten uns auf die Möglichkeit konzentrieren, dass der Infant noch am Leben ist.« Sie fragte sich, was Don Hernandez in dieser Situation getan hätte, um sich kurz darauf selbst die Antwort zu geben: Er würde systematisch vorgehen.

Es klopfte, und ein Diener Enriques erschien. Er forderte Nuria auf, ihm zum König zu folgen. Cabrera erhob sich, aber Nuria machte eine beschwichtigende Handbewegung. »Wenn ich die Nachricht richtig verstehe, will mich der König allein sprechen.«

Der Diener nickte.

»Ich begleite dich trotzdem! Es könnte schließlich sein, dass der König dich für die Entführung verantwortlich macht. Dann wäre es gut, wenn du einen Fürsprecher an deiner Seite hättest«, entschied der Schatzmeister.

Daran hatte Nuria nicht gedacht, und sie gab ihm innerlich recht. Wenn sie in ihrer Zeit bei Hofe eines gelernt hatte, dann, dass mit allem zu rechnen war.

Sie folgten dem Diener über die im Halbdunkel liegenden Treppen des Donjons. Nicht mehr lange, dann werden sie die Öllichter und Fackeln entzünden, dachte Nuria. Als sie über den Hof gingen, sah sie, dass der Hufschmied vor seiner kleinen Werkstatt auf einem Schemel hockte und sie mit seinen Blicken verfolgte. Was für ein neugieriger Geselle! Ein leichter Wind war aufgekommen und brachte eine angenehme Kühle mit.

Schon vom Flur aus hörten sie Enrique in seinem Arbeitszimmer schimpfen und traten hinein. Der König war von Günstlingen und Beamten umgeben, darunter auch ein paar Juden.

»Schafft mir das Geld her! Wozu habe ich euch sonst die Steuer verpachtet?«, herrschte er die Juden an. Dann fiel sein Blick auf die beiden Ankömmlinge. »Ah, der Leibwächter in Begleitung meines Schatzmeisters.«

»Ja, Majestät«, sagte Cabrera. »Die Sorge um Alfonso hat mich veranlasst, Don Jorge zu begleiten.«

»Recht so«, murmelte der König betrübt. Er schickte alle anderen hinaus und lud mit einer raumgreifenden Geste Andrés und Nuria ein, an dem großen, runden Tisch Platz zu nehmen. Wie Cabrera ließ sich Nuria auf einem der lederbezogenen Armstühle nieder. Es kam ihr vor, als stünde die Zeit still. Die zunehmende Dunkelheit im Raum ließ alle Konturen verschwimmen, auch die der Gedanken.

Enrique atmete prustend aus, hob die in den weiten Ärmeln seines bunten Kaftans steckenden Arme, ließ die Hände kurz nach oben schwingen, bevor er sie sanft auf die Tischplatte legte. »Habt Ihr eine Ahnung, Senhor de Castro, in wessen Gewalt sich mein Bruder befindet?« In seinen blauen Augen stand etwas Flehendes.

»Nein, Majestät.« Nuria wusste, dass der König keinen Verdacht, der auf den Marqués de Villena fiel, teilen würde. Es blieb ihr ein Rätsel, aus welchem Grund Enrique an einem Mann festhielt, der ihn gedemütigt und ihn erwiesenermaßen immer wieder verraten hatte – wie er auch jetzt den König hinterging und zum Angriff rüstete. Sie verstand nicht, weshalb er seine Freunde benachteiligte und seine Feinde förderte und ihnen stets verzieh. Aber vielleicht besteht in diesem Widersinn der eigentliche Charakter der Politik, dachte sie.

Der König wandte den Kopf zu Cabrera. »Und Ihr?«

»Auch ich habe nicht die geringste Ahnung.«

»Don Jorge, ich bitte Euch, bringt mir Alfonso zurück. Ihr habt so oft Eure Tüchtigkeit unter Beweis gestellt, tut es auch diesmal. Nein, tut es *vor allem* diesmal.«

»Ich werde nicht ruhen und nicht rasten, bis ich den Infanten befreit und ihn zurückgebracht habe, im Namen Gottes und der Jungfrau Maria«, entgegnete Nuria so sicher wie entschlossen.

Der König nickte. »Ich trage doch die Verantwortung für ihn, vor unserem seligen Vater, vor seiner Mutter …«

»Vor Gott und vor Kastilien«, fügte Andrés de Cabrera hinzu.

»Auch das, ja. Wer bin ich, dass ich euch aufhalten darf?«

Das Gespräch war beendet. Nuria und Cabrera stand auf und verneigten sich, dann verließen sie das Zimmer. Der König blieb zurück. Gefangen in seiner Haltung, gefangen in seinem eigenen Grau, dachte Nuria.

Als sie in den Donjon zurückkehrten, spiegelte sich für einen kurzen Moment Erleichterung in Isabels Gesicht. Nachdem sie ihr und Beatriz abwechselnd von der kurzen Unterredung mit dem König berichtet hatten, schloss Nuria: »Die Sorge des Königs war echt. Das war keine Komödie. Ich müsste mich sehr täuschen, wenn er hinter Alfonsos Entführung stecken würde oder auch nur irgendetwas damit zu tun hat.«

»Mir geht es genauso«, pflichtete Cabrera ihr bei.

»Dann also Carrillo und Villena«, sagte die Infantin.

Nuria nickte. Sie stand mitten im Zimmer und dachte laut nach. »Der Erzbischof und der Marqués konnten nicht wissen, dass sich heute die Gelegenheit ergeben würde, Alfonso zu entführen. Sie müssen hier im Alcatráz einen Spitzel gehabt haben, der die Häscher informierte, die sich in der Stadt in Bereitschaft hielten. Als ihr die Burg Richtung Kathedrale verlassen habt, ist der Spitzel euch gefolgt und hat die Spitzbuben benachrichtigt, die die Zeit der Messe nutzten, um den Überfall vorzubereiten.«

Nuria war sich sicher, so und nicht anders musste es sich abgespielt haben. Plötzlich hielt sie inne, strich aufgeregt über ihre Narbe über der rechten Augenbraue. Vor ihrem inneren Auge zeichnete sich nebelhaft eine Gestalt ab.

»Kommt!«, rief sie Cabrera zu. »Holt ein paar Eurer Männer zur Verstärkung.«

Cabrera sprang auf, und beide eilten aus dem Zimmer. Während Nuria über den Hof lief, bog der Schatzmeister zu den Kasematten ab. Kurz darauf erschien er mit sechs ihm ergebenen Männern vor der Schmiede, wo Nuria bereits auf ihn wartete.

»Na, dann los«, sagte sie und trat durch die Tür in die Werkstatt. In dem dahinterliegenden Wohnraum saß der Hufschmied mit seiner Frau und seinen vier Kindern auf Schemeln um einen einfachen Tisch. Das älteste Kind, ein Mädchen, war vielleicht fünfzehn, die beiden Jungen zwölf und acht, und das jüngste, wieder ein Mädchen, zählte wohl drei Jahre. Sie sind auf ihren Vater als Ernährer der Familie angewiesen, dachte Nuria, verbot sich aber jedes Mitgefühl.

»Folge uns in die Werkstatt«, sagte sie und sah den Schmied ruhig an, »dann wird dir nichts passieren.«

Der große Mann erhob sich mit schuldbewusster Miene, stapfte hinter Nuria, Andrés und dessen Männer her und schloss hinter sich die Tür. »Womit kann ich dienen?«

»Mit der Wahrheit!«

»Worüber?« Nicht ein Muskel im Gesicht des Schmiedes regte sich. Er schielte zu seinem großen Schmiedehammer hinüber.

»Denk nicht einmal dran«, riet ihm Nuria, die seinem Blick gefolgt war. »Denk lieber an deine Familie. Sag uns alles, was du weißt, und dir soll vergeben werden, aber belüge uns nicht, verschweig uns nichts, und raub uns keine kostbare Zeit.«

Der Schmied lachte bitter auf. »Warum solltet Ihr mir verzeihen?«

»Weil eine Familie zu ernähren Geld kostet und ich deine Frau und deine Kinder nicht ins Elend stürzen will.«

Der Schmied glotzte blöd vor sich hin, weil er die Welt nicht mehr verstand. In seinem bisherigen Leben war er nur Hartherzigkeit begegnet, niemals Großmut. Auch wenn er Nurias Zusicherungen misstraute, befand er sich doch in der Gewalt des Königs. »Also gut.« Er zog die Schultern ein.

»Wenn man mit dem Teufel isst, muss man einen langen Löffel haben. Sag, was du weißt«, drängte Nuria.

»Don Perico, Villenas neuer Waffenmeister, hat mir Geld gegeben. Ich sollte den Infanten folgen, wenn sie die Burg verlassen und ihn sofort benachrichtigen, wenn sie in die Kirche gingen.«

»War das alles?«

»Ja.«

»Leicht verdientes Geld, dachtest du. Welcher Gasthof?«

»›Zur goldenen Eidechse‹ unweit der Kathedrale.«

»Wie viel hat dir Don Perico gegeben?«

»Zehn Maravedis.«

»Streck deine rechte Hand vor! Strafe muss sein!«, befahl Nuria.

Nur zögernd kam der Schmied der Aufforderung nach und hielt Nuria seine große, schwielige Hand hin, in der Tag für Tag der schwere Schmiedhammer gelegen hatte. Nuria zog ihr Schwert und erhob es. Der Schmied schloss die Augen, Andrés de Cabrera trat unwillkürlich einen Schritt zurück und wandte das Gesicht ab. Nuria ließ das Schwert niedersausen. Als der Schmied die Augen wieder öffnete, starrte er verblüfft auf seine rechte Hand, die sich noch an seinem Arm befand.

Nuria hatte einmal mit der flachen Klinge zugeschlagen und dabei nur zwei Schwielen geritzt. Mit ernstem Gesicht zählte sie zwölf Maravedis in den blutverschmierten Handteller des Schmiedes. »Du stehst jetzt in unseren Diensten. Wenn du uns Bescheid gibst, wenn einer von Villenas Leuten wieder etwas von dir will, soll dir nichts geschehen. Weißt du noch etwas?«

Der Hufschmied schüttelte wortlos den Kopf. Er konnte offensichtlich noch immer nicht recht glauben, dass er nicht für den Verrat bestraft werden sollte.

»Wieso habt Ihr den Schuft ungeschoren davonkommen lassen?«, fragte Cabrera Nuria, als sie, gefolgt von den sechs Bewaffneten, durch das Burgtor zur Stadt ritten.

»Ich würde am liebsten Villena und Carrillo zur Verantwortung ziehen, aber die gehen wahrscheinlich wieder straffrei aus. Wie kann ich da den Schmied büßen lassen? Außerdem haben wir an ihm nun einen treuen Mann, der uns über alles informiert, was Villena in Segovia plant. Wäre es Euch lieber, wenn der Marqués einen neuen Spion auf uns ansetzt?«

Durch die dunklen Straßen ritten sie an der Kathedrale vorbei zum Gasthof »Zur goldenen Eidechse«. In gelben Pfützen lag die Helligkeit, die aus den Fenstern der Häuser fiel, auf dem festgetretenen Staub der Gasse. Andrés postierte seine Leuten am Eingang und schärfte ihnen ein, niemanden aus dem Haus zu lassen. Dann betraten er und Nuria die Gaststube.

In dem großen, niedrigen Raum stank es nach Schweiß und saurem Wein. Soldaten, Handwerker, Reisende, Kaufleute, Hidalgos hockten auf plumpen Schemeln und Bänken an Tischen, aßen und tranken, würfelten und banden sich gegenseitig einen Bären auf. Ein langer, dürrer Mensch stellte auf dem Tresen die Getränke für die Schankgesellen bereit, die sie zu den Tischen schleppten. An der Wand lehnte ein kleiner, rundlicher Mann mit Vollmondgesicht und Fransenbart und beobachtete das Treiben in der Wirtschaft. Andrés hielt auf den Wirt zu und baute sich vor ihm auf, gefolgt von Nuria.

»Oh, Don Andrés, was verschafft mir die Ehre?« Der Wirt verbeugte sich dienstbeflissen.

»Sag, alter Freund, übernachtet ein Don Perico mit seinen Männern bei dir?«

Der Wirt wiegte den Kopf hin und her. »Vier Tage hat er mit seinen Männern hier logiert. Sie haben viel gewürfelt und wenig getrunken. Ich hab mich gefragt, ob sie sich in Bereitschaft hielten. Heute Morgen ist so ein großer, kräftiger Kerl erschienen. Don Perico hat mit ihm gesprochen und sofort die Rechnung beglichen. Dann ist er so eilig mit seinen Männern abgezogen, als sei ihm der Teufel auf den Fersen.«

»Wie viele waren es denn, alter Freund?«

»Fünf Männer, eher Galgenvögel als Hidalgos. Bin froh, dass ich sie nicht mehr im Haus habe.«

Cabrera bedankte sich und steckte dem Wirt eine Münze zu. »Weißt du, woher sie gekommen sind? Wohin sie reiten wollten und in wessen Auftrag sie unterwegs waren?«

Der Wirt schüttelte den Kopf. »Sie waren nicht sehr gesprächig. Haben auch ihre Finger von den Dirnen gelassen. Seltsame Leute waren das!«

Diese Gäste haben ihm so gar nicht behagt, weil an ihnen nichts zu verdienen war, dachte Nuria und schmunzelte. »Wir wissen auch so, wo sie hin wollen. Nach Ávila oder nach Toledo«, raunte sie Cabrera auf dem Weg nach draußen zu.

»Auf alle Fälle nach Südosten.«

»Wir müssen uns sputen, damit wir sie einholen.«

50

Granada, Spanien

Als Yahya sein Zimmer in der Karawanserei betrat, stieß er auf Ruggiero, der es sich voll angekleidet auf seinem Bett bequem gemacht hatte. Niemand war ihm in seinem Hochgefühl unwillkommener als der Teufel. Unwillig zog Yahya seine Stirn in Falten. »Liegst du gut?«, fuhr er den ungebetenen Besucher an. Nicht einmal die Sandalen hatte er ausgezogen!

»Du lässt mich warten, Freund, ziehst allein durch die Stadt und erzählst mir nichts. Wir sind nicht zum Spaß hier.«

Der Teufel ging ihm auf die Nerven. Er war nichts weiter als der dreiste Einbruch der Realität in sein Märchen aus Tausendundeiner-nacht.

»Und was machst *du*?«

»Ich habe mich bei den Kaufleuten umgehört.«

»Was sonst, die sprechen ja auch deine Sprache.«

Ruggiero warf ihm einen zornigen Blick zu. Es ärgerte ihn, dass er so sehr auf den jungen Übersetzer angewiesen war, auf das Wundertier Yusuf Paschas. »Rede dich nicht raus. Ich will wissen, wo du gewesen bist!«

»Ich komme besser voran, als du denkst! Und jetzt runter von meinem Bett.«

Schief lächelnd erhob sich der Italiener. Aus seiner Bauchbinde zog er einen Krummdolch. »Sieh mal, habe ich heute Morgen erworben.« Dann trat er blitzschnell hinter Yahya und hielt ihm den Dolch an die Kehle. »Wage nicht, den Großherrn oder mich zu betrügen. Es würde dein Leben und das Leben deiner Mutter kosten.«

»Warum sollte ich dich betrügen? Warum meinen Wohltäter, den Sultan?«

»Ich weiß es nicht, ich weiß nur, dass ich dir nicht traue, Bürschchen. Für meinen Geschmack steckst du dein Näschen zu oft in Bücher. Keine Ahnung, was da drin steht und ob du dich nicht dumm und dämlich liest. Alles, was man wissen muss, passt in zwei Sätze.«

Yahya rann der Angstschweiß von der Stirn. »So, in ganze zwei?« Es sollte spöttisch klingen und auch ein wenig höhnisch, doch wirkte es nur ängstlich.

»Diene erstens treu deinem Herrn, solange er dich zweitens anständig bezahlt.« Ruggiero nahm den Dolch herunter und steckte ihn wieder in die Bauchschärpe. »Also, wie ist die Lage? Bring mich auf den neuesten Stand.«

»Der Führer der Sarraj plant einen Aufstand mit dem Sohn des Emirs an der Spitze, der ein kriegerischer Charakter ist und nichts vom Frieden mit Kastilien hält.«

»Sieh an, da hast du ja wirklich etwas in Erfahrung gebracht.«

»Ich bin dabei, mir einen Weg zum Sohn des Emirs zu suchen.«

»Brav«, sagte Ruggiero von oben herab.

Yahya spürte deutlich, dass er ihm misstraute. Zudem langweilte sich der Italiener und fühlte sich ausgeschlossen – eine gefährliche Mischung. Yahya entschied, dass es besser wäre, ihm Aufträge zu erteilen. Ruggiero musste etwas zu tun bekommen, und das nicht zu knapp. Auf diese Weise ließ sich das Angenehme mit dem Nützlichen verbinden.

»Kannst du es einrichten, Informationen über einen Mann einzuholen, der davon nichts merken darf?«, fragte er.

»Nichts einfacher als das.«

»Vorsicht, er ist sehr schlau.«

»Wer ist es denn?«

»Der Philosoph Hasan ibn Khaldin. Der Pferdegesichtige, mit dem ich mich an dem Abend bei Yehuda lange unterhalten habe.«

»Was willst du wissen?«

»Ob er ungefährlich ist oder ob er für jemanden arbeitet, für die Banu Banigash zum Beispiel.«

»Und wenn er für diesen Stamm spioniert?«

»Dann töte ihn«, entgegnete Yahya und war von seiner Kälte ebenso überrascht wie Ruggiero, der die Augen aufriss. Dann aber glitt ein schmieriges Lächeln über das Gesicht des Italieners, das Yahya unangenehm aufstieß. Er hatte sich mit dem Teufel gemeingemacht, der ihn nun als Komplize sah. Hätte Ruggiero den wahren Beweggrund für Yahyas Anweisung gekannt, nämlich Zoraya zu schützen, hätte ihn das beunruhigt. Aber das behielt Yahya für sich. Lieber ertrug er die plumpe Vertraulichkeit des Teufels.

»Du lernst schnell. Das muss ich dir lassen, Bürschchen. Gut, und was machst du jetzt?«

»Ich ruhe mich aus, habe aber heute noch eine geheime Zusammenkunft mit Yehuda. Es dürfte auch jemand von den Sarraj dabei sein. Also finde schnell, aber vorsichtig heraus, ob Ibn Khaldin ein Spitzel ist!«

Ruggiero nickte ihm zu und verließ das Zimmer. Während er Kaftan und Sandalen auszog, dachte Yahya schmunzelnd an seine List und die kleine Lüge. Er ließ sich auf sein Bett fallen. Er wollte sich etwas ausruhen. Der Schlaf kam schnell.

Als er erwachte, war es schon fast Abend. Er aß ein wenig, dann versuchte er zu lesen, doch seine Gedanken schweiften immer wieder zu ihr. Nein, er wollte nicht planen, nicht darüber nachdenken, wie es mit ihnen weitergehen würde. Es zählte nichts als der Augenblick, der sie zueinander brächte. Darauf wartete er mit wachsender Ungeduld. Zwischendurch klopfte er an Ruggieros Zimmertür, aber der Italiener war noch unterwegs. Yahya runzelte die Stirn. Er musste unbedingt etwas über Ibn Khaldin erfahren, denn aus einer unbestimmten Eingebung heraus beunruhigte ihn der Philosoph. Sie hatten sich für seinen Geschmack zu schnell angefreundet.

Von seinem Fenster aus sah Yahya zu, wie die Sonne langsam hinter der Alhambra unterging. Endlich rief der Muezzin zum Nachtgebet, und es war Zeit für ihn, sich auf den Weg zu machen. Diesmal zog er nicht den Kaftan, sondern einen knöchellangen, braunen Burnus über das Hemd und die weiße Hose. Auf eine Kopfbedeckung verzichtete er.

Gemessen an dem bunten Treiben auf den Plätzen und Gassen hätten die Moscheen leer sein müssen. Dass dem nicht so war, wusste Yahya aus den Tagen des Wartens, in denen er die Gebetszeiten eingehalten hatte. Immer wieder wandte er sich um, um festzustellen, ob er verfolgt wurde. Diesmal jedoch nicht wie am Mittag aus Angst und Misstrauen, sondern aus Vorsicht. Falls ihn jemand beschattete, riskierte er es, den Zorn der Sarraj und des Sohns des Emirs auf sich zu ziehen, und dann wäre seine Mission gescheitert. Bis jetzt hatte er niemanden entdeckt, der ihn verfolgte. Obwohl er lieber früher als später bei Zoraya gewesen wäre, nahm er sicherheitshalber einige Umwege in Kauf.

Und dann stand er vor der kleinen Pforte und stieß sie fast liebevoll auf. Mit schnellen Blicken nach links und rechts prüfte er, ob ihn jemand beobachtete, doch das Gässchen lag einsam und verlassen vor ihm. Flink huschte er durch die Tür und rannte dabei fast ein Mädchen um, das einen Kopf kleiner war als er und vielleicht vierzehn Jahre zählte.

»Die Herrin erwartet euch«, sagte sie, schloss die Riegel der Pforte und ging voraus. Sie vermied es, ihn anzuschauen, und richtete die Augen zu Boden. Die Ankündigung, dass die Herrin ihn erwarte, klang wie Zimbeln und Harfen in seinen Ohren. Beschwingten Herzens folgte er dem Mädchen durch den schmalen Gang, der sich zwischen der Mauer und einer Myrtenhecke erstreckte. Als die Mauer an die Ecke des Hausflügels stieß, wandten sie sich nach links.

Yahyas Körper und Geist waren zum Bersten gespannt, und das Blut pulste immer heftiger in seinen Adern. Er befürchtete, zu laut zu atmen, und hielt immer wieder kurz die Luft an. Aus einer Nische neben einer unscheinbaren Tür nahm das Mädchen ein brennendes Öllämpchen, dessen Licht den Weg nur spärlich beleuchtete. Yahya gelang es nicht, sich eine rechte Vorstellung von diesem Teil des Abrabanelschen Hauses zu machen. Aber das interessierte ihn auch nicht weiter. Wie würde Zoraya ihm entgegentreten? Würde sie vielleicht sogar tanzen? Die unerträgliche Anspannung riss die Bilder in seinem Kopf in Fetzen.

Er folgte dem Mädchen zu einer kleinen Treppe, die über zwei

Podeste nach oben führte. Dort nahmen sie einen schmalen Gang, der ein wenig mäanderte. Yahya gestand sich ein, dass er aus diesem Labyrinth allein nicht wieder herausfinden würde. Das Mädchen öffnete eine Tür mit reichem Schnitzwerk und forderte ihn mit einer Geste auf, einzutreten, wobei sie es erneut vermied, ihn anzuschauen. Hinter ihm schloss sie die Tür.

Ein Duft von Zimt und Ambra umspielte seine Nase. In Wandnischen standen Öllämpchen, die das Zimmer, das in der Mitte von quadratischer Form war, in ein sanftes Licht tauchten, das sich über den gefliesten Fußboden schlängelte. Die gleichen bunten Kacheln bedeckten bis auf die Höhe der Taille die Wände, darüber hingen reich verzierte Stoffe in Gold, Rot und Blau. Gegenüber der Tür und rechts davon gingen hufeisenförmige, leicht erhöhte Alkoven ab, deren äußere Bögen auf zierlichen Säulen ruhten.

Yahya ging weiter in den kleinen Saal hinein. Er spürte Zorayas Anwesenheit, auch wenn er sie nicht entdeckte, obwohl er sich aufmerksam umblickte. Seine Anspannung wuchs. Den Raum erfüllte Nachtluft, die zwar warm, doch auch ein wenig frisch war, prickelnd und belebend. Yahya wollte gerade die Alkoven nach Zoraya absuchen, als sie aus einer der Schlafnischen trat. Sie trug ein langes, weißes Gewand, das die Schultern freiließ. Das offene Haar fiel ihr wie Wellen aus Feuer fast bis auf die Hüften. Ihre Augen glühten, ihr Mund lächelte ein wenig frivol. Sie winkte ihn zu sich und zog sich wieder in den Alkoven zurück.

Zu seiner Überraschung war die Außenfront des Separees unterteilt. Im geschlossenen oberen Drittel trennte eine Mittelsäule zwei Fenster aus durchbrochenem Schnitzwerk, sodass Luft und Licht hereindringen konnten. Unter einer hufeisenförmig gerahmten Öffnung schützte eine Balustrade die Schläfer davor, herunterzufallen. Auf dem Boden waren Decken und Kissen um einen kleinen Tisch ausgebreitet, der mit Wein, gebratenem und gedämpften Fisch, Wachtelfleisch, Fladenbrot, schwarzen Oliven und Obst gedeckt war.

»Komm!« Zoraya streckte die Hand nach ihm aus. Schnell war er bei ihr und folgte ihr die fünf Schritte zum Fenster. Sie blickten hinauf in den Nachthimmel, zu den unzähligen Sternen, in die fernen Welten, in all das, was nicht »Hier« war.

»Meinst du, dass auf einem dieser Sterne auch ein Mann und eine Frau am Fenster stehen und zu uns herunterschauen?«, fragte sie.

»Sie würden neidisch sein.«

»So, meinst du? Das sind die Alpujarras«, sagte sie und zeigte auf ein mächtiges Gebirgsmassiv, das sich unter dem hellen Mondlicht schwarz abzeichnete. »Ich stehe gern hier und schaue dort hinüber. Diese Berge waren vor und werden nach uns sein. Es beruhigt mich, zu wissen, dass wir nicht ganz so wichtig sind.« Dann fuhr sie mit der Hand durch seinen Schopf und küsste ihn lange. »Leg den Burnus ab und alles, was du anhast. Ich will dich sehen.«

Ein wenig unsicher kam Yahya ihrer Aufforderung nach, bis er nackt vor ihr stand. Zoraya umkreiste seinen kräftigen jungen Körper, musterte ihn mit ernstem Gesicht, schickte ihre Augen auf die Reise, als könnten ihre Blicke ihn berühren und streicheln, und es schien, dass ihnen die Gabe der zärtlichen Berührung im Reich der Augenlust gegeben war. Verblüfft stellte Yahya fest, dass er nicht das Gefühl hatte, nackt zu sein, obwohl er doch keine Kleidung mehr auf dem Leib trug. In seiner Blöße lag mit einem Mal seine Stärke.

Bedächtig ging Zoraya dazu über, ihn mit ihren geschickten Händen zu berühren, sanft, neckend, bevor sie hinter ihn trat und ihn mit ihrer rechten Hand fest umschloss. Er ließ es geschehen und genoss mit seinem empfindsamen Rücken, der nur noch aus Nerven zu bestehen schien, ihren Körper, die harten Spitzen ihrer Brüste, das Gefühl, sich ins Universum zu ergießen.

»Weißt du, dass Weinkenner die erste Flüssigkeit, die sich im Flaschenhals abgesetzt hat, wegschütten? Als Opfer für die Erde, aus der der Wein gekommen ist.«

Yahya stöhnte leise, eins mit der Nacht und eins mit ihr. Er spürte, dass ihr Gewand zu Boden fiel. Sie fütterte ihn mit gebratenem Fisch und zog ihn aufs Lager, um ihn zu reiten, wieder und immer wieder, als machten sie sich auf den Weg, fort von Granada, fort von allen, die sie kannten, in eine unbekannte Welt, dorthin, wo auch sie keiner kennen würde. Sie genossen einander ohne Unterlass, um die Zeit nicht zu vergeuden, so als fänden ihre Zärtlichkeiten, all die Küsse und Umarmungen nur ein einziges Mal statt und müssten für immer, für ein ganzes Leben reichen.

In das sanfte Gefühl einer wohligen Mattigkeit drang hinterhältig, böse und gemein die Stimme des Muezzins. Neidisch rief er den Morgen herbei, die Welt des Tages, die Welt Granadas, in der nur die Macht und der Gewinn und die Vernunft und der rechte Glaube zählten, nicht aber die Träume, nicht aber das, was über alle Vernunft ging, nicht die Phantasie und der wahre Glaube und das Leben und die Liebe, die den Menschen ausmachte. All das vertrieb der Muezzin mit seinem Ruf.

Yahya wollte nicht von ihr lassen und musste es doch, er wollte nicht gehen, aber es war höchste Zeit. »Lass uns fliehen!«, bettelte er.

»Wir sind doch schon geflohen«, entgegnete sie.

»Nein, in der Wirklichkeit.«

Zoraya lachte. »In der Wirklichkeit gibt es keine Flucht. Dein Großherr wird dir zum Dank dafür, dass du seinen Auftrag nicht ausgeführt hast, gewiss ein Haus schenken und ein Auskommen sichern.«

»Wir gehen nach Kastilien«, sagte Yahya, als wäre es bereits entschieden.

»Nicht nach Kastilien!«, entgegnete sie. Ihre Stimme war plötzlich kalt und hart geworden.

»Dann eben nach Katalonien, Liebste, Schönste …« Er blickte sie mit einem solchen Feuer in den Augen an, dass ihre Wangen das Rosé der Quittenblüten in ihrem Garten annahmen. Dankbar küsste er ihre Hände, denn er wusste, dass sie ihm damit das größte Geschenk der ganzen Nacht gemacht hatte.

»Jetzt geh, wir wollen doch nicht den Kopf verlieren«, flüsterte sie.

Die Doppeldeutigkeit ihres Satzes entlockte ihm ein bitteres Lachen. Und er dachte an seinen Traum. »Scheinbar bin ich der Einzige, der *nicht* seinen Kopf verliert.« Sie sah ihn verständnislos an. Woher sollte sie auch wissen, dass sein Vater und seine Brüder vor seinen Augen ihre Köpfe »verloren« hatten?

»Nun geh, du Kopfträger. Offiziell halten wir Verbindung über

Yehuda … ach, nun schau mich doch nicht so traurig an wie ein Welpe. Aisha, die Kleine, die dich hereingelassen hat, ich schicke sie dir, wenn es …« Zoraya stockte, und in ihren Augen bemerkte er einen Moment lang eine verstörende Leere. »… wenn es persönlich ist.« Sie erhob sich, zog sich an und ging zu einer Tür.

Yahya erschrak. In ihrer Nacktheit war sie eine Göttin gewesen, nun verwandelte sie sich wieder in eine Tänzerin, in eine, wenn auch sehr schöne, aber eben doch irdische Frau. An der Tür drehte sie sich noch einmal um.

»Bleib mir treu, Yahya, betrüge mich nicht, niemals, jetzt nicht und in deinem ganzen Leben nicht.«

Ein schwarzer Zauber legte sich auf sein Herz, eine Verwünschung, ein Bann. Dann war Zoraya verschwunden. Er sah ihr noch nach, als nur das Türblatt aus Ebenholz zu sehen war. Nach einer Weile öffnete sich die Tür wieder, aber er erkannte an der vorsichtigen Art, dass nicht sie es war, auf deren Rückkehr er gehofft hatte. Als er sah, dass Aischa sich erschrocken abwandte, bemerkte er, dass er noch immer nackt war und kleidete sich rasch an. Vorsichtig um sich blickend führte ihn das Mädchen durch das Haus, dessen Bewohner langsam erwachten, weiter an der Myrtenhecke entlang bis zu der kleinen Pforte.

Als er hörte, wie hinter ihm die Riegel in die Halterungen glitten, fühlte er sich aus dem Paradies verstoßen und fühlte sich in jeder Beziehung leer. Er hatte gewusst, dass es für sie beide keine Zukunft geben konnte und dass der Zauber dieser Nacht ihm nur ein einziges Mal zuteilwerden würde. Fortan gab es keine Hoffnung mehr, nur eine Erinnerung. Das musste er akzeptieren und tat es auch. Er gestattete sich nicht, dagegen zu rebellieren. Er versank in bodenloser Trauer.

Plötzlich spürte er einen scharfen Schmerz, der ihn zu Boden warf. Noch ehe er wusste, wie ihm geschah, wurde er von hinten gepackt und wieder auf die Beine gestellt. Dann sah er in zwei dunkle, kalte Augen. Das Wiesel!, dachte er noch, als ihn ein Faustschlag ins Gesicht traf. Doch diesmal wurde er festgehalten, und ein zweiter Hieb ging auf ihn nieder. Dann versank die Welt im Dunkel. Jemand hatte ihm eine schwarze Kappe über den Kopf gestülpt. Seine Hände wurden sehr stramm auf den Rücken gebunden. Dann spürte er nur noch, wie ihn rechts und links zwei kräftige Arme unterhakten und mitschleiften.

Seine Gedanken rasten. War Zoraya in Gefahr? Hatte er sie doch einem Risiko ausgesetzt? Die Fragen quälten ihn, sie quälten ihn umso heftiger, je länger der Weg wurde, den sie gingen. Aufwärts und abwärts, schließlich nur noch abwärts. Irgendwann hielten sie an, und jemand nahm ihm die Kappe ab. Yahya kniff die Augen zusammen, denn die aufgehende Sonne blendete ihn. Mit gesenktem Kopf wagte er langsam, die Lider zu öffnen, und wusste sofort, wo er sich befand.

Und das beglückte ihn in keiner Weise. Sie hatten ihn zum blutigen Knochen gebracht, da konnte der Philosoph nicht weit sein. Während starke Arme ihn über die Mauer hoben und in die Höhle schleppten, richtete er seine ganze Hoffnung auf Ruggiero. Heiße Wut stieg in ihm auf, als er den nichtsnutzigen Italiener, an Händen und Füssen gefesselt und mit Prügelspuren im Gesicht, auf dem felsigen Boden kauern sah.

Die Tür öffnete sich, und Hasan ibn Khaldin trat herein. Yahya warf Ruggiero einen vernichtenden Blick zu, der nur einen einzigen Vorwurf enthielt: Habe ich dir nicht gesagt, dass er schlau ist? Das Mienenspiel des Italieners verriet eine Mischung aus schlechtem Gewissen und der Schande, übertölpelt worden zu sein.

»Ah, mein Freund!«, begrüßte der Philosoph Yahya zuckersüß. »Weißt du, was das Schönste ist? Wenn du meine Fragen nicht beantwortest, habe ich die Wahl, ob ich dich foltern lasse oder ob ich dir eine Paradiesreise spendiere, auf der ich dich selbstverständlich begleite.«

»In wessen Diensten stehst du?«, fragte Yahya kühl.

»In meinen. Aber ich lebe davon, dass ich mein Wissen verkaufe. Es ist schade, aber diejenigen, die es sich wirklich leisten können, in die Weltweisheit eingeführt zu werden, interessieren sich leider nur für alltägliche Dinge. Zum Beispiel, was die beiden Fremden, die von Yehuda so freundlich empfangen werden, in unsere Stadt führt. Oder wer gerade welchen Anschlag plant. Wer hat viel Geld gewonnen, wer hat viel verloren? Wer hat ein Verhältnis mit der Frau eines anderen, sehr vermögenden Mannes? Wissen ist eine Ware, die Gewinn bringt, ohne dass sie etwas kostet. Es benötigt keinen Lagerplatz. Man muss nur wissen, wie man an Wissen kommt. Ein Gelehrter ist im Grunde ein Dieb.«

»Dann gehört also dieses … sogenannte Paradies … dir?«, knurrte Yahya.

Ibn Khaldin nickte.

»Und du benutzt es, um die Männer auszuhorchen?«

Wieder nickte der Philosoph. »Du weißt doch, im Paradies soll es alles geben, eben auch die Wahrheit.«

»Und die Lüge«, hielt Yahya dagegen.

»Da muss man schon ein Philosoph sein, um das unterscheiden zu können.«

»Für mich bist du nur ein ganz erbärmlicher kleiner Gauner«, entgegnete Yahya verächtlich.

Ibn Khaldin grinste und gab dem Wiesel ein Zeichen. Der Mann trat Yahya so fest mit der Stiefelspitze in die Seite, dass er vor Schmerz aufschrie.

»Manieren, mein Freund, befleißige dich deiner Manieren.«

»Seit wann bist du hinter mir her? Und warum?«

»Als wir uns zufällig beim Hahnenkampf begegnet sind, habe ich die Gunst der Stunde gepriesen. Du warst mir schon bei dem Fest des Juden aufgefallen. Und spätestens, als dich Yehuda in das Haus brachte, in dem zuvor schon der ehrenwerte Yusuf bin Hasan as-Sarraj verschwunden war, wusste ich, dass du kein gewöhnlicher Reisender bist. Deine Bildung ist an sich eine perfekte Tarnung. Aber sie ist auch ein mieser Verräter, denn sie hat dich mir ausgeliefert. Und dann habe ich dich hierher geführt, um dir lauschen zu dürfen.«

»Dann weißt du ja alles.«

»Dass man deinen Vater geköpft hat und du dich in Zoraya verliebt hast, ja. Aber über etwas anders als über deine Liebe und deinen Vater wolltest du nicht reden. Na, macht nichts. Holen wir das jetzt eben nach!« Der Philosoph machte ein bekümmertes Gesicht.

Yahya erriet, warum. »Nachdem du alles weißt, wirst du uns töten.«

»Ja, es ist wirklich schade um so viel Gelehrsamkeit. Aber du kennst jetzt mein Geheimnis.«

Ruggiero starrte finster vor sich hin. Er machte sich offensichtlich die bittersten Vorwürfe. »Manchmal fallen die Würfel eben nicht so, wie man es sich wünscht. Tut mir leid«, sagte er leise.

Yahya fühlte, wie ihn ein geradezu heiliger Zorn überkam. Es machte ihn maßlos wütend, dass der Italiener bereits aufgegeben hatte und der Pferdegesichtige mit seiner Hinterlist Erfolg haben sollte.

»Aber wenn ich es recht bedenke …«, fuhr Ibn Khaldin fort. »Warum sollte ich dir noch einmal eine Paradiesreise spendieren, deren Ausgang ungewiss ist? Vielleicht entkommst du mir nur wieder in die Hölle. Das Kraut ist auch für mich nicht billig zu haben, und es überhaupt zu bekommen, ist nicht leicht. Das wäre also nur Verschwendung. Nein, ich kann so oder so nur einen Menschen glücklich machen. Entweder dich, denn wenn du mir freiwillig alles sagst, wirst du einen leichten Tod haben. Du darfst dann sogar bestimmen, wie dein Gefährte stirbt. Oder ich mache meinen Freund, den guten Abdullah, glücklich, der große Freude am Foltern hat. Das hat er schon als Kind gern getan. Seine Karriere in dieser Kunst hat mit seinem kleinen Bruder begonnen.«

Ein Blick auf das Wiesel, dessen Augen gierig zu triefen begannen, verriet Yahya, dass Ibn Khaldin nicht übertrieb. »Wenn es dir ums Geld geht, warum lässt du uns nicht für unser Leben bezahlen?«

Der Philosoph lachte laut auf. »Diese Frage kannst du dir wohl selbst beantworten. Welche Summe du auch geben würdest, ich wäre nie sicher vor deiner Rache. Und du weißt inzwischen zu viel über mich.« Aus seinem Gesicht wich jede Freundlichkeit, es wurde hart. »Wer seid ihr, und was wollt ihr in Granada?«

51

Valle de la Fuenfría, Spanien

Sie hatten die Kälte der Nacht in großen Zügen genossen, den frischen Morgen tief in der Sierra de Guadarrama begrüßt und sich keine Rast gegönnt, denn die Sorge um den Infanten hatte sie unbarmherzig durchs Gebirge, durch Dunkelheit und Sonnenaufgang und schließlich durch den taufrischen Geruch der Kiefernadeln getrieben. Nun klapperten die Hufe ihrer Pferde wie Kastagnetten auf den Steinen der alten Römerstraße nach Madrid, die sie aus den Bergen in Serpentinen ins Valle de la Fuenfría hinabführte. In frühmorgendlicher Einsamkeit hielt der lichte Wald aus Kiefern und Steineichen noch seinen Zauberschlaf. Nuria entdeckte ein paar Hirsche, die durch den Wald zogen, stets auf der Hut vor den Wölfen. Dann öffnete sich vor ihnen eine liebliche Senke, die den Blick auf die schneebedeckten Gipfel der Sierra de Guadarrama freigab. Ein satter grüner Teppich und vereinzelte Bäume ließen vermuten, dass die Senke als Weide genutzt wurde.

Eine Gruppe von Reitern erregte Nurias Aufmerksamkeit. Sie berührte Andrés am Oberarm und wies auf eine Steineiche, die ihr Laubdach über eine Tränke ausbreitete, an der sich sechs Pferde labten, während ihre Reiter daneben standen und einer von ihnen einen Jungen grob am Kragen gepackt hielt. Alfonso!

Nuria gab ihren Begleitern ein Zeichen, und schon galoppierten sie los, flogen über das saftige Gras der Weide. Als die Gruppe an der Tränke auf sie aufmerksam wurde, rief der Mann, der den Infanten festhielt, den anderen etwas zu. Dann warf er sich den Knaben über die Schulter und rannte zu seinem Pferd. Er saß auf, legte Alfonso wie einen Sack zwischen Sattel und Pferdehals vor sich und preschte davon. Die übrigen Männer kamen mit erhobenen Schwertern auf sie zugeritten. Auch Nuria, Andrés und dessen Männer zogen blank. Nuria nickte dem Schatzmeister zu, der sie ohne Worte verstand. Auf sein Zeichen bildeten sie eine Linie, an deren linker Flanke nun Nuria ritt. Schon krachten die Schwerter aufeinander. Ihr linker Nebenmann stürzte sich mit erhobener Waffe auf ihren Angreifer, sodass sie unangefochten am Kampfgetümmel vorbeireiten und die Verfolgung des Reiters mit dem Knaben aufnehmen konnte.

Sie tauchte in den gegenüberliegenden Wald ein und folgte in halsbrecherischem Tempo dem schmalen Weg. In einer ausladenden Kurve entdeckte sie vor sich den Flüchtenden. Als der Reiter, in dem Nuria Don Perico, den Waffenmeister des Marqués de Villena vermutete, seines Verfolgers gewahr wurde, stieß er Alfonso herunter und wendete sein Pferd. Der Infant stürzte auf die groben Steine der Römerstraße und stieß einen Schmerzensschrei aus.

»Ruhig, Hoheit«, rief Nuria, »ich bin gekommen, um Euch zu befreien.«

Alfonso rappelte sich auf, stapfte ein paar Schritte in den Wald und ließ sich schluchzend ins Gras sinken.

»Hau lieber ab, du Schwächling und rette dein Leben, bevor ich dich absteche«, höhnte Villenas Waffenmeister, der mit gezogenem Schwert auf Nuria zuhielt.

Als Nuria den ersten kräftigen Hieb parierte, wurde ihr umgehend klar, dass ihr Gegner eisenharte Muskeln hatte. Zu Pferde würde sie ihm nicht lange standhalten können, und leicht zu überlisten würde der erfahrene Mann auch nicht sein.

»Schonen wir unsere Pferde, oder fürchtet Ihr den Kampf zu Fuß?«, rief sie ihm zu.

Don Perico ließ ein schallendes Gelächter hören. »Wenn du schneller sterben willst, nur zu!«

Sie stiegen ab, gaben ihren Pferden einen leichten Klaps, die daraufhin zum Wegrand liefen und grasten.

Mit gezogenen Schwertern standen sie mitten auf der alten Römerstraße einander gegenüber. Die Sonne verbarg sich noch hinter einem Schleier aus Dunst, der sich bald auflösen würde. Ein Käuzchen schrie.

»Überlasst mir den Infanten, dann können wir uns das hier sparen«, schlug Nuria vor.

»Dann wäre ja die ganze schöne Mühe umsonst gewesen. Nein, zieh ab, und alles ist gut.«

»Dann habt Ihr gerade Euer Todesurteil unterschrieben!«, versetzte Nuria kühl, erntete aber nur ein hämisches Gelächter.

In ihrem Rücken vernahm sie den sich überschlagenden Rhythmus der Hufe, blickte sich um. Von Cabrera und seinen Leuten verfolgt, kamen die Männer Don Pericos in atemberaubender Geschwindigkeit näher. Nuria sprang vom Weg, aber Villenas Waffenmeister blieb wie angewurzelt stehen. Im Vorbeireiten streifte ihn der Pferdeleib eines der Fliehenden. Er geriet ins Straucheln und stürzte zu Boden. Cabrera hob den Arm und zügelte zugleich sein Pferd. Auch seine Leute hielten an.

Während sich der Staub legte, stand Don Perico auf. Mit verdrossener Miene nahm er zur Kenntnis, dass er sich nicht mehr nur Nuria, sondern auch dem Schatzmeister und seinen sechs Begleitern gegenübersah. Villenas Waffenmeister funkelte sie wütend an und spuckte aus. Dann wandte er sich zu seinem Pferd, stieg auf und ritt fluchend davon.

Nuria sah zu Alfonso, der zitternd unter einer Steineiche im Wald stand. Er wischte sich mit dem Ärmel die Tränen vom Gesicht und rannte mit einem erleichterten Lächeln auf sie zu. Nuria hatte schon die Arme ausgebreitet, als ihr der Atem stockte. Hinter dem Jungen kam ein Wolf zum Vorschein, der zum Sprung ansetzte. Nuria rannte mit dem blanken Schwert in der Hand los, doch das Tier war Alfonso schon in den Rücken gesprungen, hatte ihn niedergeworfen und seine Zähne in den Oberarm des Infanten geschlagen. Alfonso schrie laut auf. Dann war Nuria da. Sie rammte dem Wolf das Schwert in den Schädel, und er brach aufjaulend über dem Knabenkörper zusammen. Nuria packte den Wolf an den Läufen und zog ihn von Alfonsos Rücken. Dann begutachtete sie die blutende Bisswunde an seinem

Arm und half ihm aufzustehen. Sie nahm ihn in die Arme, strich ihm übers Haar und redete tröstend auf ihn ein.

»Sieht ja nicht so schlimm aus«, sagte Cabrera, der herbeigeeilt war.

Nuria warf ihm einen sehr ernsten Blick zu und sah, dass auch er wusste, dass es sehr wohl schlimm stand. Der Wolf hatte an der Hundswut gelitten. Andrés wies seine Männer an, ein kleines Feuer zu entfachen. Mit dem Wasser aus seiner Flasche säuberte er die Wunde des weinenden Jungen. Dann nahm er sein Messer und hielt es ins Feuer. Nach einer Weile nickte er Nuria zu.

»Hoheit, Ihr müsst jetzt sehr tapfer sein«, sagte sie ruhig, »so tapfer wie nur ein wahrer König sein kann, auch wenn es sehr weh tut. Wollt Ihr mir versprechen, dass Ihr so tapfer sein werdet wie der Cid, der wahre König Spaniens, denn Ihr seid der Cid?«

»Ich ... der Cid?« Das Schluchzen verebbte.

»Ja, Ihr werdet Spanien befreien wie der Cid und herrschen wie Alfonso der Weise, aber dazu müsst Ihr jetzt tapfer sein!«

Der Infant lugte zu Andrés und sah die Klinge im Feuer. »Ihr wollt die Wunde ausbrennen?«

»Das müssen wir, Hoheit!«

»Dann tut es. Tut Eure Pflicht an Spaniens König und Befreier«, sagte der Knabe tapfer und drängte sich wieder eng an Nurias Körper. Sie umfing ihn fest und machte Cabrera ein Zeichen, während sie einen Vers aus dem »Cantar di mio Cid« anstimmte. Der Schatzmeister ergriff Alfonsos rechten Arm und presste die heiße Klinge für einen Moment in die Wunde. Es roch nach verbranntem Fleisch. Der Junge schrie so herzzerreißend, dass es Nuria, aber auch Cabrera die Tränen in die Augen trieb. Er nahm die Klinge fort und hoffte, dass er all das Böse vernichtet hatte.

»Es ist vorbei, alles ist vorbei, *mio Cid*, alles, alles«, sagte Nuria beschwörend und sang weiter.

Langsam, sehr langsam beruhigte sich Alfonso. Sie gaben ihm zu trinken, Wasser und Wein. Sie lobten ihn und erzählten ihm, welche Verletzungen der Cid überstanden hatte und wie wenig das war, im Vergleich zu dem, was Alfonso gerade ausgestanden hatte. Während sich der Junge ausruhte, brachte ihm einer der Männer etwas Brot und Käse und plauderte mit ihm. Nuria und Andrés hatten sich ein paar Schritte entfernt, um sich zu beraten. Beide waren sich darüber einig, dass Alfonso so bald wie möglich von einem Arzt untersucht werden musste.

»Zwei Ärzte sind besser als einer«, gab Andrés zu bedenken. »Gonzales de Segovia ist ein trefflicher Mann, aber die Sache ist gefährlich.«

»In Sevilla lebt ...« Weiter kam Nuria nicht, weil Cabrera ihr ins Wort fiel.

»Yehuda Sasportas.«

»Woher kennst du ihn?«

»Woher kennst *du* ihn? Er ist der beste Arzt Spaniens.«

»Ich habe ihn durch meinen Lehrer Hernandez de Cardenas kennengelernt.«

Andrés zog die Brauen zusammen und legte seine Hand auf Nurias Schulter. »Wir bringen Alfonso nach Hause, und du reitest schnell wie der Wind nach Sevilla und holst Yehuda nach Segovia. Ach, was sag ich, schneller als der Wind! Geld spielt keine Rolle. Wenn du welches brauchst, geh zum Marqués de Cadix, Rodrigo Ponce de Léon, und grüße ihn von mir. Hier, nimm den Ring als Zeichen.« Er zog einen goldeingefassten Ultramarin vom Finger. »Eil dich!«

Nuria nickte, ging hinüber zu Alfonso und kniete sich zu ihm. »Mein Herr, Don Andrés bringt Euch zum Alcatráz zurück.«

»Und du, Jorge?«

»Ich reite nach Sevilla, um einen bedeutenden Arzt zu holen. Euer Leben ist zu wertvoll, um es einem Quacksalber anzuvertrauen.«

Alfonso lächelte. »Ich komme mit dir, um dich zu beschützen.«

Sie fuhr ihm über das schwarze Kraushaar. »Eure Schwester wartet auf Euch, Hoheit. Der König gehört auf seine Burg oder an die Spitze seiner Ritter und nicht an die Seite eines einfachen Hidalgos als Reisebegleiter. Er ist nicht geschaffen zum Leibwächter seines Leibwächters. Eure Aufgabe ist es, diese Männer, die ich Euch jetzt anvertraue, sicher nach Hause zu geleiten.«

Alfonsos Lächeln wurde breiter. »Wir bringen sie sicher nach Segovia, mein treuer Hidalgo.«

»Danke, Hoheit.« Nuria erhob sich, ging zu ihrem Pferd und stieg auf, als Andrés in die Zügel griff.

»Soll ich dir einen Begleiter mitgeben?«

»Wozu?«, lachte Nuria, warf den Kopf in den Nacken und trieb ihr Pferd an. Je eher sie mit dem jüdischen Arzt in Segovia eintreffen würde, desto besser.

Ein paar Stunden später passierte sie ein Wäldchen und gelangte an einen Bach. Die langen Zweige der Trauerweiden hingen ins Wasser und bewegten sich leicht in der Strömung. Ein Steinbuckel wölbte sich als Brücke über dem Gewässer. Nuria war kaum hinübergeritten, als sie auf der anderen Seite auf einen Hidalgo stieß, der sein Pferd traben ließ. Als der Reiter sich umwandte, sah sie sich Don Perico gegenüber.

»Ohne Eure trefflichen Männer?«, erkundigte sie sich höhnisch.

»Feiglinge, haben sich aus dem Staub gemacht. Wollen wir es jetzt miteinander zu Ende bringen?« Don Perico grinste siegesgewiss.

Nuria zögerte kurz. Die Zeit drängte, aber sie konnte den Wunsch, Villenas Waffenmeister zu bestrafen, nicht unterdrücken. »Wollen wir, wenn es nicht allzu lange dauert. Ich habe es eilig.«

»Es wird nicht lange dauern … nur die Ewigkeit«, entgegnete er lachend und kratzte sich die Bartstoppeln.

Sie ließen sich von den Pferden gleiten und gingen mit gezückten Schwertern aufeinander zu.

»Ihr kennt doch das Gesetz? Wenn wir einen Kampf beginnen, dann führen wir ihn auch zu Ende.« Don Perico hob langsam das Schwert.

Kurz dachte Nuria an Don Hernandez de Cardenas und spürte einen Stich der Sehnsucht. Sie straffte sich. Ihre Aufgabe war es, diesen Zweikampf zu überleben. Nicht um ihretwillen, sondern für Alfonso de Trastámara, den Infanten von Kastilien, für Kastilien, für Spanien. Sie biss die Zähne aufeinander.

Fast hätte sie das Schwert fallen gelassen, so hart schlug der Waffenmeister zu. Und schon ging der nächste Hieb auf sie nieder. Ihre Schwerthand schmerzte so sehr, dass sie auch die Linke um den Griff legte und zurückschlug.

»Dein Schwertstreich war ja noch ein Kind. Wann kommen denn die Erwachsenen?«, höhnte Don Perico.

»Fürchte dich vor den Kindern. Vor den Kindern und vor den Frauen!«

»Vor den Frauen«, lachte er und parierte ihren Schlag kurz und hart. Er wollte erneut zuschlagen, doch Nuria wich ihm geschickt aus. Durch die Wucht des eigenen Schlages, der ins Leere ging, geriet Don Perico ins Taumeln. Dieser kurze Augenblick genügte Nuria, um ihm noch in der Drehung ihr Schwert in die rechte Schulter zu bohren. Er stieß einen wütenden Schrei aus und richtete sich auf. Sein rechter Arm mit dem Schwert hing schlaff herunter. Nuria sah in seine verschwommenen Augen und stieß die Spitze ihrer Klinge in sein Herz. Als sie das Schwert aus seinem Körper zog, brach er in die Knie.

Und dann geschah etwas Unbegreifliches: Don Perico lächelte sie an, offen und frei wie ein Kind. All die gelebten Jahre fielen von ihm ab. Der Tod, den er anderen gegeben und der sich in seinem Herzen angesiedelt hatte, wich von ihm. Sein Gesicht wurde licht, die Augen klar. Erlösung, dachte sie. Der Mann war erlöst.

Als sein toter Körper auf dem Weg aufschlug, spürte sie einen Stich des Neides. Sie ging zu seinem Pferd, durchsuchte seine Satteltaschen und fand neben ein paar Maravedis, die sie an sich nahm, in einer Ledertasche einen Brief. Als sie das Papier auseinanderfaltete, stockte ihr das Herz – sie kannte die Handschrift gut.

Ach, Perico, was bereitest Du mir nur für Sorgen. Habe ich Dich deshalb so sorgfältig ausgebildet, dass Du deine Dienste jedem, auch manchem Schuft anbietest? Habe ich Dich nicht gelehrt, mit dem Schwert, aber auch mit dem Verstand umzugehen? Du ziehst unser Handwerk in den Dreck. Perico, ich sage es Dir aus Liebe, der Frevel wird sich rächen, wenn Du nicht achtgibst bei der Auswahl Deiner Auftraggeber und Herren. Dann wird das Handwerk sich gegen Dich richten und Dich töten. Selbst Kinder oder

Frauen werden mächtig, wenn sie der Frevel entschlossen und verzweifelt genug gemacht hat. Sei auf der Hut, mein lieber Perico.
Hernandez de Cardenas

Das vergilbte Blatt zitterte in Nurias Händen. Sie hatten den gleichen Lehrmeister gehabt. Ihr Blick fiel auf den Leichnam, der mitten auf dem Weg in einer Blutlache lag. Zwar verdiente Don Perico ein christliches Begräbnis, aber sie durfte nicht noch mehr Zeit verlieren. Jede Stunde zählte, um Yehuda Sasportas nach Segovia zu bringen.

Auf dem Ast der Buche, der über den Weg ragte, saß ein Eichelhäher, in seinem prachtvollen Federkleid, in dem das Blau dominierte, und betrachtete sie unverwandt mit geduldigem Blick. Er konnte warten. Und er würde mit den Augen beginnen.

»Verdammt«, fluchte sie laut, »dann nimmt er eben seinen Weg in die Ewigkeit durch die Gedärme der Tiere! Ein Weg ist so gut wie der andere!« Sie stieg auf ihr Pferd und fiel in den Trab.

Wenn sie wenig schlief und nicht aufgehalten würde, könnte sie in zehn Tagen in Sevilla sein. Mit dem alten Mann würde sie für den Rückweg doppelt so lange brauchen. Sie hoffte, spätestens in einem Monat wieder in den Alcatráz von Segovia einzureiten.

52

Granada, Spanien

»Nehmt mir die Fesseln ab. Mit gefesselten Händen kann ich nicht reden.«

»Wer's glaubt? Gib auf, hier kommst du nicht mehr raus. Dein mühseliger und beladener Weg neigt sich dem Ende zu. Eigentlich müsstest du mir dankbar sein, Freund.«

»Was macht es dir aus, einem Todgeweihten die Fesseln zu lösen?«, fragte Yahya.

Hasan ibn Khaldin musterte ihn lächelnd. »Es stirbt sich nun mal besser mit gebundenen Händen, mein Freund. Also, ich höre!«

Wenn er redete, würde es nicht nur den Tod Yehudas und Ychzaks, auch den vieler Sarraj bedeuten. Auch Zoraya würde sterben. Doch wie gut und wie lange konnte er die Folter ertragen? Yahya gab sich keinen Illusionen hin. Er wusste, dass in der körperlichen Qual zuerst das Denken starb und dann der Wille. Jede Folter zielte im Kern darauf ab, den Willen zu brechen. Er musste Zeit gewinnen und durfte vor allem keinen Gedanken daran verschwenden, was er nicht hatte. Er musste sich auf das Wenige konzentrieren, das ihm noch zur Verfügung stand. Auf seine Beine und Füße beispielsweise, die nicht gefesselt waren. Das war zwar nicht viel, es war sogar verdammt wenig, aber mehr als nichts.

»Gar nichts wirst du von mir erfahren, du armseliger Philosoph!«, sagte Yahya mit fester Stimme und schaute Ruggiero an, der die Botschaft verstand und ihn aufmerksam ansah.

Ibn Khaldin stöhnte auf wie jemand, der sich ungerecht behandelt fühlt, und gab dem Wiesel ein Zeichen. »Abdullah!«

Das Wiesel trat zu Yahya und bückte sich hinunter, um ihn auf die Füße zu stellen. Für den Bruchteil einer Sekunde näherten sich die beiden Gesichter. Blitzschnell schlug Yahya seine Zähne in die Nase des Folterknechts und biss fest zu. Während Ibn Khaldins Scherge ein lautes Heulen vernehmen ließ, brachte ihn Yahya mit der Beinschere zu Fall. Im hohen Bogen spuckte er Abdullahs Nasenspitze aus und trat ihm mit der Hacke ins Gesicht. Ein trockenes Knirschen verriet ihm, dass er ihm nun auch noch das Nasenbein gebrochen hatte. Das Wiesel kreischte in hohen Tönen mit einer Stimme, die nichts Menschliches mehr an sich hatte. Ein grimmiges Lächeln flog über Yahyas blutigen Mund. Einer der beiden Gehilfen des Philosophen, die Yahya hierhergeschleppt hatten, wollte seinem Kumpan zu Hilfe eilen, doch Ruggiero, der sich auf den Rücken hatte fallen lassen, mähte ihn mit seinen gefesselten Beinen um wie mit einer Sichel. Unterdessen trat Yahya dem Wiesel noch einmal mit ganzer Kraft auf Gesicht und Hals. Als er den Kehlkopf traf, röchelte der Kerl noch einmal auf, dann zuckte sein Körper ein paar Mal, bevor er tot liegen blieb.

Ibn Khaldin stand da wie erstarrt. Alle Farbe war aus seinem Gesicht gewichen. Als sein gestürzter Gehilfe versuchte, wieder aufzustehen, trat ihm Ruggiero kräftig mit den zusammengebundenen Füßen in die Seite und gleich darauf gegen den rechten Oberarm. Er fiel auf die linke Seite, wo ihn der nächste Tritt in die Weichteile traf, einmal, zweimal. Beim dritten Mal traf Ruggiero seine Hände, die der Mann wimmernd vor seinen Unterleib hielt. Der letzte der Schurken zog seinen Dolch und schaute zu seinem Kumpan, unschlüssig, ob er ihm helfen oder Yahya erstechen sollte.

»Nicht den, du Dummkopf! Stich den anderen ab, Jussuf, den Jungen brauchen wir noch«, kiekste Ibn Khaldin im hysterischen Diskant.

Yahya hatte verstohlen mit den Füßen den Dolch des Wiesels aus dem Gürtel geangelt, die Klinge in seinen Rücken geschoben und versuchte fieberhaft, die Fesseln an seinen Handgelenken zu durchtrennen. Ruggiero rollte sich zur Wand, stützte sich daran ab, und es gelang ihm aufzustehen. Jussuf stürzte auf ihn zu, aber Ruggiero drehte sich rasch weg. Die Klinge des Dolches traf ihn am Arm. Der Italiener brüllte auf vor Wut und Schmerz und stieß seine Stirn hart gegen Jussuf Schläfe, der benommen taumelte. Inzwischen war der andere Mann wieder auf den Beinen und wandte sich mit gezücktem Dolch zu Ruggiero.

»Pass auf, Omar, der Junge!«, rief Ibn Khaldin mit Fistelstimme.

Omar drehte sich um, doch da stak schon der Dolch des Wiesels in seiner Stirn. Seine Augen liefen über, dann ging er in die Knie, und der Oberkörper fiel wie ein Mehlsack auf den Boden. Jussuf, der sich von dem Schlag auf die Schläfe erholt hatte, drehte sich zu Yahya und ging mit dem Dolch auf ihn los. Ruggieros und Yahyas Blicke kreuzten sich. Fest sahen sie sich an – zum ersten Mal mit einem tiefen, wortlosen Einvernehmen.

»Hast du immer noch nicht genug, du Teufelsfurz?«, brüllte Yahya. »Dann komm und hol dir deinen Tod!«

Jussuf stutzte. Der Moment der Verunsicherung hatte Ruggiero genügt, um ihn zu erreichen. In der Hoffnung, die Halsschlagader zu treffen, biss er ihn mit aller Kraft in die Halsbeuge. Jussuf schrie, hob den Kopf und fuhr zu Ruggiero herum. Er zielte mit seinem Dolch auf die Brust des Italieners. Yahya sprang hinzu und stach seine Zeigefinger in die Augen des Schergen. Jussuf brüllte auf und fiel auf die Knie, ließ den Dolch fallen und riss die Hände vor das Gesicht.

Fast gleichzeitig wandten Yahya und Ruggiero die Köpfe zu der Stelle, wo Ibn Khaldin eben noch gestanden hatte. Er war verschwunden. Yahya löste Ruggiero die Fesseln, dann banden sie Jussuf, der vor Schmerz wie von Sinnen war, die Hände auf den Rücken. Der kampferfahrene Italiener sah den jungen Übersetzer anerkennend an und musste plötzlich lachen.

»Was ist so komisch?«, fragte Yahya verständnislos.

»Du solltest dir mal wieder den Mund waschen, du Blutsäufer.«

»Die nächste Nasenspitze beißt *du* ab. Es ist widerlicher als Hammelhoden zu essen.«

»Ach, das kommt auf die Zubereitung an.« Plötzlich wurde Ruggiero ernst. »Was wäre gewesen, wenn sie dir auch die Füße gefesselt hätten?«

»Dann hätten wir uns etwas anderes überlegen müssen.«

»Etwas anderes? Na ja, jedenfalls haben sie dich unterschätzt. Wo beim Arsche des Propheten hast du das gelernt, Bürschchen?«

»Gelernt? Gar nicht. Es war nur logisch.«

»Aha. Logisch?« Ruggiero musterte Yahya wie einen Geisteskranken, dann schüttelte er den Kopf und murmelte, als sei es das Verrückteste, was er je gehört hatte: »Logisch.«

»Außerdem ging es um unser Leben.« Dass auch Zorayas Leben in Gefahr gewesen war, erwähnte Yahya nicht, schon gar nicht, dass ihn vor allem diese Sorge angetrieben hatte. Sein Blick fiel auf Ruggieros linken Oberarm. Auf dem Ärmel hatte sich ein großer roter Fleck gebildet. Yahya riss einen Streifen von dem Hemd des Wiesels und verband die Schnittwunde notdürftig. Dann machten sie sich auf den Weg zu Yehuda Abrabanel. Den wehrlosen, wimmernden Schergen Ibn Khaldins zogen sie mit sich.

Als sie auf die Gasse hinaustraten, schickte die aufgehende Sonne ihre ersten wärmenden Strahlen zur Erde. Für kühnere Gemüter, die ihnen begegneten, sahen sie abenteuerlich aus, für alle anderen vor allem gefährlich. Die Passanten warfen ihnen nur verstohlene Blicke zu. Wer wollte schon zwei blutige Männer mit einem heulenden Gefangenen herausfordern, wer sich Ärger einhandeln?

So kamen sie eine dreiviertel Stunde später, zwar nicht, ohne Aufsehen zu erregen, aber immerhin unbehelligt beim Haus des alten Juden an. Da Yehuda unterwegs war, wurden sie von Ychzak empfangen, der beim Anblick der beiden sogleich Carlos losschickte, um den Vater umgehend nach Hause zu bitten. Dann verfügte er, dass der Gefangene eingesperrt wurde. Ychzak belästigte seine Gäste nicht mit Fragen, sondern gab ihnen die Möglichkeit, sich etwas herzurichten, während sie auf Yehudas Rückkehr warteten. Dann würde er ohnehin alles erfahren. Yahya wusch sich ausgiebig und genoss es, den Dreck des Tötens, den er wie eine klebrige Masse auf der Haut spürte, abzuschrubben, während Ruggiero fachmännisch verarztet wurde. Anschließend zogen sie Hemden und Hosen an, die Ychzak für sie hatte bereitlegen lassen.

Sauber und neu gekleidet, überfiel Yahya plötzlich ein heftiges

Zittern. Nicht nur, dass er um Haaresbreite zu Tode gefoltert worden wäre, er hatte auch zwei Menschen getötet und einem das Augenlicht genommen. Ohne Skrupel, wie ein Tier. Aber wem hatte er den Garaus gemacht? Gaunern, Mördern, Pack. Durfte man Pack töten, nur aus dem einfachen Grund, weil es Pack war? Sollte man sich Pack etwa wehrlos ergeben? Nur langsam beruhigte sich Yahya, und es war erstaunlicherweise sein Stolz, der seine Taten rechtfertigte. Als der Diener kam und ihn zu dem jungen Herrn führte, fühlte er keine Schuld mehr.

Er trat in ein freundliches, helles Zimmer, das zum zweiten Innenhof hinausging und vor dessen Fenster keine Holzgitter angebracht waren. Das Licht tanzte mit den Staubkörnchen und den Blütenpollen einen Reigen zwischen der braunen Kassettendecke und dem lackierten Boden. Ein Gemisch von Leinöl und Zinnoberpigmenten gab den Bohlen eine granatapfelrote Färbung. Ruggiero saß bereits frisch verbunden auf einem Kissen und schlürfte vergnügt Rotwein aus einem Becher.

»Solltest du auch probieren. Es weckt die Lebensgeister«, sagte er mit breitem Lächeln, wie einer, der sich aus dem Brunnen des Lebens nicht satt trinken kann. Was der Italiener an diesem Abend unternehmen würde, um weiter seinen Lebensgeistern zu huldigen, stand Yahya deutlich vor Augen. Er grinste bei dieser Vorstellung, lehnte zunächst den angebotenen Wein dankend ab und trank Wasser in großen Zügen. Schließlich ließ er sich doch einen Becher Wein einschenken, weil er hoffte, dadurch den widerwärtigen Nachgeschmack loszuwerden, den Abdullahs Nasenspitze hinterlassen hatte. Der Wein legte sich schwer und süß auf seine Zunge. Der Alkohol floss durch die Adern, durch seinen Körper und beruhigte den Geist.

»Vater wird gleich zurück sein«, erklärte Ychzak. »Er hat Zoraya zu Yusuf bin Hasan as-Sarraj begleitet.«

»So schnell schon?«, stieß Yahya bestürzt aus, fing sich aber gleich wieder, zumindest äußerlich. Nun erst konnte er ganz und gar ermessen, wie besonders und unwiederbringlich die vergangene Nacht gewesen war. Es war die letzte, bevor Zoraya die Frau des Sohns des Emirs werden würde, es war ein Abschied von ihrem alten und Aufbruch in ein neues Leben zugleich. Er war tief berührt und dankbar, dass sie diesen Abschied in einem großen Fest der Körper mit ihm, und nur mit ihm gefeiert hatte. Doch etwas war in ihm gestorben. Eine große, namenlose Trauer ergriff von ihm Besitz.

Die Tür wurde schwungvoll geöffnet, und Yehuda Abrabanel trat ins Zimmer. Aus Angst, sich zu verraten, wagte es Yahya zuerst nicht, den Alten anzuschauen. Doch dann hob er den Blick und sah, dass in den Augen des alten Mannes der gleiche Seelenschmerz stand, den er selbst empfand. Am liebsten hätte er ihn in die Arme geschlossen, doch das hätte beiden keinen Trost gespendet, sondern wäre allen anderen nur lächerlich vorgekommen. Der jüdische Kaufmann ließ sich ungewohnt schwerfällig auf einem Sitzkissen nieder und wirkte gealtert. Er bat Yahya, ihm ausführlich zu berichten.

Mit Rücksicht auf Ruggiero begann Yahya auf Italienisch. Ruggiero ergänzte das, was Yahya nicht wissen konnte, nämlich wie er in Ibn Khaldins Falle gelaufen und in Gefangenschaft geraten war. Yehuda unterbrach sie nicht, sondern hörte sehr konzentriert und sehr ernst zu, während Ychzak gelegentlich vor Schreck die Augen aufriss. Er spürte wohl, in welch große Gefahr seine Familie und er geraten wären, wenn Ibn Khaldin aus Yahya die Wahrheit über Mehmed und seine Unterstützung durch Abrabanel herausgepresst hätte. Natürlich erwähnte Yahya nicht, woher er kam, als er am frühen Morgen entführt worden war. Es spielte auch keine Rolle, für niemanden, außer für ihn selbst.

»Eure Geistesgegenwart, Euer Mut, Eure Kraft und Eure Entschlossenheit seien gepriesen!«, sagte Yehuda stirnrunzelnd, als Yahya seinen Bericht beendet hatte. »Wir alle stehen tief in Eurer Schuld. Was mir Sorge bereitet, ist, dass Ibn Khaldin die Flucht gelungen ist.«

»Suchen wir ihn endlich, den Schuft, und ziehen wir ihn zur Rechenschaft, wie es sich gehört«, schlug Ruggiero tatendurstig vor. Er hatte den Becher gelehrt und stellte ihn hart auf dem Perlmutttisch ab.

Der alte Jude winkte ab. »Er ist längst in der Alhambra, bei Said. Dort wird er groß herauskommen, indem er sein Wissen nutzt und es da, wo er nichts weiß, mit Lügen ausschmückt. Nichts wird ihn zurückhalten, zumal sein Leben nichts mehr wert ist, wenn die Sarraj noch Macht haben und ich noch helfen kann.« Er dachte kurz nach, dann schickte er seinen Sohn zum Obersten der Sarraj mit der Nachricht, dass es um Leben oder Tod ginge und dass er, Yehuda, sich mit zwei Freunden und einem Gefangenen auf den Weg zu ihm begeben würde.

Abrabanel wies Carlos an, Jussuf zu knebeln und ihn in einen mannshohen Weidenkorb zu stecken, damit sie unterwegs kein Aufsehen erregten. Während sich Carlos mit zwei Dienern und dem Korb auf den Weg zum Sarraj-Palast gleich neben der Medrese machte, brach Yehuda zum zweiten Mal an diesem Tag, ebenfalls in Begleitung zweier Diener, dorthin auf. Eine halbe Stunde später sollten Yahya und Ruggiero ihm folgen.

53

Granada, Spanien

Ruggiero nutzte die Wartezeit, um sich noch einen Becher vom Roten bringen zu lassen. »Wenigstens ist jetzt Bewegung in die Sache gekommen!« Seine Augen funkelten vor Abenteuerlust. »Wenn Gefahr droht, greif sie an!«

Yahya sah zu ihm hinüber. Er sorgte sich, ob die besondere Anspannung, die Verletzung und der Alkohol Ruggiero nicht langsam zu Kopf stiegen. Er kam nicht mehr dazu, etwas zu erwidern, denn Carlos erschien. »Es ist Zeit, Senhores.«

Die Mitte des Innenhofes im Sarraj-Palast nahm ein lang gestrecktes, rechteckiges Becken mit türkisfarbenem Wasser ein, in dem allerlei Fische schwammen. Unter einem Vorbau aus feingeschnitztem Holz am Kopf des Bassins saßen auf Kissen die beiden Abrabanels, der Hausherr und acht Männer mittleren Alters. Es war ein schöner, schattiger Ort.

Carlos zog sich zurück, und Ruggiero und Yahya gingen zwischen dem Wasserbecken und rosa und weiß blühenden Rosen auf die kleine Versammlung zu. Yusuf wies auf zwei Kissen, die ein Diener eilig herbeigebracht hatte. Die Blicke der wettergebräunten Männer, die teure Kaftane aus farbigen Seiden trugen, ruhten auf den beiden Ankömmlingen, ohne dass sie Neugier oder ein Gefühl verrieten.

»Ihr habt euch bewährt. Allah liebt kühne Männer. Leider habt ihr Hasan ibn Khaldin entkommen lassen. Wer hätte das je von dem kultivierten Mann gedacht?«, sagte der Patriarch der Sarraj.

Seine Miene ist noch ernster als bei unserem ersten Gespräch, dachte Yahya.

»Da ein Mitglied unserer Familie Richter des Stadtviertels ist«, fuhr der Hausherr fort, »haben wir die Höhle des Philosophen durchsuchen und alles zerstören lassen. Sein Haus nehmen wir uns im Schutz der Dunkelheit vor. Jedenfalls steht es unter Beobachtung.«

Ein grauhaariger, athletischer Mann trat zu ihnen und verbeugte sich vor dem Hausherrn. »Darf ich sprechen, Sidi?«

»Ich habe keine Geheimnisse, Vetter.«

»Der Teufelsfurz kann uns nichts verraten, was wir nicht schon wissen. Er ist nur für die groben Dinge zuständig. Zu mehr reicht sein Verstand nicht. Was soll jetzt mit ihm geschehen?«

Als Antwort fuhr der Patriarch nur mit der Hand in einer sichelnden Bewegung an seiner Kehle entlang. Yahya verspürte kein Mitleid mit dem Schergen Ibn Khaldins. Der Sarraj-Führer wandte sich wieder Yahya und Ruggiero zu.

»Ihr bleibt bei mir. Ich freue mich, euch in meinem Haus als Gäste begrüßen zu dürfen«, sagte er, ohne einen Widerspruch zuzulassen.

»Dürfen wir noch unsere Sachen holen?«, fragte Yahya.

»Zu gefährlich«, entgegnete der Patriarch. »Said wird nach den Fremden suchen. Besser, ihr seid wie vom Erdboden verschluckt.« Dann blickte er in die Runde und schwieg nachdenklich. Niemand wagte zu sprechen. »Wir verbarrikadieren uns in unseren Häusern und verlassen sie nur in Begleitung von Leibwachen. Was bleibt uns weiter übrig: Berufen wir die Schura ein. Schickt nach Guadix und nach Almeria und nach Málaga.«

»Die Schura ist die Versammlung der Familienoberhäupter der Banu Sarraj«, flüsterte Yahya Ruggiero zu.

»Übertreiben wir nicht?«, meldete sich einer der Männer zu Wort. »Was kann Ibn Khaldin Said denn schon erzählt haben? Dass Fremde aus Stambul mit dir geredet haben, dass sie überschwänglich von Yehuda Abrabanel aufgenommen wurden. Kaufleute in großer Zahl, Reisende und Gelehrte kommen täglich zu uns.«

Yusuf bin Hasan as-Sarraj schaute den Mann mit dem wettergegerbten Gesicht nachdenklich an. »Warst du nie im Höhlenparadies, lieber Vetter?«

»Schon …«, räumte der andere unbehaglich ein.

»Ich auch«, fuhr der Hausherr fort. »Und ich weiß nicht, wer von uns noch. Ich habe nicht die geringste Ahnung, was wir auf der Reise erzählt haben – ich, du oder andere. Niemand wusste, dass Ibn Khaldin der Besitzer des Paradieses war. Wir haben ihn als Ratgeber geschätzt und seine klugen Vorschläge auf seine Weisheit zurückgeführt, nicht auf das Wissen, an das er auf diese hinterhältige Art gelangt war. Er hat *uns* beraten, aber er hat womöglich auch unsere Feinde beraten. Er hat uns ausgehorcht, er hat unsere Feinde ausgehorcht. Er hat sie verraten, er hat uns verraten, immer nur so viel, dass es nicht auffiel. Und damit hat er ein glänzendes Geschäft gemacht. Doch jetzt schlägt er sich mit all seinem Wissen auf eine Seite. Was sagst du, Yehuda?«

Der alte Jude setzte ein bekümmertes Gesicht auf, bevor er redete. »Ab heute steht Ibn Khaldin nicht mehr zwischen den Sippen der Sarraj und den Banigash. Ab heute hängt sein Leben davon ab, ob ihn die Banigash beschützen. Ab heute teilt er mit den Banigash das Ziel, die Banu Sarraj zu vernichten. Er ist schlau, er wird alles, was er weiß, unter Hinzufügung von Lügen und unbewiesenen Annahmen zu einer großen Verschwörung der Sarraj zusammenfügen.«

»Lächerlich«, schnaubte einer der Männer.

»Dass wir mit Said nicht auf gutem Fuße stehen, weil er sich auf die Banigash stützt, ist bekannt.« Der Stammesführer der Sarraj winkte einem Diener und ließ sich ein Glas Tee bringen. »Wir sind im Gespräch mit einem Abgesandten Sultan Mehmeds, der ein Gegner der Christen ist. Saids Bündnis mit Enrique von Kastilien halten wir für zu unterwürfig. Saids Sohn Ali ist uns gewogen. Er hasst die Kastilier. Wie wird Ibn Khaldin diese Tatsachen wohl präsentieren und welche Schlussfolgerung ziehen? Vergesst nicht, die Banigash wollen uns vernichten … nicht um Wahrheit geht es, sondern nur um einen Grund, über uns herzufallen.« Yusuf bin Hasan as-Sarraj schwieg und nahm langsam und bedächtig einen Schluck Tee. Nachdem er getrunken hatte, wandte er sich an einen der Männer. »Achmed, sag unseren Anhängern, sie sollen sich bewaffnen und bereit halten.«

Achmed nickt kurz, dann stand er auf und verließ schnellen Schrittes die Runde.

Der Sarraj-Führer sah Yahya an. »Und du, mein Freund, der du den Aufruhr hergebracht hast, wirst auf der Schura sprechen als Abgesandter Mehmeds und allen, so wie bereits mir, das Angebot deines Herrn unterbreiten. Ich rate dir gut, sei überzeugend! Sollte die Schura zu der Überzeugung kommen, dass du den Unfrieden gebracht hast, und dich als Aufwiegler Said übergeben wollen, um die Loyalität der Banu Sarraj zu beweisen, dann kann ich dir nicht mehr helfen. Was die Schura sagt, ist Gesetz.«

Erst jetzt wurde Yahya bewusst, dass sie im Palast von Yusuf ibn Hasan al-Sarraj nicht nur Gäste, sondern auch Gefangene waren. Doch er empfand es als müßig, darüber nachzudenken. Es trat eben ein, was im Himmel beschlossen worden war. Zudem regte sich seine Neugier.

»Ich habe eine Bitte, Sidi.« Er verneigte sich und schaute den Patriarchen abwartend an, der, ohne eine Regung zu verraten, leicht nickte. »Ich wäre gern dabei, wenn ihr in der Nacht in das Haus des Philosophen einbrecht.«

»Aus welchem Grund?«

»Vielleicht fällt mir als Gelehrtem etwas auf, das deinen Männern entgehen würde. Nur Gelehrte verstehen Gelehrte vollständig, weil sie in gleicher Weise denken.«

»Weshalb soll ich nicht auf den Gedanken kommen, dass du meine Gastfreundschaft beleidigen willst?«

»Er wird nicht fliehen, Sidi!«, sagte Yehuda ungewohnt forsch.

Die beiden Männer sahen einander starr in die Augen, als würden sie mit Blicken ringen.

»Gut, Yehuda, ich habe es noch nie bereut, einem deiner Ratschläge zu folgen, auch wenn dieser ungebeten kam!«

»Verzeih, Großmächtiger. Das Alter schützt nicht vor Unbedachtheit und auch nicht davor, vorlaut zu sein, verzeih!«, lenkte Yehuda mit sanfter Stimme ein.

Ein Diener führte Yahya und Ruggiero in einen Pavillon in dem angrenzenden, kleinen Innenhof. Er war nur gepflastert, und es gab keine Pflanzen. Die schmucklosen Wände und Arkaden verstärkten den kühlen, abweisenden Eindruck. Aus den Augenwinkeln sah

Yahya kurz zu Ruggiero hinüber. Er machte ein gleichmütiges Gesicht, dabei wusste er, dass der Abend ganz anders verlaufen würde, als der Italiener sich vorgestellt hatte. Aber jähe Umschwünge gehörten nun einmal zu ihrem Gewerbe.

In seinem luftigen Zimmer lagen für Yahya Hemden, Hosen, Kaftane aus Seide und ein Burnus aus Damast bereit. Für Kleidung war also gesorgt, doch er vermisste das Buch von Ibn Arabi. Während er noch darüber nachdachte, wie er an das Geschenk von as-Schirazi gelangen konnte, trat Ruggiero kostbar gewandet in sein Zimmer.

»Der Alte lässt sich nicht lumpen«, rief er vergnügt. »Nobel, nobel, wenn ich recht sehe, sind wir noble Gefangene.«

Yayha nickte.

»Dann machen wir das Beste draus!«

Yahya konnte den Italiener nicht dazu bewegen, auch nur darüber nachzudenken, wie Yahya an sein Buch kommen könnte.

»Schlag dir alles aus dem Kopf, was unsere Mission gefährdet … und das gefährdet sie! Ich habe schon recht, Bürschchen, wenn ich dir misstraue. Sobald es um Bücher geht, wirst du toll.« Ruggiero wandte sich zur Tür und erklärte, er wolle sich ausruhen und ein paar Stunden schlafen, was er auch Yahya beim Verlassen des Zimmers empfahl. »Weiß der Himmel, wie viel Schlaf wir bekommen, aber wir werden dann einen wachen Kopf und Körper brauchen.«

Obwohl die Müdigkeit zentnerschwer auf Yahya lastete, kam er nicht zur Ruhe. Zu viel war in den letzten Stunden geschehen, das sein Leben verändert, ihn zum Mann gemacht hatte. Er hatte Zoraya geliebt und zwei Männer getötet. Es war fast ein Trost, als Ychzak hereintrat. Yahya erhob sich und ging dem jungen Mann entgegen, dem er in diesem Moment geradezu brüderliche Gefühle entgegenbrachte.

»Vater schickt mich. Ich soll dir ausrichten, dass jetzt vieles in deiner Hand liegt, in deiner Rede vor der Schura.«

»Auch euer Leben, stimmt's?«

»Unser Leben liegt allein in Gottes Hand. Du kennst doch den Psalm 122: Ich freute mich über die, die mir sagten: Lasset uns ziehen zum Hause des Herrn! Nun stehen unsere Füße in deinen Toren, Jeruschalajim. Jeruschalajim ist gebaut als eine Stadt, in der man zusammenkommen soll, wohin die Stämme hinaufziehen, die Stämme des Herrn, wie es geboten ist dem Volke Israel, zu preisen den Namen des Herrn. – Israel kehrt immer nach Israel zurück. Nichts anderes wird geschehen.«

»Ihr rechnet also mit allem.«

»Was willst du? Wir sind Juden, wir müssen mit allem rechnen. Hast du eine Bitte? Kann ich etwas für dich tun?«

Yahya kämpfte mit sich, ob er Ychzak oder einen anderen der Gefahr aussetzen durfte, aber der Wunsch, as-Schirazis Buch wieder in Händen zu halten, war stärker. Ychzak ließ sich das Buch beschreiben, dann versprach er, sich darum zu kümmern.

»Außerdem muss ich Zoraya sprechen.«

Der Jude pfiff durch die Zähne. »Wie soll das denn gehen?«

Yahya zuckte mit den Achseln.

»Ich muss Vater fragen.«

Damit war Yahya allein, allein mit sich, mit seinen Ängsten und Hoffnungen, allein mit seiner brennenden Sehnsucht, die bis in seine Eingeweide hineinglühte.

54

Granada, Spanien

»Komm, Carlos«, hatte er kurz und knapp gesagt. Mit jugendlich übermütigen Schritten lenkte Ychzak zu eben jener Zeit seine Schritte zur Karawanserei, in der sein Vater respektvoll, mit leichter Verbeugung zu Yusuf bin Hasan as-Sarraj getreten war. Die Männer hatten sich bereits zurückgezogen.

Der Patriarch stand gedankenversunken am Bassin und starrte auf seine Goldfische, die keine Zeit kannten und keine Sorgen, denn alle Sorgen gebar die Zeit. Wenn jemand das Wasser aus dem Becken schöpfte, würden seine Fische auf dem Trockenen sterben, doch es würde plötzlich geschehen, ohne Vorwarnung, ohne Möglichkeit, sich zu wehren. Wäre es nicht besser, wie die Goldfische erst im Augenblicke des Todes etwas vom Sterben zu erfahren?

Noch nie hatte er einen Aufstand angezettelt. Wäre es nicht besser, dachte er, wie die Goldfische sich in einem Wasser aus Zeitlosigkeit zu tummeln, bis es eben zu Ende ging, einzig den Moment zu genießen, ohne an Vorher und Nachher zu denken? Wenn die Kinder der Menschen, aus Eiern geschlüpft, sofort im Wasser schwimmen würden? Aber die Kinder der Menschen mussten laufen und sprechen lernen, und dazu brauchten sie Zeit. Seine Aufgabe bestand darin, ihnen die Zeit zu schenken, so wie es seine Vorfahren für ihn getan hatten. Die Kinder benötigten diese Zeit, um eines Tages selbständig handeln und wieder Kinder zeugen zu können, denen sie dann die Zeit geben mussten. Die Kinder der Menschen waren auf eine starke Familie angewiesen, in der sie beschützt aufwachsen konnten. Wer nicht zuallerst und vor allem für seine Familie sorgte, der war der Elendste unter den Menschen, wert, gevierteilt zu werden.

Yusuf bin Hasan as-Sarraj ärgerte sich über die Schwäche, die über ihn gekommen war, und spürte, dass er alt zu werden begann. Aber er konnte es sich nicht leisten, alt und weich und grüblerisch zu werden, zumindest nicht, solange er das Oberhaupt der Sarraj-Sippe war.

Ohne aufzusehen, wusste er, dass der alte Jude neben ihm stand. »Nun trage ich schon so viele Jahre das Joch der Verantwortung, doch gerade drückt sie besonders schwer. Wir sind Männer, deren Worte Konsequenzen haben für andere Männer, für Jünglinge, für Frauen und Kinder. Du kennst das, auch du fällst Entscheidungen, die dein Volk betreffen, für die Juden Granadas.«

»Nicht für alle«, sagte Yehuda.

»Aber für viele.«

»›Des Menschen Herz plant seinen Weg, der Ewige jedoch lenkt seinen Weg‹, heißt es in den ›Mischle‹, Salomos Sprüchen.«

»Ach, du mit deinen Mischle!«, entgegnete der Oberste der Sarraj in einer Mischung aus Überdruss und Bewunderung. »Du hast recht, Yehuda, tun wir das, wovon wir glauben, dass es richtig ist. So oder so wird Allah mich am Ende aufnehmen. Noch etwas?« Er verspürte den starken Wunsch, allein zu sein. Er wollte sich sammeln, seine Schritte bedenken und planen. Und Zwiesprache mit Allah halten, er sehnte sich nach den rituellen Gebeten.

»Sidi, ich weiß, dass meine Bitte ungewöhnlich ist, aber lass Zoraya unter vier Augen mit Yahya ibn Catalano sprechen.«

»Willst du mein Haus entehren, Jude?«, brüllte Yusuf bin Hasan as-Sarraj. Die unverständliche Bitte des alten Juden klang in seinen Ohren ungeheuerlich.

»Du weißt, dass ich das niemals tun würde«, erwiderte Yehuda.

»Was haben die beiden miteinander zu schaffen?«, hakte der Sarraj misstrauisch nach.

»Nichts! Aber, es könnte helfen, Ali den Rücken zu stärken, sich gegen seinen Vater zu stellen.«

»Noch bin ich nicht zum Aufstand entschlossen. Bedenke, nur der Beginn, nicht sein Ausgang liegen in unserer Hand.«

Aber Yehuda lächelte nachsichtig, als wollte er sagen, wir beide sind doch schon lang genug auf der Welt, um zu wissen, dass du keine andere Möglichkeit hast.

Das Gesicht des Patriarchen versteinerte. Menschen, die Verantwortung für andere trugen, durften sich keine Schwächen leisten. Im Grunde wusste er schon seit geraumer Zeit, dass es höchste Zeit zum Handeln, Zeit war, den Aufstand zu wagen, wenn er nicht dem Niedergang der Banu Sarraj tatenlos zuschauen wollte. Noch besaßen sie genügend Stärke, dass er glücken konnte.

»Frauen können viel bewirken«, sagte Yehuda. »Und heute Abend wird Ali sie abholen und als Gemahlin in seinen Palast führen. Wann sind Männern ihren Frauen geneigter als in den zarten Stunden ihres ersten Beisammenseins?«

»Schön, aber was kann der Türke ihr sagen, was du nicht kannst und ich nicht kann?«

»Vertrau mir. Du weißt, was ibn Catalano bedeutet?«

»Sohn des Katalanen.«

»Eben. Lass sie reden, den Sohn des Katalanen zur Tochter des Kastiliers.«

»Ich denke drüber nach, aber jetzt lass mich endlich allein.«

Yehuda Abrabanel verneigte sich, dann verließ er das Haus des Führers der Banu Sarraj. Er wusste, zu welchem Entschluss Yusuf bin Hasan as-Sarraj kommen würde. Er wusste, dass Yahya mit Zoraya sprechen würde. Als er auf die Straße trat, traf ihn hart das Sonnenlicht. Suchend sah er sich nach seinem Sohn und nach Carlos um. Ein Diener erklärte ihm, sie seien auf dem Weg zur Karawanserei, eines Buches wegen.

Für Yehuda verschwand die Sonne, und er begann zu frösteln. Auf Knien bat er um ein paar bewaffnete Männer, die ihm Yusuf bin Hasan as-Sarraj zur Verfügung stellte, denn eine solche Angst hatte er in den dreißig Jahren, die sie nun einander kannten, noch nie in den Augen des alten Juden gesehen.

*

Dank des schnellen Schrittes, den Ychzak angeschlagen hatte, erreichten Carlos und er bald die Karawanserei, die uneinsehbar vor ihnen lag wie das Schicksal. Die Zypresse rechts vor dem Tor rauschte leise im lauen Wind, der von den Alpujarras kam, als wollte sie dem jungen Juden etwas zuraunen. Aber Ychzak hatte kein Ohr für sie. Drei Kaufleute – Christen – verließen mit ihrem jüdischen Übersetzer, eifrig ins Gespräch vertieft, den Gasthof. Carlos blieb stehen und hielt Ychzak mit der Hand zurück. »Wir sollten vorsichtig sein. Beobachten wir das Haus doch erst einmal.«

»Wollen wir warten, bis die Banigash kommen? Carlos, sei kein Hasenfuß, so schnell können die nicht sein!« Ychzak schob die Hand des Dieners von seiner Schulter, als wäre sie Staub, der auf seine Kleidung gefallen war. Ein Aroma durchzog die Luft, das ihn vollkommen berauschte, der Duft künftiger Ereignisse, derer er teilhaftig werden würde. So traten sie in den Durchgang zum Hof. Von Weitem sahen sie den Pferdeknecht, der ihnen zwar kurz zunickte, aber auf einmal sehr geschäftig wirkte.

»Immer in Eile, der Gute«, sagte Ychzak und setzte seinen Fuß auf die unterste Stufe der Treppe, die rechts vom Vogelsaal zu den Gästezimmern in die erste und zweite Etage führte. Der Gang, an dem auch Yahyas Zimmer lag, döste in der Langeweile des Vormittags vor sich hin. Ychzak grinste Carlos spöttisch an, als wollte er sagen, wusste ich's doch, dass die Banigash nicht so schnell sind, und öffnete die Tür. Er blickte sich um, entdeckte die Reisetasche, griff hinein, zog das Buch heraus und las den Namen auf der Titelseite: Muhyiddin ibn Arabi.

Carlos drängte zum Aufbruch, aber Ychzak war neugierig geworden und blätterte in dem Buch.

Plötzlich stürmten vier Männer ins Zimmer.

»Ah, da ist ja das Vögelchen«, rief ein bulliger Mann mit einem gelben Turban, offenbar der Anführer der Gruppe. Er zeigte auf Ychzak. »Du wirst uns jetzt begleiten.«

»Wohin?«

»Auf die Alhambra, der Emir wünscht dich zu sprechen.«

»Ich bin Ychzak Abrabanel.«

Der Anführer zog seinen Säbel. »Ja, und ich bin der König von Kastilien! Ich habe den Befehl, dich, Yahya ibn Catalano zur Burg zu bringen!«

Carlos zog ebenfalls seinen Säbel und stellte sich vor Ychzak, der nach Art der Juden unbewaffnet war.

»Los, Mustafa, lehre das Bübchen hören!«, befahl der Bullige einem seiner Männer, einem mittelgroßen Mann, dessen Gesicht Blatternarben entstellten. Dieser ging mit gezücktem Schwert auf Carlos zu, und sie begannen zu kämpfen. Sie schenkten sich nichts, sie waren einander ebenbürtig. Da der Blatternarbige Carlos nicht überwinden konnte, winkte der Führer der Truppe einem zweiten Mann, der mit seinem Schwert in den Kampf eingriff. Carlos gelang es zwar mit Mühe, sich auch des zweiten zu erwehren, allerdings wohl nicht allzu lange. Währenddessen stand Ychzak vor Schreck wie erstarrt da. In seinem bisher behüteten Leben hatte er noch kein Gefecht erlebt und war unfähig zu reagieren.

Allmählich verdross den Anführer der Zeitverlust. Mit einem großen Schritt trat er in den Rücken des Dieners und zerschlug ihm mit einem Hieb die Schulter. Jäh vom Stahl getroffen schrie Carlos auf und brach zusammen. Sein Blut spritzte Ychzak ins Gesicht und auf das Gewand. Rote Tropfen fielen auf das Buch in seinen Händen.

»Carlos!« Ychzak schrie, als fühlte er den Schmerz der Verwundung, die der Diener empfangen hatte, den er wie einen Bruder liebte und fast schon sein ganzes Leben kannte.

»Na, kommst du nun mit, du Türke?«, knurrte der Anführer.

»Ich bin kein Türke, ich bin Jude, Jude, Jude, Jude, ich bin doch ein Jude!«, brachte Ychzak unter Tränen hervor.

»Dann müssen wir wohl Gewalt anwenden!«, sagte der Banigash, steckte sein blutiges Schwert ein und gab seinen drei Begleitern ein Zeichen.

»Man muss ihn verbinden! Er verblutet doch!«, rief Ychzak verzweifelt.

»Ja, es ist um manche Jungfrau schade.« Der Anführer lachte heiser.

Zwei der Männer des Emirs packten Ychzak grob an den Oberarmen und wollten ihn mit sich hinausschleifen. Er stemmte sich dagegen, doch dann traf ihn eine Faust ins Gesicht. Er spürte, dass zwei seiner Vorderzähne splitterten und sein Mund sich mit Blut füllte. Es schmeckte wie Eisen und wie Saft und wie etwas Verbotenes. Mit seinen Fingern umklammerte er fast krampfartig das Buch, als wäre es sein letzter Halt. Der Anführer schritt energisch voran, den Flur entlang und die Treppe hinunter, gefolgt von den beiden Banigash, die Ychzak mit sich zerrten, und dem Mann, der zuerst gegen Carlos gekämpft hatte.

Ychzak weinte, nicht vor Schmerzen, nicht aus Angst, sondern aus Trauer um Carlos, den er so gedankenlos in Gefahr gebracht und für dessen Tod niemand anderer als er die Verantwortung trug. Der Duft des Abenteuers, der ihn berauscht hatte, roch nach Blut, dessen Gestank man erst wahrnahm, wenn man selbst Blut vergossen hatte. Ihm kam das alles wie ein nicht enden wollender Albtraum vor, unwirklich und schrecklich zugleich. Er flehte zu Gott, dass es nur ein Nachtmar wäre. Schon sah er vor seinem inneren Auge, wie Carlos in sein Zimmer trat und ihn mit sanften Worten weckte. »Herr, es ist Zeit aufzustehen!« »Wie geht's deinem Jüngsten, Carlos? Hat er dir wieder einen Streich gespielt?« Das helle Licht des Tages zerstörte den Traum, als sie ihn aus der Karawanserei schleiften.

Die Sonne schien nicht mehr für Ychzak, wie sie auch nicht mehr für Carlos schien. Seine gefügte Welt geriet in Bewegung und anders als in einer gelehrten Unterhaltung kostete sie nicht Gedanken, sondern das Leben. Anklage wollte er erheben, gegen die Mörder, würde er erst einmal Said gegenüberstehen, ganz gleich, was dann mit ihm geschähe. Anklagen würde er Said, den er wie nichts auf der Welt hasste, diesen Aussatz des Menschengeschlechts, dieses Monstrum! Und sollte mir der liebe Gott oder der Teufel eines Tages die Gelegenheit geben, dich zu töten, werde ich es tun, schwor er sich. Seine Augen füllten sich mit Tränen, aber sein Blick war aus Eis.

Von der gegenüberliegenden Seite des Platzes kam ihm sein Vater mit zwölf Bewaffneten entgegen. Wie durch einen Schleier nahm er ihn wahr, ahnte ihn mehr, als dass er ihn sah. Yehuda wies die Männer an, die Schwerter zu ziehen und einen Halbkreis um die Gruppe zu bilden.

»Du schickst mir jetzt sofort meinen Sohn!«, rief er dem Mann mit dem gelben Turban barsch zu.

»Willst du dich gegen den Emir stellen?«, entgegnete der Anführer. »Ich habe den Auftrag, den Türken zu verhaften!«

»Er ist kein Türke, er ist mein Sohn!«

»Das werden wir oben auf der Alhambra klären.«

Auf eine Handbewegung des Alten näherten sich die Männer der Sarraj bis auf eine Schwertlänge den Schergen des Emirs, die erkannten, dass sie hoffnungslos unterlegen waren. Nach Heldentum stand ihnen offenbar nicht der Sinn, denn sie ließen Ychzak los und machten sich aus dem Staub.

Ychzak fiel seinem Vater um den Hals, dann hielt er erschrocken inne. »Carlos! Komm!«

Er stürmte voraus, während Yehuda und die Männer der Sarraj ihm folgten. In der Nähe des Fensters von Yahyas Zimmer lag Carlos in einem See aus Blut.

»Wir müssen ihn verbinden, kommt, helft«, schrie Ychzak.

»Zu spät!«, sagte Yehuda leise. Auch wenn er die Fassung nicht verlor, traf ihn der Verlust des treuen Dieners tief. Es schien der Tag des Abschiednehmens zu sein. Zoraya heiratete Ali und war für ihn fortan so unerreichbar wie Carlos, der im Sterben lag. Auch von seiner Welt musste er sich verabschieden. Sie hatte sich verändert. Diesmal waren die Juden in die Kämpfe der Muslime geraten – und das war alle andere als gut.

»Zu spät? Es kann doch nicht zu spät sein!«, brüllte Ychzak außer sich. Er schrie und schrie. Für das Leben des Dieners und gegen die Schuld, die in seiner Seele brannte. Der Vater trat zu ihm, legte begütigend die Hand auf seinen Kopf.

»Lass los, damit machst du es auch unserem Carlos leichter. Lass ihn gehen zu seinem Gott«, sagte Yehuda sanft.

Ychzak ließ das Buch los, das ins Blut fiel, und streichelte die Wange des Sterbenden. »Wenn es einen Himmel für Christen und für Juden gibt, dann sehen wir uns wieder, mein Bruder«, sagte er unter Tränen und hatte plötzlich das Gefühl, als lächelte Carlos, als bewegten sich die Lippen, doch verstand er ihn nicht, auch dann noch nicht, als er sein Ohr an dessen Mund legte.

»Komm, mein Sohn, Carlos kann nichts mehr sagen, er ist tot.«

Ychzak hob den Kopf und schaute ungläubig ins Gesicht des Dieners. Seine Augen waren leer und kalt. Seine Seele hatte sich längst zum Himmel aufgeschwungen.

»Wir müssen jetzt hier weg, bevor die Banigash-Bande mit Verstärkung zurückkehrt! Genug, es sind genug gestorben für heute. Ich lasse Carlos' Leichnam abholen – und irgendwie wird sich ein christliches Begräbnis arrangieren lassen.« Yehuda reichte seinem Sohn die Hand, der sich an ihr hochzog und sich zum Gehen wandte. »Vergiss das Buch nicht. Dafür bist du doch gekommen!«, sagte er hart.

Der Satz traf Ychzak mitten ins Herz. Benommen bückte er sich und ergriff das Buch, das sich inzwischen mit dem Blut des Dieners vollgesogen hatte. Dann fasste er sich.

»Ich habe einen schlimmen Fehler gemacht!«

»Ich weiß, mein Sohn. Und es wird nicht dein letzter sein. Weil du einmal an meine Stelle treten wirst, musst du lernen, dass deine Fehler Menschen das Leben kosten können. Lerne also, so wenige Fehler wie möglich zu machen. Denk mit dem Kopf, nicht mit dem Herzen, gib keiner Stimmung nach, bedenke die Folgen deiner Handlungen stets gründlich.«

55

Granada, Spanien

Yahya wusste nichts von den Ereignissen in seinem Zimmer in der Karawanserei, als ihn ein Diener im Palast des Obersten der Sarraj aufforderte, ihm zu folgen. Sie verließen den Pavillon und betraten einen Seitenflügel des Palastes, den sie passierten, um auf der anderen Seite wieder hinauszutreten und in einen kleinen Garten zu gelangen. Umgeben von lindblauen Malven und roten Hyazinthen unter dem Blau eines Himmelsvierecks stand Zoraya und erwartete ihn. Schnell, und doch mit rascher schlagendem Herzen stürmte er zu ihr, immer wieder den Schritt bremsend, um kein Aufsehen zu erregen. Doch als sie vor ihm stand, war alles anders. Der Herbst im Sommer, dachte Yahya. So sehr hatte er sich gewünscht, sie wiederzusehen, doch nun ging von ihr eine Kühle aus, die ihn verunsicherte. Er spürte, dass er die Entfernung nicht zu überwinden vermochte. Sie waren einander so fremd, als hätten sie sich nicht noch vor wenigen Stunden berührt, in einander gewühlt. Die Erde hatte sich seitdem noch nicht einmal um die eigene Achse gedreht. Sicher wurden sie beobachtet, und deshalb war eine gewisse äußerliche Distanz ratsam, doch Zorayas äußere Haltung entsprach zu seiner Verwunderung vollkommen der inneren.

»Ich hoffe, es ist wirklich sehr wichtig und nicht nur eine Sentimentalität«, sagte sie anstelle einer Begrüßung. Ihre großen Augen schauten ihn teilnahmslos an, als wäre er ein Insekt, das sie jederzeit zertreten konnte.

»Mehr als wichtig, Zoraya, deine Zukunft hängt davon ab!«, gab er enttäuscht zurück.

»Unser Zusammentreffen vor aller Augen im Hause von Yusuf ist nicht gerade förderlich für meine Zukunft.«

Widerspruchslos steckte er die Zurechtweisung ein und berichtete ihr in aller Kürze, was ihm widerfahren war, nachdem sie sich getrennt hatten.

»Zoraya, wenn du willst, dass du und deine Kinder einmal Granada beherrschen, dann muss sich Ali an der Spitze der Sararj gegen seinen Vater Said in der Alhambra stellen. Sag ihm das, und sag ihm, dass Mehmed, der mächtige Sultan der Türken, ein Bündnis mit ihm eingehen, ihn mit Truppen, aber auch mit Geld unterstützen würde. Ich bin hier, um mit ihm zu verhandeln.«

Zoraya wurde nachdenklich, dann trat wieder dieses mutwillige Glitzern in ihre Augen, das er kannte. Wie er sie liebte, diese tollkühnen Zoraya-Augen! Ihr gefiel die Gefahr, ihr gefiel die Aussicht, auf der Alhambra zu residieren, und zwar bald schon, sehr bald. »Was ich tun kann, werde ich tun«, sagte Zoraya. »Aber du kennst den Preis dieses Gesprächs?«

Yahya schüttelte den Kopf.

»Es war unser letztes. Niemals wieder, Yahya, niemals wieder!«

»Und was ist mit der Treue, die du von mir verlangst?«

»Oh, die wirst du trotzdem halten! Sei mir treu bis an das Ende, denn ich habe dich verhext, Yahya ibn Catalano«, gurrte sie und sah ihn an mit einem Blick, der ihm durch und durch ging, und er bis in die Wurzel seiner Männlichkeit hinein eine Erregung spürte. Ein Blick wie ein Griff. »Und wenn du eine Frau berührst, wirst du mich sehen. Und wenn du in eine Frau eindringst, werde ich es sein, und meinen Namen wirst du rufen, wenn die Wonne dich überfällt und wehrlos macht. Mein Tod wird eines Tages nur der Vorbote deines Todes sein. Die Bande zwischen dir und mir kann nur eine Macht zerhauen, die stärker ist als die Knechtschaft der Liebe, nämlich der Wahnsinn. Nur wenn du dich selbst verlierst, kommst du von mir los, denn ich bin du und du bist nichts mehr als die Erwartung meiner Rückkehr in Lust.«

Wie benommen blieb er stehen, als sie ging, und blieb und blieb, bis der Diener zu ihm kam, der an der Häuserwand gewartet hat.

»Sidi, ist dir nicht gut?«

»Mir? Nicht gut? Doch, doch, ich brauche nur Zeit, um nachzudenken. Bringe mich zurück in meine Unterkunft.«

Das Klopfen an der Tür weckte Yahya, nachdem er gerade in den Schlaf gefunden hatte, vollkommen erschöpft von den Ereignissen der letzten Stunden. Ein Bote Yehudas brachte ihm das Buch und legte es auf den Tisch.

»Mein Herr bittet um Entschuldigung, dass dein Buch leider in Blut gefallen ist. Er hätte besser aufpassen müssen.«

Allein mit dem Buch Ibn Arabis betrachtete Yahya die roten Flecken, die, je mehr sie trockneten, desto stärker ins Bräunliche spielten. Ein gefährliches Buch, hatte as-Schirazi gesagt.

So kam der Abend. Aber es war keiner der Abende, wie sie üblicherweise in Granada anbrachen, sondern einer, wie er sich allenfalls alle paar Jahre oder Jahrzehnte wiederholte. Gerüchte, von immer mehr Menschen verbreitet, liefen durch die Gassen der Stadt, durch die Häuser, durch die Basare und Wirtshäuser, durch die Bäder und die Moscheen. Männer verbreiteten sie, Frauen und Kinder und auch die starren Rechtsgelehrten und engstirnigen Imame, diejenigen, die es sehr ernst nahmen mit ihrem Glauben an Allah und sehr streng die Scharia, das religiöse Gesetz des Islam, einhielten.

Said sei ein halber Christ, hieß es, er bedrücke die Muslime mit Steuern, die er wieder erhöhen wolle, um das Geld den Christen zu schenken. Said sei nur ein Diener Enriques, ein heimlicher Christenhund. Er verschenke den Besitz der Muslime an die Christen, er lästere Allah und zerstöre die Zukunft der Muslime, die doch über die Welt herrschen sollten. So hatte es Allah durch Muhammad verkünden lassen. Kein guter Muslim dürfe Said unterstützen.

Nicht eine Gasse, nicht ein Platz, nicht ein Hinterhof blieb von dem Gerücht verschont. Nun kam alles darauf an, dass es wuchs, dass es Eingang in die Herzen fand und groß und mächtig und aus Behauptung eine Wahrheit wurde, dass es Arme und Hände und Schwerter bekam.

Sie gingen durch die Nacht, Rasul, ein Mitglied des Stammes der

Sarraj, mit zwölf Bewaffneten und Yayha. Er war dem Schwarzbärtigen mit den funkelnden Augen im sonnengebräuntem Gesicht bereits einmal begegnet – bei seiner Ankunft in Granada an der Brücke über den Darro.

»So sieht man sich wieder«, sagte der Schwarzbärtige mit sparsamem Lächeln.

»Der Mensch denkt, Allah lenkt«, erwiderte Yahya, dann schwiegen sie. Was hatten sie einander auch zu sagen?

Vorsicht blieb geboten, denn auch die Anhänger der Banigash und Saids Spitzel durchstreiften Granada, und auch sie verbreiteten Gerüchte. Die Sicherheit und der Wohlstand der Stadt hingen von Saids Regierung ab, behaupteten sie und dass jeder, der sich gegen den Emir stelle, ein schlimmer Verbrecher und der schlechteste aller Menschen wäre, der Allah lästere, weil Gott persönlich Said auf den Thron gesetzt habe.

Über den Himmel zogen dunkle Wolken und löschten das Licht der Sterne und des Mondes, als sie das zweistöckige Haus von Ibn Khaldin erreichten. Davor standen einige Männer. Aus der Dunkelheit trat einer von ihnen zu Rasul und meldete ihm, dass am Nachmittag Banigash in großer Eile große Säcke und schwere Körbe aus dem Haus geschafft hätten.

»Ihnen folgten die fünf jungen Männer, die sonst im Paradies die Gäste bedienen«, berichtete er.

»Ibn Khaldins Harem«, spottete einer der Sarraj-Krieger und erntete dafür zustimmende Heiterkeit.

»Er liebt den Hinterhalt«, versuchte ein anderer, seinen Waffengefährten noch zu übertrumpfen.

»Dann werden wir wohl nicht mehr viel finden«, sagte Rasul resigniert.

»Abwarten!«, entgegnete Yahya. »Lassen wir uns nicht von blinden Vermutungen, sondern vom eigenen Augenschein leiten.«

Rasul wies seine Männer an, in der Eingangshalle Posten zu beziehen. Im Haus entzündeten Rasul und Yayha ihre Öllämpchen und durchstreiften die unteren Räume. Sie fanden schnell heraus, dass sich im Erdgeschoss die Repräsentations-, Koch- und Esszimmer und zwei weitere mit insgesamt fünf Betten für die Jünglinge befanden, und nahmen die Treppe nach oben.

Beim Betreten von Ibn Khaldins Schlafzimmer verschlug es ihnen die Sprache. In der Mitte stand ein großes, rundes Bett mit Seidenvorhängen. Rechts davon führten drei Stufen zu einem kleinen Wasserbassin, in dem man sitzen und zwischen Goldfischen baden konnte. An den Wänden hingen Bilder, die den Geschlechtsverkehr zwischen Männern in verschiedenen Variationen darstellten.

»Was es nicht so alles gibt!«, brachte Rasul mit einer Mischung aus Ekel und Verwunderung hervor und kratzte sich am Kopf.

Durch einen Vorhang gelangten sie in den nächsten Raum. In den zahlreichen Regalen befanden sich noch einige wenige Bücher.

»Sie haben seine Aufzeichnungen mitgenommen und vielleicht ein paar Bücher, die ihm wichtig waren«, sagte Yahya.

»Wusste ich doch, dass wir nichts finden!«

»Nicht so schnell, Rasul. Es sollte mich wundern, wenn ein Mann wie Ibn Khaldin keine Geheimnisse hat, die er auch nicht den Banigash und Said verraten möchte.«

Rasul nickte, der Verdacht leuchtete ihm ein. »Aber wo könnte er solche Dinge versteckt haben?«

Sie gingen weiter und gelangten am Ende des Flurs zu einer Tür, die in ein Zimmer mit fünf Schreibpulten führte.

»Hier haben sie ihre Berichte verfasst«, sagte Yahya und blickte sich um. In diesem Raum endete die obere Etage. Er runzelte die Stirn, dann stürmte er hinunter ins Erdgeschoss und vermaß mit Schritten die Länge des Hauses, kehrte in die obere Etage zurück und tat hier desgleichen. Zurück im Schreibzimmer schüttelte er den Kopf.

»Die obere Etage ist sechs Schritte kleiner. Rechne ich großzügige fünf Schritte für die Treppe ab, bleibt immer noch ein Schritt übrig. Es muss eine falsche Wand geben und einen geheimen Zugang für den geheimen Raum dahinter!«

Er ging auf die mit Teppichen bespannte Querwand zu, schob einen Teppich beiseite und klopfte gegen die Wand, die hohl klang. »Holz! Jetzt müssen wir nur noch den Zugang finden!«

Er bückte sich und fuhr sehr langsam mit seiner Fingerkuppe auf der Teppichleiste an der Wand entlang. Er spürte eine kleine Unebenheit und etwas weiter wieder eine kleine Unebenheit. Die Leiste zwischen den beiden haardünnen Spalten nahm er zwischen Daumen und Zeigefinger und zog vorsichtig daran. Sie gab nach und ließ sich abziehen. Er legte sie beiseite und zog an der Teppichkante, die nachgab und einen hüfthohen Spalt freigab. Er drückte gegen die Wand dahinter, und es öffnete sich eine Holztür. Yahya kroch durch das Loch und ließ sich von Rasul ein Öllicht geben. Er musste sich mit den Rücken fest an die Wand pressen, damit er seine Arme bewegen konnte, denn die Tiefe des Verschlags betrug wohl nur um die zwei Ellen. Was er zu sehen bekam, ließ ihn vor Staunen erstarren. Schriftrollen über Schriftrollen.

»Die geheimen Berichte!«, stieß Rasul, der ihm nachgestiegen war, staunend hervor.

»Lass sie uns einmal ansehen«, sagte Yahya, doch bevor er noch die Hand nach einer Rolle ausstrecken konnte, fühlte er Rasuls harten Griff um sein Handgelenk.

»Das geht weder dich noch mich etwas an. Das ist nur etwas für den ehrwürdigen Yusuf.«

56

Granada, Spanien

Wohl an die fünfzig Männer, deren Haar zumeist ergraut war, saßen mit untergeschlagenen Beinen auf den Kissen. Zwischen ihnen standen Tischchen mit Obst, Spezereien, Tee, Wasser und Saft. Yahya staunte, wie schnell es Yusuf gelungen war, die Anführer der Familien der Sarraj aus dem ganzen Reich in diesem prächtig ausgemalten Saal seines Palastes zu versammeln. Allerdings war das Reich auch nicht mehr so groß, als dass man es nicht mit einem strammen Ritt an einem Tag mindestens zur Hälfte durchqueren konnte. Die Männer der Schura strahlten auch durch ihre Zurückhaltung eine große Würde aus.

Yusuf bin Hasan as-Sarraj winkte Yahya zu sich, als er ihn erblickte. »Sag uns, was du zu sagen hast«, forderte er ihn auf.

Yahya spürte die Last der Verantwortung auf seinen Schultern. Nun ging es um alles. Er würde Mehmeds Auftrag erfüllen – oder scheitern. Ach, hätte er doch ein Bad genommen, um zu sich zu kommen! Glauben, er musste daran glauben, dass es nichts Wichtigeres auf der Welt gab, als diese Männer hier für den Aufstand zu gewinnen. Seine Knie wurden weich, der Hals wurde eng, und er fürchtete, kein Wort herauszubekommen, zu krächzen anstatt mit fester Stimme zu reden, wie es erforderlich war. Hinzu kam, dass er noch nie vor so vielen Männern gesprochen hatte. Ein kleines, privates Gespräch unter vier, auch unter sechs Augen wusste er geistreich zu gestalten. Er war ein Übersetzer und kein Redner, kein Anführer, kein Prediger. Zweimal räusperte er sich und dachte fieberhaft nach, wie er anfangen sollte. Dann bot er all seine Kraft auf und brachte seine Gedanken zum Schweigen. Er schaute in die Runde, von Mann zu Mann, und begann zunächst leise, den Ton als auch den logischen Faden noch suchend.

»Danke, dass ihr mich anhört. Mir ist die Ehre bewusst, vor so …«

»Zur Sache!«

»Zur Sache!«

»Komm zum Thema!«

Die Männer wurden ungeduldig, und er merkte, dass sie ihm kein Wohlwollen entgegenbrachten, zumal sie hergebeten worden waren, um über etwas zu reden, an das sie eigentlich nicht rühren mochten und an dem er nicht ganz unschuldig war.

»Die Sache ist die …« Verzweifelt suchte er weiter nach dem Faden.

»Und das Ding ist das!«, spottete einer der Männer grimmig.

Aber nun ließ Yahya sich nicht mehr beirren. Es war ein Wunder, vielleicht war es Gott, der ihm diese Klarheit schenkte. Seine Stimme klang nun fest, ruhig ging sein Atem. »Der Großherr hat Konstantinopel erobert, was ihm niemand zugetraut hätte. Mehmed wird einmal als Sultan und Kaiser den Osten und den Westen beherrschen. So viel steht fest. Das ist ein großes Glück für die Muslime. Unter seinem Schutz wird auch Granada als selbstständiges muslimisches Reich weiter existieren. Mehr noch, ihr werdet mit seiner Hilfe ganz al-Andalus zurückerobern, das muslimische Córdoba und das muslimische Sevilla, das muslimische Antequera und das muslimische Valencia, das muslimische Ávila und das muslimische Toledo …«

Er spürte förmlich, wie ihm der Boden unter den Füßen und die Neugier seiner Zuhörer zuwuchsen, wusste aber auch, dass er nicht an diesem Punkt stehen bleiben durfte, wenn er sein Publikum nicht wieder verlieren wollte, »… und all die andern Städte, die nur darauf warten, endlich, endlich wieder Allah zu verehren und dem besten aller Menschen, dem Propheten, gesegnet sei er, zu huldigen, nämlich Bilbao und Barcelona, Cardeña und das ganze Roussillon, all das wird euer al-Andalus. Es liegt vor euch, ihr müsst nur zugreifen!«

»Träume eines Jünglings!«

»Hirngespinste!«

»Ja, Konstantinopel, die alte Kaiserstadt einzunehmen, was für ein Traum!« Yahya spürte, wie seine Leidenschaft wuchs und ihm die Worte zuflogen. »Ja, Griechenland und den Balkan zu erobern, was für ein Hirngespinst! Und doch hat Mehmed, der schon bald in Wien und in Rom sein wird, der Schrecken der Christen, diesen Traum verwirklicht, dieses Hirngespinst wahr gemacht. Mit seiner Hilfe, im Bündnis mit dem herrlichen Großherrn werden alle Träume wahr werden und sogar Hirngespinste Wirklichkeit. Er reicht euch die Hand. Ihr braucht nicht viel, nur etwas Mut ... ein ganz klein bisschen Mut.«

»Warum sollten wir das tun?«

»Ich bin zufrieden mit dem, was mir Allah gab.«

»Ganz einfach, weil du es bald schon nicht mehr haben wirst«, hielt Yahya dem Sprecher entgegen. »Du wirst steigen oder fallen, verharren wirst du nicht, gewinnen oder verlieren, aber nicht bewahren. Es ist vielmehr so: Wenn du bewahren willst, was du hast, musst du es mehren. Schaut euch doch an! Wart ihr vor Jahren nicht weitaus mächtiger als heute? Drängen euch Saids Günstlinge, die Banigash, nicht aus allen Ämtern? Wenn es so weitergeht, wird in wenigen Jahren schon die mächtige Banu Sarraj nur noch ein Gespött für jeden Dahergelaufenen sein. Eure Entscheidung, ob ihr unter dem Christenknecht Said vernichtet werden wollt oder wieder zu alter und zu noch mächtigerer Größe aufsteigen wollt!«

»Nimm dich in Acht, du sprichst von meinem Vater!«, erscholl eine mächtige Stimme aus einer dunklen Ecke im Saal. Alle Augen flogen dorthin.

Aus der Ecke trat ein Mann, der seinen tief sitzenden Turban nach oben schob, und ein Raunen ging durch den Saal.

»Ali!«

»Ali ist es!«

Alle Gedanken waren wie weggewischt, Yahya fühlte nur eine Leere in seinem Kopf. Hatte er sich gerade noch so wohl gefühlt bei seiner leidenschaftlichen Rede, weil er spürte, dass seine Zuhörer ihm folgten, fiel nun sein ganzes Selbstbewusstsein in sich zusammen. Ali,

Zorayas Mann und Saids Sohn, stand ihm gegenüber. Er hörte ihm zu, wie er zum Aufstand gegen den Vater aufrief.

»Oh, Sidi, ich bin nur das Sprachrohr des Großherrn. Es wäre ein Leichtes für dich, mich, sein unbedeutendes Werkzeug, und er hat viele davon, zum Verstummen zu bringen. Ihn aber, den Weltenherrscher, bringst auch du nicht zum Schweigen. Er wird über dich hinweggehen, wenn du nicht mit ihm marschierst. Und weißt du auch, warum das so ist? Weil auch Mehmed, der große Mehmed nur ein Werkzeug ist in der Hand des Allerbeherrschers, gepriesen sei sein Name, des Königs und Allbezwingers, verherrlicht werde er von uns ohne Unterlass, des Richters, des Schöpfers, des Unterwerfers. Unterwirf auch du dich ihm, wie ein weit größerer Herr als du, nämlich Mehmed, sich Allah bereits zahm zu Füßen gelegt hat wie ein wilder Löwe, denn seinen Willen führt er aus, deshalb ist er erfolgreich!«

Eine gespenstische Stille hatte sich wie ein Leichentuch über den Saal gebreitet. Die Männer wirkten wie erstarrt, nicht einer, der wagte, sich zu rühren oder etwas zu sagen, nicht einmal der Hausherr.

Alle Blicke waren auf Ali gerichtet, alle Männer erwarteten von ihm eine Reaktion. Mit nachdenklicher Miene schritt er in die Mitte des Saales. Nun standen sie einander gegenüber und sahen sich in die Augen. Und Yahya hasste diesen Mann, den gut gebauten Krieger, der keine schiefe Nase in seinem Gesicht tragen musste wie er selbst. Er hasste Alis ebenmäßiges Antlitz, die tiefschwarzen Augen und den wohlgeformten Mund. All das verlieh Saids Sohn ein angenehmes Äußeres. Yahya hasste ihn für sein Machtbewusstsein, das bis zur Überheblichkeit bis in die letzte Faser seines kräftigen Körpers eingedrungen war, und dafür, dass es sein Bett war, in dem Zoraya lag, sein Körper, an den sie sich schmiegte. Er gönnte ihm nicht die Frau, die er selbst liebte. Vielleicht hatte er ihn auch deshalb so hart angegriffen.

Er senkte seinen Blick nicht, sondern sah Ali fest in die Augen. Würde dieser Sohn aus dem Haus der Nasriden das Schicksal annehmen oder feige vor ihm fliehen? Yayha hatte alles gesagt, alles gewagt, alles getan. Nichts lag nun mehr an ihm. Er fühlte sich erleichtert und frei, was auch immer jetzt passieren würde.

Ali wich dem Blick Yahyas aus und schaute mit unsicherem Lächeln zu dem Anführer der Sarraj. »Du hast mir nicht gesagt, als du mich zur Schura eingeladen hast, Yusuf, dass es um einen Aufstand gegen meinen geliebten Vater geht.«

Plötzlich erhob sich einer aus dem Kreis der Männer. Seine Ohrläppchen leuchteten purpurrot vor Zorn. »Mir hast du das auch nicht mitgeteilt, und schon gar nicht, dass der ehrwürdige Abu l'Hasan Ali unser Gast ist, bevor wir in der Schura unter uns, den Vorständen der Familien der Banu Sarraj, so wie es Brauch ist, erst darüber beraten haben!«

»So viel Zeit haben wir nicht«, erklärte Yusuf bin Hasan as-Sarraj. »In meine Hände sind Dokumente gelangt, dass Said unsere Vernichtung plant, und zwar schon bald!«

Der Zornige schaute zu Ali. »Weißt du etwas davon?«

»Es ist wahr, es gibt Bestrebungen, nur weiß ich nicht, wie weit sie gediehen sind.«

Ein kleiner Dicker mit geölter Glatze meldete sich zu Wort. »Die Stadt hat das Fieber gepackt. Nachbarn schauen sich scheel und abwartend an, Freunde entfremden sich einander, und der Riss verläuft sogar durch die Familien. Eine böse Krankheit ist auf die Stadt gefallen, die Krankheit heißt Zwietracht. Die einen sind für Said, die anderen gegen ihn. Es muss etwas geschehen!«

»Es gibt noch etwas, was ich euch berichten will«, fuhr Yusuf fort. »Heute Nachmittag war Saids Wesir bei mir. Er hat mich und alle Häupter der Sarraj eingeladen, morgen zu einem Versöhnungsfest auf die Alhambra zu kommen. Der Emir möchte den Hader und die Missstimmung endlich beenden. Sollten wir nicht kommen, würde er das als Feindseligkeit verstehen.«

»Eine Falle!«, rief einer.

»Was denkst du, Herr?«, wandte sich ein anderer an Ali.

»Natürlich, eine Falle«, bestätigte der Sohn des Emirs.

Der Zornige beruhigte sich und breitete ratlos die Arme aus. »Entweder gehen wir zum Aufstand oder zur Opferbank.«

Ein Raunen ging durch die Reihen der Männer.

Mühsam erhob sich ein spindeldürrer alter Mann mit einem

schön geformten Greisenschädel. »In meiner Jugend habe ich den letzten Aufstand erlebt, an dem wir beteiligt waren. Deshalb sage ich euch, wie es Brauch ist. Wir sind jetzt im Krieg, und deshalb bist du, Yusuf, unser Kriegsanführer, dem alle Familien der Sarraj folgen werden, was immer du befehlen wirst. Die Schura ist aufgelöst. Teile uns deine Anweisungen mit!«

»*Inschallah!*«, erklang es aus vielen Kehlen zum Zeichen, dass die Männer mit dem, was der Alte gesagt hatte, einverstanden waren.

Der Alte setzte sich wieder, was noch länger als das Aufstehen dauerte.

Yusufs Augen ruhten fest auf Ali. »Wenn du es willst, steht die Banu Sarraj unter deinem Kommando, Emir Abu l'Hasan Ali!« Er verneigte sich tief.

»Mehmed würde uns mit Geld und mit Truppen unterstützen, wenn uns die Kastilier angreifen?«, fragte Ali und sah Yahya an.

»Wenn du den Aufstand wagst, liegen schon jetzt fünftausend Dinare für dich bereit«, erwiderte Yahya geschäftsmäßig kühl wie ein Buchhalter.

Ali sah sich in der Runde um, schaute den Männern ins Gesicht, rang mit sich. »Bei Gott«, stieß er hervor, »so sei es! Führen wir Granada zu neuer Macht.« Er räusperte sich. »Nun lasst uns Kriegsrat halten! Und du, Türke, kümmere dich um das Geld. Ich will es noch heute Abend in meinem Palast haben! Dann werden wir ja sehen, ob du den Mund zu voll genommen hast oder nicht! Ist das Geld da, weiß ich, dass ich in Mehmed einen verlässlichen Verbündeten habe. Geh, du wirst hier nicht mehr gebraucht!«

Die Herablassung in Alis Stimme verletzte Yahya tief, und sein Hass wuchs ins Unermessliche.

Er spürte diesen Tiefschlag noch immer in der Magengrube, als er an Ruggieros Zimmertür klopfte. »*Prego!*« Dem Vibrato in der Stimme des Italieners war die Hoffnung auf ein Abenteuer anzuhören. Er lag auf dem Bett und sah Yahya mit erwartungvollen Augen an.

»Es geht los, Ruggiero. Sie werden sich erheben. Wir müssen zu Yehuda.«

»*Perfetto!* Du bist ein Teufelskerl. Nimm dich in Acht, ich fange an, dich zu mögen.«

»Das ist wirklich erschreckend«, erwiderte Yahya und spürte, dass er blass wurde.

Am Ausgang des Hauses stieß Rasul zu ihnen.

»Ich begleite euch!«

»Dürfen wir ablehnen?«

»Nein, außerdem begleiten mich ein paar Männer. Bei so viel Geld!«

»Ich glaube, ich kenne die Leute.«

Die dichte Wolkendecke über Granada hatte sich noch nicht aufgelöst, im Gegenteil, sie schien sich vor den Alpujarras zu stauen.

Im Haus der Abrabanels wurden sie gleich ins Kontor geführt. Yayha berichtete Yehuda von der Schura und ihrem Ergebnis, und dieser bat seinen Sohn, das Geld zu holen.

»Würdest du bitte Yusuf Pascha über den Stand der Dinge unterrichten?«, fragte Yahya, als er den Wechsel unterzeichnete.

»Sehr wohl. Möge es gelingen.«

»Ja, Gott befohlen«, sagte Yahya und stutzte über die alte Formulierung aus Kindertagen, die ihm wieder eingefallen war.

»Welchen Gott meinst du?«, fragte Yehuda, dem die Fremdheit der Formulierung ebenfalls aufgefallen war.

»Ach, vielleicht ist es ja nur ein und derselbe!«, entgegnete Yahya, als Ychzak mit fünf Geldsäcken zurückkam.

»Wo werdet ihr Carlos begraben?«

»In einer Ecke unseres jüdischen Friedhofs. Seine Witwe wünscht es, damit sie sein Grab aufsuchen kann.«

»Hätte er nach dem jüdischen Ritus begraben werden wollen?«, fragte Yahya skeptisch.

Yehuda lächelte verschmitzt, so wie er es gern tat. »Ach, wir begraben ihn einfach am Sabbat, da darf kein Jude arbeiten und auch nicht den Friedhof besuchen. Und wenn dann ein Priester und ein paar Menschen Abschied von einem guten Menschen nehmen, wird der Herr es mir nicht krummnehmen. Ob Carlos nun durch die jüdische, oder die muslimische oder die christliche Vorhalle ins Paradies tritt, nun, wenn kümmert's. Hauptsache er tritt ein.«

Yahya hätte gern etwas Freundliches zu Yehuda gesagt, aber alles, was ihm einfiel, empfand er als unpassend, peinlich oder banal. Der alte Jude spürte das wohl.

»So, und jetzt raus mit dir, bevor Ali argwöhnt, ich hätte das Geld veruntreut! Raus! Raus!«, sagte er betont ruppig.

Yahya trug zwei Säcke, Ruggiero zwei weitere und einen Rasul, als sie an der nächsten Ecke auf eine Streife aus Kriegern Saids und Anhängern der Banigash stießen.

»Beeilt euch! Wir halten euch den Rücken frei.« Rasul drückte Yayha seinen Geldsack in die Hand.

»Aber das sind dreimal so viele wie ihr!«, stieß Ruggiero auf Italienisch hervor, der Rasuls Worte offenbar verstanden hatte.

Bevor Yahya übersetzen konnte, erwiderte Rasul auf Arabisch: »Macht schon, ich weiß nicht, wie gut die sind und wie lange wir sie aufhalten können!«

»Komm schon!« Ruggiero stieß Yahya an und zog ihn mit sich, während die Mauren die Schwerter zogen und aufeinander losgingen.

57

Granada, Spanien

Im Foyer von Alis Palast, der gleich hinter der großen Moschee lag, empfing sie der Wesir von Saids Sohn. Er war ein ansehnlicher, parfümierter Mann, mit klugen, aber kalten Augen und vollendeten Umgangsformen, deren Perfektion offenbar auf einer eitlen Verachtung der Menschen und einer Geringschätzung des Geistes beruhten. Unter ebenso nichtssagenden wie klingenden Floskeln führte er Yahya und Ruggiero in die Zimmerflucht, die der Verwaltung von Alis Hof vorbehalten war, und machte sich daran, unter ihren aufmerksamen Blicken die Münzen nachzuzählen, Dinar für Dinar, Sack für Sack. Dann übergab er die Geldsäcke zwei Dienern, die sie vermutlich in die Schatzkammer brachten, und quittierte Yahya den Empfang der Summe. Der Wesir ließ es sich nicht nehmen, die wenig geschätzten Besucher selbst zum Ausgang zu begleiten, wohl auch, um sie schnell wieder loszuwerden. Wie gern hätte Yahya Zoraya gesehen, aber er wusste, dass es unmöglich war. Sie lebte und herrschte nun im Harem Alis, zu dem ihm der Zutritt verwehrt war.

Nachdem sie ihre Aufgabe erledigt hatten, begaben sie sich zurück zu Yusufs Palast. Zu ihrer großen Freude stießen sie vor dem Tor auf Rasul und seine Leute. Drei von ihnen hatten ein paar Blessuren davongetragen.

»Ich habe mir Sorgen gemacht«, rief ihnen Yahya entgegen.

»Bei dem ungleichen Kräfteverhältnis war das durchaus berechtigt«, erwiderte Rasul. »Aber als sie einsehen mussten, dass bei der Sache nicht mehr als ein paar Tote auf beiden Seiten herauskommen würde, haben wir uns geeinigt, den Kampf einzustellen.

»Sehr weise.«

»Wer stirbt schon gern, und dann auch noch für nichts?«

Es war schon weit nach Mitternacht als Yusuf mit Ruggiero im Gefolge in Yahyas Zimmer kam und ihn weckte. Kaum hatte er mühsam die Augen geöffnet, bohrten sich Kopfschmerzen durch sein Gehirn, das den Schlafmangel nicht mehr auszugleichen vermochte. Es überraschte ihn, dass der Anführer der Sarraj nicht wie üblich einen Diener oder einen Vertrauten wie Rasul schickte, sondern sich persönlich zu ihm begeben hatte. Sogleich war er hellwach.

»Nun ist es beschlossene Sache und schneller, als gedacht! Übersetze deinem Gefährten, was ich euch mitzuteilen habe«, sagte Yusuf mit grimmiger Freude. Man sah ihm die Erleichterung darüber an, dass eine Entscheidung gefallen war.

»Wir gehen zu dem Gastmahl!«

Yahya verstand die Welt nicht mehr und übersetzte. Ruggiero riss erstaunt die Augen auf.

Einen Moment lang genoß der Sarraj die Verwunderung, bevor er kurz und hart hinzufügte: »Be-waff-net! Ali wird die Aufständischen in der Stadt anführen und die Männer des Emirs und die Banigash entwaffnen. Wir begeben uns zum Festmahl, um Said und die Oberen der Banu Banigash festzusetzen.«

»Aber sie werden euch doch nicht mit Waffen hineinlassen«, wandte Yahya ein.

»Die Waffen werden da sein, wenn wir ihrer bedürfen«, antwortete Yusuf mit salomonischem Lächeln. »Ich erwarte, dass ihr mit uns kommt!«

»Aber ich bin kein Kämpfer, nicht ausgebildet im Schwertkampf! Ich würde euch nur eine Last sein, keine Hilfe.«

»Wer die Suppe mit eingebrockt hat, wird sie auch mit auslöffeln. Jetzt schlaft. Morgen Nachmittag maschieren wir los.« Damit verließ Yusuf das Zimmer, ohne einen Widerspruch zuzulassen.

»Wir sollen mitgehen und mitkämpfen«, sagte Yahya auf Italienisch zu Ruggiero, den eine so wilde Freude erfasste, dass er nicht mehr still stehen konnte, sondern im Zimmer herumsprang.

»Endlich, endlich mal wieder ein Kampf! Ich hatte schon Angst, dass ich faul, fett und bequem werde.« Wie ein Kreisel drehte er sich um sich selbst, dann hüpfte er zur Tür. »Schlaf, Freund«, rief er Yahya über die Schulter zu, »ruh dich aus, der Nachmittag wird deine Wachheit fordern.«

Dass der Italiener ihn Freund genannt hatte, ließ Yahya erahnen, wie sehr dieser unter der Untätigkeit der letzten Zeit gelitten hatte. Trotz seiner Erschöpfung und Müdigkeit kam er vor Aufregung lange nicht zur Ruhe. Als der Schlaf endlich kam, peinigte er ihn mit grausamen Träumen.

Am Morgen rüttelte ein Diener ihn wach und zeigte auf die neue Kleidung, die er auf sein Bett legte. Der Herr habe befohlen, dass Yahya diese Sachen anziehen solle. Yahya schauderte. Ob er in der edlen Hose aus Safranleder, dem Seidenkaftan sterben würde, herausgeputzt wie ein Pfau? Dankbar für die Schüssel mit frischem, kühlem Wasser, die der Diener ebenfalls mitgebracht hatte, wusch er sich den Schweiß von Gesicht, Nacken, Hals und Achseln, und widerstand auch nicht dem Rosenwasser, das er auf Stirn, Schläfen und Hals tupfte. Als ginge es wirklich zu einem Fest, dachte er und schüttelte den Kopf. Wie schön wäre das gewesen, er wünschte es sich wider alle Vernunft. Er schob gerade den grünen Turban auf seinem Kopf zurecht, als Ruggiero hereinplatzte.

»Es geht los!«

Wie er selbst trug der Italiener eine gelbe Hose aus Safranleder, einen gelben Kaftan und einen grünen Turban. Yahya befestigte das Wehrgehänge an der grünen Bauchbinde und steckte den Dolch ein. Ihm war nicht wohl zumute, zumal ihm bewusst wurde, dass er inzwischen zwei Tage lang nicht gebetet hatte. Würde Allah ihn für diesen Frevel bestrafen? Fünf Gebete am Tag waren vorgeschrieben, also war er mit zehn Gebeten im Verzug. Keine besonders gute Voraussetzung für den Kampf auf Leben und Tod, auf den er zusteuerte.

Im Hof stand eine Gruppe von Männern, die unter Aufsicht eines der Söhne von Yusuf die Protokolle Ibn Khaldins in zwei Feuerschalen verbrannten. Yahya fragte sich, ob der Anführer der Sarraj wirklich alle Texte dem Feuer übergab oder vielleicht doch ein paar Schriften für den speziellen Gebrauch ausgesondert und zurückbehalten hatte. Nur noch zwei Rollen waren übrig, die nun von zwei Kriegern in die Flammen geworfen wurden … und nicht ein Buchstabe entkam. Yayha tat es leid um die Aufzeichnungen, aber aus den Spitzelberichten, die er übersetzt hatte, wusste er nur zu gut, wie viel Niedertracht bisweilen darin steckte, wie viel Leid sie über die Menschen bringen konnten.

Vor dem Palast hatten sich siebzig Männer versammelt, ebenso prächtig gekleidet wie Yahya und Ruggiero. Aus der großen Pforte trat Yusuf bin Hasan as-Sarraj. Er war mit dem Alten, der am Vortag so entschieden für den Aufstand gesprochen hatte, ins Gespräch vertieft. Sie begaben sich an die Spitze, und der Zug setzte sich in Bewegung, zunächst wegen der engen Gassen in Zweierreihen. Passanten drückten sich an die Mauern der Häuser und schauten mit Verwunderung oder Hoffnung oder nur kühl auf die Männer. Der Aufzug wirkte nicht wie eine Prozession, dachte Yahya, sondern wie das mutige und würdevolle Aufbegehren von Männern, die sich keinem Herrscher beugten, deren Loyalität sich einzig und allein an dem Respekt maß, der ihren Rechten und Ansprüchen entgegengebracht wurde.

Durch das Stadttor und über die Brücke hielten sie auf die Alhambra zu. Yahya empfand Furcht vor dem Ausgang des Tages, gleichzeitig aber war er stolz, unter der Sonne am wolkenlosen Himmel inmitten dieser Gemeinschaft zu marschieren und Teil ihrer Stärke zu sein. Dieses Gefühl war umso unverständlicher, weil ihn mit diesen Männern im Grunde nichts verband.

Der sandige Boden knischte unter seinen Stiefeln. Die Eiben und Lebensbäume, die Zypressen und Korkeichen an den Straßen muteten ihn paradiesisch an, als seien sie nur dazu da, seinen Weg in himmlische Gefilde zu säumen. Obwohl Yahya keinerlei Neigung verspürte, als Märtyrer zu enden, versetzte ihn der süßwürzige Geruch dieser Bäume und des Lavendels kurz in Hochstimmung. Es ist ein Tag zum Umherschlendern, zu geistreichen Gesprächen, nicht aber zum Sterben, dachte Yahya, bevor ihn wieder die Sorge um sein

Leben überfiel. Keiner von ihnen allen wusste, wer an diesem Abend zu Allah treten oder noch weiter die Welt genießen durfte. Doch anders als er hatten die Banu Sarraj einen guten Grund für ihr gefährliches Unternehmen. Was hatte er mit ihrem Schicksal zu schaffen? Nichts, außer durch den Auftrag des Großherrn. Und Ruggiero? Er war nicht einmal Muslim, sondern Christ. Aber im Gegensatz zu ihm hatte sich der Italiener die Mission ausgesucht und verdiente gutes Geld damit. Außerdem schlug er sich für sein Leben gern, dieser neapolitanische Raufbold. Seine Leidenschaft für das Abenteuer vermochte Yahya genauso wenig nachzuempfinden wie seine Liebe zum Würfelspiel. Wahrscheinlich hing der Italiener stärker Fortuna, der Glücksgöttin, im Glauben an als Jesus Christus.

Yahya warf dem aufgezwungenen Gefährten einen flüchtigen Blick zu. Zum ersten Mal entdeckte er einen bisher ungekannten Zug in seinem Gesicht, einen geradezu heiligen Ernst. Ruggiero da Ischia schritt in den Kampf wie in einen Gottesdienst, schweigsam, ernsthaft und dennoch mit großer innerer Freude, als wäre das Kreuzen der Klingen seine Messe und der Schwerthieb sein Abendmahl.

Yahya hatte sich inzwischen bemüht, wenigstens ein paar der Gebete nachzuholen, und auch jetzt sprach er die Suren des Korans, die ihm im Gedächtnis waren. Er schwankte zwischen Furcht und Hochstimmung, als er die rötliche Außenmauer der Alhambra vor sich sah, die sich aus Gräsern und Kräutern zu eindrucksvoller Größe erhob.

Durch ein kleines Tor, das den Namen des Propheten trug, betraten sie die Festung. Yahya schaute nach rechts und empfand die hohen, zinnenbewehrten Türme und die wehrhaften Mauern der Alcazaba als Bedrohung. An den Mauern der Zitadelle lehnten sich einstöckige Handwerkerhäuschen aneinander wie Betrunkene, die Halt suchten. Vor ihm öffnete sich ein großer Platz mit Zisternen und einem Podium zur Linken, auf dem, so vermutete Yahya öffentlich Gericht gehalten wurde. Es war gespenstisch, dass sie weder auf Bewohner noch auf Passanten trafen, obwohl Yahya spürte, dass man sie beobachtete. Sie marschierten an den Handwerkerhäusern vorbei und betraten durch einen hufeisenförmigen Eingang das Innere der

Festung. Yahya erhaschte einen flüchtigen Blick auf die Inschrift des Tores: *Ruhm unserem Herrn dem Sultan Abu'Abd Allah al-Gani Billah*, stand dort. Unter dem Zwillingsbalkon hindurch schritten sie in den Torbogen. Der Durchgang war nicht verengt und verwinkelt, wie es bei den Toren der äußeren Festungsmauer aus militärischen Gründen üblich war. Dieses Tor war eindeutig dem Empfang hoher Gäste vorbehalten. Und auch ihnen wurde die Ehre zuteil, empfangen zu werden, jedoch anders, als sie es sich vorgestellt hatten.

Auf der Innenseite des Portals, das unter dem Wappen der Nasriden die Inschrift »Es gibt keinen Sieger außer Allah« trug, sahen sie sich plötzlich von den Kriegern des Emirs umstellt. Ein stämmiger Mann mit kurzen Beinen, breitem Oberkörper, schlohweißem Haar und schwarzen, von öligem Glanz überzogenen Augen trat vor.

»Hadschi Murad al-Abdullah al-Banigash«, raunte Rasul mit unterdrücktem Hass Yahya zu. Es klang, als hätte er gesagt: der Teufel höchstpersönlich. »Schlechter kann es nicht anfangen!«, fügte er grimmig hinzu.

Die Anführer der Sarraj und der Banigash musterten einander kalt.

»Ihr kommt zum Friedensfest wie zum Kampf bewaffnet«, sagte der Banigash und zog ein Gesicht, als wäre er auf das Schändlichste persönlich beleidigt worden, wo er es doch nur gut gemeint hatte.

»Kann ein Mann seinem Herrn mehr Achtung entgegenbringen, als dass er in schimmernder Wehr vor ihm erscheint, um ihm zu zeigen, dass er bereit ist, jederzeit für ihn einzutreten?«, entgegnete Yusuf bin Hasan as-Sarraj ruhig.

»Nicht anders habe ich es verstanden. Aber jetzt sei so gut und leg deine Waffen hier ab. Ich habe sie ja nun gesehen und werde dem Emir Bericht erstatten. Und befiehl es auch den Deinen! Ich schwöre bei Allah, gepriesen sei der Demütigende, dass nichts wegkommt, nicht einmal der kleinste Dolch.«

»Welche Garantie habe ich, dass ihr nicht über uns herfallt, wenn wir unsere Waffen abgelegt haben?«

»Misstraust du deinem Emir?«

»Meinem Emir misstraue ich nicht. Allein, ich sehe ihn hier nicht, nur dich. Und du, Murad, bist ein Lügner und Betrüger, hast dein Leben in den schmutzigen Winkeln der Ränke zugebracht. Vor dem Festsaal im Angesicht des Emirs legen wir die Waffen ab, keinen Augenblick früher.«

»Dann wirst du den Festsaal nicht mehr zu Gesicht bekommen!«

Ein breites Lächeln ging über Yusufs Gesicht. Er sah so entspannt aus, als säße er in einer Runde mit Freunden und führte eine heitere Unterhaltung. »Was wird das für ein schönes Friedensfest werden, wenn ich dem Emir deinen Kopf bringe, den Ursprung aller Misshelligkeiten?«, rief der Sarraj laut in die Runde.

Der Kopf des Anführers der Banigash lief dunkelrot an. Er hob den Arm. Als die Krieger des Emirs ihre Schwerter zogen, blitzte der Stahl in der Sonne auf. Auch die Sarraj zückten ihre Waffen.

Yahya sah mit einiger Bestürzung auf sein Krummschwert. »Und was mache ich jetzt damit?«

»Oh, immer schön alle Schläge parieren«, sagte Ruggiero. »Halte dich dicht bei mir, Bürschchen, ich werde auf dich aufpassen. Unser Tod ist ohnehin bereits im Himmel beschlossen, keine große Sache. Wenn es uns also heute treffen soll, dann geschieht es, wenn nicht, dann nicht!«, rief er mit wilder Lust. Mit einer eleganten Bewegung zog er sein Schwert aus der Scheide, dessen Klinge im Gegensatz zu den Waffen der Muslime gerade war.

Feindselig, bereit, sogleich übereinander herzufallen, standen sie sich gegenüber wie bissige Hunde, die nur eine Kette hinderte, die anderen anzufallen. Die Sonne stand im Rücken der Sarraj, wärmte ihren Nacken und blendete die Männer des Emirs, die deutlich in Überzahl waren. Nun kam es nur noch auf die Anführer an, auf deren Entscheidung. Yusuf und Murad musterten einander kalt, kein Muskel zuckte in ihren Gesichtern. Keiner von beiden will derjenige sein, der den Frieden gebrochen hat, dachte Yahya, und doch würde einer den Befehl zum Angriff geben müssen. Wer würde in dem Duell der Worte und Gesten als Erster die Nerven verlieren?

58

Granada, Spanien

»Legt die Waffen nieder!«, zischte Murad. Seine Augen waren zu Schlitzen verengt.

»Holt sie euch«, entgegnete Yusuf. »Oder traut ihr euch nicht?«, fügte er mit einem schiefen Grinsen hinzu.

Murad zögerte einen Wimpernschlag, dann brüllte er: »Macht die Hunde nieder!« Er selbst jedoch blieb stehen, zog sich sogar zurück, während Saids Krieger mit erhobenen Schwertern auf die Sarraj losgingen.

»Halt, steckt die Waffen wieder ein!«, ertönte eine hohe, ans leise Sprechen gewöhnte Stimme, der man die Anstrengung, zu den Kämpfenden durchzudringen, anmerkte. Die Kämpfer des Emirs blieben stehen und bildeten eine Gasse für einen kleinen, zerbrechlich wirkenden Mann. Er trug einen riesigen, goldfarbenen Turban und einen Kaftan aus Goldbrokat mit langen Schößen. Die Hose war aus roter Seide, die Pantoffeln waren aus weichem Leder. Kein Finger der zarten Hände war unberingt, und jeder Ring trug einen anderen Stein. Wenn der Emir die Hand hob, erweckte die Sonne in Rubin, Lapislazuli, Azur, Diamant, Smaragd, Saphir, Topas oder Opal ein stilles oder großes Feuer, ein Glimmen, Glühen oder Lodern, je nach Art des betreffenden Steins.

Emir Abu Nasr Said al-Musta'in bi-llah, der im Allgemeinen nur Said genannt wurde, war augenscheinlich ein Mann, der sein parfümiertes Leben in den Palästen zubrachte, in der Alhambra und in den Gärten der Generalife, nicht aber in den Sätteln der Pferde oder auf den Schlachtfeldern. Missmutig, als suche er denjenigen, der die

Stimmung verdorben hatte, schaute er abwechselnd zu den beiden Anführern.

»Mit dem kann Granada nur untergehen«, raunte Yahya dem Italiener zu.

»Mag sein, aber unterschätze ihn nicht«, erwiderte Ruggiero. »Solche Leute sind für gewöhnlich gerissen. Ich habe jedenfalls den größten Respekt vor ihnen, denn ihre Spezialität ist der Dolchstoß in den Rücken. Die Spanier nennen ihn Ciriza.«

Yahya gab ihm innerlich recht und leistete ein wenig Abbitte. Hatte der Italiener auch keine beeindruckende Bildung vorzuweisen, so besaß er doch eine große Menschenkenntnis.

Said breitete die goldenen Arme aus, was dem Ganzen etwas ungewollt Komisches verlieh. »Ich will Frieden«, verkündete er. »Steckt die Schwerter ein. Ich verlasse mich auf dein Wort, Yusuf, dass ihr vor dem Festsaal eure Waffen ablegt. Ihr müsst einsehen, dass ihr nicht bis an die Zähne bewaffnet beim Friedensmahl sitzen könnt. Aber ich akzeptiere, dass ihr nicht bereits hier die Schwerter abgeben wollt. Euer Misstrauen Murad gegenüber ist allerdings unbegründet. Ihr werdet beim Festmahl über eure kindliche Furcht lachen. Und dieses Lachen wird den Frieden besiegeln. *Inschallah.*«

Er lächelte wie ein gütiger, älterer Mann. Dann wandte er sich um und ging ein wenig schlurfend von dannen. Hinter ihm schloss sich die Gasse, die seine Krieger für ihn geöffnet hatten. Sie ließen ihre Waffen sinken, und auf Yusufs Zeichen steckten auch seine Leute die Schwerter wieder ein. Mit einem erleichterten Seufzer schob Yahya sein Krummschwert unter die Bauchbinde.

Yusuf und seine Leute folgten dem Banigash und fünf Kriegern, während die anderen Männer des Emirs in ihre Unterkünfte zurückkehrten.

»Besser, es wäre hier geschehen. Hier hatten wir genügend Platz für einen Waffengang, selbst wenn diese Muselmänner da in der Übermacht waren. Es kann nur schlechter für uns werden«, schimpfte Ruggiero, der sein Schwert nur widerstrebend in die Scheide zurückgeschoben hatte.

Yahya war glücklich, dem Kämpfen fürs Erste entronnen zu sein.

Er antwortete nichts, sondern schaute sich neugierig um. Rechterhand erhoben sich die Festungsmauern. Links erstreckte sich ein Labyrinth von Dächern und Mauern, die aus den gegenüberliegenden Bollwerken wie Kristalle hervorzuwachsen schienen. Die ganze Anlage mit ihren unregelmäßigen, bizarren Formen bestand aus der Verschachtelung von Palästen der Nasriden-Emire, die zu unterschiedlichen Zeiten errichtet worden waren. Nie zuvor in seinem Leben hatte Yahya eine derart schwerelose und dennoch beständige Architektur aus Wasser und Lichtreflexionen gesehen. Die Bauten hatten sich ineinander geschoben wie die Generationen der Herrscher und ihrer Familien. Sie verkörperten Abstammung, Nachfolge, Mord und Putsch, in einem Wort Geschichte, die zu Stein und Architektur geworden war und die nichts anderes zum Ziel hatte, als auf Erden bereits im Paradies zu leben und dafür das göttliche Licht einzufangen. Der freie Platz, der sich vor der Gruppe der Paläste und dem roten Tor erstreckte, wurde nach Osten hin begrenzt von dem ehemaligen Palast der Sarraj an der Südmauer, einer Moschee, der Festungsstadt im Hinterland und einer ausgedehnten Gartenanlage im Nordosten.

Vor der Moschee bogen sie links ab und hielten auf ein trutziges Querhaus zu, das nur über einen Eingang in der Mitte verfügte und dessen kleine Fenster sich erst über die zweite Etage zogen. Der Gang verjüngte sich und bot nebeneinander höchstens zwei schlankeren Männern Platz. Kaum hatten sie das Querhaus betreten, führte der Gang nach links in einen kleinen Raum. Von dort aus gelangten sie durch die linke von zwei Türen in einen etwas größeren Saal, in dem sich eine Gebetsnische befand und der offensichtlich auch zum Gebet genutzt wurde. Wie in allen anderen Räumen fiel das Licht auch hier nur durch die Kolonne kleiner Fenster in der Höhe herein. Deshalb lagen die Säle im Schatten und boten eine angenehme Kühle.

Schließlich betraten sie einen majestätischen Kuppelsaal, dessen Decke mit einem atemberaubenden Stalaktitmuster verziert war. Es sah aus, als wäre ein Diamantenguss in einem plötzlichen Frost zu Blitzeis gefroren. Durch die Kuppel drang Licht wie fallendes Gold. In der Mitte des Saales befand sich im Boden ein Brunnen, von dem aus ein Kanal in einen Hof führte, wie Yahya durch einen Säulenportikus erspähte. Zwei Bögen gliederten den rechteckigen Saal in den Hauptraum unter der Kuppel und in zwei Alkoven. Das Liebesspiel aus Licht und Architektur verschlug Yahya die Sprache.

Im Kuppelraum und in den Alkoven wechselten sich Sitzkissen und niedrige Tische ab. Die Wände waren reich bemalt mit geometrischen Mustern, durch die sich Sprüche aus dem Koran oder Verse granadinischer Dichter schlängelten. Yahya empfand den Raum als überladen, denn der Tanz des Lichtes benötigte diesen Wandschmuck nach seinem Empfinden nicht. Plötzlich spürte er einen Stich im Herzen. Er sah Zoraya vor sich und wünschte sich, dass sie in diesem Schleier der Sonne tanzte.

Doch schon nahm ihn die Neugier wieder bei der Hand und führte ihn durch die schattigen Arkaden, durch den Portikus, vorbei an den vielen paarweise oder auch einzeln stehenden Säulen, deren Zierlichkeit Zweifel weckten, ob sie die Last, die man ihnen aufgebürdet hatte, auch zu tragen vermochten. Erst im Hof bemerkte er, dass Ruggiero ihm gefolgt war.

Sie traten zu dem monumentalen Brunnen in der Mitte des Platzes. Er bestand aus einer zwölfeckigen Granitschale, die Muster und Inschriften in leuchtendem Blau und Rot und Grün umliefen und die von zwölf wasserspeienden Löwen getragen wurde. Gewiss stellten diese Löwen die mächtigen Krieger der Emire von Granada dar, dachte Yahya, auf deren Rücken das Wohl und Wehe des Landes und seiner Bewohner ruhte. Plötzlich durchschoss ihn ein merkwürdiger Gedanke, dem er nicht folgen wollte. Die Löwen wirkten starr, versteinert, wie ein Monument aus einer heroischen Zeit, das in eine banale Gegenwart reichte. Sie erinnerten an eine Vergangenheit, die nur noch als Erinnerung existierte, schön anzuschauen, aber ohne Leben. Granada existierte nur noch als Königreich der versteinerten Löwen, als eine nicht enden wollende Geschichte. Und wenn der Emir nicht kühn in die Zukunft blicken und ein großes Bündnis mit Mehmed schließen würde, dann ginge Granada unter, denn es verdankte sein Überleben nur der Zwietracht der Christen, der Konkurrenz von Kastilien und Aragón. Doch damit ließ es Yahya bewenden – schließlich hatte er alles für dieses Bündnis getan –, und gab sich lieber ganz der Verführung durch das Vergessen hin, der ganzen Gewalt des Augenblicks.

Als Yahya mit Blicken in das Leben des Wassers eintauchte, das wie flüssiges Silber mit hellen Blitzen verschwamm, schwindelte ihn. Der kühne Konstrukteur des Brunnens hatte diesen Effekt bewusst herbeigeführt, indem er aus acht konzentrisch angeordneten Öffnungen das Wasser in acht etwas tieferliegende fließen ließ. Auf diese Weise entstand eine stete Bewegung des Wassers, die mit dem Springquell in der Mitte der Brunnenschale in Zeitlosigkeit verbunden war. Das Wasser floss, aber es verfloss nicht, alles blieb Kreislauf, blieb ewige Wiederkehr des immer Gleichen.

Ruggiero und Yahya traten in den Schatten des Kreuzgangs. In der Mitte der vier Arme lief durch Kanäle Wasser aus dem Ring, in den die Löwen das erfrischende Nass spien. Die Rinnen führten die Bäche in zwei Pavillons und weiter in verschiedene Säle. Auf ihrem Weg trugen sie auch zur Bewässerung etwas tiefer liegenden Beete in den Feldern bei, die durch den Kreuzgang abgeteilt wurden.

Yahya versank in einem Ozean aus Gerüchen, die ihn an Leib und Seele erfrischten, in die Düfte der Zitronen- und Orangenbäume, der Rosen, der Hyazinthen und Myrten. Aber das Spiel der Sinne beschränkte sich nicht auf den Geruchssinn. Leuchtender Oleander und vielfarbige Rosen und die kräftige Buntheit der zahllosen Blüten entzückten Yahyas Augen.

»Die vier Zuflüsse sind die vier Flüsse des Paradieses«, sagte Rasul, der sich ihnen unbemerkt genähert hatte.

Yahya übersetzte es für Ruggiero, der einfach nur stumm staunte.

»Die kleinen Brunnenschalen in den Sälen und Pavillons, die von dem Paradiesbrunnen genährt werden, sind zehn an der Zahl«, fuhr Rasul fort. »Zehn wie die Emire der Nasriden bis zu dem großen Herrscher Muhammad V., Gott, gepriesen sei sein Name, gebe uns wieder so einen Herrscher. Unter ihm erstrahlte Granada in seiner ganzen Pracht, seitdem gab es nur Niedergang. Kommt jetzt, wir müssen unsere Waffen abgeben!«

Die letzten Worte übersetzte Yahya dem Italiener auf dem Weg zurück in den Saal. Rasul führte sie in einen Nebenraum. Dort lagen bereits Dolche und die Schwerter der Sarraj. Yahya fühlte sich, auch wenn es unvernünftig war, von einer Last befreit, als er das Wehrgehänge mit dem Schwert ablegte. Ruggiero hingegen mochte sich kaum von seiner Waffe trennen, die ihn seit so vielen Jahren begleitete, ihm so gute Dienste geleistet und ihn aus lebensgefährlichen Situation errettet hatte. Er schaute so bekümmert, dass es Yahya vorkam, als könnte kein Mensch mit der Zuneigung konkurrieren, die Ruggiero seiner Waffe entgegenbrachte. Seufzend legte der Italiener sein Schwert auf den Haufen der anderen Waffen und wandte sich zu Yahya um und schüttelte den Kopf.

»Das ist ein sehr schlechtes Omen, Bürschchen. Das kann nicht gut enden.«

59

Auf dem Weg nach Sevilla, Spanien

Länger als drei, vier Stunden in der Nacht fand sie keine Ruhe, denn die Sorge um den Infanten trieb sie, rüttelte an ihrer Seele, kaum, dass ihr die Augen zufielen. Doch Nurias Schlaf ähnelte dem flüchtigen Hasen in der Meseta, der den Fuchs roch. Schließlich war sie zu müde, um müde zu sein. So ritt sie immer weiter und kam schneller voran, als erhofft. Zum ersten Mal spürte sie das ganze Ausmaß ihrer Aufgabe, die sich nicht in Warten erschöpfte, sondern eine ständige Anspannung, eine schmerzhafte Wachsamkeit bedeutete. Nur so konnte es ihr gelingen, das Wertvollste, das Kastilien besaß, zu beschützen.

Während sie durch die Meseta nach Sevilla eilte, durch die bizarre Gebirgswelt der Extremadura mit ihren halsbrecherischen Klammen und wilden Flussläufen, den scharfkantigen Felsen, den schweigsamen Bewohnern und wohlgenährten Geiern, in diesen Stunden und Tagen begriff Nuria, dass die beiden Infanten Kastiliens einzige und zugleich ganze Hoffnung verkörperten. Das war sie: der Leibwächter der Hoffnung.

Manchmal betete sie darum, dass der Herr ihr die notwendige Kraft und Stärke und Klugheit schenken möge, um diesen Auftrag zu erfüllen. Das war sie ihrem Vater und ihrer Schwester schuldig. Ach, warum hatte vor siebenhundert Jahren nur diese große Zwietracht unter den Christen geherrscht, die den Mauren den Weg nach Spanien geebnet hatte. Zwietracht lockte immer die Fremden an und ließ sie zu Herrschern werden.

Nur zu gut wusste Nuria, dass sie die Geschichte nicht ändern konnte, auch dass sie viel zu unbedeutend war, um Einfluss auf deren Verlauf zu nehmen. Dennoch machte sie die überraschende Erfahrung, dass selbst das Geringe, das sie beizusteuern vermochte, im zufälligen Zusammenspiel mit dem Wenigen der anderen unbedeutenden Menschen letztlich nicht ohne Wirkung blieb. Sie erkannte, dass es auch auf ihr Tun ankam, und das machte sie stolz. Endlich hatte sie ihren Platz gefunden.

Auf der Bergstraße vor ihr saß ein Mädchen in einem dunklen Wollkleid mit von sich gestreckten Beinen und spielte mit dem Staub. Ihr Teint war dunkel, und schwarze, feine Haare umrahmten das kleine Gesicht. Der Anblick machte Nuria traurig. Trotz der Eile zügelte sie ihr Pferd und stieg ab.

»Was machst du hier, Kleine?«

Die Augen des Mädchens waren groß, aber leblos wie die einer Puppe. Sie hob die Hand und zeigte auf den Rand des Weges, der sich ins Tal schlängelte. Nuria schaute in diese Richtung und sah am Hang einen toten Mann und eine tote Frau liegen. Sie kletterte zu ihnen hinunter. Es überraschte sie nicht, dass jemand die beiden erschlagen und ausgeraubt hatte. Auf welche Art und Weise sich das Kind gerettet hatte, wusste sie nicht. Sie begrub die Eltern und nahm die Kleine mit. Sie konnte sie unmöglich der Wildnis und der Nacht, einem einfachen und doch schrecklichen Tod ausliefern.

So oft sich Nuria auch erkundigte, unterwegs erfuhr sie nichts über das Mädchen. Niemand kannte sie, niemand wusste etwas. Und das Kind blieb stumm. Das Leid hatte Herz und Stimme versiegelt.

Nurias Zorn auf Enrique wuchs, denn Spaniens Straßen verkamen zu einem Paradies der Wegelagerer, der Raubmörder, zu einem Sammelbecken von Gesindel aller Art und Herkunft, weil dieser Lotterkönig schwach und ohne Interesse an seinem Volk in seiner eigenen Welt lebte. Und nichts von dem, was im Lande wirklich vor sich ging, drang in seinen Palast.

Sie beschloss, es den Infanten wieder und immer wieder zu sagen: Sobald sie an der Herrschaft wären, müssten sie zuerst die Santa Hermandad stärken. Deren von den Städten unterhaltenen bewaffneten Verbände würden wieder für Recht und Ordnung auf den Straßen und Wegen, aber auch in den Städten und Dörfern sorgen, für das Volk, für die einfachen Leute. Denn die einfachen Menschen mussten vor dem Diebs- und Mordgesindel geschützt werden, nicht der Adel, der sich eine Leibgarde leisten konnte und sicher bewacht auf seinen Burgen und in seinen Palästen lebte.

Als sie in die leblosen Augen des kleinen Mädchens blickte, erkannte sie, dass Spaniens Auferstehung mit der Rückkehr von Recht und Ordnung begann. Eine Obrigkeit, die das nicht zu garantieren vermochte, war keine. Der König, dachte sie, war keiner. Vielleicht würde sie ihn eines Tages töten müssen, um den Weg für Alfonso freizumachen, kam es ihr plötzlich in den Sinn, und dieser Gedanke, der sich lautlos wie ein Strauchdieb angeschlichen hatte, erschreckte sie und erfreute sie zugleich, weil er so ganz und gar auf Gerechtigkeit beruhte.

Unterwegs teilte sie mit dem Mädchen, das beharrlich schwieg, Essen und Trinken, und sie sang ihr immer wieder Lieder vor, Romanzen und natürlich auch Abenteuer aus dem »Cantar de mio Cid«. Das Kind saß vor ihr auf dem Pferd und sprach nicht, weinte nicht, lachte nicht, reagierte nicht, doch Nuria spürte, dass es ihr zuhörte. Sie strich mit dem Zeigefinger über die Narbe über ihrer rechten Augenbraue. Ach, mein kleines Mädchen!, dachte sie, und ein unbekanntes Gefühl regte sich leise in ihr. Sie zwang sich, nicht über das feine, schwarze Haar der Kleinen zu streichen, doch sie sog ihren Duft ein, in dem noch ganz die schwebende Süße der Unschuld mitschwang, obwohl sie bereits dem Tod begegnet war. Ach, mein kleines Mädchen! Nuria trieb ihr Pferd an: *Vamos!* Flieg, mein Ross, flieg dahin, zu dem Arzt, der den Infanten zu retten vermag. Flieg!

60

Granada, Spanien

In dem Augenblick, als Yahya mit Rasul und Ruggiero den Saal betrat und nach einem Platz Ausschau hielt, traf Said in Begleitung von Murad al-Abdullah al-Banigash und zehn weiteren Anführern seiner Sippe ein. Die Stimmen im Saal verstummten, und eine eisige Stille breitete sich aus. Der Emir schlurfte mit Murad zu einem Podest, das mit einem Teppich aus blauen, roten und Goldfasern verkleidet war. Yahya blickte um sich und beobachtete die Männer der Sarraj. In ihren Gesichtern stand, wenn nicht Ablehnung, so doch auf jeden Fall eine beredte Undurchdringlichkeit, keinesfalls jedoch Freundlichkeit oder Respekt vor dem Emir. Sie hassten ihn, was sie nur schlecht verbargen.

»Yusuf, komm auch du an unseren Tisch, auf dass ich Versöhnung stifte zwischen den Banigash und den Sarraj.«

Yahya hoffte inständig, dass der Emir es ehrlich meinte. Said, Murad und Yusuf ließen sich, sichtbar für alle, an einem Tisch nieder. Diener schwirrten durch die Reihen, um die zwanzig Abgesandten der Banigash an Tischen der Sarraj unterzubringen. Yahya allerdings und Ruggiero, die keiner der Diener kannte, hielt man für unbedeutend, sodass sie unter sich blieben. Zwei andere Sarraj wurden zu ihnen gesetzt, während Rasul, der bei ihnen bleiben wollte, an einem Tisch mit einem seiner Vettern und einem Banigash platziert wurde.

Musiker kamen in den Saal und spielten die traurig-schönen Romanzen von al-Andalus. Sklaven bewirteten die Männer an den Tischen mit Obst und Spezereien, Wasser und Wein, der Muslimen eigentlich verboten war, was Yahya verwunderte. Noch weitaus mehr erstaunt war er über Ruggiero, der den Wein nicht anrührte. Yahya ließ seinen Blick durch den Saal schweifen. Auch die anderen Sarraj tranken keinen Wein.

Said, den er nicht aus den Augen ließ, unterhielt sich freundlich mit Yusuf und Murad. Von fern sah es so aus, als versuche er, sie zu versöhnen. Die fließenden Bewegungen seiner Hände hatten etwas Schlangenhaftes. Das ging so eine ganze Weile, bis Murad etwas sagte und Yusuf zu einer Entgegnung anhob, die durch Saids brüskes Aufstehen unterbrochen wurde. Als hätte ihn Yusuf tödlich beleidigt, verließ der Emir, gefolgt von Murad, wutentbrannt den Saal. Saids Leibgardisten zogen ihre Schwerter.

»Dieser Alte ist ein schamloser Schmierenkomödiant«, sagte Ruggiero trocken. »Na, jedenfalls beginnt jetzt der Tanz.«

Die übrigen Männer der Banigash eilten aus dem Saal, dessen Türen nun von außen verschlossen wurden. Die Männer der Leibgarde des Emirs rührten sich nicht von der Stelle.

»Ach, hätte ich nur mein Schwert bei mir!«, stöhnte Ruggiero. Dann lachte er laut und bitter auf. »Was soll's, es ist ein guter Tag zum Sterben. Verkaufen wir unsere Haut so teuer wie möglich! So einfach kriegen sie uns nicht!«

Statt einer Antwort wies Yahya verblüfft nach vorn zu dem Tisch, an dem nun der Anführer der Sarraj allein saß. Saids Leibgardisten ließen ihre Waffen sinken. Ihr Anführer ging auf Yusuf zu, und sie begrüßten einander wie Brüder mit Küssen. Dann übergaben die Leibgardisten den Sarraj ihre Waffen. Jetzt verstand Yahya die Ruhe des Anführers der Sarraj. Seine Verbindungen reichten scheinbar bis in Saids Leibgarde hinein. Offensichtlich war es Saids Plan gewesen, einen Streit und einen Aufruhr der Sarraj vorzutäuschen, den er dann bedauerlicherweise blutig niederschlagen lassen musste.

Vor lauter Freude drückte Rasul Yahya einen Kuss auf die Stirn. »Wie lange habe ich darauf gewartet, Bruder!«

Unsicher sah Yahya auf den Krummsäbel, den ihm einer der Gardisten freundlich in die Hand gedrückt hatte. Er hielt sich dicht an Ruggiero und folgte mit unguten Gefühlen den Sarraj und den Gardisten, die über den Hof eilten, um in den Königssaal einzudringen.

Kurz spürte Yahya den krassen Gegensatz zwischen der friedlichen Schönheit der Architektur und dem unbändigen Zorn der Sarraj. Und sie hatten auch allen Grund für ihren grimmigen Ernst. Denn während siebzig Männer ihr Leben aushauchen sollten, trank und aß der Emir mit seinen Günstlingen im Königssaal, lauschte der Musik und sah mit Wohlgefallen den Tänzerinnen zu.

Als die Türen aufflogen, verstummte die Musik, und die Tänzerinnen flohen. Said, Murad und die Männer der Banigash schauten erst verwundert, dann erschrocken zu den Eindringlingen, die sie für Geister hielten. Für eine Flucht war es zu spät. Saids Plan hatte sich ins Gegenteil verkehrt. Schon fielen die Sarraj und die Gardisten mit gezückten Schwertern über sie her, auch Ruggiero hatte sich unter die Angreifer gemischt, nur Yahya hielt sich zurück. Er ließ seinen Blick durch den Saal schweifen und entdeckte Hasan ibn Khaldin, der versuchte, durch eine Seitentür in den Hof zu entkommen. Rasch setzte ihm Yahya nach und holte ihn unter der großen Kuppel ein.

Sie standen mitten im Raum. Der Philosoph trug keine Waffen, aber einen prächtigen goldenen Burnus, der ihm jede männliche Ausstrahlung nahm. Er wirkte ungeschlechtlich, wie ein Neutrum, nicht einmal wie ein Hermaphrodit, sondern wie ein zu schnell gealtertes Kind.

»Noch einmal entkommst du mir nicht!«, brüllte ihn Yahya an.

»Lass mich gehen. Was hast du davon, wenn du deine Hände mit meinem Blut besudelst?«

»Ich? Nichts! Aber es wäre ein Sieg der Gerechtigkeit.«

Ibn Khaldin lachte heiser. »Gerechtigkeit? Von welcher Gerechtigkeit sprichst du? Von der Gerechtigkeit der Banigash oder von der der Sarraj, die sich verfolgen und gegenseitig abschlachten, immer wenn sie können. Meinst du wirklich, dass da einer besser als der andere ist? Oder die Nasriden? Ich bitte dich! Bis Muhammad V., der diesen Palast und den Hof erbaut hatte, haben sie große Herrscher hervorgebracht, große Männer, doch seitdem hat sich die Kraft der Banu Nasr verbraucht, einer ist unfähiger als der andere. Ihre Lieblingsbeschäftigung besteht darin, dass ein Vetter den anderen, der

Sohn den Vater, der Neffe den Onkel vom Thron vertreibt. Kämpfen die Sarraj und die Banigash noch gegen die jeweils andere Sippe, kämpfen die Nasriden am liebsten gegen sich selbst.« Der Philosoph machte eine wegwerfende Handbewegung. »Also, was willst du, Yahya ibn Catalano oder besser Joanot Julia? Wer ist denn in dem Gemetzel da drüben im Recht und wer im Unrecht? Und glaubst du wirklich, der neue Emir wird mit den nahen Kastiliern brechen und für den nur allzu fernen Großherrn sein Emirat riskieren? Du bist gefährlich naiv, Joanot!«

»Nenn mich nicht so!«

»Ach, von mir aus, dann erschlag mich doch. Du hast nicht einmal den Schatten einer Ahnung davon, wie sehr mir dieses Leben zuwider ist. Es gibt ohnehin nichts Neues unter der Sonne. Die Macht der Dummheit kommt aus der Dummheit der Mächtigen. Im Vergleich zu Said ist sein Sohn Ali degeneriert, ein Gimpel. Muhammad hat noch Dichter gefördert, heute fördern sie nur noch ihre Lobhudler und Huren und ertragen in ihrer Umgebung niemanden mehr, der einen Gedanken halbwegs klar zu Ende zu denken versteht. Diese Welt hier geht unter, weil die Eliten so sehr die Dummheit fördern. Und weißt du, warum sie das tun? Weil sie selbst schreiend dumm sind.« Er machte eine Pause und holte Luft. »Töte mich, Yahya, du tust mir damit einen Gefallen. Nur noch Wein und wenige körperliche Reize helfen mir über die Plattheit der Welt und dieser Möchtegerne hinweg.«

Yahya ließ sein Schwert sinken, der Philosoph hatte ja recht. Eine namenlose Traurigkeit senkte sich über ihn. Welchen Sinn hatten all die Kämpfe? Warum konnte man die Welt nicht so einrichten, dass für alle genug da wäre? Die Menschen mussten einander ja nicht unbedingt lieben, genügte es nicht, wenn sie einander einfach in Frieden ließen?

Vor ihm blitzte etwas auf, dem er einen Impuls folgend schnell auswich. Kurz darauf spürte er einen stechenden Schmerz im Oberarm. Mit einem Messer, das er in seinem Burnus versteckt hatte, war Ibn Khaldin auf ihn losgegangen. Yahya hob sein Krummschwert und schlitzte mit einem von oben ausgeführten Hieb dem Philosophen Brustkorb und Bauch auf. Ibn Khaldin fiel mit einem lauten, schrillen Schrei auf die Knie und hielt mit verwundertem Blick seine Hände unter den Bauch, um die Gedärme, die durch den Schnitt herausquollen, aufzufangen.

Yahya schüttelte den Kopf, ihm kamen die Tränen. »Warum, Hasan? Ich hätte dich laufen lassen!«

Ibn Khaldin sah ihn stumm an, und die Augen gingen ihm über, dann fiel er auf den Oberkörper. Im gleichen Moment spürte Yahya, dass sich hinter ihm jemand näherte. Blitzschnell vollführte er eine Drehung um die eigene Achse, hob das Schwert.

»Ho, ho, ho«, rief Ruggiero. »Nicht so stürmisch!« Auf seinem Gesicht erschien ein breites Grinsen. »Was ist nur aus dir geworden, Bürschchen? Kaum lässt man dich mal allein, da bringst du Leute um. Ist das nun Veranlagung oder nur mein schlechter Umgang?« Mit einem Blick auf den toten Philosophen fügte er hinzu: »Du liebst es offensichtlich derb.«

Yahya ließ das Schwert aus der Hand gleiten, das scheppernd zu Boden fiel, und schluchzte. Ruggiero breitete die Arme aus und schlang sie um ihn, wie es ein Vater macht, der seinen Sohn tröstet. Yayha brach in ein hemmungsloses Weinen aus. Die Tränen nahmen kein Ende.

Er heulte über den Tod seines Vaters und seiner Brüder, vor Sehnsucht nach seiner Mutter, darüber, dass er getötet und dass er Zoraya verloren hatte, über das ganze Elend seiner Welt, über seine Einsamkeit, er schluchzte bitterlich über sich, weil er sich so unendlich leidtat. Eine Mauer stürzte ein, und er trat aus all den Orten des Exils, aus seiner Zwischenwelt, aus der Sprache, aus dem Auftrag des Großherrn, aus der Welt des Wissens. Er suchte den Knaben in sich, denjenigen, der er gewesen war, bevor das Unheil über seine Kindheit hereinbrach. Er flennte so herzerbarmend über seine Nutzlosigkeit auf der Welt, dass er kaum noch Luft bekam. Und Ruggiero? Stand wie ein Fels und hielt ihn, ließ ihm alle Zeit der Welt und sagte nichts, zeigte sich aber auch nicht ungeduldig. Keiner von beiden hätte später sagen können, wie lange sie so in der Umarmung verharrt hatten.

»Komm«, sagte Ruggiero irgendwann, und sie verließen den Palast, so wie sie hereingekommen waren. Sie traten durch das rote Tor aus der Alhambra, das den Namen des Propheten trug. Schweigend schritten sie den sich schlängelnden Weg hinunter und setzten sich ans Ufer des Darro, die Buckelbrücke und das hufeisenförmige Stadttor vor Augen.

Sie waren angekommen, als die Sarraj aus ihrem Palast oben auf dem Burgberg vertrieben worden waren und die Banigash aus der Stadt drängten, um den Palast zu übernehmen. Viel war in dieser kurzen Zeit geschehen, mehr als anderen in ihrem ganzen Leben widerfährt. Yahya hatte sich verliebt und die Liebe verloren, er hatte getötet und Politik betrieben.

Vor ihm setzte sich ein Zitronenfalter auf einen Grashalm. Wie ein Bote kam ihm dieser Schmetterling vor, ein Gesandter des Lebens. Dankbar sah er auf das zarte Geschöpf, das in seiner Leichtigkeit einem Gedanken glich. Langsam stand er auf, um den Falter nicht zu verscheuchen, und ging die kleine Böschung zum Fluss hinunter. Er wusch sich Augen und Gesicht. Er würde nicht mehr weinen, denn er wusste nun, dass die Toten und die geopferte Liebe zwischen ihm und seiner Jugend lagen und dass er zum Manne geworden war. Er hatte das Schicksal nicht darum gebeten, aber es fragte auch nicht danach. Entschlossen sah er zu Ruggiero, der oben auf der Böschung saß.

»Wenn wir die Verhandlungen mit Ali beendet haben, geht es nach Hause!«

Nach Hause, wo war das eigentlich?

Doch erst einmal erlebten sie ein großes Fest, Alis Erhebung zum Emir. An der Seite von Saids Sohn saß Zoraya, so schön, dass es Yahyas die Sinne raubte und sehr traurig machte. Was vom Glück der anderen blieb für ihn übrig? Granada feierte, die Alhambra strahlte im Glanz der Lichter und tönte im himmlischen Klang der Zimbeln, nur in Yahyas Herz herrschte Stille und Dunkelheit. Er mochte weder trinken noch essen und beneidete Ruggiero um seine Ausgelassenheit.

Er nahm sich Ibn Arabis blutverschmiertes Buch vor, doch er las nur noch tote Worte, die Gedanken des größten Meisters erreichten ihn nicht mehr. Gewiss, sie waren anmutig und schön, aber nur dies – und nichts darüber hinaus.

61

Sevilla, Spanien

Trotz ihrer Reisebegleitung, die sie eigentlich hätte aufhalten müssen, traf Nuria bereits nach neun Tagen in Sevilla ein. Die Kleine hatte sich bewunderungswürdig im Sattel gehalten, auch wenn Nuria sie gelegentlich an sich gezogen und mit ihrem Arm gesichert hatte, damit sie, vom Schlaf übermannt, nicht vom Pferd stürzte. Ihren schutzbedürftigen Körper zu fühlen, ihr Geborgenheit zu geben, tat ihr seltsamerweise gut. Das Kind hatte genug Schlimmes erlebt, weiteres wollte sie von ihm fernhalten. Manchmal kuschelte die Kleine sich schlummernd an Nuria, als wäre sie ihre Mutter. Doch wenn sie wach war, gab sie sich verschlossen, sprach nicht und schwieg, wie sie auch weiterhin keine Regung zeigte und ihre großen, dunklen Augen leblos blieben.

Obwohl Nuria aus der Zeit bei ihrem Lehrer gute Erinnerungen an Sevilla hatte, war die Stadt ihr nun fremd. Don Hernandez und Lucia lebten ja inzwischen in Rom. Nuria fragte sich, ob er die junge Frau inzwischen verheiratet hatte. Und sie begriff, dass alles, woran ihr Herz hing, Menschen waren, die hier gelebt hatten, nicht aber Plätze und Gassen und Gebäude. Nein, die Stadt ließ sie kalt.

An der Kathedrale vorbei ritt sie zur Plaza de Alfaro und hielt vor einem Mittelhaus zwischen zwei Gassen, die sich sternförmig vom Platz aus durch das jüdische Viertel gruben. Das dreistöckige Gebäude mit seinen blumengeschmückten Balkonen leuchtete in der Sonne, deren Licht die blauen, weißen und gelben Kacheln widerspiegelten.

Nuria hatte Glück. Yehuda Sasportas hatte gerade seine Mittagsruhe beendet und empfing sie und das kleine Mädchen, das nicht von ihrer Seite wich.

Der alte Jude erinnerte sich sehr gut an sie, auch an Lucia und natürlich an Don Hernandez de Cardenas und war untröstlich, ihr mitteilen zu müssen, dass der alte Gustavo im Jahr zuvor verstorben war. Auf den Kissen um den sechzehneckigen Tisch, der mit Gebäck und Süßigkeiten und Wasser gedeckt war, nahmen außer Nuria und dem kleinen Mädchen Yehuda, dessen Frau Rachel und sein ältester Sohn Mordechai Platz, der inzwischen an die fünfzig Jahre zählen mochte. Yehuda selbst hatte irgendwann in den letzten Jahren die siebzig überschritten. Zahllose Silberfäden durchzogen sein schütteres Haar. Obwohl Nuria mit Engelszungen sprach, wollten weder Yehudas ältester Sohn Mordechai noch Yehudas Frau etwas davon wissen, dass sich der alte Jude auf die beschwerliche und gefahrvolle Reise begeben sollte.

Nuria erzählte davon, wie sie das kleine Mädchen auf der Straße gefunden und ihre Eltern begraben hatte und dass die Hoffnung auf die Rückkehr von Recht und Ordnung sich einzig mit dem kleinen Infanten verband, der nun der Künste des besten Arztes Spaniens bedurfte – und das war nun einmal Yehuda Sasportas.

Das Mädchen kann bei uns bleiben, ein Esser mehr oder weniger macht uns nichts aus. Aber auf eine Hoffnung hin, die uns nichts angeht, eine solche Reise zu unternehmen, das darf Yehuda nicht. Nein, ich will es nicht!«, sagte Rachel mit einer Entschlossenheit, die die Sorge um ihren Mann verriet.

Nuria rang um Beherrschung. »Danke für das Angebot, was das Mädchen betrifft, es wird es gut bei euch haben, so sehr, wie ihr die Familie schätzt.« Während sie das sagte, spürte sie plötzlich einen Schmerz, der ihr fremd war, nämlich sich von dem Kind verabschieden zu müssen, was sie doch sehr erstaunte. Mühsam schob sie die Wehmut beiseite, die sich in ihr auszubreiten suchte.

»Aber ich habe den Auftrag, Senhor Yehuda nach Segovia zu bringen! Es ist ein Befehl des Königs«, log sie, obwohl sie sicher war, dass Enrique ihn erteilen würde. Nur ginge wertvolle Zeit verloren, wenn sie ihn erst einholen müsste. So setzte sie ihn einfach als gegeben voraus. »Wollt ihr euch gegen den Befehl des Königs stellen? Ich kann auch den Marqués de Cadix bitten, den Befehl des Herrschers auszuführen. Wenn du also willst, Rachel, dass dein Mann nicht in einer Kutsche und hoch geehrt, sondern gefesselt wie ein Strauchdieb und von Wachen begleitet nach Segovia gebracht wird, dann beharre auf deiner Weigerung. Aber ich sage dir, Yehuda geht mit mir, so oder so!«

Rachels Gesichtsausdruck verfinsterte sich, während sie nachdachte.

Nuria wandte sich wieder an den alten Arzt und schlug einen vertraulichen Ton an. »Kommt, Yehuda, gebt Eurem Herzen einen Stoß! Nur Ihr könnt Don Alfonso retten. Um der alten Zeiten willen, um Don Hernandez und Lucias Willen. Ich habe ihren Schänder inzwischen bestraft und ihm den Kopf vor die Füße gelegt.«

Sasportas trank langsam einen großen Becher Wasser aus, und der Blick seiner blauen Augen wanderte in weite Ferne, so als würde er sein Leben überdenken. Er war alt, und der Weg nach Segovia war weit. Möglich, dass ihn unterwegs die Kräfte verlassen, dachte Nuria, dass er Sevilla, die Stadt, in der er sein ganzes Leben zugebracht hat, nicht mehr wiedersieht, Rachel nicht, die Söhne nicht, die Töchter nicht, die Enkel nicht.

Ganz unerwartet erschien ein jungenhaftes Lächeln auf seinen Lippen, und seine Augen blitzten mutwillig. »Heute ruhen wir uns aus, essen und trinken nach Herzenslust«, sagte er. »Aber morgen machen wir uns auf den Weg nach Segovia.«

Rachel sah plötzlich um Jahre gealtert aus. Yehuda nahm die Hand seiner Frau. »Wie lange sind wir jetzt schon verheiratet, du Schönste unter den Frauen?«

»Fünfundfünfzig Jahre«, antwortete sie leise.

Sasportas hob die Arme, als würde er die ganze Welt umfassen. »Und meinst du, meine Blume in Scharon, meine Rose im Tal, ich würde nach einem ganzen Leben auch nur einen Tag ohne dich verbringen wollen? Du kommst mit.«

Nun musste die alte Frau doch lächeln und wurde wieder jung, jung wie ein Mädchen mit Augen wie die Teiche von Heschbon am

Tor Bat-Rabbim, die mit offenem Haar auf ihn wartete am Berge Gilead.

»Vorsicht, ich bin eine Rose mit Dornen!«

»Ja, und ich bin die Stiche der Dornen gewohnt, die gut gegen Rheuma sind. Nein, wir wollen nicht mehr getrennt sein, keine Stunde mehr getrennt sein voneinander!« Yehuda sah zu seinem Sohn. »Solange ich auf Reisen bin, bist du, Mordechai, das Haupt der Familie …«, er kicherte, »… alt genug bist du ja inzwischen dafür. Und vielleicht bleibst du ja auch das Familienoberhaupt, denn nach meiner Rückkehr werde ich mich wohl aufs Altenteil zurückziehen. Zeit wird's dafür. *Masel tov, masel tov* – viel Glück! Viel Erfolg!«

Nuria fiel ein Stein vom Herzen. Plötzlich umfasste Sasportas mit festen Griff ihren Unterarm. »Und du, Jorge, quäl dich und schaff uns eine Reisekutsche wie für Könige, weich und gepolstert, eine, die gegen Wind und Wetter schützt, denn mit dir reist eine Prinzessin, eine Königin, und ich will nicht, dass sie Mangel leidet oder Unbill ertragen muss!«

So verbrachte Nuria den Rest des Nachmittags damit, eine Kutsche und dafür erprobte Pferde zu kaufen, damit sie Yehuda, dessen Frau sowie dessen Instrumente und Arzneien transportieren konnte. Mithilfe des Verwalters von Rodrigo Ponce de Léon, den sie aufsuchte, erwarb sie ein bequemes und stabiles Gefährt. Außerdem stellte er eine kleine Eskorte, denn der Diener des Marqués de Cadix wollte sichergehen, dass der Arzt zügig und ungefährdet zum Infanten kam.

Sie hatte in der Nacht kaum ein Auge zugetan und nur auf das Kind geschaut, das tief und fest schlief. Unentwegt grübelte sie darüber nach, weshalb es sie so traurig machte, sich von der Kleinen zu trennen. Sie hatte das Mädchen unterwegs aufgelesen, gesprochen hatte sie ohnehin nicht, und sie hatte sogar eine gute Familie gefunden, die sich bereit fand, die kleine Waise aufzunehmen. Was war es nur, das ihr das Herz so schwer machte?

Am Morgen hatte sich die achtzehnköpfige Sasportas-Sippe vor der Tür versammelt. Der Arzt und seine Frau verabschiedeten sich von jedem Einzelnen. Während der zeitraubenden Prozedur ruhten Nurias Augen unentwegt auf dem kleinen Mädchen. Schließlich öffnete Mordechai die Tür der Kutsche und seine Eltern stiegen hinein.

Nun war es also so weit. Nuria beugte sich zu dem Kind. »Du wirst es bei den Leuten hier gut haben, Kleine, aber wir, wir müssen jetzt leider Lebewohl sagen.«

Das Mädchen sah sie ausdruckslos an und erwiderte ihre Umarmung nicht. Als Nuria auf den Kutschbock stieg, musste sie heftig schlucken, um die Tränen hinunterzukämpfen. Die Eskorte saß auf, Nuria knallte mit der Peitsche, und die Kutsche setzte sich in Bewegung. Sie hatte das Gefühl, ihr Herz zurückzulassen.

Plötzlich hörte sie einen hellen Schrei. »Ich will mit, ich will mit, ich will bei dir bleiben!«, rief das Mädchen und rannte hinter der Kutsche her. Nuria zog derb die Zügel an, und die Pferde blieben stehen. Sie sprang vom Bock, ging in die Hocke und schloss das Kind in die Arme. »Das geht doch nicht.«

»Ich will mit, will mit!« Die kleinen Fäuste hämmerten auf Nurias Schultern.

»Dann komm, komm mit«, hörte sich Nuria sagen. »Wenn du bei mir bleiben willst, bleib bei mir. Wie heißt du eigentlich?«

»Esmeralda«, sagte das Kind, »aber Mama und Papa haben Ralda zu mir gesagt.«

»Dann bleib bei mir, Ralda.«

»Ja, Mapa.«

Nuria, die überhaupt nicht wusste, wie sie sich in Zukunft um das Kind kümmern sollte, half ihr auf den Bock. Sie verstand nicht warum, aber dass Ralda neben ihr saß, erfüllte sie mit einem großen, unsagbaren Glück.

Nach einer wahren Höllentour fuhren sie gute zwei Wochen später bei strömendem Regen durch das Tor des Alcatráz von Segovia. Selbst der König empfing Yehuda. Ihm wurden zwei Zimmer im Donjon eingerichtet, die er mit seiner Frau bezog. Den Infanten fand er sehr schwach vor. Er verzichtete auf die Schröpfköpfe und Blutegel, die der königliche Leibarzt verordnet hatte, und setzte darauf, die Physis des Knaben zu stärken, denn nur Alfonsos Körper konnte den Kampf gegen das Gift, das vom Wolfsbiss herrührte, besiegen. Seine Ernährung bestand aus Obst, Gemüse, weißem Fleisch und Fisch. Zudem unternahm der Arzt mit dem Jungen lange, aber durch große Pausen unterbrochene Spaziergänge. So bekam der Junge allmählich wieder Farbe, und seine körperliche Verfassung stärkte sich zusehends.

Nuria hatte Ralda in die Obhut von Anna, der alten Kinderfrau von Andrés de Cabrera gegeben. Das Mädchen konnte natürlich nicht bei dem Leibwächter der Infanten wohnen, doch sahen sie einander täglich. Zu Nurias Freude erbot sich Beatriz, dem Kind Lesen und Schreiben beizubringen.

Auf der Fahrt von Sevilla nach Segovia hatte Ralda weiterhin gesprochen und Nuria von sich und ihrer Familie erzählt. Ihre Eltern waren reisende Ärzte gewesen, die auch als Schausteller arbeiteten. Sie hatten an der Stelle, an der sie von den Straßenräubern überfallen worden waren, angehalten, weil Ralda sich erleichtern musste. Als sie wieder hinter einem Busch hervorkommen wollte, sah sie, wie ihre Eltern erschlagen wurden. Das Pferd und den Wagen hatten die Schurken mitgenommen. Wie Ralda auf den Weg zurückgekommen war und wie lange sie dort schon verharrte, als Nuria kam, wusste sie nicht. Das Letzte, woran sich das kleine Mädchen erinnern konnte, war die in der Sonne blinkende Messerklinge, die in den Körper ihres Vaters fuhr. Ein guter Geist, ein Schutzengel hatte sie jedenfalls davor bewahrt, sich bemerkbar zu machen.

Um die Zeit, als Alfonso wieder Fechtstunden bei Nuria nahm, kehrte selten zwar noch, aber dann und wann, das erste scheue Lächeln wieder in Raldas Augen zurück. Ohne, dass es Nuria bewusst war, wurde Ralda immer mehr zu ihrer Tochter und ersetzte unmerklich die Liebe zu Andrés. Zum ersten Mal seit dem Tod ihres Vaters und dem Raub ihrer Schwester hatte Nuria wieder eine Familie, wenn diese auch klein war und genau genommen nur aus einer Waise und ihr selbst bestand. Und für Ralda, die bald schon nur noch Esmeralda de Castro, Tochter des ehrenwerten Jorge de Castro genannt wurde, war sie ohnehin zu Vater und Mutter in einem geworden.

Ein halbes Jahr später reiste, reichlich entlohnt und mit einer Eskorte versehen, Yehuda Sasportas mit seiner Frau nach Sevilla zurück. Alfonso schien sich vollständig erholt zu haben, aber man konnte nicht sicher sein, ob die Krankheit nicht doch bei ihm ausbrechen würde.

»Hoffen wir, dass die Hundswut, die Lyssa, wie die Griechen, die Rabies, wie die Lateiner sagen, ihn niemals heimsucht. Was ich tun konnte, habe ich getan«, sagte Yehuda Sasportas beim Abschied.

Als sie der Kutsche nachsah, die in die Sierra eintauchte, wurde Nuria weh ums Herz. Mit ihrem rechten Zeigefinger fuhr sie lange über die Narbe über der rechten Augenbraue. Mit der Zeit war der alte Jude für sie zu einer lebenden Erinnerung an Don Hernandez und an Lucia geworden, die sie vermisste und die sie wohl nie mehr wiedersehen würde.

Aber ihr blieb Ralda, das größte Geschenk, das ihr Gott, der Herr, hatte machen können. Und damit verband sich für sie etwas Neues, nämlich die Notwendigkeit, auf ihr eigenes Leben achtzugeben. Sie konnte es dem kleinen Mädchen nicht antun, sich abstechen zu lassen, durfte nicht zulassen, dass Ralda nach ihren Eltern auch sie verlieren würde.

62

Auf dem Meer vor Stambul

Der Wind zauste sein Haar und eine frische, salzige Meeresbrise kühlte sein Gesicht, als Yahya auf den Horizont schaute, an dem sich die Türme und Mauern der Stadt abzeichneten, in der er geboren worden war. Als Jüngling war er von Stambul aufgebrochen, als Mann kehrte er zurück. Glänzend hatte er seinen Auftrag erfüllt. In Granada herrschte Emir Abu l'Hasan Ali, der nun Rasul als Sonderbotschafter zum Großherren an den Bosporus geschickt hatte. Ruggiero ging wieder seiner Lieblingsbeschäftigung an Bord nach, er würfelte mit den Matrosen, die nichts zu tun hatten.

Doch Yahya empfand keine Wiedersehensfreude. Umso näher sie der Stadt kamen, umso mehr Einzelheiten er durch den grauen Schleier der Ferne erkennen konnte – die Hagia Sophia, die Hagia Eirene, die Leuchttürme, die Bäume und zwischen ihnen die Dachlandschaften und dann die Paläste und Häuser –, umso kälter wurde sein Herz. Verwundert stellte er fest, dass eine neue Sehnsucht in ihm wuchs, nicht nach Stambul, nicht nach Granada, sondern nach Barcelona, der Heimat seiner Familie, der Ort, an dem nun seine Mutter und seine Schwester lebten.

Auf einmal erkannte er den Grund für das Gefühl, das in ihm tobte: Er segelte in die falsche Richtung, fort von sich, an den falschen Ort. Seltsam stand es um das Blut. Es war ruhig durch seinen Körper geflossen, solange er glaubte, dass die Mutter und die Schwestern den Tod gefunden hatten. Jetzt aber, da er wusste, dass sie lebten, geriet es in Wallung. Er kehrte zwar in die Stadt seiner Kindheit zurück, doch er sehnte sich mit einem geradezu körperlichen Schmerz nach Barcelona, das er als seine wahre Heimat empfand. Mit einem Mal fühlte er sich als ein Gefangener, einem dunklen Schicksal ausgeliefert. Es war ihm, als kehrte er freiwillig in sein Gefängnis zurück.

Natürlich wurden sie festlich empfangen. Yusuf Pascha brachte Alis Gesandten Rasul im Palast, Ruggiero in einem Hotel und Yahya in der Medrese unter. Am Abend gab er für Ruggiero und Yahya ein großes Abendessen, bei dem er sich ausführlich Bericht erstatten ließ. Besonders interessierte ihn Yahyas Einschätzung, wie stabil die Herrschaft des neuen Emirs von Granada und wie verlässlich Ali als Mensch war.

Yahya musste an Ibn Khaldin denken, der so klug die Verhältnisse seiner Heimat beschrieben hatte. »Heute steht Ali in der Schuld des Großherrn, weil osmanisches Geld ihm zur Herrschaft verholfen hat«, sagte er. »Heute hasst er die Kastilier, und natürlich brennt er darauf, seine Herrschaft zu vergrößern und den Status eines Vasallen von König Enrique abzuwerfen. Wohlgemerkt heute! Doch wer weiß, was morgen ist. Sie sind von wetterwendischem Geist, diese Leute aus al-Andalus. Sie wissen nur zu gut, dass nichts Bestand hat, weshalb sollten sie da beständig sein. Für Beständigkeit ist ihr Reich zu klein. Nur große Reiche können beständig sein, das müssen sie auch, denn wie ein großes Schiff sind sie zu den schnellen Wendemanövern kleinerer Boote nicht in der Lage.«

»Auch der neue Emir wird also seine Fahne in den Wind hängen …«, sagte Yusuf Pascha nachdenklich.

»Ja, aber noch weht der Wind vom Bosporus.«

Yahya war erst weit nach Mitternacht ins Bett gekommen und sofort in einen schweren, traumlosen Schlaf gefallen. Als er am Morgen erwachte, fühlte er sich ungewöhnlich erholt. Er blinzelte in die Sonne und reckte und rekelte sich. Er konnte noch eine Weile liegenbleiben. Rasul würde zwar am Vormittag von Sultan Mehmed zur Antrittsaudienz empfangen werden, aber Ruggiero und er würden nicht zugegen sein. Sie hatten Yusuf Pascha bereits alle wichtigen Informationen mitgeteilt.

Yahya verschränkte die Arme hinter dem Kopf. Wie es für ihn weitergehen sollte, wusste er nicht, sie ließen ihn wohl erst einmal ankommen. Durch seinen Kopf zogen wechselnde Bilder: Abu l'Hasan Alis Siegesfeier, der bewegende Abschied von Ychzak und vor allem von Yehuda Abrabanel, die Reise nach Málaga und die Fahrt auf dem eigens für sie nach Stambul in See stechenden Schiff. Nur ein einziges Bild fehlte, der endgültige Abschied von Zoraya. Dazu hatte es keine Gelegenheit gegeben, und es hätte sich auch nicht geschickt. Doch sie ließ ihn nicht aus ihren Fängen, so wie sie es ihm prophezeit hatte. Ihr Gesicht stand vor seinen Augen, aber er konnte es nicht berühren, nicht küssen.

Gegen Mittag stand er auf und schlenderte stundenlang durch die Stadt, bevor er am Nachmittag zur Medrese zurückkehrte. Er verspürte keine Freude, eher eine taube Gleichgültigkeit. Er hatte das Gefühl, dass alles, was ihm geschah, einem Fremden widerfuhr, als schaute er von außen auf sein Leben, eine Ameise unter den anderen Ameisen, die diese Halbinsel als ihren Hügel auserkoren hatten.

Der Abend brachte Ruggiero zu ihm, der sich von ihm verabschieden wollte. Er saß ihm gegenüber auf einem Sitzkissen. »Der Großherr hat mich fürstlich entlohnt, und morgen geht es mit einem Venezianer zurück nach Italien. Von dem Geld kann ich von dem König von Neapel das Gut meiner Eltern abkaufen.«

»Oho, Ruggiero wird also ein Bauer«, spottete Yahya.

»Nimm dich in Acht, Bürschchen. Ich suche mir erst einen Verwalter und dann ein neues Abenteuer. Du weißt doch, in Italien wird ständig gekämpft.«

Yahya beneidete den Italiener, wie gern wäre er mit ihm gefahren, und von dort weiter nach Barcelona. Jetzt kannte er den Weg. Doch das musste klug vorbereitet werden.

Sie hatten zu viel miteinander erlebt, als dass sie sich noch etwas zu sagen gehabt hätten. So schwiegen sie sich eine Weile an, dann erhob sich Ruggiero.

»Pass gut auf dich auf. Und bring nicht so viele Leute in meiner Abwesenheit um. *Ciao*, Bürschchen.«

Yahya starrte auf die Tür, die sich hinter Ruggiero geschlossen hatte. Er war ihm vertrauter geworden, aber nicht sympathischer, und dennoch würde er ihn vermissen.

Er griff nach dem Buch von Ibn Arabi, aber es begann ihn mehr und mehr zu langweilen. Die Erlebnisse des letzten Jahres und die Sehnsucht nach Zoraya, nach seiner Familie bedrückten ihn. Es fiel ihm schwer, den himmlischen Spekulationen des Meisters zu folgen und sich zu Gott aufzuschwingen. Zur Liebe, die zuvor rein gewesen war, gehörte von nun an auch die Erinnerung an Schweiß und Körper, an gierige Münder, verlangende Hände, keuchenden Atem. Wenn er bei Ibn Arabi von Liebe las, sah er nicht selten auf, weil er glaubte, Zorayas Duft wahrzunehmen.

Das ging so über eine Woche, dann teilte ihm ein Sekretär Yusuf Paschas mit, dass er wieder seinen Platz in der Übersetzungsabteilung in Yusufs Diwan einzunehmen hätte. Er folgte der Anweisung, ohne zu zögern. Außer den Schriftstücken, die er ins Türkische brachte, las er fortan wenig. Stattdessen dachte er über eine Flucht nach Barcelona nach und wog die Risiken gegeneinander ab. Vielleicht wäre es am besten, wenn man ihn für tot hielte, wenn Yahya ibn Catalano sterben würde, um als Joanot Julia in Barcelona wiedergeboren zu werden. Doch noch ein anderes, nicht minder gewichtiges Problem stellte sich ihm. Wie sollte er in der christlichen Stadt als Muslim leben? Er hing doch der wahren Religion an. Allah hatte ihn aus der Vielgötterei und der Sünde gerettet, freilich mit drakonischen Mitteln. So verharrte er in einem unsichtbaren Käfig aus Unentschiedenheit. Wenn as-Schirazi noch am Leben gewesen wäre, hätte er ihn nur allzu gern um Rat gefragt.

In diesen Tagen spazierte er oft zur Nordostspitze Stambuls, unweit des Geländes, auf dem der neue Palast des Sultans errichtet wurde. Dort setzte er sich auf einen Felsen und schaute lange hinaus aufs Meer, als ob von dort die Antwort käme. Und er dachte immer häufiger an Flucht.

TEIL V

GEBROCHENE LANZEN

Es gibt nur ein Heimweh: das nach dem Paradies.
Und vielleicht das nach Spanien.

E. M. Cioran

63

Segovia, Spanien

In Kastilien herrschte Bürgerkrieg. Die Aufständischen, die von Juan de Pacheco, dem Marqués de Villena, und Alfonso Carrillo, dem Erzbischof von Toledo, angeführt wurden, kämpften gegen den König. Fadrique Enríquez, der Admiral von Kastilien, der stets mit dem König von Aragón gegen Kastilien intrigierte und es mit den Aufständischen hielt, bemächtigte sich der bedeutenden Stadt Valladolid, wurde aber von den Königstreuen – Beltrán und die Familie des Bischofs Pedro de Mendoza – wieder aus der Stadt getrieben.

Keine Lüge war den Aufständischen zu schmutzig, keine Verleumdung zu gemein. Sie behaupteten, König Enrique wäre nur ein Spielzeug in den Händen seiner Günstlinge, allen voran Beltráns, mit denen er auch unzüchtige Spiele triebe. Doch der giftigste Pfeil, den sie abschossen, bestand in der Behauptung, dass die Königin ihre Tochter nicht mit ihrem Gemahl Enrique, sondern mit dessen Günstling Beltrán gezeugt habe. Juana von Kastilien nannten sie nur »la Beltraneja«. Um ihr den Weg zur Krone zu ebnen, behaupteten die Aufständischen, plane Beltrán, die Infanten aus dem Weg zu räumen, die folglich in großer Gefahr schweben würden.

Aber die Menschen glaubten den Lügen und Verleumdungen nicht. Die Kastilier standen auf der Seite ihres Königs, eines Herrschers, der sein gutgläubiges Volk jeden Tag, den Gott werden ließ, aus Feigheit verriet. Er sollte ihr König der Herzen sein, hofften sie, doch er erwies sich als Herrscher der gebrochenen Lanzen. Denn obwohl Beltrán eine große Streitmacht aus Freiwilligen zusammenstellen wollte und es auch hätte können, verbot Enrique dieses Vorhaben.

Wieder lehnte er es ab, Blut zu vergießen, wo doch in Wahrheit ganz Spanien blutete. Der König entschied sich dafür, mit den Aufrührern zu verhandeln. Wieder zerbrach er die Lanzen, statt sie gegen die Feinde zu richten. Er war der pflichtvergessene Hirte, der die ihm anvertrauten Schafe den Wölfen überließ.

In dieser Zeit verbrachte Nuria die Abende zumeist im Donjon des Alcatráz von Segovia mit Beatriz und mit Isabel und Alfonso. Der Infant hatte sich sehr gut erholt, wenngleich eine Schwäche der Konstitution sich hartnäckig hielt. Natürlich war auch Ralda bei ihnen. Sie fühlte sich offenbar immer heimischer und fing an, der kleinen Gesellschaft zur Unterhaltung Kunststücke vorzuführen, die sie von ihren Eltern gelernt und auf den Märkten vorgeführt hatte.

Solange sie nicht an die Verhältnisse und Geschehnisse außerhalb des Alcatráz dachten, war es eine glückliche Zeit, die sie in Segovia verlebten. Zuweilen gesellte sich Andrés de Cabrera zu ihnen und brachte neue Nachrichten, über die sie diskutierten. Doch endeten die Gespräche nicht selten in Ratlosigkeit über einen König, der seine Macht nicht nutzte, sondern sich zum Gespött machte und mithin auch alle, die aus einer immer unverständlicher werdenden Treue zur Rechtmäßigkeit nach wie vor für ihn eintraten. Der Glaube an die Legalität verfiel mehr und mehr, bis er nur noch eine zerfallende Ruine war, an der Wind und Wetter ungerührt ihr Werk verrichteten. Auch wenn Isabel sich niemals zu den Handlungen oder Versäumnissen des Königs äußerte, der ihr Halbbruder war, fühlte Nuria, wie sehr die Infantin dieser Verrat an der Würde des Amtes abstieß.

Einmal äußerte das junge Mädchen mit fester Stimme: »Ein König hat nur zwei Pflichten und nur zwei Freuden: Gott und dem Königreich zu dienen.«

Ach, dachte Nuria, warum ist Isabel nicht als Mann zur Welt gekommen? In diesem Mädchen lebte eine Einstellung zum königlichen Amt, wie sie einem Herrscher gut zu Gesicht stand. Sie fühlte sich immer mehr zu ihr hingezogen, nicht wie einst zu Beatritz, sondern wie zu einer Herrin, der sie aus ganzer Überzeugung diente.

Nuria beobachtete, dass Isabel alles, was geschah, jede Intrige, jede politische Volte, jede Empörung und jede Freude genau wahrnahm und daraus Schlüsse zog, auch wenn sie niemals etwas dazu sagte. Sie war verschwiegen wie eine geschlossene Auster und lernte erst mit der Zeit, das Persönliche vom Politischen zu trennen. Im Spielen, Scherzen während der Handarbeiten, beim Tanz oder beim Gesang gestattete sie sich durchaus, so ausgelassen und albern wie jedes andere Mädchen ihres Alters zu sein.

Als der König sich mit einigen Mitgliedern des Kronrats, unter ihnen Andrés de Cabrera, zu den Verhandlungen mit den Aufrührern der Adelsfronde nach Guisando begab, wurde es einsam in der Burg. Beatriz wurde einsilbig und blasser, offensichtlich litt sie sehr unter der Abwesenheit des Schatzmeisters. Ralda stürzte sich derweil ins Lesenlernen, denn sie träumte davon, so hatte sie Nuria anvertraut, die kleine Gesellschaft als Vorleserin zu unterhalten.

An einem Abend, an dem ein heftiger und kühler Wind über Segovia hinwegpfiff und nicht nur das Rauschen, sondern auch das Ächzen der Wälder hinter der Burg zu vernehmen war, saßen sie wie üblich um diese Zeit im Empfangszimmer zusammen. Schwarze Wolken hingen am Himmel, und sie hatten sogar den Kamin anheizen lassen, weil es merklich kühler geworden war. Isabel und Beatriz beugten sich über ihre Stickrahmen, und Alfonso malte ein Bild. Nuria las den Anwesenden aus einem Roman vor, wobei ihr Ralda eifrig über die Schulter spähte.

Plötzlich flog die Tür auf, und Andrés de Cabrera stürmte mit grimmigem Gesicht ins Zimmer.

Beatriz sprang mit einem Laut der freudigen Überraschung auf, um sich gleich darauf dafür zu schämen. »Was fällt Euch ein, Euch draußen im Regen herumzutreiben. Wollt Ihr Euch den Tod holen?«, herrschte sie ihn in wenig überzeugendem Ton an.

Cabreras Mantel war dunkel vor Nässe, und vom Saum tropfte es auf den Fußboden. Die Haare klebten ihm an Stirn und Wangen. Er stutzte, sah Beatriz an, und kurz zuckte es um seine Mundwinkel. Doch augenblicklich verfinsterte sich seine Miene wieder. Alfonso hatte den Silberstift sinken lassen, seine Schwester jedoch fuhr mit ihrer Stickarbeit fort.

»Gott zum Gruße erst einmal, Senhor«, sagte Isabel.

»Gott zum Gruße, Hoheit, und Gottes Segen auf Euch alle«, antwortete Cabrera heiser.

»Setzt Euch, setzt Euch«, sagte die Infantin. »Und beruhigt Euch.«

Cabreras streifte den Mantel ab und legte ihn auf einen Hocker. Auch sein Wams troff vor Nässe. Dann kam er widerstrebend ihrer Aufforderung nach. Offenbar war ihm ganz und gar nicht nach Ruhe. Statt sich auf dem noch freien, gepolsterten Lehnstuhl niederzulassen, setzte er sich auf einen Schemel.

»Was bringt Ihr uns, Don Andrés?«, fragte Isabel ruhig. »Eurem Aussehen und Verhalten nach müssen es schlechte Nachrichten sein. Schont uns nicht, Gott tut es ja auch nicht.«

Der Schatzmeister warf ihr einen dankbaren Blick zu. Ihre Gelassenheit machte es ihm sichtlich leichter. Er berichtete kurz von dem Treffen in Guisando. »Enrique hat den Forderungen der Aufrührer entsprochen«, schloss er.

»Was heißt das?«, erkundigte sich Isabel kühl.

»Beltrán wird als Großmeister des Ritterordens von Santiago abgesetzt und der Marqués de Villena eingesetzt, auch werden die Aufrührer für den Aufwand, der ihnen durch die Erhebung gegen den König entstanden ist, großzügig entschädigt.«

»Dieser weibische Kerl!«, entfuhr es Nuria.

»Mäßigt Euch«, sagte Isabel im Tonfall eines guten Rates. Es klang als wollte sie sagen: Er ist Eurer Aufregung nicht wert.

»Aber das ist noch nicht alles?«, fragte Beatriz mit schreckgeweiteten Augen.

Cabrera fuhr sich mit beiden Händen durch das nasse Haar. »*Diablo!* Sie haben beschlossen, dass Alfonso der Thronfolger und Erbe Enriques wird. Und vor der Thronbesteigung soll er Juana la Beltraneja heiraten«, sagte er leise.

»Ich dachte, sie wäre König Alfonso von Portugal versprochen«, sagte Isabel.

Cabrera zuckte mit den Achseln. »Was spielt das noch für eine

Rolle, wenn Enrique einen Kompromiss sucht.« Sein Lachen klang bitter. »Was ist das für ein Kompromiss, wenn man alle Bedingungen der anderen Seite erfüllt? Verfluchte Sch… verzeiht, Majestät.« Er senkte den Kopf.

»Was ist dieser König nur für ein Schwächling!«, erboste sich Beatriz.

»Das ist immer noch nicht alles«, sagte Isabel und sah Andrés de Cabrera an.

Er nickte. »Der Marqués de Villena und seine Kumpane sind der Auffassung, dass der Thronfolger hier nicht sicher ist. Sie verdächtigen Beltrán, Alfonso nach dem Leben zu trachten, um seiner Bastard-Tochter den Thron zu sichern. Deshalb verlangen sie, dass der Kronprinz der Obhut des Erzbischofs von Toledo übergeben wird.«

»Und was ist mit mir?«, fragte Isabel tonlos.

»Ihr bleibt hier!«

Tränen schossen aus den Augen des neunjährigen Infanten. Er sprang auf, wischte Silberstift und Papier vom Tisch und stürzte auf seine Schwester zu. »Ich geh nicht, ich geh nicht, nicht ohne Isabel, nicht ohne Isabel!«

Isabel legte den Strickrahmen beiseite und schloss ihren Bruder fest in die Arme.

Beatriz stand auf und strich dem kleinen Prinzen über den Kopf. »Ruhig, mein Kleiner, ganz ruhig. Alles wird wieder gut!«, flüsterte sie.

»Nichts wird gut! Nichts wird gut, ich weiß es!«, brüllte Alfonso aus Leibeskräften.

Nuria spürte eine unbändige Wut in sich aufsteigen. Wie gern hätte sie die »Heiligen des Verrats«, wie das Volk den Marqués und seinen Anhang inzwischen verächtlich nannte, mit ihrem Schwert in Stücke gehauen und auf Lanzen gespießt. Aber auf welche Lanzen denn? Nur mühsam gelang es ihr, ihre Gefühle wieder unter Kontrolle zu bekommen und kalt und klar zu denken. Was hatte ihr Meister immer gesagt: »Gerade dann, wenn man außer sich ist, wenn die Gefühle alles vernünftige Denken außer Kraft setzen, muss man alles tun, um die Herrschaft über sein Handeln zurückzugewinnen.

Die eigene Wut ist der ärgste Feind, den es zuvörderst zu bekämpfen gilt. Ruhiger, kalter, beharrlicher Zorn geziemt dem Kämpfer, nicht aber die ungeschlachte, dumpfe Wut. Der Edle empfindet Zorn, Wut nur der Pöbel.«

»Was für eine unaussprechliche Gemeinheit!«, stieß sie hervor und atmete mehrmals tief durch. Dann sah sie Cabrera an. »Gibt es keine andere Möglichkeit?«

»Nein.«

Statt des Schatzmeisters hatte ihr die Infantin eine klare und deutliche Antwort gegeben. Mehr sagte Isabel nicht, nicht, dass sie in diesem Augenblick, wo ihr auch noch der Bruder genommen wurde, weil ein schwacher König lieber seine Freunde verriet, als seine Feinde zu bekämpfen, beschloss, Kastiliens, nein Spaniens Königin zu werden, so wie es der Kardinal Torquemada gesagt hatte. Nur auf dieses Ziel richtete das vierzehnjährige Mädchen ihr Denken und Handeln – und niemandem, nicht einmal Beatriz, der sie in allem vertraute, entdeckte sie, was sie in dieser Abendstunde auf der Burg zu Segovia beschlossen hatte. Und dieser Entschluss wirkte wie kühlendes Eis auf ihrer heißen Wunde.

»Auch wenn es nur ein schwacher Trost ist, du gehst nicht allein, Alfonso, ich begleite dich«, sagte Nuria ruhig.

Die Junge unterbrach sein Weinen und schaute sie an.

Ralda sprang mit weit aufgerissenen Augen auf. »Und ich? Was wird aus mir?«

»Du bleibst hier!«, sagte Nuria traurig.

»Das geht nicht! Erzbischof Carrillo ist Villenas Onkel, und der Marqués hasst dich. Sie werden dich umbringen.« Beatriz saß starr aufgerichtet da und hatte die Hände wie zum Gebet gefaltet.

»Ich stehe im Wort des Kardinals Torquemada, den Infanten zu beschützen«, entgegnete Nuria rau. Nichts wäre ihr lieber gewesen, als hierzubleiben.

»Den Infanten *und* die Infantin, Jorge. Aber er sagte auch, dass du wählen kannst, wenn mein Bruder und ich getrennt werden«, warf Isabel ein.

Nuria spürte, dass sie nicht meinte, was sie sagte, sondern dass sie ihren Leibwächter auf die Probe stellen wollte. Sie kniete vor Isabel und Alfonso nieder.

»Ihr Infanten von Spanien, der Kardinal hat Euch – und auch mich – vor eine große Aufgabe gestellt. Ihr, Isabel, seid hier sicher, Alfonso bei Carrillo aber nicht. Wir werden in einem Zimmer schlafen, mein Prinz.« Es klang wie ein Schwur.

Ralda musste fassungslos zusehen, wie die kleine, heile Welt, die sie gefunden hatte, auseinanderbrach. Sie durfte zum Abschied die Nacht bei Nuria verbringen, die deshalb bandagiert und in Kleidung schlief. Sie taten kein Auge zu, es waren traurige Stunden voller tröstender Worte und geschluchzter Bitten, und das eine blieb so vergeblich wie das andere. Ein zerrissenes Segel im Wind. Ach, wenn sich die Zeit doch nur festhalten ließe!

Am nächsten Morgen machten sich der Kronprinz und Nuria, begleitet von einer Eskorte, die Andrés de Cabrera anführte, bereit, Segovia in Richtung Toledo zu verlassen. Beatriz und Isabel standen im Hof, um sie zu verabschieden. Hinter ihnen allen lag eine Nacht der Tränen.

64

Ancona, Italien

Im Frühsommer des Jahres des Heils 1464 an einem leicht verhangenen Sonnentag in Venedig, wo er in Ermangelung anderer Aufträge ein wenig für die Genuesen spionierte, hatte Ruggiero da Ischia über einen Boten Yusuf Paschas die dringliche Aufforderung erhalten, sich nach Ancona zu begeben. Dort solle er auf einen alten Bekannten warten, der Instruktionen für eine wichtige Mission mit sich führte. Erleichtert packte er seine Würfel ein, denn die Schnüffelei hielt er letztlich doch für nicht ganz standesgemäß. Mit wildem Lachen schnürte er sein Bündel, verabschiedete sich übermütig von den beiden freischaffenden Prostituierten, die er ein Zeit lang beschützt hatte – gegen »Naturalien« versteht sich. Er steckte sein Schwert in die Satteltasche und bestieg das Pferd, dem er ein freundliches »Hüh, mein Alter« zurief, denn er hielt nichts von Sporen.

Drei Tage später erreichte er am Abend des 18. Juni Ancona. Kurz vor ihm war nach langer und beschwerlicher Reise von Rom über den Appenin Papst Pius II. in der Adriastadt angekommen und hatte sich gleich in den Bischofspalast neben dem Dom San Ciriaco tragen lassen, um sich von den Strapazen zu erholen. Ruggieros Ankunft erwies sich als weit mühseliger, denn er musste sich durch die vielen Jünglinge und Männer, die auf den Straße und Plätzen kampierten, zur Herberge von Gasparo durchkämpfen. Die Stadt stank nach ungewaschenen Leibern und versank im Unrat. Denn diesen vielen armen Kreaturen, die sich über die nicht allzu große Stadt wie eine Sintflut ergossen hatten, fehlte es an Geld und wohl auch an Kultur, zumindest vegetierten sie dahin und warteten in stumpfsinniger Geduld, dass eines Tages das ihnen versprochene Signal zum Aufbruch ertönte. Schiffe, so hieß es, kämen, um sie abzuholen und nach Griechenland überzusetzen, damit sie der Christenheit Konstantinopel zurückeroberten. Und wenn das alles geglückt wäre, ginge es vielleicht sogar weiter nach Jerusalem, und sie alle würden unermesslich reich werden, reich an Heil, denn alle, auch die schrecklichsten Sünden, erlangten Vergebung, reich an Land und reich an Gold. Sie brannten nur noch darauf, endlich für ein anderes Leben in den Kampf zu ziehen. Zwischen ihnen und ihren Träumen standen nur noch die Türken. Im Straßenschmutz von Ancona lebte in diesen Tagen so viel Hoffnung, dass sie einen bunten Teppich wob und ihn milde über den Mangel an Geld, Ausrüstung und Bewaffnung breitete. Ruggiero watete durch die Phantastereien der armen Kerle wie durch einen Sumpf, dessen Dämpfe allen den Verstand raubten.

Er musste drei Männer aus dem Weg schieben, deren Protest er mit einem kalten Blick erstickte, um in die überfüllte Gastwirtschaft zu gelangen. Auf dem Tresen saß auf einem Schemel ein argusäugiger Gasparo, der einen langen Dolch in einem Ledergürtel trug und seine Angestellten und seine Gäste von seinem erhöhten Aussichtsplatz scharf beobachtete. Hinter ihm an der Wand hockten drei kräftige Kerle mit Keulen, bereit jederzeit einzugreifen, wenn Gasparo ihre rabiaten Dienste benötigte. Ruggiero bahnte sich einen Weg durch die trinkenden Männer und baute sich vor Gasparo auf. Als der Wirt ihn erblickte, erschrak er, glitt aber sogleich von Schemel und Tresen und verneigte sich leicht vor ihm, um ihm dann mit bedauernder Miene mitzuteilen, dass er leider zur Unzeit käme, weil er die letzte Kammer bereits vermietet hätte, um ihn gleich darauf ungläubig anzuglotzen, als stünde vor ihm ein Fabeltier.

»Habt Ihr etwa auch das Kreuz genommen?«

»Was habe ich mit dem Kreuz zu schaffen, bleib mir mit diesen Kindereien vom Leib!«

»Hätte mich auch gewundert, Euer Gnaden. Aber seit der Aufruf an die Christenheit ergangen ist, sich in Ancona zum Kreuzzug zu versammeln, ist hier die Hölle los. Wir ersaufen in Möchtegernkreuzfahrern, Gimpel, die sich nichts Schöneres vorstellen können, als ihre Körper für den Papst und die Prälaten in Stücke hauen zu lassen«, stöhnte Gasparo mit bösem Lächeln.

»Seid wann beklagst du alter Gauner dich darüber, den Einfältigen das Fell über die Ohren zu ziehen?«, spottete Ruggiero.

Gasparo zog seinen Dolch und hielt ihn Ruggiero unter die Nase. »Was meinen Euer Gnaden wohl, warum ich den immer mit mir herumschleppe? Man muss auf der Hut sein, um von dem Kreuzfahrerpack nicht betrogen und bestohlen zu werden. Nur weil sie bereit sind, sich mit den Muselmännern zu prügeln, glauben sie, sie können sich hier schon alles erlauben, weil ihnen ohnehin alle Sünden vergeben werden. Aber ich, Gasparo di Gasparo di Ludovico di Gasparo, lasse denen nichts durchgehen. Da drüben bei den Türken können sie sich benehmen wie sie wollen, nicht aber in meiner Gastwirtschaft!«

Seine streitsüchtige Miene erlaubte nicht den geringsten Zweifel an seiner Entschlossenheit – und nicht nur an seiner, denn die drei Knüppelknechte waren aufgesprungen, als sie sahen, dass ihr Herr blank zog. Gasparo bedeutete ihnen mit einer Geste, dass keine Gefahr drohe und sie sich wieder hinsetzen sollten.

Ruggiero beeindruckte das jedoch nicht, auch stand ihm nicht der Sinn nach einem Gespräch. »Ich brauche zwei Zimmer, Gasparo.«

Der Wirt schaute ihn so mitleidig an, als wäre er des Wahnsinns Beute geworden.

»Ich hab doch schon gesagt, ich habe nicht einmal eins übrig!«

»Gut, dann eins.«

»Hört Ihr schwer, nicht einmal eins, hab ich gesagt. Noch mal, hoher Herr: Ich habe kein Zimmer, nichts, *niente*, *capito*?«

»Lass dir was einfallen, sonst übernehme ich deine Wirtschaft … und du weißt, was ich damit sagen will.«

Verunsichert schaute der Wirt Ruggiero an, dann kratzte er sich am Kopf, glotzte auf seine Fingernägel, über die in diesem Augenblick leichtsinnigerweise eine Laus kroch, die er aber sogleich zerquetschte. »Mistviecher!«

»Was wäre Gasparo ohne seine Tiere?«, lachte Ruggiero auf.

Der Wirt sah ihn an, als ob er ihn mit Blicken durchbohren wollte. »Die schleppen doch alles ein. Bevor die hier waren, gab es hier weder Läuse noch Flöhe noch Wanzen.«

»Aber ein kleines Tier mit Ranzen. Der Kakerlak – und der will tanzen! Was ist jetzt, du Herbergsvater allen Ungeziefers!«, rief Ruggiero. Mit einem schnellen Griff entwand er dem Wirt den Dolch und hielt ihn in dessen Halsbeuge.

Gasparo schluckte unwillkürlich. »Ihr könntet zu den drei Mägden ins Zimmer ziehen! Aber lasst sie in Ruhe. Sie müssen arbeiten, und ich führe kein Bordell.«

Von den Mägden, die rund und alt und schon Mitte dreißig waren, erfuhr Ruggiero, dass am nächsten Vormittag der Heilige Vater feierlichen Einzug in die Stadt halten würde. So machte er sich nach einer Nacht auf einem Strohlager, das er sich mit den besagten drei Mägden teilte, die er entgegen seiner Gewohnheit in der Tat nicht anfasste, und nach einem kargen Frühstück aus Brot und Zwiebeln auf den Weg zum Hafen. Die Zwiebeln gaben ihm gut Luft, was ihn ärgerte. Angekommen stellte er fest, dass er spät dran war, denn sowohl Platz, Stadt- und Seemauer als auch die Mole schienen vor Menschen zu bersten. Wer nicht aufpasste, stürzte ins Hafenbecken.

Ruggiero kämpfte sich zur Mauer durch und überredete einen Stadtsoldaten, ihn auf die Zinnen zu lassen, doch auch hier drängten sich vor allem die ärmeren Einwohner Anconas, während die reicheren, die Adligen, Kaufleute, Bankiers und Handwerker einen Platz in der Nähe der Trajansäule zugewiesen bekamen, um mit dem Papst und seinen Kardinälen fast auf Tuchfühlung zu kommen, während sich dahinter die Kreuzfahrer unter ständigen Stößen und Püffen versammelten. Jetzt entdeckte Ruggiero auch Enea Silvio Piccolomini, der sich als Papst Pius II. nannte und von vier starken Männern in einer Sänfte über ihren Köpfen den Serpentinenweg vom Dom herunter zur Trajansäule getragen wurde, gefolgt von über einem halben Dutzend Kardinälen, zwei Dutzend Bischöfen und Prälaten, umringt vom Volk. Die spitze Nase des Papstes über dem schmerzverhärmten Mund kündete von den Qualen, die Pius II. bei jeder Bewegung peinigten, selbst wenn er behutsam getragen wurde –

selbst dann. Doch seine schwarzen Augen glühten wie Kohlen. Es war der leidenschaftliche Geist, der über den gichtbrüchigen Körper triumphierte. Mit der Tiara auf dem Kopf, die ihn als Vater der Fürsten und Könige auswies, als Haupt der Welt und Statthalter Christi, segnete er die Männer und Jünglinge, die ehrfurchtsvoll niederknieten und vergebungshungrig den Segen, den Pius nach rechts und links spendete, aufsogen wie trockene Schwämme das Wasser. In der weißen Albe, über der er einen blauen Umhang trug, wirkte er mächtig und zerbrechlich zugleich. Im Blau des Umhangs leuchteten wie am Nachthimmel die Sterne der Goldborten auf, die das Sonnenlicht reflektierten. Der Anblick des Papstes erinnerte an die Himmelskönigin Maria, der er zuvor auf dem Weg von Rom nach Ancona in Loretto einen Goldpokal gespendet und die er um Beistand für sein schwieriges Unterfangen gebeten hatte. Inwendig war der Umhang grün, in der Farbe der Hoffnung, des sich stets erneuernden Lebens gehalten. Die Botschaft, die er vermitteln wollte, begeisterte das Volk. Sie lautete: Der leidende Christus wird die Welt erretten.

*

Yusuf Pascha im fernen Stambul, das der Papst für die Christenheit zurückerobern wollte, wusste nur zu gut von den Kreuzzugsvorbereitungen, denn seine Spione berichteten ihm eifrig und detailliert, Schilderungen, die Yahya unbeteiligt übersetzte. Die Diplomaten und Agenten des Paschas hatten nichts unversucht gelassen und alle Register ihres beachtlichen Könnens gezogen, um den Kreuzzug zu verhindern. Sie hatten christliche Fürsten bestochen, ihre Rivalen in Gefechte und Scharmützel zu verwickeln, sodass, aus welchem dieser Gründe auch immer, sich schließlich nicht ein einziger christlicher Fürst bereitgefunden hatte, als Bannerträger der Kirche den Kreuzzug gegen Mehmed II. anzuführen. Alle kämpften um die Vergrößerung ihrer persönlichen Macht und ihres Territoriums und waren vor Ort gebunden. Yusuf Pascha hatte jedoch nicht damit gerechnet, dass sich in dieser großen Not, in dem allgemeinen Egoismus, der Feigheit und des Verrats der eigenen Werte, der todkranke Papst Pius II. das Banner schließlich selbst in die schwachen Hände genommen hatte und den Kreuzzug mit seinem erzenen Glauben anführte.

Pius stand zwar allein. Nur der Doge von Venedig, Cristoforo Moro, hatte versprochen, mit Schiffen und Mannschaften nach Ancona zu kommen. Und Kardinal Niccolò Forteguerri war nach Genua geeilt und versuchte, von der mächtigen Handelsstadt, die zu Venedig in erbitterter Konkurrenz stand, ebenfalls Schiffe und Männer zu erhalten. Aus dem allgemeinen Chaos – und allein das erschien schon wie ein Wunder – leuchtete das persönliche Beispiel des Papstes in die christliche Welt und erreichte in seiner ganzen übermenschlichen Größe auch Yusuf Pascha.

Mehmeds Minister war klug genug, sich keinen Illusionen hinzugeben. Alles investierte Geld wäre verloren, alle Intrigen und jegliche Mühe wären vergebens gewesen, wenn er jetzt nicht handelte, wenn er den Papst nicht aufhielt. Es waren nicht die Armen und Ehrlichen, nicht die Glücksritter und Spitzbuben aller Art, die sich reichen Gewinn erhofften, die der Ruf des Papstes erreichte, um die sich Yusuf Pascha sorgte, auch nicht die schmählich kleine Streitmacht, die Pius hatte aufzustellen können, weil die Großen der Christenheit das Unternehmen boykottierten. Yusuf Pascha, dessen Sultan in Kämpfe mit den Ungarn verstrickt war, beunruhigte die Signalwirkung, die von diesem Kreuzzug ausgehen würde – und dann noch mit dem Papst als Stellvertreter Christi an der Spitze. Das hatte es noch nie gegeben. Alle Völker des Balkans, die sich dem Großherrn nur widerwillig fügten, würden Hoffnung und Kraft schöpfen, wenn der Papst an der Spitze einer Streitmacht, und wäre sie auch noch so klein, in Griechenland oder Kroatien landen würde. Wie ein Schneeball zur Lawine wird, würde das kleine Heer schnell zu einer gewaltigen Armee anwachsen. Selbst wenn der Papst im Kampfe fiele, würde das alles nur verschlimmern, denn dann würden sie gegen einen Toten kämpfen – und gegen einen Toten konnte niemand siegen. Alle auf dem Balkan standen hinter dem vom Papst getragenen Kreuz: die Bulgaren, Skanderbegs Albaner, die Serben und die Kroaten, die Montenegriner, die Griechen, die Bosnier, sie alle. Mehmeds Herrschaft über die vielen Völker beruhte darauf, dass sie klein, zersplittert und ohne Hoffnung waren.

Was aber, wenn nun der Papst mit Christi Kreuz erschien, unter dem sich alle versammeln würden, waren sie nun katholisch oder orthodox? Keinesfalls durfte der Heilige Vater die Adria überqueren. Aber wie hielt man einen Papst auf? In Yusufs Augen gab es nur zwei Männer, die den direkten Stoß zu führen verstanden.

*

Ruggiero stand auf der Mauer, genoss das Schauspiel des Einzuges des Papstes in die Hafenstadt und wartete auf Yusufs Boten, der ihm Anweisungen geben sollte. Doch an diesem Tag landete kein weiteres Schiff in Ancona an, auch am nächsten Tag nicht, und am übernächsten Tag ging ein Konvoi von Handelsschiffen auf Reede, der nach Proviantierung und dem Löschen eines Teils der Ladung weiter wollte nach Venedig.

Am vierten Tag herrschte eine Schwüle, die sich wie nasse, dicke Wolle auf die Bronchien legte, und kündigte ein Unwetter an. Auf die Kunde hin, dass zwei Handelsschiffe aus dem bedrohten Ragusa eingelaufen wären, hatte Ruggiero die Gastwirtschaft verlassen und wollte zum Hafen eilen, als wie aus dem Boden gewachsen Yahya vor ihm stand und ihn angrinste.

Der Italiener schlug sich mit der flachen Hand klatschend an den Kopf. »Das hätte ich mir doch denken können, dass Yusuf, der alte Schakal, *dich* schicken wird. Wahrscheinlich wollte er dich nur loswerden, weil du in der Zwischenzeit halb Stambul entvölkert hast.«

»Lass dir mal einen neuen Spott einfallen.«

»Wieso soll ich mir was Neues ausdenken, wenn es die alte Frotzelei immer noch tut.«

»Zeig mir mein Zimmer, damit ich mein Gepäck loswerde, bevor wir in Ruhe reden können.« Yahyas Gepäck bestand aus einem großen Ledersack, den er auf dem Rücken trug.

»Wir wohnen in einem Zimmer mit drei Schankmägden.«

»Hast du zu viel getrunken?«

»Nein, ich war außerordentlich erfolgreich, wenn du bedenkst, dass der letzte Ziegenstall und die kleinste Hundehütte bereits vermietet sind. Du musst es doch auf dem Weg hierher bemerkt haben, dass die Stadt vor Menschen aus allen Nähten platzt. Viele logieren unter freiem Himmel auf den Straßen und Plätzen. Das Abendland muss leer sein, weil alle Christen in Ancona sind!«

Yahya sah Ruggiero mit zusammengezogenen Brauen an – und glaubte ihm. Das Zimmer entlockte ihm einen Fluch und erfüllte ihn sogleich mit Mitleid mit sich selbst. Im Grunde war es nur ein dunkler Verschlag, in deren Mitte ein bisschen Stroh auf dem Boden lag. An der rechten Seite stand Ruggieros Reisesack, auf der linken befanden sich in einer Kiste die Habseligkeiten der Mägde. Yahya stellte sein Gepäck neben dem des Italieners ab.

»Hast du Hunger?«, fragte Ruggiero, doch Yahya schüttelte nur den Kopf. Sie passierten San Ciriaco, den Domberg, auf dem es zuging wie in einem Ameisenhaufen, denn natürlich hatte der Papst auf seiner Reise nicht auf seinen Hof verzichtet. Die gesamte Kurie, die Gesandten und die vielen Bittsteller waren ihm von Rom nach Ancona hinterhergereist. Neben dem Heerlager der Kreuzfahrer hatte die nicht allzu große Stadt der Tross der Bürokratie überflutet. Yahya belustigte das aufgeregte Gewimmel.

Sie bogen auf einen Passweg hoch oben über dem Meer ab und wanderten bis zum nächsten Felsen. Dort ließen sie sich nieder und schauten hinaus auf die Adria, die glatt und unbewegt vor ihnen lag. Nicht die kleinste Welle kräuselte die Wasseroberfläche. Der Himmel erinnerte an vergossene Milch, die aber langsam grau und schmuddelig wurde. Es war drückend heiß. Selbst hier oben, hoch über dem Meer regte sich kaum ein Lüftchen. Die Gräser rochen verbrannt.

In kurzen, klaren Sätzen setzte Yahya Ruggiero über die Aufgabe in Kenntnis, die ihnen anvertraut war: Sie sollten mit allen Mitteln versuchen, den Kreuzzug des Papstes zu verhindern.

»Wenn einer, der dermaßen unter der Gicht leidet und so schwach ist, sich von Rom übers Gebirge bis hierher tragen lässt, dann wird er sich nicht von seinem Vorhaben abbringen lassen. Es sei denn, er stirbt«, sagte Ruggiero, als Yahya geendet hatte.

»Vielleicht hat die Natur ein Einsehen«, entgegnete Yahya, der eben darauf hoffte. Es widerstrebte ihm, ein Attentat zu planen.

Von fern war ein tiefes Donnergrollen zu hören.

»Oder wir helfen der Natur nach, christlich wäre es auf alle Fälle, den kranken Mann von seinen Schmerzen zu erlösen.«

Yahya stöhnte unwillig auf. »Wir müssen Vorkehrungen treffen, dass sein Nachfolger nicht das Banner in die Hand nimmt, sondern den Kreuzzug abbläst. Lass uns mit Kardinal Pietro Barbo reden.«

»Ein Venezianer …«, sagte Ruggiero nachdenklich.

Das Gewitter kam näher.

»Und einer, der den Luxus und die Schönheit liebt«, fügte Yahya hinzu.

Ein blitzendes Riesenschwert schnitt durch den Himmel, der sogleich seine Schleusen öffnete. Der Regen prasselte auf sie herab, und innerhalb weniger Minuten waren sie bis auf die Knochen durchnässt. Sie standen auf und gingen ohne Eile zurück zu der Gastwirtschaft, denn nasser konnten sie nun nicht mehr werden. In ihrem Zimmer trockneten sie sich ab und streiften trockene Kleidung über. Dann stiegen sie die schmale Treppe in die Gastwirtschaft hinunter.

Ruggiero drängte Gasparo in die Küche, und Yahya folgte ihnen. Vor Rauch, Ruß und Wasserdampf war kaum etwas zu erkennen. Die Luft in der Küche war heiß und klebrig. An niedrigen Steinöfen, aus denen hin und wieder Flammen schlugen, arbeiteten drei Köche. In riesigen Töpfen köchelte blubbernd Pasta. Yahyas Blick fiel auf einen weiteren Herd, über dem sich ein Gestänge erhob, auf dem sich ein Spieß mit einem Schwein drehte. Für eine gleichmäßige, beständige Drehung sorgte eine Vorrichtung aus Rädern und Gewichten, sodass niemand den Spieß betätigen musste.

»Wenn ich vorher schon mal in deiner Küche gewesen wäre, hätte ich keinen Bissen herunterbekommen«, knurrte Ruggiero und trat gegen einen Korb mit Knoblauchknollen.

»Bei mir ist alles sauber.« Der Wirt tat empört.

»Und was bewegt sich da so rührig im Mehl? Und warum hat der Koch schwarze Hände? Und …« Yahya verzog angewidert das Gesicht.

»Wollen Euer Gnaden mit mir über meine Küche reden?« Gasparos ganzer Kopf rötete sich. Er geriet in Rage.

»Nein, ich brauche deine Hilfe.«

»Seltsame Art, um Hilfe zu bitten, den anderen zu beschimpfen. Was hab ich davon?«

»Eine erfüllte Liebe.«

Der Wirt starrte Yahya an. »Liiiiiiiebeeeee? Wollt Ihr mich veralbern?«

»Ja, du liebst doch das Geld, und diese Liebe kann ich dir erfüllen. Kennst du jemanden aus dem Gefolge des Kardinals Pietro Barbo?«

Der Wirt verdrehte die Augen nach oben und schwieg. Yahya lächelte und legte einen Dukaten in seine Hand.

»Das ist zu viel!«, schimpfte Ruggiero.

»Gar nicht zu viel. Ihr wollt doch einen Prälaten haben und keinen Diener.«

Yahya nickte und hielt seine prall gefüllte Geldkatze hoch.

»Monsignore Federico Flagello«, sagte der Wirt mit starrem Blick auf den Ledersack, in dem die begehrten Dukaten ruhten.

»Merkwürdiger Name«, sagte Ruggiero.

»Bei meiner Ehre, der Mann heißt eigentlich Federico Fragolino, genannt il Flagello. Und er ist wirklich eine Geißel.«

»Wenn ich deine Andeutung richtig verstehe, du Küchenschabe ...« Ruggiero beobachtete grinsend, dass Gasparo wie unter einem Peitschenhieb zusammenzuckte und eine so jämmerliche Grimasse schnitt, dass Yahya fast Mitleid empfand.

»Herr«, brachte der Wirt stockend hervor, »nennt mich Mistbock, Hundesohn, Teufelsdreck, Arschloch, von mir aus auch Halunke und Schweinehund, aber bitte nicht Schabe, das schlägt mir auf den Magen.«

Ruggiero grinste immer noch. »... dann ist dieser Priester ein stinkendes Sündenfass, das voller dreckigen Begierden steckt.«

Gasparo nickte zustimmend, aber betrübt. Selbst dem Wirt, der alles im Leben schon einmal gesehen hatte, galten Grenzen.

»Kannst du ein Abendessen mit ihm ...«, fragte Yahya und fingerte umständlich einen zweiten Dukaten aus der Geldkatze, »... richten und uns mit den notwendigen Informationen versorgen, dass dieses Abendessen auch von Erfolg gekrönt wird?«

»Ich habe keinen Raum, keinen Raum, versteht Ihr, Herr!«

Yahya machte ein missmutiges Gesicht und steckte den Dukaten langsam mit dem Ausdruck tiefsten Bedauerns zurück. Gasparos Gesicht wurde immer länger und er beugte sich vor, als wolle er sich ganz dünn machen und dem Dukaten hinterherkriechen. Yahya knüpfte das Lederbändchen wieder um die Geldkatze.

»Ach je, ach herrje«, jammerte der Wirt und rang die Hände. »Ich hätte Arbeit, viel Arbeit, ach, so viel Mühen, endlos, großmächtige Herren. Ich müsste einen Raum suchen – und den findet man eigentlich gar nicht, zumal sich nicht jeder Ort eignet, denn hübsch verboten müsste es schon zugehen. Der Schanddeckel von einem Prälaten ist erlaucht, und ohne Anreize kommt er nicht, und diese sind sehr delikater Natur, vielmehr Unnatur, und wie gesagt für jeden Mann, erst recht für einen Prälaten streng verboten. Seht ihr das Schwein da am Spieß über dem Feuer?«

Verdutzt schauten Yahya und Ruggiero zu dem Spieß hinüber, von dem das Fett zischend in die Glut des Herdfeuers troff.

»So wie das Schwein möchte ich nicht enden, über einem Feuer, Ihr versteht schon, feine Herren!«

Yahya warf die Geldkatze in die Luft und fing sie wieder auf. »Wenn du alles arrangierst, gehört das Geld dir.«

»*Perfetto!*« Gasparo strahlte übers ganze Gesicht. »Ihr werdet sehen, Ihr bezahlt nicht zu viel.«

»Und was ist mit deiner Angst vor dem Scheiterhaufen, du Halunke?«, fragte Ruggiero, der sich bestens unterhielt.

»Geld ist ein Zaubermittel, wisst Ihr«, entgegnete Gasparo und machte ein ernstes Gesicht. »Es heilt alle Wunden, löscht alle Feuer und macht aus Ketzern Heilige.«

65

Ancona, Italien

Die Bemühungen des Wirtes führten schon vier Tage später zum Erfolg, denn nicht Jesus, sondern einzig und allein der klingenden Münze galt seine tiefste Frömmigkeit. In dem unweit von Ancona gelegenen Flecken Cardetto hatte Gasparo das Gutshaus eines verarmten Landadligen angemietet, der sich über jeden Dukaten freute, der zu seinem Lebensunterhalt beitrug. Weil der Wirt in seinem überfüllten Gasthaus nicht abkömmlich war, führte einer seiner Knechte Yahya und Ruggiero den sanft ansteigenden Weg zum Dorf hinauf. Der süße Duft von wildem Lavendel hing in der Luft. Gasparos Diener wies auf ein abseits stehendes Gebäude und machte sich auf den Weg zurück nach Ancona.

In der Nähe des jüdischen Friedhofs von Cardetto duckte sich, von einer Mauer umgeben, rechter Hand das Gutshaus unterhalb des Monte Cappuccini wie eine zum Sprung bereite Katze. Zwei mit Knüppeln bewaffnete Knechte, die das große Holztor bewachten, ließen sie ein. Der aufgehende Mond beleuchtete den leeren Hof. Yahyas Blick streifte ein verrottendes Fuhrwerk und zerbrochene Tonscherben auf dem Boden. Es war unübersehbar, dass der Hof schon lange nicht mehr bewirtschaftet wurde.

Ruggiero brummte ärgerlich. »Wenn er das hier sieht, macht il Flagello bestimmt auf dem Absatz kehrt. Nichts für den luxusliebenden Monsignore.«

Die Fackeln rechts und links neben der Pforte des Herrenhauses flackerten nur schwach. Ruggiero stieß mit seinem Stiefel die schief in den Angeln hängende Tür auf. Sie gab ein bösartiges Knarren von sich. »Hol's der Teufel!«, rief der Italiener verblüfft, als er, gefolgt von Yahya, in die Eingangshalle trat.

Auf den roten Steingutfliesen lagen große, bunte Teppiche. Zahlreiche Fackeln in schmiedeeisernen Haltern erhellten den Raum.

Ruggiero nickte nach links, und Yahya wandte den Kopf in die Richtung. In einem Türrahmen, von dem die Farbe abblätterte, stand eine füllige Frau mit streng gescheitelten und zu einem Kranz geflochtenen, braunen Haaren. Ihr Hals versank fast zwischen ihren üppigen Schultern, die in speckgepolsterte Oberarme übergingen. Mit ihrem ausladenden Dekolleté ähnelte die Frau einer überfütterten Taube. Der kleine Mund unter einer schön geformten Nase verlieh ihrer Miene etwas Mürrisches.

Ruggiero deutete eine Verbeugung an, wobei er elegant den rechten Arm von oben nach unten schwang. »Mein Name ist Ruggiero da Ischia«, er wies auf Yahya, »und dies ist Joanot Ningú, ein Katalane. Mit wem haben wir das Vergnügen, *bellissima*?«

»Nennt mich einfach Gran Puttana oder Regina della lussuria, Königin der Lüste oder einfach Lussuria«, entgegnete sie mit unbewegtem Gesicht. Ihre Augen wirkten tot, ohne Glanz und Leidenschaft. »Tretet näher, Ihr Herren, dass wir sehen können, ob alles zu Eurer Zufriedenheit gerichtet ist.«

Sie verschwand in dem Zimmer, aus dem sie gekommen war. Ruggiero und Yahya traten in einen kleinen Vorraum, der in einen fast quadratischen Saal führte, den ein großer, reichlich gedeckter Tisch aus Pappelholz beherrschte. Leuchter aus Silber warfen ihren Schein auf Karaffen, Becher und Gläser, Teller, Schüsseln mit Pasta, mit Erdbeeren, mit Hühnerbeinen, mit gerösteter Entenleber, mit Hammelhoden und Lungenmus, mit Sardellen und Muscheln und Tintenfischen und natürlich mit Austern.

»Kommt weiter … in den Hühnerstall«, sagte Lussuria und winkte einladend. In dem nächsten Raum saßen an der Wand auf einer lederüberzogenen Bank drei Mädchen, die, wenn überhaupt, gerade einmal zwanzig waren. Die beiden Knaben neben ihnen zählten wohl vierzehn, fünfzehn Jahre. Auf ihren Gesichtern zeigten sich noch keine Barthaare, allenfalls die Andeutung eines Flaums.

»Ich hoffe, Ihr seid mit meinen Kindchen zufrieden«, sagte Lussuria. Sie schaute, als sei sie sicher, Zustimmung zu ernten.

Ruggiero lachte mit Kennermiene. »Ihr könntet Euer Geld wert sein, meine Schöne.«

Das erste Mal entdeckte Yahya eine Regung auf ihrem Gesicht, eine Art Lächeln.

»Ein Zimmer weiter werde ich das Königreich der tiefsten, der dunkelsten, der unausdenklichen Lust regieren«, gurrte die Taube. »Wer einmal in dieses Reich gerät, möchte nichts anderes mehr, als immer wieder dorthin zurückzukehren.«

»Gut, Lussuria, genau das sollst du bei unserem verwöhnten Gast erreichen.«

Lange ließ Monsignore Federico Fragolino nicht auf sich warten. Begleitet von zwei Knechten des Wirtes betrat er pausbäckig und gieräugig den Saal, in dem das Essen serviert wurde. Die Soutane des Prälaten war aus feinstem Damast, das Kreuz auf der Brust aus reinem Gold, und auf dem rechten Ringfinger glühte ein Rubin. Federico Fragolino hatte volle, weiche Lippen, eine kleine Nase, Fuchsäuglein und eine breite Stirn, von der ihm unaufhörlich der Schweiß tropfte. Es bereitete ihm etwas Mühe, die Augenlider offenzuhalten, und das nicht aus Müdigkeit, sondern weil ihr Gewicht ihn anstrengte. So etwas hatte Yahya noch bei keinem Menschen beobachtet. Das Fett, das il Flagello mit sich herumtrug, hätte auch für zwei dicke Männer voll und ganz ausgereicht. Yahya verneigte sich, und als ihm der Prälat die rechte Hand mit dem Rubin hinhielt, küsste er sie.

»Es ist mir eine Ehre, Eure Exzellenz kennenzulernen«, sagte er höflich. »Nehmt Platz, wir haben einen kleinen Imbiss vorbereitet.«

Die drei Männer ließen sich am Tisch nieder. Yahya fing an, von Kardinal Barbo, Fragolinos Herrn, zu schwärmen, und erfand eine pompöse Geschichte für den Grund, aus dem er den Venezianer verehrte. Ruggiero sekundierte ihm mit den Kenntnissen, die er in der Lagunenstadt erworben hatte. Geschickt flochten sie in das Lob des Kardinals auch genügend Schmeicheleien für den Prälaten selbst ein, der Speis und Trank kräftig zusprach und in erstaunlich kurzer Zeit wahre Mengen verschlang, was die Schweißtropfen auf seiner Stirn zu Bächen und Flüssen anschwellen ließ.

Yahya dachte belustigt, dass das Christentum doch eine sehr starke Religion sein musste, wenn sie trotz solcher Priester nicht unterging. »Nach der Mahlzeit würde ich Euch eine gewisse Entspannung empfehlen, denn so wie der Gaumen, sollte auch der Leib der Liebe Gottes teilhaftig werden«, schlug er mit eindeutigem Grinsen vor.

Der Prälat verdrehte lustvoll die Augen. »Du hast das Zeug zum Priester, mein Sohn. Liebe Gottes, das ist gut gesagt. Mein Herz sehnt sich nach Gottes Liebe, nach seinen rührigen Händen. Was anderes sollte ein gläubiger Christ empfinden, wenn nicht Gotteslust?«

Yahya und Ruggiero geleiteten den Geistlichen in den angrenzenden Raum. Die Mädchen und Knaben waren verschwunden, aber Lussuria erwartete sie.

»Wollt Ihr Maria Magdalena bekehren, so wie unser Herr es getan hat?«, fragte Ruggiero und grinste den Prälaten anzüglich an.

»Oh ja, das wäre wahrhaft christlich gehandelt und eine Pflicht für jeden Priester.«

»So gehet hin in Frieden«, entgegnete Ruggiero würdevoll.

Lussuria zog Fragolino, der ein wenig schwankte, hinter sich her in das Zimmer, das sie »das Reich der unausdenklichen Lust« genannt hatte. Yahya und Ruggiero setzten sich auf die Bank an der Wand, wo zuvor die Mädchen und Knaben gewartet hatten. Bald schon drangen aus dem jenseitigen Zimmer erste Laute: glückliches Glucksen des Prälaten, breites Stöhnen, das sich aus der Tiefe aufrichtete, immer höher wurde und sich schließlich in spitzen Aufschreien entlud. Dann ertönte ein kindliches Betteln und Barmen und Flehen des Priesters, dessen Stimme in der Höhe keine Begrenzungen zu kennen schien, begleitet von klatschenden und peitschenden Geräuschen auf nackter Haut. Fragolino schimpfte und heulte und jaulte und juchzte und stöhnte und weinte und schrie und lachte schamlos. Das Ganze zog sich über zwei Stunden hin, dann wurde es still. Ruggiero und Yahya verfügten sich in den Vorraum und aßen und tranken noch etwas.

»Lussuria«, schlug sich Ruggiero mit der flachen rechten Hand an die Stirn, »jetzt fällt es mir wieder ein. Meine beiden Wirtinnen in Venedig, bei denen ich gut einwohnte, hatten ihr Handwerk bei dieser Frau gelernt. Sie sei die Beste, behaupteten sie. Ursprünglich stammt sie aus Florenz, doch sie zieht mit ihren Künsten durch die großen Städte der christlichen Welt.«

»Und was sind das für Künste?«

»Frag nicht.«

Doch Yahya sah ihn weiterhin neugierig und fordernd an.

»Na gut, nur so viel: Sie beherrscht die hohe Kunst der Vermählung von Lust und Schmerz und ist die Topographin der Öffnungen des menschlichen Körpers. Habe ich mich deutlich genug ausgedrückt? Wenn nicht, muss es auch so reichen, denn ich sage kein Wort mehr.«

Eine Viertelstunde später betrat ein strahlender Fragolino den Raum.

Yahya erhob sich und ging auf den Prälaten zu. »Ihr könntet, solange Ihr in Ancona seid, gern hier Euren christlichen Pflichten nachkommen. Ihr müsstet Gasparo nur benachrichtigen, dass ihr wieder Zeit für die leidende Christenheit zu opfern vermögt. Es steht alles für Euch bereit.«

Fragolino schaute Yahya durchdringend an. Ihm war bewusst, dass ihm das alles nicht aus Prälatenfreundlichkeit geboten wurde, sondern dass er einen Preis dafür bezahlen musste.

»Und Ihr, was benötigt Ihr, um mir dieses heilende Werk zu ermöglichen?«

»Nur Eure Dankbarkeit.«

»Nur meine Dankbarkeit …« Fragolino hob die rechte Braue.

»Nur Eure Dankbarkeit und, weil ich es meinem guten Vater geschworen habe, eine private, um nicht zu sagen geheime Zusammenkunft mit Illustrissimo Kardinal Barbo. Weil doch mein Vater ein großer Verehrer des Herrn Kardinals ist. Ja, seine Verehrung geht sogar so weit, dass er sich keinen anderen als Nachfolger unseres Heiligen Vaters als den Kardinal Barbo vorstellen kann und mag. Er möchte ihn im Rahmen seiner leider begrenzten Mittel und Möglichkeiten unterstützen, aber diese würde er ausschöpfen, so sehr verehrt er Euren hochweisen, tugendhaften und schönen Herrn.«

Fragolino schloss kurz die Augen. »Gern würde ich Euren Vater zum Essen und Trinken und zu einer Engelsmesse einladen.«

Yahya bemühte sich, ernst zu bleiben. Fragolino hatte verstanden, empfand den Preis für diese Lustbarkeiten als akzeptabel und sagte ihm zu, ein Treffen in den nächsten Tagen zu arrangieren.

»Ich würde gern wissen, wer Euer Vater ist«, sagte der Prälat.

»Nein«, antwortete Yahya in fließendem Italienisch, »das wollt Ihr nicht. Der Kardinal würde es auch nicht schätzen, wenn Ihr Euch mit derart unnützem Wissen belasten würdet. Oft ist es besser, wenn wir alles hübsch an seinem Platz belassen.«

Fragolino fügte sich. Zu schön war die Vorstellung, dass sich während des verhassten Aufenthaltes in diesem Provinznest kleine Fluchten ergaben, die derart erfüllend und befriedigend waren, ja, die sich in ihrer Raffinesse mit den sehr speziellen Vergnügungen in Venedig und in Rom durchaus messen konnten. Zudem lehrte ihn seine Erfahrung, dass die großen Herren es nicht schätzten, wenn ihre Diener allzu viel von ihren Geheimnissen wussten. Viel zu wissen war zwar gut, aber zu viel zu wissen tödlich.

Als Yahya und Ruggiero in die Herberge zurückkehrten, dämmerte schon der Morgen. Sie mussten sich neben die drei Mägde quetschen, denn diese hatten in der Annahme, dass die beiden Männer in dieser Nacht nicht mehr kommen würden, den ganzen Platz eingenommen. Zu allem Überfluss stanken sie nach Gasparos billiger Küche – was Yahya und Ruggiero nach dem Festessen für il Flagello als besonders unangenehm empfanden.

Ob es Ruggieros Schnarchen war oder ob ihn die drei Schankstubengrazien durch ihr Aufstehen geweckt hatten, wusste Yahya nicht. Von einem plötzlichen Einfall getrieben, sprang er auf und stürmte auf der Suche nach dem Wirt durch das Haus. Er fand Gasparo schließlich in dem kleinen Vorratsraum hinter der Küche dabei, die Bestände an Mehl und Knoblauch, an Gemüse, Käse und Fleisch zu überprüfen. In einem Holzbottich lagen ein paar Tintenfische neben einem Wolfsbarsch, auf einem Brett daneben ein Stück Rindfleisch, das bereits von einem grünen Flaum überzogen war.

Der Wirt blickte misstrauisch auf.

»Wollt Ihr wieder meine Küche schlechtmachen?«

»Nein. Wir wollen umziehen, in das Anwesen, in dem wir die letzte Nacht verbracht haben.«

»Das wird wohl nicht gehen. Der Cavaliere Finocchi wird es kaum schätzen, am Tage auf seinem Anwesen gestört zu werden.«

Ohne eine Miene zu verziehen, zog Yahya die Geldkatze aus seinem Lederwams. »Klärst du jenes, gehört dir dieses.«

»Oho, Ihr müsst ja eine ganze Katzenzucht besitzen! Unter diesen Umständen sollte ich den Cavaliere von Eurer angenehmen Gesellschaft überzeugen können. Aber auch wenn es meinen Interessen zuwider läuft, will ich Euch doch warnen. Der Cavaliere ist nicht nur ein seltsamer, sondern auch ein gefährlicher Mann. Ich meine, er ist verrückt, versteht Ihr, komplett durchgedreht!«

Mit der Aussicht, nicht mehr in dem schmutzigen Verschlag neben den drei Mägden nächtigen zu müssen, überhörte Yahya den Einwand des Wirtes geflissentlich. »Danke für die Warnung, doch jetzt kümmere dich darum.«

Schon am Nachmittag brachten sie ihr Gepäck in das Herrenhaus. Nun saßen sie mit Lussuria und ihren »Kindchen« sowie dem Hausherrn Marco Finocchi bei Wein und einem einfachen Mahl um den Tisch aus Pappelholz. Der Cavaliere war ein dürrer Mann mit schmalem Kopf, den der ergraute Spitzbart noch länger erscheinen ließ, und hatte Spinnenbeine und sehr dünne Arme. Alles an ihm war lang und schlaksig, wirkte aber unnatürlich gelängt. Er sieht aus wie ein dicker Mann, den zwei Riesen aus Übermut an Haupt und Füßen gepackt und in die dreifache Länge gezogen haben, dachte Yahya und unterdrückte ein Schmunzeln.

»Mit mir wird meine Familie aussterben, weshalb sollte ich mich abrackern, um das Gut zu erhalten? Es wird mit mir zerfallen. Ich bin der letzte Ritter Anconas, vielleicht sogar der ganzen Welt. Wisst

Ihr, wie das ist, der letzte Ritter zu sein? Ein aussterbender Vogel, zum Gespött der Leute?«, klagte der Cavaliere Finocchi. Er redete so schleppend, als trauere er beim Reden dem gerade gesprochenen Wort hinterher.

»Einsamkeit verdirbt die Lebensfreude. Lasst mich eine hübsche Frau für Euch aussuchen, die Euch viele kleine Fenchel großzieht«, warf Lussuria verlockend und geschäftstüchtig ein.

In Yahyas Kopf entstand unwillkürlich das Bild der Frau, die er für unwiderstehlich hielt. Er sah Zoraya vor sich, die ihn so verführerisch anblickte, dass sein Herz zu zerspringen drohte.

Der Cavaliere sog laut und bedeutungsvoll die Luft ein und verdrehte mit unfasslicher Langsamkeit die Augen, in denen sich eine tiefe Melancholie eingenistet hatte. »Ach, mein Stängel war immer schon etwas trocken. Ich bin der letzte Fenchel meiner Art.«

Ruggiero, der gerade in ein Hähnchenbein gebissen hatte, prustete. »Vielleicht war ja auch nur der Boden zu karg«, nuschelte er mit vollem Mund.

Finocchi schüttelte den Kopf. »Im Übrigen wird das Vergnügen, das Frauen schenken, weit überschätzt«, sagte er. »… und das von Knaben auch, falls ihr das denken solltet«, setzte er wohl aus Sorge, dass die anderen ihn missverstanden haben könnten, rasch hinzu. »Das Gewühl der Körper ist doch bei Lichte betrachtet recht lächerlich«, fuhr er griesgrämig fort. »Rein, raus, rein, raus, und das alles mit hängender Zunge. Wie sagt der Philosoph: *Post coitum omne animal triste praeter gallum, qui cantat.*«

Yahya lachte auf und übersetzte für den Rest der Tischgesellschaft: »Nach dem Beischlaf sind alle Lebewesen unglücklich, außer dem Hahn … der singt.«

Der Cavaliere nickte zustimmend. »Und dieses Stöhnen! Nein, mit der Art und Weise der Fortpflanzung hat sich Gott über den Menschen lustig gemacht.«

Verblüfft erkannte Yahya, dass der Cavaliere es liebte, Trübsal zu blasen, und gar nicht aufgeheitert werden wollte. »Aber womit beschäftigt Ihr Euch den lieben langen Tag, Verehrtester?«

»Mit den Tugenden eines Ritters«, antwortete Finocchi ernst.

Während Ruggiero aussah, als hätte er in eine Zitrone gebissen, lächelte Yahya vor sich hin.

»Was soll denn das Famoses sein, die Tugenden eines Ritters?«, fragte Ruggiero mit dem leichten Ekel, den das Wort Tugend in ihm hervorgerufen hatte. Der Cavaliere stand auf und schraubte sich in die Höhe. »Niemand beleidigt die Tugend eines Ritters. Gebt mir Genugtuung!«

»Ihr wollt mit mir kämpfen?«, fragte Ruggiero verdutzt.

»Oder seid Ihr zu feige, ein ehrloser Lump und Hundsfott?«

»Für den Lump wird Euch mein Stahl verwunden, für den Hundsfott schmeckt Ihr ihn, und das Wort feige werde ich in Eurem Blut ertränken!«, rief Ruggiero aufgebracht.

Mit Engelszungen redete Yahya auf die beiden ein, um dieses Duell, das er für sinnlos und ihrer Mission abträglich hielt, zu verhindern. Doch die beiden Streithähne drängte offenbar die Langweile zum Zweikampf. Wahrscheinlich tötet die Langeweile weit mehr Leute als der Zorn, dachte Yahya.

Kurz darauf standen sich die Duellanten, die Schwerter zur Hand, im Hof gegenüber. Erfreut über die Abwechslung, die sie körperlich unbehelligt ließ, hatte sich Lussuria mit den drei Mädchen vor der Tür aufgestellt, während Yahya mit verdrossener Miene neben den beiden Knaben an der Mauer lehnte. Plötzlich kam ihm ein Gedanke. Dessen Boshaftigkeit erschreckte ihn zwar, doch es gelang ihm nicht, ihn abzuweisen, erst recht nicht die Hoffnung, die sich damit verband: Sollte Ruggiero im Duell getötet werden, so wäre er frei, frei als Joanot Julia nach Barcelona zu gehen. Der Italiener war der Einzige außer ihm selbst, der wusste, dass seine Mutter und seine Schwester in der Hauptstadt von Katalonien lebten. Ein wohl geführter Schwertstreich des Cavaliere würde dieses Wissen ins Jenseits befördern. Während Yahya noch gegen die verlockende Vorstellung ankämpfte, krachten die Schwerter aufeinander.

Vom ersten Schlagabtausch an versprach der Kampf deshalb spannend zu werden, weil sich schnell zeigte, dass die beiden Fechter einander ebenbürtig waren. Angriffe wurden wechselseitig pariert, Finten durchschaut.

»Ihr kämpft nicht schlecht, Cavaliere«, rief Ruggiero mit wildem Lachen. Offenbar fing der Waffengang an, ihm Spaß zu bereiten.

»Ihr nicht minder!«, entgegnete Finocchi.

Allmählich änderte sich der Charakter des Kampfes. Es ging nicht mehr um den Sieg, sondern um das Fechten. Die Duellanten wollten einander nicht mehr töten, sie genossen den Tanz, das Wechselspiel zwischen Angriff, Verteidigung, Finte und Gegenfinte. Yahya war überrascht von der Schnelligkeit des spindeldürren Ritters, den er vor dem Duell nur als langsam und matt wahrgenommen hatte. Schließlich stützten sich die beiden Männer heftig keuchend und schwitzend auf ihren Schwertern ab.

»Wir sollten unsere Mahlzeit fortsetzen!«, rief Yahya ihnen zu. »Oder wollt ihr euch am Ende doch noch töten?«

»Wäre schade um so einen Mann, von denen es nicht mehr viele gibt auf dieser Welt«, rief Ruggiero schnaufend.

»Nur noch zwei, nämlich ich und du!«, parierte der Cavaliere.

Nachdem sie sich wieder um den Tisch versammelt hatten, erhob Finocchi seinen Becher. »Nun also kennst du die Tugenden eines Ritters, Ruggiero da Ischia: keinen Kampf vermeiden, die Beleidigung der Ehre ahnden. Hinzu kommt: lieber sterben, als ein Sklave oder Hundsfott zu sein, keine Schandtaten verüben, zu seinem Wort stehen, Jesus Christus als unseren Herrn und ersten Ritter verehren, Frauen und Kindern nichts antun.«

»Oh«, warf Lussuria ein und zwinkerte neckisch, »*mir* dürft Ihr gern etwas antun.«

»Ihr fleht vergebens, meine Dame. So, und jetzt will ich den beiden Signori ihre Zimmer zeigen«, sagte der Cavaliere und erhob sich.

Ruggiero und Yahya folgten ihm in die Eingangshalle. Über eine Seitentreppe gelangten sie in die erste Etage. Finocchi wies auf zwei Türen.

»Einigt euch untereinander, wer welches Zimmer nimmt. Gott zum Gruße, edle Herren.« Der Cavaliere wandte sich um und stieg die Treppe wieder hinab.

Ruggiero und Yahya freuten sich auf ein helles und sauberes Zimmer, in dem sie in Ruhe nächtigen konnten. Ihre Hoffnung wurde nicht enttäuscht. Yahya fand sich in einem recht großen Raum wieder und sah sich um: ein Bett mit Strohsack, Tisch und Stuhl, ein Fenster, das zu der von der Straße abgewandten Seite hinausging, eine Truhe.

66

Cardetto, Italien

Am nächsten Morgen, nachdem sie ausgeschlafen, sich am Brunnen im Hof am frischen Wasser erfreut und gut gefrühstückt hatten, erreichte sie ein Bote Gasparos, der ihnen mitteilte, dass sie heute Nachmittag ein Festmahl ausrichten sollten. Lussuria machte sich sofort an die Vorbereitungen. Sie eilte hinunter ins Dorf, suchte die Köche aus und kaufte mit ihnen die benötigten Waren ein. Der Cavaliere Finocchi zog sich in die hinteren Gemächer seines Hauses zurück.

Am späten Nachmittag kam einer der beiden Torwächter ins Haus gerannt und verkündete keuchend, eine kleine Kutsche, die von sieben Reitern eskortiert werde, nähere sich dem Anwesen, und eilte wieder hinaus. Ruggiero und Yahya stürzten ihm nach. Die beiden Flügel des großen Tores knarrten und quietschten, als die beiden Wächter sie aufschoben. Kutsche und Reiter zogen einen dichten Staubschweif hinter sich her, der sich nur zögernd legte, nachdem Gefährt und Reiter angehalten hatten. Yahya kniff die Augen zusammen und hustete.

Der Kutscher, der wieselflink von seinem Bock gesprungen war, öffnete die Tür. Aus der Kutsche, die einem braunen Holzwürfel auf Rädern glich, kroch, sichtlich um Grazie bemüht, eine in ein prachtvolles Spitzengewand gehüllte Kugel. Schultern und Oberkörper des Kardinals Pietro Barbo bedeckte ein scharlachroter Überhang aus Seide. In die weiße Spitze an Saum und Rändern waren goldene Fäden eingearbeitet. Auf dem Kopf trug der Kardinal ein dreihörniges Birett in der Farbe des Überhangs, ebenfalls wie dieser aus Seide. Vor der Brust hing ein formschönes Kruzifix aus massivem Gold.

Ganz im Bewusstsein seiner Würde und seines Liebreizes straffte sich der Kardinal und richtete seine großen, ungewöhnlich schönen Augen auf Yahya und hielt ihm die Hand mit dem Kardinalsring hin. Der von Massivgold eingefasste Rosenspat symbolisierte mit seinem tiefen Rot das vergossene Blut der Märtyrer, die um des christlichen Glaubens Willen gestorben waren. Yahya erstarrte, weil ihn die Erinnerung an das Blut seines Vaters und seiner Brüder überkam, das sich elf Jahre zuvor wie ein See auf den Fliesen des Kaisersaals in Blachernae ausgebreitet hatte, ein See, dessen Rot er niemals vergessen würde.

Ruggiero, der sich Yahyas Zögern mit dessen Unkenntnis der christlichen Bräuche erklärte, verbeugte sich vor dem Kardinal und küsste den Ring, um Yahya zu demonstrieren, was er zu tun hatte. Barbo sprach mit seiner vollen, klingenden Stimme ein paar Segnungsworte. Auch für Yahya, nachdem dieser ebenfalls den Ring geküsst hatte.

Yahya räusperte sich kurz. »Welch eine Freude, Illustrissimo, dass Ihr unser bescheidenes Anwesen mit dem Licht des Glaubens erleuchtet. Bitte, tretet ein.«

Ohne eine Miene zu verziehen, ließ sich der Kardinal in den Saal führen, wo sich der Pappelholztisch unter all den kalten Speisen oder dampfenden Gerichten und den Getränken bog.

Das erste Lächeln, das Yahya bei Barbo wahrnahm, glitt über dessen Gesicht, als er die beiden Knaben sah, die als Diener an der Wand standen, jederzeit bereit, die Wünsche der kleinen Gesellschaft zu erfüllen. Barbo ließ es sich nicht nehmen, die beiden Knaben heranzuwinken und sie am Kinn zu tätscheln. Er ließ sie den Ring küssen und segnete sie, bevor er dem Fenster mit dem kleinen Balkon gegenüber Platz nahm. Je nach Begehr schenkten die Knaben Wein und Wasser ein. Während Yahya bei Wasser blieb, tranken Ruggiero und Barbo verdünnten Wein, freilich in unterschiedlichem Mischungsverhältnis. Während der Kardinal aß und trank, studierte Yahya sein Gesicht. Es war ebenmäßig und wohl proportioniert mit der schön geschwungenen Nase und ihrem Hof über einem Mund mit festen, männlichen Lippen, die weder zu weich noch zu hart waren, und dessen Wirkung von einem ausdrucksstarken Kinn erhöht wurde. In seinem Schwung wirkte der Graben zwischen Unterlippe und dem Kinn wie ein Wellental.

Nachdem der Kardinal getrunken und gegessen hatte, forderte er Yahya in einem deutlich venezianischen Italienisch auf, etwas über sich zu erzählen. Dass Barbo ihn ansprach, zeigte Yahya, dass der Prälat seinen Herrn gut unterrichtet hatte. Natürlich interessierte sich der Kardinal nicht für private Dinge, sondern dafür, wer den Katalanen Joanot Ningú geschickt hatte und was für ihn dabei herausspringen konnte.

»Oh, Illustrissimo, mein Vater hat mich geschickt, der Euch bewundert und Euch gern zu Diensten wäre.«

»Wer ist denn dein Vater, mein Sohn?«

»Ein Mann, den alle Welt kennt und der in diesem Fall lieber im Dunkeln bleibt. Sonst würde er Euch nicht helfen können.«

Der Kardinal schüttelte verdrossen den Kopf, als habe er auf etwas Bitteres gebissen. »Das schmeckt nach Verrat.«

»Was ist Verrat? Ist es Verrat, wenn es der Kirche dient, anstatt ihr zu schaden, auch wenn die Unterstützung von unvermuteter Seite kommt? Geht es nicht vielmehr um die Frage, was nutzt?«

Barbo warf einen melancholischen Blick zu den beiden Knaben hinüber. Das Gespräch gestaltete sich offensichtlich seiner Meinung nach zu kompliziert. Yahya spürte, dass die Aufmerksamkeit des Kardinals nachließ und er sich zu langweilen begann.

»Wenn man Euch zum Papst wählen würde, wie würdet Ihr Euch nennen, Illustrissimo?«, fragte Yahya.

»Formosus II.«, entgegnete Barbo prompt mit einem seligen Lächeln.

Es kostete Yahya einige Mühe, ernst zu bleiben. Formosus, der Schöne, wo doch Narcissus, der Eitle, angemessener gewesen wäre. Dieser Mann also liebäugelte mit dem Gedanken, Pius II. nachzufolgen und hielt sich selbstverständlich für den besseren Mann auf dem Stuhl Petri.

»Bei allen Verdiensten des Papstes …«

»Verdienste?«, schrie Pietro Barbo auf, und sein schönes Gesicht fiel in sich zusammen, wurde klein und hässlich. »Verdienste? Er hofiert dieses gottlose Pack, das sich Humanisten nennt, und würde lieber heute als morgen die Bibel durch die verderblichen Hirtengedichte des Vergilius austauschen! Pius ist ein verkleideter Heide! Und dann diese unselige Zurüstung zum Krieg gegen die Türken. Wir müssten nicht in diesem Kaff hocken, wenn er nicht die verrückte Idee hätte, einen Kreuzzug anzuführen, nur weil ihm dieser überhebliche Grieche, dieser Kardinal Bessarion, ständig in den Ohren liegt. Oh, Heiliger Vater, befreie mein schönes Konstantinopel.« Bei dem letzten Satz hatte Barbo theatralisch die Stimme gehoben und die Hände gerungen. »Dabei gibt es das doch gar nicht mehr!«, fuhr er dann fort zu wettern. »Anstatt den Handel mit den Türken zu erleichtern, unterstützt Cristoforo Moro von Venedig aus noch die Kindereien des Papstes. Alle Fürsten der Christenheit halten sich zurück, aber der Doge verspricht dem Papst Kriegsschiffe, dabei kann sich Enea Silvio Piccolomini kaum mehr auf seinen beiden Füßen fortbewegen, so siech ist der Greis. Kretins, beide!«

Barbos Kopf leuchtete so rot wie Klatschmohn, und Yahya machte sich bereits Sorgen, dass ihn der Schlag treffen könnte. Der Kardinal kippte den Wein in einem Zug hinunter und winkte nach einem der beiden Knaben, der sofort herbeieilte. Während er ihm einschenkte, fasste Barbo ihm zwischen die Beine, dann kniff er ihm in die Wange und lächelte ihn in eindeutiger Weise an. Der Junge grinste nicht weniger eindeutig zurück.

»Mein Vater teilt Euren Zorn, Illustrissimo«, sagte Yahya bedächtig. »Wenn Ihr Papst würdet, würdet ihr den Kreuzzug beenden?«

»Natürlich!«

»Die Kardinäle würden womöglich in der Wahlkapitulation, die ihr unterschreiben müsstet, die Fortsetzung des Kreuzzuges fordern«, wandte Ruggiero ein.

»Wann hat je ein Papst die Wahlkapitulation, die er noch als Kardinal unterschrieben hat, eingehalten? Mit mir als Papst gibt es keinen Kreuzzug, basta.«

»Und die Ungarn, die Albaner, die Serben, die Bulgaren und Griechen?«, fragte Yahya.

»Wenn der liebe Gott ihre Befreiung wünscht, wird er ihnen auch die erforderliche Stärke für dieses Unternehmen verleihen. Aber worüber reden wir? Wir haben Enea zum Papst.«

Später würde Ruggiero Yahya erklären, dass Barbo seine Verachtung für Pius II. dadurch zum Ausdruck brachte, dass er so wenig wie möglich seinen Papstnamen nannte, sondern, so häufig es ging, seinen Geburtsnamen, mit dem er großen Ruhm unter den Humanisten erlangt hatte. Manches von dem, was er früher geschrieben hatte, war dem Papst heute peinlich, deshalb sagte Pius II. bei jeder Gelegenheit »Vergesst Enea, nehmt Pius!«. Genau das Gegenteil davon befolgte aus Hass und Boshaftigkeit Kardinal Barbo, allerdings nur im vertrauten Kreis.

»Der Papst ist alt, er wird den Herbst nicht mehr erleben, und auch den Kreuzzug nicht, weder Griechenland noch Stambul sehen. Bereitet Euch auf das Konklave vor«, sagte Ruggiero unverblümt.

»Was braucht Ihr für Eure Wahl? Wie kann mein Vater Euch helfen, Illustrissimo?«, setzte Yahya nach, weil er spürte, dass sie Barbo an der Angel hatten – die Barbe hatte sich selbst an den Haken gebracht.

»Geld, ich brauche Geld, je mehr, desto besser. Mehr als Gott lieben meine Brüder das Geld.«

»Wie viel?«

»50 000 Dukaten.«

Yahya wurde blass. »Ich muss den Vater fragen.«

Pietro Barbo lächelte und schaute zu dem Knaben, dem er verschwörerisch zuzwinkerte. Yahya machte eine seltsame Entdeckung: So wohlgeformt das Antlitz des Kardinals war, so hässlich sah es im Profil aus, weil die Biegung der Nase zu rund und die Nasenflügel für die schmale Seite der Nase zu mächtig waren.

»Aber weil du mich so nett bewirtest, verrate ich dir etwas, mein Junge«, wandte sich der Kardinal an Yahya. »Nikolaus von Kues, ein deutscher Kardinal, treibt sich in Umbrien, in der Nähe von Todi herum. Er versucht, herumstreunende Kreuzfahrer zu sammeln, und will sie mit der Generalabsolution und dem Segen der Kirche nach Hause schicken, wenn sie völlig ungeeignet sind für den Waffengang.«

»Wäre er ein Konkurrent für Euch im Konklave?«, wollte Yahya wissen.

Barbo wiegte den Kopf. »Eigentlich mag ihn niemand, weil er die Kurie immer reformieren will: mehr Arbeit, weniger Vergnügen, keine Gefälligkeiten mehr, sondern für jeden nach seinem geistlichen Verdienst, ein Deutscher eben. Aber wenn es zur Wahl kommt, man weiß nie …«

»Was ist mit Juan de Torquemada?«

Barbo winkte ab. »Der ist todkrank in Rom geblieben.«

»Die einzige Gefahr für Euch, Illustrissimo, ist also Nikolaus von Kues?«, fragte Ruggiero.

Barbo erhob sich, ohne zu antworten. »Wo kann ich dem Jungen die Beichte abnehmen?«

»Er wird Euch zum passenden Beichtstuhl führen«, entgegnete Yahya.

Ruggiero und er brauchten einander nichts zu sagen, sie wussten, was sie zu tun hatten.

67

Ávila, Spanien

Beeindruckend erhob sich in trotziger Selbstbehauptung vor den Reitern die mächtige Stadtmauer von Ávila wie ein Bollwerk in der Ebene, bereit, den muslimischen Sturm aufzuhalten, der in der Vergangenheit in schlimmer Regelmäßigkeit über Kastilien hinweggebraust war. Kräftige Wehrtürme verstärkten in kurzen Abständen die Mauer, während die Dächer der Stadt sich vor der am höchsten Punkt der Stadt errichteten Kathedrale verneigten, die sinnreich nach Christus, dem Retter, San Salvador, benannt war. An der Buckelbrücke, die über den Rio Adaja führte, verabschiedeten sich Nuria und Alfonso von Andrés de Cabrera und der Eskorte.

»Was mir auch immer geschieht, kümmere dich um Esmeralda de Castro. Sie ist meine Tochter und Erbin«, schärfte Nuria dem Schatzmeister noch einmal ein, bevor sie an der Seite von Alfonso auf eines der Westtore zu ritt. Ein paar Jungen spielten, mit Holzschwertern bewaffnet, die Vertreibung der Mauren nach. Nuria sah es Alfonso an der Nasenspitze an, dass er gern mitgekämpft hätte, natürlich als Cid oder besser noch als Alfonso VI., der die Stadt endgültig den Mauren entrissen und diese Wehrmauern hatte errichten lassen. Der heilige Ernst, mit dem die Kinder ihr Spiel betrieben, versetzte Nuria in Erstaunen.

Jenseits der Bollwerke tauchten sie in ein Labyrinth kleiner und kleinster Straßen ein, die wie ein Geflecht den Hang überzogen und trotz ihrer unverständlichen Ordnung deutlich die christlichen von den jüdischen Bewohnern trennten. Wie das religiöse Gemüt sich in immer tiefere Wege der Verehrung verlor, ergingen sich die Gassen in immer neue Windungen, die scheinbar nur ein Ziel kannten, zu einer Kirche oder einer heiligen Statue zu führen.

Nuria hatte bisher noch keine Stadt gesehen – nicht einmal Sevilla –, in der die Frömmigkeit derart glühte wie hier, stets bereit, denjenigen zu verbrennen, der sich nicht in Acht nahm. Ávila war die Stadt Erzbischof Carrillos, und es grenzte an ein Wunder, dass eine Diözese von derart großer religiöser Trunkenheit einen so weltlichen Bischof wie Carrillo ertrug. Aber er war ja erst seit Kurzem ihr geistlicher Oberhirte.

Tief im Labyrinth der Gassen boten die Türme von San Salvador keine Orientierung, weil die Wände und überlappenden Dächer der schmalen Häuser die Sicht versperrten. Dass sie dennoch rasch die Kathedrale erreichten, gelang nur, weil Nuria zielstrebig aufwärts führende Durchgänge nutzte.

»Die Kirche ist ja in die Stadtmauer hineingebaut!«, rief Alfonso ebenso begeistert wie erstaunt aus.

Nuria wurde traurig.

»Was ist Jorge?«, fragte der Infant.

»Ach, wenn wir Christen nur alle so gewappnet wären, unsere Gotteshäuser alle Wehrkirchen wären, wie diese hier, was könnten uns Tod und Teufel und Muhammad und ihre Heerscharen dann noch anhaben?«

»Ich will dafür sorgen, dass wir es werden!«

»Wohl gesprochen, Hoheit.«

Nuria stieg ab und half Alfonso vom Pferd. Sie erkundigte sich nach Carrillo und wurde von einem Bettler, dem sie aus Dank und aus Nächstenliebe eine Münze in die Hand drückte, auf einen Stadtpalast gegenüber der Kathedrale verwiesen.

Vor dem Gebäude türmten sich alte Möbel – Stühle, Tische und ein riesiges Bett. Sie mussten sich einen Weg zwischen den vielen Menschen bahnen, die wie Bienen den Eingang des Hauses umschwirrten. Nuria sprach einen Mönch an, der völlig überfordert die Hände rang. Er führte sie in die Vorhalle, in der gerade Handwerker die Wände mit Damaststoffen bezogen.

»Geht, gute Leute, legt eine Pause ein, lasst uns allein«, rief er und wedelte mit den Händen, bevor er durch eine kleine Tür in den Tiefen des Hauses verschwand.

Nach einiger Zeit erschien der Erzbischof, in prächtigen, schwarzen Samt gekleidet. Um den Hals trug Carrillo eine massive Goldkette, an der ein noch massiveres Kreuz hing. Er kräuselte den Mund und hielt Nuria den Ring mit dem diamantbesetzten Kreuz hin. Sie kniete pflichtschuldigst nieder und küsste den Ring.

Der Erzbischof hob die Hände. »Mein Vorgänger mag ja ein frommer Mann gewesen sein … ein Mann mit Geschmack war er jedenfalls nicht. Dieser Kasten ist ein einziger Albtraum! Der König macht sich keine Vorstellungen, was es mich kostet, diese Gerümpelbude einigermaßen wohnlich einzurichten. Ach, Ávila ruiniert mich!«, klagte er und verdrehte die Augen kurz gen Himmel, als spräche er tatsächlich mit dem Allerhöchsten. Er ging auf Alfonso zu und strich ihm mit einer Geste falscher Zärtlichkeit übers Haar. »Gott sei Dank, mein lieber Alfonso, jetzt bist du in Sicherheit! Dich jedoch muss ich tadeln!« Sein stechender Blick traf Nuria. »Warum hast du keine Eskorte angefordert, sondern reitest allein mit den Infanten von Kastilien los, als wäre der Weg durch unser Land ohne alle Gefahr? Es ist ja alles gut gegangen, aber dein Leichtsinn – und ich will glauben, dass es nur Leichtsinn war –, hat den Thronfolger in Gefahr gebracht!«

Obwohl Nuria die geheuchelten Vorwürfe des intriganten Erzbischofs erzürnten, schwieg sie und verzichtete darauf, ihn aufzuklären. Sie wollte Andrés und seine Männer nicht in Gefahr bringen, denn sie wusste, dass Carrillo den Schatzmeister des Königs aus tiefster Seele hasste.

Einen Augenblick lang trat eisiges Schweigen ein, bis Carrillo Alfonso erneut über den Kopf strich. »So, nun verabschiede dich von Don Jorge.«

»Wieso?«, platzte es aus dem Jungen heraus.

Nuria starrte den Erzbischof fassungslos an. »Ich bleibe natürlich bei dem Infanten, wie es mir Kardinal de Torquemada befohlen hat.«

Carrillos Mund lächelte, aber in seinen Augen stand eine böse Freude. »Ich schätze seinen Rat, aber er konnte nicht voraussehen, dass ich mich persönlich um Don Alfonso kümmern würde. Deine Dienste sind nicht mehr erforderlich. Ich entbinde dich hiermit davon. Du bist frei.«

»Frei? Entbinden kann mich nur der Kardinal!«

»Du stellst besser nicht meinen Langmut auf die Probe. Schließlich hast du das Leben des Thronfolgers in Gefahr gebracht. Das wäre gerichtlich zu untersuchen. Du weißt, was ein Majestätsverbrechen ist, und wie diese Verhandlungen für gewöhnlich ausgehen?«

»Aber ich will, dass Jorge bei mir bleibt, Bischof!« Alfonso stampfte mit dem Fuß auf.

»Hör zu, mein Lieber«, sagte Carrillo leise, »auch wenn du bald schon der König sein wirst, so bist du es noch nicht. Und dafür, dass du es wirst, trage ich Sorge. Deshalb wirst du mir einstweilen wohl oder übel bestimmte Entscheidungen überlassen müssen.«

Alfonso schluckte, dann umarmte er Nuria, während ihm die Tränen aus den Augen liefen. Er gehorchte, denn er hatte den gefährlichen Unterton in der Zurechtweisung durch Carrillo sehr wohl vernommen. Und nicht nur er, sondern auch Nuria, in der sich alles sträubte, den Infanten diesem Mann auszuliefern. Im Bruchteil einer Sekunde überschlug sie die Möglichkeiten, Alfonso aus den Fängen des Erzbischofs zu befreien. Vergeblich. Im Augenblick konnte sie nichts tun, als ihn Carrillo zu überlassen.

So verabschiedete sie sich rasch und kehrte im gestreckten Galopp nach Segovia zurück. Sie nahm die Gefahr in Kauf, ihr Pferd zuschanden zu reiten. Unterwegs mischte sich in ihre Trauer und ihren Zorn auch die Freude, zu Ralda, zu ihrer Tochter zurückzukehren.

Doch bevor sie das Mädchen wieder in die Arme schließen konnte, musste sie Isabel, Beatriz und Andrés Bericht erstatten.

»Wir können nichts tun, solange Enrique es so will«, sagte Cabrera düster, als Nuria geendet hatte.

»Ich könnte …« Nuria brach ab und suchte nach Worten.

»Kein Mann wird dir folgen, weil er es sich dann mit allen Seiten dadurch verderben würde.« Cabrera schüttelte traurig den Kopf.

»Aber …«

»Du bist ein guter Kerl, Jorge, vielleicht zu gut für diese Welt.«

»Andrés, wir können doch nicht zusehen …«

»Alfonso ist verloren. Der König hat ihn getötet.« Isabels Worte trafen die anderen wie ein Peitschenhieb.

Nuria starrte die vierzehnjährige Infantin ebenso erstaunt an wie Beatriz und Andrés. Auch wenn ihre Worte grausam gewesen waren, so hatte sie doch königlich gesprochen.

»Wir sollten sehen, dass wir in absehbarer Zeit den Alcázar verlassen und in den Stadtpalast umziehen.«

In den Palast, den Isabel nicht mochte. Das Erstaunen wuchs.

Endlich durfte Nuria sich verabschieden und sich zu Ralda begeben. Sie machte sich auf den Weg in die Küche. Neben Lesen und Schreiben fanden sich auch Waschen, Nähen und Kochen auf Raldas Lehrplan, auch wenn sie Letzteres nicht besonders mochte.

Und da stand sie mitten im Dampf an einem Holztisch. Ihre Augen tränten, weil sie Zwiebeln schnitt. Leise schlich Nuria zu ihr. Als Ralda aufblickte und sie vor sich sah, leuchteten ihre Augen auf, und sie stieß einen überraschten und freudigen Schrei aus. Gleich darauf begann sie zu jammern. Im plötzlichen Ansturm des Glücks hatte sie nicht auf das Messer geachtet und sich in den linken Zeigefinger geschnitten, aber nicht allzu sehr und nicht allzu tief.

»Meine Gebete haben sich erfüllt«, flüsterte sie und warf sich in Nurias Arme.

68

Todi, Italien

Ein Freund der Pferde und des Reitens war er zwar immer noch nicht, aber zumindest gelang es Yahya, sich im Trab und sogar im Galopp wacker auf dem Rücken seines Schimmels zu halten. Die Täler zwischen den sanften Bergen der Marken und die Pässe mit ihren sich schlängelnden Straßen flogen an ihnen vorbei, und zwei Tage nach ihrem Aufbruch erreichten sie Todi.

Gewöhnlich herrschte in der umbrischen Stadt, die wie ein fauler Kater in der Sonne auf einer Bergkuppe über dem Tiber lag, eine gemächliche Geschwindigkeit. Gewöhnlich – wenn nicht gerade einer der vielen kleinen Kriege tobte oder, wie in diesen Tagen, die Vorbereitungen zu einem Kreuzzug anliefen. Dann glich das Städtchen einem Wespennest. Auch im Umland von Todi ging es unruhig zu, denn Horden von jungen und älteren Männern, die das Kreuz genommen hatten, zogen durch die Lande. Die hiesigen Bauern und kleinen Adeligen schlossen sich zusammen, mieteten auch hie und da eine Gruppe von Söldnern an, um sich vor gewalttätigen Übergriffen und Plünderungen seitens der Kreuzfahrer zu schützen. Diese entwickelten sich in Mittelitalien und in den Marken bis hin nach Ancona regelrecht zur Landplage.

Auf dem Weg hinauf zur Stadt kamen Yahya und Ruggiero nur noch langsam voran. Unter Fluchen, Drohen und beherzten Tritten vom Pferd herab zwängten sie sich durch die trägen Massen, die in beiden Richtungen unterwegs waren. Immer wieder staute sich die Menge, und die selbst am späten Nachmittag noch stechende Sonne machte die Leute reizbar. Nachdem Yahya und Ruggiero endlich das Stadttor passiert hatten, mussten sie absteigen und führten ihre Pferde am Zügel durch die schmalen, aufsteigenden Sträßchen, in denen es aber wenigstens schattig war. Den ganzen Weg über schwiegen sie, auch, weil es viel zu anstrengend war, gegen den ohrenbetäubenden Lärm der Bettler, Diebe und Kreuzfahrer, die oftmals nicht voneinander zu unterscheiden waren, anzuschreien.

Schließlich öffnete sich die Gasse und gab den Blick frei auf die Piazza del Popolo mit dem Palast der ersten Bürger der Stadt, nunmehr der Sitz von Pedro Luis de Borja, dem päpstlichen Vikar und Podestà. Der aus hellem Stein erbaute Palazzo mit seinen Zinnen präsentierte sich stolz als Bollwerk der Macht. Daneben führten viele Stufen zur Kathedrale Santa Maria Assunta hinauf. Rechts und links säumten Häuser und zwei weitere Paläste die Längsseiten des Platzes. Auch hier Menschen über Menschen und ein Gesumm und Gebrüll und Gerede, das die Ohren ermüdete.

Die beiden Ankömmlinge hielten auf den trutzigen Palazzo dei Priore zu. Das wuchtige Mauerwerk durchbrachen kleine, teils schießlukenartige Fenster, und auf der linken Seite erhob sich ein Guelfenturm, der das Gebäude um das Doppelte überragte. Yahya schauten hoch, und sein Blick fiel auf einen großen, bronzenen Adler, der über der oberen Fensterreihe thronte.

Ruggiero legte ihm die Hand auf den Arm und beugte sich zu Yahyas Ohr. »Das ist der Todi-Adler, das Wahrzeichen der Stadt. Ich sehe mal zu, wo ich die Pferde unterbringen kann, und mache dann meine Besorgungen.«

Yahya nickte ihm vieldeutig zu und übergab ihm die Zügel des Schimmels. Dann kämpfte er sich vor bis zur Pforte des Palastes, die von päpstlichen Soldaten bewacht wurde. Ihr Anführer fragte ihn nach seinem Namen und seinem Begehr.

»Ich bin ein katalanischer Adliger namens Mossen Joanot Ningú.«

»Mossen?«

»Das ist Katalanisch und heißt Cavaliere. Ich will mit meinem Waffenmeister das Kreuz nehmen und deshalb mit Kardinal Nikolaus von Kues sprechen.«

»Tretet ein, Signor.«

»Ach, lasst bitte auch meinen Waffenmeister, Ruggiero da Ischia, der unsere Pferde unterbringt, passieren, wenn er kommt.«

»Sehr wohl.«

In der großen Halle des Palastes war es kühl, obwohl es von geschäftigen Menschen nur so wimmelte. Yahya hielt auf einen Kurialen zu, der von den anderen mit Respekt, Demut und Unterwürfigkeit behandelt wurde. Er stellte sich ihm vor und bat, den Kardinal sprechen zu dürfen. Neben seinem Namen hatte er auch wieder auf seine katalanische Herkunft verwiesen. Der Priester forderte ihn auf zu warten. Kurz darauf kehrte er zurück und führte ihn über eine bewachte Treppe hinauf in ein Zimmer, in dem hinter einem Pult der Sekretär des Kardinals stand und schrieb. An der Wand kauerten wie vergessen drei Schemel, auf der gegenüberliegenden Seite zwischen Fenster und Tür stand ein schäbiger Tisch.

Wieder musste Yahya warten. Er ging im Zimmer auf und ab, was ihm tadelnde Blicke des Sekretärs eintrug. Nach einiger Zeit erschien ein älterer Mann in der Soutane der Dominikaner und führte ihn in den angrenzenden Raum. Yahyas Blick fiel auf einen großen Lehnstuhl an der Kopfseite des Zimmers. Rechts und links davon reihten sich kleinere Stühle, insgesamt zehn an der Zahl, an den Wänden.

Nachdem der Dominikaner den Raum verlassen hatte, öffnete sich hinter dem Lehnstuhl eine Tür in der Wand, und ein schmächtiger Mann in einer weißen Soutane, über die er einen roten Überhang geworfen hatte, trat, auf einen Stock gestützt, heraus. Nikolaus von Kues hatte ein längliches Gesicht mit einem recht breiten Mund und großen, blauen Augen unter einer zerfurchten Stirn. Das kurz geschnittene Haupthaar war noch blond, doch die silbernen Spitzen und Strähnen darin ließen ein Alter jenseits der sechzig vermuten. Leid, Ärger und Müdigkeit hatten seinen Gesichtszügen eine unübersehbare Melancholie aufgeprägt. Er war unnatürlich blass, und seine Augen glänzten fiebrig. Eigentlich gehört der Mann ins Bett, dachte Yahya.

»Gott zum Gruße, mein Sohn. Du bist also Katalane wie unser Bruder Rodrigo Borgia und Spanier wie Gottes Liebling Juan de

Torquemada. So ein gutes Land, dieses Spanien …«, sagte der Kardinal mit heiserer Stimme. Ächzend ließ er sich in den Lehnstuhl sinken und forderte Yahya mit einer Geste auf, auf dem vordersten der rechten Stühle Platz zu nehmen.

Nachdem Yahya seine Herkunft und sein Verlangen, am Kreuzzug teilzunehmen, geschildert hatte, überraschte ihn Nikolaus von Kues mit der Frage, ob ihn stärker die Liebe zu Christus oder der Hass auf die Muslime dazu treibe, das Kreuz zu nehmen. Verunsichert schaute Yahya ihm in die Augen, fand aber dort nur echtes Interesse. Mit einer Floskel oder einer diplomatisch geschickten Wendung würde er diesem Mann gewiss nicht auskommen. Er erinnerte ihn an seinen Lehrer as-Schirazi, obwohl dieser doch so ganz anders war. »Ich will Konstantinopel befreien, weil ich dort geboren bin.«

»Dann ist dein Vater also ein katalanischer Händler und kein Ritter? Was sagt er dazu, dass du das Schlachtfeld dem Kontor vorziehst?«

»Er lebt nicht mehr.«

»Und deine Mutter? Braucht sie dich jetzt nicht ganz besonders?«

»Ich habe Brüder.«

»Weichst du mir aus, mein Sohn?«

Der Blick des Kardinals ruhte auf ihm und hielt ihn gefangen. Yahya spürte, dass er diesen klugen Mann weder belügen konnte noch wollte. Aber die Wahrheit, dass er gekommen war, um ihn zu töten, musste er ihm unter allen Umständen verheimlichen. Warum nur war es nicht der verderbte Pietro Barbo, den er aus dem Weg räumen sollte!

Der Kardinal rang sich trotz seiner Schmerzen ein Lächeln ab. »Verzeih, mein Sohn, es zeugt von wenig Liebe zu Gottes Geschöpf, es mit Worten in die Ecke zu drängen und verlegen zu machen. Viele werden es nicht verstehen – und deshalb ist es auch vergebliche Liebesmüh, ihnen das zu erläutern, es würde sie auch nur verwirren. Aber du, mein Sohn, scheinst von gutem Verstand zu sein, deshalb möchte ich dir etwas mit auf den Weg geben.«

Yahyas Herz schlug schneller. Was würde er jetzt zu hören bekommen?

»Der Kreuzzug ist notwendig, aber deshalb sollten wir die Muslime nicht hassen. Sie sind irregeleitet.«

»Wie meint Ihr das?«

»Mehmed will aus der Kirche von Sankt Peter in Rom, dort wo die heiligen Gebeine des Apostels liegen, einen Stall für seine Pferde machen. Das ist eindeutig: Er will herrschen und das Christentum vernichten. Das können wir nicht zulassen. Weil sich die Muslime irren, weil ihre Geschichte verfälscht wurde, weil sie Gott verloren haben. Männern wie Mehmed allerdings gefällt diese Irrlehre, denn so können sie sich wie Allah aufführen, im Namen Allahs ihre Herrschaft vergrößern und befestigen.«

»Aber steht da nicht Aussage gegen Aussage? Kann nicht auch Mehmed behaupten, die Christen wollten herrschen und den Islam vernichten?«, wandte Yahya ein.

Der Kardinal horchte auf. »Ich habe den Koran studiert. Es findet sich darin sehr viel Richtiges, aber eben auch sehr viel Falsches. So muss man die Spreu vom Weizen trennen und den Muslimen helfen, ausgehend vom Richtigen in ihrem Koran den Weg zurück ins Christentum zu finden, denn daher kommen sie. Der Häretiker Sergius hat Muhammad in ein fehlerhaftes Christentum eingewiesen, und dabei hat der Prophet anscheinend noch einiges falsch verstanden. Davon handelt mein Buch ›Cribratio Alkorani‹. Worin unterscheidet sich der Islam grundlegend vom Christentum, mein Sohn?«

»Der Islam bekennt Gott als den Einzigen, während die Christen Vielgötterei betreiben …« Yahya wurde heiß und kalt, Schweiß trat ihm auf die Stirn, er hatte sich verraten.

Doch der Kardinal überging die verräterische Formulierung des merkwürdigen Katalanen. »Das ist ihr Vorwurf und gleichzeitig ihr Irrtum. Es geht um die Dreieinigkeit von Vater, Sohn und Heiliger Geist, die die Muslime nicht verstehen wollen. Ihrem Gott haben sie sich bedingungslos wie Sklaven zu unterwerfen. Ein Gott, der die vollkommene Unterwerfung fordert, fördert weder die Wissenschaften noch den Dialog, weil sein Wesen der Monolog ist. So weit, so klar?«

»Ja, aber wie ist es denn nun mit der Beigesellung?«

»Der Gott der Christen ist kein Despot, sondern ein Liebender. Er hat seinen Sohn geschickt, um die Sünden aller auf sich zu nehmen und in seinem Handeln jedem Menschen den Weg zu Gott aufzuzeigen. Verstehst du das, Joanot? Ich bin der Weg und die Wahrheit und das Leben; niemand kommt zum Vater denn durch mich, heißt es bei Sankt Johannes. Wie Jesus sind wir alle Gottes Geschöpfe und können wie er zum Vater zurückkehren.«

Yahyas Ohren glühten. Er hatte das Gefühl, dem klügsten Mann der Christenheit gegenüber zu sitzen. Durch die Worte des Kardinals fühlte er sich an seine Kindheit erinnert, an die Vergebung, die er in der Beichte erfahren, an die Befreiung, die er durch sie empfangen hatte. Eine große Sehnsucht breitete sich in ihm aus. Einmal nur sprechen zu können über alles, was ihn quälte und verunsicherte, einmal die Versiegelung aufbrechen! Das ginge nur mit einem Menschen, der die Welt kannte, weder mit einem Eiferer noch mit einem engstirnigen Mann, sondern nur mit einem wirklichen Denker, nur mit diesem Nikolaus von Kues.

In diesem Moment dachte Yahya nicht darüber nach, was anschließend mit ihm geschähe, ob der Kardinal ihn festnehmen und töten lassen würde. Einmal nur wollte er aus seinem Innersten heraus sprechen dürfen und ins Reich der Freiheit eintreten, frei sein von allem Schweigen, frei sein, sich zu suchen. Wer war er?

Es war wie ein Dammbruch, wie eine Rückkehr des Kindes, das er einst war. »Vater, ich möchte beichten, bitte, jetzt! Versteht, ich muss … beichten.«

Nikolaus sah die Not des jungen Mannes. Er erhob sich, ging mit kurzen, beschwerlichen Schritten zur Tür, um seinem Diener zu sagen, dass er nicht gestört werden wolle. »Ach, und bring mir etwas Wasser. Mein Hals glüht wie meine Stirn. Kaltes Wasser, wenn es geht!«

»Wollt Ihr Euch nicht hinlegen, Herr?«, hörte Yahya den Diener im Vorraum besorgt fragen.

»Gleich, mein Lieber, gleich, nur dies noch.«

Der Kardinal setzte sich neben Yahya auf einen Stuhl. »Gott, der unser Herz erleuchtet, schenke dir wahre Erkenntnis deiner Sünden und Seiner Barmherzigkeit, sprich mein Sohn, Gott kommt dir entgegen, so brich auch du auf und erforsche dein Gewissen.«

*

Ruggiero hatte die Pferde gegen ein entsprechendes Entgelt dem Wirt eines Gasthofs übergeben, der sich in einer nahe gelegenen Gasse befand. Dem Knecht, der die Tiere striegeln und füttern sollte, schärfte er ein, dass er die Reittiere in Bereitschaft zu halten habe. Sein Begleiter und er müssten gleich nach Erledigung ihrer Angelegenheiten aufbrechen und seien in größter Eile. Dann hatte der Italiener einen zwielichtigen Apotheker ausfindig gemacht, der sein kleines Geschäft unterhalb der Stadtmauer führte.

»Nein, Signor, ich verkaufe kein Arsen!«, sagte der Apotheker mit abweisender Miene.

»Du musst sehr reich sein, wenn du ein so gutes Geschäft ausschlägst.«

»Ich müsste sehr dumm sein, wenn ich in ein Geschäft einwilligen würde, dass mich an den Galgen bringt.«

Ruggiero lächelte breit. Und legte zehn Dukaten auf den Tisch. »Hast du nichts für mich, so gar nichts Natürliches gegen meine Beschwerden?«

Die Miene des Apothekers hellte eine gewisse Schläue auf. »Habt Ihr nicht gesagt, Ihr sucht ein Mittel gegen Rheuma?«

»Bei meiner Ehr, das habe ich.«

»Natürlich kann ich euch ein Pülverchen vom Blauen Eisenhut verkaufen, das schon in sehr geringer Dosierung dagegen hilft. Aber seid vorsichtig, sechs Gramm des Pülverchens führen zum Tod. Achtet genau auf die Dosierung.«

Ruggiero nahm die Phiole mit der Arznei gegen das Rheuma an sich, bat um eine zweite, nickte zum Dank und ging.

Nun saß er im Vorraum zu dem Zimmer, in dem sich Yahya mit Kardinal Nikolaus von Kues unterhielt. Ein Diener brachte einen Tonbecher mit Wasser für den Kardinal und stellte ihn auf den abgenutzten Tisch. Dann begann er ein Gespräch mit dem Sekretär, und klagte sein Leid, dass der Kardinal keine Rücksicht auf seine angegriffene Gesundheit nähme. Ruggiero stand auf, ging zum Fenster und blickte auf den Platz hinaus. Kurz schauten die beiden Familiare des Kardinals zu ihm herüber, dann vertieften sie sich sogleich wieder in ihre Plauderei.

Ruggiero trat an den Tisch und blieb mit dem Rücken zu den beiden Männern stehen. Rasch öffnete er die Phiole und schüttete das Pulver in den Becher. Langsam ging er zurück zu seinem Hocker und ließ sich darauf nieder. Er dankte seinem Schöpfer, dass der Diener kein Glas, in dem man das Gift hätte entdecken können, sondern einen irdenen Becher aus rotem Ton gebracht hatte.

*

»Ich bin ein Werkzeug Mehmeds«, brach es aus Yahya hervor. »Mein Vater war katalanischer Konsul. Weil er nicht zum Islam übertreten wollte, hat der Sultan meinen Vater und meine Brüder vor meinen Augen enthaupten lassen. Mich aber ließ er von einem weisen und menschlichen Mann, einem Sufi namens as-Schirazi, erziehen. Ich habe mit Leidenschaft viele Sprachen gelernt und die Spitzelberichte, die aus dem Abendland in Stambul eintrafen, ins Türkische übersetzt. Dann wurde ich nach Granada geschickt, um einem Emir zur Macht zu verhelfen, der ein Bündnis mit Mehmed eingehen würde. Und jetzt bin ich hier, im Auftrag des Sultans, um den Kreuzzug zu verhindern und … um Euch zu töten …« All die Worte waren aus ihm herausgeflossen, doch nun stockte er.

»Sprich weiter. Dir wird nichts geschehen. Erleichtere deine Seele, mein Sohn. Fürchte dich nicht vor Strafe, denn deine Worte sind in der Beichte gesprochen und gehen nur dich und unseren Herrn etwas an.«

Yahya rieb sich mit den Händen über das Gesicht. »Die ersten Jahre habe ich an Gott geglaubt, dann an Allah. Und nun, und nun … wer ist denn nun der wahre Gott, welcher Glaube ist der richtige? Wenn es das Christentum ist, so besteht Hoffnung, dass ich meinen Vater und meine Brüder dereinst im Paradies wiedersehen werde. As-Schirazi sagte, dass die Liebe der wahre Glaube sei.«

»Er hat recht, denn das ist das Wesen von Christus: die Liebe!«

Trotz aller Begeisterung wirkte Nikolaus von Kues erschöpft. Haare und Stirn waren schweißnass. »Hol mir etwas Wasser, mein Sohn«, bat er.

Yahya erhob sich und ging hinaus. Ruggiero nickte ihm mit einem eigenartigen Gesichtsausdruck zu. Yahya nahm einen mit Wasser gefüllten Becher und trug ihn zu dem Kardinal. Nikolaus von Kues lächelte dankbar und trank in kleinen Schlucken.

69

Todi, Italien

Yahya war beunruhigt. Ruggiero sitzt geduldig vor der Tür wie der Tod, der auf den Kardinal wartet, dachte er. Er würde mit dem Italiener reden müssen, versuchen, ihn von dem Mord abzubringen. Wie, das wusste er noch nicht, aber es musste ihm gelingen. Nikolaus von Kues, wurde ihm plötzlich klar, war ein Heiliger.

»*Deus, Pater misericordiarum, qui per mortem et resurrecctionem Filii sui mundum sibi reconciliavit et Spiritum Sanctum effudit in remissionem peccatorum, per ministerium Ecclesiae indulgentiam tibi tribuat et pacem. Et ego te absolvo a peccatis tuis in nomine Patris, et Filii, et Spiritus Sancti.* Amen.«

Fast synchron sprach Yahya stumm die Worte auf Katalanisch mit: »Gott, der barmherzige Vater, hat durch den Tod und die Auferstehung seines Sohnes die Welt mit sich versöhnt und den Heiligen Geist gesandt zur Vergebung der Sünden. Durch den Dienst der Kirche schenke er dir Verzeihung und Frieden. So spreche ich dich los von deinen Sünden im Namen des Vaters und des Sohnes und des Heiligen Geistes. Amen.«

Und fühlte sich plötzlich gereinigt und frei. Er sah seinen Vater vor sich, der zu ihm sagte: »Du heißt Joanot Julia, das ist ein guter katalanischer Name, vergiss niemals deinen Namen, Joanot!« Auch wenn es Zeiten gegeben hatte, in denen er den Namen Yahya lieber mochte als Joanot, so hatte er seinen Geburtsnamen doch fest im Gedächtnis bewahrt.

Ein Schmerz riss ihn aus seinen Gedanken. Der Kardinal hatte sich mit seiner rechten Hand in seinen Unterarm gekrallt. Der

Schweiß floh aus dem Körper des Kirchenmannes wie das Leben. Die wild flackernden Augen fanden keinen Halt mehr in der Welt. Nikolaus von Kues rang nach Luft, doch schien der Mund bereits erstarrt.

»Hilfe, zu Hilfe, so kommt doch, so kommt und helft!«, schrie Yahya mit gellender Stimme. Tränen standen ihm in den Augen. Die Tür wurde aufgerissen, und der Diener und der Sekretär stürmten ins Zimmer.

»Hol den Arzt!«, herrschte der Sekretär den Diener an, der kehrtmachte und an Ruggiero vorbei in den Gang eilte. Yahya half dem Sekretär, den Körper des Kardinals auf den Boden zu legen, und betrachtete die wächsernen Züge. Zum ersten Mal in seinem Leben verstand er ein Wort, das er bei seinen Übersetzungen immer umschrieb. Er fand im Türkischen keine Entsprechung für das lateinische *exanimis*. Der Körper des Kardinals, den die Seele verlassen hatte, war jetzt e-n-t-s-e-e-l-t, nur noch ein Ding, das sich mit der Zeit auflösen würde.

Yahya sah auf. Im Türrahmen stand Ruggiero. Mit unbewegtem Gesicht schaut er auf den Leichnam und zwirbelte ein Ende seines gepflegten Bärtchens. In diesem Moment wusste Yahya, dass der Italiener Nikolaus von Kues mit Gift getötet hatte. Wie hatte er nur vergessen können, dass er sich mit dem Teufel eingelassen hatte?

Ihn selbst traf die Schuld am Tod des Kardinals. Er hätte es verhindern können, aber er hatte den Satan in Ruggiero unterschätzt. »Santo Padre«, flüsterte er, »verzeih mir, verzeih mir. Von meinen Sünden hast du mich losgesprochen, nur damit ich gleich darauf die größte Sünde begehe. Ich, der schlechteste, der schlechteste Christ von allen.« Er bekreuzigte sich, dann erhob er sich und eilte, gefolgt von Ruggiero, zum Ausgang. Auf der Treppe kam ihnen der Diener mit dem Arzt entgegen. Für den Bruchteil einer Sekunde trafen sich ihre Blicke. Yahya sah das Entsetzen des Mannes, der in seinen Augen die Botschaft vom Tod seines Dienstherrn las. Taumelnd gelangte er auf den Vorplatz und blieb stehen. Am liebsten hätte er sich erbrochen, aber sein Magen war leer.

Ruggiero packte ihn am Ärmel und zog ihn mit sich zu dem Gasthaus, wo er die Pferde untergestellt hatte. Der Wirt erkundigte sich besorgt, ob es Ruggieros Herrn nicht gut ginge. Der Italiener wiegelte ab, bezahlte und gab Yahya die Zügel des Schimmels in die Hand. Die ungeheure Last seiner Schuld drückte Yahya nieder, während er benommen hinter Ruggiero hertrottete. Von allen Seiten drang die Nachricht vom Tod des Kardinals an ihre Ohren. »Niccolo di Cusa ist gestorben! Am Schlagfluss!«

Eine Stunde später machten sie mitten in einem Hain bei einem Bach halt. Ruggiero sprang vom Pferd und trank aus seinen hohlen Händen. »Solltest du auch tun, damit du wieder zu Kräften kommst.«

»Was hast du getan?«, herrschte Yahya ihn an.

»Den Befehl Sultan Mehmeds ausgeführt, was sonst?«, entgegnete Ruggiero gelassen. »Aber darauf kommt keiner. Du hast es doch gehört: Der Alte ist am Schlagfluss gestorben. Ich hab nur ein bisschen nachgeholfen und ein bisschen Gift in den Becher getan, den du ihm so fürsorglich gereicht hast.«

»Was bist du nur für ein Christ!«, brüllte Yahya, während er aus dem Sattel glitt.

Ruggiero erhob sich langsam und drehte sich zu ihm um. »Christen haben meine Familie an den Bettelstab gebracht, Muslime gaben mir das Geld, dass ich das Gut meines Vaters zurückkaufen konnte.«

»Dir geht es nur ums Geld!«

»Was verstehst du davon?«

»Schau dich doch mal an in deiner ganzen Erbärmlichkeit!«

»Ja, ich bin erbärmlich, Bürschchen. Da hast du recht. So erbärmlich wie der Sohn eines Selbstmörders nur sein kann. Nachdem der Bischof unser Geld, unsere Ehre und unser Gut gestohlen hatte, nahm sich mein Vater das Leben. Auf den Schindanger haben sie seinen Leib geworfen, nicht in geweihter Erde begraben. Da liegt inzwischen der Bischof.«

Zum ersten und wohl auch zum letzten Mal sah Yahya den unauslöschlichen Schmerz in Ruggieros Augen. Noch nie hatte dieser sich derart offenbart und einen Blick in seine Seele zugelassen.

»Mit dem Geld des Sultans konnte ich seinen Tod rächen. Ich

habe das Gut zurückgekauft und eine Begräbnisstätte für meinen Vater errichten lassen. Den Sarg des Bischofs habe ich nachts ausgegraben und seine Knochen auf dem Schindanger unter den Knochen der Diebe, Mörder und Ketzer verteilt.« Er holte tief Luft. »Es war das Geld, das mir das alles ermöglicht hat, das Geld. Warum sollte es mir also nicht ums Geld gehen?«

Yahya hatte Ruggieros Geschichte in einer Mischung aus Interesse und Gleichgültigkeit zugehört, doch sie berührte ihn nicht. Alle Menschen haben ihre dunklen Nischen, ihre Verletzungen und Gründe, dachte er nur in kühler Distanz. Die Welt war bevölkert von verletzten Seelen. Jesus Christus hatte versagt. Aber hatte er das wirklich? Yahya dachte an Nikolaus von Kues, an as-Schirazi. Vielleicht hatte der Gottessohn auch nicht versagt. Vielleicht bot die Welt nur eine Vielzahl von Möglichkeiten und Aufgaben, von Entscheidungen. Vielleicht war sie ein Ort der Freiheit, seinen Weg zu wählen. Und er hatte gewählt.

»Unsere Wege trennen sich hier!«, sagte er knapp.

Ruggieros Gesicht wurde hart und unnahbar. »So einfach geht das nicht, Bürschchen. Wir haben einen Auftrag zu Ende zu bringen. Vergiss nicht, dass ich weiß, wo deine Mutter und deine Schwestern wohnen und wo du vermutlich hin willst. Yusuf Pascha wird sich verraten fühlen, und einen großer Herrn wie den verrät man nicht ungestraft.«

Wenn er frei sein wollte, würde er Ruggiero töten müssen, eine andere Möglichkeit blieb ihm nicht, stellte Yahya nüchtern für sich fest. »Um unserer Abenteuer willen mache ich dir ein Angebot«, sagte Ruggiero nach einer Weile. »Du gehst mit mir nach Ancona. Dort führen wir unseren Auftrag zu Ende. Dann kannst du gehen, wohin du willst. Ich melde nach Stambul, dass du in Erledigung unserer Mission leider den Tod gefunden hast. Es wird dann weder Yahya ibn Catalano noch Joanot Ningú geben. Ich selbst gehe mit Kardinal Barbo nach Rom, um mitzuhelfen, dass er am Ende auch tatsächlich gewählt wird. Mit Geld und Einschüchterung und was mir noch so alles einfällt. Ach, was hab ich für eine Lust auf Rom! Also trink was, Bürschchen, damit wir schnell wieder nach Ancona kommen, und dem Kardinal seinen Papst hinterherschicken. Es soll einsam sein auf dem Weg in den Himmel.«

Ohne große Pausen ritten sie nach Osten. Yahya war das nur recht, denn er wollte es so schnell wie möglich hinter sich bringen.

*

In Ancona herrschte helle Aufregung. Alles, was zwei Beine hatte, drängte zum Hafen. »Die Venediger kommen.« »Die Venediger kommen.« »Die Flotte des Dogen läuft ein!« »Brüder, jetzt geht's los«, hallte es vielstimmig durch die Gassen und über die Plätze.

»Komm«, befahl Ruggiero und lenkte sein Pferd in Richtung des Domes. Nicht schnell genug konnte er über die Serpentinen die Kirche und vor allem den Bischofspalast erreichen. Auch auf dem Plateau ging es nicht weniger erregt zu. Prälaten drängten sich meerwärts und schauten auf die Segel und die unzähligen Ruderblätter, die den Schiffen das Aussehen von Tausendfüßlern auf See verliehen. Aber die weiße Betakelung machte die Ankunft der Flotte zu einer Messe auf dem Meer.

Mitten im Gedränge stießen sie auf il Flagello.

»Wir müssen zu deinem Herrn«, sagte Ruggiero.

»Das geht jetzt nicht!« Der Prälat fächelte sich Luft zu.

»Wieso?«

»Er ist beim Papst.«

»Umso besser, bring uns hin, wir haben schlechte Nachricht. Kardinal Nikolaus von Kues ist in Todi verstorben.«

Der Prälat fügte sich und führte die beiden Männer zum Bischofspalast, über zwei Treppen und mehrere Flure in einen mittelgroßen Raum, der durch seine Tiefe dunkel wirkte, aber ein großes Fenster zum Meer hin besaß. Dort stand eine Gruppe von Kardinälen – Barbo, Borgia, Ammannati, Bessarion – neben einigen Prälaten.

Ruggiero näherte sich, Yahya im Schlepptau, dem Papst. Sie hatten den Heiligen Vater fast erreicht, als sie seine schwache Stimme hörten.

»Bis auf diesen Tag hat mir eine Flotte zu meiner Ausfahrt gefehlt, und jetzt muss ich der Flotte fehlen.«

Der Mann ist dem Tode geweiht, dachte Yahya.

»Bringt mich in mein Bett!«, flüsterte Pius II.

Die Kurialen bildeten eine Gasse, und vier Diener trugen den Papst, der in einem sänftenartigen Stuhl saß, zur Tür. Auf Ruggieros und Yahyas Höhe hieß Pius die Diener durch eine kraftlose Bewegung seiner Hand anhalten. »Wer seid ihr?«

»Treue Diener der Kirche«, log Ruggiero und warf sich zu Boden.

»Ach, erheb dich, ich habe dafür keine Zeit mehr. Also was willst du, treuer Diener der Kirche?«

Yahya spürte Kardinal Barbos verwunderten Blick auf sich ruhen.

»Ich bringe leider schlechte Nachrichten, Heiliger Vater«, sagte er. »Der Kardinal di Cusa ist in Todi verstorben.«

Tränen traten in die trockenen Augen des Papstes und benetzten das pergamentene Gesicht. »Ach, konntest du mir nicht den Vortritt lassen, du unhöflicher deutscher Sturkopf! Musstest du dich vordrängeln, um mir voranzugehen, mein lieber Niccolo? Ach, ach, bringt mich in mein Bett. Ruft meinen Beichtvater, es ist Zeit für die Sterbesakramente. Meine Welt geht unter. Schwere Zeiten kommen auf die Christen zu.«

Zwei Tage mussten sie noch gemeinsam ausharren, dann läuteten alle Glocken Anconas, und il Flagello brachte ihnen die Nachricht, dass Pius II. selig entschlafen sei.

»Illustrissimo Pietro Barbo wünscht, dass ihr ihn nach Rom begleitet«, erklärte der Prälat bestimmt.

Das traf sich mit Ruggieros Wünschen – er hatte es auch nicht anders erwartet.

»Sagt dem Kardinal, dass wir gern seiner Bitte entsprechen und ihm mit Geld, wie wir es besprochen haben, und anderem bei der Wahl zum Papst zu Diensten sind.«

Der Prälat eilte zurück in den Bischofspalast, denn alle Kurialen hatten sich in der Nähe des toten Papstes aufzuhalten und für den Aufgebahrten zu beten.

Ruggiero schaute Yahya an. »Nun ist es soweit. Yahya ibn Catalano hat im Dienste des Großherrn den Tod gefunden. Pech für ihn.«

Stumm sahen sie sich in die Augen. Sie mochten sich nicht, sie schätzten sich nicht – und dennoch verband sie etwas, das tiefer ging als jede Freundschaft.

*

An dem Tag, an dem Joanot Julia im Hafen von Barcelona von Bord eines genuesischen Schiffes ging, erreichte die Stadt die Nachricht, dass Pietro Barbo zum Papst gewählt worden war und den Namen Paul II. angenommen hatte, weil die Kardinäle ihm untersagten, den Namen Formosus zu wählen. Wenige Tage später sollte er seine Wahlkapitulation brechen und den Kreuzzug für beendet erklären.

70

Barcelona, Spanien

Der Himmel zeigte sich grau in grau. Joanot war aufgeregt wie ein Kind. Und in gewisser Weise war er auch wieder ein Knabe, setzte er dort wieder an, wo elf Jahre zuvor sein Leben durch das Pech, am falschen Ort zu sein, unterbrochen worden war. Wie unzählige Male zuvor dachte er wieder darüber nach, ob sein Vater mit der Familie aus Konstantinopel hätte fliehen sollen, als Mehmed die Stadt belagerte. Die Flucht über das Meer war noch dem einen oder anderen geglückt. Oder hätte sein Vater konvertieren sollen? Nein, sein Vater war ein aufrechter Mann gewesen, auf den er stolz sein konnte.

Nun entging Joanot seinem Kummer nicht mehr, nun konnte er um ihn trauern, endlich. Doch stand für ihn auch endlich fest, dass er seinen Vater eines Tages wiedersehen würde. Bis dahin aber blieb die unstillbare Sehnsucht nach ihm in seinem Herzen, eine Sehnsucht, die mit den Jahren sogar noch wachsen würde, denn ein Vater blieb für einen Sohn und selbst dann noch, wenn der Sohn zum Manne gereift war, die letzte Instanz vor Gott. Mit seinem Ableben stand nichts mehr zwischen ihm und dem Tod. Joanot war sterblich geworden.

Er fühlte sich elend und befreit, errettet aus dem falschen Leben, in das er gepresst worden war.

Er wusste, dass es nicht einfach werden würde, als er vor dem zweigeschossigen Palast der Familie Julia stand und mithilfe des großen Schlägels anklopfte. Ein kahlköpfiger Diener in braunen Hosen und gelbem Hemd öffnete die Tür und sah ihn fragend an. Joanot spürte, wie ihm die Kehle eng wurde. Am liebsten wäre er weggelaufen … aber wohin?

»Was wünscht Ihr?«, fragte der Diener.

Joanot blieb stumm.

»Herr, wie kann ich Euch helfen?«

»Ich … ich …«, stotterte Joanot und fragte sich, ob es klug war, hier so mir nichts, dir nichts zu erscheinen. Hätte er nicht ein Zimmer in einem Gasthof nehmen und erst einmal ein Brief schreiben oder einen Priester um Vermittlung bitten sollen?

»Ist euch nicht gut, Herr? Wollt Ihr ein Glas Wasser?«

»Nein, ich …« Doch weiter kam er auch diesmal nicht.

»Was ist, Ruben?«, ertönte eine helle Frauenstimme, und wenig später erschien seine Schwester Rosalie in der Tür, die er damals an der Seite seiner Mutter in der Kathedrale gesehen hatte.

»Oh, wir haben einen …« Mitten im Satz brach sie ab und wurde blass. »Joanot? Du bist es, nicht wahr … Du bist doch mein kleiner, frecher Joanot, mein Brüderchen, mein …« Weiter kam sie nicht, denn schon lagen sie einander schluchzend in den Armen. Ihre Tränen spülten all die vielen Jahre hinweg, die sich zwischen sie gedrängt hatten, bis sie nur noch ein Bruder und eine Schwester waren.

Rosalie hämmerte mit ihren Fäusten auf seine Brust. »Oh, du Schuft, du Scheusal, warum bist du denn damals in der Kathedrale nur geflohen! Es war ein Schock für Mutter. Du hättest sie fast umgebracht!«

»Wenn ich nicht weggelaufen wäre, hätte ich euch umgebracht, denn dann hätte man euch und mich getötet.«

Rosalie zog ihn ins Haus. »Ich dumme Pute mache dir Vorwürfe und kenne deine Gründe nicht, weiß nicht, was dir widerfahren ist. Aber jetzt bist du wieder zurück!« Rosalie ließ ihn los, und ihre noch feuchten blauen Augen strahlten. »Komm mit! Du wartest im Empfangsraum, und ich bereite die Mutter darauf vor. Was für ein Glück! Was für ein Glück!«

Sie führte ihn in einen mittelgroßen Raum mit Terrakottaboden, in dem mit schwarzem Leder bezogene Hocker und Armstühle standen. Die Wände waren in blauer und gelber Farbe gestrichen, und die Fenster gingen auf die Plaza.

Joanot schritt mit klopfendem Herzen auf und ab. Eine Tür, die derjenigen gegenüber lag, durch die er eingetreten war, öffnete sich vorsichtig, als sorgte sich jemand, ihn zu vertreiben. Dann trat eine nicht mehr ganz junge, aber noch immer schöne Frau ins Zimmer. In das kupferrote Haar seiner Mutter hatte sich die eine oder andere silberne Strähne gemischt. Wie angewurzelt standen sie einander gegenüber, dann breitete sie die Arme aus, und Joanot flüchtete in ihre Geborgenheit, als wäre er wieder neun Jahre alt.

»Wirst du auch nicht wieder davonlaufen?«

»Nein, Mare.«

»Wirst du bleiben, *el meu petit* Joanot?«

»Ja, diesmal werde ich bleiben, für immer.«

71

Segovia, Spanien

Wie sehr hatte Nuria gehofft, dass Juan de Torquemada den Erzbischof in die Schranken weisen würde, doch der Kardinal im fernen Rom bedauerte, nichts ausrichten zu können. Carrillo werde seinen väterlichen Rat nicht befolgen, ließ er sie wissen. Noch bestürzt über Torquemadas Zurückhaltung ereilte die kleine Gesellschaft der nächste Schicksalsschlag in Form einer Groteske.

Mitten im Umzug in den Stadtpalast, der leer stand, weil die Königin Juana in Aranjuez weilte, rief Andrés de Cabrera die Infantin, Beatriz und Nuria zusammen. Sie trafen sich in der Zimmerflucht, die sie in ihren ersten Tagen in Segovia bewohnten, genauer, im Gesellschaftszimmer der Infantin, während Ralda ihr kleines Zimmer einrichtete, das damals bei ihrer Ankunft aus Arévalo Alfonso bewohnt hatte.

»Wenn Ihr so verdrossen dreinblickt, mein guter Andrés, bringt Ihr schlechte Nachrichten«, sagte Isabel. »Haltet Euch also nicht mit der Vorrede auf.«

»Das will ich nicht tun, Hoheit. Hört, was meine Informanten aus Ávila berichten. Erzbischof Carrillo, der Marqués de Villena, der Graf von Plasencia und ihr ganzer schmutziger Anhang haben ein Gerüst auf einer Wiese vor den Toren Ávilas errichtet und das Volk dort versammelt. Hoch oben auf dem Gerüst stand ein Thron, auf den sie eine Puppe setzten, die Enrique darstellen sollte. Die Puppe trug die Krone auf dem Kopf, in ihre Hand hatte man das Zepter gelegt. Claqueure heizten die Stimmung an, und die Leute riefen: »Es lebe König Alfonso!«

Daraufhin kam Alfonso aus dem Tor geritten, flankiert von Villena und Carrillo. Der Erzbischof, der ausnahmsweise sein Priestergewand trug, zelebrierte eine Messe. Dann las ein schwarzer Ritter die Anklageschrift gegen Enrique vor. Erspart es mir, Euch die Anschuldigungen zu nennen, Hoheit.«

»Ich kann mir denken, was sie aufgelistet haben. Weiter.«

Carrillo griff nach der Krone, Villena nach dem Zepter. Der Graf von Plasencia nahm der Puppe das Schwert ab. Sie schmückten Alfonso mit den Königsinsignien, dann stieß der Oberfeldherr von Kastilien die Puppe, die Enrique darstellte, vom Thron und brüllte: ›Nieder mit dir, Elender!‹ Und obwohl die Menge nicht in Beifall, sondern in bestürztes Klagen ausbrach, haben die Verschwörer Alfonso zum König ausgerufen.«

»Mit welchem Recht?«, fragte Isabel kühl.

»Mit keinem!«, antwortete Cabrera.

Die Infantin lächelte verständnisvoll. »Ich weiß, dennoch müssen sie sich auf eine Rechtsgrundlage berufen, so abenteuerlich sie auch sein mag.«

»Sie führen folgenden Präzedenzfall an: Vor hundert Jahren wurde Enrique II. durch die Granden zum König erhoben. Damit begann die Herrschaft der Dynastie der Trastámara«, erklärte der Schatzmeister.

Isabel nickte.

»Und Enrique?«, fragten Nuria und Beatriz gleichzeitig.

Cabrera zuckte resigniert mit den Achseln. »Sitzt in Medina und sagt nur: ›Nackt und bloß bin ich auf die Welt gekommen, und ebenso wird mich die Erde wieder empfangen.‹ Toledo, Sevilla, Burgos und Córdoba sind bereits auf die Seite der Verschwörer gewechselt.«

»Und Beltrán?« Nuria mochte den eitlen Mann nicht, aber er war der Einzige in dieser Situation, dem sie Tatkraft zutraute, zumal er wusste, dass er verlieren würde, wenn Villena und Carrillo durch Alfonso die Macht ausüben würden.

»Er sammelt ein Heer«, entgegnete Cabrera.

»Brav«, sagte Nuria.

»… und naiv. Die Guten werden ihre Haut leider umsonst zu

Markte tragen. Enrique wird sie verraten.« Ein bitterer Zug lag um Isabels Mundwinkel. Und Nuria fragte sich wieder einmal voller Bewunderung, woher die knapp Vierzehnjährige die Sicherheit des Urteils nahm.

Wenig später standen die Truppen der Verschwörer vor Segovia. Cabrera versuchte, die Infantin davon zu überzeugen, sich in den Alcázar zurückzuziehen. Die Stadt, so erklärte er ihr, würden sie nicht halten können, die Burg schon. Doch Isabel entschied, ins Dominikanerkloster zu gehen und sich dem Schutz des Abtes Tomas de Torquemadas anzuvertrauen. Kopfschüttelnd zog sich Cabrera zurück.

Auch Beatriz unternahm alles, um Isabel umzustimmen. »In der Burg seid Ihr sicher, im Kloster nicht«, hielt sie ihr vor Augen.

Schließlich gewährte die Infantin Beatriz und Nuria einen, wenn auch sehr kurzen, Blick auf ihre Überlegungen. »In den Alcázar zu gehen, wäre eine Entscheidung für Enrique. Lass sie Krieg führen, es ist ihr Krieg, blutige Spielchen, die sie seit einer Ewigkeit miteinander treiben. Er geht mich nichts an. Ich lasse mich da nicht hineinziehen. Mit meinem Aufenthalt im Kloster demonstriere ich Unparteilichkeit.«

»Aber Eure Sicherheit!«, rief Beatriz.

»Warum sollten mir Carrillo oder Villena etwas zuleide tun wollen? Ich finde für die großen Herren doch gar nicht statt. Und das ist gut so.«

Die Nacht verbrachten sie bereits im Kloster des Beichtvaters der Infantin.

Für Ralda bedeutete der Umzug ins Kloster den Eintritt in eine neue Welt. Sie erzählte Nuria, dass sie mit dem Bruder Bibliothekar und dem Bruder Bader Freundschaft geschlossen hätte, weil sie sich immer mehr für Bücher und für die Heilkunde interessiere. Sie suchte das Gespräch mit den beiden Mönchen, klärte sie über die Vergangenheit des Mädchens auf und bat sie, Ralda in ihrem Wissensdurst zu fördern. Da solcherart Beschäftigung für ein Mädchen mehr als unüblich war, musste Nuria erst die Erlaubnis des Abtes einholen. Warum soll ein Mädchen nicht Ärztin werden können?, dachte sie. Frauen können doch auch Herrscherinnen sein oder Leibwächter – obwohl sie dann vielleicht wie in ihrem Fall ein Leben unter falschem Namen und Geschlecht führen mussten.

*

Außer einer kleinen Plünderung durch die Truppen der Aufrührer war Segovia nichts Schlimmeres widerfahren. Die Burg hatte dem halbherzigen Ansturm standgehalten. Nachdem sie die Nachricht vom Friedensschluss zwischen dem König und den Verschwörern erreicht hatte, kehrte Nuria mit der Infantin und Beatriz in den Stadtpalast zurück. Ralda fand sich fortan am späten Vormittag bei den Mönchen im Kloster ein. Dank ihres Interesses und ihrer Fähigkeiten wurde ihr erlaubt, sich weiterhin von den Mönchen unterweisen zu lassen.

Eine Woche später meldete sich Beltrán zur Audienz bei der Infantin an. Trotz ihrer Abneigung gegen den Günstling zog sie ihn den Verschwörern vor, zumindest war er ein brauchbares Schwert und, wenn ihm der König nur freie Hand gelassen hätte, auch ein erfolgreiches. Doch Enriques Harmoniebestreben raubte dem Grafen von Ledesma die erkämpften Erfolge, belohnte die Feinde des Königs und demütigte seine Freunde. Und obwohl viele, die loyal zu dem Monarchen standen, nur mit Ekel an Beltrán dachten, blieb ihnen aus Mangel an Alternativen nichts weiter übrig, als weiterhin zu ihm zu stehen und zu leiden, allerdings mit geballten Fäusten in den Hosentaschen. Höflich verneigte sich Beltrán vor der Infantin.

»Euer Bruder hat sich mit den Verschwörern versöhnt.«

»Das wissen wir bereits«, erwiderte Isabel gelangweilt.

»Und um den Friedensschluss zu bekräftigen, solltet Ihr den Bruder des Marqués de Villena, Don Pedro Pacheco y Téllez Girón, heiraten.«

»Niemals!«, schrie Isabel voller Abscheu und verstummte sofort wieder.

Nuria wusste, dass die Infantin es hasste, die Beherrschung zu verlieren und ihre wahren Gefühle zu zeigen.

»Das ist nicht Euer Ernst, Graf«, mischte sich Beatriz ein. »Der Herzog von Osuna ist alt, fett, dumm, und er hat keine Manieren. Ein Schwein, ein Drecksack, ein Hund, ein Schmarotzer, Sohn einer Schlange, ein Betrüger, ein Lügner, ein Häretiker, ein Verderber unseres Vaterlandes, ein Verspötter Christi, ein Schänder des Volkes, ein Sodomit, ein Schismatiker, ein Intrigant, ein Hundsfott, ein Arschkriecher des Antichristen, Sausewind in den Gedärmen des Satans, ein Popelfresser und Fingernägelkauer, ein Madensack und ein Eiterbatzen, dreist und widerlich und verlogen.«

Nuria staunte, über wie viele, auch derbe Schimpfworte die gebildete und vornehme Marquesa verfügte.

Beltrán zuckte nur mit den Achseln. »Das mag alles zutreffen, Senhora, aber der König will es nun einmal so. Im Übrigen ist Euer Bräutigam bereits unterwegs, Hoheit. Er kann es kaum erwarten.« In Beltráns Miene stand kein Spott, sondern Widerwillen. Offenbar missbilligte er die Entscheidung des Königs.

In diesem Moment empfand Nuria fast so etwas wie Sympathie für den Günstling. Ihre Blicke kreuzten sich, und sie erkannte die Verzweiflung in den Augen des auf seine Art tapferen Mannes.

»Habt Ihr noch etwas, Graf?«, fragte Isabel.

»Nein, Hoheit.«

»Dann dürft Ihr Euch zurückziehen. Wenn wir ein Essen geben würden, hätten wir Euch zum Nachtmahl eingeladen … aber so …«

»Ich verstehe«, sagte Beltrán kurz und verneigte sich.

Die Abweisung schien ihm ganz recht zu sein, denn die Botschaft des Königs zu überbringen, war für ihn nicht weniger unangenehm gewesen, als für die anderen, sie zu erfahren. Eine Demütigung. Nuria nickte Isabel im Vorbeigehen zu, dann folgte sie Beltrán.

»Auf ein Wort, Graf«, rief sie.

Beltrán war bereits unten in der Empfangshalle des Palastes angekommen. Er hatte es natürlich eilig, den Ort seiner Schmach zu verlassen. Nuria lief die Treppe hinunter, dann stand sie vor dem alternden Günstling des Königs, der einmal sein Favorit gewesen war.

»Macht es kurz, Don Jorge!«

»Kennt ihr die Reiseroute von Don Pedro?«

»Er kommt von seinem Onkel Carrillo aus Ávila, aber er muss die Straße nehmen, da er mit der Kutsche reist und nicht wie ein Mann zu Pferd.«

»Eskorte?«

»Unbedeutend. Der Mann fühlt sich unangreifbar, zwei oder drei Mann.«

Auf Nurias Gesicht breitete sich ein Lächeln aus. Beltrán packte ihren Arm und zog sie dicht an sich und sprach schnell und abgehackt auf sie ein. »Denkt erst gar nicht daran. Ein Attentat auf den Bruder Villenas und Neffen Carrillos wird zum Krieg führen und diese Herren an die Macht bringen«, sagte er halblaut, aber heftig.

»Doch nicht, so lange Ihr lebt.«

Beltrán lachte bitter auf. »Ich? Ich bekomme kein Heer mehr zusammen, nachdem der König die Männer, die für ihn gekämpft hatten, ohne Sold nach Hause geschickt hat. Er brauchte das Geld, um die Forderungen seiner Feinde zu erfüllen, die er im Übrigen schon besiegt hatte … schon besiegt hatte!«

Villena, Carrillo, der Admiral von Kastilien, der Graf von Plasencia – eine Kette von Attentaten wäre notwendig, um das Problem zu lösen, überlegte Nuria. Mehr denn je fehlte ihr Hernandez de Cardenas. Ob sie ihm schreiben und um Hilfe bitten sollte? Zehn Hidalgos, fähig und zu allem entschlossen, würden die Sache erledigen. Doch woher sollte sie die nehmen?

Beltráns Miene entspannte sich. »Allerdings ist Don Pedro sehr fett …«, sagte er versonnen. »Ihn könnte leicht der Schlagfluss treffen, wenn man sein Blut nur genügend in Wallung brächte.«

Nuria schüttelte den Kopf, Beltráns Gedankenspiel überforderte sie. »Wie sollte ich das anstellen?«

»Das weiß ich nun wirklich nicht.« Beltrán breitete die Hände aus, verneigte sich leicht zum Abschied. Im Gehen wandte er sich noch einmal um und zwinkerte ihr zu. Dann schloss sich die Tür hinter ihm.

Seine Worte hallten in ihr nach. Niemanden würde es wundern, wenn der fettleibige Bruder des Marqués de Villena am Schlagfluss sterben würde. Noch wusste sie nicht, wie sie das bewerkstelligen sollte, doch eine Gelegenheit fände sich nur, wenn man sie auch suchte. Sie fasste einen Entschluss.

Mit großen Schritten eilte sie zum Kloster der Dominikaner, wo sie Ralda im Refektorium antraf. Das Mädchen war gerade dabei, aus verschiedenen Pflanzen, von denen Nuria einige zum ersten Mal in ihrem Leben sah, Arzneien herzustellen.

»Mapa!«, rief Ralda voller Freude.

Nuria trat mit unbewegtem Gesicht zu ihrer Tochter. »Kennst du ein Mittel, dass den Herzschlag eines Menschen zum Rasen bringen kann?«, flüsterte sie ihr ins Ohr.

Ein Lächeln flog über Raldas Gesicht. Sie ging in eine dunkle Ecke des Refektoriums und nahm eine Phiole vom Brett. »Wer dieses Mittel nimmt, wird die Engelstrompeten hören, und sein Blut wird in Wallung geraten.«

»Sag niemanden, dass du mir das Mittel gegeben hast.«

Ralda schüttelte den Kopf. »Musst du fort?«

Nuria lächelte. Sie nahm das Mädchen in die Arme und versicherte ihr, morgen, spätestens übermorgen zurückzukehren.

Eine Stunde später verließ Nuria in größter Eile Segovia. Sie preschte in so scharfem Ritt über die Landstraße nach Ávila, dass der Staub hinter ihr aufwirbelte. Der Abend hatte schon eine leichte Kühle gebracht, als sie ein größeres Dorf erreichte. Vor dem Gasthof stand eine einzelne Kutsche, ein klobiger Holzwagen. Es konnte nur das Gefährt des unwillkommenen Bräutigams sein.

Nuria betrat die niedrige Gaststube, in der ein paar Männer zusammensaßen. An einem großen Tisch in einer geräumigen Ecke, dem besten Platz des Lokals, thronte Don Pedro allein vor Tellern mit Tapas und einem großen Weinbecher. Nuria steuerte geradewegs auf ihn zu.

»Gott zum Gruße. Langweilen sich Eure Exzellenz auch nicht?«

»Wer seid Ihr?«

»Nur ein unbedeutender Bastard des Admirals von Kastilien.«

»Das ist unmöglich, ich kenne alle seine Bastarde.«
»Wart Ihr jedesmal dabei, wenn er seine Standarte aufpflanzte?«
Don Pedro ließ einen schmatzenden Laut hören, was wohl seine Art zu lachen war.
»Einen Namen, werdet Ihr doch haben, Don Bastardo.«
»Ihr seid ein erstaunlich kluger Mann, nichts, nicht das Geringste kann man vor Euch verheimlichen. Genau so heiße ich ... Don Bastardo.«
Das schmatzende Lachen verwandelte sich in ein glucksendes und bewies, dass der Herzog von Osuna über eine gewisse Auswahl an vergnügten Lauten verfügte.
»Setzt Euch, Don Bastardo. Euch hat der Himmel geschickt, um einem öden Abend in dieser elenden Gegend den Garaus zu machen. Was treibt Ihr so?«
»Ich jage einen Bock, der sich für einen Fuchs hält.«
»Erzählt!« Genüsslich schwappte die dicke Zunge aus dem Mund und fuhr über die fettglänzenden Lippen.
»Ein Herr, nennen wir ihn Don Hahnrei ...«
»Hihihihi, Don Hahnrei, das ist gut, das ist sehr gut, das ist vortrefflich, Don Hahnrei also ...«
»... hat eine schöne junge Frau, deren Feld brach liegt, weil ihr Ehemann ... Ihr wisst schon ...«
»Gar nichts weiß ich, gar nichts! Nun macht schon, erzählt weiter, weiter, lasst bloß nichts aus!«
»Weil ihr Ehemann lieber ins Zigeunerlager geht.«
»Teufel auch!« Don Pedros Augen wurden groß wie Wagenräder, und er riss den Mund auf.
»Ja, aber ihm steht weder der Sinn noch ... na, Ihr wisst schon ... nach einer feurigen Zigeunerin.«
»Nicht?«, rief Pedro Pacheco enttäuscht und klappte den Mund zu.
Nuria schüttelte bedauernd den Kopf.
»Nicht!« Der Herzog brummte unwillig.
»Sondern ...«
»Sondern?« Die wieder erwachte Hoffnung belebte Don Pedros Züge. Er schluckte nervös.

»Ausgesprochen trockene Luft hier«, sagte Nuria heiser und räusperte sich.

Don Pedro schaute zum Tresen. »Wirt, bring noch zwei Humpen Wein, aber sofort, du Schuft!«, rief er und winkte.

Rasch nahm Nuria die kleine Phiole mit der Essenz der Engelstrompete aus ihrem Wams, entkorkte sie und verbarg sie in ihrer linken Hand.

Der Wirt wollte sich nicht zweimal Schuft nennen lassen und eilte mit gefüllten Zinnbechern herbei.

»Ihr müsst wissen, Eure Exzellenz, Don Hahnrei liebt die Knaben. Und Ihr habt sicher auch gehört …«, Nuria senkte ihre Stimme. »… dass die Zigeuner Kinder stehlen.«

»Fürwahr. Und?«

»Und während Don Hahnrei … was er tut, erzähle ich Euch gleich.«

»Ja, ja!«

»Beackert Don Bastardo für ihn das brachliegende Feld seiner Frau.«

Der Herzog klatschte erfreut in die Hände und lachte, dass seine Fettwülste bebten. Dann stutzte er. »Aber Don Bastardo, das seid doch Ihr!«

»So ist es, ein freundlicher und stets hilfsbereiter Mann.«

»Aber Ihr sagtet doch, dass Ihr den Schänder seiner Ehre jagt.«

»Ja, warum sollte ich nicht meinem Glück hinterherjagen?« Nuria lachte.

Der Herzog drohte ihr mit dem dicken Zeigefinger. »Oh, was seid Ihr nur für ein Schlingel!«

»Nichts anderes als der ehrlichste Christ auf Gottes Erdboden.« Nuria zeigte mit der Rechten zur Decke, und der Kopf des Herzogs ruckte hoch, während sie die kleine Phiole wie zufällig über seinem Becher schweben und unbemerkt ein paar Tropfen hineinfallen ließ. »Aber zurück zu Don Hahnrei und zum Zigeunerlager.«

Don Pedro beugte sich so weit vor, wie es ihm bei seinem Leibesumfang möglich war.

»Erst einmal wollen wir anstoßen!« Nuria schob ihm mit der

Rechten den Becher zu. Mit ihrer Linken ließ sie die Phiole in die Seitentasche ihres Wamses gleiten. Dann griff sie nach ihrem Wein. Sie stieß mit dem Herzog an und nahm einen kräftigen Schluck aus ihrem Becher. Sofort spuckte sie den Wein prustend aus. Das Meiste landete auf Don Pedros Vollmondgesicht.

Bevor sich der Herzog beschweren konnte, begann Nuria laut zu fluchen. »Teufel auch, das ist doch kein Wein, das ist Satanspisse! Nein, so kann ich nicht erzählen, so nicht!«

Don Pedro, dem die Aussicht auf eine schlüpfrige Geschichte schwand, starrte sie verdattert an.

»Trinkt Ihr etwa dieses üble Gesöff?«, rief Nuria und schüttelte sich angewidert.

»Nein, ich doch nicht«, entgegnete der Herzog und schnaubte. »Ach, man sollte den Wirt erschlagen! Jetzt ist auch noch dieser schöne Abend massakriert. Dabei hatte er so gut angefangen, und nun endet er als Wanzenschiss!« Er wischte sich mit dem Ärmel das Gesicht trocken und schob die Unterlippe vor.

Nuria kam ein Gedanke. »Sind wir Männer, Don Pedro?«

»Ja natürlich sind wir Männer, Don Bastardo«, versicherte er und schaute sie verwirrt an.

»Sind wir wirklich Männer, Don Pedro?«, fragte Nuria noch lauter.

»Natürlich sind wir Männer«, brüllte er so heftig, dass sich seine Stimme überschlug.

Nuria lächelte. »Ich weiß eine Schenke mit Frauen und Knaben, gleich in der Nähe, wo ich Euch die Geschichte zu Ende erzählen könnte ... und einen Wein schenken sie dort aus, da werden selbst die Engel neidisch. Aber diese Schenke ist nur etwas für Herren!«

»Oh, ich bin ein Herr! Und gleich in der Nähe sagt Ihr?«

Nuria nickte vielsagend.

»Ich rufe meinen Kutscher«, sagte Don Pedro mit glänzenden Augen, doch Nuria wehrte ab.

»Wozu Mitwisser? Ich fahre.«

Der Herzog zögerte.

»Misstraut ihr etwa einem Bastard des Admirals?«

»Nein, aber ...«

Nuria winkte ärgerlich ab und stand auf. »Ach, dann bleibt eben hier. Ich geh allein. Gehabt Euch wohl.«

Pedro Girón musterte sie und kam offensichtlich zu dem Ergebnis, dass von diesem schmalen, eher schmächtigen Menschen keine Gefahr ausging. »Wartet.«

Nuria strich sich über die Narbe an ihrer Augenbraue.

Während draußen der Herzog seinen gewaltigen Körper in die Kutsche schob, sprang Nuria auf den Kutschbock. Sie wollte gerade losfahren, als Don Pedros Kutscher aus dem Stall torkelte, in dem er mit den Pferdeburschen und den beiden Leibwächtern getrunken hatte. »Herr?«

»Lass gut sein, Mariano, wir machen nur einen kleinen Ausflug«, beschied ihn Pedro Girón.

Kaum hatten sie das Dorf verlassen, ließ Nuria die Peitsche knallen. »Hoho«, rief sie, »wir müssen uns jetzt aber sehr beeilen, Don Pedro, mich treibt die Lu-hust.«

Die Kutsche nahm Fahrt auf. Doch das genügte Nuria nicht, sie lenkte das Gefährt über die steinige und unebene Weide hügelwärts. Ungefedert wie die Kutsche war, übertrugen sich die Schläge der Räder und die Unwucht, die dabei entstand, brutal auf den Fahrgast, der hin und her geworfen wurde. Bestimmt holt er sich Beulen und blaue Flecken, dachte Nuria grinsend.

»Halt ein Freund, halt ein Freund«, schrie er durch den Sehspalt zum Kutschbock hin.

»Geht nicht, Don Pedro, die Luu-huust.«

Die Kutsche raste auf den Scheitelpunkt des Hügels zu. Der Schweiß der Pferde glänzte im Mondlicht.

»Freund, ich bitte dich, langsamer, langsamer«, jammerte, bettelte, greinte der Herzog.

»Genießt es, wie den Ritt auf einer Zigeunerin.«

»Nicht, nicht, ich sterbe, Freund, ich sterbe.«

»Die Luu-huust, die Luu-huuust«, rief Nuria lachend und peitschte die Pferde weiter in den Galopp.

So schossen sie über den Gipfel und Don Pedro sah den Himmel durch den Sehspalt über den Schultern Don Bastardos – und das war zugleich das Letzte, was er sah. Er glaubte zu fliegen, doch setzte er nicht wie die Kutsche gleich wieder auf, sondern tauchte ins Firmament ein. Er nahm noch wahr, dass sie einen Stern geschrammt hatten, dann fiel er aus dem gleißenden Licht des auseinanderbrechenden Himmelskörpers in die Finsternis der Ewigkeit.

Als Nuria in einer halsbrecherischen Höllenfahrt am Fuß des Hügels angekommen war, drosselte sie die Geschwindigkeit und hielt an. Sie stieg ab und schaute in die Kutsche. Dort lag, von der Bank gerutscht, der Körper des Herzogs. Der Mund stand offen, ein blutiges Rinnsal am Kinn trocknete bereits, und die Zunge hing leblos heraus. Die Augen glotzten kalt und unbeteiligt wie die eines toten Karpfens. Kein Zweifel, Don Pedro Téllez-Girón de Acuña Pacheco hatte das Zeitliche gesegnet.

»Taktvollerweise habt Ihr die bevorstehende Hochzeit mit der Infantin durch Euer vorzeitiges Ableben endgültig abgesagt, da ist nichts mehr zu machen. Der Tod stellt ein seriöses Hindernis dar«, erklärte Nuria dem Leichnam.

Sie lenkte die Kutsche den Weg zurück. Am Dorfeingang setzte sie Don Pedro auf den Kutschbock, was angesichts seines Gewichts ein beachtliches Stück Arbeit war. Dann gab sie dem einen der beiden Pferde einen Klaps, damit es sich in Bewegung setzte. Über Seitengässchen lief sie ins Dorf, holte ihr Pferd und ritt vergnügt Richtung Segovia davon. Ein feines Instrument, die Engelstrompete, wenn Engel sie spielten!

72

Arévalo, Spanien

Die Infanten hatten noch einmal gemeinsam mit ihrer Mutter Weihnachten gefeiert. Isabella von Portugal hatte helle Momente gehabt, in denen es sogar zu rührenden familiären Szenen gekommen war. Ein aufmerksamer Beobachter wie Nuria konnte jedoch eine gewisse Entfremdung zwischen den Geschwistern ausmachen. Selbst im vertrauten Kreis wagte Alfonso nicht, über sein Leben bei Erzbischof Carrillo zu sprechen. Zudem wirkte seine Gesundheit angeschlagen.

Als das neue Jahr anbrach, kehrte der fünfzehnjährige Infant nach Ávila zurück, und alle waren über seine Abreise erleichtert, weil sie seine Freudlosigkeit als unausgesprochenen Vorwurf empfanden. Nuria kannte den Grund für Alfonsos Distanziertheit. Er konnte sich nur verraten gefühlt haben, als sie ihn damals allein in Ávila zurückgelassen hatte. Und nur Gott wusste, dachte sie, was ihm alles unter der Vormundschaft des Erzbischofs widerfahren war. So wie der Jüngling den wilden Frohsinn und das Selbstbewusstsein seiner Knabenjahre eingebüßt hatte, so hatten sie ihn verloren.

Zwar sprach niemand mehr von Alfonsos Königtum, doch behielt Carrillo den Infanten als politisches Faustpfand in seiner Hand, während Isabel mit ihrem kleinen Hofstaat, Beatriz, Nuria und Ralda, nach Ocaña zog. Von dem kleinen Ort aus gelangte man in einer halben Tagesreise nach Aranjuez. Obwohl sie sich dort noch im Machtbereich Carrillos befand, war die Entfernung zu seinen Lieblingsresidenzen, Ávila und Toledo, groß genug. So zeigte Isabel allen in Kastilien, dass sie weder auf Enriques Seite noch auf der von

Villena und Carrillo stand. Wie konnte sie auch, sie, ein unbedarftes siebzehnjähriges Mädchen, dem alles Politische fremd zu sein schien.

Im Sommer 1468 erreichte den kleinen Hof der Infantin die traurige Nachricht, dass Alfonso plötzlich verstorben war. Es hieß zwar, dass die Pest ihn dahingerafft hätte, doch für Nuria stand fest, dass ihn die Hundswut doch noch geholt hatte und dass Villena die Schuld am Tod des Infanten trug. Aber auch sie selbst vermochte nicht, sich von einer Mitschuld an seinem düsteren Schicksal freizusprechen. Alfonso war ein hochgeborenes, reiches, armes Kind gewesen, dem die Liebe in einer Zeit entzogen wurde, als er ihrer am stärksten bedurfte. Sie erforschte ihr Gewissen, ob sie nicht ihre Aufgabe verraten und ihn, statt ihn zu schützen, preisgegeben hatte. Schließlich trug sie auch für ihn Verantwortung, nicht nur für Isabel. Doch selbst ihr Auftraggeber Juan de Torquemada hatte darauf verzichtet, an entscheidender Stelle zugunsten des kleinen Infanten einzugreifen. Sie konnte es drehen und wenden, wie sie wollte: Die Geschichte des jungen Alfonso de Trastámara blieb eine ganz und gar traurige, in der alle auf eigene Art versagt hatten. Sie erinnerte sich an ihre gemeinsamen Fechtstunden und daran, wie er auf den Frühstückstisch gestiegen war und ganz im Bewusstsein, eines Tages König zu sein, Volksreden hielt. Und nun war er nur einer der vielen toten Prinzen, die anstatt Könige ein Schmaus für die Würmer wurden.

Als sie am Abend mit Ralda zusammensaß, dankte sie Gott, dass er ihr dieses Mädchen gegen die Traurigkeit der Welt geschickt hatte. Und sie dachte über die Zukunft nach. Sie würde nun alles dafür tun müssen, dass Isabel Königin und Herrscherin wurde. Dabei dünkte sie sich im Einklang mit Gottes Willen, denn dieses siebzehnjährige Mädchen brachte alle Fähigkeiten dafür mit.

Obwohl Isabel um ihren Bruder trauerte, verabsäumte sie es nicht, sofort ihren Anspruch auf Enriques Thronfolge zu erheben. Erzbischof Carrillo unterstützte sie tatkräftig. Im Bund mit seinem Neffen, dem Marqués de Villena, gelang es ihm, Enrique IV. dazu zu drängen, Isabel in der Thronfolge noch vor seine eigene Tochter zu stellen.

Carrillo fördert Isabel nur, weil er sich ausrechnet, nach Enriques Tod die Macht über das unbedeutende Mädchen auszuüben, dachte Nuria. Isabel wäre dann nur eine Königin von seinen Gnaden, und er wäre der wahre Herrscher über Kastilien.

Schon bald nach Alfonsos Tod fand sich Carrillo häufiger in Ocaña ein und führte lange Gespräche mit Isabel. Nuria bemerkte, dass sich das Verhältnis zwischen Beatriz und Isabel abzukühlen begann, zumal in der gleichen Weise, in der Carrillo öfter die Infantin besuchte, Andrés de Cabrera ausblieb. Auch ihr missfiel die Entwicklung, und sie hätte am liebsten mit Isabel darüber gesprochen. Doch sie wusste nicht, was in der Infantin vorging, was sie plante und dachte, und erst recht nicht, wie sie das Gespräch anfangen sollte. Sie spürte, dass sich eine große Veränderung ankündigte. Und ihr Gefühl sollte sie nicht trügen.

Am späteren Abend rief die Infantin Nuria, die Ralda Novellen aus »El Conde Lucanor«, den Erzählungen des Juan Manuel, vorgelesen hatte, zu sich.

Isabel trug ihr himmelblaues Lieblingskleid. Nachdem der Diener das Zimmer verlassen hatte, bot sie Nuria einen Platz auf einem Schemel an und setzte sich selbst in ihren Lehnstuhl. Die Infantin schaute sie mit einem freundlichen, warmherzigen Lächeln an.

»Ach, Jorge«, begann sie, »du bist mir und Spanien ein guter Diener. Was ich jetzt von dir erwarte, ist viel, aber ich vertraue deiner Erfahrung und deiner Treue.« Sie wartete nicht auf die übliche Loyalitätserklärung des Leibwächters, sondern sprach einfach weiter. »Alle Welt will mich verheiraten – natürlich aus Eigennutz. Die einen schlagen einen französischen Bräutigam vor, die anderen wollen mir einen Portugiesen aufschwatzen. Ich weiß, dass ihr mich damals vor dem Scheusal Don Pedro bewahrt habt.« Sie machte eine Pause und zwinkerte Nuria verschwörerisch zu.

»Aber Ihr wollt nicht heiraten?«, riet Nuria.

»Doch, das will ich.«

Nuria machte große Augen. Das war neu.

»Und du sollst dich zu ihm begeben und gemeinsam mit meinem

geheimen Gesandten, dem Steuerpächter Abraham Senior, die Verhandlungen führen. In aller gebotenen Verschwiegenheit!«

»Und wer ist der Glückliche, Hoheit?«, fragte Nuria angespannt.

»Don Fernando de Aragón.«

Nun war Nuria völlig überrascht, der Mund stand ihr offen. Nie zuvor in meinem Leben habe ich wohl ein so dummes Gesicht gemacht, dachte sie und versuchte, sich zu fassen. »Fernando, Hoheit? Der Enkel des Admirals von Kastilien? Und Sohn des Königs Juan II. von Aragón, dem Erzfeind Kastiliens? Damit liefert Ihr Euch Carrillo und Villena vollständig aus! Und Ihr macht Euch den König, die Mendozas und Andrés zum Feind!«

Isabel ließ ihr helles Lachen hören. »Ach, mein Freund, traut Ihr Eurer Herrin so wenig?«

Nuria kniete vor der sitzenden Infantin nieder. »Natürlich nicht, Hoheit. Was genau erwartet ihr von mir?«

»Hat der Kardinal nicht davon gesprochen, dass ich die Infantin Spaniens bin?«

Nuria nickte.

Wie eine Königin legte Isabel ihr die Hand auf und erläuterte ihr das politische Kalkül, das hinter ihrem Vorsatz stand. »Solange die Emire von Granada Aragón und Kastilien gegeneinander ausspielen, wie sie es seit Jahrhunderten machen, können wir sie nie vertreiben. Unsere Uneinigkeit ist ihre Stärke. Wir besiegen die machtlüsternen Muslime wie den Emir und seinen Bundesgenossen, den Großtürken, nur, wenn wir zusammenhalten: ein Land, ein Volk, ein Glauben, hat Juan der Römischen Kirche Kardinal Torquemada damals gesagt.«

Nuria erinnerte sich gut an diesen Nachmittag, als sie den Infanten die Treue geschworen hatte. »Das geht nur, wenn ich Fernando heirate«, fuhr Isabel fort. »Er soll ein mäßiger Politiker, aber ein ausgezeichneter Kriegsmann sein. Ich mache mir keine Illusionen – wenn ich ihn heirate, werde ich den König zum erbitterten Feind haben und obendrein auch die Mendozas.«

»Wie wollt Ihr aus dieser Falle herauskommen?«

»Zeit, mein Freund, die Zeit, sie arbeitet für mich. Ich werde in aller Stille ein Bündnis mit den Mendozas schließen. Sie wollen ein starkes Spanien mit einem starken Regenten, der Ordnung schafft, und ich will dieser Herrscher sein. Du musst an der Seite Abraham Seniors den Heiratsvertrag aushandeln, der vor allem klar regelt, dass ich Kastiliens Herrscherin sein werde und Fernando ohne mich in Kastilien keine Entscheidungen treffen darf. Prüfe, ob Fernando der Mann ist, den ich brauche, um meinen Plan umzusetzen.«

Vor dem Fenster und vor den Mauern des Stadthauses von Ocaña erhob sich ein Sturm und fegte durch die Gassen und kleinen Straßen.

»Und die Mendozas?«, fragte Nuria gespannt.

»Die Juden werden mir helfen! Die Mendozas und auch Andrés werden nach einer Zeit der Empörung zu mir zurückkehren … und dann müssen wir nur noch auf den Tod des Königs warten!«

Ein kühner Plan, dachte Nuria, aber in der Tat der einzige Weg.

»Aber zu niemandem ein Wort. Nicht einmal zu Beatriz! Du reitest morgen in aller Frühe nach Barcelona. Abraham Senior erwartet dich. Und spute dich, ich bin in Hochzeitslaune.«

Die Sonne war kaum über der Meseta aufgegangen, da hatte Nuria bereits gefrühstückt, sich von Ralda verabschiedet und war auf dem Rücken ihres Pferdes auf dem Weg nach Barcelona. Zehn Tage später traf sie dort ein. Es war ein kalter, klarer Tag mit einem Himmel von ungewöhnlich dunklem Blau. In einer kleinen Herberge unweit der Kathedrale nahm sie Quartier. Nachdem sie das Zimmer bezogen und etwas gegessen hatte, begab sie sich in das jüdische Viertel zum Rabbiner Meir da Girona, bei dem Abraham Senior abgestiegen war.

Abraham Senior ähnelte vom Äußeren her verblüffend dem Arzt Yehuda Sasportas, nur dass er es vorzog, sehr leise zu sprechen. Ihre Unterredung dauerte indes nicht allzu lange. Der alte Jude erläuterte Nuria den Ehevertrag und bat sie, sich am nächsten Tag zur Mittagstunde in Fernandos Stadthaus einzufinden, das in der Nähe des Hafens gleich hinter der Basilika der barmherzigen Gottesmutter und des Erzengels Michael lag.

Den Nachmittag verbrachte Nuria damit, sich auszuruhen. Gegen

Abend beschloss sie, der Kathedrale einen Besuch abzustatten. Sie nahm sich vor, für das Gelingen von Isabels Plan und für das Seelenheil der Infantin, von Don Hernandez und von Lucia, von Ralda und natürlich auch für ihr eigenes zu beten.

Es war schon dunkel, als sie die Herberge verließ. Ein paar Minuten später sah sie La Seu vor sich. Es kam ihr vor, als würden die Steine des Mauerwerks tanzen. Sie ging vorbei an den sich verjüngenden Bögen und betrat die Kathedrale durch die Puerta de San Ivo. Sie schaute hinauf in den hohen Kirchenraum und stolperte über die Beine einer am Boden sitzenden Bettlerin. Nuria geriet ins Straucheln und wäre fast mit der Stirn gegen die scharfe Kante einer Steinnische auf der Höhe ihres Gesichts, in der ein Öllicht brannte, geprallt. Unwillkürlich fuhr sie mit dem kleinen Finger ihrer rechten Hand über die Narbe über ihrer rechten Augenbraue und verfing sich im Blick zweier blauer Augen, so blau wie der Himmel am Tag ihrer Ankunft, die sie verwundert anstarrten. Sie gehörten einem Mann in ihrem Alter von ansehnlicher Statur.

»Nuria?«, fragte er so leise, dass sie es eher fühlen als hören konnte.

»Jorge de Castro«, entgegnete sie ebenso leise und beschwörend, als bemühe sie einen Abwehrzauber.

»… an der Narbe über dem Auge wirst du sie an dem Tag erkennen«, sagte der junge Mann und blinzelte, wie um sich zu vergewissern, dass er nicht träumte.

»Joanot, kommst du?« Die Stimme der Frau klang ungeduldig.

Der junge Mann entfernte sich. Als Nuria sich umwandte, sah sie, dass er schnellen Schrittes auf eine jüngere und eine ältere Frau zuging und sich gemeinsam mit ihnen zum Ausgang wandte. Doch bevor Licht und Schatten die drei Menschen aufsogen, schaute sich der junge Mann noch einmal zu Nuria um. Er schüttelte den Kopf, als wundere er sich über sich selbst, über die Verwirrung, die ihn ereilt hatte.

»Joanot«, wiederholte sie leise für sich und verließ die Kathedrale, um eine andere Kirche für ihre Abendandacht aufzusuchen. Sie hatte das Gefühl, dass der junge Mann sie wiedererkannt hatte, und wollte eine erneute Begegnung ausschließen. Die peinigende Frage, ob er sie von sehr viel früher kannte, ob er vielleicht aus ihrem Dorf stammte, beschäftigte sie dennoch.

Am nächsten Tag fand sich Nuria um die Mittagstunde im Stadthaus von Don Fernando de Trastámara ein. Ein Diener brachte sie in einen saalähnlichen Raum, der indes bis auf ein paar Stühle, die wie zusammengesucht wirkten, leer war. Durch die sperrangelweit geöffnete Tür trat in dem leichten und zugleich selbstbewussten Gang des geborenen Eroberers ein Jüngling mit tiefschwarzem, schulterlangem Haar. Schmale, fast feminine Augenbrauen wölbten sich über kalten Fischaugen, deren Schwärze und Intensität schon in sehr jungen Jahren den Schwerenöter verrieten. Die wulstigen, sattroten Lippen unter dem Oberlippenflaum strahlten eine ungeheure Sinnlichkeit aus. Unter Fernandos braunem Wollwams leuchtete am Hals zwischen den Lederbändern ein weißes Spitzenhemd hervor. Die Hosen in schwarzem Leder mündeten in Reitstiefeln. Alles in allem kleidete sich der Prinz wie ein einfacher Hidalgo. Ob ganz freiwillig, vermochte Nuria nicht zu entscheiden, denn es war allgemein bekannt, dass es am hoch verschuldeten Hof Juans II. von Aragón ärmlich zuging. Sie hatte gehört, dass der Prinz trotz seines jugendlichen Alters von siebzehn Jahren bereits einige uneheliche Kinder gezeugt hatte, welche die Katalanen »Farrandos Bastarde« nannten. Ihm folgte Abraham Senior, woraus Nuria schloss, dass die beiden bereits miteinander gesprochen hatten.

»Ah, Don Jorge de Castro. Ich habe schon viel von Euch gehört!«, rief Fernando Nuria leutselig entgegen, bot ihr einen Platz an und setzte sich ihr gegenüber. Auch Abraham Senior ließ sich auf einem der seltsamen Stühle nieder. Die Sonne malte bunte Flecken auf den Boden des Saales, in dem wie auch auf der Straße ein frischer Salzwassergeruch vorherrschte. Der Wind kam vom Meer.

»Viel Aufhebens um mich zu machen, lohnt nicht«, wiegelte Nuria ab.

»Nicht so bescheiden. Der berühmte Hernandez de Cardenas hat Euch ausgebildet. Ihr seid also gekommen, um mich für Eure Herrin in Augenschein zu nehmen. Nun, frei heraus: Gefalle ich Euch?«

Es stimmte also, was die Leute sagten, dachte Nuria. Fernandos liebenswürdiges Lächeln war gefährlich. In ihr regte sich die Frau. Dieser Schlingel war geradezu dafür gemacht, die Frauen zu begeistern und zu verführen. In seinem Herzen, das hatte sie bereits erfahren, gab es drei Leidenschaften, Frauen, die Jagd und der Krieg. Aber für Isabel kam es auf eine vierte Passion an.

»Es ist nicht wichtig, ob Ihr mir gefallt, sondern ob Ihr Gefallen an einer Aufgabe findet, die größer ist als wir alle«, antwortete Nuria unbeirrt.

»Das Unmögliche ist nicht mein Fach, und die Ewigkeit beginnt noch früh genug.«

»Bei Gott ist nichts unmöglich und somit auch nicht seinen Dienern. Rund heraus gefragt, Hoheit: Seid ihr ein treuer Diener Gottes und ein Sohn Spaniens?«

»Spaniens?«, fragte der Prinz verblüfft, und Nuria nahm das erste Mal bei ihrem Gegenüber ein echtes Interesse an ihrem Gespräch wahr.

»Durch Eure Adern fließt kastilisches und katalanisches Blut. Eure Ehe mit Isabel würde Spanien eines Tages vereinen, und gemeinsam mit ihr wärt ihr mächtig genug, die Mauren zu vertreiben, Hoheit. Das ist Eure Bestimmung. Isabel will wissen, ob Ihr bereit seid, diese Aufgabe anzunehmen.«

»Was ist Spanien für Euch?«, hakte der Jüngling ernst nach, und in dieser Ernsthaftigkeit kam seine ganze Schönheit zum Ausdruck.

Jeder Zoll ein König, dachte Nuria. Dieser Mann war ebenso zum Herrschen geschaffen wie Isabel. In diesem Moment begriff Nuria, dass Isabel von Kastilien und Fernando von Aragón es zwar nicht immer leicht miteinander haben würden, aber dass sie füreinander bestimmt waren.

Deshalb ging sie nun aufs Ganze: »Was Spanien für mich ist? Dasselbe wie für meine Herrin: ein Glaube, ein Land, ein Volk. Und wenn es das auch für Euch ist, werde ich meiner Herrin zur Ehe mit Euch raten. Trotz Eurer Bastarde. Solange Ihr Gott und dem Ziel, die Mauren zu vertreiben, treu bleibt und nicht nachlasst darin, das Werk des Cid zu vollenden.«

Das Gesicht des Prinzen strahlte eine große Offenheit und Wahrhaftigkeit aus, wenngleich ein gewisser Schalk in seinen Augen aufblitzte. »Wenn Isabel akzeptiert, dass zu Spanien auch Neapel und Sizilien gehören, das wir von den Anjou zurückerobern wollen, bin ich einverstanden damit, dass sie in Kastilien, Andalusien, Léon und Extremadura freie Hand hat, während ich in Katalonien, Aragón, in Neapel und Sizilien der Erste bin.«

»So soll es sein«, sagte Nuria und Abraham Senior entfleuchte ein »*Masel tov*«.

Nuria hielt sich nicht länger in Barcelona auf, sondern eilte in Gewaltritten nach Ocaña zurück, um Isabel Bericht zu erstatten.

Nachdem die Infantin Nuria angehört und sich bei ihr bedankt hatte, rief sie Beatriz hinzu. Sie bat sie, sich in den Lehnstuhl zu setzen und sie in Ruhe anzuhören.

»Ach, Beatriz, mein Liebling, meine Freundin, du weißt, dass alle Welt mich verheiraten will. Mein Bruder, der König, Carrillo, Villena, Mendoza – alle haben einen Ehemann ihrer Wahl für mich, der ihren Interessen entspricht, aber nicht meinen. Du, meine treue Freundin, sollst es deshalb als Erste erfahren: Ich habe mich entschieden, den Kronprinzen von Aragón, Fernando, zum Gemahl zu nehmen.«

Beatriz sprang auf. »Nein, nein, liebe, gute Herrin, Isabel, ihr dürft nicht den König brüskieren und Euch zum Werkzeug Carrillos machen!« Sie war blass geworden.

»Hast du so wenig Vertrauen zu mir?«

»Ihr wisst, wie sehr ich Euch vertraue, das wisst Ihr doch?«

»Enrique verhandelt mit dem Papst, dass seine Tochter an meine Stelle in der Thronfolge kommt, und der Portugiese, den ich heiraten soll, will ohnehin, dass ich meine kastilischen Ansprüche aufgebe. Nein, Beatriz, wenn ich Königin von Kastilien werden will, dann muss ich Fernando heiraten. Er ist der Einzige, der ein Interesse daran hat, meinen Anspruch durchzusetzen.«

»Ist das Euer letztes Wort?«

»Mein letztes!«

»Ich kann Euch nicht helfen, mit den Verderbern Kastiliens zu paktieren und Carrillos Politik zu unterstützen, Isabel, das kann ich nicht!«, rief Beatriz. »Es widerspricht allem, was ich bisher gedacht habe. Bitte, Isabel, bitte, ich flehe Euch an, seht davon ab, Ihr macht einen großen Fehler!«

»Ich mache keinen Fehler!«, sagte Isabel kalt.

Nuria hatte plötzlich das Gefühl, als wohne sie wieder auf andere Art dem Streit zwischen ihrem Vater und ihrer Schwester bei, kurz bevor der Raid ihr Leben gründlich verändert hatte. Das Herz tat ihr weh.

Beatriz schluckte. »Don Andrés de Cabrera hat mich schon mehrmals gebeten, seine Frau zu werden.«

»Er ist ein guter, tadelloser Mann. Heirate ihn, Beatriz, meinen Segen hast du.«

Stumm schaute Beatriz die Infantin an, als warte sie auf etwas, irgendein Einlenken, ein Zeichen. Isabel drehte ihr den Rücken zu und ging zum Fenster. Mit Tränen in den Augen verließ Beatriz de Bobadilla das Zimmer. Die Infantin ging zu ihrem Lehnstuhl und setzte sich langsam hin. Das junge Mädchen sah plötzlich sehr alt und sehr müde aus. »Sing mir den ›Cantar de mio Cid‹, Jorge. Nur dieser Weg führt zur Rettung Spaniens, glaub mir, mein treuer Jorge. Und jetzt sing. Deine Königin verlangt es!«

73

Ocaña, Spanien

Dieser Abend mit dem Duft nach Wacholder war der letzte, den Nuria in Ocaña verbringen sollte, denn sie würde Isabel begleiten, wenn sie ihrem Bräutigam entgegenreiste, um im November in Dueñas den Bund der Ehe einzugehen. Anschließend würde sich die Infantin mit ihrem Gemahl in Valladolid niederlassen, einer starken Stadt, die im Machtbereich von Fernandos Großvater, des Admirals von Kastilien, lag. Das junge Paar würde auf diesen Schutz angewiesen sein, denn die Hochzeit stellte eine Kriegserklärung an König Enrique IV. dar. Und zum ersten Mal fände er nicht, wie sonst, Milde und Vergebung in seinem Herzen. Er würde beschließen, diesen Aufruhr niederzuwerfen und die Rädelsführer Isabel und Fernando zu bestrafen.

Nuria hatte durchgesetzt, dass Ralda sie begleiten durfte, denn sie mochte sich nicht von ihrer Tochter trennen, die zu einer Schönheit herangewachsen war.

So saßen sie nach dem Nachtessen zum letzten Mal in dem kleinen Stadtpalast zusammen. Nuria erzählte Ralda von ihrem Vater, von ihrer Mutter, von dem Überfall, als ihre Schwester geraubt und von dem schönen, jungen Jorge de Castro, der den Entführern entgegengetreten und von ihnen erschlagen worden war. Als sie geendet hatte, starrte Ralda sie mit großen Augen an.

»Aber … aber … Jorge de Castro, das bist doch … *du*«, brachte sie mühsam hervor.

Siedendheiß wurde Nuria bewusst, dass sie gerade ihr Geheimnis ausgeplaudert hatte. Was sollte sie nun tun? Ralda war mit dieser

Lüge aufgewachsen, weil Nuria darin lebte, als sie das Kind aufgenommen hatte. Doch jetzt? Ralda hatte ein Recht darauf, die Wahrheit zu erfahren. Eines Tages hätte Nuria ihr ohnehin ihre wirkliche Existenz entdecken müssen. Den richtigen Moment für diese Art von Geständnissen gab es nicht, sie kamen stets zur Unzeit. Ralda war inzwischen ungefähr vierzehn, genau wusste Nuria es natürlich nicht. Aber damit war das Mädchen alt genug für die Wahrheit und für ein großes Geheimnis.

»Wenn du mich nicht verlieren willst, wirst du über das, was ich dir jetzt erzähle, schweigen müssen.«

Ralda biss sich auf die Lippen und hörte mit bangem Gesichtsausdruck zu.

»Ich bin Nuria de Solís. Meine Familie besaß eine Hazienda in Andalusien. Meine Mutter starb, und meiner Schwester Isabella und mir fehlte sie sehr. Mein Vater ist nie über ihren Tod hinweggekommen. Dennoch führten wir mit den Knechten und der Haushälterin ein glückliches Leben. Mein Vater wollte Isabella mit einem sehr viel älteren Mann verheiraten, doch sie liebte einen jungen Mann namens Jorge de Castro. Eines Abends kam es deshalb zwischen meiner Schwester und meinem Vater, den beiden Menschen, die ich am meisten liebte, zu einem Streit. Isabella rannte aus dem Haus, ich folgte ihr und wollte den Streit schlichten, da fiel eine Bande von Mauren über unser Dorf her …«

»… und sie erschlugen Jorge und raubten deine Schwester«, sagte Ralda leise.

»Ja, und sie töteten meinen Vater. Ich habe nur überlebt, weil ich mich in der Zisterne versteckt habe.«

Ralda schüttelte ungläubig den Kopf. »Du bist also eine … Frau?«

»Ich war ein Mädchen wie du.«

»Und jetzt, was bist du jetzt?«

»Mapa.« Nuria lächelte schmerzlich.

»Mapa«, wiederholte Ralda tonlos.

Nuria sah in ihren Augen, dass sie von der Angst erfasst wurde, ins Bodenlose zu stürzen. Mit beiden Händen umfasste sie die Handgelenke des Mädchens. »Schau mich an, Ralda, schau mich an. Ich bin immer noch Mapa, auf eine viel wahrere Weise, als du es jemals ahnen konntest.«

Ralda musterte sie, als sei sie unsicher, ob ihr wirklich noch dieselbe Person gegenübersaß.

»Mein Vater hat mir im Sterben aufgetragen, mich um meine Schwester zu kümmern.«

»Aber, warum hast du dich als Mann verkleidet, warum hast du gelogen?«

»Ach, Ralda, wie hätte ich in dieser Welt noch eine Frau sein können! Ich habe damals beschlossen, ein Mann zu sein. Ich fand einen Lehrer, der mich zum Kämpfer ausgebildet hat. Und seitdem bin ich Jorge de Castro.«

»Kennt außer mir noch jemand dein Geheimnis?«

»Nur der Kardinal Juan de Torquemada, der mich beauftragt hat, die Infanten zu beschützen. Was mir ja nur zu Hälfte gelungen ist.«

»Aber warum hast du *mich* belogen?«, fragte Ralda und schluchzte auf.

Auf diese Frage fand Nuria keine Antwort. Sicher gab es genügend Gründe, doch sie klangen selbst in ihren Augen hohl. Sie hätte antworten können, dass sie ihr eines Tages die Wahrheit hatte sagen wollen, den richtigen Zeitpunkt dafür aber noch nicht für gekommen hielt.

Tränen liefen über Raldas Wangen. »Es tut mir so leid … so leid für dich, dass du deine Familie verloren hast«, brachte sie mühsam und stockend hervor.

»Haben wir nicht beide unsere Familien verloren? Und hat Gott uns nicht eine neue Familie geschenkt?«, fragte Nuria behutsam.

Auf Raldas tränenüberströmten Gesicht erschien ein Lächeln. »Das haben wir, Mapa.«

*

Wie hatte er nur hoffen können, dieses Gesicht niemals wieder zu sehen! Seine Vernunft hätte ihm sagen können, dass der Teufel sich nicht an Vereinbarungen hielt und dass, wer einmal im Dienst des

Teufels stand, immer sein Diener bleiben würde. Dem Teufel entkam niemand, er vergaß keinen seiner Knechte.

Joanot hatte mit seiner Mutter, die er am Arm führte, seiner Schwester und der ganzen Familie Julia die Kathedrale Le Seu verlassen, wo sie wie jeden Sonntag die heilige Messe gefeiert hatten – und da stand er plötzlich mitten auf dem Marktplatz mit seinem Spitzbärtchen, den funkelnden Augen, den wilden Haaren. Ruggiero trug ein Lederwams, eine Hose aus blauem Samt und hohe maurische Stiefel. Fünf Jahre hatte Joanot geglaubt, er sei Ruggiero da Ischia und Yusuf Pascha entkommen.

Fünf Jahre hatte er im Kontor seiner Familie gearbeitet, seine Sprachkenntnisse genutzt, um die Handelskorrespondenz zu führen. Viel Zeit hatte er mit seiner Mutter und seiner Schwester verbracht, eifrig in der Bibel gelesen und den Gottesdienst besucht. Wenn seine Mutter oder sein Cousin Jaume, der das Handelshaus führte, das Gespräch darauf brachten, dass es höchste Zeit für Joanot wäre, sich eine Braut zu suchen, hatte er sich taub gestellt. Für seine körperlichen Bedürfnisse gab es ein kleines Bordell, das er regelmäßig, aber nicht allzu häufig besuchte – Zorayas Zauber wirkte ungebrochen. In seinen Träumen, im Schlafen oder im Wachen sah er sie vor sich und sehnte er sich nach ihr. Keine andere Frau kam ihm in den Sinn.

Da stand der Leibhaftige nun auf der Plaza und feixte, als wäre er nicht der Teufel, sondern irgendein Lausejunge, wenngleich ein gealterter. Joanot erstarrte.

»Entschuldigt, Mare, Rosalie«, sagte er. »Ich begrüße nur kurz einen alten Bekannten.«

»Willst du uns nicht einander vorstellen?«, fragte seine Mutter etwas befremdet.

»Nein, es ist nur etwas Geschäftliches ohne große Bedeutung. Er verdient deine Aufmerksamkeit nicht, Mare. Geht schon vor, ich komme nach.«

Sie sah ihn liebevoll, wenn auch skeptisch an. Er brachte ein etwas schiefes Lächeln zustande, um sie zu beruhigen, dann ging er auf Ruggiero zu.

»*Salam aleikum*, Yahya«, sagte Ruggiero mit einem Grinsen, das Joanots Wut weckte.

»Hatten wir nicht eine Vereinbarung?«

»Begrüßt man so einen alten Freund? Aber Treue ist nicht die Sache der Menschen.« Ruggiero schüttelte mit gespielter Betrübtheit den Kopf.

»Was willst du?«

»Ich brauche deine Hilfe.«

Joanot musste sich beherrschen, um Ruggiero nicht anzuschreien. »Nein!«, presste er hervor.

»Ach, Yahya, muss ich im Angesicht des großen Familienglücks wirklich über die vielen Gefahren an Leib und Leben reden?«

Joanot lachte mit bitterem Spott auf. »Du kannst es nicht lassen, Menschen zu erpressen.«

»Warum sollte ich, wo es so wirksam ist? Aber hab keine Angst, nur du und ich wissen, dass du lebst. Also hilf mir einmal noch, einmal, letztmalig, versprochen, einmal ist doch kein Mal!«

»Ich glaube dir nicht, dass dann wirklich Schluss ist.«

»Na, werde ich dich denn anlügen, Bürschchen? Diesen Auftrag noch, und dann setze ich mich zur Ruhe. Wenn wir das jetzt nicht zu Ende bringen, war alles, was wir in Granada getan haben, für die Katz.« Ruggiero trat dicht an ihn heran und erzählte ihm halblaut auf Italienisch, dass Isabel, die Infantin von Kastilien, den Thronfolger von Aragón, Fernando, heiraten wolle. »Du weißt, was das bedeutet?«

Das wusste Joanot sehr wohl. »Das Ende von Granada. Wenn der Emir Aragón und Kastilien nicht mehr gegeneinander ausspielen kann, bedarf es nur noch eines entschlossenen Königs beider Königreiche und die Tage von al-Andalus sind gezählt.«

»Und auch Mehmeds Pläne. Dabei ist er so gut vorwärtsgekommen in den letzten Tagen. Er konnte sogar in Otranto, keine achtzehn Tagesreisen von Rom entfernt, an Land gehen. Er wird auf Rom marschieren, und der Emir von Granada wird in Kastilien einfallen.«

»Fernando ist ein Ritter, ein Mann des Krieges. Obwohl er noch keine achtzehn ist, hat er schon acht uneheliche Kinder.« Joanot wusste nicht viel über Isabel, dafür umso mehr über Fernando. Dass man am Bosporus rechtzeitig die Verbindung der beiden als Gefahr ausgemacht hatte, verstand Joanot sofort, zu gut kannte er den Diwan, er wusste, wie die Staatsräte des Sultans dachten und wie sie vorgingen.

»Enrique von Kastilien ist gegen die Ehe und hat viele einflussreiche Adlige hinter sich. Deshalb soll die Hochzeit in Valladolid stattfinden, im Machtbereich von Fadrique Enríquez. Der Admiral von Kastilien ist Fernandos Großvater. Ich weiß nicht, wann und wie und von wo aus Fernando dorthin aufbricht. Und jetzt kommst du ins Spiel, Yahya. Über die Verbindungen deiner Familie wird es dir ein Leichtes sein, diese Dinge herauszufinden.« Ruggiero stemmte die Arme in die Hüften. »Und du wirst mich begleiten, damit du mir keinen Unfug erzählst und mich womöglich verrätst.«

»Wie sollte ich?«

»Beleidige nicht meine Klugheit, dafür haben wir zu vieles miteinander erlebt.«

Ende September brachen Ruggiero und Joanot auf. Joanot hatte seine Mutter beruhigt und sich von seiner Familie unter dem Vorwand verabschiedet, dass ihn dringende Geschäfte nach Saragossa führen würden. Tatsächlich wollten sie sich dort an Fernandos Fersen heften. Die Hochzeit sollte, wie er herausgefunden hatte, in engstem Kreise in Dueñas stattfinden. Erzbischof Carrillo würde das Paar trauen.

In Saragossa erfuhren sie, dass der Prinz, als Pferdebursche verkleidet, bereits mit drei Begleitern aufgebrochen war. Vor Burgo de Osma holten sie die Gruppe schließlich an einer Tränke ein.

Ruggiero sprang vom Pferd und ging auf die vier Männer zu. Auch Joanot stieg ab. Es war ungewohnt für ihn, wieder ein Schwert an seiner Seite zu tragen. Dann blieb er abrupt stehen, denn einen der Fremden hatte er schon einmal gesehen, und zwar in der Kathedrale. Die Frau mit der Narbe über der Augenbraue, die wie ein Hidalgo gekleidet und bewaffnet war, schien ebenso überrascht wie er.

»Hejo, Tölpel, endlich haben ich!«, brüllte Ruggiero in seinem holprigen Katalan.

Einer der beiden Begleiter des Prinzen drehte sich zu Ruggiero um: »Was lärmt Ihr so? Was wollt Ihr?«

»Dein Pferdeknecht bestohlen mich. Geben ihn mich. Wollen den bestrafen.« Ruggiero zog blank.

Joanot schaute die vier Männer an. Mit einem Blick erkannte er, dass der in Sackleinen gekleidete Jüngling von mittlerer, aber kräftiger Statur mit den schwarzen, struppigen Haaren, dem typischen Schwerenöterblick niemand anderes war als Fernando de Aragón.

Die junge Frau zog ihr Schwert und ging auf Ruggiero zu. »Geht Eurer Wege, dann geschieht Euch nichts!«

»Wer sagt das?«

»Jorge de Castro. Und wer seid Ihr?«

»Du tot, wenn Pferdeburschen helfen.«

Schon schlugen sie die Schwerter gegeneinander. Die Frau namens Jorge versuchte es mit einer Finte, die Ruggiero jedoch sofort durchschaute. Aber auch der Finte des Italieners war kein Erfolg beschieden. Joanot begriff rasch, dass hier zwei ebenbürtige Kämpfer aufeinanderstießen, und bewunderte die Wehrhaftigkeit der jungen Frau.

Wie ein harter Schlag traf ihn die Erkenntnis, dass sie das Mädchen war, das er in seinem Traum gesehen hatte, kurz bevor Mehmed seinen Vater und seine Brüder hatte köpfen lassen. Es war derselbe Mehmed, dessen Geschäfte er gerade betrieb, gegen Fernando, den Sohn seines Königs Juan II. von Aragón, gegen Katalonien, gegen seine Heimat. Ihm wurde übel, übel vom Verrat, der ihm erst in diesem Moment in seinem ganzen Ausmaß bewusst wurde.

Während er mit sich haderte, tobte der Zweikampf: En garde, contre-Parade, Finte, contre-Finte wechselten einander im hohen Tempo ab, sodass kaum zu unterscheiden war, wo der Angriff endete und der Konter begann und umgekehrt.

Instinktiv zog jetzt auch Joanot sein Schwert und stellte sich hinter Ruggiero. Er verstand, dass der Augenblick eine Entscheidung von ihm verlangte, der er nicht ausweichen konnte. Als sein Blick sich mit dem der Frau kreuzte, fielen ihm wieder die Worte der alten Frau aus seinem Kindertraum ein: »Denn dieses Mädchen, Joanot, ist für dich bestimmt, wie dieser Junge, Nuria, für dich auserwählt ist, und an der Narbe über dem Auge, Joanot, wirst du sie an dem Tag erkennen, an dem …«

Verwirrt starrte er sie an. Er begann, an seinem Verstand zu zweifeln, denn die junge Frau, die mit Ruggiero die Schwerter kreuzte, erinnerte ihn an Zoraya, obwohl sie ihr von der Statur her nicht ähnelte. Es waren die Augen, es war das Stück Andalusien, das in ihnen auf so unverkennbare Weise leuchtete.

74

Vor Burgo de Osma, Spanien

Auch Nurias Augen hatten sich für einen Moment in denen des Fremden verfangen, doch sie zwang sich, sich auf ihren Gegner zu konzentrieren. Ihr Blick glitt zu dessen Schwerthand, und was sie dort sah, raubte ihr den Atem. Dieser Schurke trug den Ring ihres Vaters, das massive Gold mit den verschlungenen Händen und dem Sternenband aus Smaragdsteinchen. Eine Erkenntnis schoss durch ihr Herz und verwundete sie. Wenn der Mann ihr gegenüber den Ring ihres Vaters trug, den sie Hernandez de Cardenas zum Abschied geschenkt hatte, konnte das nur bedeuten, dass er ihren Lehrer erschlagen hatte. Eine abgrundtiefe Trauer lähmte sie, und sie ließ ihr Schwert sinken. Don Hernandez de Cardenas war tot!

Bevor sie den Gedanken, Rache zu nehmen, fassen konnte, stieß ihr Gegner mit dem Schwert zu und traf sie in den Bauch. Sie schrie auf und ging in die Knie. Es war ein so hoher und zugleich tiefer Schrei, so elementar, dass das Firmament erbebte. Blitzschnell hob der Mann sein Schwert, um Nuria den Kopf zu spalten.

Sie sah auf, aber nicht zu ihrem Gegner. Sie wusste, dass ihr Ende gekommen war. Ihr Blick reichte viel weiter, strebte auf zu Gott, von dem sie gekommen war und zu dem sie nun zurückkehren würde. Wie gern hätte sie noch für Ralda einen guten Mann ausgesucht. Hier also endet dein Weg, im Staub Kataloniens, dachte Nuria. Eine einzige Träne fiel aus ihrem linken Augenwinkel. So vieles ließ sie unerledigt zurück. Ergeben wartete sie auf den tödlichen Streich.

Doch auf einmal ging ihr Gegner, das Schwert hoch erhoben, auf die Knie, die Augen weit aufgerissen. »Ich wusste immer, dass ich dir nicht trauen kann, Bürschchen«, röchelte er sterbend.

Der junge Mann in seiner Begleitung zog sein Schwert aus dem Rücken des Mannes, der nach vorn auf einen Wacholderbusch gesunken war.

»Ich bin Joanot. Wir müssen Euch verbinden.«

»Nein, nicht verbinden«, flehte Nuria schwach.

Joanot hörte nicht auf sie. Er zog sein Wams, dann das Hemd aus und riss es in Fetzen, während Fernando Nuria das Hemd vom Leib zerrte und die inzwischen blutgesättigte Bandage über ihrer Brust entdeckte. Verwundert schaute der Prinz zu Joanot, dann sah er Nuria fragend an. Sie schloss die Augen.

»Schnell!« Joanot trieb zur Eile. Sie umwickelten Nurias Oberkörper an der Stelle, an der die Bandage durchstochen und die Klinge in den Oberbauch eingedrungen war, mit den Streifen von Joanots Hemd. Es gelang ihnen, den Blutfluss zu stoppen. Nuria öffnete die Augen.

»Wie heißt du?«, fragte Fernando.

»Nuria de Solís«, antwortete sie schwach, doch mit unbändiger Freude, endlich, endlich die Verkleidung ablegen zu können und als Frau vor ihren Schöpfer zu treten und nicht in der Maskerade, in der sie über ein Jahrzehnt gelebt hatte. Was für eine Gnade!

»Und woher stammst du?«

»Aus einem kleinen Ort in Andalusien.«

»Und kannst kämpfen wie ein Mann und hast in der Verkleidung meine Braut über all die Jahre geschützt.«

»Ja, Majestät«, sagte sie zu dem jungen Mann, der in der Kleidung eines Pferdeknechts vor ihr stand und der für sie der künftige König Spaniens war. Vielleicht hatte sie ihren Auftrag ja doch erfüllt.

»Noch bin ich keine Majestät, sondern nur ein armer aragonesischer Prinz«, wandte Fernando mit einem leisen Lächeln ein.

»Aber bald schon, bald schon werdet Ihr es sein. Bitte, Majestät, befreit Andalusien! Und wenn Ihr Granada einnehmt … vielleicht stoßt Ihr auf eine Gefangene namens Isabella de Solís. Sie ist meine Schwester. Grüßt sie von mir, und bittet sie für mich um Entschuldigung. Ich habe sie immer befreien wollen, aber ich bin nicht dazu gekommen, weil Kardinal Juan de Torquemada mir eine große Aufgabe gestellt hatte.«

»Ich schwöre es dir!«, sagte Fernando ernst und feierlich.

Nuria nahm die Hand des Prinzen und drückte sie mit aller Kraft, die ihr verblieben war. »Und bitte, kümmert Euch um meine Tochter. Um Ralda.« Stolz fügte sie hinzu: »Um Esmeralda de Solís, die Jüngste und Beste unserer Sippe.«

»Lasst sie jetzt, Euer Gnaden, sie braucht Ruhe«, sagte Joanot.

Um die Blutung nicht zu verstärken, trugen der Prinz und Joanot, abwechselnd mit ihren beiden Begleitern, Nuria auf ihren Armen nach Burgo de Osma.

Vor dem Städtchen erwartete sie eine unangenehme Überraschung. Kurz, bevor sie das Tor erreichten, wurde es geschlossen, und Steine fielen auf sie herab. Rasch zogen sie sich zurück und warfen sich auf den Boden, um einen Hagel von Armbrustpfeilen über sich hinwegfliegen zu lassen. Nuria, die zwischen Fernando und Joanot lag, wurde ohnmächtig.

»Schnell, mein Prinz, schnell, wir brauchen einen Arzt. Sie wird immer schwächer!«

Fernando formte seine Hände wie einen Trichter vor seinen Mund und brüllte so laut er konnte: »Heh, ihr Tölpel, wollt ihr Euren zukünftigen König umbringen?«

»Du bist nicht unser guter Herr Fernando de Aragón!«

»Und ob ich das bin!«, rief der Prinz trotzig, sprang auf und ging dem Stadttor entgegen. »Als Pferdebursche verkleidet. Noch nie etwas von einer List gehört, ihr Gimpel?«, brüllte er wütend.

»Mein Gott, er ist's, er ist's wirklich!«, ertönte ein dünnes Stimmchen von der Zinne. »Öffnet die Tore, geht ihm entgegen. Seine Hoheit, Fernando de Aragón, der Ehemann unserer geliebten Prinzessin Isabel, die Infantin Kastiliens, beehrt unser Städtchen mit seinem Besuch … und wir hätten ihn fast erschlagen! Ewige Schande über uns, beeilt euch, das Missgeschick wieder gutzumachen.«

Die Torflügel, die schief in den Angeln hingen, öffneten sich, und Menschen kamen herausgelaufen. Doch Fernandos Sorge galt Nuria, dass sie schnell in die Stadt getragen und sich ein Arzt um sie kümmern würde. Sie brachten sie ins Haus des Grafen Acuña, dem die Stadt gehörte, der aber schon in Dueñas weilte, wo Isabel auf ihren Bräutigam wartete.

Während Fernando sich umkleidete und anschließend die Honoratioren der Stadt begrüßte, untersuchte ein jüdischer Arzt Nuria. Joanot lief vor dem Zimmer auf und ab. Zwei ältere Frauen brachten Wasserschüsseln, holten anschließend Verbandszeug und einen Kräutersud und andere Medizin. Nach einer ganzen Ewigkeit, wie es Joanot schien, kam der Arzt aus dem Zimmer. Joanot trat ihm mit fragender Miene in den Weg.

»Ja, sie wird mit Gottes Hilfe überleben. Sie hatte Glück, der Stich hat kein Organ verletzt. Aber sie braucht Ruhe, viel Ruhe und darf sich nicht bewegen. Der Verband muss zweimal am Tag gewechselt und ein entzündungshemmender Kräutersud aufgetragen werden. Wenn Ihr dem nachkommt, hat sie gute Chancen, die Verletzung zu überstehen. Ich sehe morgen wieder nach ihr.«

Joanot betrat das Zimmer. Unter einer Schafwolldecke lag Nuria ein wenig verloren in einem großen Bett. Ihr Anblick rührte ihn.

»Ich bleibe bei Euch«, sagte er. »Ruht Euch aus.«

Nuria nickte schwach. Joanot schob einen schweren Lehnstuhl vom Fenster ans Bett. Die Füße des Möbels verursachten laute Schabegeräusche auf den Bohlen. Schuldbewusst schaute er zu Nuria. »So laut wird es nicht mehr werden«, entschuldigte er sich und setzte sich in den Lehnstuhl.

Fernando kam, um sich zu verabschieden. »Wie geht es ihr?«, fragte er.

»Sie wird sich erholen«, entgegnete Joanot und kniete vor dem Prinzen nieder. »Guter Herr, bestraft sie nicht für den Frevel.«

Fernando dachte einen Moment nach. »Wie kann ich Jorge de Castro bestrafen, wo er doch tot ist? Oder wen haben wir an der Tränke begraben? War das nicht Jorge de Castro?«

Joanot lachte und konnte gar nicht wieder aufhören, denn er hatte Gottes Humor gesehen. Dass Ruggiero da Ischia als Jorge de Castro in die Hölle fahren sollte, zeugte in der Tat von feinem Witz. Sein ganzes Leben hatte der Italiener gelogen und betrogen, gemordet und sich verstellt, und nun da er tot war, blieb von ihm nichts als eine Lüge.

»Lasst es euch gut ergehen. Ich muss aufbrechen, meiner Hochzeit entgegen. Solltet Ihr auch tun, heiraten, meine ich, es lohnt sich.«

Joanot wachte unermüdlich bei Nuria. Wenn sie in Albträumen aufschrie, weckte er sie und beruhigte sie, während sie sich die Last von der Seele redete. So erfuhr er nach und nach ihre Lebensgeschichte, die er sich freilich aus Splittern und Bruchstücken wie ein Mosaik zusammensetzen musste.

Als er im Dämmer eines späten Nachmittags kurz eingenickt war, hörte er, wie sich energische Schritte näherten. Kurz darauf stand mit schreckgeweiteten Augen ein schwarzhaariges junges Mädchen im Zimmer. Die Anwesenheit Joanots schien sie zu überraschen.

»Wer seid Ihr?«, herrschte sie ihn an.

»Joanot Julia, und Ihr?«

»Esmeralda de Solís, Nurias Tochter.«

Joanot erhob sich und ging auf sie zu. »Sie schläft, gönnen wir ihr die Ruhe.«

Ralda ließ ihn stehen, schlich auf Zehenspitzen zu Nuria und schaute sie lange und liebevoll an. Dann drehte sie um und zog Joanot mit hinaus.

»Ihr könnt Eurer Wege gehen. *Ich* kümmere mich jetzt um sie!«, sagte sie barsch, keinen Widerspruch zulassend. Als Joanot keine Anstalten machte, ihrer Aufforderung Folge zu leisten, fügte sie hinzu: »Ich kenne mich aus in der Heilkunst.«

»Eure Hilfe ist willkommen«, entgegnete Joanot freundlich. Ralda sah ihn unschlüssig an, und Joanot erzählte ihr von seinem Kindheitstraum und davon, was danach geschehen war. »Aber gehen kann ich nicht, denn wir sind füreinander bestimmt, Nuria und ich«, schloss er.

»So ist es wohl.« Schwach und zerbrechlich stand Nuria in der Tür.

Ralda eilte zu ihr. »Du musst dich ausruhen, Mapa«, bestimmte sie. »Komm, ich helfe dir ins Bett.«

Nach einigen Wochen kam der Tag, an dem sie zum ersten Mal wirklich aufstehen konnte. Auf Joanot oder Ralda gestützt, ging sie im Zimmer herum, dann im Haus. Schließlich weiteten sich die Spaziergänge aus, und sie schlenderten durch die Straßen und über die Plätze der kleinen Stadt Burgo de Osma. Nachrichten erreichten sie selten, aber sie erfuhren, dass Isabel und Fernando geheiratet hatten und dass sie auf der Flucht waren, weil Enrique die Ehe nicht billigte. Nuria wusste, dass Isabel klug genug war, aus diesem Kampf als Siegerin hervorzugehen.

Joanot träumte inzwischen kaum noch von Zoraya, bis die Träume schließlich ganz aufhörten. Seine Zuneigung zu Ralda wuchs, doch für Nuria empfand er Liebe. Wie Feuer im Blut. Er konnte sich nicht mehr vorstellen, ohne sie zu leben. Nuria ließ ihr Haar wieder wachsen und genoss es sichtlich, eine Frau zu sein. Auch sie konnte sich nicht mehr vorstellen, sich von Joanot zu trennen. Wenn sie Joanot und Ralda ansah, die sich beide so aufopfernd um sie kümmerten, sah sie ihre kleine Familie, und sie war glücklich.

Als die Verletzung, die Ruggiero Nuria beigebracht hatte, ausgeheilt war, saßen sie eines Abends wie üblich nach dem Nachtmahl beieinander.

»Weißt du«, sagte Ralda und sah Nuria an, »du warst jetzt lange genug Mapa. Ich möchte, dass du endlich meine Mutter bist, wo wir doch jetzt einen Vater gefunden haben.«

Joanot strahlte und nickte Ralda dankbar zu, dann kniete er vor Nuria nieder. »Willst du meine Frau werden?«

»Ja, Joanot, das will ich.« Sie zog ihn nach oben und küsste ihn unbeholfen – aber da konnte und würde er ihr Nachhilfe erteilen.

Ausführlich sprachen die drei über ihre Zukunft. Zuerst würden sie nach Barcelona reiten, wo Joanot Mutter und Schwester seine Braut und »seine Tochter« vorstellen wollte. Dann würden Nuria, Ralda und er nach Andalusien gehen, um das Gut von Nurias Vater wieder aufzubauen.

*

»Soll ich dich wieder und diesmal für immer verlieren?«, fragte seine Mutter bestürzt, als Joanot mit Nuria und Ralda vor ihr stand.

»Du hast die Wahl, Mare. Wenn wir erst Grund in das Gut gebracht haben, holen wir dich und Rosalie zu uns … wenn du willst.«

María Julia strahlte und stürzte sich gemeinsam mit Rosalie in die Hochzeitsvorbereitungen. Getraut wurden Nuria de Solís und Joanot Julia in der Kathedrale Le Seu von einem sehr alten Mönch und nahmen den Namen Joanot und Nuria Julia de Solís an.

EPILOG

Das Gut war verwildert, das Herrenhaus und die Stallungen in all den Jahren verfallen. Die Natur hatte sich das ihre zurückgenommen. Die Kreuze, die Nuria aufgestellt hatte, gab es nicht mehr. Doch sie hatte die Stelle, wo sie ihren Vater und die beiden treuen Knechte begraben hatte, nicht vergessen. Als Erstes ließen sie die Kreuze erneuern und hielten davor eine feierliche Andacht im Beisein der Dorfbewohner. Im Dorf war die Freude über Nurias Rückkehr groß.

Ein halbes Jahr später standen Herrenhaus und Stallungen in alter Pracht, Knechte halfen in der Viehzucht, und Joanot konnte seine Mutter und seine Schwester aus Barcelona nachholen. Bald darauf begann sich Nurias Bauch zu wölben.

Nach der Geburt von Péré Hernandez übte sich Nuria weiter im Umgang mit dem Schwert. Sie unterwies ihren Mann in der Kampfkunst, und sie baute eine Bürgerwehr und ein Vorwarnsystem auf – noch einmal wollte sie nicht erleben, wehrlos einem Raid ausgeliefert zu sein. Nachdem sich die tapferen Krieger des Emirs bei dem Versuch, das Dorf zu überfallen, eine mehr als blutige Nase geholt hatten, blieben sie fürderhin verschont. Ralda heiratete einen jungen Tunichtgut aus der weitverzweigten Sippe der de Castro.

Was Kastilien betraf, so hatte sich vieles geändert. Kühn und klug wie sie war, hatte Isabel nach Enriques Tod 1473 die Krone gewonnen. Das verdankte sie nicht zuletzt der Unterstützung Cabreras und der Mendozas. Nach ihrer Hochzeit mit Fernando hatte sie geschickt die Bande zu Andrés und über Andrés zu den Mendozas geknüpft. Mit Andrés' Gemahlin Beatriz de Bobadilla hatte sie sich ausgesöhnt. Der Marqués de Villena war kurz nach Enrique verstorben, sodass ihr die Auseinandersetzung mit ihm erspart blieb, und den Erzbischof Carrillo drängte sie geschickt in die Isolation. Zornig und niedergeschlagen hatte er einsehen müssen, dass er sich in dem scheinbar schüchternen Mädchen gründlich getäuscht hatte.

Nachdem Sultan Mehmed II. das italienische Otranto erobert hatte, drängte er den Emir von Granada, Abu l'Hasan Ali, nun seinerseits die Christen in Spanien anzugreifen. Der Emir weigerte sich daraufhin, Kastilien Tribut zu zahlen, und kanzelte Isabels Botschafter Don Juan de la Vera ab.

»Richtet Euren Herren aus, dass diejenigen, die den Christen Tribut gezahlt haben, gestorben sind und dass wir in Granada nur noch Krummsäbel und Lanzen für unsere Feinde herstellen.«

Als die Christen in der Weihnachtsnacht im Jahre des Heils 1481 in der Kirche saßen, um die Geburt des Herrn zu feiern, überfiel der Emir mit seinen Truppen die christliche Stadt Zahara de la Sierra, tötete die Besatzung und führte die Bevölkerung mit sich in die Sklaverei.

Doch nun, da Isabel und Fernando den teils aufrührerischen kastilischen Adel geeint und die Wirren beendet hatten, schritt die Königin dazu, Torquemadas Vermächtnis zu erfüllen, und griff das Emirat von Granada an. Emir Abu l'Hasan Ali kämpfte auf verlorenem Posten. Sein Gönner Mehmed war verstorben, und dessen Nachfolger Bayezid konzentrierte sich auf Südosteuropa. Und auch aus Afrika kam keine Unterstützung. Im Jahr 1490 musste Granada kapitulieren.

Im Zug der Muslime, die, ihrem Herrscher Emir Muhammad XII. Abu Abdallah folgend, die Alhambra verließen, befand sich auch Zoraya mit ihren beiden Söhnen. Noch einmal betrachtete sie die rote Festung, in der sie so viele glückliche Jahre verbracht hatte, einige davon als Hauptfrau des vorigen Emirs Abu l-Hasan Ali. Wohin sollte sie nun mit ihren Kindern ziehen? Nach Afrika, wie so viele der Muslime aus Granada? Oder dorthin, wo sie geboren war? Sie fühlte die ganze Bitterkeit einer Existenz, die wie eine Nussschale auf den Wellen eines ungewissen Schicksals hin und her geworfen wird.

Rechts und links neben ihr standen christliche Ritter Spalier. Ihr

Blick fiel auf den Emir. Muhammad XII., den die christlichen Spanier Boabdil nannten, saß auf seinem Schimmel und händigte die Schlüssel der stolzen Alhambra an Königin Isabel von Kastilien aus. Ihr Gatte Fernando, der König von Aragón, klopfte seinem Rappen den Hals, während er lächelnd die Szene verfolgte. Denn dieser Schlüssel war mehr als ein Schlüssel – er öffnete die Tür zu einem geeinten Königreich Spanien. Und so verweifelt Zoraya war, so sehr empfand Isabel den Triumph. Für die eine brach die Nacht über der Alhambra an, für die andere ging die Sonne über der Königsburg auf.

Zoraya musste sich entscheiden. Und sie konnte sich entscheiden, denn auch wenn sie alles verloren hatte, so war sie doch frei.

*

Im Jahr 1492 nach der Geburt des Erlösers klopfte Zoraya in den letzten Tagen des Januars mit ihren beiden Söhnen an die Tür des Hauses der Julia de Solís. Der Diener führte die Gäste ins Empfangszimmer, von dem zwei Türen abgingen. Auf die Nachricht, dass sie Besuch hätten, traten Nuria durch die eine und Joanot durch die andere Tür. Und beide blieben wie angewurzelt stehen.

»Zoraya«, rief Joanot.

»Isabella!«, entfuhr es Nuria. Als sie sich wieder gefangen hatte, eilte sie zu ihrer Schwester und schloss sie in die Arme. Es dauerte eine ganze Weile, bis sie wieder voneinander ließen.

»Du bist also Joanots Zoraya?«, fragte Nuria.

»Joanot? Ich kenne ihn nur als Yahya ibn Catalano«, entgegnete Zoraya und bat darum, ihre Söhne zu verköstigen.

Nuria begriff, dass das, was sie zu sagen hatte, nicht für die Ohren ihrer Kinder bestimmt war, und wies den Diener an, die beiden jungen Männer in die Küche zu bringen, wo sich die Köchin ihrer annehmen sollte. Als sich die Tür hinter den Söhnen geschlossen hatte, ließen sie sich auf den Lehnstühlen nieder.

»Gott würfelt zuweilen unser Leben seltsam zusammen, scheint mir«, sagte Joanot. »Niemand kann etwas dafür. Niemand hat es sich ausgesucht. Ich habe lange unter deinem Zauber gestanden, aber«, er ergriff die Hand seiner Frau, die rechts neben ihm saß, »das ist vorbei. Ganz und gar, Zoraya. Oder soll ich dich lieber Isabella nennen?«

»Es war ein gutes Leben an der Seite von Ali. Aber jetzt? Was soll ich tun, was soll aus meinen Söhnen werden?«

»Bleib bei uns«, sagte Nuria. »Lasst uns gemeinsam nachdenken. Kommt Zeit, kommt Rat. Aber erst einmal habe ich endlich meine Schwester wieder!« Tränen des Glücks standen in ihren Augen.

»Nein!« Zorayas Stimme klang kühl und hart. »Wir können die Zeit nicht zurückdrehen, Nuria. Es ist mehr Zoraya in mir als Isabella. Wie sollte das gehen?«

Während Nuria noch versuchte, die Worte ihrer Schwester zu verstehen, sah Joanot zu Zoraya hinüber. Er schämte sich dafür, dass ihre Reize ihn nicht mehr erreichten, dass er in ihr nur noch die alternde Frau zu sehen vermochte, die ein anderes Leben geführt und die er einmal in seiner Jugend geliebt hatte. Einst hatte sie ihn fast um den Verstand gebracht. Nichts davon war übrig geblieben, und Zoraya spürte es. Er sah es ihr an. »Was hast du vor?«, fragte er. »Wie können wir dir helfen?«

»Meine Söhne brauchen eine Existenz.«

»Lass sie studieren, geh mit ihnen nach Salamanca! An die Universität.«

»Und wovon sollen wir leben?«

»Wir wollen dich nicht um dein Erbe prellen, deshalb setzen wir dir und deinen Söhnen eine Leibrente aus.«

»Damit lasse ich mich nicht abspeisen. Ich bleibe hier!«

»Mit deinen muslimischen Söhnen, als Witwe eines Feindes unseres Staates? Jeder hier kennt deine Geschichte.«

Zoraya erschrak über die Kälte seiner Worte, und auch Nuria schaute erstaunt auf ihren Mann.

Zoraya lachte bitter auf. »Sieh mal an, der kleine, arglose Yahya hat dazugelernt.«

»Fang neu an, auch im Interesse deiner Söhne. Wir helfen dir, das ist ein gutes Angebot, und das beste, was du jemals erhalten kannst«, antwortete Joanot sanft.

Ein paar Tage später reiste Zoraya mit ihren Söhnen nach Salamanca, wo sie ein kleines Haus bezogen. Über Beatriz, inzwischen die Gemahlin von Andrés de Cabrera, wurde ein verschwiegener Lehrer verpflichtet, um ihre Söhne zu unterrichten und diese auf die Taufe und das Studium vorzubereiten.

*

Nuria haderte lange mit der Erkenntnis, dass sie ihre Schwester schon in jener Nacht, als sie geraubt worden war, für immer verloren hatte. Doch wenn sie neben ihrem Mann an dem blank gescheuerten Tisch an der Stirnseite saß und auf ihre Kinder und Enkel schaute, an dem neben Ralda ein großer, krausköpfiger de Castro und ein kleiner, krausköpfiger Solís de Castro saßen, dankte sie Gott für das Geschenk dieser großen Familie, und eine leichte Wehmut erfasste sie, dass ihr Vater das nicht mehr erlebt durfte. Ihn, der immer ein fröhlicher Patriarch hatte sein wollen, hätte es von Herzen erfreut.

FINIS

QUELLEN

Neben der historiographischen Literatur und den Quellen, die zur Recherche benutzt wurden, zitiere ich Texte aus folgenden Werken:

Ibn Arabi: Der Übersetzer der Sehnsüchte. Liebesgedichte aus dem arabischen Mittelalter
Ibn Arabi: Urwolke und Welt. Mystische Texte des größten Meisters
Ibn Arabi: Erbe der Propheten
Das Wunder von Andalus. Die schönsten Gedichte aus dem Maurischen Spanien, München 2005.
Piccolomini, Enea Silvio: Aeneae Sylvii Piccolominei Senensis, Qvi Post Adeptvm Pontificatvm Pivs Eivs Nominis Secvndvs appelatus est, opera quae extant omnia: quorum elenchum versa pagella inidcabit
Cantar de Mio Cid/Das Lied von Mio Cid
Joanot Martorell: Der Roman vom Weißen Ritter Tirant lo Blanc

HISTORISCHE EREIGNISSE ZUR ZEIT DES ROMANS

Die Epoche, in der unser Roman »Die Verschwörung von Granada« spielt, etwa die Zeit zwischen 1450 und 1500, ist für das Abendland eine dramatische Epoche des Umbruchs. Die türkisch-muslimischen Osmanen erobern 1453 das altgriechische Konstantinopel (heute Istanbul) und erobern in weiteren Feldzügen große Teile Südosteuropas. Auf der Iberischen Halbinsel drängen christliche Heere, von Nordspanien vordringend, die jahrhundertealte Herrschaft der muslimischen berberischen Mauren und Araber in al-Andalus zurück. Einen Machtkampf, den man »Reconquista« (Rückeroberung) nennt. Isabel und Fernando werden Könige des neuen christlichen Spanien. Die Reconquista gilt im Jahr 1492 als abgeschlossen. In diesen unruhigen Zeiten sehen auch viele andere politischen Kräfte und Machthaber die Chance, ihre eigenen Ziele zu verfolgen, nicht zuletzt der Kirchenstaat mit dem Papst an der Spitze.

711 Eroberung der Stadt Granada durch die Mauren. Beginn der maurischen Herrschaft über Südspanien (al-Andalus).

1238 Der Festungspalast der Alhambra in Granada wird zum Herrschaftssitz der maurischen Nasriden-Dynastie ausgebaut und wird zum Symbol für das maurische Spanien.

1451 Isabel, Tochter von Juan II. und Isabella von Portugal, kommt zur Welt.

1452 Geburt Fernandos, Kronprinz von Aragón.

1453 Unter Sultan Mehmed II. erobern die Osmanen am 29. Mai Konstantinopel (heute Istanbul). Ende des griechischen Oströmischen Reiches. Zunächst unter dem Namen Stambul wird

Konstantinopel die neue Hauptstadt des Osmanischen Reiches. Die altchristliche Kuppelkirche Hagia Sophia wird zur Moschee umgewandelt und bauliches Vorbild für zahlreiche spätere Moscheen.
Alfonso, Sohn von Juan II. und seiner zweiten Frau, Isabella von Portugal, wird geboren.

1454 Enrique IV., der Sohn von Juan II. aus seiner ersten Ehe mit Marie von Aragón, folgt seinem Vater auf den Thron von Kastilien und Léon.
Said wird Emir von Granada (bis 1464)

1455 König Enrique heiratet in zweiter Ehe Juana von Portugal.

1458 Die Osmanen erobern den äußersten Süden Griechenlands.
Pius II. (Enea Silvio Piccolomini) wird zum Papst gewählt (bis 1464).

1459 Die Osmanen erobern Serbien.

1462 Juana von Portugal, die zweite Frau Enriques IV. von Kastilien und Léon, bringt eine Tochter zur Welt. Es wird schon sehr bald vermutet, dass der Vater der kleinen Juana von Kastilien nicht der König ist, sondern dessen Günstling Beltrán de la Cueva.
Juan II. von Aragón überlässt Frankreich das Roussillon und die Grafschaft Cerdanya.

1463 Beginn des 2. Venezianischen Türkenkriegs (bis 1479).
Die Osmanen erobern Bosnien.

1464 Der Adel, der die kleine Juana nicht anerkennt, zwingt den kastilischen König, diese zu enterben. Er muss seinen achtundzwanzig Jahre jüngeren Bruder als Alfonso XII. zu seinem Nachfolger ernennen.
Nach dem Sturz seines Vaters Said wird Abu l'Hasan Ali Emir von Granada (bis 1485).
Nikolaus von Kues stirbt im italienischen Todi.

1468 Alfonso XII. stirbt in Ávila. König Enrique ist ein zweites Mal gezwungen, seine Tochter Juana, die er nicht für illegitim erklärt, von der Thronfolge auszuschließen. Er ernennt seine Halbschwester Isabel zur Thronfolgerin.

1469 Am 19. Oktober heiratet die kastilische Infantin Isabel in Valladolid Fernando, den Kronprinzen von Aragón.

1474 Nach dem Tod ihres Halbbruders, des kastilischen Königs Enrique IV., proklamiert sich Isabel zur Königin von Kastilien.

1476 Das Emirat Granada verweigert Kastilien den Tribut.

1478 Fernando und Isabel erhalten von Papst Sixtus IV. das Recht, Inquisitoren zu berufen.

1479 Fernando besteigt den aragonischen Thron.
Vereinigung von Kastilien und Aragón zum Land Spanien.

1481 Nach dem Tod Mehmeds II. folgt ihm Bayezid II. als Herrscher des Osmanischen Reiches.

1482 Emir Abu l'Hasan Ali wird in Granada von seinem Sohn Abu Abdallah gestürzt, der als Muhammad XII. den Thron besteigt. In den folgenden zehn Jahren kommt es zu innerfamiliären Machtkämpfen der Nasriden um die Macht in der Alhambra.
Die Spanier erobern die maurische Festung und Stadt Alhama de Granada.

1483 Die Türken erobern Herzegowina.

1487 Die Spanier erobern Málaga von den Mauren.

1489 Die Mauren verlieren Almería an Spanien.

1492 Emir Abu Abdallah, den die Christen »Boabdil« nennen, kapituliert nach achtmonatiger Belagerung. Am 2. Januar überreicht er Isabel und Fernando die Torschlüssel von Granada. Damit endet die Reconquista – nach fast 800 Jahren ist Spanien ein geeintes Land. Die spanische Halbinsel untersteht ohne Ausnahme christlichen Herrschern.
Fernando und Isabel, die Katholischen Könige, wie sie inzwischen genannt werden, weisen alle Juden aus. Die Deportation soll die religiöse Einheit festigen. Nur getaufte »Neuchristen« dürfen in ihrer Heimat bleiben. 1502 werden auch alle Muslime des Landes verwiesen.
Im Auftrag Isabels von Kastilien bricht Christoph Columbus zu seiner ersten großen Reise auf. Er soll im Westen einen Seeweg nach Indien finden – und erreicht am 12. Oktober die Bahamas-Inseln.

DAS HERRSCHERHAUS

1. María von Aragón (1396–1445) ∞

1. Blanca von Navarra (1424–1464) ∞ **Enrique IV.** (1425–1474) ∞ 2. Juana von Portugal (1439–1475)

Juana von Kastilien »la Beltraneja« (1462–1530)

VON KASTILIEN UND LEON

Juan II.
(1405–1454)

∞

2. Isabella
von Portugal
(1428–1496)

Fernando
de Aragón
(1425–1516)

∞

Isabel
von Kastilien
(1451–1504)

Alfonso
von Kastilien
(1453–1468)

Ein sterbender Kaiser, seine mutige Geliebte, eine gefahrvolle Mission

Peter Dempf
DIE GELIEBTE
DES KAISERS
Historischer Roman
DEU
ISBN 978-3-404-17945-9

Rom, im Jahr 1001. Otto III., römisch-deutscher König und Kaiser des Heiligen Römischen Reiches, liegt im Sterben. Es ist Winter, und er und seine Getreuen sind auf der Flucht aus Rom, wo Unruhen ausgebrochen sind. Ottos letzte Bitte an seine Geliebte Mena: Sie soll dafür sorgen, dass sein Herz nach Augsburg gelangt. Mit dem Mut der Verzweiflung schließt sich Mena einem Trupp wagemutiger Kaufleute an, die mit Schlitten dem Winter trotzen und als Erste im Jahr die Alpen zu überqueren versuchen. Sie trägt Ottos ungeborenes Kind unter dem Herzen, den letzten Spross und Erben der Salier, und der Kampf um Ottos Nachfolge hat längst begonnen ...

Ein Mann, ein Gelübde und das goldene Zeitalter der Hanse

Ruben Laurin
DAS WEISSE GOLD
DER HANSE
Ein Lübeck-Roman
DEU
624 Seiten
ISBN 978-3-404-17889-6

Lübeck 1232: Der kleine Bettler Bertram weckt völlig unverhofft das Mitleid der reichen Kaufmannstochter Gertrud. Sie drängt ihren Vater, den Jungen bei sich aufzunehmen. Die Kinder wachsen gemeinsam heran und werden unzertrennlich. Aber die zarte Liebe ist unmöglich. So heuert er als junger Mann bei einem Hanseschiff an, um sein Glück zu suchen und als gemachter Mann zu ihr zurückzukehren. Doch die Reise birgt große Gefahren, und das Schicksal hat andere Pläne für ihn. In seiner Verzweiflung gelobt er, einen Ort der Barmherzigkeit zu erbauen, sollte er je die Heimat wiedersehen. Und er setzt alles daran, sein Gelübde zu erfüllen.